LE MAÎTRE DE HAUTEFORT

DU MÊME AUTEUR

La Sirène du Pacifique, L'Archipel, 2012.

Les Amants du Mississipi (Floris****), Archipoche, 2009.

La Belle de la Louisiane (Floris***), Archipoche, 2009.

Le Cavalier de Petersbourg (Floris**), Archipoche, 2009.

Floris, fils de tsar (Floris*), Archipoche, 2009.

JACQUELINE MONSIGNY

LE MAÎTRE DE HAUTEFORT

ARCHIPOCHE

www.archipoche.com

Si vous souhaitez recevoir notre catalogue
et être tenu au courant de nos publications,
envoyez vos nom et adresse, en citant ce livre,
aux Éditions Archipoche,
34, rue des Bourdonnais 75001 Paris.
Et, pour le Canada,
à Édipresse Inc., 945, avenue Beaumont,
Montréal, Québec, H3N 1W3.

ISBN 978-2-35287-283-2

Prologue

Cette nuit, j'ai rêvé que je retournais sur la longue plage de sable fin de Sainte-Marie-du-Mont. Celle-là même où, petite fille, j'ai appris par mes cousins la déclaration de guerre de 1939. Une guerre, c'est bien vague pour l'esprit d'un enfant. Je pensais que c'était juste fait pour rester plus longtemps en vacances. J'ai compris en rentrant à Paris, après l'exode avec mes parents, qu'une guerre et une occupation étrangère, ce n'est pas drôle.

Cette plage déserte connue de nous seuls, ce dont nous étions très fiers, allait devenir le 6 juin 1944 Utah Beach, l'une des plages du débarquement allié. Pourquoi avoir choisi ce lieu ? Le même encore où, mille ans plus tôt, des Vikings avaient abordé, cherchant quelques rapines. Peu à peu, ces farouches marins, commandés par Rollon et « Viel aux Épaules », revinrent s'installer dans cette belle région où ils devinrent sédentaires.

Suis-je, comme ma mère l'affirmait, l'une des descendantes de ces solides navigateurs venus du Nord, aux mœurs cependant un peu brusques ?

Tout ce que je sais, c'est que je descends d'une longue lignée de paysans travailleurs et courageux établis à Sainte-Mère-Église, dans le Cotentin ; lieu encore choisi pour un parachutage allié qui s'acheva sur le clocher de cette charmante petite église.

Très motivée par le drame que vit à notre époque la paysannerie française, j'ai ressenti l'envie de raconter l'histoire d'une femme au caractère bien trempé, qui réussit au XIXe siècle à force de travail, de volonté et d'intelligence à sauver son domaine et à bâtir une dynastie.

Mais ceci est un roman. Il ne s'agit en aucun cas de la vie de mes ancêtres, ni de leurs descendants, mais d'une inspiration très libre de leur existence, de leur évolution et de leur grandeur d'humbles et de petits face au monde du siècle précédent, certes en pleine mutation industrielle, mais à une époque qui ne connaissait pas les « quotas laitiers ».

Voici l'histoire de Noémie Hautefort, que je dédie à mes ancêtres paysans, à ma grand-mère, à ma mère, à mes fils Frank et Thibaut, et à mes petits-fils, Jules et François, à toute ma famille française et américaine, et surtout à mes lecteurs qui me suivent régulièrement depuis plus de trente ans, ce dont je les remercie personnellement de tout cœur.

J. M.

Première partie

LES HAUTEFORT DE HAUTEFORT

1

Le marché de Sainte-Mère

La carriole, tirée par un solide cheval noir, avançait au petit trot. Jamais au cours de sa vie Noémie n'avait été aussi heureuse. Par cette belle matinée du mois de juin, le soleil brillait sur le Cotentin, l'herbe grasse des prés, où les vaches paissaient, luisait, verdoyante. Les pommiers étaient en fleur, les oiseaux chantaient dans les haies. Le cœur de Noémie bondissait au même rythme que l'allure ferme et régulière de Capitaine. Celui-ci semblait aussi heureux que sa jeune maîtresse. Il montait allègrement la petite côte menant à Sainte-Mère-Église. Mi-percheron, mi-boulonnais, le solide cheval dut ralentir son allure pour aborder le dernier tournant, qu'il connaissait bien, avant d'arriver au village.

— Héla ! dam'... Te v'là revenue cheu nous, la Noémie ?

— Bonjour, père Dieuleveut, comment allez-vous ?

Un ricanement répondit à la jeune fille.

— Tu causes ben pointu à c't'heure... C'est-y ça, qu't'as appris à la ville ?

Noémie avait arrêté Capitaine pour s'adresser au vieux paysan qui curait son fossé. Nul ne savait l'âge exact du père Dieuleveut. Son acte de baptême avait disparu de l'église sous la Révolution. Il prétendait être né sous Louis XV et il en était très fier. Tordu en deux par l'arthrite, il continuait à travailler du lever au coucher du soleil dans son champ. Une masure s'élevait au centre, c'était son domaine, à l'intersection de deux routes. De cet observatoire stratégique, le vieux voyait et savait tout ce qui se passait à Sainte-Mère et dans les environs.

— T'es d'venue un beau morceau, la Noémie !

Le père Dieuleveut essuyait ses doigts déformés sur sa « blaude » de toile bleue, cette blouse droite et luisante que portaient tous les paysans sur leur pantalon à pont. De ses petits yeux malins, dans un visage aussi ridé qu'une vieille pomme, le père Dieuleveut regardait la jeune fille. En connaisseur, il détaillait cette belle plante, ferme, blonde et rose, au teint avivé par le vent du matin. Noémie éclata d'un rire frais. Elle connaissait le bonhomme depuis l'enfance.

— Merci, père Dieuleveut, oui, j'ai grandi depuis la dernière fois que je vous ai vu.

— Dam' ouais ! Ça fait dans les cinq années. T'as forci, juste là où qui faut pour une fillotte… Ça t'fait dans les dix-huit printemps, la Noémie ?

— Exactement, père Dieuleveut… vous avez bonne mémoire.

— Pour ça ouais… c'est point la tête qui s'en va… Ça va-t'y, l'Tancrède ?

— Mon père se porte très bien… mais excusez-moi, je ne veux pas être en retard !

Noémie, maintenant, cherchait à écourter une conversation qui pouvait durer des heures. Ce n'était pas l'avis du père Dieuleveut.

— Ah ! dam', il est drôle, l'Tancrède… envoyer sa fillotte apprendre à lire et à écrire chez les bonnes mères à Saint-Lô ! À quoi qu'ça va t'servir, la Noémie, pour pondre des gosses ? Y zont toujours été bizarres cheu les Hautefort…

De son fouet, Noémie caressa l'encolure de Capitaine pour reprendre la route. Ce gros gourmand ne l'entendait pas de cette oreille. Il avait trouvé un coin de luzerne dont il se régalait. À l'arrière de la carriole, les poules caquetaient dans les paniers et malgré l'heure matinale, les rayons de soleil commençaient à frapper les mottes de beurre.

— Hue... vas-y, Capitaine ! On est en retard. À bientôt, père Dieuleveut ! Portez-vous bien...

— Ah, ça t'sais mon âge, la Noémie, j'soyons le plus vieux du Cotentin. J'étions né en 1750... Sous l'ré Louis le quinzième, ma belle... qu'on est en... bé dam' en...

— En 1848, père Dieuleveut.

— J'serons centenaire pour sûr... M'sieur l'curé m'l'a promis, juré... allez, le bonjour au Tancrède et dis-lui qu'y t'marie pour la Sainte-Pélagie... c'était l'nom à ma pauvre femme qui m'a quitté tantôt vingt ans passés...

— Mais, père Dieuleveut, je ne suis même pas fiancée !

— Ça viendra, petiote...

Noémie leva la main en signe d'au revoir et fit claquer son fouet avec énergie sur la crinière de Capitaine. Celui-ci comprit qu'il fallait cette fois entendre l'ordre de sa maîtresse. Pour rattraper le temps perdu, il reprit son trot allègre jusqu'au marché de Sainte-Mère. La cloche de l'église, maniée par Basile le bedeau, sonnait le sixième coup du matin quand Noémie descendit de sa carriole. À cause du père Dieuleveut, elle était en retard. Les bonnes places seraient prises. Noémie, qui était si fière de la confiance témoignée par son père de la charger, pour la première fois, de vendre les produits de la ferme, était soudain inquiète. Elle craignait de décevoir Tancrède. C'était le meilleur des pères. Jamais il ne l'avait battue, mais si Noémie revenait sans avoir rien vendu, un coup d'œil apitoyé du maître de Hautefort serait la pire des punitions. Maîtrisant sa nervosité, Noémie attacha Capitaine à côté d'autres chevaux à un anneau scellé dans un mur de pierre. Chargée de ses paniers, elle se dirigea vers les fermières qui avaient pris place le long d'une corde tendue, les jours de marché, autour des arbres de la place.

Le marché de Sainte-Mère était moins important que celui de Carentan ou d'Isigny, mais il fallait d'abord y subir son examen de passage.

Coiffés de leurs casquettes à large visière, les hommes discutaient un peu plus loin autour des bestiaux. Noémie, perplexe, s'arrêta un instant. Comme elle l'avait craint, toutes les bonnes places étaient prises. Pourtant, deux jeunes fermières s'écartèrent gentiment, laissant un espace entre elles où Noémie put se glisser. La jeune fille les remercia d'un sourire avant de disposer ses paniers et d'entrouvrir les linges humides qui entouraient ses mottes de beurre. Comme toutes les femmes présentes, Noémie était vêtue d'un costume normand du Cotentin. Il s'agissait d'une robe colorée froncée à la taille. Celle de Noémie était d'un bleu outremer très soutenu. L'une de ses voisines était en vert, l'autre en rose. Un col de dentelle immaculée et un châle croisé sur la poitrine complétaient leurs toilettes. Seules les vieilles étaient en noir. Du reste, elles ne vendaient pas, laissant cette occupation à leurs filles ou à leurs brus. Assises sur des chaises devant l'église, elles croassaient en brodant, en tricotant ou en faisant des cols au crochet. Ce qui différenciait toutes ces paysannes était leurs coiffes. Il y avait les grandes coiffes de Valognes à deux larges volants de dentelle empesée ; la Frégate de La Haye-du-Puits qui avait l'aspect d'un voilier, la Comète de Cherbourg caractérisée par un plateau gonflant terminé en V. Toutes ces paysannes étaient des femmes mariées, et elles arboraient orgueilleusement la coiffe de leur lieu d'origine. Noémie qui était « fille » portait un bonnet du Centre Cotentin, plus petit et plus simple que les grandes coiffes. Ses opulents cheveux dorés sortaient en ondes épaisses de la batiste amidonnée.

— J'te connais point, la nouvelle, d'où c'est-y qu't'es ? interrogea, curieuse, la voisine de droite.

— Je suis la fille de Tancrède Hautefort, au centre du Plain, près du village de Baudienville...

— Hautefort ! pour sûr que j'connais... T'es la Noémie Hautefort !

— Oui, madame.

— Oh, je suis la Marie-Marguerite !

— Et moi, la Marie-Léontine, surenchérit la voisine de gauche.

— Je suis de Ravenoville et la Léontine de Beuzeville-au-Plain, déclara la Marie-Marguerite.

La glace était rompue. Elles étaient gentilles et accueillantes pour la nouvelle. Une ribambelle d'enfants aux joues rouges et aux yeux bleus les entouraient.

La Marie-Léontine donnait le sein à un gros bébé.

— Où qu'il est le Tancrède ? interrogea Marie-Marguerite avec curiosité.

— À la ferme !

— T'es v'nue seule ?

— Mais oui, fit Noémie en souriant.

— Eh, t'es fille ! T'es point promise, ni mariée ? demanda Marie-Léontine.

— Non... ni l'un ni l'autre !

— Et le Tancrède te laisse aller seule au marché ?

Marie-Marguerite était stupéfaite.

— Mais oui, j'en suis capable.

— Héla... le monde change. On dit même que l'chemin d'fer y viendra jusqu'à Caen avant dix ans... vous vous rendez compte... t'as déjà vu un chemin de fer, la Noémie ?

— En gravure seulement, mais mon père m'a promis de prendre la diligence pour aller le voir quand le Paris-Lisieux serait inauguré. Il pense que ce sera en 1852...

— Héla, seulement quatre ans...

Les deux Marie étaient en admiration devant leur jeune compagne.

— Où qu't'as appris à causer comme ça, la Noémie ?

C'était la Marie-Léontine qui osait poser cette question indiscrète.

— Mon père m'a envoyée à Saint-Lô pendant cinq ans chez les mères augustines et je viens de rentrer à la ferme où je vais m'occuper de la laiterie.

La Marie-Marguerite n'y tenait plus. Elle appela son mari.

— Hé, l'Eusèbe ! Viens-t'en ici voir la fille au Tancrède Hautefort ! V'là la Noémie... y z'iront à Lisieux pour voir le chemin de fer... tu t'rends compte !

Eusèbe, un solide gaillard, légèrement ventru, s'approcha du coin des femmes. Il ne semblait pas concerné par le chemin de fer.

— Alors, toujours à causer ? Si t'es la fille au Tancrède, dis-y qu'Eusèbe de Ravenoville, y va aller le vère demain tantôt pour l'y acheter sa rousse, la grosse... si veut m'la vendre, enfin, on causera. Allez, la Marie, au travail, v'là d'la compagnie !

Les premiers clients arrivaient au marché. Mlle Hortense, la vieille bonne du curé, sortait du presbytère pour faire le ravitaillement. Elle tenait ostensiblement une bourse effilochée à la main mais, de-ci de-là, une paysanne lui offrait douze œufs, une poule ou un fromage blanc. Le curé de Sainte-Mère, Thomas Lemarinier, un géant aux cheveux blancs frisés, était très populaire. Il remontait sa soutane pour aller à la pêche avec les gars de Quinéville. Originaire de Saint-Sauveur-le-Vicomte, le brave curé était installé à Sainte-Mère depuis plus de quarante-cinq ans. Il connaissait presque tout de ses ouailles : leurs péchés, leurs secrets, leurs joies, leurs chagrins… Il avait marié les uns, baptisé les autres, enterré beaucoup d'entre eux. Il était toujours présent dans les fermes des environs, prêt à rendre service, aidant les pauvres, répertoriés dans la commune, au nombre de cent dix-sept. Quand un journalier se blessait aux champs, il aidait le docteur Gamboville, qui avait bien trop de travail. Parfois, il donnait même un coup de main à un paysan quand une vache tardait à mettre bas.

À grandes enjambées, le père Thomas sortait à son tour de la cure. De ses yeux bleus perçants, il repéra aussitôt ce que la rumeur populaire lui avait déjà porté à la sacristie : le retour et la présence au marché de Noémie Hautefort.

— Bienvenue au bercail, Noémie ! lança le père Thomas.

— Bonjour, monsieur le curé, dit la jeune fille avec une petite révérence.

— Vais-je bientôt te marier ? s'enquit le père Thomas, abrupt.

« Décidément, c'est une manie », songea Noémie, un peu agacée.

— Non, je ne pense pas, monsieur le curé. Je n'en ai aucune envie.

— Ah ! c'est mauvais ça, il n'est pas bon de rester fille ou alors… il faut te consacrer à Dieu, mon petit…

Y aurais-tu songé à Saint-Lô chez les mères augustines ?

Le vieux curé était soudain très intéressé par cette âme.

— Non, jamais, monsieur le curé... j'étais très heureuse de faire mes études chez les mères, mais je ne veux surtout pas entrer en religion.

La netteté de la réponse déconcerta un instant le père Thomas.

— Bien à ton aise..., maugréa-t-il, enfin tu verras... Comment va ton père ?

— Très bien !

— Je pensais qu'il était souffrant pour te laisser venir seule au marché !

— Mais, monsieur le curé, il n'y a pas d'anthropophages à Sainte-Mère, que je sache, dit la jeune fille en riant.

— Hum... tu emploies des mots bien savants et tu es toujours aussi impertinente, Noémie. Le Seigneur, souviens-t'en, aime la modestie. Allons, dis à Tancrède que je passerai le voir... Il doit être bien satisfait en ce moment...

Sur cette phrase mystérieuse, le curé s'éloigna vers le carré des bestiaux.

Le maire de la ville, Jean-Baptiste Sénéchal, un ami de Tancrède Hautefort, discutait avec un groupe d'hommes parmi lesquels se trouvait le docteur.

— Va y'avoir du tintouin, chuchota la Marie-Marguerite.

Effectivement, le père Thomas était royaliste, le maire bonapartiste, comme Tancrède Hautefort, et le docteur Gamboville républicain. Le roi Louis-Philippe venant d'être renversé à Paris, le prince Napoléon était de retour et, dans la capitale, on songeait à lui pour devenir président ! La Marie-Marguerite était voyante.

En quelques instants, la discussion autour des bestiaux prit un ton passionné.

— Tu n'as pas honte, monsieur le maire, de soutenir un Bonaparte après tout le mal que nous a fait l'autre ! criait le père Thomas, rouge de fureur.

— Et vous, monsieur le curé... comment croire aux Bourbons et aux Orléans après tous leurs mensonges et leurs turpitudes !

— La république, il n'y a que la république ! claironnait le docteur Gamboville.

— Jésus Marie, quand je pense que je vous ai fait faire votre catéchisme et que vous me serviez la messe. Un Bonaparte ! La république ! Et puis quoi encore ?

Heureusement, le régisseur de la comtesse de Reuville fit son entrée sur la place. Il venait effectuer le ravitaillement du château. Il descendit de la berline tirée par deux chevaux bais et conduite par un cocher.

Jehan Kermadec n'était pas du Cotentin. Né sur l'autre rive du Couesnon, il venait de la région ouest du Mont-Saint-Michel. Pour les paysans du coin, c'était un « étranger ». Un Breton « émigré » en Normandie. Tout en se méfiant de lui, on appréciait cependant ses qualités d'honnêteté et de travail. Il était dur, ferme, mais juste. C'était un homme d'une trentaine d'années au visage taillé à la serpe, ne manquant pas d'un certain charme quand il souriait, mais c'était rare. Suivi de deux valets qui portaient des paniers, Jehan Kermadec passa plusieurs fois devant le carré des femmes.

Il interrogea longuement la voisine de Noémie, la Marie-Léontine. Il discutait, trouvant ses canards trop maigres et le beurre trop jaune. Puis, ignorant Noémie, il s'adressa à la Marie-Marguerite. Soupçonneux, il trouvait ses poules trop grasses. Ne leur donnait-elle point, à la place du grain, de la farine de seigle arrosée de cidre, qui fait gonfler les volatiles tout en rendant leur chair flasque et noire ?

La Marie-Marguerite se récria, furieuse :

— Mes poulardes, mon bon m'sieur, elles zont la peau aussi blanche du col au croupion qu'la ch'mise ben amidonnée qu'vous portez !

Un éclat de rire des fermières ponctua la réflexion de la Marie-Marguerite. Sans rien perdre de son calme, Jehan Kermadec revint devant Noémie.

— Montrez-moi mieux votre beurre, je vous prie !

Aussitôt, Noémie écarta les linges pour dégager les mottes luisantes.

— Voici, monsieur, je vous signale que notre beurre, comme tous nos produits, est de première qualité.

Surpris par le langage châtié de la jeune fille, le régisseur la dévisagea un instant. Sous ce regard, elle ne se troubla pas ; pourtant son cœur battait de peur de rater la vente. Seule marque d'émotion, ses joues s'étaient légèrement avivées, mais Jehan Kermadec pouvait mettre cette roseur sur le compte du soleil. Il était un peu perplexe devant cette superbe fille en costume de paysanne, avec sa « jeannette », cette petite croix en or autour du cou, sa coiffe et son fichu. Elle aurait pu porter la crinoline des femmes de la bourgeoisie ou de l'aristocratie. D'où venait-elle ? Sans vouloir montrer sa surprise, le jeune régisseur sortit un couteau de sa poche. Il en ouvrit la lame puis, de la pointe, il préleva un peu de beurre sur chaque motte. Avec lenteur, il le sentit, le goûta, en mordant le bord de sa moustache châtaine, pour en apprécier la saveur.

— Je vous l'accorde, il a bon goût... Vous êtes sûre que vous n'avez pas ajouté un peu de jus de carotte pour en augmenter le parfum ?

Du tac au tac, Noémie répondit :

— Vous êtes bien méfiant, monsieur… Ce sont des méthodes que nous n'avons jamais eues dans notre domaine !

— D'où êtes-vous ?

— De la ferme Hautefort.

— Ah ! Au centre du Plain près de Baudienville.

— Exactement, monsieur, et jamais un Hautefort n'a pratiqué toutes ces manigances dont vous parlez…

Noémie commençait à en avoir assez de cet interrogatoire de gendarme. Pourtant, elle mettait un frein à sa nature rebelle, afin de ne pas faire fuir ce client difficile.

— La comtesse de Reuville dont je suis l'employé est très à cheval sur la qualité des produits, répondit calmement Jehan Kermadec.

Sans paraître gêné le moins du monde, il enfonça dans les mottes de beurre une mince tige de fer qu'il avait comme un magicien sortie de sa grande poche. Cette pratique vexante visait à s'assurer qu'aucun corps étranger n'augmentait le poids des mottes. Noémie se mordit les lèvres. Elle étouffait de rage. Ah ! comme elle aurait aimé lui river son clou à cet insolent.

Soudain, Jehan Kermadec parut se décider :

— Quel est le prix ?

— Deux francs la livre.

— C'est beaucoup trop pour l'été !

— Je ne peux descendre, monsieur, nous y perdrions.

— Et si je prends vos trois mottes ?

Le cœur de Noémie tapait si fort qu'elle pensa défaillir. Sans savoir comment, elle réussit à répondre d'une voix ferme :

— Alors, en ce cas… si vous prenez le tout, je vous le fais à un franc cinquante la livre.

— Et vos poules ?

— Deux francs pièce…

— C'est beaucoup trop.

— Nous ne les nourrissons qu'au grain de première qualité et vous savez que le prix a beaucoup augmenté depuis l'an passé, monsieur…

C'était Tancrède qui avait expliqué ce changement de tarif à Noémie, la veille au soir. Un petit attroupement s'était formé autour de la jeune fille et du régisseur. Les paysans normands adoraient par-dessus tout la discussion. D'habitude, ce genre d'échanges se passait entre hommes autour d'une bolée de cidre ou d'un « gloria », ce café à l'eau-de-vie. Pendant des heures, on pouvait discuter du prix d'une jument. En connaisseurs, fermiers et fermières appréciaient la joute qui se déroulait sous leurs yeux. Noémie résistait à chaque offre et faisait une contre-proposition. Imperturbable, Kermadec continuait :

— Et combien vos fromages ?

— Ce sont des livarots crémeux à souhait, la douzaine six francs, monsieur, et je ne peux baisser. Ils sont fabriqués un par un à la louche.

Soudain, vaincu, Jehan Kermadec ne discuta plus.

— Je prends vos trois mottes de beurre de six livres, quatre poules et vos fromages.

— Bien, monsieur, je fais votre compte.

Sous les yeux médusés des fermières qui calculaient toujours sur des pelotes de laine avec des épingles à tête de différentes couleurs, Noémie sortit de la poche de son tablier un petit carnet et un crayon, pour faire son addition. C'était la première fois qu'une fermière agissait de la sorte. Le cercle se rapprocha de Noémie.

— Six livres à un franc cinquante la livre multiplié par trois unités, égale vingt-quatre, j'ajoute quatre poules à deux francs, égale huit, plus les livarots à six francs la douzaine, nous disons donc vingt-quatre plus huit égale trente-deux plus six, cela vous fait un total de trente-huit francs tout ronds, monsieur !...

Sans se presser, le régisseur sortit un portefeuille de sa poche.

— Parfait... je peux vous payer en papier ?

— Bien sûr, monsieur !

Jehan Kermadec déposa les billets dans la main de Noémie. Maîtrisant un léger tremblement, elle recompta calmement l'argent, rendit la monnaie en pièces et fourra le tout dans son tablier. Sur un geste du régisseur, l'un des valets du château s'approcha. Noémie lui tendit les achats que l'homme mit dans de vastes paniers. Après un léger salut, Jehan Kermadec s'éloigna pour acheter un veau. Enthousiasmées par leur jeune voisine, la Marie-Marguerite et la Marie-Léontine la complimentèrent d'avoir tenu tête au Breton. Le groupe de curieux, commentant le marchandage de la Noémie, commença de se disperser. Il va sans dire que tous étaient pour la « petite Hautefort ». Celle-ci était devenue la vedette du marché. En un temps record, elle vendit au bon prix le reste de ses produits. Comme elle attirait du monde, elle portait chance à ses deux voisines. Quand tout fut écoulé, poules, beurre, crème, fromages, Noémie recompta avec fierté son argent. Elle embrassa gentiment la Marie-Marguerite et la Marie-Léontine avec promesse de se revoir aux prochains marchés de Carentan et d'Isigny. Elle ramassa ses paniers vides et regagna sa carriole. Au moment où elle allait monter dans l'attelage, un appel retentit.

— Noémie... oh, c'est toi !

La jeune fille se retourna pour apercevoir une élégante amazone, suivie d'un cavalier. Ils passaient sur la route devant l'église.

— Isabelle ! s'écria Noémie, reconnaissant son amie de pension.

C'était Isabelle de Reuville, la fille de la comtesse. Les deux jeunes filles avaient fait leurs études ensemble chez les augustines et une réelle camaraderie les liait.

— Vlà la d'moiselle du châtiau… ah, c'est quéqu'un, la Noémie… chuchota la Marie-Marguerite pour la Marie-Léontine.

Ce devait être l'avis des acheteurs et vendeurs réunis, car tout le monde restait nez en l'air à regarder Isabelle de Reuville qui était descendue de sa monture pour embrasser Noémie Hautefort.

— Oh ! comme je suis heureuse de te revoir.

— Moi aussi, Isabelle.

— Tu sais, je suis allée à Paris avec Gontrand.

Isabelle désignait le cavalier. Celui-ci souleva très légèrement sa casquette. Visiblement, Gontrand de Reuville estimait qu'il n'avait pas à descendre de selle pour une simple paysanne.

— Oh ! tu vas venir me voir au château ! Cet après-midi, j'ai des amies. Tu sais, Thérèse Bluche, dont le père est notaire à Cherbourg, et Lucie de Cauquigny. Oh ! viens, on goûtera sur la pelouse et on jouera au croquet.

Après une imperceptible hésitation, Noémie répondit :

— Je te remercie, Isabelle, pas cet après-midi, mon père a besoin que je l'aide à la ferme, mais un autre jour peut-être… sinon viens me voir…

— Promis juré, j'irai à Hautefort. Ah ! Jehan, aidez-moi !

Le régisseur revenait, suivi des valets. Il se baissa, les deux mains jointes. Isabelle y posa sa botte et Kermadec la hissa sur la selle. Gracieusement, elle agita la main pour envoyer un baiser à Noémie, puis elle s'éloigna, suivie de son frère, sur la route de Reuville.

— La d'moiselle est ben aimable mais l'frérot du châtiau est rien hautain ! commenta la Marie-Léontine.

Maintenant, il n'y avait plus rien à voir. Le marché reprit son activité habituelle ponctuée par la cloche de l'église sonnant les dix coups de la matinée. Noémie détacha Capitaine. Avec légèreté, elle sauta dans la carriole, fit claquer son fouet et, le cœur joyeux, elle se lança sur le chemin de Hautefort.

2

Tancrède Hautefort

— Te v'là rentrée bien tôt, petiote !

Le maître de Hautefort traversait en boitant la cour de sa ferme suivi de son vieux valet Isidore. Les deux hommes s'arrêtèrent pour regarder Noémie descendre avec légèreté de la carriole. Sans répondre, elle sortit ses paniers de l'arrière du véhicule pour pénétrer dans le corps du logis principal. Tancrède mordilla sa moustache grise, tandis que le vieil Isidore murmurait tout en grattant son crâne blanchi :

— Héla, mon bon maître, la pôvrette… a dû beau hannequener[1], y z'ont rien acheté !

C'était aussi l'avis de Tancrède, pourtant il rétorqua, bourru :

— Faut vère mon gars !

— Dam', j'vous l'avais-t'y pas dit qu'y fallait point la laisser y courir seule, la Noémie !

— Oh, arrête de jacter, l'Isidore… tu m'donnes le tournis à m'éluger[2] !

Vexé d'être ainsi réprimandé par son « bon maître », le vieux valet se dirigea en maugréant vers Capitaine qu'il détela de la carriole pour l'emmener à l'écurie. Sans se presser, Tancrède porta un seau dans la laiterie.

1. Faire des efforts.
2. M'ennuyer.

La bonne odeur du caillage frappa ses narines. Des fromages blancs égouttaient sur les claies. Tancrède rangea quelques pots de grès, représentant chacun la valeur de six chopines[1] de lait. Il ressortit pour se diriger vers les celliers, puis il jeta un coup d'œil dans la boulangerie. Enfin, d'un air qu'il voulait assez affairé, il pénétra dans la grande salle cuisine au rez-de-chaussée de la ferme.

— Hé, petiote, ça va-t'y ?

Tancrède s'attendait à trouver sa fille préparant la soupe. Noémie n'était pas dans la pièce. La haute horloge en bois sculpté d'Avranches, trésor de la famille, achetée par Tancrède l'Ancien au milieu du XVIIIe siècle, sonnait les douze coups de midi. Tancrède ôta sa casquette pour s'éponger le front avec un vaste mouchoir à carreaux. Il secoua sa belle tête aux traits burinés. « Noémie la pauvrette » devait sangloter dans sa chambre au premier étage. Le maître de la ferme balançait entre l'envie de monter consoler sa fille et celle de la laisser « mouronner » un peu, car le défaut de Noémie n'était-il pas l'orgueil, le fameux orgueil des Hautefort ?

Tancrède l'Ancien, le propre grand-père du propriétaire actuel de la ferme, affirmait toujours à son cher petit-fils que les Hautefort descendaient du grand Tancrède Hauteville, prince normand de Sicile, originaire de Coutances.

— Dam' ouais, petiot ! grognait l'ancêtre qui était né en 1713 sous Louis XIV, c'est la vérité vraie, c'est point une invention de goublins[2]. Not' premier ancêtre, c'était l'fameux Robert Guiscard, qui s'en est

1. Une chopine : mesure valant un litre.
2. Lutins.

allé mourir à la croisade. Et son p'tiot, c'étions l'prince Tancrède..., qu'a pris Jérusalem, c'est lui qu'a délivré l'tombeau d'Not' Seigneur, Jésus !...

Et Tancrède l'Ancien, qui ne savait pas lire, juste écrire son nom et compter sur un boulier, racontait à Tancrède le Jeune les exploits magnifiques du seigneur normand devenu en 1099 prince de Galilée. L'imagination de l'Ancien était inépuisable. Assis courbé sur le banc de pierre devant le bâtiment principal de Hautefort, le vieux Tancrède racontait pendant des heures la première croisade, les chevaliers en armure et la piété des croisés. Le valet Isidore s'arrêtait parfois de travailler pour écouter bouche bée l'Ancien. Le prince Tancrède aurait eu douze fils, dont Robert Osmond et Tancrède Bohémond. C'était ce dernier, devenu seigneur de Hautefort, qui serait revenu d'Antioche en Normandie, « dam'... y a ben mille ans, petiot ».

Un jour Tancrède le Jeune, qui pouvait avoir dix ans, osa demander à son grand-père :

— Mais où c'est qu't'as appris tout ça, grand-pé ?

— J'le savons depuis toujours... c'est l'Ancien, mon grand-pé à moué l'Osmond qui m'l'avions dit, petiot... l'était né lui en 1637 sous l'roi Louis le treizième... qu'on vit vieux dans la famille ! C'est l'Osmond qu'a bâti la tour à Hautefort. Y m'a tout raconté sur l'banc ici... et c'étions son grand-pé... l'Tancrède Robert qu'était huguenot... l'était né... là j'savons point trop mais qui disait qu'c'était sous l'bon roué Henriot l'quatrième... et l'Tancrède Robert était d'venu après papiste comme son roué... v'là tout, et toué, mon Tancrède, tu f'ras du pareil avé tes petiots et tu leur diras d'où qui viennent les Hautefort, passe que la mémoire, p'tiot... c'est l'honneur d'la famille, c'est la vie.

Et Tancrède l'Ancien s'assoupissait sur son banc, la tête appuyée sur sa canne noueuse.

Un jour du printemps 1800, il ne se réveilla pas et le petit Tancrède pleura beaucoup l'ancêtre. Son jeune frère, Guillaume, fut moins affecté. Il avait toujours eu un peu peur de l'Ancien. Leurs parents, Mathurin et Augustine, lui firent de belles funérailles. Tous les fermiers des environs, de Picauville à Vierville, de Brucheville à Saint-Côme, étaient présents. Même le comte et la comtesse de Reuville, rentrés de l'émigration, assistaient à la cérémonie. C'était Tancrède l'Ancien qui était venu, en courant sur ses vieilles jambes, les prévenir, en 1792, qu'il fallait partir dans la nuit sinon le lendemain matin, ils seraient arrêtés et transférés à la prison de Carentan.

Depuis quelque temps, Tancrède savait qu'il vieillissait. Il se fatiguait plus vite et chaque fois qu'il repensait à l'Ancien, il ressentait un pincement au cœur. Cette sorte de mélancolie n'était pas bonne, surtout depuis le retour à la ferme de Noémie qui était la joie incarnée. Il se dirigea vers le buffet vaisselier à décor rocaille pour y prendre un pot d'étain toujours rempli d'eau. Tancrède se servit un gobelet. Dédaignant son fauteuil de maître, il s'assit sur l'un des bancs devant la longue table de bois. Il porta le gobelet à ses lèvres et s'arrêta brusquement : à côté de la panière, s'étalaient des billets et des pièces. Tancrède fronça les sourcils, puis il se rapprocha pour compter de loin sans toucher cet argent : « Dix… vingt… cinquante… » Il y en avait pour près de cent francs… Cela voulait-il dire que… ?

Un ouragan dévala l'escalier.

— Papa, je suis la meilleure fermière du Cotentin ! La plus grande vendeuse ! Tu es fier de moi, j'espère ? J'ai tout vendu !… Tu te rends compte !

Avec sa fougue habituelle, Noémie se jeta dans les bras de Tancrède.

— Héla, petiote, tu n'es point trop modeste.

— Oh, papa, j'ai eu si peur, tu sais, et puis… oh ! je vais te raconter comment ça s'est passé !

Tancrède ne pouvait s'empêcher de regarder sa fille avec une immense fierté. Elle était si belle avec ses cheveux d'or, son visage rieur, ferme et brillant d'intelligence.

— Attends, petiote… l'Isidore est si hargagne[1], fais-nous donc une once de café, non tiens, même un gloria et tu vas nous causer !

Tancrède sortit sur le pas de la porte. Isidore traversait la cour en portant sous un bras de la paille fraîche pour les chevaux.

— Allez, laisse-moi tomber ça, mon gars, et viens-t'en écouter la Noémie. Allez, Isidore, fais pas ta mauvaise tête. On va s'bère un gloria bien tassé.

Tout en prenant un visage rébarbatif, Isidore ne put résister ni au gloria ni à la curiosité. Il s'assit sur le banc à côté de son maître pour écouter le récit de Noémie. La petite débutante en avait rapporté pour cent cinq francs.

Tancrède n'avait pas tout dit à sa fille. Après un hiver très rude, l'argent manquait cruellement à Hautefort. Tancrède avait perdu du bétail. Même des pommiers avaient gelé. S'il recommençait à faire aussi froid, et surtout aussi longtemps, l'hiver prochain, le maître de Hautefort ne savait pas comment il pourrait atteindre la belle saison sans emprunter aux usuriers d'Avranches. Si la petiote continuait d'être une bonne vendeuse, le caoche[2] se remplirait de pièces et de billets. Isidore ne connaissait pas la situation exacte de son bon maître, mais il la devinait. Les deux hommes écoutaient

1. De mauvaise humeur.
2. Bas de laine.

en hochant la tête, avec admiration, la jeune fille volubile leur décrire son marchandage avec le régisseur du château.

— Dam', c'est beau, petiote !

— Tu l'as bien eu, l'Breton !

La jeunesse de Noémie s'était déroulée entre Tancrède et Isidore. C'était eux qui l'avaient élevée. En effet, Eugénie Colombel, la jeune épouse de Tancrède, était morte en couches à la naissance de Noémie. Pendant trois mois, Tancrède, abruti de chagrin, avait refusé de voir « c't'enfant qu'avait tué sa mère ». C'était Isidore qui s'était chargé de tout et d'abord de trouver une nourrice dans le voisinage. Une brave fermière ayant perdu son bébé avait accepté de donner le sein à Noémie. Un jour, Tancrède avait découvert Isidore en train de fabriquer un biberon de bois pour la petite. La fermière était de nouveau enceinte, son lait se tarissait. Isidore avait décidé de passer Noémie au lait de « la Noire », la meilleure laitière du cheptel Hautefort. Pour la première fois, Tancrède s'était approché du berceau de sa fille. Celle-ci dormait, elle ressemblait à Eugénie, mais avec déjà un air farouche de volonté qui manquait à sa mère. Devinant probablement la présence de cet inconnu qui était son père, elle avait ouvert ses grands yeux déjà si bleus. Elle avait regardé Tancrède bien en face, puis elle avait souri avec un aimable gazouillis.

De ce jour, Tancrède était devenu, comme Isidore, « l'esclave » de Noémie. L'existence de la fillette à Hautefort avait été la même que celle de toutes les petites filles de fermiers des environs. La nouvelle école publique était pour les garçons. Les filles n'y avaient pas encore droit[1]. À quoi cela leur aurait-il servi ? Leur avenir de fermières était tout tracé. Elles se marieraient, auraient beaucoup d'enfants. L'essentiel était de leur apprendre à tenir la laiterie et tous les travaux ménagers de la ferme.

Tancrède Hautefort était un homme assez exceptionnel. Né paysan, fils et petit-fils d'ancêtres paysans, il avait compris la supériorité que pouvait apporter à un être humain, fût-il « femelle » ou « mâle », l'instruction. Lui-même avait appris à lire et à écrire très tard dans des circonstances peu ordinaires... Cet homme apparemment bourru avait vu du pays et connu le vaste monde « grâce » aux guerres napoléoniennes.

1. L'école pour filles à Sainte-Mère ne sera ouverte qu'en 1867, car l'école mixte était interdite par l'évêque.

3

L'odyssée d'un Normand

Né le 5 juillet 1789 à Hautefort, Tancrède aurait normalement dû apprendre les rudiments de la lecture et de l'écriture comme Mathurin Hautefort, son père, avec l'ancien curé de Sainte-Mère, le père Nicolas, mais celui-ci, réfractaire à la république, avait dû s'enfuir chez les Chouans grâce à l'aide de l'Ancien. En fait, Tancrède enfant avait un souvenir de la Révolution assez modéré, mis à part les discussions véhémentes, le soir, entre Tancrède l'Ancien, qui était royaliste, et Mathurin, républicain dans l'âme. Au bout de la table, le valet Isidore se taisait. Dans le Centre Cotentin, à part quelques excès aussi bien révolutionnaires que chouans, la période n'avait pas été trop sanguinaire, du moins dans la région de Sainte-Mère.

En 1793, Mathurin Hautefort avait été choisi par ses concitoyens pour devenir le premier maire de Sainte-Mère. Tancrède se souvenait de sa fierté de voir son père défiler avec ses dix nouveaux conseillers municipaux. L'Ancien se mura dans un silence réprobateur, d'où il ne sortait que pour parler à son petit-fils du prince Tancrède de Jérusalem. Un prêtre « jureur » vint à Sainte-Mère remplacer celui qui avait disparu. Ce fut Augustine, qui n'avait jamais rien dit, qui interdit à son fils d'aller apprendre à lire avec ce dernier qu'elle estimait traître à sa religion. L'Ancien approuva vigoureusement sa belle-fille. Mathurin ne dit rien. Il espérait l'école de la république qui tardait à venir. En attendant, il prétendit apprendre les lettres à Tancrède, mais les travaux des champs les occupaient trop tous les deux.

En 1802, eurent lieu les levées de conscrits de l'an IX et de l'an X ; Tancrède, qui n'avait que treize ans, se présenta aux sergents recruteurs, en prétendant avoir les dix-huit ans requis. Il avait filé en compagnie de son ami Jean-Baptiste Sénéchal, qui avait quatre ans de plus que lui. Tancrède était déjà très grand et fort pour son âge. Mathurin Hautefort, furieux, alla récupérer son garçon déjà incorporé dans la colonne mobile de Carentan. Jean-Baptiste Sénéchal partit avec l'armée en chantant. Pendant quelques années, Tancrède rongea son frein en travaillant dur à la ferme, mais il sombrait parfois le soir, assis sur le banc de l'Ancien maintenant disparu, dans des rêves sans fin. Mathurin secouait la tête en portant le fourrage aux bêtes : « Ce n'est point bon pour un jeunot d'rêvasser comme ça ! » Augustine s'inquiétait pour son garçon. Elle aurait voulu qu'il fréquente la « Tiennette », fille de métayers installés sur les terres de Reuville, mais Tancrède pensait à autre chose.

« Braves Normands,

L'honneur national, le danger de la patrie vous appellent sous les drapeaux du guerrier auquel la France entière a, par un pacte solennel, confié les rênes du gouvernement... Sûrement la conscription de 1808 s'empressera de répondre au noble et touchant appel de l'Empereur...

Venez, jeunes gens, rejoindre notre chef Auguste Napoléon ! »

Les tambours roulaient. Les gardes champêtres lisaient les proclamations, appelant les jeunes hommes à rejoindre la Grande Armée.

« Vive l'Empereur ! »

À dix-neuf ans, Tancrède était un fervent bonapartiste. Le vieux Mathurin restait farouche républicain. Les soirées à Hautefort étaient infernales. On se disputait très tard à la lueur des chandelles. Un matin, Augustine, sanglotante, vit partir son fils aîné. Il leur restait Guillaume qui n'avait que seize ans. Mathurin mâchait sa pipe. Les Hautefort, désolés, étaient sûrs de ne jamais revoir leur garçon vivant. Mathurin interdit désormais que l'on prononce devant lui les noms de Tancrède et Napoléon.

Au début, Tancrède trouva la vie militaire très excitante, on lui avait donné des bottes et un bel uniforme. Comme ancien paysan, il était nommé au poste de palefrenier maréchal-ferrant, affecté aux bêtes et aussi aux fourrages de l'armée. Les longues marches, chargé d'un barda, ne le rebutaient pas. Parfois, il pouvait monter dans un chariot. Aux étapes, il referrait les chevaux et leur donnait leur ration d'avoine. Dans les villes et les villages, le peuple applaudissait les soldats de la Grande Armée. Tancrède passa l'hiver à Strasbourg en garnison. Il savait qu'il dépendait du régiment de Davout, mais il ne voyait jamais son maréchal.

Ce fut pendant les longues soirées froides de l'hiver alsacien que Tancrède fit la connaissance d'un ancien conventionnaire, un caporal, ayant fait Valmy, Rivoli, Friedland. Ce soldat de fortune beaucoup plus âgé que Tancrède déclarait s'appeler Canisy, mais le jeune paysan était sûr que ce n'était pas son véritable nom.

Ce Canisy se prit d'amitié pour Tancrède. Le soir, à la lueur d'une chandelle, il commença de lui apprendre à lire et à écrire. Devant les progrès de son élève, Canisy, satisfait, se laissait aller à parler. Un jour, il avoua qu'il avait connu Danton, Robespierre et Saint-Just, et qu'il avait échappé au 9 thermidor de l'an II[1]. Canisy était rempli de toutes les grandes idées de la Révolution. Il voulait que tous les êtres soient égaux devant la loi et l'instruction.

— Sans le « Savoir », on est perdu, Tancrède.

— Mais toi, Canisy, qui savions même lire en latin... à quoi qu'ça t'a ben servi ?

Canisy corrigeait son élève.

— Qui « sais », pas qui « savions »... Et à quoi ça « t'a servi » ! L'instruction, Tancrède..., eh bien, ça m'a servi à RESTER en vie.

Il ne voulait pas en dire plus.

Au printemps, on fit manœuvrer les troupes. Tancrède se retrouva à Essling. Il était à l'arrière avec les chevaux qu'il devait soigner. Il voyait revenir de pauvres bêtes éventrées. Tancrède plaignait presque plus les animaux que les hommes. Mais il était trop loin de la bataille. Il entendit surtout le canon. À Wagram, ce fut différent. Il faisait une chaleur épouvantable ce 5 juillet 1809. On manquait d'hommes et Tancrède se retrouva pour son anniversaire, il avait vingt ans, sans entraînement, baïonnette au canon, avançant dans le bruit et la fumée. Soudain, avec le réflexe du paysan qui plante sa fourche dans un rat, il transperça de part en part un Autrichien aussi terrorisé que lui. Après une nuit terrible, hantée par les cris des agonisants, le matin il fallut y retourner. Le 6 juillet au soir, Tancrède,

---

1. Chute de Robespierre et de ses alliés le 27 juillet 1794. Fin de la Convention montagnarde.

couvert de poussière et du sang des ennemis, apprit que l'on avait gagné. Il aida les brancardiers à ramener les blessés et à enterrer les morts. Il restait trente-quatre mille Français et cinquante mille Autrichiens sur le champ de bataille. Tancrède retrouva Canisy au pied d'un arbre. Il défit aussitôt les brandebourgs du dolman pour s'assurer que son ami était bien mort. Un papier taché de sang s'échappa de sa chemise entrebâillée et Tancrède lut : *« Je suis Canisy le soldat inconnu de la Révolution... Mon vrai nom est l'Aîné de la Liberté ! »*

Tancrède, le cœur lourd, enterra Canisy, l'homme qui lui avait appris à lire et à écrire. Il ne saurait rien de plus du vieux conventionnaire. La tête basse, à la nuit, Tancrède rentra à son campement.

— Eh ! l'Normand, un « pays » t'attend près du feu ! cria un sergent à Tancrède.

C'était Jean-Baptiste Sénéchal, son camarade de Sainte-Mère, qui avait appris la présence de Tancrède comme maréchal-ferrant au régiment de Davout. Les deux amis s'étreignirent avec émotion. Tancrède s'aperçut en retrouvant Jean-Baptiste qu'il avait très peu pensé à ses parents, à la ferme, et il en conçut beaucoup de remords. Malgré l'épuisement de la bataille, les deux jeunes soldats parlèrent tard dans la nuit autour du bivouac.

À vingt-quatre ans, Jean-Baptiste Sénéchal était devenu lieutenant, il s'était couvert de gloire à Abensberg et à Ratisbonne. Durant la paix relative qui suivit, Tancrède et Jean-Baptiste allèrent de cantonnement en cantonnement. Ils réussirent à rester assez proches pour se voir souvent. Ils parlaient de Sainte-Mère, des fermes, de la mer au hameau de la Madeleine, où ils allaient parfois pêcher et galoper sur la longue plage de sable fin. Tancrède écrivit une lettre à ses parents où il leur assurait qu'il allait très bien et qu'il rentrerait à Hautefort une fois les guerres terminées. Comme toute l'armée, Tancrède apprit en 1811 que l'Empereur avait eu un fils, le roi de Rome. On fêta l'événement comme il se devait. La dynastie était assurée. Jamais les Bourbons ne reviendraient. Au soir de mai 1812, Tancrède était cantonné à Mulhouse. Il sortait souvent avec une jeune fille du nom de Marion, dont le père était aubergiste. Du Furstemberg, Jean-Baptiste venait parfois les rejoindre dans la taverne. C'était la paix et le bonheur. Tancrède songeait à ramener Marion à Hautefort. Il allait faire sa demande lorsque début juin la nouvelle éclata comme un coup de tonnerre : l'Empereur, ayant rompu son alliance avec le tsar Alexandre Ier, entreprenait la campagne de Russie. La Grande Armée s'ébranla en chantant. Tancrède, un peu triste de quitter Marion, mais le cœur joyeux d'aller vers la victoire, quitta la France sans angoisse. Il écrivit à ses parents :

« *Ma chaire mère, mon chair père, nous partons vincre la Russie failonne et nous rentrons bientaut. Votre fieu très respectueus et obéïssant.*

Tancrède Hautefort. »

Il va sans dire que Canisy était mort un peu trop tôt. Le conventionnaire aurait encore eu quelque travail pour améliorer l'orthographe de son élève.

Le 23 juin 1812, Tancrède franchissait, avec la Grande Armée de cinq cent mille hommes, toutes nationalités confondues, le Niémen. Le jeune paysan était séparé de Jean-Baptiste Sénéchal qui servait dans les régiments de Ney.

Vilna, Ostrowno, Vitebsk, Smolensk. À part quelques escarmouches auxquelles Tancrède ne participait pas, les cosaques fuyaient devant l'armée de Napoléon. Il faisait une chaleur étouffante. Tancrède et ses compagnons palefreniers soignaient comme ils pouvaient les pauvres chevaux qui mouraient d'épuisement. On manquait de nourriture. Les Russes brûlaient tout derrière eux. L'avance continuait à marche forcée. Après la canicule, des torrents d'eau détrempèrent le sol. Ce pays n'était plus qu'un immense marécage. Enfin, Tancrède apprit le 6 septembre à l'arrière qu'une vraie bataille allait se livrer le lendemain. Sous la conduite du maréchal Koutousov, les Russes attendaient les Français sur la Moskova, à Borodino. Ce fut une boucherie. Tancrède voyait revenir hommes et bêtes en sang, mourants. Par humanité, il fallait abattre les chevaux. Pour les hommes, les chirurgiens faisaient ce qu'ils pouvaient. Tancrède crut que la bataille était perdue. Un maréchal des logis lui affirma qu'elle était gagnée et que la route de Moscou était désormais ouverte. Quand Tancrède vit les coupoles dorées de la ville des tsars, il fut émerveillé. Il avait pris les Russes pour des sauvages vivant dans un pays barbare, et il découvrait une civilisation admirable de beauté. Après quelques réticences, il se livra comme toute l'armée française de Napoléon, des maréchaux au simple soldat, au pillage. La plupart des Russes avaient déserté la ville et Tancrède pilla avec ses camarades plusieurs demeures. Il amassa un trésor de guerre, bijoux, pièces d'or, cadres enchâssés de pierreries, qu'il cacha dans un des chariots de fourrage dont il avait la garde. Jean-Baptiste Sénéchal le cherchait depuis Borodino. Les deux « pays » se retrouvèrent par hasard devant la basilique de Basile-le-Bienheureux. Jean-Baptiste avait été blessé au bras. Bien qu'il ait été nommé capitaine, il était pessimiste.

— Tancrède, on ne va plus s'en sortir !

— Mais, Jeannot, on a gagné, on est à Moscou, pas vrai ?

— Regarde, mon gars !

Jean-Baptiste lui désignait des fumées qui apparaissaient çà et là dans la ville.

— Les Ruskofs mettent le feu partout. Nous n'allons pas pouvoir rester ici pour la saison d'hiver... Si on doit battre en retraite, fais bien attention à toi, mon gars...

Soudain émus, les deux jeunes Normands se jetèrent l'un contre l'autre. Ils pénétrèrent dans la basilique dorée pour y prier comme ils le faisaient dans leur chère et bonne église de Sainte-Mère. Sans se l'avouer, sous les icônes, ils firent chacun un vœu.

Quelques semaines plus tard, sous la neige, dans le froid, le gel, la misère, la faim qui le tenaillait, Tancrède n'avait qu'une seule idée en tête : revoir Sainte-Mère. La plus grande armée du monde, pourchassée par les cosaques, n'offrait plus qu'un spectacle de gueux affamés.

« Comment qu'on a pu en arriver là ? Sommes-nous punis ? », se demandait Tancrède, les pieds à demi gelés dans ce qui lui restait de bottes. Pour essayer de se protéger, il s'était entouré les pieds et les jambes de chiffons. Il continuait de soigner les quelques malheureux chevaux qui survivaient. Il était devenu ami d'un Polonais, de la légion Dabrowski. Ladislas était un paysan comme lui.

Le 25 novembre, Tancrède aperçut la Berezina. Le fleuve charriait des glaces. Les pontonniers du général Éblé fabriquaient courageusement des pontons pour permettre à l'infanterie et à l'artillerie de passer sur l'autre rive. Tancrède savait que Jean-Baptiste, avec ce qui restait de l'armée de Ney, couvrait l'arrière et résistait aux attaques incessantes des cosaques. Enfin, après avoir attendu trois longs jours sur la rive gelée, Tancrède put passer le 28 novembre. Les boulets tirés par les canons russes tombaient un peu partout. Tancrède avançait sur le ponton en guidant ses chevaux et le chariot où il avait caché son trésor. Il entendit un fracas de tonnerre suivi d'une grande lueur. Sur le moment, il ne sentit rien. L'atroce douleur ne vint que plus tard. Il gisait sur ce qui restait du ponton. Avec indifférence, il vit son chariot au trésor partir avec les chevaux affolés dans les glaces de la Berezina. Redressant la tête, il s'aperçut qu'il était étendu dans une mare de sang. Il n'avait plus qu'une botte. L'autre jambe, ou plutôt ce qu'il en restait, était toute rouge. Enfin Tancrède s'évanouit. Il se réveilla dans une grange. L'atroce douleur à la jambe le tenaillait. Un chirurgien au tablier couvert de sang lui déclara :

— T'as eu de la chance, petit ! C'est le boulet qui a fait le travail, je n'ai plus eu qu'à fignoler !

Tancrède se redressa. Il vit le pansement entourant sa cuisse et comprit qu'il avait perdu la jambe droite. C'était Ladislas le Polonais qui l'avait sauvé en le tirant du ponton. Il l'avait chargé sur son dos, amené à un chirurgien débordé qui avait accepté de cautériser la plaie.

— Allons, navré, mon gars, mais il y en a d'autres qui attendent, il faut aller dehors, déclara le chirurgien.

Tancrède se retrouva sur la paille d'un chariot, entouré de moribonds. Il gémissait, assoiffé, anéanti, dans la vermine. Aux étapes, le Polonais lui apportait à boire ou à grignoter ce qu'il pouvait trouver. Tancrède grelottait de fièvre. Il avait perdu la notion du temps, alternant les périodes de conscience et d'évanouissement. Les fuyards approchaient du grand-duché de Varsovie. Là, on serait en terre amie. Après des jours horribles, Ladislas trouva enfin une charrette, et il emmena Tancrède dans la ferme de ses parents, qui se trouvait dans la province de Mazovie près de la Vistule. Tancrède resta plusieurs mois à se remettre chez ces braves gens. Le père s'appelait Wenceslas Mazuski. Tancrède avait l'impression d'être à Hautefort. Dès qu'il fut capable de tenir debout avec des béquilles, il aida aux travaux de la ferme. Wenceslas avait une haute estime pour Tancrède. Le jeune Normand serait bien resté en Pologne, d'autant plus que Ladislas avait une sœur, Maria, mais il ne rêvait que de Sainte-Mère et de retrouver Hautefort. Wenceslas fabriqua un pilon de bois pour son réfugié français. Après s'être entraîné pendant quelques semaines dans la cour de la ferme, Tancrède, les larmes aux yeux, quitta ses amis polonais qui lui avaient sauvé la vie. Il savait qu'il ne les reverrait sans doute jamais, mais qu'il les garderait toujours dans son cœur. Muni d'une solide musette, Tancrède traversa la Pologne, puis la Prusse, en évitant les combats qui avaient repris au printemps 1813. Il n'avait qu'une peur, c'était de retomber sur des recruteurs qui le ramèneraient dans l'armée française, malgré son état. Son moignon le faisait souffrir, parfois il n'avançait que d'une lieue par jour. Il marchait souvent la nuit pour contourner les régiments. À partir de la Hollande, il respira un peu. Il avait augmenté sa résistance à la marche et faisait jusqu'à quatre ou cinq lieues. Il s'arrêtait parfois dans des fermes, demandant la nourriture et le coucher dans une grange en échange de son travail d'un jour ou deux. Quand il pénétra en France, Tancrède sut qu'il était sauvé. Une sorte de rage l'animait. Sans ressentir son épuisement, il avançait comme un somnambule. Dans les villages, le peuple reconnaissait en lui un rescapé du désastre russe, on lui posait des questions. Il avait du mal à répondre et restait évasif. Il apprit en revanche sur des marchés que l'Empereur et la France devaient faire face à une terrible coalition de la Prusse, la Russie, l'Autriche et la Suède. Des victoires françaises avaient été remportées à Lützen, Bautzen, Dresde. Ces nouvelles laissaient Tancrède indifférent. Toutes ses forces tendaient vers un seul but : rentrer pour la cueillette des pommes et faire le cidre. Quand il fut en Normandie, il baisa le sol de son pays. Il reconnaissait presque l'odeur de la terre. Ce n'était pas encore celle de l'herbe grasse du Cotentin mais le cœur de Tancrède battait de plus en plus fort. À Caen, pour la première fois, une brave veuve le prit dans sa berline tirée par deux chevaux. Elle allait voir ses enfants à Bayeux. Elle avait perdu son mari colonel à Wagram. Comme malgré lui, Tancrède murmura :

— J'y étais !

— Pauvre garçon, mais vous avez de la chance, vous revenez au pays…

Quand Tancrède arriva au sommet de la côte de Fauville et qu'il aperçut le clocher de Sainte-Mère, l'émotion fut trop forte. Il était comme paralysé, incapable pendant un long moment de bouger. Il s'allongea derrière une haie et attendit que le soleil baisse à l'horizon. Il ne se sentait pas la force de rencontrer âme qui vive, ni de répondre aux questions. Il arriva à la nuit tombante à Hautefort. La ferme n'avait pas changé. Les bâtiments construits à trois époques différentes étaient toujours en place. La tour orgueilleuse dominait les bâtiments. Un vieil homme était assis sur le banc de pierre. Tancrède, un instant, crut divaguer. C'était l'Ancien qui attendait son petit-fils.

— Héla ! Qué que tu veux, le gars ? Passe ton chemin, c'est trop tard, reviens d'main, y'aura du travail…

Tancrède reconnut la grosse voix de son père Mathurin. Celui-ci le prenait de loin pour un vagabond. Ce fut Augustine, sortant de la laiterie, qui reconnut la première son garçon.

Tancrède ne put dormir cette nuit-là. Le bon lit, la douceur de la couette normande, l'odeur du bois ciré, l'excitation, la joie, la tristesse le tenaient éveillé. Avec des sanglots de bonheur mêlés à leur chagrin, ses vieux parents l'avaient mis au courant de ce qui s'était passé depuis son départ : cinq longues années. Parti en 1808, il revenait en 1813. Son frère, Guillaume, était mort de phtisie l'an passé. Rien n'y avait fait. Ni les soins du jeune docteur Gamboville, ni les ex-voto à la Vierge de Sainte-Mère. Tancrède s'allongea sur le parquet roulé dans la couette. Il était mieux à la dure. Ses paupières se fermèrent. Il voulait se souvenir du gentil Guillaume avec ses yeux rieurs, mais il vit Canisy qui lui souriait : « C'est la vie ! »

Enfin, au chant du coq, il s'endormit. Dans la matinée, son père le présenta fièrement aux journaliers déjà au travail.

— V'là mon gars, le Tancrède, il s'en est r'venu cheu nous... j'étions ben fatigué... ce s'ra lui maintenant le maître de Hautefort !

Tancrède prit sa pipe avec un long soupir. Noémie, victorieuse, heureuse de son triomphe au marché, pérorait avec Isidore. Le vieux valet était en adoration devant sa jeune maîtresse. Tancrède n'avait pas eu la chance d'avoir un garçon. Celui qui était né avant Noémie, le petit Jérémie, du nom du père d'Eugénie, n'avait pas vécu. Tancrède était fier de sa fille mais parfois inquiet. Elle lui semblait trop racée, trop fière, trop instruite maintenant pour faire une bonne fermière. Avait-il eu raison de s'être saigné aux quatre veines pour l'envoyer apprendre à Saint-Lô ? Finalement apprendre quoi ? À discuter avec un Breton têtu ? Bien sûr, elle avait gagné le marchandage. Ces cent cinq francs qu'elle brandissait avec gloriole n'étaient pas négligeables. Mais ce n'était pas tout. Où trouverait-elle un mari de son milieu, maintenant ? Elle n'accepterait jamais les ordres d'une belle-mère acariâtre dans la ferme de son époux ! Et si elle changeait de cadre, épousait un bourgeois de Coutances ou d'Avranches ? Belle et instruite comme elle l'était, elle pouvait même prétendre à un notaire ou à un apothicaire. Dans ce cas, que deviendrait la ferme ?

— Papa, j'ai préparé la soupe, en veux-tu ?

— Une bolée, ma fille.

— Tu n'as pas écouté la moitié de ce que je t'ai dit.

— Ma foi si.

— Que non… tu ne m'as pas dit que tu es fier de moi !

— Je suis toujours fier de toi, ma belle !

— J'irai samedi au marché d'Isigny.

— Pourquoi pas !

— Tu as des soucis ?

— Mais non !

— Oh ! je te connais ! Quand tu mâchouilles ta pipe, c'est que ça ne va pas. N'est-ce pas, Isidore ?

— Dam' oui, petiote !

— Tu sais, papa, j'ai vu aussi mon amie Isabelle de Reuville. Elle était en pension avec moi, tu te souviens… ? Oh ! nous étions assez amies. Nous faisions partie du « club des Gazelles »… Elle veut que j'aille au château un jour.

— Hem… on dit dans l'pays que le jeune M. Gontrand est un propre-à-rien, un viveur comme le père, le comte… un joueur à c'qui paraît…

— C'est ton grand-père qui a sauvé leurs parents sous la Révolution ?

— Ouais… c'était un coup à l'Ancien, mais vu la descendance des Reuville, je crois bien qu'il aurait mieux fait d'rester au lit, cette nuit-là.

Noémie éclata de rire. Elle apportait la soupe aux choux nappée de graisse d'oie. Tancrède alla s'asseoir au bout de la table dans « son » fauteuil de maître. Le même fauteuil à haut dossier foncé acheté par un ancêtre à une foire de Villedieu-les-Poêles et qui servait depuis trois générations. Il baissa la tête et joignit les mains pour dire un rapide bénédicité. Noémie et Isidore firent de même.

— Merci, Seigneur, de nous donner cette nourriture, amen !

Avant de plonger sa cuillère dans le pain spongieux de la soupe, Tancrède regarda sa fille qui était revenue vers la cheminée. Gracieusement, elle se penchait pour remettre une bûchette. Le même souci reprit Tancrède : « Après moi, ma petite Noémie sera-t-elle capable d'être le maître de Hautefort ? »

4

La Louée

Pour la troisième fois, le régisseur du château, Jehan Kermadec, repassait à cheval devant la ferme de Hautefort. Tancrède allait et venait dans la cour en faisant celui qui ne voyait pas son manège. Mais, les yeux plissés sous sa casquette, il n'en perdait rien. « Qu'est-ce qu'il veut, cet étranger, ça doit être encore rapport à mes champs de pommiers, il n'est pas près de les avoir… ou alors, est-ce que ce serait pour la Noémie ? »

Le régisseur finit par se décider à entrer dans la cour de Hautefort. Il mit pied à terre.

— Mes respects, monsieur Tancrède.

— Hum, le bonjour.

— Belle journée…

— Ça va.

— Hum… hum… – le régisseur se gratta la gorge – Mlle Noémie serait-elle là ?

— Allez donc voir à la salle, maugréa Tancrède.

Il avait la réponse à sa question, c'était à sa fille que le « horsain[1] » en voulait.

Jehan Kermadec salua poliment Tancrède avant de pénétrer dans la ferme.

Derrière la lourde table de chêne, Noémie était en train de préparer de la chicorée. Au soleil du matin,

1. Étranger.

Kermadec ne put s'empêcher de trouver la jeune fille, sans bonnet, ses opulents cheveux dorés dénoués sur les épaules, encore plus splendide qu'au marché.

— Bonjour, mademoiselle, vous souvenez-vous de moi ?

— Monsieur Kermadec, qu'est-ce qui nous vaut l'honneur de votre visite ?

Noémie était un peu troublée par le regard admiratif du régisseur.

— Eh bien, voilà. Je suis venu vous rendre de l'argent.

— Me rendre de l'argent ?

Noémie écarquillait les yeux.

— Oui, mademoiselle, au marché, vous vous êtes trompée dans vos comptes…

— Trompée ? mais, c'est impossible, répondit Noémie, très vexée.

— Ah, vous savez, le papier et les crayons, c'est bien beau, mais les fermières d'ici avec leurs pelotes et leurs aiguilles ne font jamais d'erreur !

Noémie était furieuse. L'aplomb de ce garçon l'énervait au plus haut point. Cependant, elle se garda de répondre. Il ne fallait pas perdre un si bon client. Avec diplomatie, elle rétorqua :

— Je ne demande qu'à vous croire, monsieur, pouvez-vous m'expliquer ?

— Alors, voilà, dans votre compte, vous m'avez vendu trois mottes de beurre de six livres chacune à un franc cinquante la livre. Vous auriez donc dû me compter chaque motte à neuf francs !

— C'est exact, répondit Noémie qui venait de comprendre que « l'étranger » avait raison.

Impitoyable, il continua sa démonstration.

— Or, vous me les avez vendues six francs chacune. Je vous dois donc trois francs par motte, c'est-à-dire…

— Neuf francs ! le coupa Noémie.

— Tout à fait exact !

Jehan s'amusait de voir la jeune fille si énervée.

— Et le reste était bon ? reprit Noémie.

— Tout à fait juste, là, vous aviez bien compté !

Tout en parlant, il déposait neuf francs sur la table.

Noémie fronça les sourcils, puis avec le charme déconcertant qui était le propre de sa personnalité, elle éclata de rire.

— Merci de votre honnêteté, monsieur Kermadec, mais pourquoi ne pas l'avoir dit au marché ?

— Parce que je vous estime trop et que je ne voulais pas vous faire un tel affront devant vos amies fermières !

Après cet épisode qui aurait pu mal tourner, Jehan Kermadec prit l'habitude de venir souvent à Hautefort pour voir Noémie. Tous les prétextes lui étaient bons, il achetait du cidre, du beurre, des poules. Il était respectueux pour Tancrède, amical pour Isidore, toujours prêt à rendre service à Noémie, bref, peu à peu, il se fit admettre de tous.

Un matin de septembre, Tancrède déclara en regardant ses pommes :

— C'est le moment ! Elles ne sont ni trop vertes ni trop mûres. C't'année, on va faire dans les trois mille chopines[1] de cidre, et du gouleyant !

La saison préférée des Normands venait d'arriver. Tancrède était revenu de Sainte-Mère avec dix journaliers, des solides gaillards.

— Et pas d'outils en fer ! ordonna le maître de Hautefort. Le fer, ça donne mauvais goût au cidre.

1. Environ trois mille litres.

Les journaliers commençaient la cueillette au lever du jour en chantant :

Bouonns geins, j'érouns ch't annaée,
Du bére à caoudrouanaée,
Et les poum's à quertaée, annyi ciume dains l'teimps
Sérount tréjous réjoui l'quœu des Normands

puis ils s'arrêtaient à l'angélus de midi pour déjeuner à l'ombre d'un pommier. C'était Noémie, avec deux servantes solides, la Mariette et la Désirée, qui leur apportaient des paniers bien remplis. Après une courte sieste, ils recommençaient leur ouvrage jusqu'à l'angélus du soir. Tancrède leur donnait un franc cinquante par jour, plus la nourriture. C'était bien payé. Les vergers de pommiers du domaine de Hautefort s'étendaient en contrebas du bâtiment principal. Tancrède l'Ancien les avait plantés là, dans cette belle terre grasse, au siècle précédent. Les bonnes années, ils donnaient huit mille livres[1] de pommes juteuses qui, elles-mêmes, permettaient de fabriquer deux à trois mille chopines de bon cidre normand, du « Grand Hautefort ». Les fruits, une fois cueillis, étaient transportés dans une charrette tirée par un âne et déposés dans le pressoir. Il fallait ensuite les laver, faire après une pilaison deux soutirages, puis décanter à la sortie du pressoir tourné par un percheron et recommencer une nouvelle fois après la fermentation. Ce matin-là, Tancrède regardait ses ouvriers agricoles partir en direction de ses pommiers. Une des lourdes portes de bois de la ferme s'ouvrit, laissant apparaître le vieux valet Isidore Boilevent.

— Qu'est-ce tu t'en vas faire là ? interrogea Tancrède.

---

1. Quatre tonnes.

— J'm'en vas aux pommes avec les autres, le bon maître ! rétorqua le valet, appuyé sur sa lourde canne.

Isidore était un solide gaillard voûté par le temps, au regard bleu outremer. Ses cheveux blonds étaient devenus gris, puis blancs. Éternellement vêtu d'une blaude bleu marine, les pieds entourés de paille dans des sabots de bois « pour point avoir froid », il venait de fêter ses quatre-vingt-cinq ans. Entré à Hautefort le jour de ses quinze ans, il comptait soixante-dix années de travail et de fidélité. Son père ayant fait de la prison pour une peccadille, il n'avait jamais voulu se marier afin que personne ne lui reproche cette « honte » familiale.

À la disparition d'Eugénie, la mère de Noémie morte en couches, il avait considéré qu'il ne pouvait pas laisser « le bon maître » seul. Il avait aidé Tancrède dans cette lourde tâche qui était celle d'élever un enfant. Il n'avait jamais osé considérer Noémie et Tancrède comme des gens de sa propre famille, cela ne se faisait pas. Il les servait, les respectait et les aimait, ils étaient tout pour lui.

L'œil encore brillant, Isidore comptait donc aller à la cueillette des pommes, comme tous les ans. Tancrède ne l'entendait pas de cette oreille.

— Tu vas rester à la ferme, l'Isidore, avec les femmes ! T'es trop vieux maintenant !

— Si vous me laissez point y aller, ça va me porter le mauvais œil ! Ça fait soixante-dix ans que j'vas à la cueillette et, c'tannée, j'm'en vas y aller aussi !

Isidore tapait de sa canne sur le sol.

Devant cette volonté, et pour ne pas contrarier ce vieux serviteur qu'il respectait, Tancrède s'inclina. Isidore, il le savait, était, comme tous les paysans normands, superstitieux. La malchance, ça existait !

Il le laissa donc rejoindre les autres. La journée était ensoleillée.

Noémie accompagna Tancrède à la ville de Carentan pour chercher des pelles et des râteaux qu'il avait commandés. Ils revinrent comme quatre heures sonnaient au clocher de Sainte-Mère. Une bien mauvaise nouvelle les attendait. Quand la carriole passa le porche de la ferme, Tancrède et Noémie eurent la surprise inquiète de voir les journaliers devant la demeure. Ils attendaient le retour des maîtres avec impatience. Pendant leur absence, Isidore était tombé à la renverse d'une échelle. On l'avait installé dans la cuisine. Tancrède le fit transporter, à l'étage, dans sa propre chambre.

— Toi, ma fille, va vite chercher le docteur Gamboville ! ordonna Tancrède.

Noémie aimait infiniment Isidore, le voir étendu sur la grande table sans connaissance l'avait bouleversée. Le fouet claqua entre ses mains et Capitaine repartit à toute allure, cette fois-ci en direction de Sainte-Mère.

Tancrède pénétra dans la chambre sombre, une servante, la Désirée, avait tiré les lourds rideaux de velours pourpre. Isidore était allongé au centre du lit à baldaquin dont les portes de bois restaient ouvertes. Le pauvre vieux était livide. Tancrède s'approcha de lui, avec angoisse, il se rendit très vite compte qu'Isidore avait beaucoup de mal à respirer. Le fidèle valet leva la main. Il fit signe à Tancrède de se rapprocher encore. Visiblement, il voulait dire quelque chose à son maître.

— Ne te fatigue pas, Isidore, Noémie est partie chercher l'docteur… Ne parle pas, repose-toi, on va bien te soigner.

— Mon bon maître, murmura Isidore dans un faible souffle, il y a dans mon chambreau[1], au-dessus des écuries, dans mon matelas toutes mes économies, cinq cents pistoles, c'est pour la Noémie, le jour de son mariage, à lui donner de ma part…

Une larme coulait maintenant sur la joue de Tancrède, cinq mille francs, cela représentait le travail de toute une vie… Tancrède essuya ses joues.

— Allons, Isidore, le docteur va te guérir et tu t'en vas garder ton argent pour toi… Ah ! je n'aurais jamais dû te laisser y aller.

— Si, mon bon maître, comme ça c'est le Seigneur qui va venir me chercher pour m'emmener là où y fait jour parce que je s'rai mort au labeur, et c'est bien… Et c'est point le diable avec sa queue fourchue qui emmènera l'Isidore… Le diable, il emmène que les paresseux et les menteurs.

Noémie revint avec le docteur Gamboville deux heures plus tard, elle l'avait cherché dans plusieurs fermes. Le médecin monta examiner le malheureux Isidore. Il ressortit de la chambre un moment après. Il arborait une « tête » de circonstance.

— Alors ? demanda Tancrède, anxieux.

Le docteur secoua la tête.

— Désolé, monsieur Tancrède, ce brave homme ne passera pas la nuit. Il a la cage thoracique enfoncée. Ses côtes appuient sur ses poumons, il va mourir d'épuisement. Tout ce que je peux faire est de lui donner un peu de sirop aux herbes d'eucalyptus, mais je doute que cela puisse apaiser ses douleurs.

Après avoir remercié et payé le docteur, Tancrède s'assit un instant dehors sur le banc de pierre, ses mains

1. Chambre du « grand valet », au-dessus de l'écurie.

recouvraient son visage. Noémie vint s'asseoir auprès de lui.

— Papa, dis, il ne va pas mourir, notre Isidore ?

— Ah ! petiote, c'est bien triste... Je m'en vas le veiller, il ne faut point qu'il passe sa dernière nuit tout seul avec les fantômes et les goublins ! Sois courageuse. Va chercher monsieur le curé !

Ravalant ses larmes, Noémie obéit à son père. En chemin, elle rencontra Jehan Kermadec. Bouleversé de la voir dans cet état, le jeune régisseur se mit à son service pour l'accompagner jusqu'au presbytère. Sentir Jehan chevauchant à son côté fit du bien à Noémie. Avec beaucoup de dévouement, il revint jusqu'à Hautefort avec la jeune fille et le curé de Sainte-Mère-Église. Il ne les quitta que devant le portail avec ces mots :

— Si vous avez besoin de quoi que ce soit, mademoiselle Noémie, n'hésitez pas à me faire quérir.

Tard dans la soirée, le père Thomas donna l'extrême-onction à Isidore. C'était un bon fidèle, très pieux. Jamais le dimanche il ne ratait la grand-messe, les vêpres et le salut. Quand le curé ressortit de la chambre sombre, il était deux heures du matin. Il accepta la tasse de chicorée et le petit verre de calvados que lui proposait Noémie. Tancrède était resté auprès d'Isidore. Il s'assit sur une petite chaise auprès du vieil homme. Celui-ci fit signe à Tancrède de se pencher. Isidore parlait de plus en plus faiblement, Tancrède devait se concentrer pour comprendre ce que lui disait son vieux valet :

— Cette fois... je vais... je vais... partir... pour toujours, mon bon maître... n'oubliez pas... dans mon matelas, les cinq cents pistoles pour Noémie... mais... pas... avant le jour de son mariage... avant pas un mot, c'est une surprise... et demandez-lui de m'dire une... petite... prière de temps en temps...

Tancrède sentit son cœur se serrer. Il entendit la porte s'ouvrir. Noémie vint le rejoindre. Elle comprenait sa douleur et la partageait entièrement. Ses mains se posèrent sur ses épaules comme pour lui donner un encouragement.

— Petiote, petiote...

À cet appel, Noémie s'agenouilla à côté d'Isidore. Il lui adressa un maigre sourire, puis il ferma les yeux comme s'il s'endormait en paix. Il était déjà loin.

À travers ses larmes, Noémie regardait le vieux domestique, il lui semblait soudain si âgé. Elle ne l'avait pas vu vieillir, comme cela arrive souvent parmi les membres d'une famille. Elle voulait toujours garder en mémoire les souvenirs de sa vision d'enfant. Isidore jouant avec elle sur ses épaules. Noémie avait beaucoup de chagrin. Après sa maman qu'elle n'avait connue qu'à travers une pauvre gravure, c'était la deuxième personne proche qui la quittait. Comme pour être sûre que son père n'allait pas lui jouer le même mauvais tour, elle se jeta dans ses bras en le serrant de toutes ses forces.

Le lendemain, Tancrède fit imprimer des faire-part. Cela coûtait cher mais il s'agissait de l'Isidore ! C'est Noémie qui rédigea le texte. Il était ainsi formulé :

Tancrède et Noémie Hautefort
ont la douleur de vous faire part
de la disparition de leur fidèle ami
Isidore Boilevent
mort avec les secours de l'Église dans sa 85e année
à la ferme de Hautefort.
Requiescat in Pace.

Selon la coutume normande, les voisins vinrent « jeter de l'eau ». Chaque visiteur faisait d'abord l'éloge du disparu, puis on passait dans la chambre mortuaire et, à l'aide du buis, on lançait quelques gouttes d'eau bénite sur la dépouille mortelle. Isidore fut inhumé, trois jours plus tard, selon ses volontés, au petit cimetière de Sainte-Marie-du-Mont dont il était originaire.

La soirée se prolongea très tard, ce jour-là, chez les Hautefort. Les convives s'installèrent autour d'un bon feu. Tandis que Noémie servait la chicorée, on récitait des *Pater* et des *Ave.* Tout en priant, les femmes cousaient, les hommes, pour ne point perdre de temps, taillaient du chanvre. Certains fumaient la pipe. Ils buvaient aussi un gloria bien tassé. Jehan Kermadec était venu soutenir Noémie. Avec délicatesse, il ne manquait jamais une occasion de se faire apprécier de la jeune fille. Il y réussissait parfaitement bien et se faisait, du reste, de mieux en mieux admettre de Tancrède et des voisins de la ferme Hautefort. On commençait à regarder le Breton comme le futur « promis » de la petite Hautefort. Au début de la soirée, les voisins parlaient peu, puis les langues se délièrent avec la chaleur du calvados. On évoquait le disparu. Tout le monde était peiné d'avoir perdu un loyal ami, ce qui n'empêcha personne de manger de bon appétit les pâtés, les poulardes et la soupe préparés, comme le voulait la coutume, par Noémie.

En fin de soirée, chacun rentra chez soi en déclarant que cela avait été un bel enterrement et une bonne veillée dans la tradition.

Un mois plus tard, Tancrède dut se rendre à l'évidence. Noémie avait raison, il y avait trop de travail à la ferme, il leur fallait engager un nouveau valet. Cette perspective d'avoir un étranger n'emballait pas le maître de Hautefort, mais il finit par convenir que sa fille voyait juste.

— Nous irons dimanche prochain à la Louée ! promit Tancrède.

La Louée était le marché aux domestiques. Dans un grand pré, les garçons de ferme, les journaliers disponibles et les servantes sans place se réunissaient. Chacun était paré de ses plus beaux atours et tenait dans sa main l'instrument de sa profession spéciale : le charretier portait deux fouets sur l'épaule, le berger menait un chien en laisse, le batteur agitait un fléau, la fileuse une quenouille... La Louée se déroulait dans une très bonne atmosphère, on discutait ferme et la journée se terminait par une fête générale où souvent l'on dansait.

Tancrède et Noémie laissèrent la carriole et Capitaine, attaché à un arbre, sur le bord de la route. Le cheval se jeta sur une herbe grasse et verte, presque aussi bonne que la luzerne du père Dieuleveut.

— Suis-moi, petite, tu vas voir comment j'm'y prends ! Ne dis rien ! J'vais nous trouver un valet pour remplacer notre pauvre vieux Isidore, lança Tancrède avec assurance.

En boitant légèrement, il fit le tour de la Louée deux ou trois fois de suite. Il regardait un homme, puis passait à un autre et ainsi de suite. Son choix était fait. Il s'arrêta devant un homme d'une soixantaine d'années, un peu bedonnant, à la mine réjouie.

— Comment qu'tu t'nommes ? demanda Tancrède.

— Ernest ! lança l'homme, et j'vous connais, vous z'êtes le Tancrède de Hautefort !

Tancrède bomba fièrement le torse.

— T'as bien dit ! Je cherche un valet de ferme, sais-tu y faire ?

— J'savions labourer, j'savions panser les bêtes et les traire… Z'avez qu'à d'mander à m'sieur Baloup de Vierville, j'ai servi pendant ces deux dernières saisons chez lui !

Noémie prit son père par le bras pour l'emmener un peu plus loin.

— Il ne fera pas l'affaire…

— Et pourquoi donc ?

— Parce qu'il est trop vieux.

Tancrède lança un regard noir à sa fille.

— J'savais point que l'âge était un défaut !

— La question n'est pas là, papa. Ce qu'il nous faut, c'est un jeune gaillard, infatigable. Et qui ne boive pas outre mesure ! Celui-ci a un gros ventre, il doit se fatiguer à la tâche bien vite…

Tancrède n'était pas habitué à ce qu'on lui tienne tête. Mais, au fond de lui-même, une petite voix lui disait que sa fille avait raison.

— Ah, si celui-là n'te va pas, je m'en vais t'en trouver un autre, tu vas voir !

Tancrède se dirigea vers un rouquin.

— Quel âge as-tu ? commença-t-il.

— Cinquante ans ! répondit l'homme.

Tancrède lança un regard interrogatif à sa fille. Elle répondit par un petit signe négatif, Noémie le trouvait encore trop âgé. Tancrède se gratta la nuque sous sa casquette. Noémie en profita pour s'éclipser dans les allées. Au détour de l'une d'elles, elle découvrit l'oiseau rare : un jeune et robuste gaillard qui avait le type normand celtique ; les yeux bleus, les cheveux blonds, la barbe rare, les poignets solides, les jambes musclées, la nuque droite et bien large. Il ne devait pas faire moins de six pieds[1]. Noémie auscultait du regard ce

1. Un mètre quatre-vingts environ.

magnifique spécimen. Tancrède, essoufflé, arriva enfin. Il voulut poser une question au jeune homme, mais Noémie fut plus rapide que lui.

— Comment t'appelles-tu, mon garçon ?

— Zacharie, Zacharie Le Sauvage ! J'étions valet de ferme à Cauquigny chez m'sieur Gabriel.

— Que sais-tu faire ?

— Tout dans une ferme, j'savions m'occuper des bêtes, des champs et des pommes ! J'savions presser le cid', j'savions mener un cheval !

— Où habite ta famille, mon garçon ? continua Noémie.

— J'avions pas de famille, mes parents sont morts v'là bientôt quinze ans ! J'suis orphelin, comme qui dirait.

— Quel âge as-tu ?

— Vingt-trois ans, not' demoiselle.

Cette fois, ce fut au tour de Tancrède d'attraper sa fille par le bras et de l'emmener à l'écart pour lui parler.

— Il est bien trop jeunot ! Il ne doit pas savoir faire grand-chose ! Rends-toi compte, c'est pour prendre la place d'Isidore plus tard... Grand valet[1] !

— Papa, écoute-moi, il est solide comme un roc, il doit être travailleur comme un percheron. Il n'a pas de famille, donc il restera même le dimanche. Ce garçon est une aubaine. Quant à ce qu'il ne sait pas faire, eh bien, tu lui apprendras !

Noémie se retourna pour venir se poster devant Zacharie Le Sauvage.

— Veux-tu te placer chez nous ?

— Oui da, répondit le garçon.

---

1. Équivalent de contremaître.

Tancrède, qui avait beaucoup de mal à supporter le fait que Noémie prenne les décisions à sa place, vint se placer entre celle-ci et le jeune homme.

— Combien qu'tu demandes ?

— Trente pistoles[1] pour l'année, logé, nourri.

— C'est ben cher pour un début, répondit Tancrède. J'te donnerai vingt-cinq pistoles !

— C'est point assez, dit Zacharie, faut point être grec[2], mettez-en vingt-huit et on topera là !

Tancrède était le maître, il devait toujours avoir le dernier mot.

— Vingt-cinq pistoles ! Deux paires de sabots et une blaude neuve ! dit-il en lui lançant un regard profond.

Les gens avaient beaucoup de mal à soutenir le regard bleu azur de Tancrède Hautefort.

— Comme ça, j'étions d'accord, assura Zacharie.

Les deux hommes se serrèrent la main. Tancrède donna une avance de cinq francs à Zacharie. Il venait d'être engagé pour un an.

— Sois demain au lever du soleil à la ferme de Hautefort, nous avons du cidre en retard à finir de presser.

Zacharie parut gêné.

— C'est que, le maître, j'savions point où c'est-y qu'ça se trouve !

— Eh bien, tu demanderas, mon garçon, répondit sèchement Tancrède, de Saint-Lô à la pointe du Cotentin, tout le monde connaît la ferme de Hautefort !

Sur ce, il lui tourna le dos et ressortit de la Louée en tenant fièrement sa fille par le bras.

---

1. Trois cents francs.
2. Avare.

5

Le valet de Hautefort

Ce dimanche matin, comme chaque jour, pour l'angélus, Noémie, vêtue d'une ample jupe rouge, ses cheveux blonds dissimulés sous son petit bonnet de coton blanc, emprunta l'étroit sentier entre les haies, pour gagner les prés dans lesquels broutaient les vaches. En ce début du mois d'octobre, le temps s'annonçait brumeux. Avec la marée à Sainte-Marie-du-Mont, il y aurait même du crachin sur le coup de midi. Pour le moment, un pâle soleil tentait de poindre derrière les nuages. Noémie frissonna malgré le châle dont elle s'était couvert les épaules.

Elle avançait d'un pas rapide, car il lui faudrait revenir se vêtir en « dimanche » pour se rendre à la grand-messe avec son père. C'était une tradition, tout le pays assistait à l'office. Noémie rencontrerait sûrement la famille de Reuville installée dans son banc fermé. À la sortie, la comtesse suivie de ses enfants saluerait poliment les paysans. Jehan Kermadec serait, lui aussi, sûrement là. À cette pensée, tout en portant un seau de zinc et une « balancelle », petit tabouret de bois à trois pieds, Noémie fredonnait un des airs de Rosine dans *Le Barbier de Séville*, qu'elle avait appris à Saint-Lô en cachette des mères augustines.

Bien qu'il fit mine de lui reprocher cette habitude de chanter quand elle en avait envie, Tancrède admirait en secret le talent de sa fille, qui avait un joli timbre de voix. Elle jouait agréablement du piano et Tancrède espérait un jour pouvoir lui en offrir un. Noémie se plongeait dans les auteurs classiques avec une aisance qui le surprenait. Malgré les leçons de Canisy, il avait toujours beaucoup de mal à ouvrir un livre, à part le missel le jour des offices, et surtout la *Gazette bonapartiste*. Depuis ce fameux jour du marché de Sainte-Mère, Tancrède était impressionné, quoiqu'il s'évertuât à le dissimuler, par le sens inné du commerce que Noémie possédait déjà si nettement, malgré sa jeunesse.

La jeune fille appréciait ces activités matinales. Dès l'aube, grâce à l'odeur de foin coupé, des fleurs sauvages et de la terre humide, elle se sentait en contact avec la nature qui l'entourait.

Elle foula l'herbe drue sur laquelle pâturait son troupeau, puis se dirigea vers l'une de ses vaches qui ruminait allongée. Après avoir fait lever l'animal en lui donnant un très léger coup de sabot dans le côté, Noémie s'assit sur la balancelle et se mit à tirer par un rapide mouvement des mains l'énorme mamelle gonflée qui lançait à chaque pression un filet de lait dans le seau.

À plusieurs reprises, son père avait voulu charger un « triolet », domestique affecté à cette tâche, de ce laborieux travail, mais il s'était, là aussi, heurté à la farouche détermination de la jeune fille.

— Nous avons bien assez de personnel qui m'aide, nos deux servantes, Zacharie et les journaliers, pourquoi faudrait-il encore payer quelqu'un pour faire ça ? Il y a tant et tant d'autres choses plus importantes ! Les chevaux, les semailles, les récoltes, le poulailler, les cochons, la fabrication du beurre et du fromage !

— C'est du temps en moins que tu passes point au travail de la maison, petiote, répondait Tancrède.

Il reconnaissait bien dans cette volonté refusant de plier le principal trait de caractère des Hautefort. Aucun obstacle ne les rebutait, ils avaient même parfois l'air de les susciter, comme pour s'entraîner à aiguiser leur propre résistance. Noémie avait hérité cette obstination de vaincre qui coulait dans les veines de Tancrède, cette même rage qui lui avait permis de rentrer au pays avec une seule jambe.

Noémie avait aussi hérité des dons artistiques que sa mère Eugénie Colombel, femme douce et racée, avait légués à son enfant en la mettant au monde avant de disparaître.

La jeune fille était à présent presque arrivée au terme de sa besogne et s'apprêtait à verser le lait recueilli dans une cruche de forme allongée, lorsqu'elle entendit à quelques pas la voix du nouveau valet, Zacharie Le Sauvage.

— J'vous souhaite le bonjour, not' demoiselle ! Le temps m'a l'air pas trop arrimé !

Le jeune homme lançait ses mots avec une timidité qui aurait pu passer pour de la brusquerie. À l'âge de huit ans, Zacharie s'était retrouvé orphelin. Passé de ferme en ferme, il n'avait guère l'habitude d'être commandé par une très jeune fille, qui de surcroît était sa cadette.

Sans se lever, Noémie se retourna et fit un petit signe de tête au garçon en esquissant un sourire. Zacharie, c'était indéniable, travaillait vite et bien. Pourtant, quelque chose dans son attitude semblait retenu, calculé. Il était planté là, devant sa jeune patronne, bien campé sur ses jambes, inconscient de la beauté et de la puissante virilité qui se dégageaient de tout son être. Il portait une blaude de toile bleue, droite, luisante et comme vernie qui enchâssait son cou musclé. Ses larges mains, dont la force paraissait le gêner, le rendaient gauche. Zacharie regardait Noémie sans se départir de sa gravité. Peut-être craignait-il que Noémie ne l'ait trouvé trop familier, il demeurait silencieux à attendre qu'elle lui donnât des instructions pour la matinée, après la grand-messe où il accompagnerait ses maîtres. Comme gênée par ce regard, Noémie quitta brusquement la balancelle en lui désignant le pot dans lequel le lait venait d'être versé.

— Zacharie, va me porter ça jusqu'à la laiterie !

Il obéit aussitôt, mais elle interrompit son geste pour ajouter :

— Dans la place où tu étais, t'a-t-on appris à faire le fromage ?

La question faillit donner le fou rire au jeune paysan. Poliment, il l'étouffa sur ses lèvres. Toutefois, il ne put dissimuler un beau sourire qu'éclairaient ses dents magnifiques.

— Pour sûr, not' demoiselle, que je sais faire du fromage ! Chez m'sieur Gabriel, à Cauquigny, on le moulait à la louche !

— Mais ici aussi, qu'est-ce que tu crois ! Nous faisons les meilleurs livarots de la région et je vais y ajouter des camemberts comme chez la veuve Harel.

— Ah ! chez M. Gabriel, on a voulu en faire, mais par un coup de chaleur, on a eu la « maladie du rouge », faut faire bien attention.

— Ce n'est pas le genre de chose qui m'arrivera, tiens, verse-moi le contenu du seau dans l'autre cruche.

Zacharie obtempéra tandis que Noémie, sans vouloir se l'avouer, cherchait à prolonger la conversation.

— Es-tu allé soigner les chevaux, avant de partir pour l'église ?

— Oui, not' demoiselle ! Tout va, y a que la jument baie qui me cause du souci.

— Salomé ?

— J'ai dans l'idée qu'elle s'est fait mal à un jarret...

— Je voudrais retourner galoper avec elle sur la plage... J'irai la voir un peu plus tard, sinon, nous ferons venir l'artiste vétérinaire.

Elle ne disait pas qu'elle avait promis à Jehan Kermadec cette promenade au bord de l'eau.

— Il n'y a pas besoin de vét', not' demoiselle, j'avions un onguent qui fait merveille. Ah ! hier au soir, m'sieur Tancrède vous cherchait, not' demoiselle !

— Oui, je suis montée me coucher tôt pour lire. Que me voulait-il ?

— Rapport à la foire qu'a lieu à Saint-Sauveur-le-Vicomte... Il a dit que si ça vous faisait plaisir, il voulait vous y conduire un jour prochain. Paraît qu'y a de bien belles tractions !

— Des attractions, Zacharie ! L'homme le plus petit du monde ou je ne sais quoi, je l'ai lu dans la *Gazette de Cherbourg* ! Oui, j'aimerais bien mais je ne sais pas si nous aurons le temps d'y aller, il y a beaucoup de travail en retard, je le dirai à mon père, répondit Noémie avec fermeté.

Ayant peur de s'être mêlé d'un sujet qui ne le regardait pas, Zacharie préféra se taire. Chaque fois que son valet lui adressait la parole, Noémie se sentait curieusement remise en question. Elle ignorait que Zacharie ressentait exactement la même chose quand il recevait un ordre de sa part. Chargés des pots et des seaux, ils se dirigeaient en silence vers la laiterie, lorsque Noémie demanda tout de go :

— Tu n'aimerais pas apprendre à lire, Zacharie ?

— Moi, not' demoiselle ? Pour quoi faire ?

Il paraissait stupéfait.

— Tu n'as pas envie de feuilleter les gazettes, de lire un vrai livre, d'étudier, d'apprendre à écrire ?

— C'est bon pour le maître qui possède, not' demoiselle ! Moi, je n'suis qu'un valet !

— Comme tu voudras !... Pourtant tu pourrais devenir grand valet ici !

Quelques instants plus tard, alors qu'ils étaient en train de préparer le caillage du lait, elle réattaqua :

— Zacharie, je t'assure, il serait important que tu saches lire et écrire. Un garçon comme toi à notre époque devrait avoir une certaine instruction. Il faut que tu utilises aussi ton intelligence !

Sa fermeté était des plus convaincantes.

Ce beau garçon aux yeux si bleus qu'ils en devenaient parfois transparents tant leur iris était de couleur tendre écoutait sa jeune patronne bouche bée. C'était la première fois depuis son entrée à la ferme que Noémie, en dehors des strictes instructions domestiques, paraissait s'intéresser à lui. La rigidité de leurs rapports « maîtresse-valet » commençait imperceptiblement à se transformer. Jamais encore personne ne s'était adressé à Zacharie avec une telle conviction, jamais on ne lui avait parlé de ses facultés intellectuelles ! Aux bals des moissons, il se rendait bien compte que les filles tournaient autour de lui, mais depuis que sa « promise », la Jocelyne, l'avait quitté pour un marin de Saint-Vaast-la-Hougue, Zacharie sentait au fond de son cœur une blessure qu'il ne parvenait pas à cicatriser. Était-ce l'amour ou l'amour-propre ? L'idée de se fixer un but, en dehors de ses tâches subalternes, lui parut soudain très séduisante. De plus, Mlle Noémie, qu'il avait jugée un peu distante jusqu'alors, venait de se montrer si gentille. Quelqu'un enfin s'intéressait à lui.

— Demain soir, après le travail, tu prendras ta première leçon.

— Entendu, not' demoiselle !

Il était embarrassé, ravi, sous le charme de Noémie.

Sous le regard de Tancrède qui fumait sa pipe près de l'âtre tout en lisant les nouvelles de Paris dans la *Gazette*, Noémie tenait un livre grand ouvert sur la table de chêne. Elle apprenait l'alphabet à Zacharie. Aussi docile qu'un bon géant, le jeune homme répétait après sa maîtresse :

— A, B, C, D, E, F, G, H, I, J, K, L, M... MAMA... PAPA... JE... TU... IL...

Cet exercice rendait Tancrède nostalgique et lui remettait en mémoire le souvenir de ce brave Canisy. Pour Noémie, c'était un plaisir que d'instruire un élève aussi attentif. Depuis qu'elle lui avait proposé ces leçons, elle ne sentait plus cette gêne qui s'immisçait dans leurs rapports. Pour suivre sur le livre, Zacharie était si proche de la jeune fille qu'instinctivement elle recula. Elle sentait sa chaleur et sa respiration. Cette présence la troublait.

— Non, Zacharie, on ne prononce pas M, ém ! Tu dois dire èm ! Recommence ! M, M, M ! MAMAN...

— M ! M ! M ! dit-il gaiement, MAMAN... PAPA...

La drôle de manière dont le valet s'acharnait à marteler ces consonnes la fit éclater de rire. À force de vouloir bien faire, il devenait touchant !

— Allons, Zacharie, je crois que nous avons suffisamment travaillé pour aujourd'hui ! Si tu continues à ce rythme, tu sauras lire avant la fin de l'année !

— Oh, not' demoiselle, vous moquez pas !

— Pas du tout ! Tu es doué et, qui plus est, travailleur ! En un mois, tu as fait des progrès incroyables.

Dès que la jeune fille eut refermé son livre, le pas d'un cheval résonna dans la cour. C'était Jehan Kermadec qui venait rendre visite à Noémie. Pour la forme, il passait commande de poules et de beurre pour le lendemain. On en faisait apparemment une grande consommation au château. Noémie ordonna à Zacharie d'aller tout préparer. La rage au cœur, le jeune valet sortit de la salle. Il détestait ce régisseur. Celui-ci, avec ses cheveux châtains coupés court, son visage aux traits assez durs orné d'une fine moustache, aurait pu ressembler à un homme d'Église ou de loi, tant il parvenait à maîtriser la plupart de ses sentiments. Le jeune homme avait eu affaire au régisseur de la comtesse à deux ou trois reprises, alors qu'il se trouvait encore au service de M. Gabriel, à Cauquigny. Ses allures hautaines n'avaient pas échappé à Zacharie. Et maintenant, il ne voyait que trop bien son manège autour de Noémie. Il était scandalisé que Tancrède n'y mît pas bon ordre en chassant le horsain de son domaine. Après avoir préparé la commande, Zacharie monta dans son chambreau au-dessus de l'écurie. Allongé sur son lit, il se sentit très malheureux.

Dans la salle, Tancrède attendait le départ de Jehan Kermadec pour monter se coucher. Il n'était pas question, pour lui, de laisser la petite seule avec ce garçon. Très respectueusement, Jehan Kermadec demanda à Tancrède la permission d'emmener Noémie un jour à la foire de Saint-Sauveur-le-Vicomte.

— À la foire de Saint-Sauveur ? répondit Noémie.

Son cœur se mit à battre à grands coups.

— Il y a des attractions superbes et très originales, on vient de Cherbourg pour les voir..., des combats de coqs..., des batailles de nains !...

— Je sais, je l'ai lu !

Noémie, à l'idée d'aller à la foire seule avec lui, se mordit la lèvre. Il ne fallait surtout pas que Jehan devine son trouble. Tancrède se leva comme s'il avait deviné les pensées de sa fille.

— Merci, mon garçon, c'est bien aimable, mais Noémie ne peut s'y rendre seule avec vous. Ce ne serait pas correct.

— Accepteriez-vous de venir, monsieur ? J'en serais très honoré !

— J'en avais l'idée ! Mais avec l'automne, mes douleurs me reprennent. Emmenez donc Zacharie ! Le brave gars ne sort pas trop. Ça lui fera plaisir.

Comme chaperon, on ne faisait pas mieux. La journée à Saint-Sauveur fut une vraie catastrophe. Zacharie suivait Noémie pas à pas. Jehan Kermadec était d'une humeur de dogue. Finalement, les jeunes gens revinrent à Hautefort beaucoup plus tôt que prévu.

— Alors ? fit Tancrède, pendant la soupe du soir. Comment était cette foire ?

— Totalement inintéressante ! répondit Noémie.

Zacharie plongeait son nez dans son assiette. Il avait du mal à cacher sa satisfaction. Quant à Tancrède, il était content, son stratagème avait réussi.

« Rien de tel que deux coqs pour garder une jeune poule à l'abri ! »

Trois jours plus tard, Jehan Kermadec, ne se décourageant pas, venait inviter Noémie de la part de la comtesse à un goûter au château de Reuville. Cette fois-ci, Tancrède dut s'incliner. Noémie courut mettre à toute allure sa plus belle robe bleue ; celle qu'elle mettait le dimanche. Comme il faisait un peu frais, elle passa dessus une pèlerine de velours et elle redescendit, toute joyeuse de cette escapade.

Tandis que sa jolie patronne s'éloignait avec le régisseur, Zacharie retourna à son labeur. Il se sentait très malheureux. Cela lui rappelait cette douleur sourde, aussi violente qu'un coup de poing, qu'il avait éprouvée à l'âge de huit ans, quand des étrangers étaient venus lui apprendre que « ses parents ne reviendraient plus jamais parce que le bon Dieu leur avait demandé de venir Le rejoindre ».

Oui, cela ressemblait à cette très ancienne blessure, mais ce n'était pas tout à fait la même chose.

6

Le château de Reuville

La calèche tirée par deux beaux chevaux alezans allait bon train. Pendant tout le trajet qui les conduisait de la ferme de Hautefort au château de Reuville, Jehan Kermadec n'adressa pas la parole à sa passagère. Il était encore furieux pour Saint-Sauveur-le-Vicomte.

Jehan Kermadec n'était pas habitué à ce qu'on lui tienne tête. Ce Breton avait la réputation d'être un homme difficile. Régisseur depuis trois ans chez la comtesse de Reuville, il était un intendant parfait, d'une propreté irréprochable, méticuleux jusqu'à l'excès. Circulant dans la vaste demeure de ses maîtres, il donnait des ordres brefs aux valets. Personne ne connaissait sa vie et nul ne se serait avisé de lui poser des questions à ce sujet. Certains jours de congé, on le voyait partir à cheval, vêtu à l'occasion d'une cape noire et d'un feutre sur la tête. Il ne rentrait que tard le soir… Pourtant, cet homme froid s'était ému pour Noémie. Il cherchait à cacher ses sentiments, mais en fait il était amoureux pour la première fois de sa vie. Il n'avait jamais cru pouvoir aimer comme ça. Il n'avait que mépris pour ce valet Zacharie. En aucune façon, il ne pouvait le considérer comme un rival. Menant maintenant ses bêtes à vive allure, il regardait devant lui sans faire attention à sa passagère.

Noémie, poliment, essayait de lui parler, mais il répondait par monosyllabes. D'habitude assez loquace, la jeune fille avait beau se creuser la tête, elle ne parvenait pas à détendre l'atmosphère. Elle avait bien compris sa déception et sa fureur, à la foire de Saint-Sauveur, contre Zacharie. Avait-il besoin aussi de la suivre comme un chien de garde ? À ce souvenir, elle avait quand même envie de rire. Ce Zacharie, tout de même, ne s'était pas laissé impressionner par Jehan. Comprenant qu'elle ne réussirait pas à lui arracher une syllabe, Noémie préféra se plonger dans la contemplation de ce bocage qu'elle connaissait si bien, mais dont son regard ne se lassait jamais.

Autour d'eux, tout était pourpre, mauve et doré. En teintant de roux les feuilles des arbres, ce début d'automne rendait la nature irréelle et soyeuse. L'harmonie des volumes et des couleurs conférait à la campagne une luminosité artistique.

« Pourrais-je vivre ailleurs ? se demandait Noémie. Serais-je capable d'abandonner mon Cotentin si l'homme que j'aimerai – elle ne mettait encore aucun visage sur cette éventualité – me le demandait ? » Durant quelques instants, elle balança, mais sa conclusion fut catégorique : « S'il est vraiment amoureux de moi, il ne me posera pas de pareilles conditions. »

— Nous sommes arrivés, mademoiselle Noémie, fit le régisseur avec une solennité qui contrastait avec l'amitié familière qui régnait entre eux avant Saint-Sauveur.

— Je vous remercie, monsieur Jehan. Vous n'avez pas été très loquace, mais fort bon cocher !

Ce fut soudain au tour de Jehan d'éclater de rire.

— Vous aurez toujours le dernier mot. Pardonnez-moi, Noémie… j'étais absorbé par mes pensées, vous n'y étiez pas étrangère…

Avant de descendre, elle lui tendit la main.

— Amis, Jehan ?

Sans hésitation, il serra ses doigts.

— Amis, Noémie, et plus que cela.

Il se pencha pour lui baiser les doigts, puis il se redressa très vite.

— Vu le beau temps assez exceptionnel pour la saison, Mme la comtesse reçoit ses invités sur la grande pelouse devant le château.

Le château de Reuville était une superbe demeure Renaissance s'élevant dans le cadre romantique à souhait d'un parc planté de hêtres et magnifiquement fleuri au printemps. Il était célèbre pour ses bosquets de rhododendrons. Un étang, des pièces d'eau et les ombrages de ses futaies entouraient ce remarquable édifice.

Née Adélaïde de Monbricourt, la comtesse de Reuville était une très jolie femme, dans tout l'épanouissement de la quarantaine. Avec ses cheveux d'un blond cendré incomparable, son teint laiteux et ses yeux d'un vert de jade, elle aurait pu rivaliser avec bien des élégantes du faubourg Saint-Germain.

Adélaïde, qui s'était mariée très jeune avec le comte Adhémar de Reuville, avait été fort éprise de son époux, durant les deux premières années de leur union. Superbe garçon au corps d'escrimeur et au visage d'ange, Adhémar s'était détaché d'Adélaïde aussi vite qu'il en était tombé amoureux. Ce séducteur impénitent avait tout de même trouvé le temps de lui faire deux beaux enfants, Isabelle et Gontrand. Charmant, capricieux et irresponsable, le comte ne vivait que pour deux choses : le jeu et les femmes. Pour assouvir ses coûteuses passions, il lui fallait de l'argent, beaucoup d'argent. Le comte, dont la famille avait vu sa fortune sérieusement écornée lors de l'émigration de la noblesse pendant la Révolution, puisait allègrement dans celle de sa femme, fille de banquiers, qu'il dilapidait à Paris. Le comte de Reuville se prétendait explorateur. En réalité, ses terrains de prédilection n'étaient ni le Groenland ni la pampa argentine, mais plutôt les cercles de jeux, les promenoirs de music-hall, les loges d'actrices et les boudoirs de cocottes.

Il venait en Normandie une fois par mois, quand il avait trop perdu au jeu, ce qui arrivait de plus en plus fréquemment. Toujours séduisant, malgré l'alcool et les nuits blanches, il exécutait, en virtuose, un fantastique numéro de charme, afin qu'Adélaïde consentît à lui « prêter » quelque liquidité. La comtesse, qui était loin d'être stupide, se montrait incapable de lui refuser quoi que ce soit, malgré l'amertume qu'elle éprouvait depuis si longtemps. Sans doute espérait-elle qu'avec l'âge, le comte, lassé de cette vie dissolue, reviendrait vers elle, comme aux tout premiers jours...

Parfois, il lui jurait de s'assagir. Il parlait de s'installer définitivement à Reuville, d'écrire ses mémoires, de devenir un authentique gentilhomme fermier...

Ses actes de contrition se révélaient de très courte durée. Trois jours plus tard, les poches pleines, le comte repartait pour Paris où il perdait en une nuit l'argent que sa chère épouse avait consenti à lui « avancer »...

Ce manège durait maintenant depuis un peu plus de vingt ans.

L'échec de son mariage, même si elle essayait de n'en rien laisser deviner, avait profondément meurtri la comtesse. Adélaïde de Reuville, femme de cœur et de devoir, se consacrait avant tout au bonheur des autres et à l'éducation de ses enfants. Elle était exquise avec ses amis, très bonne pour ses métayers, connaissait les paysans, les appelait par leur nom et à l'occasion leur serrait la main au marché ou à la sortie de l'église. Ce dont chacun se sentait très fier. Mis à part le docteur Gamboville et quelques républicains de Sainte-Mère qui auraient voulu voir disparaître plus vite un passé que l'on avait cru oublié avec la grande Révolution de 1789. Celles de 1830 et de 1848 n'avaient pas changé grand-chose à Sainte-Mère.

La comtesse ne se départissait jamais d'un radieux sourire, étranger aux calculs ou aux préjugés. Pourtant, lorsqu'on l'observait bien, il n'était pas difficile de déceler la tristesse qui émanait de son regard.

Vêtue d'une robe rose à crinoline, ses cheveux et ses épaules dissimulés sous une longue mante pour la protéger de la fraîcheur, Adélaïde accueillait ses invités avec une amabilité des plus sincères.

Quand Noémie posa le pied sur la pelouse légèrement humide, à la vue de toutes ces petites tables rondes recouvertes de nappes brodées, de ces domestiques qui circulaient en servant des chocolats chauds, aux amis de la comtesse, elle se sentit brusquement paralysée. Toutes ces dames étaient vêtues de capes claires sur leurs vastes crinolines. Leurs ombrelles étaient gracieusement ouvertes au-dessus de leurs têtes comme des papillons déployant leurs ailes. Non pour les protéger du soleil mais d'une averse toujours possible en Normandie. Par quelle extravagance Noémie avait-elle pu s'imaginer que sa robe bleue juponnée, charmante certes, pourrait supporter la comparaison avec ces luxueuses toilettes ?

Soudain, elle se sentait guindée, empotée, mal coiffée. Ne sachant pas quoi faire de ses mains, elle regrettait amèrement d'avoir accepté cette invitation à goûter. Il était peut-être encore temps de reculer, personne ne l'avait vue. Elle prétexterait un malaise. Tout plutôt que d'affronter cette élégante société, avec une robe qui sentait la province !

Au moment où elle s'apprêtait à battre en retraite, Adélaïde la vit. Elle se dirigea aussitôt vers l'amie de sa fille. Les bras grands ouverts, la comtesse faisait voler les plis de sa longue cape. Elle ressemblait à une fée.

— Ma chère petite, comme je suis heureuse de vous voir !

— Bonjour, madame !

Rose de confusion, Noémie exécuta une petite révérence comme on le lui avait appris à Saint-Lô. Relevant Noémie, la comtesse l'embrassa avec affection.

— Comme vous êtes jolie, ma chérie, que cette robe bleue vous va bien. Isabelle et sa petite bande d'amis ne doivent pas être loin...

— Merci, madame, je vais aller les rejoindre.

Devant cette affabilité, la jeune fille sentait peu à peu sa gêne se dissiper.

Avec une aisance pleine de grâce, Adélaïde prit Noémie par le bras. Elle la conduisit vers ses invités. Ceux-ci regardaient la nouvelle venue avec une certaine curiosité.

— Monsieur le maire, je ne vous présente pas Mlle Noémie Hautefort...

Jean-Baptiste Sénéchal se pencha pour embrasser Noémie.

— Non, en effet, je l'ai presque vue naître, cette petite.

— Bonjour, monsieur le maire.

— Comment te portes-tu, ma grande ? Aurai-je le plaisir de voir mon vieil ami, Tancrède, aujourd'hui ?

— Oh, je ne crois pas ! Il ne... enfin, il...

Noémie cherchait ses mots. Devinant l'embarras de la jeune fille, la comtesse vint à son secours :

— M. Hautefort n'apprécie guère le monde.

— C'est-à-dire qu'il a toujours beaucoup de travail, déclara Noémie.

— Tu as vraiment les mêmes yeux que ton père, constata Jean-Baptiste Sénéchal.

La comtesse fit faire à Noémie le tour complet de ses invités. Il y avait non seulement le maire, mais aussi le curé, le père Thomas Lemarinier. Le docteur Gamboville, lui, refusait toujours les invitations au château. Trop républicain, il ne venait que pour soigner. Il y avait aussi quelques notables et aristocrates des environs.

— Les jeunes sont au bout de la pelouse, derrière les arbres, tout près de l'étang, à plus tard, ma chérie !

— À tout à l'heure, madame.

La jeune fille se dirigea à pas lents vers le groupe qu'elle apercevait. Son amie Isabelle allait et venait, en robe turquoise, recouverte d'un châle jaune pâle. Pour que les jeunes gens puissent s'amuser, on avait installé un deuxième buffet et des tables près de l'étang. Aussi à l'aise que sa mère, Isabelle offrait à boire, proposait des gâteaux, souriante, aimable et attentive.

Gontrand de Reuville remarqua, le premier, Noémie qui venait vers eux. Âgé de vingt ans, le jeune garçon avait hérité du même esprit caustique que son père. Pour faire un bon mot, aux dépens d'autrui, il aurait donné n'importe quoi. Grand, bien bâti, doté d'un visage aussi séduisant que celui de son père, Gontrand se croyait tout permis. Rien ni personne ne devait résister à son charme dévastateur ! Ses principales ambitions étaient de choquer, de séduire et d'intriguer. Cet ardent bourreau des cœurs ne s'intéressait qu'à celles, peu nombreuses, qui lui résistaient.

Grande amie de sa sœur, depuis de longues années, la petite Hautefort piquait sa curiosité. Elle n'était pas tout à fait comme les autres.

Il émanait de toute sa personne une rigueur et une droiture auxquelles le jeune homme n'était pas accoutumé. Depuis qu'il l'avait revue au marché de Sainte-Mère, Gontrand cherchait, sans succès, à attirer son attention. Pourquoi cette mijaurée avait-elle l'air de ne jamais le voir à la sortie de la messe ?

Le jeune freluquet décida de jouer le tout pour le tout. Sans calculer le risque qu'il était en train de prendre, Gontrand la montra du doigt en imitant avec outrance l'accent paysan des environs.

— Ach, vingt Dios ! Dam', v'là-t'y pas la Nouémie qu'a mis ses biaux atours pour s'en v'nir au châtiau ! Com' te v'là attifée, ma pauv' fille !

Toute la petite bande, sauf Isabelle, éclata d'un rire moqueur. Noémie se raidit. La plaisanterie était vraiment d'un goût douteux ! Comment se venger de cet insolent qui s'était juste donné la peine de naître ?

Isabelle, qui savait à quel point son amie pouvait être sensible, se dirigea vers elle. Après l'avoir serrée dans ses bras, elle lui chuchota :

— Mimi, ne fais surtout pas attention aux blagues idiotes de mon frère. Il se comporte comme un vrai galopin ! Je t'assure que ce soir il va m'entendre !

— Ce serait trop d'honneur à lui faire ! Il n'est même pas capable de patoiser comme un vrai paysan ! Le patois, c'est une belle langue noble, mais je ne t'en veux pas, Zaza !

C'étaient leurs surnoms au couvent.

— Je suis désolée, Mimi. Gontrand traverse en ce moment une très mauvaise passe. Excuse-le pour moi.

Isabelle entraîna Noémie vers le groupe de jeunes gens.

— Voici Noémie Hautefort, c'est une grande amie ! Tu connais Thérèse Bluche, n'est-ce pas ?

— Oui, de vue, bonjour…

— Je vous ai aperçue sur le marché, quand vous vendiez vos mottes de beurre, lança perfidement Thérèse, en la détaillant de la tête aux pieds d'un œil jaloux.

La petite Bluche était très riche mais ne brillait guère par la beauté.

— Je suis flattée d'avoir attiré votre attention, il faut venir m'acheter tous mes produits... surtout les fromages, je les fais moi-même à la louche ! répondit Noémie en se forçant à sourire.

Isabelle leva les yeux au ciel, ça commençait bien ! Elle supplia Noémie du regard : « Ne lui en veux pas. En dehors de son argent, elle n'a rien... Alors, elle en veut à la terre entière, mais dans le fond, ce n'est pas une mauvaise fille. » Noémie avait compris. Elle se sentait à présent beaucoup moins embarrassée.

— Voici Hermance de Folleville, Julie de Créquigny, Gaspard de Chavagnac... Mon amie, Noémie Hautefort...

Ces demoiselles lui tendaient une main molle, puis elles détournaient rapidement le regard après l'avoir saluée. Les garçons, en revanche, remarquaient tout de suite ce « quelque chose en plus » que possédait Noémie. Contrairement aux jeunes oies qui s'évertuaient à se créer une fausse personnalité, il suffisait à Noémie d'être elle-même.

On s'asseyait pour la collation. Isabelle prit Noémie par la main.

— Allons, il faut te réconcilier avec mon frère !

Il ne restait qu'une place libre entre Gontrand et Gaspard. Ce dernier, très gêné parce qu'il avait ri avec les autres du patois de son ami, plongea le nez dans sa tasse de chocolat chaud, servie par un valet.

Ce fut Noémie qui attaqua Gontrand :

— Alors, monsieur de Reuville ? – Elle appuyait volontairement sur le *de*. Qu'ai-je de si risible ? Est-ce mon absence de particule qui vous a autorisé à vous moquer de moi ? Vous ne me trouvez peut-être pas digne d'être à la même table que vous ?

Gontrand se sentait moins sûr de lui lorsqu'on l'attaquait de front. Il essaya de se défendre.

— Mais je... pas du tout. Je voulais juste plaisanter. D'après ce que ma sœur m'avait dit, je pensais que vous aviez davantage d'esprit.

— Je n'apprécie pas le fait de servir de tête de Turc.

— Eh bien, je... la prochaine fois je vous promets que...

— Croyez-vous qu'il y aura une prochaine fois ?

La sentence tomba comme un couperet. Noémie se sentait mieux. Elle avait faim, avala deux brioches et, ragaillardie, adressa un grand sourire à Thérèse Bluche. Celle-ci ne s'y attendait pas. Elle répondit de même puis pinça les lèvres davantage, tandis qu'Hermance et Julie faisaient des messes basses.

La collation prise, Isabelle s'écria :

— Que diriez-vous d'une partie de colin-maillard, avant que le temps ne tourne à l'orage ?

Noémie regarda le ciel. En effet de lourds nuages gris se profilaient. Ils avaient juste le temps. Gontrand fit la moue.

— Colin-maillard, c'est un jeu de gamins !

— Gontrand a raison et puis c'est d'un démodé, surenchérit la petite de Créquigny qui espérait devenir vicomtesse de Reuville.

— Mes parents trouvent que c'est un jeu qui va à l'encontre des bonnes manières.

C'était Hermance qui venait de parler. Sous des airs choqués, elle mourait en fait d'envie de faire une partie.

Pour les contrer tous, Noémie lança avec assurance :

— Eh bien, moi, j'adorerais y jouer ! Mais Zaza a raison, nous ferions mieux de nous dépêcher !

Cinq minutes plus tard, la petite bande commençait colin-maillard. C'était Gaspard qui avait été tiré au sort pour porter le bandeau sur les yeux. Plutôt rondelet, il trébuchait, avançait en faisant de grands gestes, ainsi qu'un sémaphore. Les jeunes péronnelles, Thérèse Bluche en tête, s'amusaient à crier pour qu'il se trompe de direction. L'étang miroitait sous les nuages. Le gros garçon se dirigeait tout droit vers l'eau. Les autres pouffaient. Noémie se précipita. Pour le sauver du bain, elle se fit attraper par lui. Gaspard passait ses petites mains sur son visage. Il glissait sur les pommettes, s'attardait sur les épaules et sur la collerette de sa robe, mais il n'osa pas pousser plus avant.

— C'est... c'est Noémie Hautefort, je crois... Non, j'en suis sûr.

— Bien joué, Gaspard ! Un pas de plus et tu tombais dans l'eau ! C'est Noémie qui t'a sauvé ! Tu peux la remercier ! dit Isabelle.

Gaspard suffoquait de terreur.

— Oh, mon Dieu ! Et moi qui ne sais pas nager ! Merci, Noémie, merci !

Les jeunes filles crièrent à l'unisson :

— À Gontrand ! À Gontrand ! Maintenant ! Allez, Noémie, mettez-lui le bandeau !

La glace était rompue, Noémie adoptée par le groupe. Ils s'amusaient tous. Ils avaient vingt ans et ne pouvaient rester longtemps rancuniers.

L'espace de quelques secondes, la jeune fille hésita. Puis elle s'empara du bandeau et s'approcha du frère d'Isabelle.

— C'étions à vous, m'sieur Gontrand ! J'espérions que vous savez ben jouer à ces jeux d'la ville ! lui lança-t-elle, l'air moqueur.

Elle était très aguichante.

— J'espère surtout que je vais vous attraper, Noémie ! murmura le jeune homme.

Il avait parlé à voix si basse qu'il n'était pas certain d'avoir été entendu. Il était très grand. Noémie dut se mettre sur la pointe des pieds pour nouer le foulard autour des yeux de Gontrand. En sentant ses doigts qui lui effleuraient les tempes, le jeune homme frémit. Noémie le fit tourner plusieurs fois, puis elle s'éloigna vivement. Gontrand, en riant, essaya d'attraper tous ceux et celles qui passaient à portée de sa main. Thérèse Bluche, Hermance et Julie poussaient de petits cris aigus. Elles se donnaient beaucoup de mal pour se laisser saisir par le beau Gontrand. Il courait et riait comme un jeune fou. La tête lui tournait. Soudain, il attrapa une jupe. Tout de suite, il devina que c'était Noémie qu'il avait saisie. Elle voulut s'échapper, mais Gontrand décida de profiter de l'occasion. Il resserra son étreinte tout en la tenant par la taille. Ses mains se promenaient sur son corsage, son cou, son visage et ses cheveux. Il cria, ravi :

— J'ai trouvé : c'est Thérèse, bien sûr !

— Non ! hurlèrent les autres en riant.

Gontrand fit mine de réfléchir et reprit son examen. Que la taille de Noémie lui semblait mince, il mourait d'envie de s'attarder sur sa gorge, mais n'osait pas trop. Une de ses mains se perdit dans la longue chevelure blonde qu'il prit un malin plaisir à décoiffer tandis qu'il passait ses doigts sur le nez et les lèvres de Noémie. Il l'entendait respirer doucement. Gontrand avait maintenant l'intuition que la jeune fille se prêtait au jeu et qu'elle savait parfaitement qu'il l'avait reconnue. Après tout, pourquoi serait-elle insensible à son charme de jeune don juan ?

— Ah, je ne sais vraiment pas… Serait-ce Hermance ? Non… ce n'est pas Hermance…

L'une de ses mains descendit le long du bras ferme et rond de Noémie et s'attarda sur le bout de ses doigts qu'il sentit palpiter sous sa caresse. Gontrand se mordit les lèvres pour ne pas se jeter sur elle et l'embrasser. Il allait à regret devoir dire « Noémie » lorsqu'il sentit sur son front de larges gouttes de pluie froide. Les jeunes filles suivies d'Isabelle relevèrent le bas de leurs robes et partirent vers le château en courant.

Gaspard les accompagnait en criant :

— J'ai horreur de la pluie !

Gontrand arracha son bandeau. Il regarda Noémie droit dans les yeux. La pluie tombait si fort qu'elle collait son corsage contre sa peau.

— Nous devrions nous mettre à l'abri sous cet arbre ! proposa-t-il. Autrement nous serons trempés.

— Non ! C'est dangereux à cause de la foudre, il va y avoir de l'orage !

Avant même qu'elle ait pu réagir, Gontrand, le regard brillant, la prit dans ses bras. Il voulut l'embrasser fougueusement sur les lèvres. Suffoquée, Noémie essayait de se débattre, mais le garçon était grand et fort. Ses deux mains puissantes emprisonnaient solidement sa taille. Retrouvant enfin l'usage de ses bras, furieuse, elle lui lança une gifle à toute volée.

— Vous n'êtes qu'un… une espèce de… mal élevé ! Pour qui vous prenez-vous, Gontrand de Reuville ? Vous me dégoûtez !

Gontrand se mit à ricaner :

— Tu joues bien les mijaurées. Pour qui te prends-tu ? Tu n'es rien, après tout. Personne. Une fille de ferme.

Le regard étincelant de colère, Noémie lui lança :

— C'est pourquoi je dois me conduire comme une fermière et vous renvoyer avec les pourceaux, monsieur le vicomte.

— Tout de suite les grands mots. Ne fais pas la fière. Ta ferme, je pourrais la racheter comme je veux !

Un éclair zébra le ciel. Noémie se tourna vers Gontrand.

— Jamais ! Je suis Noémie Hautefort ! Et croyez-moi, j'aime mieux être à ma place qu'à la vôtre.

Sans se soucier des rafales de pluie qui tombaient sur son visage et ses vêtements, elle se mit à courir vers le château.

— Tu ne l'emporteras pas au paradis, murmura Gontrand en se frottant la joue… Mais tu es bien belle !

La jeune fille était déjà loin.

7

Un hiver atroce

— Je vais avec toi.

— Pas question, reste à tout préparer. Mets la nappe de dentelle.

— Mais pour cette année, on pourrait attendre.

— Jamais !

Le maître de Hautefort aimait les traditions. Rien ne l'aurait fait changer d'avis. Comme tous les ans à l'Épiphanie, il voulait tirer les rois. En ce 3 janvier 1849, Tancrède se leva de bonne heure. Il ordonna à Zacharie d'atteler le brave Capitaine, puis il revêtit une lourde pelisse qui lui venait de son père. Malgré le froid qui venait de s'abattre sur le Cotentin et les protestations de Noémie, il partit, le cœur vaillant, vers Sainte-Mère-Église. En chemin, il rencontra son ami Jean-Baptiste Sénéchal. D'habitude jovial, celui-ci affichait une mine soucieuse.

— Comment vas-tu, mon Tancrède ?

— Ça s'en fait aller, Jeannot.

— Ça ne te rappelle rien ? On se croirait en Moscovie.

— Tu l'as dit, c'est point notre Normandie !

— Mais qu'est-ce que tu penses exactement du temps, ça va t'y s'arranger ?

En posant cette question, le maire scrutait les nuages noirs et bas qui venaient de l'Angleterre. Le vent sifflait, glacé, aux oreilles des deux amis. Jean-Baptiste savait que Tancrède était un véritable baromètre vivant.

— Je sens venir la neige, la froidure et, dam', les grandes gelées, ma jambe, celle que j'ai perdue, me fait souffrir depuis trois jours jusqu'aux orteils, c'est point bon signe...

— C'est curieux d'avoir mal à un membre qui n'existe plus.

— C'est comme ça, elle est partie, mais elle vit toujours.

— Mais faut-y que je rentre mes bestiaux ? insista Jean-Baptiste.

— P'tête ben qu'oui, p'tête ben qu'non ! Attends encore un peu, regarde le ciel, il te le dira, lui, en temps voulu s'il faut mettre les bêtes à l'abri... Sinon je t'enverrai mon valet, le nouveau, Zacharie, pour te prévenir. Le bonjour, mon Jeannot !

Tancrède salua son ami et fit claquer son fouet aux oreilles de Capitaine. Ce dernier avait son poil noir hérissé par le froid. La carriole se remit en route pour attaquer la côte de Sainte-Mère.

On faisait la queue chez le père Artu. Tancrède attendit sagement son tour en répondant aux saluts des autres paysans. Malgré le froid, on venait de deux lieues à la ronde chercher la célèbre galette au beurre du boulanger Artu.

Tancrède revint à Hautefort en fin de matinée. Jehan Kermadec était debout dans la salle en face de Noémie. Avec courtoisie, Tancrède l'invita à partager la galette avec eux. Jehan Kermadec était très pâle, il avait l'air triste et refusa l'invitation.

— Je vous remercie, monsieur Hautefort, mais je dois partir. Je suis venu faire mes adieux à Mlle Noémie. Ma mère vient de décéder subitement en

Bretagne et Mme la comtesse de Reuville m'a donné jusqu'au printemps pour régler les affaires familiales de mes frères et sœurs.

— Mais vous allez manquer au château, surtout avec le mauvais temps qui s'annonce.

— Mme la comtesse a décidé de fermer le domaine et d'aller s'installer jusqu'aux beaux jours dans sa maison de Caen. Je vous prie de m'excuser, monsieur, il faut que je parte.

Jehan Kermadec s'inclina devant Tancrède. Il prit la main de Noémie. Regardant profondément la jeune fille dans les yeux, il murmura :

— Je suis navré de partir dans ces conditions, j'aurais tellement aimé venir passer des veillées à Hautefort cet hiver. Adieu, ou plutôt au revoir, mademoiselle Noémie.

— Oui, au revoir, monsieur Kermadec, nous sommes de tout cœur avec vous et nous attendrons votre retour avec plaisir.

Cette phrase à double sens fit pâlir encore plus Jehan Kermadec, il mordit ses lèvres minces et sortit dans la bise. Sur le pas de la porte, il croisa Zacharie que Tancrède avait invité à venir partager la galette des rois. Les deux garçons se jetèrent un regard peu amène. Kermadec ne daigna même pas saluer Zacharie et ce dernier s'effaça en détournant la tête.

Ce manège n'avait pas échappé à Tancrède, mais il fit celui qui n'avait rien remarqué.

Jehan Kermadec sorti, Tancrède, Noémie et Zacharie prirent place à table autour de la galette.

Au « haut bout » dans son fauteuil, Tancrède fit tout d'abord une prière pour sa femme.

— T'es point avec nous, ma pauvre Eugénie, mais ici, à Hautefort, on ne t'oublie pas et on pense à toi. Si tu vois le brave Isidore, dis-lui que c'est du pareil au même pour lui.

Tancrède fit un signe de croix et se détourna pour que sa fille ne le voie pas écraser une larme.

À son tour, Noémie ne put retenir un sanglot. Puis elle se maîtrisa. Elle regardait son père, ce diable d'homme, avec tendresse. Cette force de la nature, qui avait traversé toute l'Europe à pied sans se plaindre, ne pouvait supporter que sa fille le voie pleurer. Isidore leur manquait à chaque instant.

« Quel homme exceptionnel, comme j'ai de la chance d'être sa fille », pensa Noémie.

Voulant donner le change, Tancrède se moucha avec force, puis il commença de découper la première part de galette.

Selon la tradition, il s'écria :

— Celle-ci, c'est pour le bon Dieu !

Il donna le deuxième morceau à Noémie et le suivant à Zacharie. Au moment où il allait se servir une autre part, des coups retentirent à la porte. Zacharie allait se lever mais Tancrède lui fit signe de ne pas bouger. Il traversa la sombre pièce en boitant et ouvrit. De pauvres hères se pressaient sur le pas de la porte. Dans leurs hardes, ils grelottaient de froid.

— Je suis venu sur terre pour voir le roi dedans, récita le premier malheureux d'une voix morne.

— Le maître, la maîtresse, tous les petits enfants, continua l'autre.

— Il n'y a ni maître ni valet, surenchérit le troisième.

— Il n'y a que Marie, mèr' de l'Enfant Jésus.

— Donnez-nous, je vous prie, donnez la part de Dieu…

« En voilà qui connaissent bien leur leçon », pensa Tancrède. Cela faisait aussi partie de la tradition. Les pauvres faisaient le tour des fermes en récitant ces quelques vers. Le maître des lieux leur donnait alors la part qui leur revenait. Tancrède, qui était généreux, offrit la part de Dieu, sa propre part et tout le reste de la galette.

— Que Dieu vous garde !

Après avoir remercié le maître de sa générosité, les pauvres gens repartirent vers une ferme voisine.

— Si c'est pas malheureux de voir des gens d'chez nous, des braves Normands sans toit, un jour pareil. Hep ! si vous voulez, en revenant, allez vous mettre à l'abri dans la grange là-bas.

De loin, les pauvres, transis, remercièrent le maître de Hautefort.

— Vous êtes bien bon, le Seigneur vous le rendra.

Au moment où il allait refermer la lourde porte de bois, Tancrède scruta le ciel de nouveau, cette fois-ci, ça se gâtait.

— Zacharie, va-t'en aux prés chercher les vac', y a un mauvais vent du nord qui nous arrive. Le temps va se prendre. J'ai bien peur pour cette nuit.

Zacharie, qui n'était pourtant pas paresseux, rechigna devant la tâche.

— Mais, m'sieur Tancrède, y fait pas moins des quatre degrés, elles peuvent bien attendre jusqu'à la tombée de la nuit.

Tancrède Hautefort n'avait pas l'habitude que l'on discute ses ordres. Il était de plus certain, maintenant, que la grande gelée allait s'abattre sur le Cotentin. De son pilon, il donna un coup sec sur le sol qui fit frémir le malheureux Zacharie. Noémie lui adressa un coup d'œil signifiant : « Obéis. »

Tancrède haussa la voix :

— Vas-tu y aller, nom de d'là ! Fais donc c'que j'te dis ! Ensuite cours à la ferme Sénéchal et va prévenir

M. le maire de rentrer toutes ses bêtes. Et qu'ça barde ! Ah, ces jeunots... des jambes et pas de cervelle.

Sans terminer sa part de galette, Zacharie se leva pour filer au pas de course vers les champs.

— Je vais aller l'aider, déclara Noémie en s'enroulant dans un grand châle.

Connaissant le don de son père, elle savait qu'il avait raison. Si le grand froid tombait, il serait impossible de reconduire les vaches à l'étable. Le petit chemin qui menait aux prés était fortement escarpé. Un terrain glissant empêcherait les grosses laitières de remonter vers la ferme.

Noémie rattrapa Zacharie en chemin.

— M'sieur Tancrède me semble de bien mauvais poil, not' demoiselle.

— Zacharie, il ne faut pas parler comme ça. Mon père connaît cette région mieux que quiconque. S'il dit que la gelée arrive, malheureusement c'est qu'elle va venir.

Zacharie baissa le nez et fourra ses mains dans ses poches. Les deux jeunes gens s'enfoncèrent dans le bocage.

De la tour de Hautefort, Tancrède les regardait s'éloigner en direction des prés. De plus en plus inquiet, il leva la tête une nouvelle fois vers les nuages.

— Eugénie, ma petite femme ! Tu dois être bien avec saint Pierre. Si tu peux faire quelque chose au ciel pour nous éviter ça..., implora Tancrède.

Noémie et Zacharie revinrent une heure plus tard en poussant devant eux les vingt et une vaches de la ferme. L'année précédente, le troupeau était composé de vingt-cinq laitières, mais les Hautefort en avaient déjà perdu quatre à cause d'une inondation et les veaux n'avaient pas survécu.

Quand Tancrède se leva le lendemain, il se rendit compte qu'Eugénie ne l'avait pas entendu. Une épaisse couche de glace avait recouvert la cour de la ferme.

— Crénom, je le savais !

Le thermomètre était bien en dessous de zéro. Sans prévenir Noémie, qui protesterait de le voir partir, et après avoir avalé une tasse de chicorée dans laquelle Tancrède ajouta une petite mesure de calvados, pour mieux combattre le froid, il décida malgré le danger d'aller voir le bord de la mer, c'est là-bas que tout se décidait. Tancrède n'était pas marin, mais il savait, comme tout paysan du Cotentin, que les marées réglaient le temps. Si ce grand froid ne durait que deux ou trois jours, on s'en sortirait bien.

Deux lieues le séparaient de la longue plage de Sainte-Marie-du-Mont. En temps normal, Capitaine parcourait cette route à vive allure. Mais, ce jour-là, le chemin de terre était bien glissant.

Tancrède, qui en avait vu d'autres, ressentait le froid. Il se rendait compte que la pelisse ne suffisait pas. Capitaine faisait sans arrêt des écarts sur la route. Ses vieux sabots glissaient sur les plaques de glace. Tancrède arriva enfin à la plage vers midi – il entendit sonner l'angélus de la chapelle de la Madeleine ; il avait mis longtemps pour y parvenir – et sentit la bise du large s'abattre sur sa poitrine. Il essaya pourtant de fanfaronner : « Jean-Baptiste a tort, ce n'est rien à côté de l'hiver russe ! » Il arrêta Capitaine le long d'un muret pour le protéger du vent. Les dunes s'étendaient sur plusieurs lieues. De maigres tiges de végétation tentaient de résister çà et là au vent. Tancrède adorait ce paysage sauvage.

« Il n'y a rien de plus beau au monde », disait-il souvent.

Il se mit à marcher en direction de la mer. Il savait que les coefficients étaient élevés à cette époque et qu'il trouverait la marée haute.

Le pilon de Tancrède s'enfonçait dans le sable. Il arriva tant bien que mal, en soufflant, au sommet d'une dune.

— Crénom de nom ! s'exclama-t-il en découvrant le triste paysage.

À perte de vue, du nord au sud, la mer gelait sur le rivage. Bien sûr, au loin, les vagues n'étaient pas prises par les glaces, mais l'eau prenait au bord de la plage et par endroits sur une largeur de plusieurs pieds.

Un terrible vent du nord soufflait. Tancrède avait du mal à rester debout. Il se souvenait devant ce spectacle de désolation des paroles de Tancrède l'Ancien :

— Si tu vois la mer glacée, petiot, apprête-toi à passer plusieurs lunes de gelée ! L'Osmond avait vu ça et ce fut l'terrible hiver de 1675, où les oiseaux mouraient dans le ciel. Y tombaient comme des pierres ! Ce fut grande calamité dans l'Cotentin !

Tancrède frissonna. Il n'avait jamais vu un tel spectacle. Une mouette foudroyée par le froid tomba devant lui. Il savait ce que cela voulait dire.

Après être resté au sommet de la dune pendant quelques instants, Tancrède rebroussa chemin. Le retour lui parut plus pénible encore que l'aller. Il trébucha à plusieurs reprises, s'écroula dans le sable. Quand il parvint à se relever, il sentit une violente douleur dans la poitrine. Sans s'écouter, il remonta en voiture, un coup de fouet sur la crinière de Capitaine et il s'éloigna en direction de Sainte-Mère. Il arriva à la tombée de la nuit à Hautefort. Transi jusqu'aux os, il toussait à fendre l'âme et voulait cacher qu'il était au bord de l'évanouissement. Noémie, folle d'inquiétude, l'attendait devant la porte. Elle ne put s'empêcher de crier quand elle vit le maigre attelage pénétrer dans la cour de Hautefort.

— Papa, où étais-tu ? J'ai envoyé Zacharie te chercher partout.

Tancrède s'en voulut d'avoir inquiété sa fille.

— J'étais à la mer…

— À la mer ? Mais tu es fou ! Par ce temps !

Noémie avait du mal à comprendre. Depuis son enfance, elle allait deux fois par an, là-bas, galoper avec Salomé, mais toujours en plein été quand il faisait beau et que le vent cessait de souffler.

— J'ai vu quelque chose de terrible, murmura Tancrède, le bord de la mer est gelé…

Noémie comprit ce que son père pressentait. Elle l'avait entendu parler de ce qu'elle pensait être une légende de l'Ancien.

Sur un signe de Noémie, Zacharie aida le maître à descendre de voiture. Noémie prit la main de son père dans la sienne. Elle se rendit compte que le malheureux claquait des dents. Il était glacé.

— Papa, rentre vite, tu as dû prendre froid. Viens boire quelque chose de chaud.

— Pas du tout, voyons, j'en ai vu d'autres, tenta de fanfaronner Tancrède.

Mais au fond de lui-même, il savait que sa fille avait raison.

Une misère terrible s'abattit sur le Cotentin. Le bord de mer resta gelé pendant de longues semaines, les routes étaient bloquées, les marchés n'ouvraient plus. Tancrède autorisa Zacharie à venir dormir sur une paillasse dans la cuisine. Son antre au-dessus de l'écurie était trop froid.

Dans la journée, les bêtes ne pouvaient plus aller aux prés. Ceux-ci étaient recouverts d'un pied de neige.

Zacharie gardait les vaches enfermées les unes contre les autres dans l'étable. Il faisait de même dans l'écurie. On ne sortait plus les ânes, ni les moutons, ni les chevaux. Curieusement, ces derniers, surtout Capitaine et Salomé, supportaient mieux le froid que les bovins. Il y avait des difficultés pour nourrir tous ces animaux. Les réserves de foin et de grain s'épuisaient à vue d'œil.

Depuis quelques jours, Tancrède brûlait de fièvre et toussait de plus en plus. Il était obligé de garder la chambre, mais refusait que Noémie fasse venir le docteur.

— Garde les sous pour acheter du fourrage, petiote.

Tancrède ne pouvait se faire à l'idée de dépenser de l'argent pour lui-même.

— Je suis revenu de Russie à pied, c'est pas un coup de froid de ces maudits Anglais qui va me retirer la vie !

Pour Tancrède, s'il faisait mauvais, vu la direction du vent, c'était forcément un coup des Anglais !

La réserve d'argent fondait aussi vite que la réserve de foin. Un matin, Tancrède ne put s'empêcher de regarder avec tentation les cinq cents pistoles qu'Isidore avait laissées pour le mariage de Noémie.

« Non, j'ai juré, et une promesse à un mourant, c'est sacré, je ne peux toucher à cet argent, c'est pour elle et elle seule ! »

Les jours suivants, il tenta de cacher la situation à sa fille, mais il finit par lui avouer la vérité.

— Ma pauvre Noémie, j'ai plus d'sous ! Le caoche est vide ! Va falloir vendre des bestiaux, si quelqu'un veut bien nous en acheter par ce temps.

Noémie ne connaissait que trop la mauvaise situation financière de son père. Depuis son retour de Saint-Lô, elle avait mis de l'ordre dans les affaires de Hautefort. La jeune fille avait « transformé » trois cahiers d'écolier en livres de comptes. Dans le premier, étaient inscrites les recettes, dans le deuxième les dépenses et dans le troisième l'état des réserves du domaine de Hautefort : les vaches, les poules, les cochons, les pommes, les fromages, le beurre, les bouteilles de cidre et tout ce que cela représentait en valeur marchande.

Noémie savait très bien que la situation était dramatique. Si le mauvais temps persistait, ils seraient au bord de la ruine en quelques semaines. Noémie et Tancrède entendirent la porte de la maison s'ouvrir avec fracas. C'était Zacharie qui revenait de l'étable comme un fou. Il criait dans l'escalier :

— Not' demoiselle, m'sieur Tancrède, un grand malheur est arrivé !

Sans même prendre le temps de frapper à la porte, le valet fit irruption dans la chambre du maître.

— Le taureau est en train d'périr de froid !

Ils savaient tous les trois ce que cela signifiait. Si le taureau venait à mourir, il n'y aurait plus de veaux, s'il n'y avait plus de veaux, les vaches ne donneraient plus de lait ! Et à Hautefort on ne ferait plus ni beurre ni fromage.

Malgré sa toux, Tancrède se leva d'un bond.

— Allons voir ça de plus près.

— Non, papa, je t'en prie, reste au lit, tu as la fièvre, supplia Noémie.

Mais il avait déjà passé sa pelisse et descendait les marches.

Tous trois traversèrent la cour. Dans l'étable, les malheureuses vaches étaient serrées les unes contre les autres. L'eau dans les auges était gelée. Zacharie avait beau casser la glace à coups de hache plusieurs fois par jour, rien n'y faisait. Il fallait rapporter des chaudrons d'eau chaude de la cuisine, mais cela ne suffisait pas. Le gros taureau noir était couché sur le côté. Il faisait peine à voir, soufflait doucement et paraissait souffrir. Ses yeux rougis regardaient Tancrède comme pour l'appeler au secours.

— Zacharie ! ordonna Tancrède de sa voix devenue faible, va-t'en chercher l'artiste vétérinaire !

Pour ne pas sortir Capitaine, Zacharie partit vers la maison de M. Gosselin, qui se trouvait à mi-chemin sur la route de Sainte-Mère.

— Des couvertures, petiote !

Tancrède savait qu'il fallait réchauffer le taureau. De longues heures passèrent. Noémie et Tancrède le caressaient. L'encourageaient de la voix. Le vétérinaire devait être dans d'autres fermes. Zacharie le cherchait partout.

Tous les efforts pour sauver l'animal furent vains. Quand M. Gosselin arriva enfin dans sa charrette bâchée avec Zacharie, il était trop tard. Le taureau venait de rendre le dernier soupir. Tancrède ne voulait pas perdre la face devant sa fille, ni devant des étrangers. Il ne dit rien mais, en fait, il se sentait totalement abattu.

Dans les jours suivants, plusieurs vaches moururent aussi de froid. Un vieux cheval de labour s'éteignit à son tour. La toux de Tancrède redoublait. Il ne pouvait plus quitter la chambre. Noémie veillait son père toutes les nuits. Refusant toujours obstinément de faire venir le médecin, il se soignait à sa façon avec du calvados chaud. Un matin, alors que la jeune fille prenait un bol de chicorée dans la cuisine, Zacharie, rangeant sa paillasse, se rendit compte qu'elle avait l'air épuisée. Noémie n'avait pas dormi depuis plusieurs jours.

— Alors, not' demoiselle, comment qu'y va M. Tancrède, aujourd'hui ?

— Mal, mon pauvre Zacharie, mal, je suis très inquiète.

— Si ça continue comme ça, vous allez tomber malade aussi, not' demoiselle, faut que vous dormiez un peu… C'te nuit, c'est moi qui vais le garder, vot' papa.

Noémie refusa tout d'abord cette offre. C'était à elle de soigner son père, puis elle finit par accepter la proposition de Zacharie. Elle était en fait très touchée par l'offre du jeune homme.

— Bien que valet, c'est que j'fais un peu partie du clan Hautefort, maintenant. Nous l'garderons chacun not' tour.

Zacharie regardait fixement Noémie droit dans les yeux. Elle n'avait pas fait très attention à lui ces jours-ci, mais en le regardant bien, Noémie discerna dans son regard bleu azur une véritable gentillesse.

Les tours de garde s'organisèrent. En alternant une nuit sur deux Noémie reprenait des forces. Un soir, alors qu'elle se reposait dans sa chambre, elle entendit des cris.

— Not' demoiselle ! Not' demoiselle !

Noémie crut que c'était un cauchemar, puis, ouvrant les yeux, elle s'éveilla complètement. Zacharie tambourinait à la porte.

Elle passa rapidement un châle sur sa chemise de toile.

— Que se passe-t-il ? demanda-t-elle en ouvrant sa porte.

— Il faut que je m'en aille chercher le docteur, m'sieur Tancrède est au plus mal.

— C'est que… c'est…

Noémie n'arrivait pas à dire la vérité à Zacharie. Elle n'avait même pas de quoi payer le brave docteur Gamboville. Zacharie comprit sa gêne dans son regard désespéré.

— Si c'est pour l'argent ! Vous inquiétez pas... Nenni, faut pas vous en faire, j'ai économisé ma paie des quatre derniers mois, j'ai huit pistoles cachées sous ma paillasse.

— Je dois refuser, Zacharie.

— Je m'en vas chercher l'docteur, et vous serez bien forcée d'accepter.

Sans attendre de réponse, il tourna les talons. Tant pis pour Capitaine. Le percheron était solide. Aidé d'une lanterne pour les éclairer dans la bourrasque, Zacharie partit pour Sainte-Mère.

Noémie était à la fois très touchée par la proposition de Zacharie et un peu agacée par cet excès d'autorité. Elle passa rapidement un jupon sur sa chemise et traversa le long couloir glacé qui la séparait de la chambre de son père. Elle ouvrit la porte, doucement, sans la faire grincer. Tancrède avait le teint cireux, il respirait avec difficulté.

Noémie vint s'asseoir sur le bord du lit. Elle prit la main de son père dans la sienne. Tancrède fit un effort incroyable pour arriver à articuler quelques mots. Il parlait trop bas. Noémie s'approcha des lèvres de son père.

— Zacharie... est un... brave... garçon...

— Je sais, papa, ne parle plus, repose-toi...

— Écoute-moi bien, petite, il n'a pas beaucoup d'éducation, mais il a le cœur large.

Noémie regarda le maître de Hautefort. Avec désespoir, elle se rendit compte qu'il était en train de mourir. Elle épongea son front brûlant.

Noémie regarda alors le portrait de sa mère qui était accroché au-dessus du lit, à côté du crucifix.

« Seigneur, si vous m'entendez, laissez-moi mon père encore quelque temps, j'ai déjà été privée de mère toute ma vie, alors, je Vous en supplie, laissez mon père vivre. Maman, oh ! ma petite maman, décide le Seigneur à laisser notre Tancrède à Hautefort. J'irai à l'église, dès que le temps sera calmé, pour mettre un cierge. »

Des sabots de chevaux résonnaient dans la cour. C'était Zacharie qui revenait enfin avec le docteur Gamboville dans son petit tonneau couvert à deux roues. Aussitôt monté dans la chambre, le docteur ausculta Tancrède. Il releva la tête, mécontent.

— Depuis combien de temps est-il dans cet état ?

Noémie baissa la tête.

— Cela fait plus de trois semaines.

— Trois semaines ! Et toi qui as de l'éducation, Noémie… Tu ne m'as pas appelé !

— C'est lui qui ne voulait pas !

« Ah ! ces paysans, tous les mêmes, ils font venir le vétérinaire pour les bêtes, mais rien pour eux », pensa le médecin.

— Faites chauffer de l'eau, Zacharie, je vais lui poser des ventouses scarifiées et lui mettre un bon cataplasme de moutarde… Ça brûlera, mais c'est la seule chose à faire !

Gamboville ne laissait que peu d'espoir à Noémie. En redescendant, il lui conseilla même de faire venir le curé. Noémie ne put s'y résigner. Si Tancrède voyait le père Thomas, il se laisserait mourir. Gamboville revint les jours suivants. Zacharie le payait scrupuleusement. La surprise du docteur fut grande quand il se rendit compte que Tancrède reprenait du poil de la bête. En une semaine, le vieux bonapartiste échappa aux griffes de la Camarde. Noémie, du reste, comprit que son père était sauvé quand il attaqua :

— Alors, mon pauvre Gamboville, ça va pas fort vot' république !

Avec dignité, celui-ci ne répondit pas.

À la mi-mars, les glaces commencèrent à fondre. Les verts pâturages remontaient à la surface. Les vaches purent enfin retourner brouter l'herbe grasse des prés. Des pâquerettes et des coquelicots apparaissaient çà et là. La vie reprenait son cours dans le Cotentin. À la surprise de tous, le père Dieuleveut n'était pas mort dans sa masure au toit de chaume. Nul ne sut comment il avait survécu, mais au carrefour des deux routes, avec le soleil, il avait repris sa place et ses commérages.

Noémie ne fut pas longue à dresser le bilan de cet hiver atroce. Son père était toujours très fatigué. Elle ne voulait pas l'inquiéter pendant sa convalescence, mais la ferme de Hautefort était ruinée. Une dizaine de vaches étaient mortes. Les survivantes ne donnaient plus de lait depuis plusieurs semaines. Le taureau était mort, il fallait en racheter un. Où trouver l'argent pour recomposer le cheptel ? De plus, Noémie savait qu'ils seraient forcés de se séparer de Zacharie. On lui devait l'argent du docteur et on ne pourrait pas le payer à la fin du mois. Tancrède, qui allait chaque jour un peu mieux, avait perdu son moral légendaire. Il savait bien que, sans bétail, Hautefort n'existait plus. Sans en parler à Noémie, il avait décidé d'aller au château de Reuville. Jehan Kermadec était rentré depuis quelques jours. Il était venu la veille présenter ses respects à Noémie et son père. Plusieurs fois, Tancrède avait failli lui parler mais il préférait traiter l'affaire entre hommes. À plusieurs reprises, avant l'hiver, Jehan Kermadec avait proposé de lui racheter ses prés de pommiers. L'idée de s'en séparer rendait Tancrède malade, plus encore l'idée de voir un horsain en train de cueillir ses pommes. Mais il n'y avait pas d'autre solution. Tancrède ordonna à Zacharie d'atteler la carriole.

— Que vas-tu faire, papa ?

Noémie prenait de plus en plus d'autorité. Cela agaçait un peu Tancrède, pourtant, il lui dit la vérité.

— Je m'en vas au château de Reuville vendre nos pommiers au Jehan Kermadec.

Noémie baissa la tête, elle savait qu'il n'y avait pas d'autre solution.

Elle avait été heureuse de revoir le régisseur. Un peu troublée aussi de s'apercevoir qu'il ne l'avait pas oubliée. Le regard brûlant de Jehan lui avait appris que l'éloignement de l'hiver n'avait pas éteint sa flamme.

— Tu as raison, papa, et puis vendre à Jehan Kermadec qui est un ami, ce ne sera pas aussi dur qu'à un véritable étranger.

Zacharie, qui venait avec la carriole en tenant Capitaine, avait entendu la conversation de ses maîtres.

— J'sais point grand-chose, mais c'que j'sais, c'est quand on a des pommiers qui donnent du bon cidre, faut point s'en séparer !

Tancrède et Noémie, surpris, levèrent la tête en direction de leur valet. Sans se démonter, celui-ci continua :

— J'ai p'tête ben une idée pour vous tirer d'affaire, et sans rien demander au Jehan Kermadec !

— Écoute, mon garçon, tu es bien brave, mais la situation n'est pas bonne et pour tout dire, elle n'a jamais été pire à Hautefort ! J'aurai même pas d'quoi t'payer ton mois !

— Vous en faites pas pour ça, m'sieur Tancrède, j'ai point besoin d'sous, tant que j'suis nourri et logé.

Noémie s'interposa :

— C'est gentil à toi, Zacharie, mais il nous faut plus de cinq cents pistoles pour racheter des vaches, un taureau, du fourrage, du grain, tu comprends ?

— Dam', oui, j'comprends ben, répondit Zacharie en hochant sa tête blonde. Les cinq cents pistoles, je les ai point, ni en argent ni en papier, mais j'ai bien plus, par-delà Carentan !

Noémie et son père se regardèrent, interloqués.

— Mais que veux-tu dire ? demanda Tancrède.

— Vous en faites point, vous aurez les sous.

8

Mademoiselle Ernestine

— Hep, là-bas…

— Ouais !

— La ferme de Hautefort ?

— Dam' ! c'est point par là. Vous z'y tournez l'dos. Faisez donc d'mi-tour et allez par la drète su l'chemin du Plain pis là…

— Je ne comprends pas un traître mot, l'homme… venez ici plus près… parlez distinctement !

— Eh ! Dites donc, qui c'est-y ! J'étions point à vos ordres ! Vous dérangez l'monde ! Bon, bon, on vient ! J'vous dis par là vous allez dré à Sainte-Mère… Faisez d'mi-tour… Allez par la drète sur l'chemin du Plain, à une demi-lieue quand c'est qu'vous verrez à main drète, avé des pommiers, une ben belle bâtisse au toit couvert d'ardouèses avec une ben aimable tour, vous z'y s'rez. Alors comme cha, vous vous rendez cheu maître Tancrède Hautefort. C'est-y qu'vous voulez l'y acheter une vac ?

— Cela ne vous regarde pas, je vous ai demandé Hautefort, un point c'est tout… J'espère que vos renseignements sont exacts.

— Dam' ouais ! J'irions les yeux fermés !

Le père Dieuleveut regardait avec curiosité la vieille Carabosse qui venait de l'interpeller d'un ton si désagréable, de sa carriole poussiéreuse, attelée à une malheureuse haridelle aux côtes saillantes.

— D'où qu'c'est-y qu'vous v'nez comm' ça ? interrogea sans se démonter le père Dieuleveut.

Il en allait de son honneur de savoir ce que venait faire cette harpie à Hautefort.

— Je viens de Carentan, l'homme, où je demeure, daigna répondre avec hauteur la mégère, tout en faisant tourner sa jument à coups de fouet.

— Ah ! Ça fait un bout d'chemin, m'dame.

— Mademoiselle, et fière de l'être, je vous prie d'être poli.

— Ah ! Bien, mam'zelle ! fit tout haut le père Dieuleveut, puis il retourna vers sa masure en grommelant : « Mam'zelle, bé ça m'étonnons point, qu'en enfer l'diable lui-même en voudrait point ! Mam'zelle... Vieille mule ! »

Vêtue de noir des pieds à la tête, un chapeau à bride recouvrant des cheveux gris emmêlés comme des serpents, la vieille demoiselle asticota sa pauvre rosse, pour prendre la route indiquée par le père Dieuleveut. Celui-ci n'avait pas menti. Sa description était exacte. Sur sa droite, la visiteuse reconnut les pommiers et la tour de Hautefort. Un dernier coup de fouet et elle fit pénétrer son attelage bringuebalant dans la cour de la ferme. Noémie sortait de la laiterie en portant un seau. Elle était suivie des deux servantes qui l'aidaient dans la maison de maître et aux divers travaux de la laiterie. La Mariette, une forte paysanne de Baudienville, tenait une baratte pour la laver au puits. L'autre servante, la Désirée, née au Plain, portait deux pots de grès. Il y avait bien sûr pour les coups de feu des journalières, mais celles-ci étaient occupées ailleurs.

— Hep, les servantes, oui, vous là-bas, où est votre maître, M. Tancrède Hautefort ?

De sa voix autoritaire, l'inconnue s'adressait à Noémie. La Mariette et la Désirée roulaient des yeux derrière leur jeune maîtresse.

— Mon père est dans les celliers, répondit calmement Noémie, qui dois-je annoncer ?

Un peu matée par le ton ferme et l'accent distingué de la jeune fille, la vieille demoiselle descendit de sa carriole.

— Vous lui direz que Mlle Ernestine Le Sauvage désire l'entretenir d'un événement de la plus haute importance...

— Mlle Le Sauvage ! répéta Noémie avec étonnement.

— Qu'avez-vous à bayer aux corneilles ? Oui, allez, et plus vite que ça...

— Veuillez attendre ici.

Tandis que les deux servantes, flairant un événement pas banal, couraient vers l'écurie prévenir Zacharie, Noémie ouvrit avec calme la porte de la salle commune à la visiteuse. Le chien Balthazar, un solide bâtard au poil roux qui allait parfois à la chasse avec son maître, renifla avec dégoût les jupes noires de la vieille fille, puis repartit se coucher devant la cheminée.

À Hautefort, de tout temps on admettait les chats et les chiens à l'intérieur de la maison. C'était la tradition. Jamais un chien n'était attaché dehors à la niche. Tancrède, à l'inverse de certains paysans qui pouvaient être durs avec les animaux, exigeait de ses valets, filles de la laiterie ou journaliers, que toutes les bêtes, y compris les chats, soient bien traitées et nourries. Pourtant ces derniers devenaient paresseux. N'ayant pas à chercher la nourriture, ils n'allaient plus dans les greniers à grain chasser les souris et les rats. Noémie approuvait son père, bien qu'elle détestât aller relever les ratières avec les cadavres des rongeurs.

— Mam'zelle Le Sauvage !

— Ah ! monsieur Hautefort, ce n'est pas trop tôt !

Tancrède, suivi de Noémie, était sur le pas de la porte. Il regardait avec circonspection la vieille chouette plantée devant le vaisselier. Elle faisait l'inventaire des étains.

— Que puis-je pour vot' service ? interrogea le maître de Hautefort tout en pénétrant dans la pièce.

La vieille demoiselle regarda avec surprise Tancrède avancer en boitant sur son pilon.

— Vous avez perdu une jambe dans un accident ?

— C'est à peu près ça, répondit Tancrède tout en lui faisant signe de s'asseoir sur une chaise cannée devant la pendule.

Lui-même prit place dans son fauteuil à haut dossier. Noémie resta debout derrière son père appuyée sur le bois sculpté.

— Ça ne doit pas être pratique pour les travaux de la ferme avec une seule jambe ?

Tancrède haussa les sourcils. Cette vieille sorcière n'était quand même pas venue l'entretenir du fait qu'il était unijambiste.

— J'ai de bons employés, en premier ma fille Noémie qui m'aide beaucoup.

— Ah ! parlons-en de vos employés. Je suis justement venue ici pour vous parler de l'un d'eux...

Tancrède prit un air aussi surpris que matois.

— Un de mes journaliers aurait-il mal agi par hasard ? Le Pierre-Marie ou l'Antoine, à moins que ce soit le Germain ? Ce sont pourtant d'bons gars mais avec un coup d'calva et l'jour de la paie, faut point leur en vouloir si...

— Mais non... Monsieur Hautefort, votre fille ne vous a donc pas dit mon nom ? Je suis mademoiselle Le

Sauvage, je vous parle de Zacharie. Ce propre-à-rien, ce voleur, ce voyou, ce chenapan !

De rage, Mlle Le Sauvage tirait sur les cordons de sa bourse noire à soufflets froncés. Sans se démonter devant ces imprécations, Tancrède, après un regard pour sa fille, rétorqua :

— Ah ! ici, il est ben correct et travailleur, n'est-ce pas, Noémie ?

— Parfaitement, nous n'avons rien à lui reprocher, au contraire. Zacharie s'est rendu indispensable à la ferme où nous apprécions sa loyauté. Il a même soigné mon père, qui a été souffrant pendant l'hiver, avec un dévouement admirable et je lui en suis très reconnaissante.

À ce plaidoyer de Noémie, le sang était monté aux pommettes aiguës de la vieille fille. Ses petits yeux sous la capote du chapeau noir lançaient des flammes.

— Quels éloges pour ce vaurien ! Méfiez-vous de ses turpitudes et de son hypocrisie. Je viens vous mettre en garde. Pour de l'argent, ce garçon pourrait devenir un assassin. Croyez-vous que je sois partie à bride abattue de Carentan, à mon âge, avec ma fluxion, si ce n'était pas grave ? Aah... je me sens mal... j'étouffe...

Sur un geste de Tancrède, Noémie se précipita pour offrir à la visiteuse un verre de cidre provenant de la carafe toujours posée sur le buffet. Mlle Ernestine but avec avidité.

— Ah ! merci... merci... cela me remet un peu... c'est très bon, très frais...

— Dam', c'est du Hautefort... du gouleyant, dit Tancrède avec fierté.

— Je me sens légèrement mieux, à mon âge c'est le cœur, si je pouvais en avoir encore un doigt !

Noémie remplit à nouveau le verre de la visiteuse qui but tout d'un trait.

— Cela va mieux ? s'enquit poliment Tancrède.

— Oui, si ce n'étaient mes palpitations. Un docteur de Paris...

— Tout le monde a ses soucis, admit Tancrède. Alors, je vous écoute, mam'zelle... Qu'avez-vous à m' dire de si important sur mon valet ?

— C'est mon neveu. Oui, Zacharie est la seule famille qu'il me reste. Je suis la sœur de son défunt père Hyacinthe Le Sauvage. À la mort de ses parents, tous deux tués par la foudre, en carriole sur la pointe de Beuzeville, j'ai, malgré ma santé chancelante, recueilli cet orphelin de huit ans et sans le sou. Mon frère avait emprunté pour sa ferme à des usuriers... j'ai dû tout rembourser. Ah ! ma bonté a été bien mal récompensée. J'avais fait rentrer chez moi le diable en personne, méchant, désobéissant, il m'en a fait voir de toutes les couleurs. Ce Zacharie est un petit misérable qui s'est enfui pour ses quinze ans sans penser à ma santé. Il a préféré aller se placer dans des fermes, devenir valet alors que je lui offrais le gîte, la sécurité et le couvert.

— J'comprenons, mais, mam'zelle, dans tout ceci, j'voyons point où...

— J'y viens, monsieur Hautefort, j'y viens ! Je n'avais plus de nouvelles de cette bête sans cœur... quand, hier, le notaire de Carentan, maître Typhaigne, m'a avertie que ce misérable Zacharie me mettait à la porte de ma maison pour la mettre en vente.

— Votre maison ? répéta Tancrède, ahuri.

— Ma maison, mes meubles, tout. Déjà des acheteurs sont venus hier soir. Cette graine de potence, ce futur bagnard veut jeter dehors une pauvre vieille femme sans ressources... Que veut-il faire de cet argent, hein ? Je vous le demande. Si ce n'est une mauvaise action. S'il voulait se marier, il le dirait. Non, pour agir de la sorte, il veut faire un méchant coup.

Tancrède, embarrassé, tiraillait les bords de sa moustache grise. Il regarda Noémie. Tous deux ne savaient que trop à qui profiterait le fruit de la vente. Noémie était aussi gênée que son père. Cette vieille demoiselle était parfaitement antipathique, mais il ne serait pas dit que les Hautefort feraient mettre à la porte une pauvre femme. Tancrède se leva.

— Rentrez à Carentan, mademoiselle Le Sauvage, ne vous inquiétez pas, je vais interroger Zacharie et au besoin nous irons ensemble voir maître Typhaigne pour lui intimer l'ordre d'arrêter toute mise en vente.

Ce programme n'eut pas l'air de plaire à Mlle Ernestine.

— Il est inutile de vous déranger, monsieur Hautefort. Non, vous devez être un homme à poigne... Tancez Zacharie, au besoin donnez-lui une bonne correction.

— Jamais je n'ai frappé un employé, mademoiselle...

— C'est un tort, monsieur Hautefort... la vieille méthode a du bon. En tout cas, dites à ce misérable qu'il oublie sa pauvre tante et soit étouffé par le remords !

Sur ces mots définitifs, Mlle Le Sauvage sortit de la ferme et regagna sa carriole. La pauvre rosse avait été abreuvée et nourrie par une main charitable. Au loin, Zacharie sortait d'une étable.

— Assassin ! hurla Mlle Le Sauvage en direction de son neveu.

Celui-ci répondit par un geste insolent. Noémie lui fit signe de se calmer. On allait au scandale. Ravies de l'aubaine, les deux servantes se cachaient derrière le coin de la maison pour ne rien perdre de la scène. Elles en auraient à raconter ce soir à Baudienville.

— Venez, mam'zelle.

Tancrède aidait la vieille fille à remonter dans son attelage.

— Mécréant !... Judas !... Bonapartiste !

Les imprécations de Mlle Le Sauvage devenaient de plus en plus stridentes. À la dernière insulte, Tancrède tressaillit. La vieille taupe perçut ce mouvement. Se méprenant, elle reprit de plus belle.

— Sale bonapartiste ! On te mettra aux fers, tu iras au bagne.

Sans se démonter, Zacharie, de loin, haussa les épaules et pénétra dans l'écurie. Sa disparition calma un peu Mlle Le Sauvage. Tancrède prit la jument par la bride. Il la tira vers le portail de Hautefort.

— Bonne nuit, mam'zelle ! À propos, ma jambe, j'l'avons perdue en campagne de Russie. Vive l'Empereur !

Stupéfaite, Mlle Ernestine se trouva sans réponse. Noémie avait rejoint son père. Il passa un bras autour du cou de sa fille, tout en regardant la carriole bringuebalante s'éloigner entre les haies du chemin menant à la route de Carentan.

— T'as entendu ?

— Oui, papa, tu es incorrigible.

Avec tendresse, elle se mit sur la pointe des pieds pour embrasser la joue de son père.

— Il ne nous avait pas dit ça, le Zacharie.

— Qu'il avait une vieille tante ?

— Mais non, ma fille, qu'il était bonapartiste, le bougre !

Au ton de sa voix, Noémie comprit que le maître de Hautefort avait définitivement « adopté » son valet. Sans comprendre pourquoi, Noémie en conçut une grande allégresse. Zacharie faisait partie de son univers maintenant. Il était bon, travailleur et généreux. Elle ne pouvait plus imaginer Hautefort sans lui.

Le soir venu, après la soupe, Tancrède interrogea Zacharie sur sa tante.

— Tu comprends bien, mon garçon, que nous ne pouvons plus accepter ton offre généreuse... Cette pauvre vieille ne doit pas être mise à la porte.

— Tout ce qu'elle raconte, m'sieur Tancrède, ce sont des menteries ! Il faut que vous veniez à Carentan voir maître Typhaigne...

Devant l'hésitation de Tancrède, Zacharie se tourna vers Noémie.

— Mam'zelle Noémie, maître Typhaigne me connaît bien, il vous expliquera, j'vous jure...

Les yeux de Zacharie brillaient d'émotion contenue. Noémie se leva pour desservir la soupière.

— Papa, cela nous ferait du bien à tous les trois... une petite promenade à Carentan...

Tancrède alluma sa pipe.

— Alors, si tout le monde est contre moi...

À peu de distance de l'église Notre-Dame, la maison à arcades de maître Typhaigne donnait sur la grand-place. Le notaire ouvrit le bouton du haut de son gilet. Son teint rubicond de Normand était avivé. Il avait, visiblement, fait un bon déjeuner copieusement arrosé de cidre bouché. Avec discrétion, il consulta sa montre de gousset et la remit en place au bout de sa chaîne en or.

— Je confirme tout ce que vous a dit Zacharie, monsieur Hautefort. Mlle Le Sauvage est fort riche. C'est vrai qu'elle a recueilli son neveu, seulement, le pauvre garçon, elle ne le nourrissait pas et souvent le battait. C'est pourquoi il s'est enfui. La maison rue des Prés, où elle vit, ainsi que le jardin potager se trouvant derrière appartenaient à M. Hyacinthe Le Sauvage, son frère et le père de Zacharie. De par la loi, Mlle Ernestine Le Sauvage n'est que l'occupante. Zacharie en est l'héritier et le propriétaire légal. Les bonnes maisons sont rares à Carentan. Nous espérons avoir la voie ferrée pour Cherbourg, passant ici avant dix ans... les prix montent... on pourrait tirer six à sept mille francs de la vente...

Maître Typhaigne interrompit le geste de protestation de Tancrède.

— J'arrête tout de suite ces scrupules qui vous honorent, monsieur Hautefort, Mlle Le Sauvage a du bien, elle possède deux fermes, une de très bonne terre à Carquebut, l'autre avec quelques marais à Saint-Côme-du-Mont, tenues par des métayers, ces fermages lui rapportent bon an mal an trois mille francs, d'autre part elle est aussi propriétaire à Carentan de quatre maisons bien louées dont l'une, sur la place de l'église, vient de se libérer par suite d'un décès. Elle pourrait fort bien l'habiter. Vous voyez. Zacharie, que nous connaissons ma femme et moi de longue date, nous l'avons souvent nourri quand il habitait chez sa tante, peut parfaitement, sans faire de tort à personne, profiter du petit héritage de son père, car le pauvre Hyacinthe avait perdu sa ferme à cause des usuriers à qui il avait emprunté, au lieu de venir me trouver... Donc, Zacharie, tu es bien d'accord ? J'établis l'acte de vente et je verse la somme à M. Hautefort...

Jusque-là, Noémie n'avait pas dit un seul mot. Elle était sagement assise entre son père et Zacharie. Le respectable notaire n'avait pas plus fait attention à elle qu'à une potiche de faïence. Elle se pencha pour murmurer quelques mots à l'oreille de Tancrède. Celui-ci hocha la tête.

— Dam' oui, maître Typhaigne, ma fille a raison ! Nous acceptons l'offre généreuse de Zacharie, mais à une condition : il faut établir l'acte d'un prêt remboursable sur cinq ans... Sinon il sera propriétaire des vergers de pommiers de Hautefort que j'étions ben forcé de mettre en vente sans lui ! Ça va-t'y... allez, tope là, mon garçon...

Sans hésitation, Zacharie frappa la paume de sa main dans celle de Tancrède, mais tout en faisant ce geste, il ne regardait que Noémie.

9

« Les Gazelles de Saint-Lô »

— Qu'est-ce qu'on fête ici ?

Jean-Baptiste Sénéchal pénétrait dans la salle commune de Hautefort. À son entrée, le chien Balthazar se leva pour venir lui lécher la main. Il connaissait bien l'ami de son maître pour aller parfois avec lui à la chasse. Tancrède avait débouché le cidre pétillant et remplissait les verres de Zacharie et Noémie.

— Entre donc, viens-t'en bère une « chopaine » avec nous, mon Jeannot !

Jean-Baptiste Sénéchal ne se le fit pas dire deux fois. Il était resté, comme Tancrède, un bel homme au type normand de blond aux yeux bleus. Ses cheveux, dégarnis sur le front, étaient devenus presque blancs. Il jouissait à Sainte-Mère d'une grande autorité et d'un immense respect de la part de ses concitoyens. Malgré ses opinions bonapartistes, ceux-ci l'avaient élu avec une respectable majorité. Quand Jean-Baptiste était rentré au pays à l'automne 1815, après Waterloo, son corps portait à la poitrine et sur le dos les marques des sabres russes et autrichiens, mais lui avait la chance d'être revenu entier. Il avait eu la joie de retrouver Tancrède, qu'il croyait mort, quelque part en Russie. Comme son ami, Jean-Baptiste s'était fixé au pays. Il s'était marié avec une demoiselle de Valognes et avait d'abord eu deux filles, Joséphine et Maria-Letizia, puis cinq garçons dont il destinait en secret l'aîné, François Napoléon, à Noémie. Leur passé aux armées napoléoniennes donnait à Tancrède et à Jean-Baptiste une nette supériorité sur les habitants de Sainte-Mère. Il leur semblait qu'ils étaient liés par un secret très lourd à porter. Une sorte de Saint-Graal. Ils n'acceptaient que très rarement d'en parler, malgré les nombreuses invitations qu'ils recevaient des fermiers des environs, pour participer à des veillées au coin du feu où chacun racontait des histoires. Seuls, tous les deux, inspectant leurs champs ou à la chasse aux canards dans la baie des Veys, ils se laissaient aller à évoquer leurs souvenirs, Wagram, Borodino, Moscou... Cette dernière campagne, s'achevant en désastre, leur laissait dans l'âme une immense nostalgie. Ils avaient oublié leurs souffrances pour ne se souvenir que de la grandeur napoléonienne à laquelle eux, simples paysans de Sainte-Mère, avaient participé. Ils se sentaient des privilégiés d'avoir connu pareille gloire. Mis au courant de la visite chez maître Typhaigne, Jean-Baptiste prit aussitôt part à la joie de Tancrède.

— Tiens, Jeannot, on boit à Zacharie, ouais, agni[1] y fait partie de la famille... tope là... reverse, ma fille !

Ils en étaient à la troisième chopain. Noémie trouvait que c'était trop, mais elle obéit à son père. D'autre part, le voyant si heureux et si soulagé, elle comprenait la peur qu'avait dû ressentir le maître de Hautefort. Vendre des vergers, c'était abandonner l'identité du domaine. Pour Tancrède, perdre ce que les ancêtres, à force de travail, avaient gagné, c'était le symbole de l'honneur et la vie. Noémie avait perçu le danger de la situation, le drame de l'hiver, mais elle n'avait peut-être pas apprécié à sa juste valeur la situation précaire

1. Aujourd'hui.

où ils se trouvaient. Zacharie était le vrai sauveur de Hautefort. Elle lui en était follement reconnaissante bien sûr, mais en même temps un peu jalouse. Au fond, Noémie l'orgueilleuse aurait voulu trouver la solution toute seule.

— Allez, Jeannot, Zacharie mon gars, quèque vous diriez d'un gloria ben tassé ! s'exclama Tancrède.

Le maire et le valet n'avaient rien contre...

— Fais-nous ça, ma fille, et au calva, le meilleur !

Noémie avait envie cette fois-ci de protester ouvertement, mais elle se leva pour faire chauffer le micamo[1] toujours prêt. Sans un mot elle servit les trois hommes et resta debout derrière son père, comme devait le faire une bonne fermière, maîtresse du logis.

— À toi, Jeannot ! À nous ! À Zacharie ! Tu sais, Jeannot, le Zacharie, c'est un vrai bonapartiste !

— Pas vrai ? Ça, c'est bien, mon gars. Vous savez qu'il se passe des choses à Paris. Je crois que le prince président a toutes les chances de devenir empereur comme son oncle, tu t'rends compte, Tancrède, on aurait assez vécu tous les deux pour voir ça... ce serait Napoléon III !

Zacharie osa demander :

— Pourquoi pas Napoléon II, m'sieur le maire ?

Avec mansuétude, Jean-Baptiste répondit :

— Parce que le roi de Rome, le fils à Napoléon Ier, mon petit gars, a été reconnu légalement par les Chambres des Cent Jours comme héritier de son père, qui du reste avait abdiqué en sa faveur, sous le nom de Napoléon II ! Ah ! tu t'souviens, Tancrède, notre espoir qu'il revienne en 1830, ce pauvre petit prince, l'Aiglon comme on disait, dont les Autrichiens avaient fait le duc de Reichstadt, pouah ! Reichstadt ! Quel

1. Café.

nom ! Ah ! sa mort en 1832 nous a plongés dans une de ces tristesses, hein, Tancrède ? Mais j'vous l'dis, mes amis… on va revoir l'Empire, foi de Sénéchal ! À Louis-Napoléon !

— À Louis-Napoléon !

On trinqua, puis Tancrède approuva son ami.

— Si Jeannot l'dit, alors faut l'écouter. Capitaine qu'il était dans la Grande Armée… C'est bien simple, y sait tout. On aura un empereur !

Zacharie était aux anges devant les deux vieux survivants.

— Oh ! m'sieur l'maire, m'sieur Tancrède, j'aurais tellement voulu être né pour aller avec vous faire ces campagnes, ouais, les Aigles, j'en rêve…

— Et tu aurais perdu une jambe toi aussi ou tu serais mort, c'est malin, lança Noémie.

À cette réflexion aigre, Tancrède jeta un regard de biais vers sa fille.

— Si t'as du travail à la laiterie, petiote, faut point t'gêner… On cause entre hommes.

La Mariette et la Désirée n'en revenaient pas. Maîtresse Noémie, qui était toujours si soigneuse, retournait les fromages séchant dans les éclisses avec une brusquerie inhabituelle. Quand le lait était assez caillé et ferme, il fallait faire ce geste de tourner trois ou quatre fois dans la demi-heure suivant le moulage et ensuite cinq fois jusqu'au soir. La douceur du geste était très importante car demain quand ils auraient pris, on les poserait sur une dalle propre avec des glottes sèches, pour commencer le salage, si important, sur les deux faces.

La Désirée osa intervenir :

— Pardon, maîtresse, mais l'lait caillé n'est point encore trop ferme.

— Jésus Marie ! S'ils mouillent, ils sont perdus, maîtresse Noémie, j'avions connu la Guillemette de Houesville qui, cause de contrariétés pendant ses périodes, perdait ses livarots ou faisait virer ses crèmes...

— Dam', ouais ! cha arrive souvent quand on est prise, alors là, si on attend un poulo[1], faut point être apostilli[2] surtout cause de malheur ! On perd toute la laiterie !

Sans faire attention aux commérages des deux servantes, Noémie continuait à passer sa rage sur les malheureux fromages.

— En voilà des façons ! Petiote, faut pas t'gêner et puis quoi encore ! Ah ! si ce n'était pas mon père. Leur Napoléon, moi, j'en ai par-dessus la tête. Oh ! les hommes avec leur politique ! Il y a des choses plus importantes que les guerres ! Les idiots... voilà ce qu'ils sont, les hommes. Ah ! si j'avais trente ans, je mettrais bon ordre à tout ça.

La Mariette et la Désirée frémissaient devant ce discours de révolte. Elles se regardaient en hochant leur coiffe bien empesée. Depuis la visite de la vieille demoiselle en noir, tout allait de travers à la ferme. Les maîtres restaient enfermés dans la salle commune. Le Zacharie, après tout valet comme elles, prenait des airs importants. Maîtresse Noémie était trop nerveuse.

— Eh ! ben v'là, c'est trop niquette[3], y mouillent, maîtresse, y serviront à doun[4] aux porcins, c'est-y pas malheureux ?

1. Petit enfant.
2. Souffrante.
3. Délicat.
4. Donner.

Elles avaient raison, Noémie arrêta son massacre. Pour ne pas perdre son prestige vis-à-vis des servantes, la jeune fille fit l'inspection de la laiterie. Elle passa dans la pièce à beurre. Pour la forme, elle ordonna à la Mariette de laver les barattes et à la Désirée de nettoyer les pots de grès. Puis elle leur dit d'aller traire les vaches dans le champ. Les deux servantes parties avec leur seau et leur balancelle, Noémie passa dans l'écurie. Elle donna de l'avoine aux chevaux. Ses doigts caressèrent longuement les crinières de Capitaine et de la jument Salomé que son père lui avait donnée pour ses douze ans. C'était Tancrède, avec un sac de jute attaché à la taille, qui avait dressé Salomé pour que Noémie puisse monter en amazone. Elle le faisait adolescente quand elle venait en vacances à la ferme. Mais depuis qu'elle était vraiment rentrée pour travailler avec Tancrède, elle n'avait plus une minute pour sortir avec sa jument. Auparavant, elle allait trotter dans le bocage, puis elle descendait jusqu'à la longue plage de Sainte-Marie-du-Mont devant la Madeleine. Noémie galopait grisée par l'air vif et souvent par le crachin normand sur le bord de la mer, en regardant les îles Saint-Marcouf. Comment Tancrède avait-il fait avec une seule jambe pour rendre la jument si douce ? Probablement grâce à l'amour qu'il portait à sa fille. À ce souvenir, Noémie sentit les larmes lui monter aux yeux. Elle avait été trop dure, trop entière. Mère Marie-Angèle lui reprochait souvent au couvent de Saint-Lô la violence de son caractère. Elle aurait dû être heureuse que Tancrède s'amusât un peu avec Jean-Baptiste et Zacharie. Il n'en avait pas souvent l'occasion. Jamais Noémie n'aurait dû se laisser aller devant les servantes. Ce n'était pas digne d'une maîtresse de ferme et encore moins de la fille d'un homme extraordinaire, généreux de pensées et d'action. Un être admirable qu'elle n'avait jamais entendu se plaindre de la perte de sa jambe. Il vaquait aux travaux du domaine, comme s'il n'avait pas été un infirme. Avec habileté, il montait aux échelles dans les greniers. Quand il allait dans les champs détrempés, il avait inventé une planche de bois qu'il fixait au bout de son pilon pour ne pas s'enfoncer dans la terre. Noémie avait honte de son attitude. Dorénavant, elle se jura d'être douce, tendre et obéissante avec son père. Surtout ne plus le juger et respecter ce qu'il aimait, même Napoléon !

L'angélus du soir sonnait au clocher de Sainte-Mère-Église. Dans les champs, tout s'arrêtait pour la prière. C'était la fin d'une longue journée. « Seigneur, pardonnez-moi et faites que j'apporte à mon père tout le bonheur qu'il mérite… merci. » Comme d'habitude, la prière de Noémie fut rapide. Le couvent de Saint-Lô avait réussi sur bien des points, mais n'avait pas fait de la jeune rebelle un modèle de piété. Le crépuscule tombait maintenant sur Hautefort. Noémie entendait le babil des servantes qui revenaient vers la laiterie lourdement chargées du produit de la traite. Un vol de canards sauvages passait au-dessus du domaine. Les champs s'étendaient à perte de vue. Noémie aimait l'odeur de la terre, et les bruits de cette ferme qui était son univers. L'idée la frappa de nouveau qu'un jour il lui faudrait quitter Hautefort si elle se mariait. Elle irait peut-être à la ville ou bien même devrait-elle partir dans une autre province. Elle avait connu à Saint-Lô une jeune fille du Périgord. C'était bien loin de la Normandie, le Périgord. Au cœur de la France. Il fallait une bonne semaine de diligence pour s'y rendre, car personne n'osait encore penser au chemin de fer, qui du reste n'atteignait pas ces régions reculées. Jeanne-Chantal de Castablanca était venue passer un an chez une cousine de Coutances. Son père, le marquis de Castablanca, était parti pour un an en Égypte à la recherche de tombeaux de pharaons. Tous ces discours faisaient rêver Noémie… Les pharaons ! Oui, peut-être un jour partirait-elle à l'aventure comme le marquis de Castablanca, ou alors elle irait rejoindre Jeanne-Chantal dans son château du Périgord. La jeune fille avait un frère, Richard, dont elle parlait à Noémie, le soir dans leur dortoir glacé. Richard de Castablanca était paré par sa sœur de toutes les qualités. Il était le meilleur cavalier, le plus séduisant, le plus instruit de la région. « Il faudrait que tu viennes en Périgord, Noémie… C'est la plus belle région de France et puis Richard te verrait… Il tomberait amoureux de toi… Et nous serions belles-sœurs… » À l'idée de cet avenir tout tracé et beau comme un conte de fées, Noémie, romanesque comme toute jeune fille de quinze ou seize ans, se laissait aller à rêver de ce mystérieux Richard. Puis Jeanne-Chantal et elle partageaient des fous rires sous les draps et se racontaient mille histoires. Isabelle de Reuville venait participer à ces longs chuchotements. Il y avait aussi Anne Lefébure d'Avranches et Germaine Le Gueltel de Saint-Sauveur-le-Vicomte. La première était la fille de l'apothicaire, la seconde celle du notaire de Saint-Sauveur. Noémie était la seule fille de paysan à Saint-Lô. Germaine était un vrai boute-en-train. Elle était très drôle, un peu ronde, et ses amies l'appelaient Bouboule, Jeanne-Chantal était Papette, Isabelle de Reuville, Zaza, Anne Lefébure, Chiffonnette, car son coin dans le dortoir était toujours en désordre. Quant à Noémie, elle était, comme il se doit, Mimi. Les bonnes mères de Saint-Lô avaient beaucoup de mal avec ce groupe de jeunes indisciplinées. Elles cherchaient, tâche ardue, à leur apprendre la méditation et à faire régulièrement un examen de conscience lors de la prière du soir. Un jour, la supérieure, mère Louise de la Visitation, se plaignit que ces jeunes demoiselles fissent trop de bruit dans l'escalier. Avec intelligence, mère Marie-Rosalie ne fit pas de reproches aux jeunes écervelées. Elle se contenta de composer un tableau sur lequel elle dessina de gros éléphants descendant des marches. Noémie et ses amies comprirent la leçon. Le jour suivant, elles descendaient, légères comme des elfes. Pour les remercier, mère Marie-Rosalie exécuta un autre dessin représentant des gazelles. Le nom était resté aux jeunes filles : elles étaient devenues « les Gazelles de Saint-Lô ». Que de souvenirs pour une si jeune fille. Noémie avait obéi à mère Marie-Rosalie. Face à la nature elle venait de faire son examen de conscience.

La nuit envahissait le ciel de Hautefort. Secouant le rêve de Richard de Castablanca, Noémie revint à pas lents vers la demeure principale. Le chien Balthazar bâillait sur le pas de la porte. On chantait ferme en vrai patois à l'intérieur de la salle commune. Comme une femme de grande expérience, Noémie sourit avec l'attendrissement d'une aïeule devant les gamineries de jeunes galopins.

Le premi coup dam' cha n'compt' guère
le deuzim' ma feint pas biaucoup
n't'a qu'au trais m'qu'cha c'menche
à faire c'qui m'empêche pas d'dis boujou.
Oh ! la digue, digue diguedou.

Noémie pénétra dans la pièce. Aucun des trois compères ne fit attention à elle. Ils devaient en être à leur douzième calvados. L'atmosphère était plus que joyeuse. Tancrède, titubant, se leva pour aller chercher une autre bouteille dans un cellier attenant à la salle.

— En v'là une de… 1832 ! annonça-t-il.

Il revint sans regarder sa fille, déboucha l'objet précieux sous les cris de joie de ses deux compagnons.

— À Louis-Napoléon !

Avec dignité, Noémie prépara la soupe à la graisse mais elle se doutait bien que personne n'y toucherait. Désœuvrée, elle passa dans le salon de famille, où l'on n'allait que pour les très grandes occasions, mariages, baptêmes, enterrements. Assise dans l'obscurité, elle attendit sagement sous le portrait de Tancrède l'Ancien et de celui de sa femme que l'on appelait, sans que Noémie sache pourquoi, la Blanche Pouquette. Comme beaucoup de femmes à chaque génération des Hautefort, c'était la Blanche qui avait contribué à agrandir le domaine. Grâce à elle, l'Ancien avait pu devenir propriétaire des bonnes terres grasses sur Neuville-au-Plain. La Blanche Pouquette avait le « don ». Elle possédait les secrets des herbes. Elle avait des recettes miraculeuses pour tout, y compris des prières au goublin[1]. Elle savait aussi apprivoiser la « grise », l'épouse acariâtre du goublin, qui pouvait rendre les chevaux enragés, simplement en raison d'un mot malheureux. La Blanche Pouquette soignait aussi bien les êtres humains que les animaux. Elle n'avait pas son pareil pour guérir les brûlures, l'hydropisie, les vers, les fièvres, les douleurs d'enfantement, les dartres, la fièvre aphteuse chez les vaches, la dysenterie des chevaux, la gonfle des moutons et surtout le mauvais sort pouvant s'abattre sur une ferme à la suite d'une malédiction. On venait la voir de quinze lieues à la ronde... La Blanche Pouquette ne demandait jamais rien en échange de ses services, mais quand elle avait guéri un enfant, une vache ou sauvé une exploitation de l'épidémie, les dons affluaient à Hautefort. C'est un vieux,

1. Lutin familier.

sans héritier, dont elle avait soigné la femme, qui avait laissé à Tancrède l'Ancien ses champs de Neuville-au-Plain.

Noémie resta un bon moment dans le salon. Elle aimait cette pièce qui sentait bon l'encaustique et la rapprochait de ses ancêtres. Elle se promit d'y revenir plus souvent pour y exécuter quelques travaux d'aiguille. Vers les onze heures du soir, le bruit à côté s'estompa. Les trois hommes devaient dormir. Noémie revint doucement vers la salle commune.

10

Le serment de Noémie

Tancrède et Jean-Baptiste ronflaient à qui mieux mieux, la tête appuyée sur la longue table. À l'entrée de Noémie, Zacharie releva les yeux. Il était vautré sur un banc, mais semblait en meilleur état que les patriarches. Sans doute avait-il eu la « descente » moins facile que ses aînés.

— Tu tiens debout ? interrogea brusquement Noémie.

— Oui… oui… pour sûr.

L'affirmation de Zacharie était un peu prématurée. Il dut s'y reprendre à deux fois. Quand il réussit à se maintenir sur ses pieds, il titubait.

— Attends !

Noémie lui tendit un café resté au bain-marie, dans l'âtre.

— Allez, bois….

Zacharie obéit docilement.

— Ça va mieux ?… Tu peux m'aider ?

À cette question Zacharie hocha la tête. Il avait compris. Il prit un bougeoir avec une chandelle pour les éclairer. Avec difficulté, les jeunes gens soulevèrent Tancrède de son fauteuil. Il était très lourd, quasiment inconscient. Le café noir agissait sur Zacharie, il retrouvait ses forces. Noémie ne savait pas ce qu'elle aurait fait sans lui. Dans l'escalier, ce fut une autre histoire. Il fallait faire monter une à une les marches au maître de Hautefort. Son pilon de bois gênait la manœuvre. Tancrède, la tête dodelinante, marmonnait des mots sans suite parmi lesquels Noémie crut percevoir :

— Ca...ni...sy... l'vieux... Ca...ni...sy... ma... fille... donne... z'y... à... boire...

La jeune fille ne comprit pas cette demande d'« ivrogne ». Enfin, ils arrivèrent au palier de l'étage. Après l'épreuve de l'escalier, ce fut un jeu d'enfants de tirer Tancrède jusqu'à sa chambre. Il avait dû comprendre, car il aida un peu les jeunes gens et se laissa tomber avec un grognement de bonheur dans son lit d'alcôve en bois, avec deux panneaux pouvant fermer. À peine allongé sur le duvet moelleux, Tancrède se mit à ronfler. Il était trop lourd pour être déshabillé. Avec tendresse, Noémie se contenta d'ouvrir le haut de la chemise de son père pour lui donner un peu d'air, tandis que Zacharie lui ôtait la chaussure du dimanche, qu'il avait mise pour aller chez maître Typhaigne. Avant de sortir avec Zacharie, Noémie déposa un tendre baiser sur le front de son père. Redescendus dans la salle, les jeunes gens regardèrent Jean-Baptiste Sénéchal qui n'avait pas bougé. Noémie lui toucha l'épaule.

— Monsieur le maire, il est tard...

À ces mots, Jean-Baptiste se redressa, l'œil vitreux.

— Ah ! je vais rentrer ! marmonna-t-il tout en essayant de se lever.

— On ne peut pas le laisser partir dans cet état... il tomberait dans un fossé ! décida Noémie.

Hautefort possédait de nombreuses chambres toutes pourvues de bons lits et d'édredons. Il y avait au moins cent paires de draps toutes impeccablement rangées dans les hautes armoires normandes de la demeure.

Zacharie alla boire un autre café noir avant de recommencer, avec Noémie, la même opération. L'escalier paraissait plus facile, car Jean-Baptiste Sénéchal possédait ses deux jambes. Malgré son état, il restait vigoureux et aidait un peu les jeunes gens. Une fois le maire couché dans une chambre au bout du couloir, Noémie prit le bougeoir posé par Zacharie sur un guéridon, puis elle se dirigea vers l'escalier. Elle voulait redescendre ranger la cuisine. Malgré sa minceur, Noémie était très vigoureuse, mais elle s'arrêta un instant sur le palier pour reprendre des forces. Monter ces deux vieux bonapartistes dans leur lit n'avait pas été une mince affaire. Elle étira ses bras, cherchant à dégourdir une épaule douloureuse.

— Vous avez mal, attendez !

Noémie ne put retenir un léger tressaillement. Zacharie posait la paume de sa large main sur son omoplate. Avec beaucoup de douceur, le jeune homme massait son dos et son épaule endoloris. Sans protester, Noémie se laissa faire. Une chaleur irradiait sa poitrine. Elle était alanguie, les jambes molles, ressentant une boule dans la gorge, incapable de dire un mot. Elle aurait voulu que cette magie dure toujours. Étreinte par une force inexplicable, un trouble délicieux bien différent de celui éprouvé lors de la partie de colin-maillard, avec Gontrand de Reuville, Noémie avait envie de se retourner pour se jeter dans les bras de Zacharie. Tout son être frémissant aspirait à sentir contre elle ce corps d'homme jeune et beau. Elle voulait le respirer, poser sa tête sur sa large poitrine, sentir ses mains prendre possession d'elle. Sans doute avait-il perçu son trouble, car il s'arrêta brusquement. D'une voix mal assurée, il murmura :

— Là, ça va mieux ?

Noémie se contenta de hocher la tête. Avait-elle bu elle aussi ? La tête lui tournait. Zacharie avait dû reprendre ses esprits car il s'enquit d'un ton neutre :

— Vous n'avez plus besoin de moi, mademoiselle ?

Noémie nota que, pour la première fois, il ne disait pas mam'zelle.

— Non… non merci, tu peux retourner chez toi.

Zacharie logeait dans l'ancien chambreau d'Isidore au-dessus de l'écurie. C'était la place d'un valet et du reste il s'y trouvait très bien. La pièce était vaste et Zacharie aimait la compagnie si proche des chevaux. Avec eux, il ne se sentait jamais seul.

Poliment, Zacharie prit le bougeoir des mains de Noémie et commença de descendre en éclairant la jeune fille. D'un pas encore mal assuré, elle le suivit. Tout le monde à Hautefort savait qu'une des marches au milieu de l'escalier, usée par le temps, avait besoin d'être réparée. Tancrède disait toujours qu'il s'en occuperait, mais trop pris par le travail de l'exploitation, il remettait chaque jour. Noémie, comme son père ou les servantes qui montaient les brocs d'eau dans les chambres, avait pris l'habitude d'éviter la maudite marche. Sans doute trop préoccupée par ce qui venait de lui arriver, Noémie oublia la fente dans le bois. Elle posa un pied juste là où il ne fallait pas. Zacharie entendit un craquement accompagné d'un petit cri, Noémie bascula dans le vide. Sans la poigne de Zacharie, elle serait tombée sur le carrelage du vestibule. Il l'avait rattrapée et la tenait fermement contre la cloison de bois. Un peu hébétée, elle laissa aller sa tête contre sa poitrine. Le bougeoir avait roulé sur le sol, où la chandelle s'était heureusement éteinte. Les jeunes gens n'étaient éclairés que par la lueur de la lampe à huile dans la cuisine. Pour Zacharie, c'était trop. Il ne pouvait plus lâcher Noémie. Son respect forcé sur le palier laissait place à une passion dévorante qu'il ne pouvait plus maîtriser. Il serra la jeune fille contre lui, osa passer ses mains brûlantes sur son corsage. Lorsqu'il s'appuya contre son ventre, elle sentit son désir d'homme puissant. Noémie s'abandonna entre ses bras. Elle renversa la tête en arrière, prête à recevoir ses baisers. Zacharie était beaucoup plus grand que Noémie. Il devait incliner légèrement les épaules pour se pencher vers le merveilleux visage levé vers lui. Elle voyait ses yeux briller dans la semi-obscurité. La bouche de Noémie était entrouverte, il n'avait qu'à prendre ce fruit pulpeux. Ravagé de désir, il osa murmurer avec un soupir :

— Noémie... oh ! Noémie !

Les lèvres de Zacharie touchaient presque celles de la jeune fille. Soudain, avec une rage qui était en fait dirigée contre elle-même, elle le repoussa avec force.

— Laisse-moi ! Que crois-tu ? Parce que tu nous as prêté de l'argent, tu n'as pas tous les droits !

Noémie se savait injuste et méchante. Zacharie pâlit sous l'insulte et il recula d'un pas contre la cloison. Noémie profita de ce répit pour reprendre tout à fait ses esprits. Elle était à nouveau maîtresse de ses actions et de ses paroles. Elle descendit dans la cuisine suivie de Zacharie. Tout en rangeant la table, elle déclara :

— Vous êtes incroyables, vous les hommes, un coup de calva et vous oubliez tout. Eh bien moi, je ne suis pas comme ça, je jure de ne jamais repasser un hiver aussi atroce, d'être obligée de vendre de la terre, ou d'emprunter de l'argent et ne savoir comment le rembourser ! Tu te sens insulté, moi aussi ! Je veux pouvoir te rendre ton bien, Zacharie, je ne veux pas de cadeaux. Pour qui me prends-tu ? J'en ai assez de vos histoires de bonshommes, de vos rires, de vos blagues et de votre politique qui ne mène à rien. Ce n'est pas ton Napoléon II, III ou IV qui viendra donner du fourrage aux animaux, traire les vaches, soigner les cochons et faire les fromages. C'est nous, nous seuls. Nous sommes condamnés à lutter pour vivre... la vie, c'est sérieux, je veux gagner de l'argent, pour moderniser Hautefort. Chauffer la laiterie en hiver. Garder de la glace dans la paille pour rafraîchir le beurre en été, il faut augmenter les productions, chauffer aussi les étables pour que les bêtes ne meurent pas gelées avec les grands froids.

— Et les hommes, vous y pensez aux hommes... Vous voulez aussi chauffer leurs chambres ? ricana Zacharie en ramassant sa casquette sur la table.

— Exactement... je veux que tout aille mieux pour tout le monde.

— Les trayeuses avec leurs mains gelées ! Les journaliers qui viennent ici pour un franc cinquante par jour, vous y pensez ? Vous voulez améliorer leur sort aussi bien que celui des vaches et des cochons !

— En tout cas, ce n'est pas ton Napoléon qui va les aider à se sortir de leur tourbe ! Ici, c'est moi, c'est sûr, avec mon père et toi, Zacharie, si tu veux nous aider ! rectifia-t-elle pour adoucir son discours.

— Quel beau programme ! Merci de m'y associer. Et comment allez-vous faire ?

— Je ne sais pas encore, mais je te jure que je le ferai, tout ce que nous avons vécu cet hiver, cela n'arrivera plus jamais, jamais. Ça, j'en fais la promesse solennelle. Je dois trouver un moyen, oui, je le veux, sans ton Bonaparte, ni tes Aigles napoléoniens.

Zacharie lui jeta un long regard.

— Vous êtes bien capable de trouver un moyen, mademoiselle. Mais vous moquez pas, rappelez-vous que l'aigle est la seule créature de Dieu pouvant regarder le soleil en face sans se brûler les yeux. Alors vous, vous brûlez pas les doigts à trop vouloir… En attendant je vais dormir dans l'écurie chauffée par les chevaux ! Bonsoir !

Zacharie sortit en claquant la porte. Noémie resta bouche bée. Jamais elle n'avait entendu Zacharie en dire autant et sur ce ton. Elle savait qu'elle y était allée un peu fort. Un sourire éclaira son fin visage. Zacharie était encore plus beau dans sa fureur contenue. Elle ne croyait pas qu'il avait autant de caractère. Un très court instant, elle résista à l'envie de le rappeler. Non, si elle voulait commander, elle ne devait pas montrer de faiblesse pour Zacharie, surtout depuis qu'il les avait sortis du pétrin. Elle prit la lampe à huile pour monter dans sa chambre. Les ronflements des deux bonapartistes lui apprirent que tout allait bien. Elle se mit en chemise, fit quelques ablutions dans la cuvette de faïence blanc et bleu avec le pot d'eau assorti. Une prière à genoux au pied du lit fut vite expédiée.

— Merci, Seigneur, pour cette journée, gardez bien notre Isidore, merci bonne Vierge Marie, amen !

En matière religieuse, Noémie était aussi rapide que Tancrède, mais après tout n'était-ce pas l'intention qui comptait ? En se redressant, Noémie ne put résister à l'envie de s'approcher de la fenêtre pour regarder de l'autre côté de la cour dans la direction de l'écurie. La lueur tremblotante d'une chandelle à la lucarne attestait que Zacharie était bien rentré dans sa soupente.

« Zacharie… quel drôle de garçon, secret, solitaire, beau, généreux… »

C'était dommage qu'il fût le valet du domaine. Il aurait pu faire autre chose. Monter un petit commerce avec son bien. Pourquoi était-il resté à Hautefort ? Noémie connaissait la réponse mais ne voulait pas l'admettre. Elle se mit au lit dans de bons draps frais. Bien à l'abri sous l'édredon de plumes, elle ne pouvait s'endormir. Dans une sorte d'assoupissement, elle voyait défiler Jehan Kermadec, Gontrand de Reuville, Richard de Castablanca à cheval, et Zacharie ! Elle se réveilla avec l'angélus du matin et les coqs de la basse-cour qui chantaient. Zacharie, dans la cour, vaquait déjà en sabots à ses travaux. Tancrède, pour une fois, ne s'était pas levé le premier. Noémie, habillée, descendit à la laiterie. Elle croisa le jeune homme.

— Bonjour, Zacharie !

— Bonjour, mademoiselle !

Ce fut tout. Ils reprirent d'un accord tacite et muet leurs relations maîtresse-employé. Dès son réveil un peu difficile, Tancrède, en revanche, changea du tout au tout son attitude vis-à-vis de son valet. Lui qui avait montré beaucoup de méfiance à l'égard de Zacharie lui accordait désormais toute sa confiance. Noémie était presque vexée de cette complicité masculine, Tancrède appelait Zacharie « mon petit ». Il le traitait comme un membre de la famille et n'arrêtait pas de le complimenter sur son travail. Jean-Baptiste Sénéchal, de son côté, faisait venir, avec l'autorisation de Tancrède, Zacharie à sa ferme. Il lui demandait conseil. Noémie, exaspérée, soupçonnait le maire de Sainte-Mère de vouloir marier sa fille Joséphine avec Zacharie. Cette pensée rendait Noémie furieuse. Elle trouvait Joséphine grosse, molle et bête ! Quant à la cadette Maria-Letizia, c'était une vraie peste. Parfois, Tancrède, Jean-Baptiste et Zacharie se retrouvaient à Hautefort pour boire, plus modérément, une chopaine et Noémie leur abandonnait la cuisine. Elle entendait leurs chuchotis, Jean-Baptiste Sénéchal mettait au courant ses compagnons de ce qui se passait à Paris car il était abonné à la *Gazette de Caen* : le prince Napoléon se présentait comme le champion du suffrage universel, le protecteur du monde ouvrier et paysan... avec un coup d'État, on aurait Napoléon III. Ce fut dans cette atmosphère de complot et d'excitation que l'automne approcha. Noémie, indifférente aux discours de ces messieurs, cherchait toujours le moyen de faire fortune.

11

Deux voyageurs anglais

La Reine Mathilde, un magnifique bateau à vapeur, battant pavillon français, arrivait au large de Cherbourg. Fier comme Artaban, appuyé à la dunette, Joachim Deschamps, le capitaine de ce superbe joyau du monde moderne, qui venait de traverser la Manche en moins de six heures, observait ses marins effectuant la manœuvre.

— Les machines à demi ! ordonna-t-il dans son porte-voix en cuivre.

Le bateau longeait la Hague, ce célèbre cap à l'extrémité de la presqu'île de Cherbourg, avant d'entrer dans le port creusé sous Louis XVI et achevé du temps de Napoléon Ier.

Des badauds se pressaient sur les quais pour admirer le vapeur. On ne se lassait pas du spectacle. Les grands voiliers paraissaient soudain bien démodés. Il y avait pourtant toujours des partisans de la voile qui affrontaient ceux de la vapeur.

Comme la tradition le voulait, le capitaine vint au pied de la passerelle pour saluer ses passagers. Il ne put s'empêcher de sourire quand il vit deux voyageurs anglais, reconnaissables dans leurs ulsters à carreaux, surgir d'une cabine, le teint plutôt verdâtre.

« Je croyais les "Engliches" plus solides, encore une heure de traversée et ils se jetaient par-dessus bord ! », pensa le capitaine, narquois. Comme tout bon marin français, il n'avait toujours pas digéré, quarante-cinq ans plus tard, Trafalgar. John Mulberrys et Patrick O'Henry s'étaient associés quelques semaines auparavant pour se lancer dans le commerce du tissu entre l'Angleterre et le continent.

Les deux hommes se connaissaient encore assez mal, mais ce qui était certain, c'était que ni l'un ni l'autre n'avaient le pied marin. Ils avaient passé la traversée dans une cabine, malades comme des chiens. Le malheur réunit. Ils se sentaient maintenant beaucoup plus proches l'un de l'autre.

— Il nous faudra trouver un troisième associé, mon cher O'Henry, pour se charger de ces maudits voyages en France, dit Mulberrys.

— Tout à fait d'accord, mon cher Mulberrys ! Désormais, nous resterons dans notre bonne Angleterre, répondit O'Henry.

Chargés de leurs sacs de voyage en tapisserie, ils demandèrent au capitaine dans un mauvais français où se trouvait le départ de la diligence pour Carentan, destination de leur voyage en Normandie. En effet, cette petite ville du Cotentin était réputée pour son commerce de beurre, de fromage et de cidre, mais également pour celui du lin et de la toile. Ces derniers tissus intéressaient les Anglais.

— Suivez-moi, messieurs, je dois me rendre à la préfecture maritime, c'est juste à côté, je vais vous montrer le chemin !

Le capitaine devait en effet se montrer complaisant avec ses passagers, fussent-ils de la nationalité de l'amiral Nelson.

Les deux voyageurs regardèrent l'officier sans le comprendre. Ce dernier recommença, dans un anglais approximatif cette fois.

— *You... corne with me... this way please...*

Les trois hommes firent le tour du port à pied, avant d'arriver devant le guichet des messageries.

— Salut, capitaine Joachim ! Alors, vos sacrées machines à vapeur ne vous ont toujours point explosé à la figure ? s'écria l'employé.

Il connaissait visiblement très bien le capitaine.

Joachim Deschamps n'aimait pas qu'on se moque de ce qu'il considérait comme un progrès de l'humanité.

— Occupe-toi donc de ramasser le crottin de tes chevaux et indique à ces pauvres Anglais perdus sur le continent à quelle heure est la prochaine voiture publique pour Carentan !

Après avoir salué ses voyageurs, le capitaine tourna les talons pour se diriger vers la préfecture maritime.

Les deux Anglais avaient de la chance. Ils montèrent dans la diligence quelques minutes plus tard. Le cocher fit claquer son fouet au-dessus de ses six chevaux. La lourde voiture s'ébranla et descendit la presqu'île du Cotentin par les villes de Valognes, de Montebourg, de Sainte-Mère-Église. Terriblement secoués, les voyageurs avaient presque autant mal au cœur dans l'attelage que dans le vaisseau à vapeur.

À huit heures du soir, ils aperçurent avec soulagement les hauts murs de Carentan. La diligence passa devant l'église Notre-Dame, vaste édifice datant des XIIe et XVe siècles. Ils étaient trop fatigués pour admirer le magnifique clocher dominant toute la région de sa haute flèche octogonale. À peu de distance, la voiture s'arrêta sur la grand-place, devant les belles maisons à arcades.

En posant le pied sur les pavés, les deux hommes commencèrent à se sentir un peu mieux. Ils prirent des chambres à l'hôtel du Lion d'or, voulurent souper rapidement, mais l'aubergiste, M. Lebel, ne l'entendit pas de cette oreille. Il leur prépara un menu gastronomique de moules à la crème, tourteaux au vin, escalopes à la crème, pommes de terre au beurre, fromages et crème chocolat au calvados, le tout arrosé de cidre bouché ! Finalement, la vie en France n'était pas si désagréable ! Les deux Anglais montèrent enfin se coucher.

— *My God*, quel repas, Patrick !

— *Oh, my God !*

Ils s'endormirent très vite. Demain, ils auraient de nombreuses affaires de toile à traiter au marché.

Noémie se leva avant l'angélus. Le lundi était le jour où elle allait traditionnellement à Carentan, elle y faisait toujours de bonnes ventes. Zacharie lui attela la carriole avant le lever du soleil.

— Avez-vous besoin que j'vous accompagne, mademoiselle ? interrogea Zacharie du ton neutre et poli qui était désormais le sien.

— Non merci, il est préférable que tu restes à Hautefort pour veiller sur les bêtes et aider mon père. Je me débrouille très bien toute seule !

Zacharie se détourna aussitôt pour rentrer dans l'étable. Le fouet claqua aux oreilles de Capitaine et la carriole fermement menée par Noémie passa le portail de Hautefort pour se diriger vers Carentan.

Le soleil se levait quand Noémie commença à déballer ses mottes de beurre et ses fromages. Elle retrouvait toujours avec plaisir ses voisines de marché, Marie-Marguerite et Marie-Léontine. Les deux braves fermières qui avaient gardé une place entre elles pour Noémie l'accueillirent avec un large sourire.

— Comment ça va-t'y, la Noémie ?

— Bien depuis samedi, répondit Noémie.

Les trois femmes avaient l'habitude de se retrouver plusieurs fois par semaine aux principaux marchés de la région : le lundi, comme ce matin-là, à Carentan, le mercredi à Sainte-Mère-Église et le samedi à Saint-Sauveur-le-Vicomte. Elles allaient rarement à Isigny qui était un peu loin pour les chevaux ou les ânes.

À six heures tapantes, les fermières attendaient leurs premiers clients. Les magnifiques mottes de beurre bien jaune du domaine de Hautefort trônaient fièrement devant Noémie.

Le programme des voyageurs anglais était très chargé. Ils voulaient dans la journée trouver les meilleurs lins et toiles de la région. En sortant de l'hôtel du Lion d'or à six heures et demie du matin, ils virent que le marché de Carentan battait déjà son plein. Des paysans, des bourgeois étaient à pied d'œuvre pour faire leurs ventes et leurs achats.

Le marché de Carentan était, avec celui d'Isigny, le plus important de toute la région.

— *My God*, Patrick, avez-vous déjà vu un tel spectacle ? demanda John Mulberrys.

— Certes non, John. Quelle opulence dans ce pays, quelles victuailles, ce beurre et cette crème pour le pudding, et ces fromages sur des muffins ! J'en ai l'eau à la bouche ! s'exclama son compagnon.

Les paysans, qui n'étaient pas habitués à entendre parler anglais, se retournaient sur le passage des voyageurs.

— Qu'est-ce que c'est-y qui racontent ? demanda la Marie-Léontine à Noémie.

Sachant que cette dernière avait de « l'éducation », elle pensait que sa jeune amie devait comprendre les étrangers et elle ne se trompait pas. L'anglais et le calcul étaient les deux disciplines que Noémie aimait particulièrement étudier au couvent et où elle se montrait fort brillante.

— Ils disent qu'ils trouvent tous nos produits magnifiques, répondit Noémie.

Gentiment, elle traduisait au fur et à mesure pour ses compagnes ce que racontaient les Anglais. Elle les trouvait très comiques avec leurs longs nez, leur teint blanc et leurs favoris.

Les Anglais s'étaient maintenant arrêtés devant Noémie et les fermières.

— Quel beurre incroyable ! Une vraie montagne, ne dirait-on pas ? continuait John Mulberrys en anglais. Je ne peux en croire mes yeux !

Il adressa un large sourire à Noémie et se mit à baragouiner en français.

— Vous *miss*... fabriquer... vous... *this butter ?*

— Oui, messieurs, certainement, ce sont nos produits de la ferme de Hautefort, première qualité !

Elle espérait bien leur en vendre plusieurs livres.

— Oh, je ne... *never*... vou... beurre si *yellow* !

— Qu'est-ce qu'il dit, c'est quoi « iélo » ? interrogea la Marie-Marguerite.

— Jaune, cela veut dire qu'il trouve mon beurre bien jaune, répondit un peu sèchement Noémie.

Ne voulant pas rater sa vente, elle tourna le dos à sa collègue fermière pour lui faire comprendre qu'elle devait maintenant la laisser tranquille. Elle s'adressa aux visiteurs en anglais :

— *Do you want some ?*

— *Oh, no thank you ! Good, you speak english, miss !* répondit Patrick O'Henry, *we are in Normandy only for business, sorry miss.*

Les deux hommes se regardèrent, puis ils continuèrent à se parler en anglais devant Noémie qui ne perdait pas un mot.

— Vous vous rendez compte, Pat, de la chance qu'ont les gens d'ici d'avoir du bon beurre comme ça...

— Oui, vous avez raison, Johnny ! Ces *bloody french men* sont bien gâtés par la richesse de leur Normandie... Quand je pense que le beurre est introuvable chez nous en hiver.... Si seulement on pouvait trouver un tel produit en Angleterre pendant la mauvaise saison même en le payant cher...

Noémie regardait les deux Anglais. Elle était complètement stupéfaite de ce qu'elle venait d'entendre.

— Qu'est-ce qu'y racontent ? interrogèrent, en même temps, les deux fermières.

— Ils disent, ils disent...

Noémie hésita, puis d'un ton assuré elle continua :

— Rien. Ils disent qu'ils doivent s'en aller ailleurs parce qu'ils sont pressés !

Elle s'en voulait de n'avoir pas dit la vérité à la Marie-Marguerite et à la Marie-Léontine, mais elle voulait réfléchir à ce qu'elle avait entendu.

Comme s'ils avaient compris que Noémie ne voulait pas partager ce grand secret avec ses voisines, les deux voyageurs la saluèrent et ils s'éloignèrent vers les marchands de toile pour lesquels ils étaient venus à Carentan. « Ils n'ont pas de beurre en hiver ! »

La phrase ne cessait de tourner dans la tête de Noémie.

« Les Anglais n'ont pas de beurre en hiver ! Les Anglais n'ont pas de beurre en hiver ! »

À onze heures du matin, Noémie quitta ses amies et elle reprit sa carriole. Elle n'avait pas réalisé une très bonne vente ce matin-là, mais elle s'en moquait. Elle n'avait qu'une idée en tête, rentrer à Hautefort et faire des comptes sur un de ses cahiers d'écolier.

Sur la route de Sainte-Mère, les chiffres se brouillaient dans la tête de Noémie…

« Ici, je peux vendre mon beurre un franc cinquante la livre… soit trois francs le kilo… cela veut dire qu'en Angleterre, je peux doubler le prix, sans problème… soit… voyons… six francs le kilo… il faudrait fabriquer des barils… de disons… douze livres…. oui, c'est ça, des barils de douze livres… cela ferait… trente-six francs le baril… c'est une belle somme… »

La carriole passa devant la masure du père Dieuleveut. Ce dernier qui était devant son pré en train de biner la terre fit un signe à Noémie. À la grande déception du vieux bavard, la jeune fille, trop absorbée par ses pensées, passa sans même le saluer.

« Ce qu'il faudrait, c'est saler le beurre en été pour le conserver et aller le vendre en hiver en Angleterre… c'est ça… mais évidemment si nous ne vendons plus le beurre en été, il y a un manque à gagner… encore qu'en vendant le beurre deux fois et peut-être trois fois plus cher, le manque à gagner serait vite rattrapé… »

Soudain, Noémie tira sur les rênes, forçant Capitaine à s'arrêter au beau milieu du chemin. Tout venait de s'écrouler dans sa tête.

« C'est bien joli tout ça, mais comment le convoyer de l'autre côté de la Manche ? »

Noémie resta un long moment songeuse. Elle avait pensé à tout : le beurre à saler en été, les barils, aller le vendre en hiver, oui, mais comment ?

La jeune fille n'était pas du genre à se laisser abattre par les obstacles. Elle fit exécuter un demi-tour à Capitaine et repartit en direction de la Madeleine. En traversant le village de Sainte-Marie-du-Mont, elle eut une pensée émue pour le brave Isidore Boilevent qui était enterré là dans le cimetière.

Un moment plus tard, elle arrivait à l'endroit même où son père était venu l'hiver précédent. Noémie mit pied à terre et marcha à travers les dunes. Le ciel était dégagé, mais le vent du nord soufflait comme toujours à cet endroit de la côte.

Arrivée au sommet d'une dune, comme elle l'espérait, le destin était au rendez-vous : un superbe voilier venant de Grandcamp s'éloignait vers les côtes anglaises. Noémie se protégea du soleil avec le dos de sa main, ne pouvant détacher ses yeux de ce magnifique spectacle. Les voiles claires du trois-mâts claquaient au vent.

« Un bateau, voilà ce qu'il faut, c'est un bateau ! Mais il faut aussi de l'argent pour l'acheter ! »

Assez vite, le superbe voilier blanc ne fut plus qu'un point à l'horizon. Noémie plissa les yeux. Au-delà des îles Saint-Marcouf, il lui semblait apercevoir les côtes anglaises, mais c'était un mirage.

En repartant vers Hautefort, Noémie comprit que son destin venait de basculer. Pourtant, il lui faudrait beaucoup de diplomatie pour convaincre son père.

12

La prédiction

Comme chaque année, les bonnes mères de Saint-Lô organisaient une grande vente de charité qui durait du samedi au dimanche. Pendant ces deux jours, le couvent ne désemplissait pas. Nobles, bourgeois, paysans, commerçants, tout le monde voulait assister à cette manifestation qui prenait parfois des allures de kermesse.

Cornettes en bataille, visages en feu, les mères augustines bradaient, vieilles robes, livres, ustensiles de cuisine, ainsi qu'une foule d'objets hétéroclites. Elles étaient soutenues dans cette tâche par les épouses et les filles de notables, leurs élèves.

Tancrède venait seul jusqu'à présent à la fête visiter Noémie. Cette année, il était fier de se rendre en diligence avec sa fille dans le couvent où elle avait fait ses études.

Tancrède, qui d'habitude faisait peu attention à ses vêtements, s'était pour l'occasion habillé en redingote et gilet, même si ceux-ci sentaient la naphtaline.

Dans la diligence qui les menait à Saint-Lô, Noémie eut plusieurs fois la tentation de parler à son père de sa rencontre avec les Anglais. Depuis le marché de Carentan, son idée la tenaillait. Mais elle ne savait comment l'aborder. Tancrède était pour elle le meilleur des pères et elle éprouvait à son égard une immense admiration. Mais elle savait à quel point le maître de Hautefort pouvait se buter et refuser le moindre changement dans sa ferme. Noémie avait plusieurs fois abordé le problème de la laiterie dont elle aurait voulu déplacer les locaux mais elle s'était heurtée à un refus systématique.

— J'vois point pourquoi changer ! C'est là depuis des générations, tes ancêtres s'y trouvaient bien, Hautefort restera Hautefort !

— Comme je suis heureuse de vous revoir, monsieur Hautefort, et toi aussi, ma chère petite… enfin, ma chère grande petite ! Tu es devenue une vraie jeune fille, Noémie, depuis que tu nous as quittées ! s'écria mère Marie-Angèle.

Imperturbable au milieu de l'agitation qui régnait dans le couvent, la religieuse regardait avec admiration la jeune fille qui avait été l'une de ses préférées.

— Mon respect, ma mère ! Noémie et moi n'aurions pas voulu rater votre vente, déclara Tancrède, son chapeau à la main.

— Oui, c'est vrai, je pense souvent à mes années au couvent. Je n'ai jamais oublié ce que vous m'aviez dit, ma mère…

— Que t'ai-je dit, ma chère petite Noémie ?

Tandis que Noémie parlait avec la mère augustine, Tancrède s'éloigna pour examiner des brouettes et des râteaux brandis par une brave religieuse.

— Que personne n'était obligé d'avoir une vocation religieuse. Qu'il était aussi salutaire de vivre en harmonie avec soi-même, que c'était une autre manière de servir Dieu.

— Je m'en souviens à présent.

Mère Marie-Angèle hocha la tête. Sous son impeccable cornette blanche, son fin visage irradiait. D'autres religieuses, abandonnant provisoirement leurs postes, venaient embrasser la revenante. Aucune parmi elles n'avait oublié la petite Hautefort ! Noémie et ses fantaisies ! Noémie et son imagination inépuisable ! N'avait-elle pas fait croire à ses camarades de classe qu'elle partirait sur la piste des pharaons comme le père de Papette, Jeanne-Chantal de Castablanca ? L'histoire avait fait un petit scandale. Les bonnes mères n'étant pas habituées à une élève prête à vouloir courir le monde.

Les mères Louise-Martine, Anne du Bon-Repos, Violette de Notre-Dame étaient, elles aussi, très émues en revoyant Noémie. Durant ses études, elle avait égayé l'atmosphère sombre du couvent de ses rires et de son originalité.

Les cris fusaient dans la cour.

— Un drap de lit, un franc cinquante !

— Une taie d'oreiller, quarante centimes !

— Une horloge, dix francs !

— Douze mouchoirs de poche, trois francs !

Les clientes se bousculaient et s'arrachaient les articles des mains. Il était difficile de se frayer un chemin au milieu d'une foule aussi dense. Après avoir passé un long moment à bavarder avec ses anciens professeurs et ses amies, « Bouboule », Germaine Le Gueltel, et « Chiffonnette », Anne Lefébure, qui l'avaient rejointe, Noémie chercha son père du regard. Il paraissait difficile de retrouver quelqu'un dans parcille cohuc.

— Bouboule, as-tu vu mon père ?

— Non, Mimi.

— Et toi, Chiffonnette ?

— Je crois qu'il est allé dans la rue.

— On y va ? demanda Noémie.

Avec ses compagnes, si heureuses de se retrouver entre « Gazelles de Saint-Lô », Noémie tenta de gagner l'extérieur du couvent.

— Pardon, pardon...

Les trois jeunes filles se faufilaient entre les bonnets de cérémonie, les fameux « sabots de Saint-Lô », qu'arboraient fermières et paysannes avec fierté.

Sur le trottoir, devant le portail du couvent des augustines, l'agitation était encore plus grande ! Des marchands à la sauvette avaient étalé sur des couvertures un invraisemblable bric-à-brac. Les attelages ne passaient plus. Tout ce monde criait à tue-tête. Bref, c'était une jolie bousculade !

Noémie ne retrouva pas son père et elle perdit ses amies devant une marchande de galettes de sarrasin. Amusée par l'ambiance, elle se dirigea alors jusqu'au coin de la rue de ce vieux quartier situé sur les hauteurs de la ville.

Son attention fut attirée par une baraque en planches. Sur le fronton, des lettres capitales irrégulières annonçaient fièrement : *Madame Carlotta, voyance, tarots, lignes de la main.*

Chiffonnette et Bouboule se dandinaient en n'osant entrer. Noémie les rejoignit. Elle avait toujours été la plus hardie de sa classe. Partagée entre la méfiance et la curiosité, Noémie osa toucher le rideau. Elle avait juste l'intention de voir à quoi ressemblait de près une diseuse de bonne aventure, mais elle voulait surtout épater ses amies. Le rideau s'ouvrit tout seul.

— Alors, belles demoiselles, on veut connaître son futur ? demanda Carlotta la cartomancienne.

— Je... Non, pas du tout... Je... nous cherchions son père, bégaya Bouboule.

Elle n'avait jamais vu un visage aussi fardé.

— Et toi ! Entre, n'aie pas peur !

Elle s'adressait à Chiffonnette. Affolées, les deux jeunes filles s'enfuirent en se tenant par la main. Noémie restait sur place, fascinée par cette femme au visage peint.

— Tu n'as pas peur, toi ! Non, tu n'as peur de rien. Entre, beauté, il y a tant d'étoiles dans le fond de tes yeux que le bon Dieu Lui-même S'y noierait.

Avant que Noémie ait eu le temps de réagir, la gitane l'entraîna à l'intérieur de sa baraque. Un parfum âcre et capiteux, mélange de chanvre et de tubéreuse, régnait dans la petite pièce. Les murs rouges ornés de talismans et de masques rendaient l'endroit inquiétant. Sur une table ronde recouverte d'un tapis noir, brillait une boule de cristal. La clarté d'une bougie s'y reflétait. Mme Carlotta, après avoir rejeté en arrière ses lourdes boucles noires sous son turban, s'installa dans un fauteuil. Elle fit signe à Noémie de prendre place face à elle.

— Donne ta main gauche et surtout ne me quitte pas du regard !

Le cœur de Noémie battait à grands coups. Les paupières de la voyante se fermèrent à demi, tandis que ses lèvres peintes de rouge carmin psalmodiaient :

— Toi, ma belle, j'en suis sûre, tu dois être née en mars sous le signe du Bélier, ascendant Scorpion… Tu es faite de feu et d'eau. Tu voyageras, tu traverseras la mer… Tu sais ce que tu veux. Il ne faut pas te trahir, car alors là, le scorpion se réveille et tu es capable de piquer, de faire mal, très mal. Mais seulement si on t'attaque. Que de soleils dans ta main, mon cœur ! Que d'amour, aussi ! Tu seras très aimée. Parfois trop. Attention à l'orgueil. Parfois, il te consume. Un homme va t'aimer à la folie… Mais… ce ne sera peut-être pas celui de ta vie…

— Alors, je... je ne me marierai pas ? murmura Noémie, troublée.

— Je n'ai jamais dit ça. Tu vivras un grand amour, mais l'autre homme sera toujours dans l'ombre... tu n'auras qu'un geste à faire pour qu'il accoure, mais...

La voyante, perplexe, fronça les sourcils. Elle regardait maintenant dans sa boule de cristal.

— Qu'est-ce que vous voyez, madame ?

— Je ne sais pas, c'est étrange... Fais attention à l'eau, la mer... les vagues, la tempête.

— Quoi d'autre ? lui demanda Noémie, tout de même impressionnée par ses prédictions.

— Écoute-moi bien... Il y a deux chemins, la sécurité et l'aventure, si tu prends la bonne route, tu vas aller haut, très haut... oui, tu vas diriger un empire... Tu seras respectée, admirée, jalousée, aussi. Tu vas devenir riche et célèbre. Tu vas inventer, tu vas produire quelque chose... et tu triompheras. Sur l'autre route, il y a l'homme qui t'aime mais que tu hésites à aimer, choisis celui que tu aimes vraiment en secret. Mais attention à ton orgueil ! C'est ton pire ennemi !

« Je triompherai, je triompherai ! », pensa Noémie.

Cette voyante n'était peut-être pas aussi folle qu'elle en avait l'air.

— Et puis ?

— Rien, je ne vois plus rien, je t'ai tout dit !

— Merci...

Noémie se levait pour se diriger vers la sortie.

— Hé ! Beauté, c'est trop facile, tu me dois un franc cinquante.

— Un franc cinquante ? Mais c'est énorme !

Noémie était abasourdie.

— Je suis désolée, madame, mais un franc cinquante représente la paie d'un journalier pour quatorze à seize heures de travail.

— Combien peux-tu me donner ?

— J'ai un franc ! Et franchement, cela me semble très cher.

— Cher ? avec tout ce que je t'ai dit, enfin...

La voyante s'empressa d'empocher l'argent et regarda Noémie sortir.

Mme Carlotta se dirigea alors vers l'arrière de sa baraque. Tout en se versant un café à l'eau-de-vie, elle murmura :

— Je me demande bien quel chemin va prendre ce petit bélier.

Tancrède était retourné au couvent. Il cherchait sa fille partout. Personne ne l'avait vue. Il s'inquiéta un instant et fut soulagé lorsqu'il la vit revenir. Elle était nerveuse, le regard fiévreux, l'air étrange.

— Ah ben, te v'là ! Où que t'étais donc passée ?

— Je... Je suis allée regarder des dentelles.

La connaissant bien, il savait qu'elle lui cachait quelque chose, mais il n'insista pas.

— Bon, faut qu'on aille à l'auberge, commence à se faire tard !

— Tu as raison...

Bouboule et Chiffonnette revenaient, elles essayèrent d'interroger Noémie sur la voyante, la jeune fille leur fit signe de se taire.

Après avoir salué les religieuses, père et fille rentrèrent se coucher à l'auberge.

Le lendemain matin, ils prenaient la diligence. Ils voyagèrent en silence, sans se préoccuper des cris d'un bébé ni des caquètements des poules dans un panier. Noémie n'avait pas dormi de la nuit. Elle se répétait : « Je régnerai sur un empire ! », tandis que Tancrède dormait, mollement bercé par les cahots de la diligence qui les ramenait vers Sainte-Mère-Église.

Tancrède et Noémie arrivèrent à Hautefort en fin d'après-midi. Dans la cuisine, la lampe à huile était déjà allumée. Zacharie, à genoux devant l'âtre, préparait la soupe. Un visiteur était assis sur une chaise. Le regard impassible, il attendait. C'était Jehan Kermadec. Visiblement, les deux jeunes gens s'ignoraient.

Lorsque le père et la fille entrèrent, Jehan, très grave, se leva d'un bond. Après s'être incliné respectueusement devant Tancrède et Noémie, il demanda :

— Auriez-vous l'obligeance de m'accorder un court moment, monsieur Hautefort ?

— C'est pour quoi, Kermadec ?

La vente et le voyage avaient visiblement fatigué Tancrède.

— C'est... c'est très personnel, monsieur.

— Bon, venez donc par là ! J'vous précède !

Il lui désigna la porte qui menait au salon. Noémie se demanda : « Que peut vouloir Jehan à mon père ? » Elle se retourna et surprit l'expression figée de Zacharie, regardant Kermadec sortir de la pièce à la suite de Tancrède. Il détestait le régisseur encore bien davantage qu'elle ne le croyait !

— Peux-tu m'aider à mettre le couvert, Zacharie ?

— Certainement, mademoiselle.

Pour la première fois depuis leur algarade, elle regardait le jeune homme avec amitié et confiance. Zacharie, un peu gêné, détourna les yeux.

Dans la pénombre du salon, Jehan Kermadec se tenait debout, très digne, la taille sanglée dans son bel habit de drap noir. Tancrède, en entrant, alluma la lampe à pétrole qui se trouvait sur une table.

Après avoir enfilé une paire de gants blancs immaculés, le régisseur du château de Reuville se jeta à l'eau.

— Monsieur Hautefort, j'ai le grand honneur de vous demander la main de Mlle Noémie...

— La main de ma fille ? répéta Tancrède, éberlué.

Il aurait dû s'y attendre, mais il ne voulait y croire.

Noémie, sa petiote, sa fille unique, elle avait dix-neuf ans et voilà que déjà un homme voulait la lui enlever !

Quand sa mère, Eugénie, était enceinte de l'enfant, elle avait dit à Tancrède :

— Si c'est une fille, nous l'appellerons Noémie, cela veut dire : « Celle qui a reçu la grâce... »

Tancrède se sentit soudain très vieux. Sa femme était morte, sa fille allait le quitter. Il soupira profondément.

— Alors comme ça, vous avez des visées sur ma Noémie, j'ai rien contre. Elle est encore bien jeune !

— Elle a l'âge de se marier, monsieur Hautefort.

— Lui en avez-vous déjà causé ?

— Non, monsieur, je ne me serais pas permis.

— Vous savez qu'elle n'en fait qu'à sa tête, ma Noémie.

— Je m'en suis aperçu. C'est justement ce qui me plaît en elle.

— Vous m'en direz tant.

— Voyez-vous, monsieur Hautefort, j'ai pour Mlle Noémie un grand respect. C'est une jeune fille honnête et courageuse et, de plus, fort jolie. Je crois pouvoir la rendre heureuse. Je gagne un bon salaire chez Mme la comtesse...

— Ah oui... Ça va chercher dans les combien ? demanda Tancrède qui ne perdait jamais le sens des réalités.

— Huit cents francs par an. Logé, nourri, blanchi.

— Mazette ! V'là une comtesse qu'a pas de chardons dans ses poches.

— De plus, Mlle Noémie pourrait se faire engager comme intendante au château. Mme la comtesse ne demanderait pas mieux. Ce serait pour nous deux la sécurité... Je suis quelqu'un de sérieux. Je ne bois pas, je serai un mari fidèle et aimant.

— Faut que j'en cause avec ma fille !

— Bien entendu, monsieur. Quand pourrais-je avoir la réponse ?

— Eh bien, demain ! Mais je ne peux rien promettre, tout dépend d'elle !

— Bien sûr, merci, monsieur Hautefort.

— Vous êtes un bon gars, Kermadec. Évidemment breton, mais loyal et tout. J'sais que vous êtes un parti solide, mais c'est ma Noémie, elle seule, qui décidera !

— Je sais. Au revoir, monsieur.

Et après avoir retiré ses gants blancs, Kermadec serra la main de Tancrède Hautefort et sortit de la maison par la véritable entrée sans repasser par la cuisine. De l'intérieur, Noémie et Zacharie le virent remonter à cheval et quitter Hautefort.

Cinq secondes après son départ, Noémie entra en coup de vent dans le salon.

— Qu'est-ce qu'il voulait, papa ?

— Jehan Kermadec est venu me demander ta main.

— Qu'est-ce que tu dis ?

— Il t'aime, il veut t'épouser !

— Mais je ne sais que répondre !

— Assieds-toi, laisse-moi te causer un peu. Le Kermadec, c'est sûrement un gars sérieux avec de la tête, il est peut-être un peu pète-sec.

— Oui, je sais...

— C'est pas un tendre comme Zacharie.

— Pourquoi me dis-tu ça ?

— Pour rien, juste comme ça, mais le Jehan, faut dire, est un travailleur...

— Oui... oui... à ton avis, qu'en penses-tu ?

— Ah non… c'est toi… toi seule, tu dois réfléchir, petiote, avant de donner ta réponse, je ne veux pas t'influencer ! Il a un bon métier, sais-tu combien il gagne ? Huit cents francs l'an ! Bien sûr, c'est la sécurité.

— Où veux-tu en venir, papa ?

— Si tu le mariais, il a dit que la comtesse ferait sûrement de toi l'intendante du château à cinq cents francs l'an, logée, nourrie ! Il n'y aurait plus d'hiver comme celui qu'on a vécu. Ça n'me fait pas plaisir mais je suis obligé de te dire tout ça !

— Quand dois-je donner ma réponse ?

— Demain ! Ou en tout cas, le plus vite possible.

— Intendante du château… de mon amie Isabelle ? murmura Noémie, rêveuse.

— Ne le fais pas trop attendre, le pauvre gars. Dis-lui demain ce que tu as décidé.

13

La tentation de Noémie

— Selle-moi Salomé, s'il te plaît.

Sans mot dire, Zacharie obéit à l'ordre de Noémie. Pourtant, l'expression de son visage montrait sa désapprobation. Noémie avait passé sur son corselet une jupe d'amazone. Zacharie se doutait bien qu'elle se rendait au château de Reuville. Sans regarder Zacharie, elle posa son pied botté sur ses deux mains jointes et monta en selle avec légèreté. Tandis qu'elle galopait sur le chemin de Reuville, Noémie réfléchissait à la proposition de Jehan Kermadec. Les sentiments qu'elle éprouvait à l'égard du régisseur ne lui paraissaient pas clairs. Elle était tentée, flattée, il lui plaisait sûrement…

Le temps était lourd, le ciel immobile et bas, le vent poisseux. Ce climat orageux n'incitait pas à courir le bocage. Avait-elle raison de se rendre au château de Reuville ? Kermadec, lui-même, ne serait-il pas surpris de son arrivée ? Et qu'allaient penser la comtesse et sa fille, Isabelle ? Sans parler de Gontrand, si insolent, si railleur. Elle se sentait incapable de donner une réponse chez elle, à Hautefort. Il lui fallait rencontrer Jehan sur son lieu de travail.

Consciente de l'audace de sa démarche, Noémie se concentra sur le problème et tenta d'y répondre avec franchise.

« Jehan a une belle situation, papa dit que je pourrais devenir intendante au château... » Était-ce là sa vocation ? Pouvait-on l'imaginer, elle, si éprise de liberté et d'absolu, en épouse du régisseur de Reuville, attentive, prévenante, toujours parfaite ?

La comtesse raconterait à ses amis et relations « la si charmante histoire de son régisseur et de son intendante ». La belle Adélaïde deviendrait peut-être la marraine de leur premier enfant ?

Salomé devait sentir la nervosité de la cavalière car elle fit un écart qui faillit envoyer Noémie dans le fossé. Il n'aurait plus manqué que ça !

Devant le château de Reuville, Noémie rajusta le ruban de son corsage. Elle se passa la main dans les cheveux, un valet accourait. Elle mit pied à terre et se dirigea vers l'imposante demeure. Jehan Kermadec sortit de son bureau. Il avait l'air très troublé.

— Je... je suis heureux... et honoré que vous soyez venue aussi vite, mademoiselle Noémie.

Les derniers mots agacèrent la jeune fille. Qu'allait-il croire ? De fait, il avait repris son calme. La façon dont il observait Noémie, son sourire énigmatique et tranquille, mettaient soudain la jeune fille mal à l'aise. Jehan dut s'apercevoir de sa nervosité, car il murmura, en lui faisant signe de pénétrer à l'intérieur du château :

— Entrez donc, mademoiselle, ce n'est pas tout à fait l'heure de la collation. J'ai bien dix minutes avant que Mme la comtesse ne m'appelle...

— Je suis venue vous dire, Jehan, que...

Les mots moururent sur ses lèvres. Pour quelle raison ne parvenait-elle pas à terminer sa phrase ? Pourquoi ne pas accepter ou refuser simplement ? Il se permit de la prendre par le bras.

Le bureau de Jehan était une petite pièce encombrée de papiers et de dossiers. Avec calme, Jehan Kermadec désigna une chaise à Noémie.

— Prenez place, et soyez sans crainte, madame vient rarement jusqu'ici et Mlle Isabelle encore moins. D'ailleurs, même si une chose pareille arrivait, quel mal y aurait-il ?

En s'asseyant, Noémie remarqua les mains du régisseur. Il les posait bien à plat sur la table de bois. De belles mains d'homme, larges et musclées, avec des doigts fins et les ongles soignés, bien différentes de celles de Zacharie, abîmées par les travaux des champs.

— Avez-vous réfléchi à ma proposition, Noémie ?

— Oui, j'y ai réfléchi, Jehan, s'entendit-elle lui répondre.

Sachant qu'il perdrait l'avantage en laissant la jeune fille enchaîner, le régisseur préféra intervenir.

— Vous avez dû juger ma démarche assez osée, n'est-ce pas ?

— Je vous avoue que j'ai été assez surprise, mais…

— Monsieur votre père m'a reçu avec beaucoup de prévenance et d'amabilité, serait-il contre ?

— Non… Non, mon père n'a pas… Mon père me laisse très libre.

— Tant mieux. Voilà, mademoiselle Noémie. Je me suis dit que vous et moi, en unissant nos deux vies, nous pourrions être bien plus forts. J'ai largement de quoi vivre, Mme la comtesse serait sûrement contente de vous engager au château… Quant à nos enfants, ils pourraient être élevés et grandir ici, ce serait un grand avantage, qu'en pensez-vous, mademoiselle Noémie ?

Il s'était exprimé avec pondération, en mesurant l'impact de chacun de ses mots sur la jeune fille. Jehan Kermadec venait cependant de commettre une grave erreur. Il n'avait en effet évoqué que les aspects pratiques de leur union. À aucun moment il ne s'était laissé aller à mentionner ses sentiments. Seuls les avantages matériels avaient été mis en valeur.

Noémie, dont la gêne se dissipait, allait s'apprêter à lui répondre lorsque la porte s'ouvrit : admirablement vêtue d'une robe de soie claire, la comtesse pénétra dans la pièce.

— Jehan ! Avez-vous reçu les fermages des métairies de Saint-Martin ?

Kermadec s'était aussitôt levé.

— Bien sûr, madame la comtesse.

La belle Adélaïde s'aperçut seulement de la présence de l'amie de sa fille dans le bureau du régisseur, cela ne parut pas la surprendre. Elle lui tendit la main avec autant d'amabilité que si elle l'avait rencontrée à la sortie de la messe.

— Ah, ma chère petite, quelle joie de vous revoir… Isabelle va être enchantée. Nous ferez-vous le plaisir de vous joindre à notre petit *tea-time* ?

La comtesse se plaisait à parsemer ses conversations de différents anglicismes, très à la mode. Avant que Noémie ait pu répondre quelque chose, elle la prit par le bras et lança distraitement à son régisseur :

— Vous ferez ajouter une tasse, mon bon Jehan, et demandez aux cuisines le service jaune entrelacé de fleurs bleu turquoise. Vous savez, celui que M. le comte a rapporté de son dernier voyage…

Jehan Kermadec, que cette intrusion avait passablement contrarié, fut bien obligé d'obéir à Mme de Reuville. Celle-ci, toujours si aimable, ne pouvait s'empêcher de lui rappeler que, même s'il était le régisseur du château, il était avant tout un employé qu'elle payait.

Assise entre la comtesse et Isabelle, tandis qu'une soubrette servait le thé et passait les gâteaux, Noémie se demandait comment l'une et l'autre interprétaient sa visite.

Adélaïde de Reuville parlait de tout et de rien. Elle posait des questions distraites sur Hautefort, sur la santé de Tancrède.

— Comment votre père a-t-il supporté cet hiver épouvantable ?

Isabelle enchaînait. Sa conversation était plaisante, agréable, pleine d'esprit. La comtesse ne se laissait jamais aller à la médisance ou aux potins dont les châtelains des environs étaient souvent friands. Après avoir fini son thé, Adélaïde de Reuville se leva. Noémie voulut l'imiter.

— Non, ma chère petite, restez avec Isabelle. Je viens juste de me souvenir que notre bon curé vient à quatre heures et demie. Il me demande d'organiser dans le parc une fête au profit des enfants les plus défavorisés du Cotentin… Que voulez-vous ? On ne peut rien refuser à ce saint homme. À tout de suite, mes chéries !

Dans un nuage soyeux, Adélaïde se retira en adressant aux deux amies un petit signe de la main.

Lorsque Isabelle se retrouva seule avec son amie, la ressemblance avec sa mère parut s'accentuer. Regardant gentiment Noémie, elle lui susurra avec complicité :

— Je sais pourquoi tu es ici, Mimi.

— Ah bon !

— Oh, je ne veux pas être indiscrète… mais « il » en a parlé à maman.

— Franchement, Zaza, je…

— Si tu as envie de parler de Jehan, surtout n'hésite pas… si tu n'en as pas envie, je comprendrai…

Avant que Noémie ait pu lui répondre, Isabelle poursuivit :

— Réfléchis. Ce mariage pourrait avoir bien des avantages...

— Je n'ai jamais dit le contraire, fit Noémie.

Elle était agacée que son amie soit déjà au courant. Ainsi donc, tout le monde savait ! Isabelle, la comtesse, Gontrand sûrement ! Sainte-Mère-Église, Carentan, le Cotentin tout entier ! La Normandie ! Ce serait écrit dans la *Gazette de Cherbourg* !

Fine mouche, Isabelle s'aperçut qu'elle avait parlé trop vite. Elle décida de faire machine arrière.

— Oh, ma Mimi chérie, tu sais combien je t'aime. Ce n'est pas de ma part une indiscrétion, mais de toute façon, j'avais bien remarqué à quel point Jehan s'intéressait à toi... Cette façon de te regarder, par exemple, ça ne trompait personne... Et, quand je l'ai vu s'absenter hier après-midi, habillé de neuf, avec une paire de gants blancs dans sa poche, j'ai tout de suite compris... Sous ses airs froids, Jehan est un garçon sentimental, il est courageux et travailleur. Si tu l'épousais, j'aurais la joie de t'avoir toujours ici à mon côté... Dis oui, ma Mimi...

Malgré l'affection profonde que Noémie ressentait pour l'une de ses meilleures amies des « Gazelles de Saint-Lô », elle ne put s'empêcher de lui répondre sèchement :

— Comment sais-tu que tu vivras toujours à Reuville ? Ne comptes-tu pas te marier, toi aussi ? Épouser quelque marquis ou quelque duc ? Vivre à Paris et devenir l'une des reines de la capitale ?

La riposte de Noémie stupéfia Isabelle.

— Mais, je ne voulais pas te blesser, mon ange...

— Tu as toujours l'air de savoir ce qui est bon pour moi ou ce qui ne l'est pas.

— C'était uniquement pour ton bonheur… Nous savons que vous avez passé un hiver horrible, ici, tu serais à l'abri. N'en parlons plus…

— Si, parlons-en, au contraire ! Bien sûr, je pourrais épouser Kermadec, tu as raison, c'est un garçon d'avenir, il a de solides qualités. C'est vrai, je pourrais devenir intendante au château et mon avenir serait assuré.

La jeune fille se rendait compte qu'elle avait non seulement parlé avec une trop grande exaltation, mais aussi beaucoup trop fort. Elle essaya de maîtriser sa voix.

— Sans le vouloir, tu m'as éclairée, Isabelle. J'ai de grands projets, comprends-tu ?

Un éclair de passion scintillait dans le regard de Noémie. Isabelle comprit qu'il était inutile d'insister.

— À ton aise !

— Un jour, Zaza, je régnerai sur un empire.

— Un empire ? Celui des bouses de vaches ? s'écria derrière elle une voix masculine.

Noémie se retourna. C'était Gontrand qui venait de pénétrer dans le salon.

— Gontrand ! Tu n'as pas honte ! Excuse-toi tout de suite auprès de Noémie, je te prie.

— Oh, Mlle Hau-te-fort en a vu d'autres ! dit-il en disséquant chaque syllabe de son nom. Elle n'a peur de rien, croyez-moi !

Noémie était mortifiée.

— Je n'ai, en tout cas, pas peur des petits freluquets de votre espèce, qui ne sont même pas capables de travailler !

Le visage du jeune vicomte se décomposa. Ses traits se durcirent. Il s'approcha, prêt à insulter Noémie de nouveau. Ses lèvres serrées dans un rictus indiquaient qu'il cherchait quelque chose de blessant.

Isabelle l'arrêta.

— Tout le monde en a assez, Gontrand ! Tu as un sale caractère et tu es agressif. Qu'est-ce que tu cherches à la fin ? Excuse-toi.

— Moi, vicomte de Reuville, m'excuser auprès d'une petite paysanne qui va être trop heureuse d'épouser notre régisseur ? Tu veux rire.

L'air arrogant, il sortit en haussant les épaules.

— On dirait qu'il fait tout pour se rendre odieux, murmura Isabelle. Je suis désolée, Mimi, mais je crois que ce qui le rend agressif à ton égard, c'est que tu lui plais…

— Drôle de façon de l'exprimer…

Les deux jeunes filles s'embrassèrent et Noémie ressortit du château.

Jehan Kermadec l'attendait dans la cour, il l'aida à remonter sur Salomé, un autre cheval était tout sellé.

— Me permettez-vous de vous raccompagner, mademoiselle Noémie ? Ainsi serons-nous seuls et pourrons parler.

— Bien sûr, monsieur Jehan. Faisons un bout de chemin ensemble.

Six heures sonnaient au clocher de la chapelle de Reuville. Noémie poussa un soupir, dans quelques instants, Jehan Kermadec connaîtrait sa réponse.

14

Noémie et Zacharie

Le maître de Hautefort se penchait sur la margelle du puits. Il désignait à Zacharie une pierre descellée qu'il fallait réparer. C'est que Tancrède l'aimait son vieux puits, couvert comme tous ceux du Plain. L'eau était d'une grande pureté. L'Ancien répétait qu'elle avait des propriétés miraculeuses et Tancrède n'était pas loin de le croire.

— Ce s'ra fait pour demain, monsieur Tancrède, affirma Zacharie.

Un bruit de sabots sur la route les fit tourner la tête. Jehan Kermadec raccompagnait Noémie à cheval. Elle sauta avec légèreté sur le sol, adressa à Jehan un petit signe de remerciement et pénétra dans la cour en tirant sa jument par la bride. De loin, le régisseur ôta sa casquette pour saluer poliment Tancrède. Il fit claquer sa cravache et son cheval repartit au trot vers Reuville. Au visage fermé de sa fille, passant devant lui pour se diriger vers l'écurie, Tancrède comprit qu'il serait sage de ne poser aucune question. Elle revint rapidement et entra dans la ferme. Tancrède se retourna vers Zacharie qui lui non plus n'avait rien perdu de la scène.

— As-tu vu les ormes, mon gars ?

— Dam', oui... m'est avis qu'il faudra en abattre.

Ils parlèrent un moment des arbres mais, au fond, chacun pensait à autre chose.

— Va marquer les malades… si c'est la graphiose[1], j'viendrai t'donner mon avis…

— Bien, monsieur Tancrède, j'y vais…

Zacharie s'éloigna lentement. Il voyait Noémie, qui avait changé de tenue, aller et venir dans la demeure. Sans faire attention à Zacharie, elle sortit de la cuisine pour plumer une poule. Assise sur le banc de l'Ancien, la volaille dans son tablier, elle avait le geste rapide de toutes les fermières. Après avoir vaqué à quelques occupations destinées à donner le change, telles que regarder le noisetier de la cour et le vieux pommier de l'aile sud, Tancrède, les deux mains dans les poches, se dirigea en sifflotant vers sa fille.

— Tu vas faire une volaille à la broche, petiote ?

— Pourquoi, papa ? répondit Noémie, les yeux dans le vague.

Tancrède, estomaqué, s'assit à côté d'elle.

— Ça m'a point l'air d'un sanglier c'que tu plumes là !

— Ah oui… oui… je vais vous faire… une poule à la broche !

Elle arrachait nerveusement les plumes du volatile.

— Eh bien tant mieux, c'est point dimanche, mais y aurait-il quelque chose à fêter ? demanda finement Tancrède.

— Pourquoi me demandes-tu ça ?

À cette question de Noémie, Tancrède toussota pour se donner du courage. Il fallait de la diplomatie avec cette jeunesse.

— Mais… c'est que… j'croyais qu'tu avais une réponse à donner… ce… ça s'est mal passé ?

— Non, non, non !

— Si tu ne veux rien me dire…

1. Maladie des ormes.

— Non... je ne veux rien dire.

— À ton aise, petiote...

Tancrède fit mine de se lever. Sa fille le rattrapa par le bras.

— Pardon, papa, je suis énervée, je ne sais plus très bien où j'en suis, j'ai... j'ai besoin de réfléchir !

— C'est si grave que ça, petiote ?

Noémie ôta posément son tablier et le laissa avec la poule à demi plumée sur le banc.

— Allons marcher un peu, papa !

— Si tu veux !

De loin, près des ormes malades, Zacharie regardait le père et la fille partir bras dessus, bras dessous vers les vergers de pommiers. C'était leur endroit favori. Les fleurs blanches des arbres annonçaient de belles pommes. Elles brillaient comme les cheveux de Noémie. Le cœur torturé, Zacharie se demandait ce que les Hautefort pouvaient se raconter. Bien sûr, il avait deviné la démarche du régisseur. Noémie avait-elle accepté la demande de Jehan Kermadec ? Zacharie était un garçon foncièrement bon et généreux, il s'en voulait, mais la haine était entrée dans son cœur. Oui, il détestait ce Breton. La violence de ses sentiments, son amour pour Noémie le faisaient trembler. Il marqua un orme malade.

— Toi, mon vieux, tu es bon pour l'abattage.

La sueur perlait à son front. Il savait que si Noémie se fiançait avec Kermadec, il devrait fuir Hautefort. Jamais il ne pourrait supporter la vue d'un autre, heureux avec Noémie.

La jeune fille s'assit au pied d'un pommier. Tancrède resta debout. Il sortit de la poche de sa blaude sa pipe et la mâchouilla sans l'allumer.

— Papa, j'ai refusé la demande en mariage de Jehan Kermadec !

— Ah ! Comment a-t-il pris ça ?

— Plutôt bien, il a dit qu'il serait toujours mon ami...

— Ouais, c'est c'qu'on dit en cas pareil.

— Cela t'ennuie que j'aie refusé ?

— Mais non, petiote, faut faire selon son cœur.

— Oui, selon son cœur ! répéta Noémie d'un air grave.

Tancrède s'inquiéta.

— Mais tu as peut-être été trop vite, as-tu du sentiment pour lui ?

— Je ne sais pas trop !

— Alors tu ne l'aimes pas. Car on sait tout de suite.

— Il me plaît par certains côtés mais... comment te dire... c'est... c'est le château. Je ne m'y sens pas bien.

— Ah, petiote ! T'es bien une Hautefort ! J'ai point voulu t'influencer, mais, même pauvre, la richesse c'est l'indépendance. Jamais un Hautefort ne s'est placé chez les autres. Si on meurt de faim, on meurt « cheu nous ». Tu vois tout ça...

D'un geste large, Tancrède désignait les herbages verdoyants. Dans un pré voisin clôturé, Capitaine galopait avec une jeune pouliche. Des vaches meuglaient dans les champs en contrebas. C'était l'heure de la traite.

— C'est à nous tout ça, petiote. Chaque Hautefort a agrandi le domaine, c'est beau. Ça sent bon. C'est not' terre. Souvent c'est dur comme c't'hiver, mais un Hautefort s'en sort toujours. C'est c'que j'pensais en rentrant ici sur une seule guibole. Faut serrer les dents, oui, ma petiote, nous sommes point des princes mais nous sommes les rois cheu nous ! Intendante au service des autres, j'avions peur pour toi. Si j'ai rien dit c'est parce que j'm'inquiétions pour toi quand j'serai plus là. Ce s'rait trop dur seule… y t'faut un bon mari, travailleur et pas buveur… mais faudra t'le choisir, toi, toi seule.

Jamais Tancrède n'avait autant parlé à sa fille. Elle se releva d'un geste gracieux et vint poser sa tête sur son épaule.

— Je suis heureuse de ne pas te quitter.

— Hé ! J'espère que c'est pas pour ça qu't'as dit non, s'inquiéta Tancrède.

— Non ! rassure-toi, en fait j'ai compris que je ne pourrais jamais quitter Hautefort.

— Tu as raison… j'ai fait le tour de l'Europe, eh bien, l'bonheur, c'est ici !

Tancrède déposa un baiser sur les cheveux de sa fille. Pour lui, la question était entendue. Il se baissa machinalement pour arracher une ronce puis tout doucement il se dirigea vers la ferme. Noémie prit son bras.

— Écoute, j'hésitais à t'en parler, mais tu vois, ici, je voudrais tout moderniser !

— Mo-der-ni-ser ! répéta Tancrède.

Le mot avait du mal à passer.

— Oui ! Tu sais que j'aimerais changer la laiterie. La rendre plus productive. J'ai entendu dire que nous pourrions installer une pompe aspirante dans le puits… tu te rends compte du gain de fatigue et de temps… la pompe pourrait desservir la laiterie et nous fabriquerions davantage de beurre !

— Mais quéque tu veux faire de plus d'beurre ? On en vend déjà pas mal.

— Oui, mais au prix d'ici à un franc cinquante la livre… avec nos frais, nous gagnons à peine de quoi vivre !

— Mais on vit ! s'exclama Tancrède.

— En danger perpétuel ! Face à une épidémie ou à un hiver comme le dernier ! Je voudrais arrêter les fromages qui nous prennent trop de temps et ne rapportent rien… J'aurais plus de place à la laiterie, et nous deviendrions uniquement beurriers, papa, je le sens… c'est là l'avenir… écoute-moi, je t'en prie ! J'ai beaucoup réfléchi.

Elle le mit au courant de la conversation qu'elle avait surprise entre les deux Anglais au marché de Carentan.

— Depuis, cela me trotte dans la tête. Nous pourrions saler notre beurre en été et aller le vendre l'hiver aux Anglais ! Ils en manquent et le paieraient deux fois plus… te rends-tu compte, trois francs la livre !

Tancrède secoua la tête.

— Enlève-toi toutes ces idées, petiote. Tout ça c'est du bijude[1], on va s'travéquer[2] dans un machin qu'est point pour nous ! Et comment qu'on va leur vendre not' beurre aux Anglais ? Et puis tu sais bien que j'les aime pas trop. L'Ancien disait « aurelant[3] comme un Anglais » !

— Mais papa… tout cela remonte à la guerre de Cent Ans. Je t'assure que les Anglais sont des gens comme nous, tout à fait comme il faut.

— Tu vas t'brézilli[4] avec tes idées d'fortune, petiote. Y a un mot savant pour ça, c'est d'la spéculation, v'là tout…

D'un geste large, il désignait le domaine.

— Là, v'là ta fortune, regarde donc, elle est autour de nous, et faut rien changer.

---

1. Mal construit.
2. S'empêtrer.
3. Peu scrupuleux.
4. Se rompre les os.

Tancrède avait parlé. Pour lui tout était en ordre. La petite restait à Hautefort. Il en éprouvait un grand bonheur. Tout en claudiquant, il se dirigea vers la bergerie pour voir si des brebis étaient près de mettre bas. Noémie était déçue. Peut-être s'y était-elle mal prise ? Elle n'avait pu communiquer ses idées à son père. Sans doute rêvait-elle depuis le marché de Carentan, et la prédiction de Saint-Lô n'avait pas arrangé les choses. Ses projets étaient probablement du domaine de l'utopie. La jeune fille se reprochait son manque de connaissances. Au lieu de lire des romans, elle devait travailler, se renseigner, trouver les livres et les journaux spécialisés de Paris où on parlait d'une évolution formidable. Elle avait même lu dans une gazette de Jean-Baptiste Sénéchal le titre « La révolution industrielle en marche ». D'après l'article qui suivait, la vapeur allait changer la face du monde. L'homme travaillerait moins. Il se servirait des machines. Noémie ne voulait pas affronter son père à nouveau, pourtant elle pressentait avoir la chance de vivre dans un siècle où tout changeait. Le monde était en mouvement. Elle savait être loin de tout à Sainte-Mère, mais elle voulait faire partie de l'évolution naissante. Noémie rageait d'être une fille, de ne pouvoir prendre seule la diligence puis le chemin de fer, pour se rendre dans la capitale. Là-bas, elle se renseignerait, elle écouterait, elle comprendrait. Ses pas l'avaient conduite vers le pré de Capitaine et la pouliche. Quand elle pénétra dans le champ, les deux chevaux trottèrent vers leur jeune maîtresse en hennissant. La pouliche gambadait joyeusement. Noémie avait le cœur lourd. Avec tendresse, elle prit la jeune jument par la crinière, puis elle appuya sa joue contre son encolure. Noémie avait les larmes aux yeux.

— Ma belle, ma douce, tu es aussi jolie que ta maman Salomé, quand tu seras grande, on ira galoper toutes les deux… Voyons, je vais t'appeler… Daphné.

— Vous voulez que j'vous selle un cheval, mademoiselle ?

À ces mots, Noémie se retourna brusquement. C'était Zacharie qui maintenant taillait les baies du champ voisin. Nerveusement, elle essuya ses joues.

— Non… non merci, Zacharie, il est trop tard, je dois aller préparer le souper !

Zacharie avait dû voir ses larmes. Il sauta par-dessus la haie. Noémie savait qu'elle aurait dû rentrer à la ferme mais elle ne bougea pas. Zacharie la regardait avec insistance. Pour se donner une attitude, Noémie donna une petite tape sur la croupe de la pouliche.

— Va, ma belle, va, ma Daphné.

La jeune jument s'éloigna en secouant sa crinière. Zacharie s'était approché de Noémie. Elle détourna les yeux. Sans savoir pourquoi, son cœur battait trop fort. Depuis l'hiver et leur affrontement dans l'escalier, elle avait pris soin de ne jamais rester seule avec Zacharie. Elle s'en voulait de ressentir ce trouble stupide. Avec gentillesse, Zacharie murmura :

— Je peux quelque chose pour vous, mademoiselle ?

— Non, Zacharie, merci, tu as sauvé Hautefort, tu ne crois pas que tu en as déjà assez fait ?

Zacharie secoua la tête.

— On en fait jamais assez pour ceux qu'on aime !

Noémie se mordit les lèvres. La phrase de Zacharie s'adressait aux maîtres de Hautefort, mais elle comprenait parfaitement ce que cela voulait dire. Il restait prudemment à un pas de la jeune fille. Les yeux baissés, il osa demander :

— Vous restez à Hautefort, mademoiselle ?

— J'ai refusé la demande en mariage de Jehan Kermadec, si c'est ce que tu veux savoir ! lança Noémie tout à trac.

— Je m'en doutais…

— Ah oui, et comment ?

— Il n'y avait qu'à voir sa tête en vous raccompagnant. Finalement, fallait pas être trop malin pour deviner.

— Et toi, tu es malin.

— Non… J'ai eu peur que vous partiez, mais maintenant j'ai même pitié pour lui, le pauvre, de vous avoir perdue.

— Qu'en sais-tu ? Je peux revenir sur ma décision.

— Jamais vous n'quitterez Hautefort, mademoiselle !

Noémie était de plus en plus intriguée par Zacharie. Elle fit un pas vers lui. Il recula aussitôt.

— Mais où vas-tu chercher tout ça ?

— Il suffit de regarder et de réfléchir un peu !

Soudain Noémie s'assit dans l'herbe.

— Viens t'asseoir ici… j'ai besoin d'un conseil !

— De moi ? s'étonna Zacharie.

— Oui, de toi ! Finalement, tu es très sage… Écoute…

Noémie lui raconta le marché de Carentan avec les deux Anglais, la conversation qu'elle avait surprise, son rêve, ses grands projets et le refus de son père. Elle était déçue et s'interrogeait. Peut-être n'était-elle qu'une jeune folle sans cervelle. Quand elle arrêta son récit, l'angélus du soir sonnait à Sainte-Mère. Ils n'y firent attention ni l'un ni l'autre. Le soleil baissait à l'horizon. Assis à quelques pieds de Noémie, Zacharie se taisait.

— Alors qu'en penses-tu ? Tu ne dis rien, dois-je en déduire que tu es comme mon père ? Tu penses que c'est de la folie de vouloir aller vendre du beurre en Angleterre ?

Zacharie secoua la tête.

— Non... vous allez réussir... vous êtes faite pour gagner. Je m'en veux de vous avoir attaquée quand vous disiez l'hiver dernier vouloir tout changer. J'étais... j'étais... enfin bon ! J'avais tort, voilà tout !

Noémie se rendait compte à quel point Zacharie avait changé. Il avait dû travailler, continuer à lire, s'instruire. Il s'exprimait beaucoup mieux, ne patoisait que rarement, quand il le voulait.

— Tu veux dire que je dois persévérer, saler le beurre en été, en faire provision et aller le vendre double ou triple du prix en Angleterre pour l'hiver !

— Oui da ! Mais faut point faire de peine à M. Tancrède, pour lui c'est dur, le changement. Il est né au siècle dernier. Allez-y tout doux et ce s'ra lui le premier après à dire que vous aviez raison.

— Il prétend que c'est de la spéculation !

— Je n'connais point ce mot-là ! Mais je n'vois pas mal à vouloir gagner des sous pour agrandir sa terre !

— Tu m'aideras !

— Oui da ! Plutôt deux fois qu'une.

— Tu as donc confiance en moi ?

— Plus qu'en moi-même !

Zacharie passa ses doigts dans ses cheveux blonds. Il redressait son grand corps. Il était beau, souple, vigoureux. Inconscient de sa séduction, il dominait Noémie de toute sa taille. Soudain, elle reçut un coup dans la poitrine. Comme dans un éclair, elle comprit. C'était lui l'homme dont elle avait besoin dans sa vie, l'épaule forte et large sur laquelle s'appuyer. Elle l'avait aussitôt aimé, en le voyant à la Louée. Bien sûr, elle refusait d'être tombée amoureuse du valet Zacharie, mais depuis qu'il l'avait tenue dans ses bras, chaque soir elle rêvait de sentir sa poitrine chaude et musclée contre la sienne. D'un geste gracieux, elle tendit la main pour qu'il l'aide à se relever. Avec une sorte de réticence, Zacharie prit ses doigts. Il tira la jeune fille et s'éloigna aussitôt, le visage soudain pâle sous son teint hâlé. Noémie savait que c'était à elle de faire le premier pas. C'était sa faute, jamais il ne recommencerait comme dans l'escalier.

— Zacharie ! murmura Noémie les paupières baissées, je te demande pardon, j'ai été odieuse avec toi. Je ne sais pas très bien comment te dire ça, mais je crois que je veux rester à Hautefort pour ne pas quitter mon père, ni… te quitter… jamais !

Devant le silence juste troublé par le hennissement des chevaux, Noémie releva les yeux. La foudre serait tombée aux pieds de Zacharie qu'il n'aurait pas fait une autre tête. Il paraissait statufié. Noémie s'approcha de lui. Elle posa une main sur son avant-bras. Avec douceur elle demanda :

— Zacharie, tu m'as entendue ?

— Oui…

— Tu m'as comprise ?

— Je ne sais point trop…

— Alors je vais m'exprimer plus nettement… Zacharie, je sais que les rôles sont renversés, mais vu les circonstances, c'est à moi de faire la démarche, voilà je serais très heureuse si tu allais demander ma main à mon père !

On ne pouvait être plus clair. Il ne bougeait toujours pas. Cette fois-ci, Noémie s'inquiéta :

— Tu me juges bien hardie.

— Non !

— Je me suis peut-être trompée, tu n'es pas libre ? Tu as une promise ?

« Quelle humiliation ! », songeait Noémie.

— Qui… moi ?

Il avait l'air hagard. Elle était furieuse. La patience n'étant pas la principale qualité de Noémie, elle s'énerva.

— Oui, toi ! Toi ! Je te parle de toi et moi ! Crois-tu que c'est agréable ? Je suis en train de te demander de m'épouser et tu ne bouges pas… tu es transformé en…

Elle n'eut pas le temps d'en dire plus… Zacharie s'était jeté sur elle. Il la serrait, la broyait, embrassait son visage, ses yeux, son nez, ses joues. Comme un affamé, il paraissait ne pouvoir se rassasier d'elle. En avait-il assez rêvé de Noémie ; de son corps, de ses cheveux d'or où il enfonçait ses doigts avec un gémissement. Dans ses bras, Noémie comprenait à quel point il avait dû faire taire la violence de ses sentiments. Elle renversa la tête en arrière et s'offrit à son premier vrai baiser long et profond. Pendant un moment, ils restèrent serrés l'un contre l'autre. Elle jouissait intensément de la beauté de Zacharie, de l'expression ardente et provocante de ses yeux myosotis, de la courbe enfantine de ses lèvres. Il dévorait Noémie du regard, n'osant croire encore à son bonheur. Il ne pouvait se rassasier de la sentir, petite, frêle et si forte contre lui. Jamais, même dans ses songes les plus fous, il n'avait osé penser qu'elle serait à lui. Pour Zacharie, Noémie était une princesse de conte de fées, une sorte de Sainte Vierge à laquelle personne n'avait le droit de toucher.

— Je vous ai aimée tout de suite, quand vous m'avez dit à la Louée : « Veux-tu te placer chez nous ? », murmura Zacharie.

— Non ! Je t'ai dit d'abord : « Comment t'appelles-tu ? »

— Oui da, c'est vrai, Noémie ! Mon Dieu, Noémie… que va dire M. Tancrède ? Je n'peux pas, j'oserai jamais lui demander votre main.

— Laisse-moi faire !

Ils rentrèrent vers la ferme main dans la main sous le regard des journaliers. Les deux servantes, la Mariette et la Désirée, sortaient de la laiterie. Elles avaient attendu Noémie à la traite. Sur le passage des jeunes gens, leur air entendu fit comprendre qu'on « causerait » ce soir à Baudienville. La rumeur enflerait jusqu'à Sainte-Mère.

Tancrède, de mauvaise humeur, était dans la cuisine. Il avait faim. Le repas n'était pas prêt, l'âtre éteint. La volaille promise n'était pas rôtie. Balthazar grognait aux pieds de son maître, lui non plus n'avait pas sa pâtée. À l'entrée de Noémie, Tancrède bougonna :

— Dis donc, petiote, on en prend à son aise et…

Il s'arrêta brusquement devant le sourire illuminé de sa fille. Zacharie se tenait derrière elle, l'air gêné.

— Papa, je te demande de me bénir ainsi que Zacharie, nous voudrions nous marier !

Comme toujours, Tancrède fut parfait. Le premier moment de surprise passé, le maître de Hautefort tendit les bras vers les jeunes gens.

— Zacharie, tu es le bruman[1] dont je rêvais pour la petiote. Soyez heureux, mes enfants, je vous bénis de grand cœur.

Après le souper qui fut assez léger par manque de soupe et de volaille, Tancrède bourra sa pipe. Noémie nettoyait la triple crémaillère de l'âtre. Tancrède en profita pour s'adresser à son futur gendre.

— Tu sais, Zacharie, je m'doutais bien qu'y avait un sentiment entre vous… Alors comme ça, mon gars, t'as pu te décider à faire ta d'mande !

Zacharie secoua la tête.

---

1. Marié, gendre.

— Non, monsieur Tancrède, j'aurais jamais osé. C'est elle qui l'a faite !

— Ah ! oui, je m'disais aussi ! Prends garde, mon fils, c'est elle qui décidera toujours, à toi d'porter la culotte !

Noémie revenait vers « ses » hommes. Elle posa avec tendresse les bras sur les épaules de Tancrède et de Zacharie, les englobant dans son amour.

— Qu'est-ce que vous mijotez tous les deux ?

— Mais rien, petiote… alors, à quand la noce ?

15

Le bruman et la mariée

Babolo ! Gavolo !
Papa volo ! Papa Bolo !
Sring ta faridondaine !
Sring la faridondon !
C'sont les dames de Rouen !
Qu'ont fait faire un pâté si grand !
Lanturelu ! Lanturelé !
Lanturelu ! J'allions danser !
Vive le bruman ! Vive la mariée !

Ils chantaient depuis quatre heures sans discontinuer autour de l'immense table dressée dans la cour, devant la tour de Hautefort. Il y avait plus de cent convives. C'était le plus beau mariage de toute la région. Avec l'accord de Tancrède et de Zacharie, Noémie avait voulu se marier dans la tradition normande. Elle avait pris soin de choisir une bonne date, ni le mois de mai qui, chacun le savait dans le Cotentin, prédisposait à la jalousie, ni pendant le mois d'août, dont l'influence rendait paraît-il les enfants insensés ! Noémie était peu superstitieuse, mais en vraie Normande, méfiante, estimant qu'il ne fallait pas tenter le sort, elle avait choisi cette belle journée du 15 juin 1850. Ils étaient tous là autour du bruman et de la mariée. Le père Thomas Lemarinier présidait la tablée avec M. le maire et le maître de Hautefort. Jean-Baptiste Sénéchal était venu avec sa femme Guillemette, qui était bien effacée à côté de son truculent mari. Il avait aussi emmené, dans un char à bancs, ses sept enfants. Jean-Baptiste était un peu déçu de n'avoir pu marier son fils aîné François-Napoléon avec Noémie, mais il comptait bien sur cette belle journée pour trouver à « caser » ses filles Joséphine et Maria-Letizia avec un bon fermier des environs. Le plus enragé des chanteurs était le père Dieuleveut. Depuis le retour de l'église, il criait à Noémie :

— J'te l'avions ben dit, la belle, que j'serions centenaire à ta noce… mais tu l'as point faite pour la Sainte-Pélagie. Allez les chœurs, avé moi !

Adieu Noé ! L'estions passé !
Noé s'en va ! Y reviendra !
Pipe aux pommiers !
Guerbe au boissey !
Beurre et lait ! Tout est planté !

Vers les six heures du soir, Noémie commença à donner des signes de lassitude. Ce banquet monstre n'arrêterait donc jamais. On était assis depuis une éternité, lui semblait-il, et les plats continuaient de succéder aux plats. C'était la coutume : on pouvait se ruiner pour un mariage. Tancrède avait fait tuer bœuf, mouton, porc, volailles de la ferme. Le père Artu, bon cuisinier, était généreux sur la crème, le beurre, le pain blanc et les galettes. Le tout était arrosé du meilleur cidre le « Grand Hautefort », de vin blanc à volonté et le tout interrompu par le « trou normand », verre de calvados qui permet de retrouver l'appétit au milieu des ripailles. Avec tendresse, Zacharie tapota la main de Noémie pour lui faire prendre patience. Il se pencha pour déposer un baiser sur sa joue. Il était ébloui, dans son beau costume à redingote et gilet brodé de Saint-Lô. Pour la première fois de sa vie, il portait un chapeau haut de forme, prêté par maître Typhaigne. Tancrède, à l'occasion du mariage de sa fille, avait ressorti son costume de cérémonie, celui de sa noce avec Eugénie. La redingote et le pantalon à pont étaient bien serrés, mais Noémie, habile couturière, avait élargi les coutures du dos. La jeune femme tourna la tête vers Zacharie. Il lui semblait soudain qu'ils étaient seuls au monde. Elle voyait dans les yeux admiratifs de son jeune mari sa propre beauté. Les jeunes gens s'adressèrent un sourire ému.

— Vous… tu es heureuse, madame Le Sauvage ? murmura Zacharie.

Il avait encore du mal à ne pas la vouvoyer.

— Oui… je suis très heureuse… mais je voudrais être seule avec toi…, chuchota Noémie à l'oreille de son mari.

À ces mots, il blêmit. Seul avec Noémie, il en rêvait depuis si longtemps. Elle était sa femme légalement, assise à côté de lui. Il pouvait la saisir, l'emporter dans leur chambre nouvellement installée à l'est de la tour. Le grand lit à baldaquin descendu du grenier, et ciré par la Mariette et la Désirée, les attendait. Zacharie serra les poings à s'en faire mal.

— Hélo ! Un bécot ! Un bécot pour la mariée, l'bruman ! crièrent quelques jeunes invités.

Toute la tablée reprenait en chœur, tapait sur les verres. Zacharie se pencha pour effleurer les lèvres roses de Noémie, sous les cris de joie des convives.

« Madame Le Sauvage… je suis madame Le Sauvage ! »

Elle ferma les yeux, alanguie sous la chaleur du baiser, troublée elle aussi à l'idée d'être seule cette nuit pour la première fois de sa vie avec un homme qui était son mari. Hier au soir, Tancrède, énervé, lui avait dit :

— Viens-t'en, petiote, j'ai à t'causer !

Il l'avait emmenée dans l'aile qui allait être désormais le domaine des jeunes mariés. Tout était prêt pour les recevoir. Tancrède avait déjà montré à sa fille sa dot, tout ce qu'il avait accumulé à force de travail depuis l'enfance de Noémie. Maître Typhaigne l'avait consigné dans le contrat passé la veille du mariage civil. Outre le domaine de Hautefort qui reviendrait à Noémie, il y avait, dans de hautes armoires de chêne, le trousseau de la mariée :

Quarante-huit draps de lit, dix-huit toiles à oreiller, soixante-douze chemises, vingt-quatre serviettes, dix habits complets de diverses étoffes et couleurs, six mouchoirs de cou, trois châles en laine, deux pelisses, vingt-quatre tabliers, douze coiffes et douze bonnets garnis, une jupe de cheval, dix-huit nappes, douze bissacs, cinquante essuie-mains, quarante-huit mouchoirs de poche, une chaîne en or et une montre en or, douze cuillères à café en argent, de la vaisselle en étain et faïence, six cruches et quatre chaudrons en cuivre.

À toute cette liste, s'ajoutait, bien sûr, du mobilier de Hautefort et une partie du bétail que Tancrède offrait généreusement à sa fille :

Un buffet de service, une batterie de cuisine, une horloge, trois tables, deux armoires en chêne, deux lits complets et trois lits de plume, douze hectolitres de froment, un attelage à bœufs et à chevaux, une voiture complète, une charrue et une herse, quatre tonneaux pleins et vides, un âne, quatre vaches à lait, trois vaches de graisse, deux jeunes bêtes d'un an, deux bœufs, quatre veaux de lait, un poulain, deux porcs et les deux chevaux préférés de Noémie : Capitaine et Salomé.

Le futur époux, qui n'avait ni mobilier ni argent liquide, apportait les vergers de pommiers dont il était devenu propriétaire par le prêt consenti sur la vente de la maison de Carentan à son futur beau-père. Mlle Ernestine Le Sauvage, seule famille de Zacharie, avait bien sûr été invitée à la noce. Elle n'avait pas daigné répondre.

La veille au soir du mariage, Tancrède toussait donc, embarrassé, dans la future chambre des mariés.

— Assieds-toi, petiote, j'aurais bien voulu avoir ta pov' mère pour te parler, mais dam', c'est à moi de l'faire... et j'te dirais que j'sais point par où commencer... D'main, tu vas être mariée à un bon gars et... dam'... ta vie va changer...

Noémie sourit avec tendresse. Son père lui tournait le dos, regardant par la fenêtre les champs du domaine.

— Cher papa, ne t'en fais pas, je saurai être une très bonne épouse.

— Oui da ! mais un homme c'est un homme et faut qu'tu saches ben où que...

— Mais papa, je sais tout !

— Comment qu'tu sais tout ? Zacharie t'aurait t'y manqué d'respect ?

« Il est bien temps d'y songer », pensa Noémie, amusée.

— Pas du tout, il a été le plus respectueux des fiancés.

— Ah ! j'aime mieux ça. Mais alors comment qu'tu sais ? Ce pourquoi, enfin, c'que j'veux... c'est t'mettre en garde pour les hommes et... comme qui dirait... la nuit de noces quoi !

— Mais, papa, tu es drôle, je suis une fermière, une paysanne comme toi. Je suis au courant de tout, je vois nos bêtes, je les connais, j'ai vu le taureau, les femelles qui mettent bas... Je t'ai souvent aidé quand elles vêlent.

— Dam' oui ! Mais, c'est quand même point tout à fait du pareil au même. En plus y a l'sentiment !

— Papa, ne t'inquiète pas, je ne suis pas une demoiselle de la ville qui n'est au courant de rien. Je suis ta fille et tout à fait capable de me débrouiller avec un mari.

— Bon, ben si c'est toi qui l'dis.

Tancrède, soulagé de ne pas avoir à se lancer dans des explications qui dépassaient son vocabulaire, embrassa Noémie sur la tempe.

— J'ai autre chose à te dire, petiote...

Il ouvrit le tiroir d'une commode pour en sortir une bourse de cuir.

— V'là, ça c'est d'la part de not' Isidore, c'étions ses économies, il voulait te les donner, le jour de ton mariage. Y a cinq cents pistoles.

— Oh ! Isidore, mon bon Isidore !

L'émotion était trop forte. Noémie sanglota sur l'épaule de son père. Lui aussi retenait ses larmes.

— Pauv' vieux, y va nous manquer d'main ! fit Tancrède.

Noémie reprenait ses esprits.

— Tu avais cet argent depuis la disparition d'Isidore ?

— Bien sûr !

— Pourquoi ne t'en es-tu pas servi pendant cet atroce hiver, pendant le gel ?

— J'ai été tenté, mais ça n'aurait pas été bien, j'avais juré à Isidore !

« Quelle volonté, nous aurions tous bien pu mourir à côté de ce magot... », songea Noémie. Ce n'était pas la peine de lui faire des reproches. Tancrède était un Hautefort.

— Merci, papa, je tâcherai d'en faire bon usage ! se contenta de dire tout haut Noémie.

— J'en étions sûr !

Tancrède avait de plus en plus confiance en la sagesse de sa fille. Il redescendit, donna des ordres aux journaliers pour la préparation de la noce. De son côté, Noémie avait à peine le temps de s'occuper de Zacharie. Il continuait le travail à la ferme, tout en essayant, dans l'agitation, de voler de temps à autre un baiser à sa fiancée.

Le matin de la noce, la couturière de Sainte-Mère, Mlle Picot, vint apporter la robe et la coiffe de Noémie. C'était une toilette bleu pâle, avec une toute petite crinoline, un corsage de dentelle et une haute coiffe d'organza à longs parements brodés tombant sur les épaules. Quand Zacharie la vit si belle, montant avec son père dans la carriole fleurie, pour se rendre à l'église de Sainte-Mère, il fut ébloui. N'ayant pas de famille, il était dans un autre attelage avec les gentilles Marie-Marguerite et Marie-Léontine qui l'entouraient. L'Eusèbe et le Gédéon, leurs maris, suivaient le cortège à cheval. Les journaliers et les servantes avaient le droit d'arrêter le travail pour accompagner la demoiselle à l'église. Un ménétrier « sonnait » du violon devant la noce et chacun sortait de sa maison au toit de chaume pour lancer des morceaux de galette et des vœux aux jeunes mariés. Au fur et à mesure, la noce s'allongeait. Les invités étaient à cheval, les femmes en croupe ou en carriole suivaient le cortège. L'homélie du père Thomas fut parfaite. Il honora la famille Hautefort, rappela aux époux qu'ils devaient toujours être de bons chrétiens unis pour le meilleur et pour le pire, mais il ne put s'empêcher de terminer en parlant d'un « grand Roi au ciel et un bon roi sur terre ! ». Il va sans dire que cela mécontenta Tancrède, Jean-Baptiste

Sénéchal et le docteur Gamboville, mais pas pour les mêmes raisons !

Noémie avait aussi invité à son mariage les mères augustines et les « Gazelles de Saint-Lô ». Mère Marie-Rosalie et mère Louise-Martine avaient pu faire le voyage. Elles apportaient aux jeunes mariés un crucifix de la part de la mère supérieure, Louise de la Visitation. Des « Gazelles », seules Bouboule, enfin Germaine Le Gueltel de Saint-Sauveur-le-Vicomte, et Chiffonnette, Anne Lefébure d'Avranches, avaient accepté. Papette, la si gentille Jeanne-Chantal de Castablanca, n'avait pu venir du Périgord. Son frère, le beau Richard, ayant fait une mauvaise chute de cheval, elle devait soigner sa jambe cassée. En revanche, elle écrivait qu'elle était fiancée à un gentilhomme fermier, le comte Edmond des Fresnes. Zaza, Isabelle de Reuville, avait fait dire qu'elle « essaierait de passer ». C'était un peu cavalier ! Noémie n'avait pas revu Jehan Kermadec depuis l'annonce de ses fiançailles avec Zacharie. Elle avait hésité à l'inviter, puis, dans sa sagesse, avait estimé que ce n'était pas nécessaire.

Après les sept gâteaux rituels, le bal put enfin commencer au son des crincrins. Heureuse de pouvoir se lever, Noémie ouvrit la première danse avec le cuisinier, sous les applaudissements des convives. Si la cuisine du père Artu était sublime, sa façon de danser ressemblait au pas d'un ours se dandinant autour d'un pot de miel. À chaque mouvement, il écrabouillait, ravi, les pieds de la mariée. Mais là aussi, Noémie devait sacrifier à la tradition, le cuistot étant le premier héros de la fête. Son supplice terminé, elle put se laisser aller dans les bras de Zacharie pour la deuxième contredanse. Ils étaient si beaux, si jeunes, si amoureux tous les deux ! Les convives, avant d'aller les rejoindre, les regardaient avec admiration. Le maire de Sainte-Mère se pencha vers son ami.

— T'es fier, Tancrède !

— Oui, mon Jeannot.

— On aurait jamais cru qu'on vivrait assez vieux pour voir ça.

— Non, mais maint'nant, j'crois bien qu'on ira jusqu'au bout.

— Que veux-tu dire, Tancrède ? fit Jean-Baptiste en ouvrant son gilet sur un estomac trop rempli.

Le maître de Hautefort mâchouillait sa pipe.

— J'sais point trop, Jeannot. J'avions fait un vœu dans la Russie à Moscou, tu t'souviens, dans leur basilique dorée.

— Ah ! à Basile-le-Bienheureux ! Si j'rappelle, moi aussi.

— Quoi, moi aussi ?

— Moi aussi, j'ai fait un vœu, Tancrède !

— C'est p't'ète le même. J'avions promis à la Vierge de Sainte-Mère, si elle nous faisait r'venir au pays, d'aller lui porter un cierge à pied… jusqu'à son abbaye de Notre-Dame-de-Grâce de Bricquebec.

— Pas vrai, Tancrède ! Moi aussi, mais c'était un ex-voto en marbre.

— J'ai point eu l'temps avec mes vieux parents, et la petiote à élever.

— Moi d'même, sept loupiots pour un demi-solde, ça fait beaucoup.

— On part ensemble, Jeannot.

— D'accord, Tancrède.

— Trente-huit ans d'passés… tu t'rends compte… c'est comme si c'était hier. Elle a pas été trop pressée, la Sainte Vierge. Allez, on part demain à l'aube.

— Pourquoi demain ? s'étonna Jean-Baptiste qui avait envie de cuver son cidre et son festin.

— Hé ! on l'a trop fait attendre la Sainte Mère, des fois qu'elle soit en rogne contre nous… et puis comme ça j'laisserai l'champ libre à mes deux jeunots… dans les débuts faut leur lâcher la bride.

Noémie et Zacharie se tenaient maintenant devant le grand portail de Hautefort.

Ils offraient aux pauvres les restes du repas, de la soupe et du lait. Tout occupée à cette action, Noémie ne fit pas attention au cavalier qui approchait. C'était Jehan Kermadec. Il mit pied à terre devant les mariés. Poliment, il ôta son chapeau. Son teint était livide.

— Mademoiselle Noémie, pardon, madame, monsieur Le Sauvage, je suis venu vous présenter tous mes vœux de bonheur.

— Je vous remercie, monsieur Kermadec, je suis très touchée de votre démarche…

— Oui… merci… c'est bien aimable !

Zacharie serrait sans réticence la main de Jehan. Après tout, le vainqueur pouvait se montrer généreux.

— Je vous ai apporté un cadeau, dit Jehan en sortant de sa vaste poche un paquet.

— Oh ! c'est très gentil, murmura Noémie.

— C'est de la dentelle de Saint-Malo, j'espère que vous en trouverez l'usage.

— Mais certainement !

Un groupe de « réveilleurs », des jeunes gens du voisinage, accouraient. Ils venaient pour faire le « charivari » habituel au bruman.

— Allez, le Zacharie ! Viens-t'en !

Les jeunes fous entraînaient le marié dans une sarabande qui devait se terminer par une prière égrillarde devant le puits. Agenouillé sur un manche à balai, Zacharie, docile, répétait pour la joie de tous :

— Bénédicité, je vais me coucher... je sais bien ce qui va se passer et elle s'en doute, Bénédicité !... Allons vite au lit !

Jehan Kermadec profita de cet instant de solitude relative avec Noémie pour murmurer :

— Je vous regretterai toujours, Noémie. Sachez que je ne vous oublierai jamais. Si vous avez besoin d'un ami dévoué, je serai toujours là, prêt à n'importe quel moment pour vous. Non, ne dites rien... Puis-je embrasser la mariée... ?

— Mais... oui... c'est la tradition !

Jehan Kermadec déposa un léger baiser sur la joue de Noémie. Avant qu'elle ait pu dire quoi que ce soit, il avait sauté à cheval. De loin, il lui lança :

— Mlle Isabelle et Mme la comtesse m'ont chargé de vous faire tous leurs vœux... Elles n'ont pu venir car elles ont dû rejoindre M. le comte de Reuville à Paris... mais vous recevrez un cadeau de leur part, adieu...

Jehan Kermadec piqua sa monture et s'éloigna au galop. Noémie revint dans la cour. Elle était à la fois heureuse et attristée par le réel chagrin qu'elle avait perçu chez Jehan. Une farandole se formait. Noémie n'eut pas le temps de se laisser aller à la nostalgie, les danseurs la saisirent par la main pour tourner autour du bruman à genoux. Noémie alla le rejoindre de bonne grâce. Maintenant les « charivariseurs » accouraient vêtus de chemises et bonnets de nuit. Ils tapaient à qui mieux mieux dans des casseroles en chantant :

Que nos amoureux vont à l'assemblaie !
Le mien y chera, j'en suis achuraie !
Marchons jolicœur, la lune est levaie !
Et may dans son lit avec lui couchaie !

Je n'vas plus l'attendre, j'en s'rais ennuyaie !
Marchons jolicœur, la lune est levaie !

Noémie poussa un soupir de soulagement. La porte venait enfin de se refermer sur les charivariseurs et le père Thomas qui avait béni le lit nuptial. Elle s'approcha de la fenêtre pour regarder dehors. Tout le monde s'était retiré. Quelques bruits dans la nuit attestaient que les danseurs et les chanteurs iraient faire des rondes dans les fermes jusqu'au matin. Les servantes rangeaient les restes du repas. Dans la bousculade, Noémie avait juste eu le temps d'embrasser son père. Celui-ci paraissait très ému. Et maintenant, elle était seule dans sa chambre, avec un homme qui était son mari. Elle lui tournait le dos. Que savait-elle de lui ? Qu'il était beau, bon, généreux, travailleur, qu'il s'appelait Zacharie Le Sauvage, qu'il l'aimait et qu'elle l'aimait. Mais elle n'avait jamais vu son corps d'homme jeune et puissant. Dans les champs, pendant leurs fiançailles, ils s'embrassaient tendrement, mais c'était tout. Noémie avait dit la vérité à Tancrède. Jamais Zacharie ne s'était montré insistant. Le soir où elle avait le plus perçu son désir et sa passion était toujours resté celui de l'escalier. Elle sentait qu'il se faisait violence pour ne pas la toucher de trop près, il voulait la respecter jusqu'au bout. Elle avait un peu menti à Tancrède. Que savait-elle de la vie ? Pas grand-chose. Comment cela se passait-il réellement entre un homme et une femme ? Chez les animaux, c'était plus simple. Il n'y avait pas de vêtements à ôter ! Et ensuite, ensuite ? Noémie frémit. Les mains de Zacharie se posaient sur ses épaules. Elles descendirent le long de ses bras, les caressaient pour entourer tendrement sa taille. Trop émus tous les deux, ils ne pouvaient se dire un mot. Les lèvres de Zacharie s'attardaient dans son cou, embrassaient ses cheveux, sa nuque, caressaient l'ourlet de son oreille, de sa joue avivée par la chaleur de la nuit. Sans la brusquer, avec une immense tendresse, Zacharie tourna Noémie vers lui.

— Ma femme... oh ! Noémie... je n'peux y croire encore, tu es ma femme, je t'aime, Noémie... je t'aime comme un fou...

Zacharie tremblait de passion. Il couvrait son visage de baisers. Elle se laissait aller sans peur au plaisir d'être contre son homme. Un jeune mâle qu'elle avait choisi, celui qui l'avait comprise, qui allait l'épauler, qui serait toujours à son côté. Elle avait passé ses bras autour de son cou et répondait à ses baisers. Bien que totalement inexpérimentée, elle comprenait que Zacharie ne voulait pas la brusquer. De ses mains dont il maîtrisait l'impatience, il délaçait délicatement le corsage de sa jeune femme. Ses doigts butaient sur un crochet de la ceinture trop serrée. Avec une maestria dont elle ne l'aurait pas cru capable, Zacharie fit sauter cet obstacle. La jupe bleue et la petite crinoline s'effondrèrent sur le parquet. Noémie, sans effroi, se retrouva en jupon et corselet devant un homme qui n'était pas son père. Elle eut cette pensée saugrenue : « Mais où a-t-il appris tout ça ? Je croyais qu'il savait seulement soigner les chevaux ! »

Elle avait beaucoup à apprendre sur son mari. Zacharie était loin d'être aussi innocent que sa jeune femme. Engagé à l'âge de dix-sept ans chez la veuve Isabeau Picard, Zacharie était resté un an à son service. À quarante ans, Isabeau Picard avait un solide tempérament. Elle n'avait pas tardé à faire entrer Zacharie dans son lit. Outre les travaux de la ferme, elle lui avait appris aussi les plaisirs de la chair. C'était un bon élève, la veuve Picard lui était très attachée, mais son fils aîné, le Léon, ayant découvert la « trahison » de sa mère à son père décédé, avait flanqué à la porte ce jeune valet trop dangereux. Fortement échaudé, Zacharie avait décidé qu'on ne l'y prendrait plus. Et voilà que, dès le premier jour, il était tombé amoureux de la jeune demoiselle de Hautefort. Le destin s'acharnait-il contre lui ?

Noémie, plaquée contre Zacharie, se laissait aller, buvait la vie à cette bouche amoureuse. Des ondes brûlantes montaient dans ses reins, enflaient dans tout son corps. Les lèvres soudain sèches, elle voyait s'étaler au bout de la chambre la blancheur du lit à baldaquin. Renversant la tête en arrière, ployant sous le baiser, elle murmura le mot éternel des femmes amoureuses :

— Je t'aime, Zacharie ! Je suis à toi !

Le jeune homme blêmit. Avec un grondement de fauve, il saisit sa proie dans ses bras, l'enleva du sol. Ses lèvres rivées à celles de Noémie, il la porta en deux enjambées jusqu'au lit.

— Oui, mon amour, tu es à moi, à moi seul, et pour la vie !

Entre eux tout fut parfait, chaste, beau, généreux et passionné. Sous le corps fougueux de Zacharie, Noémie découvrait l'amour. Elle poussa à peine un petit cri de douleur. Avec délicatesse, il voulut s'éloigner.

— Viens ! murmura-t-elle.

Ne pouvant plus se maîtriser, Zacharie s'abattit sur celle qui l'avait choisi. À plusieurs reprises au cours de la nuit, Zacharie reprit Noémie avec la même passion. Ils se rafraîchissaient l'un l'autre de leurs lèvres, se chuchotaient des mots d'amour, riaient comme deux enfants heureux. Elle avait faim. Il partit à pas de loup vers le garde-manger pour lui chercher du pain et un pâté qu'ils dévorèrent à pleines dents. Une fois rassasiés, ce fut elle qui le provoqua à nouveau. Elle apprenait vite, Noémie. Leur sang trop jeune, bouillant, battait à leurs tempes. Zacharie avait attendu si longtemps cette nuit. Ébloui par sa beauté, il la regardait mordre, soupirer, se tordre sous lui. Elle le repoussait parfois pour l'attirer plus vite et plus fort. Épuisés, ravis, simplement heureux, ils s'endormirent enfin à l'aube dans les bras l'un de l'autre. Noémie avait vingt ans et Zacharie vingt-cinq. Ils avaient l'éternité devant eux.

Tard le matin, Noémie descendit, habillée, un bonnet de coton sagement posé sur ses cheveux, dans la cuisine. Elle appréhendait un peu de se retrouver en face de son père. Tout en préparant la chicorée, elle aperçut le mot sur la table :

« *Ma chaire fille,*

Je part pour quelques jours faire un petit voiage avec mon ami Jean-Baptiste. Ne t'inquiaite dont pas. En mon abssence, voici les clés du roiaume. À partir de ce matin cés toi le Maître de Hautefort. Salut bien ton chaire mari pour moi.

Ton père qui t'aime.
Tancrède. »

Les larmes aux yeux, Noémie baisa ce mot si tendre. Avec fierté, elle accrocha le lourd trousseau de clés à sa ceinture. Zacharie, en tenue de travail, descendait. Il rejoignit sa jeune femme. Après avoir lu la lettre de Tancrède, il prit Noémie dans ses bras.

— Il a raison, c'est toi le maître... et tu es ma femme et ma maîtresse ! Par quoi commençons-nous ce matin ?

— Les servantes ne sont pas encore là. Il faut vite courir traire les vaches et m'aider à la laiterie, nous allons saler du beurre tout l'été, mon amour !

Malgré les questions faussement dégagées de Noémie qui mourait de curiosité, Tancrède n'avoua jamais à sa fille chérie ce qu'il avait fait durant son « voyage » avec Jean-Baptiste. Les deux pèlerins avaient donc exécuté fidèlement le vœu à Notre-Dame-de-Grâce. Rallier Bricquebec à pied leur avait pris trois jours sans se presser. Ils dormaient comme des jeunes gens dans des granges. À chaque calvaire, en bons chrétiens, ils s'arrêtaient pour faire le signe de croix et ils disaient une oraison.

Après avoir déposé leur cierge et leur ex-voto de remerciement au sanctuaire du monastère, ils prirent le chemin du retour. S'ils avaient juré d'aller à pied, ils n'avaient rien promis pour rentrer. Les deux vieux compagnons louèrent donc à l'abbaye des cisterciens une carriole et un cocher en la personne d'un petit jardinier du couvent chargé ensuite de reconduire l'attelage. Grâce à ce moyen de locomotion, Tancrède et Jean-Baptiste rentrèrent par le chemin des « cousins-de-cousins ». Il y avait beaucoup de Sénéchal et Colombel, la famille maternelle de Tancrède, à Saint-Jacques-de-Néhou, Blandamour, Saint-Sauveur-le-Vicomte, Reigneville-Bocage, La Bonneville, Pont-l'Abbé, Picauville, Chef-du-Pont... Dans chaque ferme on accueillait leur visite avec des cris de joie. On festoyait, débouchait le meilleur cidre et le calvados le plus fruité. On invitait les voisins pour voir « les cousins des cousins de nos cousins, le Sénéchal et le Hautefort de Sainte-Mère », et des veillées se réunissaient autour des deux vieux compagnons. Pour la première fois depuis leur retour, ils se laissaient aller à évoquer leurs campagnes napoléoniennes, comme s'il leur avait fallu aller remercier Notre-Dame de Bricquebec pour être délivrés, pour pouvoir enfin raconter à ceux qui n'avaient pas bougé du bocage leur grande aventure. Quand Tancrède, ravi de son escapade, rentra à Hautefort, il trouva les « jeunots » au travail. Sans grandes effusions, il embrassa sa fille, serra la main de son gendre et s'enquit aussitôt :

— Argentine a-t-elle vêlé ?

C'était la vache noire.

— Non, monsieur Tancrède, ça se présente mal ! répondit Zacharie.

— Viens, on y va, dit Tancrède, en se dirigeant vers l'étable pour assister sa vache préférée.

Noémie accompagnait son père et son mari. La prenant par les épaules, Tancrède se pencha vers sa fille. À mi-voix mais de façon que Zacharie puisse entendre, il lança :

— Tu diras à ton mari que j'étions son beau-père, maintenant.

— Bien sûr, papa, il le sait.

— Alors, mon gars Zacharie, appelle-moi père…

— Je n'osais point mais ça me f'ra plaisir.

— À moi aussi !

Tancrède ouvrait la porte de l'étable. Noémie interrompit son geste.

— Papa, voici les clés de Hautefort.

Elle détachait le trousseau de sa ceinture.

— Garde-les, petiote, elles sont bien avec toi.

Et Tancrède, relevant ses manches, s'approcha d'Argentine. Reconnaissant son maître, la grosse vache meugla.

— Ça va aller, Argentine ma belle, on va t'aider, t'en fais pas ! Pousse un coup.

Noémie et Zacharie se regardèrent, émus. On aurait dit que l'animal faisait un effort pour contenter son maître. Une heure plus tard, Tancrède essuya la sueur de son front. Il prit le veau qui venait de naître dans ses bras.

— C't'es une belle petite génisse qui donnera ses trente chopines de lait… Bravo, ma belle Argentine, t'as bien travaillé ! Repose-toi, on va ben t'gâter, tiens la v'là, ta petiote.

Il lui parlait comme à un être humain.

Et la vie s'organisa parfaitement à Hautefort entre le patriarche et le jeune ménage.

16

La traversée

L'honorable Robert Pilgrim vivait à Portsmouth depuis sa plus tendre enfance. Chauve avec une couronne de cheveux roux, il portait d'imposants favoris, un gilet à carreaux jaune et noir, une longue chaîne de montre et d'étroits pantalons à sous-pieds.

Ce 21 septembre, il se leva, comme tous les matins, de très bonne heure. Après avoir donné l'ordre que son palefrenier attelle le cab, une étroite guérite montée sur deux roues, il s'attabla pour déguster un copieux *breakfast.* Après avoir englouti une soupe de gruau, des œufs au lard, du jambon fumé, des pommes de terre, le tout arrosé d'un bol de thé au lait sucré, il embrassa sa femme et ses enfants.

À six heures et demie du matin, sir Robert Pilgrim, l'estomac bien garni, se décida à partir. Comme tout Anglais de la bonne société, il vivait dans un cottage un peu en dehors de la ville. Après avoir emprunté une longue rue bordée de petites maisons en brique, devenues grises à cause de la suie des cheminées, Robert Pilgrim guida sa jument blanche vers la route du bord de mer. Sir Pilgrim avait en effet pris l'habitude de passer par ce chemin de terre longeant la

Manche, pour se rendre à sa charge de *solicitor*[1]. Celle-ci se trouvait au centre de la ville. Il aimait beaucoup cette route. L'air marin le dopait pour la journée. Mais ce matin-là, le ciel était très bas. La bruine montait de la mer, le vent soufflait et les vagues, au large, étaient démontées. Sir Pilgrim éternua. Il regrettait maintenant de ne pas être passé par le centre-ville. Soudain, il plissa les yeux, incrédule. Secoué au petit trot de son cheval, il croyait apercevoir à l'horizon une voile blanche prise entre deux lames.

« *My God*, j'ai des visions. Je ne connais âme qui vive d'assez fou pour naviguer par un jour pareil ! »

Quelques semaines plus tôt, à la demande de sa jeune épouse, Zacharie Le Sauvage était parti pour Saint-Vaast-la-Hougue. Il avait la mission d'acheter un voilier, grâce à l'argent d'Isidore. Zacharie ne connaissait pas grand-chose aux bateaux. Il avait, quelques années auparavant, alors qu'il était adolescent, rallié avec des amis pêcheurs les îles Saint-Marcouf. Il en gardait un bon souvenir. La mer semblait calme et malgré un accostage difficile près des rochers, la journée s'était bien passée. Il ne restait plus sur l'île de terre que des bâtiments inoccupés et un gardien. Le père Lacognée, capitaine de la barcasse sur laquelle il s'était embarqué, avait pris Zacharie sous sa protection.

— Ça, mon gars, cette voile près du mât de misaine, c'est la trinquette, et la petite voile qu'est à l'avant, c'est le perroquet de beaupré qu'on appelle aussi le tourmentin. As-tu compris ?

— Oui da ! répondait Zacharie en mousse studieux.

---

1. Avocat ne pouvant plaider, mais exécutant des actes équivalents à ceux des notaires.

— En cas de gros vent, on amène la trinquette et on ne se sert plus que du perroquet ! As-tu compris ?

Bien que toutes ces manœuvres parussent un peu compliquées, Zacharie passa la journée à tenter d'apprendre les rudiments de la navigation.

— Regarde bien, mon gars, on va remonter au vent !

Zacharie avait bien observé la manœuvre. Il trouvait incroyable qu'un bateau puisse continuer d'avancer avec le vent dans le nez.

— Comment que ça se fait-y ?

— On tire des bordées !

Le père Lacognée qui était bon marin n'avait pas l'habitude de se perdre en longues explications.

Zacharie passa devant la chapelle des Marins qui servait d'amer[1] aux navigateurs. Au large, il apercevait l'île de Tatihou, avec sa tour du XVIIIe siècle. En arrivant enfin sur le port de Saint-Vaast, Zacharie arrêta Capitaine devant le quai Vauban. Il savait qu'il pourrait rencontrer à cet endroit un pêcheur susceptible de lui vendre un petit voilier. Un marin, de dos, ravaudait ses filets. Il portait une grande blaude bleu marine. Zacharie se dirigea vers lui.

— Belle journée pour aller en mer !

À ces mots, l'homme se retourna.

— Jésus, Zacharie ! C'est-y toi, mon gars ?

Zacharie reconnut immédiatement le père Lacognée. Le visage du marin s'était un peu buriné. De fines rides sillonnaient le pourtour de ses yeux, mais il affichait toujours une mine réjouie. Après des retrouvailles touchantes, Zacharie entra dans le vif du sujet.

— Je cherche un bateau à acheter. Un petit voilier…

---

1. Objet fixe servant de point de repère sur une côte.

— C'est pour quoi faire, mon gars ? demanda le père Lacognée, qui ne pouvait résister à la curiosité.

Zacharie ne voulait pas dévoiler le secret de Noémie. La réussite de leur entreprise en dépendait.

— C'est pour… pour aller aux îles !

— Les îles ? Et lesquelles ?

— Aux îles Saint-Marcouf, tiens, pardi.

— Qu'est que tu veux t'en aller faire par là-bas ? Y a plus qu'des crabes depuis qu'les prisons à Napoléon sont fermées.

Zacharie savait qu'il ne s'en sortirait pas si facilement avec le vieux Normand.

— Hé, je suis marié !

— Félicitations, mon gars. Est-elle jolie ?

— Dam' oui ! Et j'ai promis à ma petite femme de l'emmener promener en mer. Oh, on peut payer, mais si ça ne vous intéresse pas, je m'en vais aller voir ailleurs !

Le père Lacognée sortit une pipe de sa blaude. Il la bourra, et se leva après l'avoir allumée.

— Viens donc à la taverne, on va causer entre hommes autour d'une chopaine.

Après un gloria bien tassé, le père Lacognée, qui était malin, pressentait que Zacharie mijotait quelque chose, mais après tout, cela ne le regardait pas. Il lui vendit trente pistoles un petit picotin de vingt et un pieds. Pour le prix, il fut convenu que le père Lacognée revernirait le bateau et changerait les deux voiles.

— Tu te souviens de mes leçons, Zacharie, une trinquette et un perroquet de beaupré. J'm'en vas même te donner une boussole. Des fois qu'tu verrais pas la différence de l'île de mer et de l'île de terre, hein ?

Le père Lacognée voulait faire comprendre à son ancien mousse qu'il ne croyait pas un mot de son histoire.

Zacharie avait entendu parler de cet appareil : la boussole. L'aiguille pouvait, paraît-il, donner la direction du nord, mais il ne savait absolument pas comment l'utiliser…

« Oh, ça doit pas être si difficile. De toute façon, je ne perds jamais le nord ! », songea-t-il, amusé de sa propre plaisanterie.

Avant de le laisser repartir pour Sainte-Mère, le vieux marin tint à montrer son acquisition à Zacharie. Le picotin, qui s'appelait *Sainte-Adèle*, était amarré le long du quai Vauban. Soudain, ce bateau paraissait bien petit. Zacharie eut presque envie de renoncer à l'aventure. La déception de Noémie, s'il revenait bredouille, l'en empêcha. Il voulait être à la hauteur de sa confiance.

— Comme je m'en vais te le refaire à neuf, veux-tu que je lui peigne un nouveau nom ?

— Oui… le… *Le Noémie*, c'est le nom de ma femme, ajouta Zacharie.

— C'est joli et pas commun. Eh ben, d'accord, va pour *Le Noémie* ! Tout sera prêt pour la prochaine lune.

En donnant les trente pistoles au père Lacognée, Zacharie ne put s'empêcher d'avoir une pensée reconnaissante pour cet Isidore Boilevent qu'il n'avait pas connu. Grâce à ce brave homme, les nouveaux époux Le Sauvage allaient se lancer dans la grande aventure du commerce du beurre. Zacharie et Lacognée se serrèrent la main, puis le jeune homme reprit le chemin de Hautefort.

Il retrouva sa femme assise dans la cuisine derrière la longue table de chêne. Noémie était en train de faire des comptes sur son cahier d'écolier. En pénétrant dans la pièce, Zacharie remarqua qu'elle avait les traits tirés ainsi qu'un air de langueur qui ne lui ressemblait pas.

— Oh, tu devrais prendre un peu de repos, ma chérie, dit-il en l'embrassant tendrement.

— Alors, comment cela a-t-il marché ?

— J'ai tout raté, plaisanta Zacharie.

— Non ! Dis, dis !

Elle avait l'air d'une petite fille attendant sa récompense.

— Viens ici !

Zacharie la fit asseoir sur ses genoux et lui raconta la tractation avec le père Lacognée.

— Tu as confiance en lui ?

— Absolument.

— Tu es sûr que c'est un bon bateau ?

— Certain. Lacognée ne m'aurait pas vendu un bois pourri.

— Oh, je t'aime.

— Moi aussi, je t'aime.

Ils s'embrassèrent longuement et ne se séparèrent qu'à l'entrée de Tancrède.

— Alors, les amoureux ? Comment cela a-t-il marché à Saint-Vaast, mon gars ?

Noémie et Zacharie éclatèrent de rire.

— J'vois pas ce qu'y a de drôle. J'suis pas pour vos idées de fous, mais ça m'intéresse quand même, maugréa Tancrède.

Pour calmer son beau-père, Zacharie lui répéta les termes de son achat.

Les jours suivants, l'atmosphère à Hautefort fut plutôt surexcitée.

Les préparatifs du voyage prenaient un temps considérable. Tancrède, qui restait contre le fait d'aller vendre du beurre aux Anglais, décida tout de même d'aider sa fille et son gendre. Du lever du jour à la tombée de la nuit, il demeurait enfermé dans son atelier. Quand il apprit la somme que demandait le maître tonnelier de Sainte-Mère pour fabriquer des barils, il proposa de les faire lui-même. Noémie en voulait au moins une quinzaine.

— Si tu veux quinze barils, petiote, dam', t'en auras deux douzaines ! déclara Tancrède, impérial.

Ces tonneaux devraient pouvoir contenir chacun vingt livres de beurre. Si les calculs de Noémie se révélaient exacts, à trois francs la livre, ce premier voyage devrait rapporter au moins neuf cents francs !

« Neuf cents francs, en une seule fois ! », songeait-elle, le soir au lit, allongée à côté de Zacharie.

— Ma chérie, tu es toute pâle, viens sur mon épaule, tu vas être mon petit marin. Es-tu sûre de vouloir venir ?

— Te laisser y aller seul ? Jamais ! C'est notre voyage à tous les deux…

— J'ai entendu dire qu'à la ville les mariés partent en voyage après leurs noces…

Noémie se dressa sur un bras pour poser ses lèvres sur celles de Zacharie.

— Oui, mon amour, nous allons partir en voyage de noces en Angleterre.

Il la renversa. Elle ne se lassait pas de l'amour entre ses bras. Ils ne parlèrent plus, submergés par leur passion.

Le matin du 20 septembre, le ciel était dégagé. À l'aube, Zacharie arrima quinze barils de beurre salé sur la charrette, puis il vérifia l'équipement : trois couvertures chaudes, une gourde en peau contenant dix chopines d'eau du puits, un gros morceau de lard enveloppé dans un linge, deux bonnes livres de pommes venant des prés de Hautefort, un gros pain, une lampe à huile, deux couteaux et la fameuse boussole du père Lacognée. Tancrède et Zacharie avaient passé une soirée à en étudier le fonctionnement. Grâce à Noémie, ils avaient découvert que c'était en effet très simple. En tournant la boussole sur elle-même, la petite aiguille aimantée montrait la direction du nord. À partir de là, il était facile de savoir où se trouvaient les autres points cardinaux. Zacharie et Tancrède avaient aussi bien étudié la carte. Pour se rendre à Portsmouth, il fallait pointer au nord. La distance de cent milles nautiques devrait pouvoir se parcourir en vingt-quatre heures, si le bateau avançait à quatre nœuds.

Solidement appuyé sur son pilon, Tancrède Hautefort regarda sa fille et son gendre s'éloigner sur le chemin de terre qui longeait son domaine. Il ne faisait pas encore jour, mais une lanterne formait un halo sur la route. Conscient d'une grande mission, Capitaine relevait fièrement la tête en tirant la charrette. Lorsque Tancrède ne vit plus rien, il ne put s'empêcher de murmurer une prière : « Seigneur, si Vous m'entendez, faites qu'il ne leur arrive rien, si tout se passe bien, j'irai mettre un cierge à Sainte-Mère, un gros à deux sous ! »

Tancrède ponctua cette oraison d'un rapide signe de croix, puis il se dirigea en boitant vers les étables pour commencer à traire les vaches en attendant l'arrivée des servantes et des journaliers. Quand Zacharie et Noémie arrivèrent au port de Saint-Vaast-la-Hougue, le soleil était déjà haut dans le ciel. En découvrant que le voilier portait son nom, la jeune femme se jeta dans les bras de son mari.

— Oh, Zacharie, mon amour, je t'adore ! Quelle merveilleuse attention : *Le Noémie* ! Tu sais, je suis très fière.

Elle plissa les paupières pour regarder les bateaux de pêche amarrés les uns contre les autres.

— Un jour, tu verras, nous aurons dans ce port des dizaines de bateaux qui feront des allers et retours vers l'Angleterre... Nous serons les rois du Cotentin !

En attendant de régner, ils avaient beaucoup de travail, beaucoup plus que Zacharie ne l'avait prévu. D'abord, il fallait décharger la cargaison et la ranger dans le bateau, ensuite, tandis que Noémie gardait le chargement, Zacharie chercha une auberge acceptant d'héberger Capitaine et la charrette jusqu'à leur retour. Moyennant un franc par jour pour l'avoine, Zacharie laissa le pauvre Capitaine tout triste de se retrouver dans un endroit inconnu. Zacharie revint rapidement vers le port. Noémie était assise sur le quai, à côté d'un marin qui, heureusement, n'était pas le père Lacognée. L'homme essayait d'interroger la jeune femme sur ce chargement de barils. C'était sans compter l'imagination de Noémie.

— Oh, nous allons à Barfleur porter du cidre à un vieil oncle. Ensuite, nous irons nous promener en mer.

Après avoir solidement arrimé la cargaison, le jeune couple embarqua enfin. Ils avaient pris du retard sur l'horaire établi. Zacharie saisit une rame pour se dégager du quai. Il hissa la trinquette et le picotin prit le vent. Le jeune couple, ravi, longea l'île de Tatihou. La mer était calme, le temps serein, la marée aidait les apprentis navigateurs.

Un bon vent de terre soufflait. Zacharie mit le cap au nord. Ils passèrent la pointe de Saire vers midi. Le soleil était au zénith. Noémie n'avait jamais fait de bateau. Malgré une légère nausée qu'elle mit sur le compte du tangage, elle trouvait le spectacle magnifique. Zacharie barrait avec assurance. Les barils remplis de beurre prenaient pratiquement toute la place. Un petit espace à l'arrière du bateau était réservé aux marins. Vers deux heures, la terre avait disparu. Les jeunes gens croyaient déjà être au milieu de la Manche. Noémie avait faim. Elle coupa du pain et du lard. Ils « déjeunèrent » sous un soleil radieux. Au milieu de l'après-midi, de gros nuages noirs s'amassèrent dans le ciel. En quelques minutes, le paysage changea complètement. Le vent se levait. Des moutons blancs apparaissaient à la crête des vagues. Celles-ci grossissaient à vue d'œil et soulevaient le picotin. Elles venaient ensuite frapper la proue, puis la poupe. Le bateau tournoyait comme une coquille de noix ballottée par la houle. Il sembla à Noémie que l'on n'avançait plus du tout.

— Qu'est-ce qui se passe, Zacharie ? Tu es sûr de pouvoir t'en sortir ?

— Oui, oui, ce n'est rien, ma chérie, un petit grain, ne t'inquiète pas.

Zacharie bombait le torse. Il ne voulait pas affoler Noémie, mais en fait la situation lui échappait complètement et la crainte s'emparait de lui.

Le vent soufflait en tous sens. De plus, des courants venant de l'est déportaient le bateau de son cap. Zacharie avait du mal à tenir sa route. Un crachin glacial se mit à tomber, Noémie et Zacharie s'enveloppèrent dans les couvertures, puis un brouillard épais vint boucher l'horizon.

Zacharie se souvint soudain des conseils du père Lacognée. Il confia la barre à Noémie.

— Garde le cap ! ordonna-t-il.

Zacharie ôta sa couverture et se mit à escalader les barils pour se rapprocher du mât. Après un effort terrible, il réussit à affaler la trinquette. Pliant la voile tant bien que mal, il hissa le perroquet de beaupré, la plus petite voile. Au moment où Zacharie tentait de revenir vers sa femme, Noémie, qui commençait à paniquer, changea un peu de cap. La bôme vira d'un coup sec et vint déstabiliser Zacharie.

Noémie poussa un cri d'effroi. Son mari venait de tomber à l'eau. Les vagues roulaient dans un vacarme assourdissant. La jeune femme, épouvantée, se pencha, elle ne voyait rien, seulement les lames noires et déchaînées.

— Noémie ! Noémie !

Ce cri venait de l'arrière du bateau. Zacharie s'agrippait au gouvernail.

— Ta main, Noémie, ta main !

La jeune femme se pencha. Elle tendit le bras. Zacharie se sentait emporté par les courants. Il savait que Noémie n'avait pas sa force, s'il tirait trop fort, elle risquerait de tomber à l'eau, elle aussi. Les secondes qui passèrent parurent aux jeunes gens une éternité. Soudain, il y eut une sorte de répit dans la tempête. Zacharie en profita pour se hisser à bord du picotin. Totalement épuisé, il mit quelques instants à reprendre son souffle.

Noémie saisit la gourde.

— Tiens, bois, mon chéri.

Elle prit une couverture et enveloppa Zacharie dedans. Ce dernier regardait la boussole, le bateau se dirigeait maintenant vers le sud.

— Il faut virer de bord ! Nous devons remettre cap au nord.

Zacharie tenta de se lever. Il avait présumé de ses forces et claquait encore des dents. Noémie lui fit signe de rester assis dans le fond du bateau. Elle saisit la barre et exécuta la manœuvre. Le petit voilier s'abandonnait toujours sans résistance aux vagues déchaînées. Un mur de pluie semblait vouloir leur barrer la route. À chaque vague, *Le Noémie* piquait du nez dangereusement. Zacharie avait l'impression que le voilier ne se relèverait jamais, puis le picotin remontait au sommet des vagues comme un bouchon, tournoyant au milieu des éclairs. À chaque ébranlement, une gerbe d'eau embarquait dans le voilier.

— Oh ! là-bas ! cria Noémie, cramponnée.

Elle désignait une crête d'eau bouillonnante, une lame de quarante-cinq pieds de hauteur s'approchant à grande vitesse.

« Nous sommes perdus », songea Noémie, elle croyait entendre la voix de Mme Carlotta lui prédisant : « Fais attention à l'eau, la mer, la tempête ! »

Zacharie se jeta sur la barre et vira de bord, luttant avec la masse sifflante. Brusquement, la mer se gonflait et jetait de l'écume à une hauteur vertigineuse. Sur cette base se formait une colonne ronde par où l'eau et l'air tourbillonnaient en spirale jusqu'aux nuages noirs. Il leur sembla que des heures s'écoulaient dans cette tempête. À la nuit tombée, le vent se calma. Noémie et Zacharie attendirent l'aube serrés l'un contre l'autre.

— Je n'aurais jamais dû t'emmener, ma Noémie, regrettait Zacharie.

Noémie voulut répondre, mais elle se raidit avec une nouvelle douleur au ventre.

— Qu'as-tu ? Qu'est-ce qui se passe ?

Elle mentit :

— Rien, ce n'est rien.

Au petit matin, un coup de vent du sud-ouest se mit à souffler, parallèlement, un front froid avançait. Noémie et Zacharie s'étaient vaguement assoupis. En ouvrant les yeux, la jeune femme pensa qu'elle était morte. Une brume légère entourait le frêle esquif, un crachin glacé tombait sur ses épaules. Comme une coquille de noix, le voilier rebondissait de vague en vague. Soudain, Noémie aperçut quelque chose.

— Là, la terre !

L'honorable Robert Pilgrim arrêta sa jument blanche au détour du cap. Il se remit à scruter la mer.

« J'ai eu des visions, il est impossible qu'avec cette tempête des marins soient en train de pêcher. » Sir Pilgrim plissa les yeux pour inspecter l'horizon, mais il ne vit rien. Pensant avoir rêvé, il se remit en route et prit la direction du centre de Portsmouth.

— Zacharie ! Je te jure que je viens de voir la terre ! J'ai même aperçu un homme sur une carriole tirée par un cheval blanc !

Zacharie pensa d'abord que sa femme délirait. Le bateau remonta au sommet d'une vague et lui aussi aperçut le cap. Noémie avait raison. La terre était à moins d'un mille. Zacharie reprit courage. À l'approche de la côte, le vent brusquement s'apaisa. Les lames se calmaient, bientôt, elles ne furent plus qu'un mauvais souvenir. Les jeunes gens ne savaient pas encore où ils allaient aborder. Au loin ils aperçurent un drapeau claquant au vent. Ils plissèrent les yeux, c'était l'Union Jack.

— Victoire ! hurla Noémie en se redressant.

Ils se jetèrent dans les bras l'un de l'autre en poussant des cris de joie. Noémie regardait, triomphante, la côte anglaise. Ainsi, ils avaient réussi et le chargement était miraculeusement intact. Après une courte hésitation, ils décidèrent de remonter vers l'ouest. Ils ne tardèrent pas à découvrir les remparts de Portsmouth.

À l'heure sacro-sainte du thé, des marins anglais aperçurent une incroyable embarcation qui pénétrait dans le port de Portsmouth. Les voiles déchirées, le mât à demi arraché, les deux occupants, trempés, paraissaient morts de froid. Des matelots se pressèrent sur le quai pour aider ces malheureux à aborder.

— *Crazy frenchies !* Faire la traversée par grande marée ! Ils sont fous, ces *froggies* !

Noémie comprit alors qu'ils venaient de franchir la Manche un jour d'équinoxe. Voilà pourquoi la mer était si démontée.

— *Oh, my God*, une *lady* !

Les marins anglais découvraient avec stupéfaction une femme dans cette embarcation.

Hissée sur le quai, Noémie ressentit un coup de poignard dans le ventre. Ne pouvant résister à la douleur, elle s'évanouit.

Complètement affolé, Zacharie souleva sa femme dans ses bras. Des marins complaisants l'emmenèrent au Blue Fox, une auberge qui se trouvait sur la place de la cathédrale Saint-Thomas. Ce splendide édifice servait de repère aux marins grâce à sa haute coupole de bois de forme octogonale. Zacharie installa Noémie dans une bonne chambre avec un feu dans la cheminée. En faisant de grands gestes, il réclama un docteur.

Ce dernier, assez hautain, arriva quelques minutes plus tard. Il pria Zacharie de le laisser seul avec sa patiente. Au bout d'un moment qui sembla très long au jeune mari, le docteur ressortit dans le couloir.

Il se lança dans une grande explication en anglais. Devant l'air ébahi de Zacharie, il fit quelques gestes rassurants, puis il demanda en paiement de ses honoraires une guinée.

Zacharie voulut lui donner un franc cinquante qui était le prix de la visite du docteur Gamboville, mais le médecin anglais lui réclama encore trois francs avant de descendre l'escalier. Zacharie se précipita dans la chambre. Noémie était allongée sous un duvet moelleux. Le médecin lui ayant passé des sels sous le nez, elle avait retrouvé ses couleurs.

— Alors ? Je n'ai rien compris, qu'a-t-il dit ? s'enquit Zacharie en prenant sa femme dans ses bras.

— Rien, c'est juste la fatigue, un petit malaise. Mais cela va déjà mieux, assura Noémie.

Elle s'endormit rapidement dans les bras de Zacharie.

Jim Mc Culley, l'aubergiste du Blue Fox, était un homme corpulent, au sourire aimable. Il portait, vissée sur le crâne, une casquette à carreaux. Jim n'aimait pas trop son métier, mais il avait hérité cette auberge, dix ans plus tôt, à la mort de son oncle. Au fond de lui-même, ce que Mc Culley aimait par-dessus tout était le commerce. Quand il apprit que les barils de Noémie et Zacharie contenaient du beurre, qu'ils voulaient vendre en Angleterre, il frappa à la chambre pour leur faire une offre.

— Si vous voulez, je vous prends le tout !

— Neuf cents francs-or, déclara calmement Noémie qui commençait à se remettre.

— Cent quatre-vingt-dix guinées ? Ça me va, topez là ! dit Jim Mc Culley. Demain, vous aurez la somme totale.

Noémie traduisit pour Zacharie. Celui-ci proposa :

— Si vous voulez, monsieur Mc Culley, nous pouvons revenir le mois prochain, avec la même cargaison.

— Et le mois suivant ? J'ai la clientèle pour tout écouler.

— Et le mois suivant aussi. Et deux fois par mois si vous voulez. Nous avons les stocks nécessaires.

L'affaire était conclue, dorénavant Jim Mc Culley serait le représentant en Angleterre du beurre Hautefort. Le soir même, il s'endormit en songeant à ces deux Français qui avaient bravé courageusement une tempête pour venir lui apporter, il en était certain, la fortune...

Quelques jours plus tard, après un repos bien mérité à l'auberge du Blue Fox, aux frais de leur nouvel « associé », les jeunes époux reprirent la mer avec le picotin qui s'était révélé finalement un très bon bateau. Moyennant cinq guinées, un marin anglais avait exécuté les réparations urgentes pour le retour. Cette fois-ci, Zacharie mit cap au sud. La traversée se passa sans encombre. Malgré de petites douleurs au ventre, calmées avec des pilules violettes données par le médecin anglais, Noémie supporta assez bien le voyage.

Ils retrouvèrent Capitaine qui hennit en voyant ses maîtres.

À neuf heures du soir, huit jours après leur départ, la carriole passa le porche de Hautefort. En les voyant revenir vivants, Tancrède, qui avait ressenti les effets de la tempête sur la toiture de la ferme et se rongeait d'inquiétude, se jura d'aller le lendemain à Sainte-Mère déposer le cierge promis dans l'église.

Le souper du soir fut un repas de victoire. Zacharie et Noémie racontèrent à Tancrède la traversée, la brume, la tempête. On en arriva très vite au point le plus important, la vente et l'accord conclu avec Jim Mc Culley.

Tancrède fut beau joueur.

— Ma fille, je suis fier de toi. Et de toi aussi, le Zacharie. Neuf cents francs, mazette ! Grâce à vous le caoche va être rempli comme jamais à Hautefort !

Pendant que les hommes restaient assis devant la cheminée en buvant un gloria, Noémie qui se sentait fatiguée se leva pour monter se coucher. Zacharie embrassa tendrement sa femme, et Tancrède lui donna un baiser sur le front.

— Va, ma petiote, et demain, reste bien au lit, j'irai aux vaches avec la Mariette et la Désirée, toi aussi, Zacharie, faut te reposer.

Il fallait que Tancrède soit impressionné pour parler de repos.

Noémie emprunta l'escalier. Au bout de quelques marches qu'elle gravit avec difficulté, la douleur devint insupportable. Elle perdit connaissance et dévala l'escalier en arrière. Tancrède et Zacharie se levèrent en catastrophe. Noémie gisait, blême, sur le carrelage.

— Mon Dieu, Noémie, je n'aurais jamais dû l'emmener.

— Zacharie, aide-moi et va vite chercher le docteur Gamboville.

Tancrède et Zacharie installèrent Noémie toujours évanouie dans sa chambre. Tandis que Zacharie partait en courant, Tancrède fit un feu dans la cheminée. Noémie, réchauffée, ouvrit les yeux.

— Qu'est-ce qui se passe, petiote ? demanda Tancrède en s'asseyant sur le bord du lit.

— Je suis enceinte de trois mois, papa !

Tancrède était à la fois heureux de devenir grand-père et mécontent que sa fille ait fait un tel voyage avec « un petiot dans le ventre ».

Tancrède embrassa sa fille. Il se rendit compte qu'elle était brûlante.

« Mon Dieu, la fièvre quarte », pensa-t-il.

— Comment Zacharie a-t-il pu te laisser faire ce voyage ?

— Mais je ne lui ai rien dit…

— Et ce docteur à Portsmouth, il ne lui a pas révélé, ce bon à rien d'Anglais ?

— Non, papa, je lui ai ordonné de se taire…

Le docteur Gamboville ne laissa que peu d'espoir.

— Je ne sais pas si elle peut garder le bébé… Enfin, elle doit rester allongée.

Zacharie s'effondra, sanglotant.

— Pourquoi ne m'a-t-elle rien dit… Un enfant, mon Dieu, et je n'ai pas deviné…

Tancrède lui tapa sur l'épaule.

— C'est pas de ta faute, mon gars, c'est elle, une Hautefort, elle avait décidé d'y aller, elle l'a fait.

Le docteur les interrompit.

— Mais il y a plus grave que l'enfant, Noémie est très malade, je crains qu'elle n'ait attrapé une congestion pulmonaire !

Comme le médecin le pensait, Noémie perdit l'enfant le lendemain matin à l'aube. Elle se tordait de douleur, des spasmes la secouaient, une hémorragie se déclara. La Mariette et la Désirée lui massaient le ventre pour faire cesser les saignements. Enfin, ceux-ci s'arrêtèrent. Mais les jours et les nuits suivants, Noémie se mit à délirer. Elle était abattue, brûlante, pâle, les traits tirés, les yeux rougis par la fièvre. Les quintes de toux l'épuisaient. La mort rôdait dans la pièce et Noémie n'avait pas la force de résister.

Les cataplasmes, les sangsues, les saignées, les remèdes du bon docteur Gamboville n'y faisaient rien. Noémie était en train de partir. Un soir, complètement désespéré, Tancrède monta au sommet de la tour de Hautefort où, il le savait, étaient entreposées les affaires de Tancrède l'Ancien et de sa femme, la Blanche Pouquette. Tancrède se souvenait que sa grand-mère avait le don. Il savait aussi qu'elle avait soigné tous les paysans du coin avec ses prières et ses potions.

Il ouvrit avec respect une grande malle de bois. La veste noire en velours côtelé que portait son grand-père quand il lui racontait ses histoires assis sur le banc de pierre s'y trouvait bien rangée. Tancrède sentit ses yeux s'embuer d'émotion. Il se rappela soudain comme il avait aimé ce brave homme et comme il serait heureux de le revoir.

Enfin Tancrède découvrit, roulé dans un linge, un vieux grimoire ayant appartenu à la Blanche Pouquette. Ce manuscrit comportait des dizaines de recettes suivant la maladie à combattre. Tancrède tourna les pages. Vers le milieu du livre, il trouva le texte suivant :

« Pour conjurer la fièvre, dites : "Au nom de sainte Exupère et de sainte Honorine, arrière-fièvre d'avant, fièvre d'arrière, fièvre printanière, fièvre quartaine, fièvre quintaine. Ago, super ago, consummatum est" ; puis récitez trois Pater *et trois* Ave *et si la fièvre est tenace, écrivez la formule sur un parchemin vierge, qui restera lié pendant neuf jours au poignet gauche du malade. »*

Tancrède décida de passer immédiatement à la deuxième phase. Il descendit dans la cuisine écrire avec application le texte sur un parchemin. Ayant mis Zacharie au courant, ils attachèrent le talisman au poignet gauche de Noémie. Le docteur Gamboville, revenu au chevet de sa malade, ne croyait pas beaucoup à ces légendes de paysan. Mais il ne voulut pas contrarier les deux hommes.

— Je vais pas laisser la « Grise » venir me prendre ma Noémie, déclara Tancrède avec un œil noir.

Zacharie l'approuvait complètement.

En feuilletant plus attentivement le grimoire, Tancrède et Zacharie découvrirent qu'il y avait également une potion à faire avaler au malade. Elle devait être composée de la manière suivante :

« Trois buhottes[1] *macérées dans un reste de cidre, une queue de souris mort-née, trois clous de girofle et un quignon de pain sec à faire bouillir pendant trois heures. »*

Tancrède et Zacharie fabriquèrent cette drogue en suivant scrupuleusement la recette. Puis ils la firent ingurgiter à Noémie. Le goût était ignoble, mais elle n'avait pas la force de résister.

Au matin du neuvième jour, à la surprise générale, Noémie ouvrit les paupières. La fièvre était tombée. Elle avait faim et commença de houspiller la Mariette et la Désirée, c'était bon signe. Le docteur Gamboville n'en croyait pas ses yeux.

Tancrède, fou de bonheur, partit à Sainte-Mère. Il déposa dix cierges à l'église et des fleurs des champs sur la tombe de sa grand-mère, la Blanche Pouquette. Le lendemain, Noémie, très affaiblie, se leva. La Mariette et la Désirée lui faisaient de bons petits plats. Jour après jour, elle reprenait des forces. Bientôt, elle fit le tour de la cour appuyée au bras de Zacharie. Elle pleurait l'enfant perdu, mais Zacharie la consolait.

— Nous recommencerons, mon amour.

Pour fêter la guérison de sa fille, Tancrède aidé de Zacharie planta cinquante pommiers dans un pré devant la ferme.

Un matin, au lever du soleil, alors que les arbustes ondulaient au vent, Tancrède posa son genou sur le sol pour baiser la terre du domaine et il remercia le Seigneur d'avoir laissé vivre sa fille.

Au loin, il voyait Noémie et Zacharie accoudés à leur fenêtre.

L'avenir de Hautefort était assuré…

1. Limaces rouges.

Deuxième partie

L'ASCENSION DES HAUTEFORT

17

Un jeune couple plein d'avenir

À l'angle de la rue de l'église et de la place Guillaume-de-Cerisay à Carentan, quelques badauds et servantes, revenant du marché, leurs paniers pleins, s'arrêtaient pour admirer le phaéton flambant neuf, attelé à ces représentants d'une nouvelle race de chevaux appelés anglo-normands. Ces superbes bêtes au galop très rapide attendaient leurs propriétaires devant une belle maison de pierre grise. La faction des curieux ne fut pas déçue. Un jeune couple très élégant, l'homme vêtu d'un costume à redingote simple, mais bien coupée, et la femme, la taille serrée dans une robe à crinoline, de faille noire, un chignon doré relevé sous une capote de dentelle, sortait de la grande demeure. Le nouveau notaire, maître Bouville, qui avait pris la succession de maître Typhaigne, décédé dernièrement d'une crise d'apoplexie, les raccompagnait avec force courbettes jusqu'à leur attelage.

— Comptez sur moi, monsieur, madame, au plaisir de vous revoir !

— Il ne s'agit que d'un projet, nous n'avons pas encore pris notre décision, maître ! prévint l'homme.

— Mais cela ne tardera pas, nous vous le ferons savoir au plus vite ! ajouta la jeune femme, accompagnant la netteté de sa réponse d'un gracieux sourire.

— Vous avez tout votre temps, ne vous pressez pas, je ne désire qu'une chose, que vous soyez satisfaits… Au revoir, madame Hautefort, monsieur Hautefort…

— Le Sauvage ! coupa sèchement le jeune homme… Monsieur et madame Le Sauvage !

— Bien sûr, bien sûr, mes respects, monsieur et madame Le Sauvage, vous savez que ma femme ne veut plus que le beurre Hautefort sur sa table… Ah ! quel dommage qu'il n'y en ait pas davantage dans la région et que le gros de votre production soit réservé à l'exportation, en Angleterre. Mme Bouville dit que c'est bon pour les enfants, et que ça les fait grandir… Ah ! quel rêve ! Que vous seriez bien ici ! Quel bonheur pour la population ! Et le travail que cela donnerait ! À notre époque, nous avons besoin de gens comme vous, jeunes et entreprenants !

— Je vous l'ai dit, maître, ce n'est qu'une idée, une nouvelle idée de ma femme ! ajouta le jeune homme en souriant à son épouse.

Celle-ci, aidée de son mari, monta dans le phaéton. Il la rejoignit et prit les rênes. La jeune femme se retourna vers le jardin qui entourait la maison.

— Eugénie ! Allons, viens, ma chérie, nous partons !

Presque aussitôt une jolie petite fille aux boucles blondes accourait de la pelouse où elle jouait avec deux petits garçons dont l'un, bien que frêle aux cheveux bruns, paraissait un peu plus âgé qu'elle. D'un air protecteur, il la tenait par la main.

— Au revoir, Eugénie ! fit l'enfant.

— À bientôt, Hyppolite ! Au revoir, Germain ! Dis, maman, je pourrai revenir souvent jouer avec Hyppolite et Germain ?

— Bien sûr, si Mme Bouville le permet…

Le notaire s'inclina.

— Ah ! madame, mais certainement, ma femme sera ravie, elle a dû accompagner nos servantes au marché et sera désolée d'avoir raté votre visite…

— Vos petits garçons pourraient venir un jour à Hautefort, maître ?

— Avec plaisir, madame Le Sauvage, avec grand plaisir !

Eugénie battit des mains.

— Oh ! oui, maman, s'il te plaît, demain, hein, Hyppolite ? Tu veux venir demain ?

L'aîné des fils Bouville, qui pouvait avoir huit ans, était visiblement le préféré de la petite fille. Il paraissait subjugué par sa vivacité et hocha la tête. La jeune femme, dans le phaéton, rectifia :

— Non, pas demain, car nous allons, ton père et moi, à Saint-Vaast, mais un autre jour, sûrement, ma chérie…

— Oh ! tu es toujours occupée, maman, tu pars trop souvent avec papa et tu…

Le jeune père donnait des signes d'impatience, il tendit la main à sa fille.

— Allons ! hop là, Eugénie, saute à côté de nous ! En route !

Il secoua légèrement les rênes sur les crinières des chevaux et le superbe attelage démarra, tandis que maître Bouville adressait aux visiteurs des signes d'au revoir.

Les badauds satisfaits abandonnèrent leur poste d'observation. Ils pourraient raconter en rentrant chez eux qu'ils avaient vu les « jeunes Hautefort » et leur petiote dans une bien belle voiture et que « quèque chose se préparait à coup sûr chez l'notaire ! » Inconscients de la curiosité qu'ils suscitaient sur leur passage, Noémie et Zacharie avaient quelques courses à faire dans Carentan. Tout en traversant la petite ville, le jeune couple parlait avec animation. Noémie paraissait vouloir convaincre son mari de quelque chose. Celui-ci semblait plus réservé.

— Je t'en prie, retournons là-bas pour voir…

— Mais nous avons déjà regardé !

— Oui, mais cela me ferait plaisir ! insista-t-elle.

Il ne pouvait rien lui refuser.

À la demande de sa femme, il fit faire demi-tour à ses chevaux et repartit vers le bassin de Carentan. La petite ville ne possédait pas à proprement parler de port, mais un bassin et un canal. Le Haut-Dick permettait à des barques d'aller jusqu'à la mer par la baie des Veys. Ces travaux avaient été exécutés sous les ordres de Napoléon le Grand, comme disait Tancrède, quand l'Empereur voulait envahir l'Angleterre ! Il avait même fait commencer d'autres travaux pour creuser un autre canal maritime reliant aussi la baie des Veys à la côte ouest vers Lessay. Ainsi, la presqu'île du Cotentin serait, comme l'Angleterre, devenue une île. Ce projet grandiose avait vite été abandonné et ne concernait pas Noémie. Elle demanda à Zacharie d'arrêter le phaéton devant ce vaste bassin d'eau de mer. Le temps était calme, il n'y avait pas un souffle de vent. Les arbres du Haut-Dick ne bougeaient pas. Quelques mouettes tournoyant dans le ciel annonçaient que la marée à deux lieues et demie était en train de monter. Des terrains légèrement marécageux entouraient ce plan d'eau. Quelques petites maisons très modestes étaient construites dans la rue du Quai-à-Vin[1], pénétrant à l'ouest dans la ville.

— Tu te rends compte du travail, Noémie ? Il y a tout à faire !

1. Devenue plus tard rue Sivard-de-Beaulieu.

— Oui, il faut chiffrer la rentabilité, et bien réfléchir, murmura Noémie.

Eugénie commençait à donner des signes d'impatience.

— Maman, papa, vous m'aviez promis une belle poupée !

Zacharie et Noémie ne pouvaient rien refuser à leurs enfants. Probablement parce que Zacharie, orphelin, avait tellement souffert de l'absence de ses parents, et que Noémie, malgré l'amour de son père, avait manqué d'une mère à la maison.

— C'était juré ! On y va !

Le phaéton retourna vers la place du marché où il y avait encore affluence. Après un salut de loin pour les marchands de bestiaux qu'il connaissait, Zacharie attacha ses chevaux à une barre de fer, délimitant les emplacements. Le jeune couple se dirigea en tenant leur enfant par la main vers la boutique à l'enseigne Aux Dames du Cotentin. De superbes poupées à tête de porcelaine et corps de chiffon s'étalaient en vitrine, parmi les dentelles, les faïences et d'autres jouets peints en bois. Le magasin des demoiselles Le Tondu était très connu dans la petite ville et ses environs.

— Oh ! bonjour, médème Hautefort, bonjour mésâ Hautefort ! s'exclamèrent poliment les sœurs à l'entrée du couple et de leur fille.

La prononciation des demoiselles Le Tondu était très particulière. Ce qui énerva Zacharie n'était pas « médème » ou « mésè », mais Hautefort ! À croire que ces deux vieilles toupies n'avaient jamais entendu le nom Le Sauvage.

Après un regard pour son mari, Noémie prit l'une des poupées aux boucles blondes.

— C'est celle-ci que tu veux ?

Eugénie secoua la tête.

— Non, je veux la brune, comme Hyppolite, c'est plus beau. Ici tout le monde est blond… je veux des cheveux bruns !

Noémie et Zacharie sourirent avec indulgence. L'aînée des sœurs Le Tondu s'exclama :

— Voyez-vous ça, la petite mézelle sait ce qu'elle veut !

— Pour ça oui, c'est bien une Le Sauvage ! insista Zacharie.

La cadette Le Tondu approuva sous sa perruque. La pauvre avait eu la fièvre typhoïde et avait perdu tous ses cheveux.

— Ça, vous l'avez dit, mésè Hautefort !

Il n'y avait rien à faire. Zacharie paya la poupée et un chemin de fer en bois avec la locomotive pour le petit Tancrède resté au domaine, puis le jeune couple sortit de la boutique. Noémie avait quelques courses à faire, tandis que Zacharie devait commander du matériel pour Hautefort. Elle partit à pied avec Eugénie et passa devant la gare flambant neuve. La construction de la voie ferrée était bientôt achevée. On n'attendait plus que le train. Noémie l'avait pris à Caen pour aller à Lisieux deux ans auparavant avec Zacharie. Ils avaient laissé les enfants à la maison à la garde de Tancrède qui était devenu l'Aîné, tandis que tout le monde à Hautefort avait pris la mauvaise habitude pour différencier le grand-père du petit garçon d'appeler ce dernier « Tancrède Bébé ». Noémie s'était commandé une nouvelle robe assortie d'une cape de velours, car ils étaient invités à Avranches pour le mariage de Chiffonnette, enfin, d'Anne Lefébure, qui s'était décidée à épouser le préparateur de son père l'apothicaire. Le futur gendre, nommé Octave Le Haguais, pourrait ainsi reprendre l'officine familiale.

— Dis, maman, tu m'emmèneras dans le chemin de fer ? demanda Eugénie.

— Oui, ma chérie, on ira à Cherbourg si vite que tu n'auras pas le temps de voir le chemin !

— Plus vite que les chevaux ?

— Oh ! oui, beaucoup plus vite, psst... comme ça !

Noémie soufflait.

— Désirée m'a dit que c'était dangereux et que si ça allait trop vite, le chemin de fer vous couperait la tête, je veux pas ! Je veux garder ma tête !

— Et tu as bien raison, Désirée ne sait pas de quoi elle parle, quand elle sera montée en chemin de fer, elle comprendra !

— Elle a dit que c'était une diablerie et Mariette aussi !

« Les idiotes, il faudra que je leur en fasse réflexion, elles ne doivent pas effrayer les enfants avec toutes leurs superstitions stupides ! »

Après avoir essayé sa nouvelle robe, sous l'œil admiratif de sa fille, Noémie revint vers le phaéton. En arrivant sur la place, elle tomba nez à nez avec Jehan Kermadec. Elle n'avait pas vu le régisseur du château depuis longtemps. À Sainte-Mère, ils se croisaient parfois, mais très occupée par son travail à Hautefort, Noémie avait peu l'occasion de le voir. Quelques cheveux argentés parsemaient maintenant sa crinière noire. Il avait toujours son air hautain et froid. Il ne devait pas s'attendre à rencontrer Noémie car il ne put s'empêcher de pâlir.

— Mes respects, madame !

— Bonjour, monsieur Kermadec, vous allez bien ? dit Noémie d'un ton qu'elle voulait mondain.

— Très bien... et vous... tout va bien à Hautefort ?

— Oh ! oui, très bien !

— Quelle belle petite fille… avec sa poupée… et votre petit garçon va bien ?

— Oui… oui… parfaitement !

— Ah ! tant mieux… tant mieux !

Il dévorait Noémie du regard et cherchait, c'était visible, à prolonger cet instant.

— Et M. Tancrède se porte bien ?

— Très bien, oui, tout va bien !

La conversation tournait en rond. Noémie changea de sujet.

— Savez-vous si Isabelle viendra au mariage d'Anne Lefébure à Avranches ?

— Je l'espère, mais j'en doute, car Mlle Isabelle est au chevet de son père…

— Le comte est malade ?

— En effet, M. le comte est souffrant à ce qu'il paraît.

— Oh ! j'irai voir Isabelle à Reuville.

— Tout le monde est à Paris, madame, la comtesse aussi. Je suis tout seul au château.

— Où étais-tu ? Je te cherchais partout.

C'était Zacharie qui retrouvait sa femme en grande conversation avec Jehan Kermadec. Les deux hommes se serrèrent poliment la main mais sans chaleur excessive.

— Monsieur Le Sauvage, madame Le Sauvage, mademoiselle, mes respects !

Jehan Kermadec s'éclipsa vers la berline de Reuville où il posa quelques achats, tandis que Zacharie prenait sa femme par le bras. Entre ses dents, pour que la petite Eugénie ne puisse l'entendre, Zacharie articula :

— Qu'avait-il à te dire qu'il était seul au château ?

Zacharie serrait Noémie à lui faire mal. Le voir si jaloux n'était pas pour déplaire à Noémie. Le temps n'avait pas affadi leur amour. Elle aimait et désirait toujours autant son jeune et beau mari. Quant à lui, malgré les œillades des journalières pour un patron si séduisant, il ne voyait que par et pour Noémie.

— Arrête ! On nous regarde, il me disait seulement que la comtesse et Isabelle étaient à Paris pour soigner le comte.

— Dam' ! j'crois ben surtout qu'il a dû flamber encore à c'que m'a dit un de ses métayers… il paraît que tout l'domaine va y passer !

Parfois, lorsque Zacharie était énervé, il se remettait à patoiser. Un peu calmé par l'attitude de Noémie, il détacha les chevaux et fit remonter sa petite famille dans le phaéton. De loin, à leur place de vente dans le marché, la Marie-Marguerite et la Marie-Léontine adressèrent des signes amicaux à Noémie. La jeune femme n'avait plus le temps maintenant d'aller leur dire bonjour. Elle leur envoya un gentil baiser et Zacharie asticota ses chevaux pour reprendre la route de Sainte-Mère sous le regard de tout le marché. Les commentaires allaient bon train.

— Eh ! c'est qu'ça a ben changé à Hautefort !

— L'a d'la tête, la Noémie !

— L'Zacharie a ben d'l'ambition. Trop même !

— Et c'est-y honnête leur trafic ?

— Moi j'l'ai toujours dit à la Marie-Léontine, not' Noémie c'est quéqu'un, écoutez pas les menteries ! faisait la Marie-Marguerite.

— Mais où c'est-y qui z'irons comme ça !…, grognait l'Eusèbe.

— Vous la connaissez pas la Noémie Hautefort, rien ne l'arrêtera, elle z'ira jusqu'au bout !

— Et c'est quoi, l'bout ?

— Bé dam' j'en sais trop rien, mais, quoi qu'y v'naient faire à Carentan cheu l'notaire ?

C'était le Gédéon qui apportait cette importante précision.

— Qui c'est-y qui t'l'a dit ? fit la Marie-Léontine, les poings sur les hanches.

— La servante à mam' Bouville !... la Gertrude, croyez-moi, y mijotent un grand coup à Hautefort !

Jehan Kermadec écoutait d'un air glacé tous ces commentaires. Il n'y avait plus de valets pour l'accompagner. Il acheta quelques poussins, mit le tout dans la berline et prit à son tour la route de Sainte-Mère.

De loin il voyait le nuage de poussière qui se formait derrière le phaéton lancé au galop des anglo-normands. Jehan Kermadec serra les doigts sur les rênes. Il mordit jusqu'au sang ses lèvres minces.

« Elle m'aimait, ou du moins elle allait m'aimer, je le sais, elle le savait aussi, ce sont les Reuville qui lui ont fait peur... ils ont tout gâché ! Je ne leur pardonnerai jamais... Dieu qu'elle est belle ! Encore plus qu'avant, elle était troublée de me revoir, c'est à peine si elle osait me regarder dans les yeux... j'aurai cette femme, je le jure ! Un jour, elle sera à moi, dussé-je faire un pacte avec le diable ! »

Les anglo-normands de Zacharie allaient plus vite que les chevaux bais de Reuville. Jehan Kermadec les fouetta avec rage.

Jamais, non, jamais, il ne pourrait oublier Noémie Hautefort !

18

Tancrède Bébé

— Dam' ouais, petiot ! C'est la vérité vraie, c'est point une invention de goublins ! Not' premier ancêtre, c'était l'fameux Robert Guiscard qui s'en est allé mourir à la croisade, et son p'tiot comme toi, mon p'tit gars, c'étions l'grand Tancrède Hauteville, qu'a pris Jérusalem ! C'est lui qu'était fort comme douze hommes, qu'a délivré à lui tout seul l'tombeau de Not' Seigneur Jésus...

Tancrède reprit son souffle, il était assis comme d'habitude sur le banc de l'Ancien. Tancrède Bébé était suspendu à ses lèvres.

— Encore, grand-papa, continue, encore !

Tancrède Bébé était insatiable. Depuis qu'il savait marcher, il ne quittait pas son grand-père. C'était son adoration. Au point que Noémie et Zacharie en étaient parfois un peu jaloux. À six ans, Tancrède Bébé était un beau petit bonhomme, blond, frisé, aux yeux aussi bleus et perçants que ceux de l'Aîné. Quand ses parents partaient pour Carentan, Saint-Vaast ou Isigny, pour leurs affaires, ils emmenaient parfois Eugénie et proposaient toujours à Tancrède Bébé de venir avec eux, mais l'enfant refusait. Il voulait rester à Hautefort, pour écouter les histoires de grand-papa. Celui-ci l'emmenait aussi aux champs. Il lui apprenait la vraie vie rurale de la ferme, car Tancrède l'Aîné ne voulait pas voir les changements apportés dans le domaine par sa fille et son gendre. Non pas qu'il les refusât, ni qu'il les critiquât, simplement pour lui ils n'existaient pas. Il ne connaissait que la ferme de ses ancêtres. Tancrède s'entendait fort bien avec ses enfants. En remettant ses clés à Noémie, il lui avait confié Hautefort. C'était à elle désormais de prendre les décisions. Avec une sorte de plaisir, Tancrède vieillissait. Il se rapprochait de l'Ancien avec joie, se mettait à lui ressembler et cela lui plaisait beaucoup. Il « était » l'Ancien ! Comme lui, il somnolait l'après-midi sur le banc, réveillé par Tancrède Bébé.

— Dis, raconte encore !

Assis sur les genoux de son grand-père, le petit garçon exigeait la suite.

— Alors les biaux chevaliers en armure, entourant leur prince, y mirent un genou en terre pour lui jurer obéissance, et le prince Tancrède, superbe sur son cheval blanc, y fit l'admiration d'une princesse, belle comme le jour. Avec elle, il a eu douze fils, dont Robert Osmond et Tancrède Bohémond, v'là c'est ce dernier devenu seigneur de Hautefort qui s'en est r'venu d'Antioche ici même en Normandie, y'a ben mille ans, petiot !

— C'est lui qui a construit la tour, grand-papa ?

Tancrède Bébé connaissait la réponse par cœur, mais il fallait la lui répéter éternellement.

— Dam' non ! c'est l'Osmond, qu'était né, lui, en 1637 sous l'roi Louis XIII…

— Et toi, grand-papa, sous quel roi t'es né ?

— Dam' ! sous l'roi Louis XVI, en 1789, mais qu'il est pas resté longtemps après ! Qu'on lui a coupé la tête, à cause de la grande Révolution, celle qui nous a amené le grand, le vrai Napoléon !

— Pourquoi, grand-papa, celui qu'on a maintenant n'est pas grand, n'est pas vrai ?

— J'ai pas dit ça, petiot, c'est bien qu'on ait Napoléon III, mais c'est que le neveu. Tu comprends, l'autre c'était l'IMMENSE !

— Pourtant, grand-papa, maman dit que tu as perdu ta jambe à cause de lui !

— Ta mère, c'est ta mère, et ma jambe, c'est ma jambe ! Si ma jambe n'garde pas rancune à Napoléon, c'est son droit, non ?

— Oui, grand-papa, dis, raconte ta Russie !

— Ah ! une autre fois, mon p'tit gars, tiens, v'là tes parents et ta sœur !

Le phaéton conduit par Zacharie pénétrait dans la cour de Hautefort. Le « grand valet », Justin, un gars sérieux de Turqueville, engagé à la ferme voici sept ans juste après le mariage, se précipita aussitôt pour dételer les chevaux aux naseaux fumants, et leur donner à boire. M. Zacharie les avait menés à un train d'enfer, Justin se promit de lui en faire réflexion quand ils seraient seuls.

— Maman ! Papa !

Tancrède Bébé accueillait ses parents avec des cris de joie, surtout à la vue de la locomotive et des wagons en bois peint. Eugénie brandissait sa poupée. Les deux enfants, âgés respectivement de six et cinq ans, se couraient après. Eugénie voulait le train de son frère. Celui-ci jeta la poupée dans un crottin de cheval. Eugénie se mit aussitôt à hurler. Noémie soupira. Ses enfants étaient les plus beaux de la terre, mais réellement insupportables. Ils s'adoraient mais n'arrêtaient pas de se chamailler. Zacharie leur passait tout, quant à Tancrède l'Aîné, il ne valait guère mieux. Noémie était la seule à faire parfois de gros yeux. Heureusement, il y avait Prudence. Celle-ci accourait en essuyant ses mains sur son vaste tablier blanc. Elle grondait :

— Monsieur Tancrède, mademoiselle Eugénie, vous n'avez pas honte de vous disputer encore ! Tu crois que c'est gentil, Tancrède Bébé, d'avoir jeté la poupée de ta sœur, allons, ne pleure pas Nini, je vais la laver et puis ne touche pas au jouet de ton frère, un si beau ch'min de fer. C'est-y pas malheureux, tout l'temps à vous chamailler, vous z'êtes bien gâtés… Allons, venez goûter… il y a des bonnes beurrées[1] d'confiture.

Les enfants partis avec Prudence, Noémie poussa un soupir de soulagement. Sans Prudence, elle ne savait pas comment elle aurait trouvé le temps de s'occuper des enfants. Elle les adorait, mais ayant toujours été enfant unique, elle ne comprenait pas leurs rapports de force. Prudence était une petite-cousine orpheline de Marie-Léontine. À seize ans, elle était entrée au service du jeune ménage pour la naissance de Tancrède Bébé, et elle avait bien sûr continué avec Eugénie qui était née l'année suivante. Prudence savait être douce et ferme avec les enfants. Elle était aussi très patiente, qualité manquant à Noémie.

Voici deux ans passés, Noémie avait eu l'espoir d'être mère à nouveau, mais elle avait eu la mauvaise idée d'aller galoper avec Salomé qui restait toujours vigoureuse malgré son âge. Au retour, Noémie avait perdu l'enfant ; mais cette fausse couche ne ressemblait en rien à la première. Bien soignée par le docteur Gamboville, elle s'était vite remise sur pied.

Tandis que Zacharie, visiblement décidé à lui battre froid, discutait avec Tancrède l'Aîné des diverses

---

1. Tartines.

qualités des anglo-normands, Noémie, avant de se rendre dans le bureau qu'elle s'était aménagé au rez-de-chaussée, près du salon, fit sa tournée d'inspection de la ferme. Elle pouvait être fière du travail accompli en si peu d'années avec Zacharie…

19

Le rapin[1]

La modernisation de Hautefort avait révolutionné la région. Le dimanche, les braves gens s'en venaient de plusieurs lieues à la ronde pour admirer cette ferme « modèle ».

Tout l'argent que le commerce de beurriers, inventé par Noémie, rapportait avec l'Angleterre était immédiatement réinvesti dans le domaine.

Pour régler avec précision le travail de chacun, Zacharie avait eu l'idée ingénieuse de faire installer une grosse horloge à côté du cadran solaire de 1567. Une fois par semaine, il fallait se hisser sur une échelle en bois pour la remonter.

— Même s'il y a pas de soleil, on saura enfin l'heure sans attendre l'angélus ! avait-il déclaré fièrement.

Sur l'ordre de Noémie, les étables avaient été agrandies, les bâtiments pouvaient accueillir maintenant un cheptel de plus de cent vaches normandes. La terre battue avait fait place à des pavés de grès de Coutances. Les mangeoires avaient été taillées dans du calcaire du bassin de Valognes. Il n'y avait plus ni cochons, ni basse-cour, ni lapins à Hautefort. La seule production, en dehors de celle du cidre, qui avait été maintenue pour ne pas peiner Tancrède, était le beurre.

---

1. Jeune peintre.

La laiterie, fierté de Noémie, ressemblait maintenant à un laboratoire. La jeune femme avait fait quadrupler le volume des bâtiments. À l'intérieur, on pouvait contempler des écrémeuses, des barattes à manivelle et des malaxeurs manipulés par des journalières vêtues de longues chemises blanches passées sur leurs robes. Qualité et hygiène étaient les maîtres mots à Hautefort.

Les bidons en fer étamé d'une contenance de vingt chopines étaient frappés aux armes du domaine. C'était une idée de Noémie. Elle voulait une marque Hautefort reconnaissable partout. S'en étant ouverte à maître Typhaigne, le brave notaire avait déclaré quelques années avant sa mort subite :

— Ce qu'il vous faut, madame Le Sauvage, c'est un peintre !

— Un peintre ?

— Oui, quelqu'un qui sache vous dessiner un insigne, quelque chose de joli.

Maître Typhaigne écrivit sans tarder à l'un de ses collègues, Maître Lumières de Honfleur. Celui-ci répondit qu'il connaissait, en effet, dans la petite auberge de Saint-Siméon, chez la mère Toutain, quelques jeunes rapins assez originaux, mais pas mauvais bougres, désireux de gagner quelque argent, car les pauvres ne mangeaient pas tous les jours à leur faim ! L'un d'eux se présenta un après-midi à Hautefort. C'était un homme d'une trentaine d'années, maigre, avec un doux visage et de beaux yeux noirs. Il descendait de la diligence coiffé d'un vaste chapeau sombre et vêtu d'une grande cape. Il se présenta poliment :

— Eugène Boudin !

Au début, Noémie et Zacharie se demandèrent ce qu'ils allaient faire de cet hurluberlu affamé. Tancrède s'enferma dans un silence réprobateur. Pour lui, c'était un de ces barbouilleurs paresseux ! Mais le peintre, mis au courant du désir de Noémie, dessina très vite plusieurs esquisses représentant une jolie fermière assise sur une balancelle en train de traire une superbe vache. La fermière avait quelques ressemblances avec Noémie, et, à l'arrière-plan d'un des dessins, on apercevait la tour de Hautefort. De ce jour, Tancrède, intéressé, commença d'adresser la parole à M. Boudin. Noémie était ravie, ce dessin transformé en peinture à l'huile était exactement ce qu'elle voulait. Après avoir payé à M. Boudin la somme demandée, c'est-à-dire vingt-cinq francs plus le prix de la diligence, Noémie et Zacharie demandèrent au rapin d'exécuter leurs portraits, ceux de Tancrède Bébé, d'Eugénie et de Tancrède l'Aîné. Celui-ci ne voulait pas mais, après s'être fait une douce violence, il posa, pipe aux lèvres, pour le jeune peintre devant la ferme. Peu à peu, la glace avait fondu entre les maîtres de Hautefort et le rapin. Tout en dévorant le soir pendant le souper, M. Boudin leur parlait de son art, de Paris, de Honfleur, de ses amis peintres comme lui, du groupe qu'ils formaient à Saint-Siméon sur la côte normande. M. Boudin appelait sa peinture de l'« impressionnisme », mot étrange ! Ses nouveaux amis ne comprenaient pas bien, mais Noémie trouvait ses toiles très belles. Elle adorait les portraits de sa famille et paya sans sourciller cent francs tout ce travail. Pour remercier la jeune femme, le peintre lui offrit deux toiles de Hautefort, les prairies avec les vaches, ainsi qu'une peinture de la plage de Sainte-Marie-du-Mont avec des bateaux s'éloignant au loin vers les îles Saint-Marcouf. Quand Eugène Boudin repartit pour Honfleur, avec beaucoup de toiles roulées sous le bras et comblé de cadeaux de la ferme, Noémie et Zacharie lui firent promettre de revenir souvent à Hautefort, même avec ses amis, MM. Courbet, Corot, Monet, Jongking, s'il voulait. Il y aurait toujours de quoi les nourrir. Jean-Baptiste Sénéchal regrettait de ne pas avoir fait exécuter son portrait dans son vieil uniforme de l'armée. Ce serait pour la prochaine fois. Pour rendre son ami un peu jaloux, Tancrède, légèrement cabotin, prit l'habitude de recevoir ses visites, assis dans son fauteuil, sous son portrait, qu'il avait fait suspendre dans la cuisine.

Après cet intermède artistique qui ne les avait pas empêchés de travailler, Noémie et Zacharie reprirent de plus belle leur œuvre de rénovation de Hautefort.

Ils devaient se rendre à l'évidence : le cheptel ne donnait plus assez de lait pour la production de beurre. Zacharie acheta des voitures citernes. Noémie fit peindre sur leurs côtés le dessin de M. Boudin. La jolie Normande fit aussitôt sensation. Sur l'ordre de Noémie, on inscrivit en dessous : « *Beurre Hautefort, beurre premier choix.* » Des journaliers, souvent d'anciens charrons, parcouraient avec les voitures à quatre chevaux la pointe du Cotentin pour rapporter des hectolitres de lait acquis dans d'autres exploitations. Celles-ci avaient été préalablement sélectionnées avec soin par Noémie. Elle était d'une grande exigence. Sa réputation la précédait dans les fermes et les paysans n'auraient jamais eu l'idée de lui offrir du lait de seconde qualité.

— Ah ! elle sait ce qu'elle veut, la Noémie Hautefort ! Du premier choix, rien que du premier choix !

La Marie-Marguerite et la Marie-Léontine faisaient partie de ces fermières triées sur le volet.

Le puits couvert de la cour de Hautefort était maintenant équipé de la pompe aspirante dont Noémie avait tant rêvé. Il suffisait maintenant d'actionner une manivelle pour voir l'eau fraîche couler librement. Fini la corvée épuisante des seaux à remonter.

À l'intérieur de la demeure des maîtres, les transformations avaient été également très nombreuses. Noémie avait décrété qu'elle en avait assez de faire la cuisine à genoux devant l'âtre. Elle fit donc venir, à grands frais, un fourneau en fonte noire, d'une célèbre maison de Caen. Derrière la cuisine, on avait installé une pièce faisant office de chambre froide. Le sol, recouvert de pavés, était mouillé l'été en permanence pour rafraîchir la pièce, les fenêtres étaient obstruées pour que le soleil n'y pénètre plus et le plafond recouvert de terre. Marie-Marguerite avait présenté sa jeune tante à Noémie. C'était l'Alphonsine. Elle fut aussitôt engagée comme cuisinière. L'Alphonsine était costaud, elle servait plus de soixante repas à l'heure du déjeuner dans la nouvelle salle commune, adjointe à la cuisine.

Des poêles à bois avaient été installés dans les chambres. Sauf dans celle de Tancrède l'Aîné qui refusait de dormir autrement que la fenêtre grande ouverte, même en plein hiver.

— A-t-on jamais vu une diablerie pareille ! Chauffer des chambres ! Si vous voulez vous rendre malades, les jeunots, libre à vous. Je vous interdis d'installer cette « chose » dans la mienne.

Noémie, qui n'aimait pas brusquer son père, même si elle y était parfois contrainte, s'inclina. Un matin, on le retrouverait gelé dans son lit.

Cinquante journaliers travaillaient maintenant à Hautefort en permanence. Un charpentier s'occupait de la maison, un meunier des grains, un charron des voitures et attelages, sous le commandement du grand valet Justin. Une vingtaine d'ouvriers tonneliers confectionnaient cinquante mille barils par an. On avait construit pour eux un atelier de l'autre côté de la route.

L'année suivant la visite de M. Boudin, Noémie et Zacharie exportèrent plusieurs tonnes de beurre, ce qui leur rapporta la superbe somme de huit millions quatre cent mille francs ! On était loin des neuf cents francs du premier voyage !

Zacharie, ayant compris qu'il était meilleur sur terre que sur mer, avait engagé le père Lacognée. Le marin était chargé de recruter des matelots pour convoyer le beurre Hautefort jusqu'en Angleterre. Le père Lacognée, nouveau capitaine de la « flotte » Hautefort, s'acquittait fort bien de cette tâche. Devant le quai Vauban, dans le port de Saint-Vaast-la-Hougue, dix voiliers de cinquante pieds aux armes de Hautefort s'alignaient fièrement. Le petit picotin bleu, *Le Noémie*, gardé en souvenir, ne servait plus que de temps en temps pour aller passer la journée aux îles Saint-Marcouf avec les enfants.

Pour traiter leurs affaires, Noémie et Zacharie avaient pris un *solicitor* à Portsmouth. Il s'agissait de l'honorable Robert Pilgrim. Quand ils se rencontraient, ils ne manquaient jamais de parler avec amusement de leur première rencontre, séparés par un mur de vagues. L'homme aux favoris roux se souvenait toujours avec émotion de ces Français qu'il avait cru apercevoir au milieu de la tempête.

Sir Robert Pilgrim avait été chargé de trouver d'autres correspondants en Angleterre. Hautefort continuait de travailler avec Jim Mc Culley, mais il fallait étendre les affaires à tout le pays. Sir Pilgrim avait trouvé quatre autres négociants à Londres, Newhaven, Newport et Chesterfield.

Infatigable, Noémie passait les longues soirées, une fois que les enfants étaient couchés, à faire des comptes. Quelque temps auparavant elle avait eu une illumination. L'industriel Mosselman venait de faire moderniser le port de Carentan pour faciliter les échanges commerciaux avec l'Angleterre. De plus, ce bassin ne se trouvait pas loin de la future gare qui desservirait le Paris-Cherbourg. Noémie avait appris par hasard qu'un terrain de vingt hectares était à vendre autour du bassin. Elle rêvait de nouveau.

— Tu sais, Zacharie, si nos bateaux partaient de Carentan au lieu de Saint-Vaast, nous pourrions économiser beaucoup d'argent en voyages. Regarde la carte.

Ils parlaient souvent le soir dans leur chambre.

Allongé sur le lit, Zacharie regardait avec admiration sa jeune femme brosser ses cheveux, se préparer pour la nuit.

— Viens me raconter ça plus près !

Noémie se pelotonnait contre Zacharie. La tête au creux de son épaule, elle lui racontait ce qu'elle avait découvert dans les comptes, le temps perdu en longs allers et retours avec les voitures chargées, la fatigue des chevaux et des hommes qu'elle n'oubliait jamais plus depuis la sévère leçon de Zacharie.

Elle n'avait jamais regretté de l'avoir épousé. Leur amour était intact. Ils formaient un véritable couple et se complétaient parfaitement. Si Noémie était la « locomotive à vapeur », Zacharie représentait la solidité des rails du chemin de fer. Sans lui, Noémie n'aurait jamais pu réussir son œuvre. Elle le savait et admirait Zacharie pour son bon sens, et pour la clairvoyance de son jugement. Leur union parfaite au cours des nuits rendait la jeune femme encore plus amoureuse, s'il était possible, de son séduisant mari. Il montrait parfois de la jalousie comme ce matin à Carentan, avec Jehan Kermadec, mais c'était somme toute assez flatteur.

— Allons voir le nouveau notaire, maître Bouville, c'est lui qui remplace notre pauvre Typhaigne, et demandons-lui le prix de ces terrains... je t'en prie, Zac, cela n'engage à rien d'aller voir ! insista Noémie.

Zacharie était réticent. Agrandir encore leur affaire lui semblait superflu. Tout allait bien, même très bien ! Que demander de plus ? Zacharie, par certains côtés, ressemblait à son beau-père. Trop de changements, trop vite, l'inquiétaient. Noémie revenait sans cesse à la charge.

— Bien sûr, Zac, tout va bien maintenant, mais nous donnons des idées aux autres... il y aura des concurrents, qui eux aussi iront en Angleterre, nous devons les prendre de vitesse, exporter en Allemagne, en Espagne, pourquoi pas en Extrême-Orient !

Elle était insatiable, épuisante, exquise, ambitieuse, imaginative, rien ne résistait à Noémie, et surtout pas Zacharie.

C'est ainsi qu'ils prirent rendez-vous chez maître Bouville, pour connaître les conditions de vente des terrains un peu marécageux entourant le bassin de Carentan.

— C'est une occasion extraordinaire, la veuve Grandin, qui possède ces terres, veut se retirer en pays d'Auge chez sa fille, elle préférera vendre à un seul acheteur ces vingt hectares autour du bassin, car il serait long et difficile de morceler pour construire des maisons... Mme Grandin désire cinquante mille francs du tout, mais bien sûr, monsieur et madame « Hautefort », vous pouvez faire une contre-proposition !

Dans son bureau, Noémie alignait des chiffres, projetait les frais nécessaires à la construction de hangars pour entreposer le beurre fabriqué à Hautefort. Il fallait aussi ajouter l'aménagement de la flotte. Après avoir longtemps travaillé, Noémie monta embrasser ses enfants que Prudence mettait au lit.

— Maman chérie, Noémie Aimée !

Tancrède Bébé adorait sa mère. Il la couvrait de baisers, ne voulait jamais la lâcher. L'enfant avait inventé ce nom de Noémie Aimée. La jeune mère en était touchée, remuée. Cet enfant la comblait de tendresse et de bonheur. Eugénie était jalouse de cette intimité entre sa mère et son frère. Elle le montrait, exigeant toujours plus de Noémie. Elle se nichait dans ses robes, essayait ses chaussures, voulait chasser son frère quand elle était enfin seule avec sa maman.

— Bonsoir, mes chéris ! dormez bien... bonne nuit, Prudence !

— Bonsoir, madame Noémie... vous avez l'air fatigué ce soir.

— C'est vrai, mon petit.

— Faut point travailler ce soir, madame... faut vous ménager.

— Tu es gentille.

Noémie donna une petite tape affectueuse sur l'épaule de la jeune bonne d'enfants. Celle-ci avait maintenant vingt-deux ans et Noémie s'était beaucoup attachée à elle. La jeune femme descendit pour le repas du soir, toujours servi par Alphonsine dans la cuisine.

Tancrède et Zacharie commentaient les nouvelles de Paris. L'empereur et l'impératrice avaient annoncé qu'ils inaugureraient en personne la ligne de chemin de fer Paris-Cherbourg. Tancrède cachait son émotion en mordillant sa moustache presque blanche.

— Dam' ! mes enfants, je ne veux pas rater ça ! on prendra un char et on ira tous sur le passage du train... T'es d'accord, Zacharie ?

— Pour sûr, père, et plutôt deux fois qu'une !

— Et faut emmener les enfants, petiote, ils se souviendront plus tard de c't'événement ! Si j'avais pensé un jour voir Napoléon III, finalement le progrès ça a parfois du bon, mon gars !

— Vous voyez, père, on s'y fait !

Tancrède et Zacharie éclatèrent de rire, complices. Ils s'entendaient à merveille. Chaque jour, Tancrède appréciait mieux son gendre. Noémie était bien sûr heureuse de cette entente, bien qu'elle regrettât de ne plus jamais être seule avec son père. Elle avait parfois l'impression d'être tenue hors de cette connivence masculine. Prudence avait raison, elle était fatiguée. Après avoir embrassé son père et souhaité le bonsoir à l'Alphonsine qui allait dormir dans les nouveaux communs de la ferme, la jeune femme monta se coucher. Elle entendait les voix de ses deux hommes. Ceux-ci discutaient maintenant des travaux qui se déroulaient à Paris. Là, Tancrède n'était plus d'accord.

— On dit dans le *Petit Almanach* que le préfet Haussmann fait tout sauter dans la capitale !

— En effet, père, j'ai même lu qu'on creusait des égouts !

— Dam', pour les égouts, j'dis pas, mais détruire les vieux quartiers là où qu'a commencé la grande Révolution… tout ça pour faire des jardins, hein. J'te demande un peu ! Y z'ont qu'à aller à la campagne, les Parisiens, s'y z'ont besoin d'air frais. Pas vrai, mon gars ? Tiens, passe-moi ma pipe !

Tandis que son mari et son père poursuivaient leur discussion, Noémie passa une chemise de nuit de linon blanc. Elle défit son chignon, ses longs cheveux s'écoulèrent aussitôt sur ses épaules en boucles soyeuses, dorées par la flamme de la lampe. La jeune femme se mit au lit, elle essaya de lire le roman à la mode d'Eugène Sue, *Les Mystères de Paris*, mais ce soir, les aventures du prince Rodolphe et de la touchante Fleur-de-Marie ne parvenaient pas à fixer son attention. Depuis le retour de Carentan, elle était préoccupée, d'abord par la visite chez maître Bouville, puis par l'attitude de Zacharie, qui lui avait, toute la matinée, paru crispé.

Bien que son mari se soit montré poli, il avait remis en place le notaire et les sœurs Le Tondu dans le magasin Aux Dames du Cotentin, il avait été particulièrement sec avec Jehan Kermadec. À part l'antipathie qu'il ressentait pour ce dernier, Noémie ne pouvait s'empêcher de penser que Zacharie ne s'était pas senti à l'aise lors de leur promenade sur le port. Il n'avait pas envie de la soutenir dans ses projets. À plusieurs reprises, il s'était efforcé de dissimuler son agacement sous un sourire de circonstance. Pourtant, la discussion chaleureuse que le jeune homme avait maintenant avec son beau-père contredisait ces impressions. Noémie n'était pas femme à se contenter de soupçons. Elle décida d'en avoir le cœur net.

Lorsque Zacharie regagna leur chambre et qu'il commença à se déshabiller, elle posa son livre et lui dit en souriant :

— Nous avons passé une bonne journée, n'est-ce pas ? Pleine de projets intéressants ?

— Si l'on veut…

— Eugénie était si heureuse qu'on l'emmène en ville et Tancrède Bébé a voulu dormir avec son train.

Zacharie, torse nu, attrapa d'un geste nerveux sa longue chemise de coton.

— Oui, les enfants avaient l'air contents, eux !

Cette précision n'annonçait rien de bon. Noémie, c'était son caractère, attaqua :

— Qu'est-ce que tu as, mon chéri ? Je te connais. Est-ce que tu m'en veux pour une raison que j'ignore ?

— Non… Ce n'est pas à toi que j'en veux, en premier, quoique, je ne sais plus trop !

Zacharie se coucha l'air buté.

Noémie se sentit partagée entre l'inquiétude et le soulagement. Elle connaissait les brusques rancunes de son mari. Depuis le début de leur mariage, il lui était souvent arrivé de se braquer pour une phrase ou un geste mal interprétés. Comme tous les Normands, Zacharie était susceptible et la jeune femme savait qu'on pouvait sans y prendre garde le vexer terriblement.

Elle se rapprocha de lui et posa avec douceur la main sur son bras.

— Que se passe-t-il, mon chéri ? Dis-moi, je t'en prie, dis-le-moi...

Zacharie tourna vers elle son beau visage empourpré par la colère.

— Ce qu'il se passe ? Tu tiens à savoir ? Eh bien... j'en ai assez, je ne m'appelle pas Hautefort mais *Le Sauvage* ! Et, toi aussi, tu es madame Le Sauvage, j'espère que tu ne l'oublies pas !

— Mais... mais évidemment que tu t'appelles Le Sauvage, mon chéri, et moi aussi et nos enfants aussi ! Qui pourrait prétendre le contraire ?

— Tout le monde ! Oui, tout le monde pense le contraire !

— Oh ! le notaire, il a confondu et les demoiselles Le Tondu et...

— Et toute la ville... Partout ! Bonjour, madame Hautefort, oh, pardon madame Le Sauvage ! Bonjour, monsieur Hautefort... hum... Le Sauvage ! Même si les gens prononcent mon nom, on croirait que ça leur écorche la bouche ! Ne me fais pas croire que tu ne l'as pas remarqué ! Tu es trop fine pour ça, mais en fait, ça t'est complètement égal !

Noémie, un peu gênée, ne savait quelle attitude prendre. Il lui était difficile de contredire son mari. Tous ces reproches étaient vrais. Mais c'était à cause de leur succès. Le beurre Hautefort devenait plus célèbre que leurs propriétaires. Elle voulait quand même protester et ne pas encourager Zacharie dans cette voie.

— Tu dis que tout le monde nous appelle Hautefort, c'est inexact ! Jehan Kermadec nous a gratifiés d'un très poli « monsieur et madame Le Sauvage » !

En entendant ce nom, le visage de Zacharie se ferma et ses lèvres se pincèrent. Noémie comprit qu'elle avait parlé trop vite.

— Tu n'as pas entendu la façon ironique dont il a prononcé mon nom ! Quel hypocrite ! Quel flatteur ! Quel sagouin ! Je ne peux supporter de le voir tourner autour de toi !

— Tu exagères un peu, je ne l'ai pas vu depuis un an !

Elle n'était pas mécontente d'avoir la confirmation que Zacharie était jaloux comme un tigre.

— Moi, j'exagère ? Pas du tout ! Tu n'as peut-être pas remarqué comme il te regardait. C'était gênant ! C'est bien simple, il te déshabillait des yeux ! Voilà tout ! Je sais que cet individu ne t'a pas oubliée... il rôdera toujours autour de toi !

— Tu dis n'importe quoi, mon chéri !

— Il n'y avait qu'à voir le regard mauvais qu'il ne s'est pas privé de me lancer ! S'il avait pu me tuer sur place, il l'aurait fait.

— Mais enfin, Zacharie, tu te fais des idées.

Il bondit, le regard étincelant de fureur.

— Des idées ? Je n'ai jamais oublié le jour où il est venu demander à ton père la permission de t'épouser.

— Je ne te l'ai pas caché !

— Non... mais tu as hésité entre nous... j'ai gagné mais je suis sûr qu'il te plaisait ! Avoue ! Noémie, je ne supporte pas les mensonges.

— Bon, j'étais flattée, c'est peut-être vrai ! Enfin, ça l'était, mon chéri. Ça remonte à loin, tout ça. Mais je te l'ai dit, je t'ai aimé tout de suite, c'est la vérité... Non, il n'y a eu aucune hésitation au fond de moi...

Zacharie, ulcéré, planta son regard dans celui de sa jeune femme, comme s'il voulait être certain qu'elle lui disait toute la vérité.

— Tu n'as jamais été attirée par lui ?

— Mais non, c'est toi que j'aime, mon chéri, que j'aimerai toujours. Et puis, tu sais, même si pour les gens je reste Noémie Hautefort, au fond de mon cœur, je suis Noémie Le Sauvage ! Qu'est-ce qu'on s'en moque tous les deux de ce que pensent les gens !

Comme par magie, la fureur de Zacharie venait de se dissiper. Sa femme avait le pouvoir de l'apaiser. Il lui murmura avec une tendresse reconnaissante :

— Je n'aurais pas dû m'emporter, il y a des fois où je me comporte comme un idiot... pardonne-moi... je t'aime trop, tu es à moi, ma chérie, ma femme... j'ai un sale caractère.

— Mais oui, mon amour, moi aussi du reste, je ne sais pas comment tu me supportes, je peux bien t'avouer que ça me fait plaisir que tu sois un peu jaloux... Si tu crois que je ne le suis pas de toi, quand je remarque la façon dont les journalières te dévorent des yeux !

Zacharie leva un sourcil faussement étonné.

— Moi ?

— Joue les naïfs, va !

— Tu te fais des idées !

— Allons donc !

— Tiens, fais l'étonné ! Comme si tu n'avais pas remarqué la nouvelle, cette Bastienne du village de Foucarville, oui, la belle brune, elle cherche tous les prétextes pour venir te parler : « Oh ! mon maître Zacharie... je peux-t'y vous z'aider ? » Je l'ai à l'œil, celle-là.

Zacharie éclata de rire à l'imitation de Noémie.

— Tu es jalouse, mon ange, c'est merveilleux.

Avec passion, il la prit dans ses bras. Noémie, les yeux fermés, se laissait aller à la douceur de cette chaude étreinte. Elle décida que c'était le moment propice pour lui annoncer la nouvelle.

— Zacharie, mon amour, il faut que tu saches… J'ai une surprise pour toi.

— Laquelle ? murmura-t-il, la voix déjà rauque.

— Je vais avoir un bébé…

— Qu'est-ce que tu dis ?

— Je suis enceinte de deux mois.

En riant de plaisir et d'émotion, Zacharie couvrit de baisers le visage et la gorge de Noémie.

— Mon amour… Je t'aime… je t'aime tellement…

Elle ouvrit brusquement les yeux. À la place du visage de son mari, elle avait soudain substitué celui de Kermadec, déformé par l'expression du plaisir. En redécouvrant la figure aux couleurs si tendres de son jeune époux, Noémie se sentit pleine de gratitude envers le destin qui lui avait donné la chance de rencontrer Zacharie.

Le souvenir de Jehan Kermadec, elle en était certaine, venait de se volatiliser pour toujours dans son esprit.

Le lendemain matin, Zacharie, torse nu, se lavait dans la cuvette de faïence. Noémie était encore allongée dans le lit défait.

— Tu sais, madame Le Sauvage, j'ai bien réfléchi à ton idée d'acheter le terrain sur le bassin de Carentan.

— Oui, et alors ?

— As-tu le plan ?

— Bien sûr !

Noémie était déjà debout. Elle sortit le dessin remis par maître Bouville. Du doigt, elle montrait les délimitations du marécage à son mari.

— Tu vois, mon chéri, c'est ici, le long du bassin, que nous pourrions construire un entrepôt face aux bateaux. Nos voitures apporteraient le beurre de Hautefort et…

Zacharie secoua la tête. Il s'assit sur le lit à côté de Noémie.

— Non, tu te trompes, ce n'est pas un hangar qu'il faut installer à Carentan.

Noémie regarda Zacharie avec étonnement.

— Que devons-nous faire à ton avis ?

— Tout ! C'est une laiterie qu'il faut bâtir là-bas !

— Une laiterie ? Mais on a toujours fait le beurre à Hautefort.

— Oui da ! Tu parles comme père. Mais si tu veux changer, Noémie, et que ce soit rentable comme tu dis toujours, alors il faut tout construire là-bas !

— Mais Zacharie !

— Dam' ! C'est le progrès, on mettra la vapeur et ça s'appellera l'usine Hautefort !

Noémie regarda son mari avec admiration. Zacharie la surprendrait toujours !

20

La baie des Veys

— Ça va-t'y aujourd'hui, le Zacharie ?

Tancrède adressait un large sourire à son gendre. Comme tous les matins, il l'attendait dans la cuisine. Les deux hommes avaient pris l'habitude de se retrouver juste avant le lever du soleil. Tancrède, qui ne travaillait presque plus, avait trouvé ce moyen pour rester en contact avec les « affaires du domaine ». Beau-père et gendre aimaient cette rencontre dans le silence de la grande bâtisse encore endormie. Autour d'un bol de chicorée, Zacharie racontait à Tancrède les projets de Noémie, les nouvelles installations, les techniques modernes pour fabriquer le beurre...

— Où en est le caoche ? ne manquait jamais de demander Tancrède.

Il conservait le méchant souvenir des jours noirs à Hautefort.

— Faut pas vous inquiéter, père, y a de l'argent plus qu'il n'en faut.

Zacharie n'osait encore lui avouer que Noémie traitait maintenant avec un banquier de Chef-du-Pont.

Rassuré, Tancrède se resservait un nouveau bol. Les deux hommes se mettaient alors à éplucher la *Gazette de Cherbourg*, en commençant par la page des nouvelles militaires. Chaque article était l'objet d'un long débat et d'une analyse précise : la guerre de Crimée, qui se déroulait en Orient, tracassait Tancrède l'Aîné. À l'en croire, il aurait voulu être là-bas sous les ordres de Bosquet ou de Mac-Mahon. Zacharie, fasciné par cette campagne, se faisait expliquer par Tancrède le déroulement des opérations.

— Tu comprends, mon p'tit gars, c'est encore d'la faute aux Ruskofs et aussi auxÄngliches...

— Mais, père, cette fois-ci nous sommes alliés avec les Anglais !

— Oui da ! C'est vrai, concédait Tancrède qui voyait cette alliance d'un mauvais œil.

Il estimait que Napoléon III s'était laissé entraîner dans une querelle où la France n'avait rien à voir.

En fait, Tancrède, avec son bon sens paysan, n'avait pas tort. Les ambitions rivales anglo-russes et le prétexte de la querelle entre l'empereur des Français et le tsar Nicolas Ier à propos de la possession des Lieux saints, mêlés à la question d'Orient[1], avaient été à l'origine du conflit. Le sultan Abdul Medjid avait refusé de reconnaître le protectorat du tsar sur l'Empire ottoman. La France s'était alors alliée avec la Turquie, la Grande-Bretagne et la Sardaigne dans une coalition contre la Russie.

Tancrède suivait, fiévreusement, chaque communiqué comme une revanche personnelle sur le désastre de la Berezina. Le débarquement allié sous les ordres de Saint-Arnaud et de lord Raglan à Eupatoria puis leur victoire à l'Alma avaient été fêtés à Hautefort avec passion. Depuis quelque temps, les nouvelles stagnaient.

— Dam', nos Français assiègent Sébastopol, je les connais ces Ruskofs, c'est des incendiaires, des obstinés, ça fait un an qu'on est là d'vant les murailles. Ah !

1. Nom donné à l'ensemble des problèmes politiques posés à la diplomatie européenne par la décadence de l'Empire ottoman.

faut leur bombarder encore Odessa. Tu vois, p'tit, si j'avais vingt ans, mes deux guiboles, et qu'c'était à recommencer… eh bien, je m'engagerais chez les zouaves. Ah, si j'étais là-bas !

— Et où que tu veux être, mon Tancrède ?

À cette exclamation, beau-père et gendre se retournèrent pour voir dans l'embrasure de la porte Jean-Baptiste Sénéchal, le maire, en tenue de chasse, veste de velours à grosses côtes, bottes de cuir noir et fusil en bandoulière.

— Ah ! avec le « gamin », on cause de Sébastopol, mon Jeannot. Veux-tu un gloria pour te réchauffer ?

— C'est pas d'refus.

Jean-Baptiste s'assit avec ses amis et pendant un moment, il leur donna sa vision de la guerre de Crimée.

— C'est un vrai trou de m… ! Ça dure trop, enfin j'ai confiance en Mac-Mahon, Bosquet et Hamelin. Ils se débrouillent pas mal. Ah, évidemment, mon Tancrède, si on avait Ney, Davout, les grands quoi ! Canrobert et Bosquet viennent d'enlever la bataille d'Inkerman !

— Je ne savais pas ! fit Tancrède, un peu vexé de n'être pas au courant.

— Non ? C'est dans le journal de Paris, *L'Éveil*, que j'ai reçu hier au soir… Ah ! la bataille a été sanglante, mais c'était dans les faubourgs de la ville. Je crois que maintenant, avec Malakoff, ce sera la chute de Sébastopol, mes amis. À la victoire !

— À la victoire !

Jean-Baptiste leva sa tasse, imité par ses compagnons.

— C'est pas tout ça, les amis, je venais vous proposer d'aller dans la baie des Veys taquiner la bécasse !

Zacharie hésita.

— C'est que j'ai du travail... et... Noémie... les enfants...

Tancrède, en revanche, fut immédiatement tenté par l'idée de se rendre à la chasse.

— C'est dimanche ! Allez, mon gars ! Écris donc un mot pour prévenir ta femme et on file entre hommes avec Jean-Baptiste.

Zacharie ne savait rien refuser à Tancrède. Il espéra que Noémie ne lui en tiendrait pas rigueur.

« Ma chérie,

Je pars à la chasse avec ton père et M. le maire, qui nous a invités. Nous serons de retour dans la soirée. Excuse mon absence pour la messe auprès de M. le curé et dis aux enfants que je les embrasse de tout cœur, repose-toi bien, surtout dans ton état.

Ton mari qui t'aime. »

Tancrède, prévoyant, prit des provisions, du pain, du pâté, et il mit une bouteille de calvados dans l'une de ses poches. Quelques instants plus tard, les trois hommes montaient dans la nouvelle calèche que Jean-Baptiste Sénéchal avait fait venir de Bayeux, et ils partirent au trot des deux alezans. Malgré ses quatorze ans, le vieux chien Balthazar accompagnait son maître. Il s'entendait très bien avec Nelson, l'épagneul de Jean-Baptiste. Ce dernier, incorrigible, l'avait appelé ainsi pour avoir le plaisir d'ordonner : « Nelson, au pied ! »

Zacharie était un peu coincé entre les larges épaules du maire et celles de son beau-père mais il se sentait toujours bien en compagnie des deux vieux bonapartistes. Il savait qu'il allait passer une bonne journée.

Tandis que la voiture traversait le bocage dans la brume humide du petit matin, Tancrède décida de prendre sa revanche sur la bataille d'Inkerman. Il lui fallait surprendre son ami.

— Mon Jeannot, sais-tu ce que tu feras le 4 août prochain ?

— Dam' non, mon Tancrède, c'est trop loin... Comment veux-tu que je sache... ?

— Eh bien, moi, j'te l'dis, tu seras occupé toute la sainte journée !

— Et pourquoi donc ?

— C'est une surprise !

C'était bien son tour de faire enrager Jean-Baptiste.

— Toi, tu as lu quelque chose dans la gazette !

— Dam' oui !

— Ça-t'y un rapport avec la chasse ?

— Dam' non !

Entre les deux amis, Zacharie était aux anges. Tancrède avait soixante-huit ans et Jean-Baptiste dans les soixante-douze. Ils jouaient aux devinettes comme des gamins. « Pourvu que je sois comme eux à leur âge », ne put s'empêcher de penser le jeune homme.

— Ça concerne-t'y la guerre de Crimée ?

— Dam' non !

— Napoléon III ?

— Dam' oui !

— L'empereur s'en va venir par chez nous ?

— Dam' oui !

— À Carentan ?

— Dam' non !

— C'est question de chemin de fer ?

— Dam' oui !

— Il va venir avec l'impératrice inaugurer la nouvelle ligne Paris-Cherbourg ?

— Gagné !

Tout en riant et en devisant, les trois bonapartistes passèrent Beuzeville-au-Plain, Audouville-la-Hubert, Sainte-Marie-du-Mont, et ils arrivèrent enfin devant la baie des Veys. En mettant pied à terre, Zacharie observa le magnifique paysage. Le soleil se levait à l'horizon. Les marais du Cotentin, plus connus sous le nom de marais de Carentan, s'étalaient au cœur du département de la Manche entre les collines du Nord Cotentin, celles du bocage de Saint-Lô à Coutances et les monts à l'ouest de Bayeux. Les bras du marais s'étendaient vers l'est et le Calvados, bordant la rivière l'Aure. Au sud, ils longeaient la Vire et la Taute, côté ouest, ils s'avançaient le long du Gorget et de la Sèves et, au nord, ils suivaient la Douve. Partie polders maraîchers et herbus maritimes, les marais entrecroisés par des langues de terre argileuse et de sable fin, les gués ou les Veys, s'étendaient sur plusieurs milliers d'hectares. C'était grâce au sel des Salines des Veys que le beurre Hautefort était conservé.

— Te rends-tu compte, mon Tancrède, le monde moderne dans lequel nous vivons ! Notre presqu'île sera bientôt à quelques heures de Paris par le chemin de fer.

— C'est bien vrai, mon Jeannot, si on nous avait dit ça il y a quarante ans, on n'y aurait jamais cru.

— Tu nous imagines partir à la guerre en prenant le train !

Les trois hommes éclatèrent de rire. Jean-Baptiste se sentait d'humeur à blaguer, il imita la voix d'un chef de train dans un porte-voix :

— Les voyageurs pour la campagne de Russie, en voiture, s'il vous plaît.

Tancrède enchaîna :

— Les places de première classe sont réservées aux militaires, aux dragons, fantassins, grognards. Attention au départ pour Waterloo !

Vers midi, les trois hommes avaient tiré une dizaine de bécasses chacun. Jean-Baptiste connaissait une ferme qui, contre quelques sous, offrait le repas et le cidre. Quelques rares maisons avaient poussé çà et là au cœur des marais. Elles étaient construites en terre argileuse mélangée avec un peu de paille, ce qui leur donnait une couleur rouge orangé.

Après le repas, Jean-Baptiste s'allongea sous un saule. Tancrède et Zacharie restèrent seuls assis devant la ferme à contempler le paysage. Tancrède comprit que c'était le moment rêvé pour parler à son gendre.

— Zacharie, t'es mon bruman, et j'en suis fier ! Tu m'as fait deux beaux petits-enfants, y en a un autre en fabrication et rien ne peut me rendre aussi heureux...

Zacharie adressa un sourire à Tancrède. Il le connaissait et se doutait que ce préambule annonçait quelque chose de précis.

— En quoi puis-je vous aider, père ?

Tancrède se leva.

— Viens, laissons dormir Jeannot et allons causer en marchant.

Les deux hommes s'éloignèrent sur une langue de terre.

— Vois-tu, mon garçon, je sais que ma fille n'est point toujours facile, c'est le caractère des Hautefort ! On n'y peut rien... D'ailleurs, tu es fait pareil ! Toi aussi, tu as de la ténacité et ça me plaît, j'aime point les mollassons.

Zacharie plissait ses yeux myosotis en regardant son beau-père. Il ne voyait pas où il voulait en venir. Tancrède mâchait un brin d'herbe et reprit son discours :

— Tu sais, maintenant je pourrais m'en aller, je sais que tout va bien, mais il reste une petite chose qui me tracasse...

— Je vous écoute, père.

— Dans ma vie, j'ai tout fait pour le domaine, mais aussi et surtout pour le nom de Hautefort ! Alors avant de m'en aller avec les goublins, je voudrais être sûr que le nom ne disparaisse pas. C'est dur pour un homme de partir avec le nom de sa famille. Vois-tu, mon fils, j'en avais parlé, il y a longtemps, à maître Typhaigne, voilà bientôt trois ans. Comme tu n'as ni père ni mère, je pourrais, comment dire, je pourrais... t'adopter ! Tu porterais mon nom et Tancrède Bébé aussi, comprends-tu ?

C'était donc ça ! Zacharie ne comprenait que trop bien. Décidément, ils étaient tous ligués contre lui, les paysans, les commerçants, sa femme, et maintenant son propre beau-père. Ils voulaient tous que lui aussi s'appelle Hautefort.

« Le domaine Hautefort, le beurre Hautefort, les fromages Hautefort, Noémie Hautefort ! Hautefort, Hautefort, Hautefort ! Ils n'ont donc que ce mot à la bouche ! »

Zacharie regarda Tancrède avec une sorte de rage. Il ne pouvait s'exprimer, il était trop énervé. Tancrède dut lire dans ses pensées.

— Si ça te déplaît, n'en parlons plus, mon garçon, ça m'aurait fait plaisir, mais je comprends que...

Les deux hommes revinrent sur leurs pas en silence. Zacharie marchait en arrière, les mains enfoncées dans ses poches. Les pensées se mélangeaient dans sa tête : « Quel aplomb ! Non, mais quel toupet ! M'adopter, comme si j'étais un enfant ! » Mais au fur et à mesure qu'il marchait dans le vent frais, et en regardant Tancrède boiter devant lui, Zacharie soudain changea d'avis : « Après tout, si ça peut lui faire plaisir, Hautefort ou Le Sauvage, ou Hautefort-Le-Sauvage, quelle importance ? Sans lui, sans Noémie, je serais toujours un valet de ferme, sans instruction, sans avenir, ils m'ont aimé, fait confiance. Ils m'ont tout donné, et puis, je ne peux pas faire de peine à Tancrède, non, pas à lui. » Zacharie observait son beau-père. Un peu voûté mais toujours grand et large, imposant, le chapeau enfoncé sur ses cheveux blancs, il avançait les mains dans les poches en regardant devant lui. Visiblement, Tancrède s'en voulait d'avoir parlé à son gendre.

Une vague d'émotion submergea Zacharie. Il s'arrêta net au milieu du chemin.

— Père, père, excusez-moi !

Tancrède se retourna. Zacharie tendit la main vers son beau-père, cet homme qu'il admirait tant.

— Topez là, père, c'est d'accord !

Tancrède serra la main de son gendre puis, les yeux envahis par les larmes, il serra Zacharie dans ses bras.

— T'es un brave garçon, j'l'ai toujours su ! Maintenant tu es comme nous autres, tu es mon fils, toi aussi, un Hautefort !

Dans une envolée lyrique, Tancrède bénit son gendre. Ils allèrent enfin réveiller Jean-Baptiste, qui ronflait comme un bienheureux. Il était près de cinq heures, il fallait rentrer !

— Zacharie ! Encore une petite chose, j'aimerais autant qu'on n'en parle pas pour le moment à Noémie, on va lui faire la surprise.

Zacharie n'était plus à ça près. Il accepta la cachotterie de son beau-père.

En fait, Tancrède avait toujours un peu peur des réactions de sa fille. Il ne savait pas trop comment elle pouvait prendre cette idée.

L'affaire fut rondement expédiée. Une semaine plus tard, Tancrède et Zacharie se rendirent à Carentan chez maître Bouville. Ils ressortirent de l'étude à trois heures en ayant signé les papiers nécessaires à la demande. Maître Bouville assurait que tout irait très vite. Il connaissait à Paris M. Jules Favre, membre du

Corps législatif. Ce député faisait partie de l'opposition républicaine, ce que maître Bouville s'abstint sagement de révéler à Tancrède. Il aiderait le notaire à faire avancer les papiers en vue de l'adoption. M. Jules Favre fit bien son travail.

Trois mois plus tard, Zacharie s'appelait officiellement Zacharie Hautefort-Le Sauvage. Il venait d'être adopté à trente-trois ans par son beau-père, Tancrède Hautefort, et il se sentit très ému et fier. Ses enfants, Tancrède Bébé, Eugénie et celui qui allait naître porteraient, comme leur père, le nom de Hautefort-Le Sauvage. Tancrède l'Aîné et Zacharie mirent enfin Noémie au courant. Ce fut elle qui eut comme toujours le dernier mot :

— Je me doutais bien que vous maniganciez quelque chose tous les deux, mais... – Elle se mit sur la pointe des pieds pour les embrasser. – Je vous aime !

Les travaux des laiteries Hautefort à Carentan commencèrent un mois, jour pour jour, avant l'inauguration de la ligne Paris-Cherbourg par l'empereur Napoléon III, son épouse l'impératrice Eugénie et leur fils Eugène-Louis Napoléon, le prince impérial qui était un peu plus jeune que Tancrède Bébé.

Les plans de l'usine avaient été dessinés par un architecte de Rouen, Charles Moreville. Sur le terrain de vingt hectares, devaient être construits trois bâtiments. Le premier pour les bureaux de la direction et de la comptabilité. Le deuxième devait abriter la laiterie, et le troisième était destiné aux entrepôts, séparés en plusieurs parties : stockage du beurre, ateliers de réparation, écuries, garage à voitures citernes, etc. Zacharie avait également demandé à l'architecte de construire une petite maison derrière la laiterie.

— C'est une idée en l'air, répondait Zacharie quand Noémie lui demandait à quoi allait servir cette maisonnette.

Un matin tôt, le jeune couple Hautefort-Le Sauvage se trouvait à Carentan pour voir comment avançait le chantier. Le père Elbeuf, un brave herbager de Coutances, avait été engagé quelques jours auparavant par Noémie comme gardien. Il se campait fièrement devant les grilles de la future laiterie. Au passage du phaéton, le père Elbeuf souleva sa casquette.

— Monsieur Hautefort ! Madame Hautefort ! Bien belle journée !

Zacharie leva la main en direction du gardien.

— Beau temps en effet ! À plus tard, mon brave.

Sans mot dire, Noémie regarda son époux. Elle admirait son calme, il était devenu un vrai Hautefort. Les maîtres de l'usine retrouvèrent leur architecte Charles Moreville à côté d'un amas de briques.

— Mes respects ! dit-il en levant la tête. Voyez-vous, madame, monsieur Hautefort, c'est ici que se trouvera le petit bâtiment supplémentaire que vous m'avez commandé.

Moreville marchait de long en large. Avec de grands gestes, il décrivait la maison.

— Ici l'entrée et la première pièce, là une grande chambre, je pense que l'escalier se trouvera là – il se grattait les moustaches –, à moins qu'on ne le mette ici… Qu'en pensez-vous ?

Noémie avait le fou rire. Voir ce petit homme enjamber les briques et décrire des pièces imaginaires était très comique.

— Je pense que vous avez raison, monsieur Moreville, l'escalier sera beaucoup mieux de ce côté-là, déclara Noémie avec assurance.

L'architecte charmé fit un large sourire. Quelques instants plus tard, il leur fit visiter ce que serait la laiterie. Les Hautefort-Le Sauvage avaient tout prévu : les emplacements pour les malaxeurs, les glacières, les caves où la température ne devait pas dépasser huit degrés, les chambres à lait orientées au nord, les hâloirs où l'on salait le beurre. Zacharie avait entendu dire que bientôt des machines à vapeur pourraient aider les hommes. Il avait fait construire les pièces de travail plus grandes qu'il n'était besoin pour l'heure.

— C'est qu'on ne sait pas ce que ça va prendre comme place, tout ce progrès !

Sur le chemin du retour, Noémie se pelotonna contre son mari.

— Alors, tu ne me dis toujours pas ce que tu veux faire de cette petite maison, mon chéri ?

— Un asile…

Noémie se redressa, stupéfaite.

— Comment ?

— Un petit hospice, si tu préfères. Tu sais, ma chérie, les femmes, nos journalières qui ont des enfants, c'est, comment dire, difficile pour elles. Alors j'ai pensé que l'on pourrait construire cette petite maison. Les ouvrières de la laiterie y déposeraient leurs enfants le matin, elles les reprendraient le soir après le travail, il suffirait de deux ou trois braves jeunes filles pour s'occuper des bébés et…

Noémie fut immédiatement emballée par l'idée de Zacharie.

— Je suis fière de toi, mon amour, tu es l'être le plus généreux, tu es meilleur que moi d'y avoir pensé le premier, mais…

— Mais ?

— Je n'aime pas ce mot asile, hospice pour les enfants, tu sais, je préférerais, voyons… crèche, c'est ça, la crèche Hautefort ! Qu'en penses-tu ?

— J'adore… c'est toi, « maîtresse Noémie », qui as les meilleures idées !

Il lui déposa un baiser sur le nez.

— Mon chéri, je dirai au père Elbeuf de nous appeler dorénavant Hautefort-Le Sauvage mais, dis-moi la vérité, pour l'adoption, est-ce mon père qui t'a forcé à signer les papiers ?

Zacharie passa son bras autour des épaules de sa femme.

— Tu sais, mon amour, personne ne m'a jamais forcé à faire quoi que ce soit ! Tout ce que j'ai réalisé dans ma vie, je l'ai fait de mon plein gré.

Tandis que le soleil se couchait, le phaéton de M. et Mme Hautefort-Le Sauvage s'éloignait vers Sainte-Mère. Ils ne pouvaient être plus heureux, l'avenir leur souriait.

21

La sorcière

La nouvelle éclata dans le pays comme une bombe. Paysans, bourgeois, nobles et gens de robe ne parlaient que de l'événement d'un bout à l'autre du Cotentin. On s'en gaussait, on admirait, on enviait, on méprisait. Suivant les villes ou les villages, les opinions différaient mais, quel que soit l'endroit, la stupéfaction était la même de Carentan à Sainte-Mère-Église en passant par Coutances et Sainte-Marie-du-Mont. L'incroyable nouvelle courait sur toutes les lèvres : Jehan Kermadec, simple régisseur, venait de racheter le château, qui avait été mis en vente par la comtesse de Reuville ! Ce furent l'Alphonsine vite relayée par la Mariette et la Désirée qui mirent maîtresse Noémie au courant de la rumeur. Chacune des servantes avait sa version.

À la suite d'une infernale partie de trente-six heures, le comte Adhémar aurait englouti une incroyable fortune en jouant à Paris dans un hôtel de la plaine Monceau, pour les beaux yeux d'une « moins que rien » surnommée dans la capitale « Reine Pomaré ».

À l'aube, épuisé, le comte, auquel il ne restait plus que son costume, s'était vu chassé par la belle Pomaré. Cette demi-mondaine ne s'intéressait qu'aux hommes fortunés. Le malheureux aurait erré dans les rues pour finir par se tirer une balle dans la tête sur les bords de la Seine !

Au sujet de la réaction qu'aurait pu avoir Adélaïde de Reuville, les versions des servantes différaient considérablement. L'Alphonsine affirmait que « m'dame la comtesse s'était mise à hurler et à tout casser, redoutant le scandale davantage que la ruine ! ». La Mariette prétendait qu'elle s'était étendue sur sa méridienne en s'exclamant : « Je m'y attendais depuis le début ! » Enfin, la Désirée, qui avait une cousine au château, jurait que la comtesse, saisie de panique, aurait proposé en catastrophe à son régisseur de racheter la demeure à son plus bas prix afin d'honorer la dette de jeu de son irresponsable mari. Toutes les servantes et journalières n'étaient d'accord que sur un point : « Comment qu'le Jehan avait fait pour réunir la somme demandée ? » La réponse fut apportée par maître Bouville qui la tenait du notaire de Sainte-Mère. Depuis des années, le château était hypothéqué. Kermadec, prévoyant, et grâce à l'héritage de sa mère, en rachetait régulièrement les créances.

Noémie écrivit aussitôt une lettre de condoléances à son amie Isabelle ainsi qu'à la comtesse. Mais les deux femmes s'étaient réfugiées chez une de leurs cousines dans un château des environs de Bayeux et la missive très chaleureuse mit longtemps à leur parvenir.

Le beau et insupportable Gontrand de Reuville, fuyant la honte familiale, s'était aussitôt engagé dans l'armée. Les Hautefort apprirent qu'il avait rejoint les régiments Mac-Mahon devant Sébastopol. Noémie se souvenait de ce jeune garçon moqueur et odieux. Elle le plaignait sincèrement, de même que la pauvre Isabelle. Cette ruine n'allait pas aider son amie à trouve à son âge, vingt-huit ans, un mari digne de son milieu.

Jehan Kermadec, inconscient de la curiosité qu'il suscitait, était donc depuis fort peu de temps le nouveau propriétaire du château de Reuville. Afin de ne pas se sentir trop seul, car il ne pouvait garder la nombreuse domesticité, il avait demandé à ses deux sœurs, Yvonne et Gwenaëlle, de venir s'installer dans la vaste demeure. Kermadec réalisait difficilement qu'il pouvait circuler à sa guise dans les immenses salons, qu'il lui était permis de prendre place dans ce qui restait des fauteuils Louis XV, de dormir dans les lits à baldaquin ou, quand il le pourrait financièrement, de donner des fêtes comme le faisait Mme la comtesse au temps de sa splendeur. Jehan Kermadec aurait dû être fier et heureux de sa réussite. Il n'en était rien.

L'esprit sombre et tourmenté, il restait prostré durant de longues journées à l'intérieur de son petit appartement des communs. Au lieu de s'occuper des fermages, il ne faisait rien d'autre qu'errer dans le parc, feuilleter des « illustrations » dans les salons ou galoper à cheval, le plus loin possible du château, pour ne revenir qu'a la nuit tombée, plus fourbu que sa monture. Il n'avait alors qu'une seule idée en tête, s'écrouler sur son lit, anéanti par l'épuisement, pour ne se réveiller que le lendemain matin, aussi tard que possible. Ses sœurs désolées assistaient muettes à sa descente aux enfers. Jehan dormait mal, faisait des cauchemars, obsédé par une pensée qui le laissait pantelant. L'image qui le tenaillait avait pour nom Noémie Hautefort. Si Jehan Kermadec mettait un point d'honneur à l'appeler Mme Le Sauvage, c'était uniquement parce que cette identité symbolisait la jalousie morbide qui l'habitait depuis qu'il avait revu la jeune femme radieuse à Carentan, donnant la main à son enfant.

À l'instant où il l'avait aperçue, la dévorante passion qu'il éprouvait à son égard avait aussitôt repris vie. Jamais elle ne lui avait semblé aussi épanouie, aussi sereine ! La maternité lui conférait une tranquillité souveraine presque insolente. Mais, le plus insupportable, c'était probablement le regard amoureux qu'elle posait sur cet ancien valet de ferme, ce Zacharie Le Sauvage ! Comment lui avoir préféré ce niais inculte ? Il était certes, Kermadec devait l'admettre, une belle bête, mais par quelle extravagance Noémie lui avait-elle cédé aussi facilement ? Jehan savait que la jeune femme n'était pas indifférente. Le regard faussement absent mais troublé dont elle l'avait gratifié l'autre jour en était la preuve manifeste. Il lui fallait cette femme ! Il la désirait de tout son corps, de toute son âme. La vision de Noémie, offerte, consentante, nue contre lui, le consumait avec la puissance d'une brûlure.

— C'est l'heure du souper, Jehan, as-tu faim ? demanda Yvonne Kermadec.

— Nous t'avons fait une tourte au crabe comme tu aimes ! ajouta Gwenaëlle.

Les deux sœurs, qui n'avaient pas trouvé de mari en Bretagne, vouaient une adoration à leur frère. Elles le voyaient dépérir chaque jour sans en connaître réellement la raison. Elles se doutaient qu'il y avait une histoire de femme là-dessous. Était-ce cette Noémie Hautefort dont il parlait autrefois dans chacune de ses lettres ?

— Non merci… Je n'ai pas faim ! Je vais devenir fou si je ne sors pas ! gronda Jehan Kermadec.

Sous le regard désolé des sœurs Kermadec, il sella son cheval et partit au grand galop vers la lande de Lessay. Il aimait cet endroit dont l'âpreté au crépuscule ne réussissait pourtant qu'à intensifier son désespoir.

À la nuit tombée, souvent pour oublier sa peine, il partait se soûler dans un cabaret tenu par une ancienne fille à marins de Barfleur, « Rosannette la boiteuse ». C'est ainsi qu'on la surnommait dans la région. Joviale et pas compliquée, la fille savait l'écouter, lui donner des conseils, lui servait de l'eau-de-vie et, s'il en éprouvait le besoin, elle se donnait à lui sans difficulté. Quand Jehan Kermadec se réveillait entre les draps frais de la Rosannette, aussi douce que gentille, il lui arrivait de maudire son destin. Avec elle tout était si facile. Pourquoi n'était-ce pas de cette brave fille qu'il était amoureux plutôt que la fière et inaccessible Noémie Hautefort ? Décidément, la vie était mal faite.

Jehan faisait galoper son cheval le long de l'interminable lande, sans se rendre compte que l'animal était au bord de l'épuisement. Il commençait à pleuvoir. Des gouttes froides ne rafraîchissaient pas son visage fiévreux. Peu lui importait l'inquiétude de ses sœurs ! Jehan ne retournerait au château que vaincu par l'épuisement ! L'orage menaçait. De brefs éclairs striaient le ciel noir. Le tonnerre grondait. Kermadec prit la décision de s'abriter. Il dirigea sa monture vers le cabaret de Rosannette. À présent, la pluie tombait par rafales et le vent soufflait avec force. Effrayé par la bourrasque et les éclairs, le cheval refusait d'avancer, il se cabra.

— Allons, Prince, n'aie pas peur ! Nous sommes arrivés chez notre amie.

En disant ces mots, Jehan s'aperçut que le cabaret de Rosannette était fermé. Même les volets de la chambre qu'occupait la fille au premier étage étaient clos. À plusieurs reprises, il frappa à la porte mais personne ne lui répondit. L'endroit était désert, pas une maison pour s'abriter.

Au bout d'un étroit sentier boueux qui menait dans la lande balayée par les rafales, Jehan aperçut soudain une lumière. Il poussa son cheval dans cette direction. Au rez-de-chaussée d'une masure tapie sous les branches inquiétantes de deux arbres, brillait une lanterne. Un corbeau, pris dans la tempête, croassa à plusieurs reprises. Saisi d'un funeste pressentiment, Jehan Kermadec eut envie de faire demi-tour. La tempête se déchaînait, il n'avait plus le choix. Descendant de cheval, il frappa plusieurs coups sourds contre la porte de bois.

— Holà, holà ! Y a-t-il quelqu'un ? appela Kermadec.

Le froid le faisait trembler de tous ses membres. Superstitieux, bien qu'il ne voulût l'avouer, il croyait aux légendes et aux fantômes, Kermadec était impressionné par les corbeaux, les chats noirs qui traversaient la route, surtout un mardi ! L'un d'eux miaula dans un fourré. Jehan sursauta, on était mardi. Il entendait des gémissements sournois. Jehan ne connaissait que trop la légende du prêtre Annequin qui était tombé amoureux d'une religieuse et était mort sans avoir jamais renoncé à sa passion sacrilège. Leurs deux âmes erraient, poursuivies par les esprits dont les cris lugubres se mêlaient aux gémissements des victimes ainsi qu'aux bruissements des feuilles tremblantes.

Au moment où il allait s'enfuir, la porte s'entrebâilla en grinçant.

— Mais entrez, jeune cavalier, venez vous mettre à l'abri.

Une très vieille femme lui parlait avec une étrange douceur.

Indifférente au vent glacé, la créature bossue au visage racorni lui ouvrait grand le battant. Elle exhibait un sourire édenté, un menton crochu. Ses cheveux argentés s'échappaient de son crâne en longues mèches folles. Entièrement vêtue de noir, la vieille, appuyée sur un bâton, examinait le nouveau venu avec attention. Soudain, elle le tutoya.

— Toi, l'étranger, tu m'as l'air d'avoir de gros soucis ! Va donc mettre ton cheval dans la grange ! Il y a de l'avoine fraîche... et rejoins-moi près de l'âtre. Pendant que tu te sécheras, je te préparerai une bonne soupe !

Presque heureux de recevoir des ordres, Jehan ne chercha pas à discuter. Cette rencontre était providentielle. Il fallait croire à la force du hasard. Après avoir bouchonné Prince et lui avoir donné sa pitance, Kermadec alla rejoindre la vieille. Courbée sur un énorme chaudron, elle faisait tourner dans sa mixture une longue cuillère de bois. Sans même regarder son invité, elle lança :

— Sèche-toi, l'étranger ! Il y a ici des habits qui appartenaient à mon défunt mari !

Jehan, grelottant, hésitait à se dévêtir. La vieille le rassura :

— Ne te gêne pas pour moi, je n'y vois plus rien. Fais comme si tu étais seul.

Kermadec lui obéit. Il se frotta le corps avec le linge que la vieille femme avait déposé près du feu. Il enfila une blaude usagée mais impeccable ainsi qu'un pantalon bleu marine qui lui allait parfaitement bien.

Sans une parole, la créature, qui paraissait avoir cent ans, s'empara de ses vêtements. Elle les étendit devant la cheminée, puis elle déposa sur la table un bol de soupe épaisse et fumante.

— Tiens, mange !

C'était bon, bien parfumé. Pour la première fois depuis longtemps, Kermadec mangeait avec appétit. Elle le laissa déguster son repas tout en l'observant avec attention.

— On m'appelle Bernice. Tu as peut-être déjà entendu parler de moi ?

— Je... non, je ne crois pas, enfin, si, c'est vrai, on m'a parlé de vous !

Il se souvenait qu'un soir Rosannette lui avait conté l'histoire de cette vieille femme. Elle passait pour être magicienne, une sorcière dont personne ne se serait moqué, car on avait trop peur qu'elle ne vous lance un mauvais sort.

— C'est bien de ne pas mentir, beau cavalier ! Tout le monde, dans le Cotentin, connaît Bernice la sorcière ! Mais on me voit rarement, je ne reçois plus ! Dis-toi que c'est un grand honneur que de faire ma connaissance !

Elle pointa vers lui deux doigts crochus aux ongles acérés.

— Tu es malheureux, c'est pourquoi tu es venu vers moi, une femme t'obsède ! Oui, ton cœur est enchaîné, dévoré de chagrin, car elle en aime un autre !

— C'est vrai, vous avez raison ! dit Kermadec d'une voix sourde.

— On ne peut rien cacher à Bernice ! Enfin, la providence, étranger, t'a guidé vers moi ! Tu es malheureux comme un tas de pierres, tu souffres mille morts, un crabe monstrueux dévore ton âme.

Ces paroles le bouleversaient.

— Je ne croyais pas que c'était possible, mais je me meurs d'amour pour cette femme.

— Je n'exerce plus depuis longtemps mais tu me fais pitié, je te trouve touchant, mon corbeau a croassé trois fois et le chat a miaulé, c'est un signe. Je veux faire quelque chose pour toi ! Je peux te donner l'amour de cette femme ! Tu entends ? *Te le donner !*

— Comment ? Mon Dieu, dites-moi comment et je vous en serai éternellement reconnaissant.

— Si tu bois mon philtre, cette femme sera à toi, jeune fou. Je te mettrai dans ses rêves, tu seras dans sa tête, dans sa chair, dans son âme ! Elle se consumera d'un désir de louve rien qu'en songeant à toi ! La fringale de son corps ne sera rassasiée que lorsqu'elle se sera donnée à toi !

Peu à peu, l'orage s'éloignait. Jehan se sentait envahi par un calme profond.

— Son mari, ses enfants... les abandonnera-t-elle pour moi ?

— Oui, si je leur jette un sort !

— Je ne veux pas ça ! s'écria Jehan.

Il prenait conscience du sinistre marché que la vieille était en train de lui proposer.

— Alors, elle ne sera jamais à toi ! gronda Bernice.

Elle élevait au-dessus de sa tête ses mains déformées. Sa voix devint mielleuse.

— Ne sois pas stupide, que t'importent l'homme et ses rejetons ! Pense donc à elle, à sa peau laiteuse, aussi douce que de la soie, à sa bouche offerte comme un fruit, à ses seins ronds et fermes, pense au plaisir que tu lui donneras, beau jeune homme... Elle criera dans tes bras, elle t'appartiendra à tout jamais si tu bois mon philtre.

Puis elle ajouta comme s'il s'était agi d'une formalité sans aucune importance :

— Et si tu me donnes cinq francs !

Les yeux fermés, Kermadec imaginait Noémie, les cheveux défaits, le regard éperdu, en train de lui murmurer : « Je suis à toi pour toujours ! »

— Oui, je veux boire votre philtre d'amour ! s'écria-t-il avec rage.

— Un peu de patience ! Le breuvage est long et compliqué. Tu es fatigué, repose-toi, je te réveillerai dès que ce sera prêt.

Jehan s'allongea sur une paillasse. Il entendait la sorcière qui psalmodiait une litanie. Elle lançait dans son chaudron toute une série d'ingrédients. Une odeur étrange flottait jusqu'à ses narines. Dans son demi-sommeil, il l'entendait répéter les formules magiques qui étaient censées lui donner l'amour de Noémie.

— Feu Saint-Antoine appelle la belette blanche... Vulgu délié... Galbanum de chat... Ra-bi-no-bu-ba ! La-fa-ma-bo ! Ri-na-gro-gru ! Epizootie, epizotta ! Par Belzébuth ! À mouillante et pain bénit...

Jehan ouvrit les yeux. La vieille Bernice dansait autour de son chaudron, armée d'un balai. Elle se tourna vers lui. Dans son regard vert étincelant au milieu de sa figure à la peau parcheminée, Kermadec crut retrouver une fugitive étincelle de la beauté qu'elle avait peut-être possédée autrefois.

— Bois, mon fils malheureux, et sois heureux ! ordonna Bernice.

Elle approchait de ses lèvres la mixture versée dans une tasse de grès.

Le breuvage était d'une couleur noire aux reflets bleuâtres. Kermadec, sur sa paillasse, n'hésita pas. Il but le liquide jusqu'à la dernière goutte.

— Allez, l'étranger, lève-toi ! Voici l'aube. Rappelle-toi, si tu as encore besoin de mes services, ne viens ici qu'à la nuit. Bernice sera contente de t'aider, mais, à mon avis, je ne te reverrai pas car tu connaîtras le bonheur. Allez, va, tes habits sont secs, et fais-moi confiance.

Bernice tendit la main pour recevoir son salaire. Jehan Kermadec fouilla dans son gilet, il lui remit scrupuleusement les cinq francs demandés.

— Au revoir, Bernice, je me sens déjà mieux, je n'oublierai pas ce que vous venez de faire pour moi. Merci !

— Adieu, beau cavalier, profite de la vie et de ta fortune.

Lorsque Jehan Kermadec quitta la lande de Lessay, le soleil se levait. Le poids qu'il ressentait depuis des semaines sur sa poitrine avait disparu. Il n'avait aucun remords, aucune appréhension de l'acte qu'il venait de commettre. Il était soudain certain que Noémie, un jour, lui appartiendrait.

22

Noémie et Victoria

Jamais, non, jamais, Noémie n'avait passé une soirée aussi fascinante. Jamais elle n'avait rien vu d'aussi beau que cet opéra de *Robert le Diable*. La magnifique histoire, violente et romanesque, transfigurait son visage ébloui. Et la musique de Meyerbeer ! Mélodies et paroles l'enchantaient littéralement. Elle aurait voulu reprendre les airs avec l'orchestre et les chœurs. Noémie serrait nerveusement le bras de Zacharie. Elle pétrissait sa main, vibrant à l'unisson des chanteurs.

— Oh ! chéri, je voudrais tellement un piano pour essayer de rejouer cette musique, chuchota Noémie.

Zacharie était moins enthousiaste que sa femme, il lui semblait que cet opéra n'en finissait pas, mais il sourit, attendri. Il n'aimait jamais autant Noémie que lorsqu'elle prenait cet air de petite fille admirative. Dans ces cas-là, il ne désirait qu'une chose, l'aimer, l'entourer, la protéger, la gâter.

Sur scène, la cantatrice suédoise, adorée des Londoniens, miss Jenny Lind, appelée par les très sérieux *Times* et *Daily News* le « rossignol scandinave », roucoulait, à demi morte, dans les bras du grand ténor Luigi Lablache.

Zacharie regarda la salle. Il se rendait compte avec fierté que dandys, swells[1] et vieux beaux assis à l'orchestre lorgnaient vers la loge où ils se trouvaient. Ce n'était bien sûr ni Zacharie ni leur hôte sir Robert Pilgrim qu'ils dévisageaient, mais la beauté rayonnante de Noémie. Ils passaient la soirée dans le « théâtre de Sa Majesté », c'était l'endroit le plus élégant pour la *season.*

Outre l'opéra de *Robert le Diable*, Noémie et Zacharie avaient de la chance, la reine et son époux le prince Albert assistaient aussi à la représentation. Comme toute la salle, les jeunes Français s'étaient levés à l'entrée de Victoria. De loin, le visage de la reine, sous le diadème et les lourds bandeaux de sa coiffure, était toujours gracieux. Sa taille, en revanche, était encore alourdie par une nouvelle grossesse. Le couple royal avait déjà sept enfants. Ils attendaient donc le huitième.

« Elle me bat ! », songea Noémie.

Bien qu'enceinte de cinq mois, Noémie avait tenu à venir à Londres, cette fois-ci par un confortable vapeur de la Cunard Line, pour rencontrer sir Robert Pilgrim. Les affaires ne cessaient d'augmenter entre la France et l'Angleterre. Il y avait de nombreux contrats à signer avec des représentants britanniques du beurre Hautefort dans l'Essex, le Suffolk, le comté de Norfolk, le Devon, le pays de Galles, même avec les Highlands, et la pauvre Irlande, où la famine ne cessait de menacer depuis 1848, date de la terrible disette.

Chaque fois que Noémie et Zacharie rencontraient sir Robert Pilgrim, celui-ci leur rappelait toujours leur « première rencontre » quand il avait cru apercevoir la voile de leur bateau prise dans la tempête. Les temps avaient bien changé !

---

1. Jeunes chics.

Sir Pilgrim avait envoyé un télégramme, nouveau moyen de communication fonctionnant depuis peu grâce à un câble sous-marin posé entre l'Angleterre et la France, pour inviter ses clients à venir le rejoindre à Londres.

On n'arrêtait plus le progrès !

L'honorable *solicitor* avait installé Noémie et Zacharie dans un luxueux hôtel de Piccadilly, au coin de Hyde Park.

En trois jours, ils n'étaient pas restés inactifs. Les rendez-vous se succédaient à un rythme accéléré. Sa connaissance de l'anglais permettait à Noémie de déjouer le moindre piège dans les contrats. Elle était intraitable dans la négociation, connaissant par cœur le prix de revient et le coût du transport.

Sir Pilgrim était un parfait organisateur.

Après le travail, des accords pris avec les dépositaires anglais, Pilgrim emmenait ses clients, et maintenant amis, au spectacle. Les divertissements ne manquaient pas à Londres. Ils étaient allés la veille voir au Drury Lane une pièce de théâtre qui avait fait bâiller Zacharie, mais sa femme, le lendemain matin, en vibrait encore. Elle s'en remémorait toute l'action pour pouvoir la raconter aux enfants. Le titre en était *Le Squelette de la mariée.* Dans un château gothique, se déroulait l'histoire terrible de lady Agnès, fiancée au séduisant sir Lovel ; hélas, le rival de ce dernier, l'affreux sir Reginald, dépité de n'avoir pas été choisi, poignarde lady Agnès le soir de ses noces. Sir Lovel, désespéré, voit le fantôme de sa bien-aimée. Elle lui révèle le crime. Sir Lovel veut la venger. Il provoque sir Reginald en duel et le transperce de part en part de sa rapière. Lady Agnès, satisfaite, appelle son bien-aimé Lovel, qui meurt d'amour et va rejoindre le fantôme de sa dulcinée.

Zacharie estimait que cette histoire, bien compliquée pour lui, était parfaitement stupide, mais devant l'enthousiasme de Noémie, il ne voulait pas la contrarier, surtout dans son état.

Les applaudissements crépitaient pour le final de *Robert le Diable.* Les chanteurs étaient bissés.

— Venez vite, je vous ai réservé une surprise ! chuchota sir Robert Pilgrim.

Noémie et Zacharie sortirent de la loge. Ils suivirent le *solicitor* au pas de course dans le vaste couloir du théâtre.

Deux jeunes officiers des Life Guards, superbes dans leurs uniformes rouges rutilants, gardaient la porte royale. Sir Pilgrim chuchota quelques mots sous le haut bonnet à poil de l'un d'eux. L'officier paraissait au courant, car il ouvrit aussitôt un battant pour laisser pénétrer les visiteurs dans l'antichambre de la loge.

Le lord chambellan, sir Hugh Howley, un ami de Robert Pilgrim, attendait visiblement ce dernier. Pilgrim lui présenta rapidement ses clients.

— M. et Mme Le Sauvage, propriétaires du beurre Hautefort !

— Je suis charmé de vous rencontrer, madame, monsieur Hautefort, mon ami Pilgrim m'a fait parvenir deux pots de votre beurre... *My God !* C'est vraiment le meilleur, le plus riche que j'aie jamais goûté. J'en ai fait mettre sur la table de Sa Majesté qui en a été très satisfaite et en a redemandé, Son Altesse le prince Albert aussi !

— Nous en sommes ravis et fiers, naturellement nous vous ferons porter une douzaine de pots, milord ! Ce sera un plaisir pour la maison Hautefort ! fit aussitôt Noémie avec diplomatie.

— Merci, madame, mais nous désirons plus, si nos conditions vous agréent, bien sûr à un prix moindre que celui exigé par cet étrangleur de sir Robert Pilgrim !

C'était de l'humour anglais. Noémie croyait rêver. On entendait l'orchestre jouer le *God Save The Queen*, et elle discutait gros sous avec le lord chambellan de la Cour.

— Je suis sûre, milord, que nous parviendrons très facilement à un accord.

— Vous m'en voyez ravi, madame Hautefort, car ainsi nous pourrons songer à vous faire devenir fournisseurs du palais.

Noémie ne put répondre car les deux portes de la loge s'ouvraient, poussées par des valets en livrée. Elles laissaient passer la reine et son époux. Noémie plongea aussitôt dans une profonde révérence tandis que Zacharie et Robert Pilgrim s'inclinaient respectueusement. Les grands de ce monde avaient l'habitude d'être compris sur un simple battement de cils. Avec une imperceptible étincelle dans ses yeux bleus, légèrement globuleux, Victoria interrogea son grand chambellan. Sir Howley comprit et se précipita aussitôt.

— Votre Majesté me permet-elle de lui présenter M. et Mme Hautefort qui viennent de Normandie ? Votre Majesté se plaint du beurre rance au palais et nous lui avons fait porter…

— Oui, en effet, nous nous souvenons de ce pot avec la jolie fermière normande, elle vous ressemble, madame, c'est une excellente réclame, votre beurre est délicieux, il nous a réchauffé le cœur !

— Oh, merci, Votre Majesté ! Ce sera un honneur et un plaisir pour nous de vous en faire livrer au palais ! dit Noémie en souriant.

La reine sembla apprécier l'anglais châtié de Noémie et son accent, elle lui rendit aimablement son sourire. Elle se tourna brusquement vers son chambellan.

— Et nous avons bien besoin d'être réchauffés, Howley, car je vous signale qu'il n'y a toujours pas de feu dans la grande salle à manger, on y grelotte !

— J'en parlerai au lord sénéchal Richardson dont c'est le travail, Votre Majesté !

— C'est cela, Howley, tâchez de vous mettre d'accord sur celui qui allume et celui qui éteint ! Bonsoir, madame, bonsoir, messieurs.

La reine adressa un léger signe de tête aux trois visiteurs. Elle jeta un regard de connivence sur la taille de Noémie, aussi alourdie que la sienne, puis elle murmura à l'adresse de son mari sans se retourner :

— Vous venez, mon cher ange ?

Le prince Albert, qui était toujours un bel homme, quoique un peu empâté, imita le salut de sa femme. Zacharie eut l'impression que le prince le regardait avec attention. Peut-être parce qu'ils accompagnaient tous deux leur reine !

Victoria sortait de l'antichambre. Albert lui emboîta le pas et le couple royal s'éloigna vers le hall suivi de sa cour habituelle. Noémie et Zacharie se redressèrent.

— Nous avons réussi ! chuchota Pilgrim.

Il rectifia aussitôt :

— Vous avez réussi l'examen de passage. Vous ne savez pas ce qu'est Buckingham Palace, l'étiquette et les batailles internes entre lords et chambellans. Avant, dans l'ancienne résidence des rois au palais Saint-James, c'était plus facile de pénétrer, mais grâce à mon ami Howley et à vous, madame, car vous avez plu à la reine, vous serez fournisseurs de la cour d'Angleterre !

23

La petite Augustine

Depuis quelques jours, Noémie était assaillie de pensées noires. Elle arrivait au terme de sa grossesse. Chaque matin, l'enfant lui lançait des coups de pied furieux, puis il s'apaisait et les contractions laissaient penser à la jeune femme que la naissance ne saurait tarder. Vers midi, tout se calmait. Cette attente était épuisante. Noémie n'avait pas craint les naissances de Tancrède Bébé et d'Eugénie. Elle était fort jeune alors, son bassin très étroit. Pourtant, elle les avait fait naître sans histoires, avec une relative fatalité. Dès qu'on lui avait mis son bébé dans les bras, elle avait oublié ses souffrances.

Pour la première fois, elle pensait à la mort de sa mère la mettant au monde. Elle ne pouvait s'empêcher d'être assaillie de funestes pressentiments. Elle répertoriait les cas de nombreuses jeunes femmes de leur voisinage, décédées des suites d'un accouchement. La fièvre puerpérale, les hémorragies, le décès précoce des nouveau-nés, toutes ces pensées tenaillaient Noémie. Tancrède l'Aîné et Zacharie remarquaient sa nervosité mais ils ne se rendaient pas compte de son état morbide. Elle venait pour la troisième fois en huit jours, et en cachette de son père et son mari, de rendre visite au docteur Gamboville à Sainte-Mère. Le brave homme revenait lui-même d'une tournée. Il tirait, des basques de sa redingote, les instruments pour examiner la jeune femme allongée sur son divan.

— Tout va bien, ne vous impatientez pas, madame Noémie !

Depuis qu'elle était mariée, il ne l'avait plus tutoyée.

— Vous êtes sûr, docteur, j'ai des craintes, de mauvais pressentiments, se plaignait Noémie en se rajustant.

— Allons, ce n'est pas parce qu'il se fait un peu attendre, ce petiot. Il va faire comme les autres et viendra d'un seul coup. Ne menez pas vos chevaux trop vite pour retourner chez vous, ce n'est pas prudent.

Gamboville regardait Noémie monter dans son phaéton et diriger ses deux chevaux d'une main ferme. Il hocha la tête en tirant sur sa barbiche blanche pour rentrer dans sa demeure.

— Faites entrer le malade suivant, madame Gamboville !

Son épouse, une femme énergique, exigeait des clients la pièce de deux francs pour leur consultation, ce que son brave républicain de mari oubliait souvent de leur réclamer. Obéissant au médecin, elle fit pénétrer une fermière et son loupiot couvert de boutons. Gamboville se faisait vieux. Tout en examinant l'enfant qui avait la varicelle, il pensa que Noémie serait une de ses dernières accouchées. Il voulait se retirer dans une petite terre qu'il avait acquise au nord de Montebourg. Son fils Donatien avait terminé ses études de médecine à Caen. Il lui laisserait sa clientèle et pousserait un soupir de soulagement. Personne ne savait ce qu'était sa vie de médecin de campagne. Son cabriolet ne pouvait passer partout, ni aller bien loin. Il lui fallait, de nuit, par tous les temps, monter son cheval aussi fatigué que lui et suivre quelque paysan affolé sur des chemins perdus, un falot accroché à la selle. Souvent, il arrivait trop tard et ne pouvait que fermer les yeux du défunt. Dans ce cas, il n'osait demander le prix du dérangement. Parfois, il devait couper un pied ou une jambe gangrenée, souvent sans laudanum, ni chloroforme, ou alors, et c'est ce qui lui faisait le plus mal, sortir un enfant déchiré du ventre sanglant de sa mère agonisante. Quand il réussissait à sauver l'un et l'autre, une immense fierté l'envahissait. Il buvait le gloria avec la famille et en rentrant, transi, retrouvant le corps bien chaud et replet de Mme Gamboville dans le lit conjugal, il remerciait le Seigneur de lui avoir permis de soustraire ces deux innocents à la mort. Gamboville était de la vieille école. Il pressentait pourtant que l'hygiène était primordiale. Dans sa jeunesse, il avait même entendu un vieux maître développer, en chaire de la faculté, cette théorie ahurissante de se laver les mains pour toucher les femmes enceintes et les blessés. Ce discours se déroulait sous les huées de ses collègues et des élèves, partisans au contraire de charpie sale pour envelopper les plaies. Chaque fois qu'il avait pu, Gamboville avait cependant appliqué la théorie du vieux maître, sans trop savoir si elle était juste. Il avait pourtant constaté que lorsqu'il prenait la précaution de se laver les mains et de prendre de la charpie propre, il n'avait pas de fièvre puerpérale chez les femmes en couches et les blessures se refermaient sans infection.

Donatien, son fils, devait revenir d'un jour à l'autre. Le docteur l'attendait avec impatience pour l'emmener dans sa tournée et le présenter aux malades.

Noémie était un peu rassurée par sa visite. Elle passa devant l'église et regretta que le père Thomas ne soit plus à la cure, sinon elle serait entrée pour se confesser. Elle ne l'avait pas fait depuis les dernières Pâques.

Tout avait bien changé à Sainte-Mère-Église, avec le départ du vieux curé. Depuis des années, le père Thomas se trompait souvent de psaumes à l'autel, « sautait » parfois carrément l'Élévation pour arriver au *Ite missa est*, laissant ses fidèles bouche bée. Il oubliait aussi à la communion de distribuer les hosties. Mais ses ouailles lui pardonnaient tout. Pourtant, le scandale fut à son comble quand le vieux monarchiste, à la place du sermon, se mit à entonner en chaire le chant royaliste :

« Ô Richard ! ô mon roi ! »

Il termina en fulminant contre Napoléon le Petit :

— Poléon le c..., Badinguet[1] le frisquet !

C'en était trop ! L'évêque de Coutances, monseigneur Laurence, mit fin au scandale, en appelant le bon père Thomas à prendre un repos bien mérité à l'abbaye Aux Dames de Caen. La mère abbesse, Marie-Ange-du-Cœur-de-Jésus, était une fille de la noblesse du Cotentin. Elle connaissait la réputation charitable du vieil homme et promit de lui offrir une fin digne de sa vie dévouée à ses paroissiens. Les sœurs converses lui mitonneraient de bons petits plats et il aurait la permission de dire « sa messe » dans les murs de l'abbaye.

Les adieux des habitants de Sainte-Mère à leur curé avaient été déchirants. Tout le monde était là, même Tancrède et Jean-Baptiste. Comme les autres, ils avaient la larme à l'œil. Chacun avait conscience qu'une page se tournait à Sainte-Mère-Église avec le départ du vieux curé. Cette absence fut d'autant plus regrettée qu'un « jeunot » arriva le lendemain. C'était un étranger, un Parisien ! Simon Morel, un prêtre « moderne » de vingt-six ans. Il ne connaissait rien à la

1. Surnom moqueur de Napoléon III.

terre, aux paysans, au bétail. En chaire, ce blanc-bec parlait de progrès, d'égalité. Il lisait même, disait-on, les écrits d'un certain Karl Marx. Cet auteur révolutionnaire n'avait pas encore atteint la Normandie. Les prêches de l'abbé Morel étaient inspirés autant par la foi que par la vision du philosophe ; cela donnait un étrange mélange :

— Mes chers frères, la bourgeoisie produit ses propres fossoyeurs, sa chute et le triomphe du prolétariat sont également inévitables ! Ce déterminisme tient pour assuré le succès final de la révolution prolétarienne et constitue la base du « matériel dialectique » ! Prolétariens de tous les pays, unissez-vous... pour la gloire de Notre Seigneur Jésus-Christ !

Après ces discours, les paroissiens sortaient hébétés de l'église.

— Qui qu'est-y qu'ça veut dire le pro-lé-ta-riat ? M'dame Noémie, vous qu'avez d'l'instruction ? interrogeait Marie-Marguerite, sur le parvis.

Elle n'osait plus tutoyer le « maître de Hautefort ».

— Oh ! le père Morel veut faire son original avec sa révolution, répondit Noémie, ne faites pas trop attention à tout cela. Ce qui compte, c'est qu'il soit charitable !

— Jésus Marie ! Comme si qu'on a pas eu assez d'révolutions ici. M'est avis qu'il est rien fou not' curé... pas vrai, m'dame Noémie ?

Marie-Marguerite et Marie-Léontine entourées de leur ribambelle de gosses se signaient. L'église de Sainte-Mère se vida rapidement. Le père Morel ne disait plus les offices que devant quelques vieilles punaises de bénitier dures d'oreille.

La famille Hautefort de même que les Sénéchal et de nombreux fermiers des environs préféraient faire le trajet pour se rendre à la messe de Carentan dont le curé était plus traditionnel.

Tancrède Bébé et Eugénie retrouvaient avec joie les fils de maître Abel Bouville. On prit même l'habitude de partager le repas du dimanche avec la famille du notaire. Eugénie et Hyppolite s'adoraient. Ils ne se quittaient pas. Tancrède Bébé et Germain étaient très amis. Le petit garçon avait la même admiration pour Tancrède que son aîné Hyppolite vis-à-vis d'Eugénie. Noémie appréciait ces repas préparés par Émilienne Bouville. C'était une fine cuisinière, très bonne personne, en admiration devant « M. Bouville », mais un peu bavarde. Elle amusait cependant Noémie et Zacharie en leur répétant tous les potins de Carentan :

— La femme de l'apothicaire allait souvent à Caen soi-disant pour voir sa mère, mais on l'avait vue avec un clerc de Lisieux ! Le mari de m'dame Legoff, la quincaillière, s'était fait arracher une dent ! De douleur, il avait juré grossièrement ! – Mme Bouville n'osait répéter le juron. – L'aînée des sœurs Le Tondu, pas la chauve, avait espéré autrefois se marier avec le maréchal-ferrant, oui, le père Gaston ! En son temps, il était bel homme, mais M. Le Tondu était avare, il ne voulait pas donner de dot et les pauvres Le Tondu étaient restées vieilles filles.

Pendant tous ces discours, Tancrède l'Aîné digérait le repas pantagruélique en ronflant à l'abri d'un hêtre du jardin.

Prudence et Justin, que bien sûr on emmenait à la sacro-sainte messe, prenaient leur repas avec Gertrude, l'une des bonnes des Bouville. La vaisselle faite, ils avaient le droit d'aller se promener tous les trois sur le Haut-Dick, avant de se rendre aux vêpres. Noémie et Zacharie, laissant les enfants à la garde de

Mme Bouville, se rendaient sur le bassin pour voir les travaux de leurs entrepôts et de la laiterie moderne.

L'architecte et les maçons travaillaient bien. Les bâtiments en brique jaillissaient de terre. La haute cheminée de l'usine était à demi construite. Noémie, appuyée au bras de son mari, ressentait une émotion ineffable devant ce chantier. Elle était à la fois fière de l'œuvre accomplie et vaguement inquiète. Tout allait si vite ! Zacharie conservait un calme olympien.

Un grand terrain, leur appartenant, restait vide en face du port. L'architecte n'en avait pas eu besoin pour les entrepôts. Noémie avait une idée sur son utilisation mais, prudente, elle n'en parlait encore à personne.

En fin de journée, Noémie ayant décrété que désormais on « oublierait » le salut après les vêpres, toute la famille remontait dans la vaste berline pour rentrer à Hautefort. Tancrède l'Aîné retrouvait avec plaisir son banc, et il reprenait ses histoires pour Tancrède Bébé. Jean-Baptiste Sénéchal passait pour boire une chopaine. Il se plaignait de n'avoir pas encore marié Joséphine ni Maria-Letizia.

« Elles sont si laides, les pauvres ! », songeait Noémie, vaguement moqueuse.

Le soir, on faisait juste un « goûter dînatoire » de crêpes au sarrasin, de lait, de viandes froides et de confitures, puis on allait au lit très tôt. C'étaient finalement de très bons dimanches !

Sur le chemin du retour, après la visite chez le docteur Gamboville, Noémie croisa le cabriolet de Jehan Kermadec. Elle ne l'avait pas revu depuis leur rencontre fortuite à Carentan. Elle eut le temps d'apercevoir sa mine sombre.

À plusieurs reprises, Noémie avait rêvé de Jehan. Ces songes la troublaient un peu. Ils commençaient en cauchemar, une muraille se rétrécissait autour d'elle puis Jehan apparaissait, il l'enlevait sur un cheval, ou même sur un immense oiseau. Il lui désignait du ciel le château de Reuville en lui murmurant : « Voici votre demeure... »

Noémie arrangea autour d'elle les plis de sa cape. Par coquetterie, elle n'avait pas envie qu'il aperçoive sa taille déformée. D'un commun accord, ils se saluèrent, sans s'arrêter, devant la masure du père Dieuleveut. Le vieux bavard manquait au carrefour des routes. On l'avait retrouvé, endormi, dans sa baraque. D'après les calculs, il avait cent quatre ans. Tout le monde décréta que c'était un bel âge pour partir. Il y avait une assistance nombreuse à son enterrement, un des derniers dits par le père Thomas Lemarinier, qui bien sûr se trompa et fit un sermon sur le... mariage !

Les douleurs de l'enfantement prirent Noémie, une semaine plus tard, comme d'habitude, au milieu de la nuit. Tandis que Zacharie sautait dans son pantalon pour envoyer Justin quérir le docteur, Noémie hurlait, gémissait, se tordait de douleur dans son lit. Des crispations intolérables lui labouraient les reins. Elle sanglotait, honteuse, de se laisser aller ainsi. C'est à peine si on l'avait entendue à Hautefort pour ses aînés. Cette fois-ci, elle était sûre de mourir et de perdre l'enfant.

Prudence, Zacharie et Tancrède, réveillés en sursaut, ne savaient comment la calmer. Heureusement, Tancrède Bébé et Eugénie, en prévision de la naissance, dormaient dans l'aile de leur grand-père.

L'Alphonsine faisait chauffer des bassines d'eau, la Mariette et la Désirée, prévenues par Justin, accouraient pour aider m'dame Noémie. Enfin, le docteur Gamboville arriva en compagnie d'un grand jeune homme, son fils Donatien. Bien que Noémie ait connu

Donatien, enfant, elle ne voulait pas accoucher devant un « étranger ».

— Non, docteur... appelez Mme Berthe, la sage... femme... je préfère... aaaah !

— Allons, allons, respirez, détendez-vous, madame Noémie, Donatien va m'assister.

— No... oon aaaah ! je veux... vous... tout... seul...

— Soyez raisonnable, madame Noémie, Donatien connaît toutes les nouvelles méthodes modernes, il a étudié avec les meilleurs professeurs à Caen et même à Paris... il va vous faire l'« accouchement à la reine » !

— Quelle... reine ? gémit Noémie.

— La reine Victoria !

« Ah ! je me demande si elle braille comme moi en ce moment ! », pensa Noémie, qui ne perdait pas totalement son humour.

Gamboville avait fait sortir Tancrède et Zacharie pâles d'émotion. Il ne garda que la Mariette et la Désirée qui l'avaient toujours bien aidé. L'Alphonsine préparait dans la cuisine des micamos et des beurrées pour réconforter les hommes. Prudence était retournée surveiller les enfants réveillés par les allées et venues. Ils refusaient de se rendormir « en attendant le "petit frère" que Jésus allait leur apporter dans un chou » !

Donatien Gamboville avait fait respirer à Noémie un peu de chloroforme pour atténuer les douleurs, c'était la technique appliquée à la reine Victoria. À demi assommée, la jeune femme en réclamait sans arrêt. Donatien était obligé maintenant de lui refuser.

— Cela deviendrait dangereux pour l'enfant !

Celui-ci, soudain, Noémie s'en moquait. Tout ce qu'elle voulait, c'était être délivrée, et qu'on la laisse dormir. Après trois heures d'effort, les docteurs Gamboville durent admettre que l'accouchement se présentait mal. La dilatation ne se faisait pas. L'enfant, bloqué, refusait de descendre.

— C'est un siège, madame Noémie, nous devons essayer de retourner l'enfant pour qu'il se présente par la tête...

À voix basse, le père et le fils discutaient. Noémie les entendait parler d'hystérotomie[1].

— Non, elle ne supportera pas, elle serait mutilée et je ne suis pas sûr du résultat... aidez-moi, père...

Gamboville donna une profonde bouffée à respirer à la jeune femme tandis que Donatien pénétrait pour tenter de faire bouger l'enfant. Malgré le chloroforme, Noémie hurlait de douleur. Soudain, elle sentit un changement dans son ventre, l'enfant descendait.

— Il a réussi, ma grande... Donatien a réussi ! L'enfant se présente bien... allez, poussez... poussez ! Que diable ! Allez-y !

Le docteur Gamboville et son fils étaient en nage. Noémie, les cheveux collés sur le front, fit un dernier effort. Elle eut un gémissement de soulagement en sentant l'enfant sortir de son corps. Pendant un instant, elle perdit connaissance. Les cris du bébé la firent revenir à elle.

— C'est une fille, une belle petite fille ! déclarait le docteur Gamboville.

Donatien lui appuyait sur le ventre pour faire sortir le placenta. Les servantes la changeaient de chemise. Prudence, accourue, s'occupait du bébé. Tancrède et Zacharie embrassaient Noémie. Le père et le gendre paraissaient très émus. On appela le bébé Augustine du nom de la mère de Tancrède. Noémie était dolente. Elle mit plus longtemps que les vingt et un jours réglementaires à récupérer de cette naissance. Ses

1. Césarienne.

cauchemars avaient repris. Elle tombait dans un gouffre, était poursuivie par des animaux étranges et effrayants. Jehan Kermadec, toujours lui, venait la sauver. Elle se réveillait en nage.

Les docteurs Gamboville père et fils lui ordonnaient des laits de poule, de l'huile de foie de morue et des cervelles pour lui rendre des forces. Elle n'avait presque pas de lait. Il fallut engager une nourrice. Gamboville père était très fier de son fils car sans lui, il ne savait pas s'il s'en serait sorti. Noémie et Zacharie les remercièrent tous les deux, outre leurs honoraires, par le don d'un veau et d'une génisse. Sans le chloroforme de Donatien, Noémie pensait qu'elle serait morte de douleur.

On baptisa Augustine à l'église de Sainte-Mère. Le père Simon Morel, un peu assagi, daigna ne pas parler de « Carle Marxe ». L'évêque avait dû lui taper sur les doigts. Une gentille réception à Hautefort suivit la cérémonie. Jean-Baptiste Sénéchal vint, bien sûr, avec sa tribu augmentée de brus et petits-enfants. À défaut des filles, il avait marié et bien marié ses fils.

M. et Mme Bouville avaient accepté d'être les parrain et marraine d'Augustine. Tancrède Bébé et Eugénie étaient fous de leur petite sœur. Ils se chamaillaient pour savoir lequel aurait le droit de la prendre dans les bras.

Tancrède l'Aîné était très fier de cette naissance. Zacharie dorlotait sa femme. Pendant la réception, le père Morel demanda à Noémie pourquoi ses enfants ne venaient pas au catéchisme. Elle lui répondit en riant :

— Si vous ne leur apprenez que l'Histoire sainte, mon père, d'accord !

Simon Morel avait le sens de la plaisanterie. Il reconnut ses erreurs et parla beaucoup avec la jeune femme. Il était très instruit et jetait un regard lucide sur le monde. Noémie estima qu'on l'avait mal jugé. Elle voulait, bien sûr, faire apprendre à ses enfants la lecture et l'écriture. Le père Morel avait un jeune frère qui terminait le séminaire. Il fut convenu que Lucien Morel deviendrait le précepteur à domicile des enfants. Il arriva un matin, dans une soutane rapiécée, maigre, boutonneux et affamé. Les enfants, d'abord réticents, se prirent d'affection pour le jeune homme. Il était intelligent, vif et les faisait très bien travailler. Il leur apprenait à lire sur de grandes lettres de bois qu'il avait fabriquées. Même Tancrède l'Aîné venait assister aux cours. Noémie décréta que Justin et Prudence apprendraient aussi à lire et à écrire. Alphonsine, pour sa part, refusa énergiquement. Elle s'était toujours bien portée sans instruction et ne voyait pas pourquoi changer. La Mariette et la Désirée hésitaient, Lucien Morel les convainquit et ses cours du soir eurent un grand succès parmi les journaliers de Hautefort.

Noémie allait mieux. Elle avait repris le travail, vivant dans une sorte de fièvre les agrandissements et le futur transport de la laiterie à Carentan. Le matin tôt, elle se faisait amener Augustine dans son lit. En compagnie de Zacharie, ils jouaient avec la petite fille. Elle était très éveillée, drôle, jolie, avec les beaux cheveux de sa mère, mutine, souriante. Elle ne pleurait jamais, faisait la joie de tous. Noémie se sentait plus maternelle pour ce dernier bébé que pour les aînés. Probablement une question d'âge. Noémie avait eu les autres très jeune. Elle approchait de la trentaine. Cette naissance l'avait épanouie. Elle avait retrouvé sa taille assez vite. Jamais Noémie n'avait été aussi belle. Son visage rayonnait. Elle était dans la plénitude de sa beauté. Parfois Zacharie la saisissait dans ses bras. Il entourait de ses larges mains son tour de taille et murmurait, amoureux :

— Où les as-tu mis, tes enfants, madame Hautefort-Le Sauvage ?

Noémie roucoulait, heureuse de son ascendant sur son mari. Elle avait rencontré Jehan Kermadec à trois reprises à Saint-Vaast-la-Hougue où elle se rendait encore pour vérifier tous les transferts de bateaux. Quand elle le voyait, Zacharie était toujours absent. L'idée lui vint que Kermadec « s'arrangeait » pour la rencontrer seule. Ils parlaient du temps, du vent, de la marée, de tout et de rien. Kermadec la dévorait des yeux. Noémie comprenait à ses sombres regards qu'il ne l'avait pas oubliée. Elle en éprouvait une sorte de gêne mêlée de coquetterie. Jehan ne savait pas, heureusement, qu'il peuplait ses rêves. Ceux-ci depuis quelque temps se faisaient plus rares. Quand Zacharie, au loin, revenait, Kermadec s'éclipsait !

Augustine avait neuf mois. Le bonheur régnait à Hautefort.

24

La nuit tragique

— Madame… Madame… la petite Augustine a de la fièvre !

Prudence secouait Noémie. La jeune femme se leva rapidement. Sans réveiller Zacharie, elle enfila une robe de chambre et courut à la suite de Prudence vers la chambre du bébé. Elle s'attendait à trouver la petite fille un peu chaude, et pensait que cette brave Prudence s'affolait trop vite.

L'état d'Augustine l'épouvanta. Elle était cramoisie, toussait à fendre l'âme, faisait peine à voir, les yeux rouges. Quand elle vit sa mère, elle lui tendit ses petites mains brûlantes. Elle essayait de pousser de faibles cris, mais seul un son rauque sortait de sa gorge.

— Vite, le docteur, balbutia Noémie en prenant sa fille contre sa poitrine, va réveiller M. Zacharie !

Tandis que Prudence obéissait à son ordre, Noémie essaya de faire boire un peu de liquide à l'enfant, mais rien ne passait.

— Ouvre la bouche, chérie, je t'en prie, mon amour, Augustine… bois, trésor, cela va te faire du bien…

À la lueur de la lampe à pétrole, Noémie tenta d'introduire son petit doigt dans la bouche de l'enfant pour essayer de voir ce qui se passait. Une mousse blanchâtre montait aux lèvres du bébé. Elle suffoquait. Zacharie accourut à son tour. Quand il vit l'état de sa fille, il partit comme un fou vers l'écurie pour seller un cheval. De son chambreau, Justin l'entendit. Mis au courant, le grand valet prit un falot pour filer à la place du maître vers le domicile du docteur Gamboville.

Touché par son dévouement, Zacharie revint au chevet de sa fille pour aider Noémie. Celle-ci avait réussi, à force de mots tendres et de persuasion, à lui faire avaler un peu d'eau parfumée à la fleur d'oranger. L'enfant semblait mieux. Des pas retentirent dans l'escalier. C'était le docteur Donatien Gamboville qui avait pris définitivement la succession de son père.

— Alors, mon poussin, tu fais des misères à tes parents ?, dit-il en prenant le bébé sur ses genoux.

Il fit signe à Noémie de lever la lampe pour mieux l'éclairer. Tout en tâtant le front moite de la petite fille, il demanda à Prudence de lui ôter sa camisole et ses couches. L'air soudain soucieux, Donatien allongea Augustine dans son berceau. Noémie remarqua que ses jambes semblaient raidies par une douleur intense. Donatien réclama une cuillère en argent aussitôt apportée par Prudence. Avec délicatesse mais fermeté, il força le bébé récalcitrant à ouvrir la bouche. Noémie étouffa un cri. L'intérieur des joues d'Augustine, son palais et sa gorge étaient remplis de membranes blanches.

— Une grosse angine, balbutia Noémie.

Le docteur Donatien Gamboville fit signe à Prudence de recouvrir l'enfant. Après une hésitation, il murmura ;

— Je crains… le croup[1] !

Noémie et Zacharie se regardèrent d'abord incrédules puis assommés. Le croup, cette horrible maladie, si dangereuse pour les enfants jusqu'à cinq ou six ans.

---

1. Laryngite diphtérique.

Ils ne voulaient pas y croire, espérant que Donatien se trompait. Il rédigeait son ordonnance sur une table.

— Il faut lui laver la gorge toutes les heures avec de l'eau vinaigrée, insister sur les amygdales infectées et dégager la luette de la membrane pour éviter les hémorragies. Essayez de la faire boire le plus possible, si elle ne peut respirer, il faut percer le voile de peaux qui durcit... je vais vous montrer... apportez-moi de l'eau bouillie, Prudence, et du vinaigre !

Noémie vivait un cauchemar. Le jeune docteur Gamboville sortait de sa trousse des instruments bien rangés. Il prit une longue spatule arrondie, dont il entoura le bout d'un morceau de linge blanc. Dès que le bol d'eau arriva, il versa quelques cuillères de vinaigre et trempa la tige. Forçant l'enfant affolée à ouvrir la bouche, il arracha des peaux blanches. La petite retrouvait sa voix pour hurler. Elle se débattait. Zacharie, pâle comme un mort, la tenait aux épaules, Noémie lui immobilisait les jambes.

— Que se passe-t-il ?

C'était Tancrède qui arrivait, épouvanté par le spectacle. Un léger mieux sembla apparaître chez l'enfant après ce traitement. Elle respirait et sa toux semblait moins rauque.

— Vous m'avez bien compris, madame Noémie, recommencez aussi souvent qu'il sera nécessaire... Ah ! il vous faut éloigner Tancrède Bébé et Eugénie, c'est très contagieux. Je reviendrai dans la matinée et aussi ce soir.

Ce dévouement, loin de rassurer Noémie et Zacharie, les inquiéta encore plus. Fallait-il que le docteur estime le cas de la petite Augustine aussi grave pour venir lui donner des soins et suivre l'évolution de sa maladie deux fois par jour.

Après avoir envoyé Justin à cheval, avec un mot pour Mme Bouville, Noémie reçut sans tarder sa réponse. Bien sûr, Tancrède Bébé et Eugénie pouvaient venir s'abriter de la contagion à Carentan. Noémie embrassa très fort ses enfants, un peu ahuris à leur réveil de ce départ précipité. Elle leur fit promettre d'être très sages. Elle les envoyait chez les Bouville avec l'abbé Lucien Morel et Mariette pour les surveiller.

Zacharie se chargea de les emmener lui-même en phaéton. Les enfants semblaient assez perturbés par la maladie de la petite Augustine. Tancrède Bébé serrait ses lèvres avec angoisse et Eugénie pleurait.

— Dis, papa, il ne va rien lui arriver à la petite sœur ?

— Non, mes enfants chéris, vous reviendrez aussitôt qu'elle sera guérie ! promit Zacharie.

Il rentra à Hautefort au triple galop de ses anglo-normands. Il voulait relayer Noémie, mais elle refusait de quitter la chambre du bébé. Aidée de Prudence, elle vérifiait tout, ne sommeillait que d'un œil, assise sur une chaise à côté du berceau. De sa main posée sur son front, elle vérifiait la température de l'enfant, lui bassinait les tempes, arrachait régulièrement les peaux blanches de sa gorge. La petite fille suffoquait. L'eau vinaigrée la brûlait. Ses chairs à vif saignaient. Les yeux d'Augustine semblaient supplier ses parents. Elle ne comprenait pas l'horreur qui lui arrivait. Tancrède allait et venait dans le couloir en proie à une mortelle angoisse. Parfois, il passait la tête dans la chambre et ressortait aussitôt. N'y tenant plus, il monta en haut de la tour chercher dans la malle de la Blanche Pouquette un talisman conjurant la maladie d'Augustine. Après des recherches dans les pages jaunies, il trouva ces mots assez énigmatiques, pouvant s'appliquer au cas de l'enfant :

Pour les vilaines peaux blanches qui étouffent, il faut prier saint Éloi et saint Gerbold, aller aux temples, aux pierres, aux fontaines, aux arbres, aux carrefours pour y faire brûler des bougies et y accomplir des vœux, que la main ayant étouffé une taupe se pose sur la gorge du malade, avec du sel et du pain bénit !

Comme pour Noémie, Tancrède, aidé de Zacharie, car il n'était pas si facile de trouver la taupe, suivit scrupuleusement la recette de sa grand-mère. Malheureusement, le mal de la petite Augustine empirait. La troisième nuit, l'enfant se raidit, paralysée, suffocante. Noémie, hagarde, tenait le corps de son bébé. Au risque de la contagion, elle tenta, après avoir de nouveau troué les peaux blanches, qui se reformaient maintenant aussi vite qu'on les retirait, de souffler de l'air dans la bouche de son enfant. Noémie sentait ses lèvres glacées contre les siennes. La petite semblait avoir compris le sacrifice de sa mère. Elle se laissait aller, ne pouvant plus lutter. Des coliques affreuses tordaient son petit corps martyrisé. Celui-ci se raidissait et se couvrait d'une sorte de couenne grisâtre. Le docteur Donatien Gamboville, revenu passer la nuit, essaya tout ce que son art lui avait appris. Des bains chauds, salés, alternaient avec des enveloppements froids. À trois heures du matin, l'enfant jeta un long regard vers ses parents penchés sur son berceau. Elle poussa un soupir et sa respiration haletante s'arrêta brutalement. Noémie refusa de croire l'évidence. Elle poussa un hurlement de bête déchiré en saisissant le corps de son enfant. Elle la couvrait de baisers, comme si elle avait pu la ressusciter par son amour. Zacharie et le docteur durent lui ôter de force la petite Augustine.

— Non… non… mon enfant… ma petite Augustine… mon bébé !

Elle sanglotait sur l'épaule de Zacharie. Celui-ci, blême, hagard, serrait sa femme contre lui. Ils grelottaient tous les deux, incapables de prendre une décision. Ce fut Tancrède qui ferma les yeux de sa petite-fille. Prudence, dans un coin de la pièce, sanglotait. Le docteur Donatien ne cachait pas son émotion. Il avait eu tellement de mal à mettre au monde ce bébé.

L'abbé Simon Morel avait été appelé par Justin. Il ne put que bénir le corps de la petite Augustine. Noémie était en proie à une crise de nerfs. Le docteur lui administra quelques gouttes de laudanum pour essayer de la faire dormir. C'était peine perdue. Noémie, les yeux soudain secs, agrandis par le désespoir, ne voulait pas quitter le berceau de l'enfant. Prudence lui avait mis une belle robe rose, un chapelet et un bleuet étaient glissés entre ses doigts. La petite Augustine avait repris son joli visage. Elle paraissait dormir, maintenant, comme un ange.

— Pourquoi, père Simon… pourquoi est-elle venue et nous l'a-t-on retirée ? gémissait Noémie.

Le jeune abbé, désolé, répondait :

— Les desseins de Dieu sont impénétrables, madame Noémie, il faut prier et offrir votre souffrance au Seigneur !

— Non, monsieur l'abbé, non ! Votre Dieu cruel, je n'y crois pas, je n'y crois plus ! Jamais plus je ne le prierai, s'Il existe, je le hais de faire naître un enfant pour lui ôter si cruellement la vie.

— La douleur vous égare ! Vous devez accepter cette épreuve !

— Jamais… jamais !

Zacharie tentait de calmer Noémie. Tancrède essayait de prendre sa fille dans ses bras. Pour la première fois de sa vie, Noémie, glacée, ne ressentait aucun soulagement au contact et à la tendresse de son père. Elle haïssait la terre entière, en voulait à tous ceux qui étaient autour d'elle bien vivants, même à Zacharie. Elle-même aurait voulu mourir avec son enfant, la chair de sa chair, et qu'on les enterrât ensemble.

Avec sagesse, Zacharie demanda à Mme Bouville de garder encore un peu Tancrède Bébé et Eugénie. Leur annoncer la triste nouvelle de la disparition de leur petite sœur avait été dur pour le jeune père. Il avait du mal à trouver les mots et leur parlait de petit ange rappelé au ciel. Craignant la réaction de Noémie, il refusa que les enfants viennent à l'enterrement. Il ne fallait pas qu'ils voient leur mère désespérée. Les Bouville étaient parfaits de dévouement et de gentillesse. Ils garderaient Tancrède Bébé et Eugénie avec Hyppolite et Germain le temps qu'il faudrait. Noémie ne les avait pas revus. Prostrée après l'enterrement qui avait été déchirant, malgré un beau sermon, très humain, du père Morel, Noémie refusait de sortir de sa chambre. Elle restait assise dans un fauteuil, les yeux secs, regardant dans le vague. Zacharie essayait de l'intéresser aux affaires, il voulait l'emmener voir les progrès de l'usine de Carentan. Elle refusait avec ces mots :

— Vas-y, toi !

Tancrède venait frapper à la porte de sa fille. Il l'embrassait, lui apportait des mûres, lui parlait de Salomé qui s'ennuyait, vieillissait et aurait voulu une caresse de sa maîtresse... Rien n'y faisait... Les jours passaient. Comme frappée par la foudre, Noémie ne réagissait à rien. Zacharie décida d'employer les grands moyens. Il retourna chercher Tancrède Bébé et Eugénie. Quand les deux enfants se retrouvèrent à

Hautefort, ce fut plus fort qu'eux, ils coururent vers la chambre de leur mère.

— Maman ! Maman chérie, Noémie Aimée !

À cet appel, Noémie tressaillit. Elle se redressa un peu honteuse d'avoir, dans son désespoir, oublié ses enfants. Tancrède Bébé était le plus tendre, il couvrait sa mère de baisers.

— Noémie Aimée. Oh ! tu m'as manqué !

— À moi aussi, maman !

Eugénie, repoussant son frère, se glissa contre sa mère. Noémie, sanglotant, leur rendait les baisers. Ces larmes lui brûlaient les yeux, mais lui faisaient du bien. Elle caressait ses petits, les respirait. Sous les yeux de Tancrède et de Zacharie émus, ils restèrent longtemps blottis les uns contre les autres.

Le berceau de la petite Augustine avait disparu. Ses jouets avaient été rangés par Prudence. Avec la sagesse innée des enfants, Tancrède Bébé et Eugénie ne posèrent aucune question. Pendant quelques jours, ils furent même d'une sagesse presque anormale, puis la nature reprit ses droits et ils recommencèrent à se chamailler.

Un matin, Noémie se vêtit de noir des pieds à la tête pour descendre dans son bureau. De nombreuses lettres de condoléances s'y accumulaient. L'une d'elles était de la gentille Papette, Jeanne-Chantal de Castablanca. Noémie et son amie du Périgord avaient toujours continué de correspondre. Les mots humains et si affectueux de Papette la touchèrent beaucoup. Elle-même avait eu des malheurs. De son mariage avec le comte de Fresnes, elle avait eu cinq enfants, dont des jumeaux qui étaient mort-nés. Papette espérait toujours revoir Noémie. Elle l'invitait à venir se reposer dans son château. Son frère, le beau Richard, était marié avec une jeune fille de petite noblesse et déjà père de quatre enfants.

Une autre lettre était de Kermadec. Avec beaucoup de délicatesse, il rappelait à Noémie « *qu'il serait toujours de pensées avec elle et comprenait sa douleur* », il signait : « *Votre ami fidèle, Jehan.* »

Les livres de comptes étaient dans un état désastreux. Quelque chose était brisé en Noémie, mais il fallait continuer. La vie reprit à Hautefort, avec une petite ombre qui planait au-dessus des occupants. La mort d'Augustine, au lieu de les rapprocher, avait isolé Noémie et Zacharie, chacun dans leur propre solitude. Zacharie avait été, en apparence, moins marqué que Noémie, ce dont elle lui en voulait. Pourtant, lui aussi avait l'impression qu'un ressort était cassé. Il avait essayé un rapprochement avec sa femme. Celle-ci le fuyait, ne pouvant supporter qu'il la touche, même innocemment, dans le grand lit. Le chagrin, le malheur les éloignaient inexorablement l'un de l'autre. Noémie vaquait aux affaires. Elle dirigeait de nouveau, d'une main de fer, les beurres Hautefort. Pourtant elle n'était plus qu'une bête blessée à mort.

Au cimetière de Sainte-Mère, le vieux gardien voyait souvent une femme voilée de noir venant déposer des coquelicots au pied d'un monument blanc surmonté d'un ange.

25

Les rivaux

— M'dame, faut vous réforcer[1] !

L'Alphonsine apportait un plateau dans le bureau aux volets fermés de Noémie.

La brave fille avait fait des œufs mollets à la crème, dont sa patronne était particulièrement friande. Touchée de cette sollicitude, et pour faire plaisir à sa cuisinière, la jeune femme se força à avaler.

— C'est bien, allez encore, une cuillère, m'dame Noémie !

L'Alphonsine osait lui parler comme à une enfant. Plantée, les deux poings sur ses hanches volumineuses, la brave cuisinière savait, dans son bon sens paysan, que la guérison du « maître de Hautefort » passait par la nourriture. Noémie était, en effet, l'ombre d'elle-même.

— Si c'est pas malheureux, elle a perdu au moins douze livres… Vous la verriez, elle n'a plus que la peau sur les os !

Dans son royaume, la cuisine, l'Alphonsine expliquait à la Mariette, la Désirée et Prudence, l'état de Noémie. La patronne avait bien recommencé le travail, mais elle refusait de prendre les repas avec sa famille. Elle restait enfermée toute la journée dans son antre,

1. Forcer.

parfois elle montait embrasser ses enfants dans leur chambre. Noémie ne sortait en fait que pour se rendre au cimetière. Les allers et retours à Carentan pour surveiller les travaux de l'usine étaient assurés par Zacharie.

Ce fut Prudence, affolée par le récit d'Alphonsine, qui eut une idée pour sortir Noémie de cette situation navrante.

— Tancrède Bébé, ta maman a besoin de toi... Il faut que tu la fasses sortir de son bureau...

Après une imperceptible hésitation, le petit garçon, intimidé, osa pénétrer dans la sacro-sainte pièce.

— Que veux-tu, mon chéri ?

— Noémie Aimée, viens te promener avec moi, je m'ennuie sans toi...

— Mais tu as grand-père.

— Il est malheureux, il ne me raconte même plus d'histoires, Noémie Aimée, fais-moi un sourire, un beau pour moi.

Prudence avait raison, le garçonnet aux cheveux d'or bouclés était un magicien avec sa mère.

Presque tous les après-midi, Eugénie allait chez sa petite amie, Virginie Gosselin, la fille du vétérinaire. Tancrède Bébé et Noémie prirent l'habitude d'aller galoper dans le bocage. Les épaules bien droites, il chevauchait crânement son poney, fier d'être seul avec sa mère, il jouait au petit protecteur.

— Attention, Noémie Aimée, il y a une haie ! Ne la saute pas, elle est trop haute !

Pour la première fois depuis longtemps, Noémie éclata de rire.

— Attends, petit présomptueux, tu vas voir !

En bonne cavalière, Noémie enleva Daphné pour franchir la haie avec élégance.

— Bravo, attends, à moi !

Tancrède Bébé était un excellent cavalier. C'était son grand-père qui l'avait entraîné dès l'âge de trois ans dans la cour de la ferme. Justin avait pris le relais.

Le cœur de Noémie se gonflait d'orgueil en regardant son fils monter le poney avec tant de fougue.

« Ce sera lui, après moi, le maître de Hautefort ! », songeait la jeune amazone, nostalgique.

Grâce à Tancrède Bébé, Noémie revivait. Elle ne montait plus Salomé qui était trop âgée, mais Daphné, avec plaisir. Elle attendait maintenant l'heure du rendez-vous avec son fils. Eugénie, qui était aussi une bonne petite cavalière, exigea de venir avec eux. Noémie, bien sûr, accepta, mais ses rapports privilégiés avec Tancrède Bébé n'étaient plus les mêmes quand Eugénie se trouvait entre eux. Noémie en éprouvait une sorte de remords.

Grâce à Tancrède Bébé, Noémie émergeait de la nuit. Après de longues semaines de grave dépression, elle parvenait enfin à refaire surface. L'horrible douleur se faisait moins envahissante. Afin de vaincre le dégoût de vivre qui lui faisait maudire la terre entière, Noémie comprenait qu'il était grand temps de réagir. Elle devait s'occuper de son père qui errait dans Hautefort, de son mari qu'elle avait négligé. Zacharie, comprenant qu'il la gênait, avait pris l'habitude d'aller dormir dans une autre chambre. En premier, elle devait se retrouver elle-même !

Un matin, elle se leva pleine d'énergie et marcha jusqu'à sa coiffeuse. Elle décida de regarder droit dans les yeux l'« ennemie » qui se trouvait de l'autre côté du miroir. Elle se trouva d'une laideur à faire peur. Son regard était fiévreux, son visage amaigri, ses cheveux mal coiffés. Finalement, elle constata qu'elle ressemblait à une échappée de prison. Il fallait prendre les grands moyens. Noémie appela Désirée, qui monta avec des brocs d'eau chaude. La jeune femme se fit laver les cheveux. Désirée lui sécha son opulente chevelure entre des serviettes chaudes. Après avoir pris un tub dans le cabinet de toilette qu'elle avait fait installer à côté de la chambre, Noémie passa une tenue claire. C'était une robe bleue très simple, juste froncée à la taille sans crinoline. Une robe du « matin » qu'elle n'avait jamais mise. Zacharie l'aimait toujours en bleu. C'était sa couleur préférée. Il adorait aussi, parfois, la retrouver dans la simplicité paysanne.

Désirée aida Noémie à tresser ses cheveux en couronne autour de sa tête.

— Vous z'êtes bien jolie, m'dame Noémie... ainsi vêtue, vous avez dix-huit ans !

— Non, Désirée, tu te trompes, j'en ai cent, mais cela ne se voit pas, merci, tu es gentille. Je t'aime bien.

Noémie embrassa Désirée.

Elle pinça ses joues pour en aviver la couleur, mordit ses lèvres et descendit dans la cour.

À cette heure-là, les enfants prenaient leur leçon dans la « salle de classe » avec Lucien Morel, Noémie ne voulait pas les déranger. Elle chercha son père, mais Tancrède l'Aîné était parti avec Justin au marché de Sainte-Mère. Noémie fit un tour d'inspection dans la laiterie et les entrepôts de beurre. Journaliers et journalières, en blouses blanches et mains gantées de coton, étaient déjà au travail.

— Bonjour, maîtresse !

Ils avaient l'air heureux de la revoir.

— Ça fait ben plaisir, qu'vous soyez là, m'dam' Hautefort ! Alors comme ça qu'y va y avoir du changement, qu'on va s'rendre à Carentan !

— Ne vous inquiétez pas, la laiterie s'agrandit mais vous n'allez pas perdre votre travail. Nous allons organiser une voiture omnibus tirée par six chevaux qui fera un tour pour vous prendre et pour vous ramener le soir...

— Ah ! c'est bien ça... mais pour les femmes, y a les petiots ! Ce s'ra plus long pour rentrer à la nuit...

— M. Zacharie y a pensé, vous aurez une garderie, enfin une crèche pour les enfants, ils seront nourris et surveillés...

— Ah ! dam' ça c'est généreux. M'sieur Zacharie, y pense à tout.

— Savez-vous où il est ? Je le cherche.

— M'sieur Zacharie ?

Un grand journalier du nom de Gustave se grattait la tête, l'air embarrassé.

Noémie surprit aussi le regard que s'échangeaient deux filles du village de Foucarville.

— Dam' non ! not' maîtresse, y doit être aux champs, fit le Gustave.

— Ou ben en ville, ajouta l'une des journalières.

Cette fille nommée Julianne était une sœur aînée de la belle Bastienne. Sur le moment, Noémie n'y fit pas attention. Elle ressortit de la laiterie, passa par les entrepôts, vérifia que tout était bien en ordre, les carnets de livraison remplis, les commandes soigneusement notées. Dehors, les voitures de charrons attendaient de partir pour Saint-Vaast. Noémie songea que si Zacharie n'était pas encore parti, il devait donner des ordres pour atteler dans l'écurie.

Tout en marchant, Noémie, attendrie, pensa que Zacharie, tous ces temps-ci, avait trop travaillé. C'était lui qui avait maintenu Hautefort, assuré la liaison avec Carentan, soutenu de son affection Tancrède l'Aîné. Soudain Noémie était remplie de gratitude pour son mari et s'en voulait de l'avoir, dans son chagrin, oublié.

Elle allait rattraper le temps perdu. Noémie éprouvait l'envie de se retrouver dans les bras de Zacharie pour lui dire tout simplement qu'elle l'aimait, qu'il était sa force, sa joie et son bonheur. Ensemble, ils allaient reconstruire un avenir neuf. Tout était devenu si simple depuis qu'elle avait pris la décision d'aller mieux. Elle n'oublierait jamais son enfant chérie, mais il fallait vivre pour les autres. Les nuages, la jeune femme en était certaine, se trouvaient derrière eux, une existence nouvelle allait s'ouvrir. Leur couple ressortirait peut-être même grandi, magnifié par cette épreuve tragique. Noémie ouvrit la porte de l'écurie.

— Zacharie, es-tu là ?

Personne ne répondit.

Tout était sombre à l'intérieur, la plupart des chevaux, mis à part le vieux Capitaine et Daphné, étaient dans leur stalle près de leur mangeoire.

Noémie allait refermer la porte quand un bruit imperceptible résonna derrière le box de la jument.

— Zacharie, c'est toi ? répéta-t-elle en faisant deux pas vers Daphné.

Dans la semi-obscurité, Noémie resta clouée sur place. Le spectacle qui s'offrait à ses yeux, derrière le box, lui parut tellement saisissant qu'elle ne put retenir un sanglot pathétique, qui s'acheva aussitôt en cri convulsif. Les protagonistes de la scène, frappés eux aussi de stupeur, regardaient la dame de Hautefort avec des airs effarés. Le visage empourpré, la chemise échancrée, Zacharie était étendu sur la paille. Il tenait encore dans ses bras la jolie Bastienne, à demi dévêtue. Les jupes retroussées sur ses cuisses nues, elle tremblait de frayeur devant sa patronne. À l'aide de son corsage, elle tentait de cacher ses seins galbés qui jaillissaient de son décolleté.

— Ce n'est pas... non... ! Noémie, ce n'est pas ce que tu crois ! balbutia Zacharie.

Il se redressait, reboutonnant sa chemise.

— Madame, M. Zacharie a raison, je... je vous demande pardon, murmura Bastienne à voix basse.

Sans réfléchir, les yeux aveuglés par les larmes, Noémie courut vers Daphné. Fuir ! Il lui fallait partir très loin d'ici, pour ne pas avoir la honte de se retrouver en face de cette fille, ne plus voir Zacharie avec cette expression hideuse de plaisir encore inassouvi sur le visage.

Daphné était déjà sellée en vue de la promenade avec Tancrède Bébé. Noémie sauta sur sa jument et la guida hors de l'écurie en repoussant violemment Zacharie qui tentait de l'empêcher de sortir.

— Noémie ! Noémie, attends ! Je vais tout t'expliquer ! hurlait Zacharie.

Elle ne l'entendit pas. Une fois franchie la barrière du domaine, Noémie donna un coup de talon dans les flancs de sa jument. Celle-ci s'élança au grand galop.

— Plus vite, Daphné ! Plus vite !

Le sang battait à ses tempes.

« Trompée avec une fille de rien, dans la paille ! » Noémie se sentait devenir folle de rage.

Où allait-elle ? Vers qui ? Vers quoi ? La jeune femme n'en savait rien ! Qui pourrait lui venir en aide, l'écouter ? Un seul nom lui venait à l'esprit : Jehan Kermadec ! Ne lui avait-il pas dit un jour : « Demandez-moi ce que vous voulez. Quoi qu'il advienne, je serai toujours là ! » Oui, lui seul représentait l'ami fidèle sur lequel elle pouvait compter. À Reuville, c'était là, dans le château qui lui appartenait désormais, que Noémie devait chercher refuge.

Comme si elle avait deviné l'état dans lequel se trouvait sa maîtresse, Daphné galopait aussi rapide que le vent. La jeune femme parcourut en quelques minutes la distance qui séparait Hautefort du château de Reuville. La cour était vide. Il n'y avait plus de palefreniers comme au temps de la splendeur de la comtesse Adélaïde. La tristesse paraissait régner sur le château. À peine arrivée, elle sauta sur le sol et laissa sa jument dans la cour, pour courir vers le perron. Tout était désert.

— Jehan, Jehan Kermadec !

Noémie traversait l'immense hall.

Les tableaux des ancêtres avaient été décrochés pour être vendus. Noémie poussa la porte du grand salon de soie rouge, celui où, tant de fois, la comtesse Adélaïde et Isabelle l'avaient invitée à prendre le thé. La pièce silencieuse semblait abandonnée. La poussière s'amoncelait sur les rares meubles. Il restait quelques fauteuils Louis XV éventrés et des chaises cannées. Noémie se dirigea vers le petit boudoir jouxtant la pièce, elle y entra sans frapper.

Assis devant une table de bois blanc, Jehan Kermadec semblait écrire. L'irruption de Noémie lui fit relever la tête. Presque sans surprise, il la regardait venir vers lui.

— Jehan ! Oh ! Jehan, pardonnez-moi, excusez-moi.

Elle était à bout de souffle et dut s'appuyer contre la soierie humide de la cloison.

— Vous pardonner, vous excuser, non, c'est à moi de le faire ! Vous êtes ici chez vous, Noémie, je suis là pour vous aider… vous avez eu raison de venir…

— Non, je ne… je ne sais pas pourquoi je suis venue ici mais… je ne savais plus où aller !

Ébloui par l'éclat, si profond, de ses yeux, Kermadec, très ému, s'approchait de celle qu'il aimait depuis si longtemps.

— Ne dites rien ! Surtout ne dites rien. Vous êtes ici, cela seul compte, Noémie. Je vous attendais depuis si longtemps. Je savais que vous finiriez, un jour, par venir !

Il la trouvait si désirable, tellement proche de lui dans cette attitude éperdue ! Sous l'effet de sa respiration, la poitrine de Noémie se soulevait à un rythme saccadé. Son regard étincelait, ses lèvres s'entrouvraient, elle avait l'attitude d'une femme venant s'offrir, voulant se venger. Jehan pensa avec gratitude à la vieille Bernice. Ainsi donc, la sorcière de Lessay avait vu juste. « Je te mettrai dans ses rêves, beau cavalier. Tu hanteras ses nuits. Elle sera à toi, imagine la douceur de sa peau, pense à la tiédeur de son corps nu lové contre le tien… » Bien que Kermadec se sentît consumé de désir, il pressentait que le moindre geste risquait de tout gâcher.

— Venez vous reposer, ne parlez pas, détendez-vous, Noémie, voulez-vous boire quelque chose de frais ?

Il l'attira sur un canapé de satin mordoré, échappé à la vente des meubles. Noémie s'assit, reconnaissante de cette gentillesse et de cette sollicitude. Jehan Kermadec sortit quelques instants. Il revint presque aussitôt en portant un pichet de cidre et un gobelet. Tandis que Noémie buvait le liquide bienfaisant, il la détaillait. Dieu qu'elle avait minci. Son visage amaigri par le chagrin la rendait plus touchante et plus humaine. Il n'avait envie que de la prendre dans ses bras pour la consoler du malheur qui l'avait frappée. Mais l'enfant était morte depuis plusieurs mois. C'était un autre événement qui venait de la frapper.

— Merci, Jehan j'ai… j'ai eu tort autrefois. J'aurais dû vous épouser.

À ces mots, il pâlit affreusement.

— Mon Dieu, Noémie, vous retournez le couteau dans la plaie !

— Mon ami, j'ai besoin de votre aide, vous seul pouvez faire quelque chose pour moi, autrefois vous me l'aviez promis !

— Noémie, oh, Noémie, il n'est pas besoin de me rappeler ma promesse, chaque jour, je pense à vous ! Je ferai tout ce qui est en mon pouvoir pour vous venir en aide !

— Je savais bien que je pouvais compter sur vous. Je ne peux plus vivre à Hautefort. Je dois partir.

Ils étaient très proches l'un de l'autre. Les lèvres de Jehan se trouvaient tout près de celles de Noémie. Elle ne cherchait pas à reculer. La voix blanche, il murmura :

— Je vous aime, Noémie. Depuis le premier jour, depuis le marché de Sainte-Mère, vous étiez si charmante, si différente des autres, si jolie. Je suis à vous, Noémie. Tout ce que j'ai est à vous.

Avec une lenteur infinie, comme s'il retardait ce moment dont il avait tant rêvé, Jehan se pencha vers elle. Leurs lèvres se joignirent, Noémie s'offrait à ce baiser avec une sorte de rage. La vengeance avait un goût exquis ! Elle devait être honnête avec elle-même, Jehan Kermadec l'avait toujours troublée. Elle ne se doutait pas qu'il l'avait tant aimée. C'était toujours flatteur pour une femme d'apprendre qu'un homme, surtout aussi séduisant, n'avait pu vous oublier. Elle lui rendait maintenant ses baisers avec un plaisir non dissimulé. Une chaleur exquise montait dans ses reins. Elle s'abandonnait au plaisir de sentir un corps d'homme jeune et fougueux prêt à la prendre sur le canapé. C'était une situation nouvelle pour elle. Noémie possédait un tempérament très vif. Zacharie n'avait eu aucun mal à lui révéler sa propre sensualité. Mais leurs étreintes se passaient toujours dans le grand lit conjugal. Noémie, grisée, faisait l'expérience de se laisser aller dans les bras d'un homme en plein jour, sur un canapé, comme une de ces filles de mauvaise vie dont elle avait lu les exploits dans un texte de M. Alexandre Dumas fils, *La Dame aux camélias*, dans *La Petite Illustration*. Jehan ne s'attendait pas à tant de passion. C'était elle maintenant qui l'attirait.

— Noémie, mon amour, tu es le feu, la flamme ! Tu vas rester avec moi, tu seras la reine de ce château, il est à toi. Rien n'est trop beau pour toi !

Affolé de désir, Jehan relevait les jupons de Noémie qui s'offrait. Il couvrait de baisers sa gorge dénudée.

— Kermadec, fils de chienne ! tonna une voix masculine que Noémie reconnut aussitôt.

Zacharie venait de faire irruption dans le boudoir. Avant même que Noémie et Kermadec aient eu le temps de réagir, une poigne violente saisissait Jehan aux épaules, l'arrachait du divan. Noémie s'était redressée et tentait de remettre un peu d'ordre dans sa toilette. Un instant, les deux ennemis s'affrontèrent du regard où passait toute la haine qu'il y avait entre ces hommes.

— Salaud !

Zacharie secouait Jehan Kermadec.

— C'est votre faute ! Elle veut vous quitter, vous la rendez malheureuse. Elle n'en peut plus.

Le poing vigoureux de Zacharie atteignit Kermadec à la lèvre qui tituba sous le choc.

— Brute !

— Salopard !

Avec une hargne vieille de dix ans, ils se jetèrent l'un sur l'autre. Zacharie, dans sa rage, avait ses forces décuplées. Il serrait Jehan à la gorge. Noémie, échevelée, essayait de les séparer.

— Zacharie, non, arrête, tu es fou !

— Laisse-moi, tu n'es qu'une fille !

Il la repoussa avec violence.

Zacharie n'était plus qu'un fauve déchaîné.

— Au secours ! criait Noémie épouvantée.

Qui pouvait venir séparer ces deux fous dans ce château vide ? Ils se battaient comme des portefaix sur les ports. C'étaient des hommes encore jeunes et vigoureux, habitués à vivre au grand air, à monter à cheval, à transporter de lourds fardeaux. Chacun de leurs coups faisait mal, atteignait l'autre au nez, à la lèvre. Zacharie avait l'arcade sourcilière ouverte, Jehan un œil poché et le nez sanguinolent. Tout valsait autour d'eux. Une potiche chinoise restée miraculeusement en place éclata aux pieds de Noémie. Le boudoir était trop petit, ils continuèrent dans le salon. Les chaises renversées se brisaient ; l'une d'elles traversant une fenêtre alla s'écraser dans la cour. Un coup particulièrement violent de Zacharie sonna Kermadec. Il tituba avant de s'effondrer, un genou sur le parquet.

— Prends garde, son cœur ne t'appartient plus.

— Relève-toi, Kermadec, sinon je te crève !

— Au nom du ciel, arrêtez, je vous en supplie... écoutez-moi...

Noémie ouvrit la fenêtre. Un vieux palefrenier, probablement resté après la ruine des Reuville, écoutait le vacarme d'un air ébahi.

— Je vous en prie, venez ou allez chercher du secours ! cria Noémie.

L'homme ne semblait pas près de bouger. Sa femme aussi ridée que lui vint le rejoindre. Ils demeuraient sur place, bouche ouverte, devant Daphné. Avec une force dont on ne l'aurait pas cru capable, Kermadec se releva pour se jeter sur Zacharie. De ses mains puissantes, il enserrait le cou de son adversaire. Ils roulèrent de nouveau sur le sol, entraînant dans la bagarre divers objets qui se fracassaient à grand bruit. Ils étaient en sang, épuisés, titubants, mais continuaient avec rage. Chaque coup qu'envoyait Kermadec était esquivé par Zacharie. Il se mit à ricaner, retrouvant soudain une force animale. Les exhortations de Noémie, suppliant son mari d'arrêter, ne servaient à rien. Déchaîné, il avait dans la bouche un goût de meurtre, il frappait, frappait encore. Kermadec à demi évanoui se retrouva étendu, le visage tuméfié, la respiration haletante. Du sang perlait aux commissures de ses lèvres. Il était d'une pâleur inquiétante.

— Tu l'as tué ! Je te hais, tu n'avais pas le droit, après ce que tu m'as fait.

Zacharie, debout au-dessus de Kermadec, regardait son adversaire qui paraissait plus mort que vif. Kermadec ouvrit à demi les yeux. En regardant Noémie, il balbutia une phrase incompréhensible, puis il perdit connaissance.

— Il faut aller chercher le docteur ! s'écria Noémie, affolée.

Elle traversa en courant le grand salon. Dans le hall, elle tomba nez à nez avec deux femmes au physique assez revêche qu'elle ne connaissait pas.

— Qui êtes-vous ?

— Noémie Hautefort, et vous ?

— Nous sommes Yvonne et Gwenaëlle Kermadec, les sœurs de Jehan. Que se passe-t-il, quel est ce scandale ?

— Une discussion… Il faut un médecin.

Les demoiselles Kermadec ne semblaient pas porter Noémie dans leur cœur. Elles la bousculèrent pour pénétrer dans le salon.

— Jehan, mon Dieu ! s'écria Yvonne Kermadec, l'aînée, une grande créature au nez pointu, en courant vers son frère étendu sur le sol.

« Comment Jehan peut-il être aussi séduisant et avoir des sœurs aussi laides ! », pensa Noémie, sans remarquer l'incongruité de sa réflexion.

— Qu'avez-vous fait à notre pauvre frère, Messaline ? reprit Gwenaëlle Kermadec.

Les sœurs éplorées se précipitèrent sur Jehan. Bien que mal en point, il revenait doucement à lui. Pour une étrange raison, elles ne parurent pas remarquer la présence de Zacharie, qui, la tête dans les mains, accoudé à une cheminée, se tenait à l'écart. Il semblait avoir pris conscience de son acte. Soudain, il se redressa.

— Kermadec a eu la leçon qu'il méritait, je n'ai plus rien à faire ici, ni toi non plus, Noémie.

— Et s'il est mort ?

Zacharie haussa les épaules.

— C'est un Breton, il a la tête dure, regarde-le, ton amoureux, il remue déjà. Viens-tu, Noémie ?

Zacharie essayait de saisir la jeune femme par la main. Elle se dégagea, furieuse.

— Jamais ! Que crois-tu, tu me trompes avec cette fille à soldats, jamais je ne te pardonnerai !

— Moi non plus ! Ou tu viens maintenant, ou…

— Va-t'en, je te méprise. Je te déteste. Je ne reviendrai jamais, jamais !

Le vieux palefrenier et sa femme étaient entrés dans le salon. De plus en plus ébahis, ils regardaient les « gens de Hautefort » se jeter des injures à la figure. Noémie courut s'agenouiller à côté de Jehan.

— Vous souffrez, mon ami ?

Il lui fit signe que cela pouvait aller.

— Je vais rester pour vous soigner, Jehan.

— Non, partez ! hurla Yvonne.

— Mauvaise femme, vous portez malheur, surenchérit Gwenaëlle.

— Elle a le diable au corps.

— Oh, mon Dieu ! Notre pauvre frère, elle l'a assassiné.

— Dehors !

— Dehors !

Kermadec se redressa pour protester.

— Arrêtez, toutes les deux ! Je vous interdis d'insulter Noémie.

— Calme-toi, Jehan. Je vais chercher de l'eau fraîche, du camphre et des serviettes, dit Gwenaëlle qui semblait un peu moins hystérique que son aînée.

— Malheur à celui ou celle par qui le scandale arrive ! vociféra Yvonne.

Elle pointait un doigt vengeur vers Noémie.

— Elle l'a envoûté !

— Jamais il n'aura la paix avec cette femme.

Exaspérée par les insultes de ces deux harpies, Noémie décida de sortir du salon.

— Je reviendrai prendre de vos nouvelles, Jehan.

Zacharie l'attendait dans le hall. Il la saisit à bras-le-corps.

Ils luttèrent un moment en silence.

— Lâche-moi.

— Dis-moi que tu aimes Kermadec et je te laisserai libre, gronda Zacharie.

— Je n'ai rien à te dire, tu n'as aucun droit sur moi.

Elle se débattit en lui donnant des coups de pied et lui échappa.

— Noémie ! hurla Zacharie.

Elle dévalait les marches du perron.

— Où vas-tu ?

— Cela ne te regarde pas.

— Je suis ton mari.

— Va retrouver ta Bastienne.

Noémie courut vers Daphné. Avec légèreté, elle sauta en selle et s'éloigna au galop.

— Noémie, Noémie, reviens ! Je t'aime ! cria Zacharie, la voix brisée.

Il songeait : « Quel gâchis ! »

Noémie n'avait pu l'entendre. Elle était déjà loin.

26

Chassé-croisé

Une partie du scandale fut évitée par Jehan Kermadec lui-même. Il ordonna au vieux palefrenier et à son épouse « heureusement » dure d'oreille ainsi qu'à ses sœurs de se taire. Celles-ci devant la menace d'être renvoyées illico en Bretagne se résignèrent et obéirent à leur frère.

Le docteur Donatien Gamboville se contenta de soigner les ecchymoses de Jehan sans poser aucune question. Kermadec déclara qu'il était tombé de cheval. Par coïncidence, Zacharie aussi. Cela faisait beaucoup de chutes le même jour… Appelé à Hautefort, le docteur Donatien donna à Zacharie les mêmes soins qu'à Kermadec : compresses chaudes d'essence de mélisse. Il y eut bien quelques racontars dans la région, d'autant plus que Noémie n'avait pas reparu à Hautefort.

Officiellement, la jeune femme avait dû partir en Angleterre pour signer de nouveaux contrats. C'était la version la plus vraisemblable que Tancrède l'Aîné avait donnée aussi aux enfants. Tancrède Bébé et Eugénie s'en étaient contentés. Bien soignés par Prudence et l'abbé Lucien Morel, ils attendaient calmement le retour de leur mère. Ils étaient habitués à ses déplacements.

Kermadec, au château, avait des remords. Il songeait que cette série de catastrophes avait un nom : Bernice la sorcière !

Zacharie avait raison, le Breton avait la tête dure. Quelques jours après la bagarre, Jehan se rendit, avec encore un pansement sur le front, dans la plaine de Lessay. Il voulait ordonner à la vieille Bernice d'arrêter tous ses sortilèges. Au besoin il l'y obligerait par la force.

Devant la masure de la magicienne il apprit qu'elle venait de mourir. Jehan Kermadec se sentit immédiatement soulagé. Un horrible soupçon le tenaillait : la mort de la petite Augustine avait-elle été normale ? Kermadec était un homme d'honneur. Son amour pour Noémie ne pouvait aller jusqu'au crime. Bernice la sorcière avait-elle outrepassé ses pouvoirs ? Jehan Kermadec n'osait y penser. En ce cas, il aurait été coupable d'une monstruosité, complice d'un meurtre...

Curieusement, il n'attendait plus Noémie. Il sentait que c'était fini entre eux, avant même d'avoir commencé. Il avait eu quelques instants de bonheur ineffable dans le boudoir. Tenir dans ses bras cette femme idolâtrée, en qui il cristallisait son amour, lui avait apporté une sorte de paix. Il avait senti vibrer son désir, sa flamme, sa passion pour la vie, mais en la voyant avec Zacharie, il avait compris qu'elle était en fait la femme d'un seul homme. Presque délivré, résigné, il devait se remettre au travail, relever le domaine de Reuville, secouer l'horrible sortilège qui s'était abattu sur lui et apprendre à vivre sans Noémie. Comme pour se laver de toute tache, Jehan Kermadec alla se confesser dans l'église de Sainte-Mère. L'abbé Simon Morel écouta attentivement toute son histoire.

— Vous avez péché, mon fils, pour avoir convoité la femme d'un autre. Pour cette sorcière et les forces du mal, je ne sais si elle avait le pouvoir d'envoûter, mais vous devez prier, prier le Seigneur, pour le salut de votre âme et en extirper cet amour coupable... Vous devez aussi songer au mariage, mon fils, à assurer votre descendance. En pénitence, vous direz tous les jours trois *Pater* et trois *Ave*... et pensez à tous ceux qui sont plus malheureux que vous !

Kermadec remercia l'abbé le plus progressiste du Cotentin qui avait été très humain. Désobéissant au prêtre, il se renseigna pourtant et apprit par des journaliers que « m'dame Hautefort n'avait pas reparu à la ferme ».

Zacharie n'avait pas eu besoin de se lancer dans de grandes explications pour son beau-père. Ce diable d'homme paraissait toujours tout deviner et comprendre. Zacharie, accablé, voulait prévenir les gendarmes pour rechercher Noémie.

— Un Hautefort se perd point comme ça... Attends, mon fils, attends.

Zacharie évitait Bastienne. Visiblement embarrassé, il ne savait comment faire face à la situation. Ce fut encore une fois Tancrède l'Aîné qui arrangea les choses. Il paya deux mois de travail à la belle journalière en lui demandant de rester désormais à Foucarville. La fille pleurait à chaudes larmes. Tancrède l'Aîné la consola.

— Allons, ma belle, faut pas t'mettre dans un état pareil. Tu vas trouver un bon mari et oublier tout ça. Y faut pas qu'ma fille te trouve ici en rentrant !

Tancrède était sûr que Noémie reviendrait. Pourtant, les jours s'écoulaient sans nouvelles de la fugitive.

Les journées de Zacharie étaient maintenant bien remplies. Il se levait à quatre heures du matin. Après avoir fait sa toilette, il prenait son déjeuner avec Tancrède l'Aîné. À cinq heures, les deux hommes, après avoir fait atteler le phaéton par Justin, le grand valet, se mettaient en route pour les usines Hautefort de Carentan. Ils travaillaient d'arrache-pied jusqu'au soir et ne rentraient jamais à la ferme avant la nuit tombée.

Mais pendant plusieurs jours, après la bagarre, Zacharie refusa de travailler. Il s'enfermait dans un mutisme total et buvait plus que de raison. C'était Tancrède qui avait, tant bien que mal, repris les rênes de l'usine. La direction d'une fabrique de beurre n'avait plus rien à voir avec le métier de fermier qu'il avait pratiqué tout au long de sa vie. Grâce à son bon sens de paysan normand, il avait vite compris les rouages d'une telle entreprise. Cependant, il était parfois dépassé par les événements. Il décida alors de parler à Zacharie. Un soir, ce dernier rentra au milieu de la nuit, passablement éméché. Tancrède l'attendait dans la cuisine. Il lui offrit un micamo.

— Fais-moi plaisir, mon gars, j'voudrais t'causer.

Zacharie n'osa refuser la discussion.

— Je vous écoute, père.

Après avoir bu en silence, Tancrède se décida :

— Je m'en vas te montrer quelque chose, suis-moi.

Tancrède l'Aîné et Zacharie montèrent à pas de loup au premier étage. Muni d'une chandelle, l'Aîné ouvrit la porte de la chambre de Tancrède Bébé. Les deux hommes pénétrèrent dans la chambre en essayant de ne pas faire craquer le parquet. L'enfant dormait comme un bienheureux dans son lit. Tancrède passa sa main dans les cheveux du garçonnet. Celui-ci remua dans son sommeil. Dans la pièce à côté, dormaient Prudence et Eugénie.

— Tu sais, Zacharie, ta vie, elle est là, ma fille et toi vous avez appelé cet enfant Tancrède comme l'Ancien, comme moi, pour me faire plaisir et j'en suis très touché, mais l'avenir ce n'est pas moi, c'est lui. Le petit Tancrède Hautefort-Le Sauvage ! Pense à tout ce travail que vous avez accompli avec Noémie, ces voyages épuisants en Angleterre, ces nuits entières à faire des comptes, ces journées à transformer, à moderniser. Maintenant, tu as tout ce que tu désirais.

— Non, j'ai perdu ma femme, père ! Je ne la retrouverai jamais et c'est de ma faute.

— Écoute-moi, Zacharie, elle va revenir, il faut lui laisser un peu de temps ! Tu dois tout à ton travail, le caoche est plein, Hautefort n'a jamais été aussi beau, les gens s'en viennent de trente lieues pour visiter les usines de Carentan. C'est ton travail, Zacharie ! Tout ça, tu le dois à ton énergie, tes idées avec Noémie... Maintenant, je suis trop vieux, je ne peux pas diriger l'usine tout seul, je dirais même que si j'étais plus jeune je ne pourrais pas non plus. Toutes ces techniques modernes, moi, ça me dépasse. Il faut que tu reviennes, Zacharie, sinon tout ça redeviendra poussière ! Et l'ascension des Hautefort ne sera qu'un coup d'épée dans l'eau. Pense d'abord à tes enfants, mon gars, c'est ton devoir.

Zacharie écoutait son beau-père sans mot dire. Des larmes étaient venues embuer ses yeux. Il était, d'un seul coup, dégrisé. Devant tant de grandeur, il avait honte de lui-même. Tancrède, qui était délicat, laissa son gendre et sortit de la chambre. Zacharie resta un long moment auprès de son fils, puis il alla donner un baiser à sa petite Eugénie.

En se couchant, Tancrède ne savait trop si ce qu'il avait dit allait porter. Il comprit qu'il avait réussi en voyant redescendre Zacharie, le lendemain, à quatre heures et demie du matin. Oui, Tancrède avait bien fait de parler. Rasé de près, serré dans une casaweck[1]

1. Longue redingote au dos ajusté.

sombre, sur un pantalon gris perle impeccable, Zacharie était redevenu M. Hautefort-Le Sauvage.

— Au travail, père ! déclara-t-il avec un sourire, tout en avalant sa tasse de chicorée.

Depuis ce matin-là, Zacharie avait cessé de boire. Grâce à Tancrède, il s'était repris en main. Les deux « maîtres de Hautefort » arrivaient désormais ensemble tous les jours avant l'ouverture de l'usine.

— Messieurs Hautefort ! Bien le bonjour !

Fidèle au poste, le père Elbeuf soulevait sa casquette.

À peine arrivé, Zacharie effectuait une tournée de l'usine. Il vérifiait que tout était impeccable, le nettoyage accompli. Ensuite, il se postait près de la grille à côté de la maisonnette du gardien. À sept heures et demie il attendait les ouvriers et les ouvrières qui arrivaient pour l'embauche. Ils étaient plus de cent cinquante à travailler à l'usine Hautefort. Zacharie les connaissait presque tous par leur prénom. En moins de quinze minutes, il les saluait en n'oubliant jamais un mot gentil pour leur conjoint ou leurs enfants.

— Bonjour, la Mariette, ça va le mari ?

— Bien, merci, m'sieur Zacharie.

— Belle journée ! Le François, ça va, à la maison ?

— Pour sûr, m'sieur Hautefort, ça va, merci ! Et votre dame, elle est toujours aux îles des Engliches ?

— Elle va bientôt revenir, merci de me demander de ses nouvelles.

La crèche Hautefort avait un grand succès. Les enfants des ouvrières qui le désiraient étaient donc gardés et nourris jusqu'à l'âge de cinq ans dans le petit pavillon commandé à l'architecte par Zacharie. Des industriels venus de Rouen en avaient entendu parler et venaient visiter cette « œuvre » révolutionnaire. Jamais personne n'avait pensé, jusqu'à présent, aux enfants des travailleurs.

Une fois les salutations terminées, Zacharie retournait dans son bureau directorial. Celui-ci se trouvait au-dessus du hall d'entrée du bâtiment principal, deux vastes baies éclairaient la grande pièce. De cet endroit stratégique, les maîtres de Hautefort pouvaient observer les allées et venues de chacun. Ce bureau, c'était une idée de Zacharie, meublé de secrétaires et fauteuils Empire, il ressemblait à celui d'un riche notaire ou d'un sénateur. Deux longues tables de style « Retour d'Égypte » se faisaient face. Celle de Zacharie était encombrée de dossiers. Le fauteuil de Noémie demeurait désespérément vide…

À huit heures, Zacharie avait rendez-vous, six fois par semaine, avec un étudiant britannique. Les affaires avec l'Angleterre avaient pris une telle extension que Zacharie avait décidé, lui aussi, d'apprendre à parler la langue de Shakespeare. Pendant deux heures, il travaillait dur avec Jack Scott. Ce dernier, recommandé par sir Robert Pilgrim, était ravi de son voyage : l'étudiant venu de Portsmouth séjournait aux frais de Zacharie à l'hôtel du Lion d'or. Les progrès de l'élève étaient éblouissants. En un temps record, Zacharie avait déjà appris à se débrouiller en anglais. Infatigable, il apprenait par cœur les verbes irréguliers :

To think, thought, thought.

To write, wrote, written.

Si un client importateur était entré à l'improviste dans ce bureau, il n'aurait jamais pu croire que ce chef d'entreprise, en train d'apprendre une langue étrangère, avait un rapport avec Zacharie Le Sauvage, l'ancien valet de ferme des Hautefort.

Zacharie savait, évidemment, tout ce qu'il devait à l'intelligence de Noémie. C'était elle, exigeant toujours plus, qui l'avait fait évoluer, lui avait permis de s'élever, de trouver en lui-même des possibilités dont il ne se serait jamais cru capable.

Aujourd'hui, avec sa rage, qui ne passait pas, son angoisse, sa jalousie de l'avoir retrouvée dans les bras de Jehan Kermadec, il lui en voulait presque de lui avoir tant appris. S'il était resté un « cul-terreux », peut-être aurait-il moins souffert. Bien sûr, il se reprochait son attitude avec Bastienne, mais cette superbe fille le provoquait depuis longtemps. Le moyen de résister à cette belle plante, alors que Noémie se refusait à lui, abîmée dans sa douleur ? Elle n'avait pas été la seule à souffrir. Zacharie lui en voulait de n'avoir pas deviné qu'il avait eu aussi besoin d'aide. Son chagrin était moins visible, mais tout aussi réel.

En cachette de Tancrède dont il admirait le calme, il avait fait prendre des renseignements : Noémie n'était pas revenue chez Kermadec. Il était même allé à Saint-Lô, au couvent des mères augustines, mais les sœurs n'avaient pas vu Noémie. Isabelle de Reuville, enfin jointe, n'avait pas de nouvelles de son amie depuis le deuil. De peur de déclencher un scandale, Zacharie avait arrêté ses recherches. Parfois, il pensait qu'elle était partie chez Papette, sa chère amie Jeanne-Chantal de Castablanca, en Périgord. Il lui écrivit une lettre touchante et attendit la réponse, avec angoisse.

Ce matin-là était celui d'un grand jour : le père Lacognée avait été chargé par Zacharie de rapatrier la flotte Hautefort de Saint-Vaast-la-Hougue au nouveau bassin de Carentan. Les bateaux seraient dorénavant amarrés au pied de la nouvelle et flamboyante usine. Zacharie avait décidé, bien sûr, d'assister à ce spectacle. Une fois son cours terminé, il enfila sa redingote et retrouva Tancrède devant le bâtiment de la laiterie.

L'Aîné était en train de réprimander un convoyeur de lait qui avait pris du retard sur l'horaire.

— L'heure, c'est l'heure, mon p'tit gars, si t'es point capable de respecter l'horaire, alors il t'en faudra aller travailler ailleurs !

Tancrède tapait son pilon sur les pavés de la cour. Au fond, il restait le même qu'à la ferme.

— Père !

Tancrède se retourna à l'appel de son gendre.

— Voulez-vous venir avec moi, les bateaux ne vont plus tarder.

Tancrède adressa un sourire à son bruman. Depuis que ce dernier s'était repris en main, il était aux anges.

— Pour sûr qu'on va y aller les voir, nos batieaux, mon gars ! et plutôt deux fois qu'une !

Ils partirent avec un petit cabriolet, conduit par un journalier, en direction du Haut-Dick. Cette langue de terre, bordée de peupliers, longeait le chenal de Carentan. Entre eux, ils ne parlaient jamais de Noémie. Ils vivaient au jour le jour sans se poser de questions. Au fond d'eux-mêmes, ils se doutaient que cette situation ne durerait pas éternellement, mais ils ne se trouvaient pas si mal « entre hommes ». Noémie leur reprochait souvent cette entente parfaite.

Un moment plus tard, ils arrivèrent devant la baie des Veys. Le père Lacognée était au rendez-vous avec la « flotte » : le voilier *La Jeune Eugénie*, le sloop *Le Zacharie* jaugeant soixante-trois tonneaux, le trois-mâts *Le Noémie II*, les remorqueurs à vapeur, *Le Napoléon I*^er^, *Le Napoléon II* et *Le Napoléon III*, puis suivaient le chaland *Le Tancrède Bébé*, *Le Tancrède l'Ancien*, *Le Haut-Dick* et *Le Saint-Marcouf*. Le défilé nautique était fermé par le petit picotin du premier voyage, *Le Noémie*. Zacharie avait décidé de le faire repeindre et de l'exposer dans le hall de l'usine Hautefort.

— C'est le symbole de notre réussite ! avait-il l'habitude de dire en le voyant.

N'avaient-ils pas, Noémie et lui, bravé la mort pour traverser la mer ? C'était le bon temps de leur amour indestructible.

Tancrède l'Aîné avait toujours refusé que l'on donnât son nom à l'un des bateaux. Peut-être était-ce sa forme de modestie, à moins que ce ne fût de l'orgueil. Abandonnant le cabriolet au journalier, Zacharie décida de prendre place à bord du *Noémie*. Le marin qui avait convoyé le bateau lui laissa la place. Le père Lacognée fit un signe au jeune patron.

— Passez devant, m'sieur Hautefort-Le Sauvage ! Ouvrez-nous le chenal.

Malgré les protestations de Zacharie, le père Lacognée refusait d'appeler son ex-mousse autrement que « m'sieur Hautefort-Le Sauvage » !

— C'est qu'il est devenu quelqu'un, le Zacharie.

La voile du picotin se gonfla, Zacharie saisit la barre. Son beau-père vint prendre place à côté de lui. Le petit bateau, « symbole de leur réussite », remonta les gros bâtiments pour se placer en tête du convoi.

— Vous savez, père…

— Oui, mon gars, je t'écoute.

— Je voulais vous remercier…

— Me remercier ? Et pourquoi donc ?

— Vous m'avez sauvé, père…. sans vous… vous avez bien fait de me parler, vous savez quand je…

Zacharie baissait le front, honteux de s'être laissé aller à la boisson.

— Relève la tête, fils, on te regarde. Tu es le maître ici, ne l'oublie jamais.

On accourait de partout.

Très vite alertés par cet événement exceptionnel, les habitants de Carentan venaient saluer les vaisseaux qui se dirigeaient vers le bassin. La flotte passa les écluses sous les acclamations.

— Vive les Hautefort ! Vive le beurre Hautefort ! Vive les maîtres de Hautefort !

Zacharie se mit debout pour saluer la foule. Posant sa main sur l'épaule de son beau-père, il murmura :

— Merci, père ! Heureusement que vous êtes là à mon côté !

— Ce n'est rien, mon fils, si un de tes petiots est un jour dans le pétrin, tu feras la même chose. Tiens, regarde-les. Sont-y pas beaux ?

— Vive papa ! Vive grand-père !

Sur les quais remplis de monde, Tancrède Bébé, Eugénie, leur précepteur l'abbé Lucien Morel, Prudence, Justin acclamaient la flotte et ses « amiraux ».

Zacharie envoya des baisers à ses enfants qu'il avait fait venir spécialement de Hautefort pour assister au spectacle.

Les Bouville étaient, bien sûr, là aussi, avec leurs deux garçons. Le jeune Hyppolite tenait tendrement la main d'Eugénie. Même les Sénéchal avaient fait le trajet dans leur char à bancs. Jean-Baptiste, superbe patriarche, trônait au milieu de sa tribu de fils, de brus et de petits-enfants.

— Vive papa ! Vive maman ! hurlait Tancrède Bébé, déchaîné.

C'était un beau petit gars. Il avait beaucoup grandi et mûri dernièrement.

Zacharie agita le bras dans sa direction. De stupéfaction, il arrêta son geste.

Noémie était là maintenant, au premier rang du public, à côté de ses enfants. Ceux-ci, ravis, l'embrassaient, lui tenaient la main. Ils riaient, parlaient tous les trois. Zacharie ne pouvait entendre ce qu'ils se racontaient, mais il n'était pas difficile de le deviner. La jeune femme devait dire à ses enfants qu'elle venait de « rentrer de voyage et qu'elle était très heureuse de les revoir ». Elle se redressa pour contempler la flotte envahissant le port. Un instant, son regard croisa celui de Zacharie. Sous le chapeau à voilette crânement posé sur le haut de sa tête, ses yeux défiaient son mari. Il la connaissait : elle n'avait pas pardonné, elle semblait lui dire : « Je suis ici mais ce n'est pas pour toi ! » Zacharie, le cœur brisé, songea : « Elle est revenue, c'est le principal, je vais tout faire pour qu'elle oublie... pour que nous oubliions tous deux ce qui s'est passé... elle est revenue. »

Ces mots chantaient dans sa tête. Zacharie était décidé à tout mettre en œuvre pour gâter Noémie, lui pardonner et se faire pardonner. Il se retourna vers Tancrède l'Aîné. Les yeux rieurs de ce dernier semblaient dire : « Je t'l'avais t'y pas dit qu'elle reviendrait ? »

Les usines qui venaient de s'installer étaient symbole de travail et de richesse pour les habitants de Carentan. Quand les bateaux accostèrent à l'emplacement qui leur avait été réservé, Zacharie et Tancrède ne purent se dégager de l'admiration de leurs concitoyens. On les empêchait de mettre pied à terre, en les ovationnant.

Zacharie, énervé, avait perdu de vue Noémie et les enfants. Où étaient-ils passés ? Enfin, il réussit à mettre le pied sur le quai.

— Bravo, monsieur Zacharie ! Bravo, monsieur Tancrède, messieurs Hautefort !

Zacharie et Tancrède devaient serrer beaucoup de mains. Tous ces gens si gentils leur faisaient une haie d'honneur. Quand ils parvinrent enfin devant les grilles de l'usine, le père Elbeuf attendait Zacharie.

— Pour un triomphe, c'est un triomphe, patron… Ah ! y avait un visiteur pour vous, monsieur Hautefort, une sorte de « rastaquouère ».

Le père Elbeuf était très fier d'employer ce mot nouveau.

— Un Mexicain basané, un peu moricaud, même beaucoup ! En tout cas, il n'est pas de chez nous.

— Eh bien, il fallait le faire attendre, père Elbeuf !

— Dam' oui, mais madame l'a reçu à votre place…

— Madame est déjà là ? Je l'ai vue dans la foule.

— Oh ! elle a pas perdu de temps, déjà au travail !

Abandonnant son beau-père, Zacharie se précipita vers l'usine. Il traversa la cour sous les vivats des travailleurs, grimpa les marches quatre à quatre. Quand il ouvrit la porte du bureau directorial, même s'il s'y attendait, il reçut un choc. Habillée d'une robe grenat à trois jupes, la dernière mode, le tout garni de « quilles » et d'un corsage à basques simulant une veste, Noémie, superbe, trônait derrière sa table face à un visiteur moustachu, vêtu de blanc. Elle était en train de lui faire signer un bordereau de livraison.

— Eh bien, señor de la Playa, il n'y a aucun problème, vous serez livré sous deux mois et je vous assure que vous serez très satisfait de nos services, nous respectons toujours nos délais, vous verrez.

L'homme, en effet très basané, se leva ; il s'exprimait avec un fort accent :

— Sère madamé Hauteforé, jé souis trè houreux d'avoir fait votre connaissance ! C'est oune grande jour por nos dos pays ! Pour l'amitié franco-mexicaine !

Le señor de la Playa salua Noémie. Il remit un vaste sombrero sur ses cheveux noirs et sortit sans même regarder Zacharie. Celui-ci était resté sur le pas de la porte. Il s'avança vers sa femme, les mains tendues.

— Ma chérie ! Tu ne peux pas savoir comme j'étais inquiet, père aussi, je suis si heureux de te revoir... Oublions tout, veux-tu ?

Noémie avait sa tête des mauvais jours.

— C'est incroyable ! Je vous laisse quelques jours et plus rien ne marche. J'arrive et qu'est-ce que je vois ? Tous les ouvriers sur le port te regardent parader avec les bateaux. Tu sais ce que ça coûte, un journalier à l'heure ? Et en plus je rencontre cet étranger, un Mexicain qui était en train de chercher partout dans l'usine vide quelqu'un pour s'occuper de lui. Heureusement que j'étais là ! Je viens de signer un contrat de livraison de centaines de milliers de francs à renouveler chaque année.

Zacharie était révolté par tant d'injustice. Il venait vers elle, les bras tendus, prêt à tout pardonner, à oublier son attitude inqualifiable avec Kermadec et elle lui parlait comme à un valet. C'était cela que Zacharie ne pouvait supporter. Qu'elle joue le « maître de Hautefort » s'adressant à un subalterne. Après tout le travail qu'il avait fait pendant que madame se promenait on ne sait où, avec on ne sait qui et revenait comme une fleur, vêtue d'une toilette à la dernière mode, c'était trop ! Le doux, le charmant Zacharie, humilié, pouvait devenir violent. Il bondit vers Noémie, prêt à la gifler. Elle le défia du regard.

— C'est cela, bats ta femme et cours rejoindre ta Bastienne, cette fille de rien...

— Oh, arrête, Noémie !... En effet, je ne sais pas ce qui me retient de...

Au lieu de la frapper, pour passer sa rage, il arracha les rideaux des fenêtres, renversa les lourds bureaux

Empire, jeta les papiers, les encriers, déchira tout ce qui lui tombait sous la main.

— Qu'est-ce que tu crois ? Que tu peux partir et revenir comme si de rien n'était ? Je ne suis pas une machine et encore moins un animal.

Zacharie écumait de fureur. D'un bond, il se dirigea vers le coffre-fort ouvert, où Noémie venait de déposer l'acompte du Mexicain. Sous les yeux ahuris de Noémie, il saisit des liasses de billets qu'il fourra dans ses poches.

— Que crois-tu ? Moi aussi, je l'ai gagné, cet argent, à la sueur de mon front, il est aussi à moi… Adieu, tu ne me reverras jamais !

Il sortit en claquant la porte, dévala les marches, passa dans la cour devant Tancrède l'Aîné stupéfait, et sauta dans un cabriolet pour s'éloigner au galop sans même chercher à voir ses enfants. Zacharie n'en pouvait plus. Il arriva à la gare quelques minutes plus tard, décidé à mettre la plus grande distance possible entre Noémie et lui.

— Un billet pour le prochain train, s'il vous plaît.

L'employé des chemins de fer regarda Zacharie avec étonnement.

— Le prochain train pour où, monsieur Hautefort ?

— N'importe, ça n'a pas d'importance.

— Eh bien, c'est-à-dire que le prochain train part pour la capitale dans une heure… ça vous convient ?

— Ça me va très bien, répondit Zacharie.

Une grande émotion l'envahit soudain. En fait, il n'était jamais allé à Paris.

27

À la poursuite d'une ombre

Noémie ferma les yeux. Elle regrettait d'être partie si vite. Jamais elle n'aurait dû écouter son père comme une petite fille. Ce voyage était interminable. Le train s'arrêtait à Lisieux pour laisser descendre les voyageurs. Le compartiment de première classe où Noémie avait pris place se vida. La jeune femme poussa un soupir de soulagement. Elle se redressa, tapota sa crinoline froissée et descendit à son tour sur le quai. Elle avait envie de faire demi-tour pour reprendre un train en sens inverse à destination de Carentan.

L'image de son père, furieux, l'en empêcha. Elle était peut-être le maître de Hautefort, commandant des centaines d'employés, elle n'en demeurait pas moins la fille du grand Tancrède, le vieux seigneur, qui parlait peu, mais se faisait entendre quand il haussait la voix. Le chef de gare discutait auprès de la locomotive fumante avec le mécanicien et le chauffeur. Ceux-ci avaient le visage noirci de suie. Le public massé derrière les barrières les applaudissait. Ces nouveaux géants du rail étaient très populaires, on les considérait comme des dieux. Un lampiste préparait les éclairages à l'huile du train. Bientôt, la nuit allait tomber. Des voyageurs apparaissaient, suivis de leurs porteurs. Noémie espérait rester seule dans le compartiment. Elle avisa un contrôleur qui se déplaçait avec agilité sur le marchepied des compartiments vides. L'homme exécutait aussi cette manœuvre pendant que le train roulait. En ce cas, c'était un vrai numéro d'équilibriste.

— Ai-je le temps d'aller me rafraîchir ? demanda Noémie.

— Oui, madame, nous repartons dans une demi-heure, le temps de remettre de l'eau dans la locomotive et de recharger des bûches et de la poussière de charbon.

— Pouvez-vous veiller à ce que je sois seule pour le voyage ?

— Où allez-vous, madame ?

— À Paris !

— Ce sera difficile, mais j'essaierai, fit l'homme d'autant plus aimable que Noémie lui mettait dans la main une pièce de cent sous.

Noémie pénétra dans la petite gare de Lisieux. Des toilettes de première classe pour dames étaient aménagées assez confortablement. Elle put ôter son chapeau, se recoiffer, rafraîchir son visage et ses mains. À la sortie, elle but avec plaisir un gobelet de lait frais vendu par un marchand ambulant. L'estomac trop noué, elle refusa un beignet aux pommes et retourna vers son compartiment. À sa grande déception, un petit homme rond à moustaches avait pris place dans un des fauteuils capitonnés à l'autre bout du compartiment. Elle chercha des yeux le contrôleur pour lui dire son fait, mais l'homme avait disparu des marchepieds. Le chef de gare agitait son drapeau sur le quai.

— Attention au départ !

Un autre contrôleur venait fermer à clé les portes de chaque compartiment. Le train s'ébranlait. Noémie détestait l'idée d'être bouclée dans cette caisse sur roues. Elle avait lu que le Paris-Versailles avait connu une terrible catastrophe. Dans la descente de Bellevue, la locomotive ayant cassé un essieu, les wagons suivants étaient passés par-dessus sa cheminée. Les charbons ardents s'étaient répandus. Les voyageurs hurlaient derrière leurs portières fermées. Quarante-huit personnes avaient péri dont le grand explorateur Dumont d'Urville. « C'était bien la peine d'être allé affronter les tempêtes glacées de l'Antarctique pour venir brûler à Meudon ! », songeait Noémie. Elle aurait aimé, pendant le voyage, pouvoir marcher, aller et venir. Impossible, elle était, comme tous les voyageurs, enfermée dans son compartiment.

— Madame sera-t-elle dérangée si je fume une pipe ? interrogea poliment le voyageur à moustaches.

— Absolument pas, répondit sèchement Noémie en tournant la tête vers sa fenêtre.

Ignorant son voisin, elle se laissa aller à la contemplation de la sortie de Lisieux. Au loin, elle apercevait les deux tours de la cathédrale Saint-Pierre et les toits du palais épiscopal. Elle eut soudain un sanglot. Le seul voyage qu'elle ait fait par le train était avec Zacharie. Ils avaient pris le Caen-Lisieux. La main dans la main, ils avaient visité la vieille ville, les bâtiments moyenâgeux, et ils étaient rentrés deux jours plus tard à Hautefort, les yeux brillants d'excitation et de bonheur.

Noémie déchiqueta nerveusement son mouchoir. « Comment, mais comment avaient-ils pu en arriver là ? »

Zacharie n'avait pas reparu au domaine, ni à l'usine de Carentan. Les jours passaient et il ne revenait pas. Noémie avait repris d'une main de fer la direction des beurres Hautefort. Le soir à la ferme, l'atmosphère était lourde. Tancrède l'Aîné parlait peu. Les enfants, au début très heureux de revoir leur mère, réclamaient maintenant Zacharie. Il fallut inventer que ce dernier était parti, à son tour, pour affaires.

— Parti où ? demanda Tancrède Bébé.

— À Paris, répondit l'Aîné en avalant sa soupe.

Noémie lui jeta un regard suspicieux. Elle attendit que les enfants soient montés se coucher avec Prudence pour interroger son père.

— Tu sais quelque chose, papa ?

Tancrède bourrait sa pipe d'un air bougon.

— Qu'que chose sur quoi, petiote ?

— Sur… sur Zacharie évidemment.

Le nom avait du mal à passer.

— Ah ! sur ton mari… ouais.

— Eh bien, dis-le !

— Pourquoi, ça t'intéresse-t'y ?

— Mais oui, papa !

— On ne dirait pas.

Noémie soupira. Il était évident que le vieux lion de Hautefort allait lui faire payer sa fugue.

— Tu veux mon avis, petiote ?

— Mais oui…

— C'est bien aimable, eh bien, puisque tu me l'demandes, figure-toi que quand on a un bon mari comme le Zacharie, on ne le laisse pas filer !

— Mais, papa, je l'ai retrouvé avec une fille de rien…

— Je sais pour la Bastienne, et alors, tu ne t'occupais pas de lui, le pauvre. Un homme c'est un homme, je n'sais point ce que les bonnes mères t'ont appris à Saint-Lô !

— En tout cas pas à être trompée dans le foin par une dévergondée.

— V'là les grands mots ! Pauvre gars, il avait besoin de chaleur humaine… et tu ne nous en as pas beaucoup donné, ma fille !

Sous le reproche, Noémie baissa la tête. Elle savait que son père avait raison.

— Vous ne comprenez pas, vous, les hommes, j'ai eu tellement de chagrin pour notre petite Augustine...

Un voile brisa sa voix.

— Et alors, tu crois que tu es la seule au monde à avoir eu de la peine ?

— En tout cas, papa, je suis désolée mais rien n'excuse Zacharie. Toi, tu n'as jamais trompé maman ni même eu aucune relation après sa mort.

— Mais, ma pauvre fille, ça ne te regarde pas... J'ai aimé ta mère le plus qu'est possible pour un homme, mais après j'ai eu ma vie aussi, j'ai pas vécu en moine, un homme, ça a besoin d'consolation.

Noémie était suffoquée. Elle protesta encore.

— En tout cas, Isidore, lui, a toujours été...

— L'Isidore voulait point se marier malgré les occasions, c'était une question d'honneur ! Pour le reste, vu qu'il était correct, je n'suis jamais allé regarder, quand c'est qu'il fermait la porte de son chambreau, avec une « visite » !

Noémie en apprenait de belles ! Pendant qu'elle était au couvent, les deux vieux célibataires s'organisaient leur petite existence à Hautefort. Elle marchait rageusement de long en large.

— Écoute, papa, je sais bien que tu as décidé de prendre le parti de Zacharie contre moi.

— Là n'est pas le problème, mais je vois juste, tu t'es vengée. Remarque, le Zacharie lui a flanqué une sacrée correction au Breton.

Noémie arrêta son va-et-vient.

— Tu es au courant ?

Tancrède tira avec satisfaction une bouffée de sa pipe.

— Bah ! dam', ça a filtré, on m'a dit qu'y s'en est passé de drôles derrière les hautes futaies de Reuville.

Tancrède émit un petit rire avant d'ajouter :

— Y paraît qu'ce pauvre Kermadec était pas beau à voir, tout sonné qu'il était ! Zacharie a agi en homme, mais, toi, tu as filé sans rien dire, on se rongeait les sangs ici, c'est-y des façons ?

— Mais, papa…

Tancrède posa calmement sa pipe dans un plat de grès.

— Je crois qu'il va falloir que je t'explique certaines choses, petiote ! Tu as peut-être ben deux enfants, mais faut pas croire que t'as plus l'âge de recevoir une bonne fessée. Où étais-tu d'abord ? J'espère au moins que ton honneur…

— Mais, papa, j'étais chez mon amie Anne Lefébure à Avranches, tu sais, Chiffonnette qui était avec moi à Saint-Lô. Elle a épousé Octave Le Haguais, le préparateur de son père. Ils ont été très gentils avec moi. J'étais dans un tel état de nerfs que le pauvre Octave a dû me donner du laudanum pour me calmer !

— Oui, je sais très bien qui est Anne Lefébure. Mais ta place était ici. Qu'est-ce que tu crois ? Que tu peux disposer des gens comme ça ? Jamais la Blanche Pouquette ou ta malheureuse mère n'auraient agi de la sorte. T'en aller sans dire où tu cours. J'm'en vas te dire une bonne chose, je ne reconnais plus ma fille, et tu as de la chance que Zacharie ne t'ait pas donné une bonne correction. Ici, il a tout repris en main. Et avec de la poigne, et si l'usine n'a pas coulé, c'est grâce à lui ! Comprends-tu ?

— Mais tu prends sa défense… je…

Noémie était interloquée. Jamais son père ne lui avait parlé de la sorte.

— Bien sûr que je prends sa défense, qu'est-ce que tu crois ? Alors, tu vas aller chercher ton mari et le ramener, et plus vite que ça, et lui faire des excuses. Et lui dire tout ce qu'il faut pour qu'il retrouve sa bonne humeur. As-tu compris ? Je t'en ficherai, moi, du laudanum...

Tancrède tapait du poing sur la table. Noémie sous l'algarade baissait la tête comme une petite fille. Si les employés tremblants devant le maître de Hautefort l'avaient vue !

— Je... je... c'est d'accord... Excuse-moi, papa... Je crois que tu as raison, mais où est-il vraiment ?

— Je te l'ai dit, à Paris ! lança Tancrède avec majesté.

— Co... comment le sais-tu ?

— J'ai fait mon enquête, pendant que tu signais des contrats à tour de bras, ma fille !... L'employé des chemins de fer m'a affirmé qu'il avait pris un aller simple pour la capitale, voilà.

— C'est tout, mais où veux-tu que je le trouve ?

— Bah ! va dans la grand-rue, et cherche dans les tavernes, ma fille, là où les hommes malheureux boivent seuls !

Tancrède avait une vision très personnelle de Paris.

— Une pastille de violette, madame ?

Le petit monsieur changea de fauteuil pour se rapprocher de Noémie. La jeune femme lui jeta, sous sa voilette, un regard fort peu engageant.

— Non merci !

— Avez-vous faim ou soif, madame, je connais ces voyages et ne m'embarque jamais sans biscuits ! Finalement, la vitesse, c'est bien, mais avec nos diligences, on pouvait s'arrêter !

— En effet !

Le voyageur offrait à Noémie un gobelet d'eau de mélisse. Elle avait de nouveau tellement soif qu'elle accepta et but avec plaisir.

— Merci, c'est délicieux !

— Madame va à Paris ?

— Oui...

— Pour affaires familiales, peut-être ?
« Quel indiscret ! »
— C'est le mot exact ! Affaires familiales !
Quelle ironie ! Soudain, Noémie avait envie de rire.
— Je me présente, Félix Legras ! Pour vous servir !
Il tendait sa carte à Noémie. Avec surprise, elle lut :

Félix Legras – Détective privé
Filatures en tous genres. Policier diplômé.
Agence à Paris
121, boulevard des Capucines – 3ᵉ étage droite
Discrétion et satisfaction assurées.

Noémie se demanda si elle avait vraiment la tête d'une femme courant après son mari envolé. Ce ne devait pas être le cas car le petit homme ajouta :

— Je ne pense pas, madame, que vous ayez besoin de mes services, mais si vous désirez un conseil ou une adresse dans la capitale, je me ferai un plaisir de vous le donner, gracieusement, cela va de soi.

— Eh bien, monsieur, je vais arriver tard et ma famille ne pourra m'attendre à la gare. Je ne connais pas bien Paris, vous, en revanche, pourriez peut-être m'indiquer un hôtel convenable où une dame seule puisse descendre ?

— Un hôtel, bien sûr, cela dépend du prix évidemment !

Félix Legras jaugeait la jeune femme qui lui faisait face. Son élégance quelque peu provinciale, ses vêtements de bonne qualité, ses gestes, sa façon de parler n'annonçaient pas chez cette belle créature la cocotte cherchant l'aventure. Elle avait des soucis, c'était certain, et son histoire de famille, Félix Legras n'y croyait pas trop. Il avait l'habitude, dans son métier, de soupeser le vrai et le faux. Son instinct de policier était le plus fort. Voulant en avoir le cœur net, il réfléchit tout haut :

— Voyons, je cherche le meilleur quartier pour votre cas évidemment, je connais de bonnes pensions, à la Bastille, au Château d'Eau, dans la Cour des Fontaines près du Palais-Royal, Mme Tripoli tient un hôtel respectable à prix moyen, mais si madame préfère rester plus près du quartier Saint-Lazare où elle va arriver…

— Oui, ce serait l'idéal !

— Alors le meilleur endroit, mais assez onéreux.,.

— Cela n'a pas d'importance ! lança Noémie, un peu agacée.

« Une femme du monde, ayant un chagrin d'amour ! », songea Félix Legras, ravi, avant de conseiller tout haut :

— Alors en ce cas, le Grand Hôtel ! Madame pourra ainsi prendre ses repas au seul endroit digne de son élégance, Au Café de la Paix, juste à côté du monument en construction qui sera le nouvel Opéra construit par M. Charles Garnier. Savez-vous, madame, ce qu'ont dit l'empereur et l'impératrice quand ce pauvre architecte est venu leur présenter les plans : « Mais qu'est-ce que c'est que ce style-là ? Ce n'est ni du grec, ni du Louis XIV, ni du Louis XV ? – Mais c'est du Napoléon III, Vos Majestés, et vous vous plaignez ! »

Le petit homme riait de la réponse de Garnier en se frottant les mains. Noémie daigna sourire.

— Mais, rassurez-vous, madame, les travaux de l'Opéra ne vous gêneront pas. Au Grand Hôtel, nous demanderons pour vous une suite sur la rue Scribe !

Ils continuèrent de discuter, ou pour être plus exact, Félix Legras pérorait, mais ce babil détendait Noémie. Elle apprit qu'il avait une vieille tante habitant Lisieux et que grâce au chemin de fer, il pouvait maintenant venir lui rendre visite chaque fois que ses nombreuses filatures le lui permettaient.

À l'arrivée, le détective aida grandement Noémie pour la sortie de la nouvelle gare Saint-Lazare flambant neuve. Il lui trouva un porteur pour ses deux malles, son carton à chapeaux et son sac de voyage, puis il dénicha un fiacre. Il tint à venir présenter la jeune femme au concierge de l'hôtel qu'il semblait connaître. Noémie comprit qu'il devait toucher une redevance pour chaque client amené, mais elle était cependant reconnaissante car, sans cette rencontre, elle ne savait pas comment elle s'en serait sortie.

— Au revoir, monsieur Legras !

— Au revoir, madame... euh...

Noémie hésita imperceptiblement, mais elle n'avait aucune raison de cacher son nom.

— Hautefort-Le Sauvage !

— Hautefort...

Le petit détective se grattait la tête.

— Auriez-vous quelque chose à voir avec les beurres Hautefort du Cotentin, avec la jolie fermière ?

— C'est moi ! Enfin c'est nous, une affaire familiale avec mon père et... mon mari !

— Ma tante Berthe ne prend que le beurre Hautefort, à Lisieux, et je dois vous dire qu'il est délicieux ! Dieu du ciel, vous êtes madame Hautefort... Hem ! sans indiscrétion, vous venez peut-être pour affaires, trouver des dépositaires à Paris...

— C'est une des raisons de mon voyage... mais ce n'est pas la seule !

Noémie quitta le petit homme tout émoustillé de sa rencontre pour suivre deux grooms en grande livrée qui l'entraînaient sous le lustre rutilant de son éclairage au gaz du hall, vers un immense escalier montant aux étages. L'un des grooms lui désigna des travaux derrière des paravents chinois.

— Quand madame reviendra, nous aurons un ascenseur hydrolique.

— Un ascenseur ? répéta Noémie, pas très sûre de comprendre.

— Oui, madame, on entre dedans et l'ascenseur monte à votre place, affirma fièrement le gamin.

Des femmes emplumées, décolletées, la gorge couverte de pierreries, descendaient l'escalier au bras de dandys en habits de soirée. Noémie, à côté de ces créatures aux énormes crinolines fleuries à la dernière mode, se sentait brusquement bien provinciale. Elle se souvenait de sa première visite au château de Reuville dans sa petite robe bleue et de sa honte devant la comtesse Adélaïde si élégante.

— D'où vient ta toilette, Judith ? interrogea l'une des belles Parisiennes.

— Mais de chez M. Worth, mon ange...

Noémie nota soigneusement le nom dans son esprit. Elle arrivait à la suite des grooms dans un long couloir assez mal éclairé par des appliques à gaz.

— Nous aurons certainement bientôt l'électricité, madame.

— Ah ! oui, fit Noémie, ne voulant pas prendre l'air ébahi de la Normande admirative.

— Si madame veut se rendre compte, elle pourra aller demain soir au Carrousel voir, comme tous les badauds, deux ampoules électriques qui éclairent la place.

— Seulement deux ampoules ? dit Noémie, ne pouvant dominer la curiosité...

— Oui, madame, c'est comme ça. Ah ! il s'en passe du changement à Paris.

Un client sortait de sa chambre. Il était en tenue de dîner. C'était un homme corpulent, massif dans sa jaquette portée sur un gilet et pantalon serré. Il avait un visage dur, hautain, éclairé d'un regard d'acier. Au passage, il salua Noémie en la dévisageant avec insistance, puis il murmura avec un fort accent germanique :

— Drès honoré de vous avoir pour voisine, *Fräulein* !

Noémie était suffoquée par tant d'arrogance polie.

— Qui est ce monsieur ? demanda la jeune femme à l'un des grooms.

— Le comte de Bismarck, c'est un seigneur prussien très important à ce qu'il paraît…

« Je pourrais peut-être lui vendre du beurre pour son pays ! », songea Noémie sans perdre le sens des réalités.

Les grooms lui ouvraient son appartement. Elle leur donna un confortable pourboire et se retrouva, pour la première fois de sa vie, seule dans un hôtel de luxe. Une chambre et un boudoir, ravissants, rose, bleu et or, formaient sa suite. Une vraie salle de bains, attenante à la chambre, offrait à la voyageuse une baignoire, un lavabo et un bidet avec de l'eau courante. On était loin des cabinets de toilette avec les brocs de Hautefort.

Noémie, épuisée, délaça sa robe. Elle regrettait de n'avoir pas emmené Prudence ou Mariette pour l'aider à ôter crinoline et corset.

« Finalement, j'espère que la mode va changer, si nous avions des robes plus près du corps, ce serait peut-être moins chic mais plus pratique ! »

Elle n'avait même pas faim. Après s'être rafraîchie, avoir ôté ses vêtements des malles et aligné, sur une commode, quelques pots de beurre Hautefort qu'elle avait pris la précaution d'emporter, Noémie se coucha enfin dans le vaste lit capitonné. Jamais elle n'avait ressenti une telle solitude. Bien qu'ayant éteint les lampes à gaz, elle ne pouvait dormir. Les bruits de la rue parisienne, auxquels elle n'était pas habituée, la tenaient éveillée et l'isolaient encore plus. Dans le fiacre, au passage, elle s'était rendu compte de l'étendue de Paris. Comment retrouver son mari dans ce caravansérail ?

Jamais elle n'aurait dû écouter Tancrède, jamais elle n'aurait dû se lancer dans cette aventure folle. Elle détestait ce vacarme, regrettait le calme de Hautefort, les vergers, les pommiers de son père, les vaches laitières, et son usine où elle régnait. Ici, elle n'était plus rien.

Quelque part dans cette ville, Zacharie dormait peut-être dans les bras d'une autre femme.

À cette pensée, Noémie, à bout de nerfs, sombra dans un demi-sommeil agité.

Allons, demain, il y aurait du soleil et elle partirait à la recherche du fugitif !

28

La vie parisienne

Depuis trois jours, il pleuvait sans discontinuer.

Avec un fiacre loué à la journée, Noémie sillonnait Paris. La ville était un gigantesque chantier. On creusait, démolissait, reconstruisait, retranchait, élargissait partout. Noémie avait la tête qui tournait. Quelle différence, quelle agitation, en comparaison de Carentan ou de Sainte-Mère ! Sur les trottoirs des boulevards, une foule compacte et bigarrée se bousculait en marchant à une cadence infernale. Et quel mélange hétéroclite ! Des élégantes, que Noémie ne pouvait s'empêcher d'admirer, descendaient de leurs calèches pour s'engouffrer dans quelque pâtisserie ou salon de thé à la mode, tandis que des ouvriers ou des grisettes en « cheveux » se hâtaient vers les omnibus. Des cris amusants retentissaient : « Pan ! dans l'œil ! », « Et ta sœur ! », hurlait un titi grimpé sur l'impériale, « Vive la joie et les pommes frites ! », braillait une marchande de quatre-saisons.

— Ohé ! ohé ! les p'tits agneaux, on se pousse ! prévenait César, le cocher de Noémie, au milieu des encombrements parfois inextricables.

— Tu vas me le payer, Aglaé ! répondait le conducteur d'un autre attelage.

— Vous n'auriez pas vu Lambert ?

— Ohé ! ohé ! Lambert ! Ah ! il a des bottes, Bastien ?

« Ces gens sont-ils tous fous ! », songeait Noémie, gagnée, malgré tout, par l'atmosphère de bonne humeur et d'excitation de la capitale. Elle comprenait que toutes ces exclamations du petit peuple étaient la dernière vogue et que demain on crierait autre chose.

De petits vendeurs de journaux annonçaient fièrement : « Achetez *L'Éclair*, *L'Éveil*, toutes les nouvelles, et le roman de M. Alexandre Dumas, pour cinq sous, vous connaîtrez la suite du *Comte de Monte-Cristo*, Edmond Dantès va-t-il périr noyé ? Cinq sous, pas un sou de plus, à vot' bon cœur m'sieurs dames ! – Sa Majesté l'empereur vient d'accepter une nouvelle Exposition universelle qui va z'avoir lieu z'ici m'sieurs dames, à "Paname" ! Achetez *L'Éveil*... cinq sous... Le tsar Alexandre II, l'roi d'Prusse Guillaume, l'grand sultan d'Turquie, rien qu'ça ! Y viendront tous... – En attendant, allez donc au Bon Marché faire vos courses, mesdames, m'sieur Boucicaut vous offre le plaisir des nouveautés ! – Pousse-toi, Léon, l'écoutez pas, braves gens, courez au Bazar de l'Hôtel de Ville, m'sieur Ruel y vous donne tout pour le ménage... Venez voir la draisienne[1] à pédales ! Des vélocipèdes pour le sport comme y disent les Engliches, et la plus grande invention ménagère pour les dames, une machine à coudre entièrement actionnée au pied... c'est l'progrès ! »

Ces galopins annonçant les nouvelles et distribuant des prospectus étaient très amusants, ébouriffés sous leurs larges casquettes. Ils avaient un typique accent traînant, ironique, si différent du patois normand.

Malgré le temps pluvieux, Noémie était chaque jour plus charmée par la capitale.

---

1. Ancêtre du vélo.

César, sur son ordre, sillonnait la ville. Il l'avait emmenée de la place des Pyramides à la Madeleine toute neuve, du Luxembourg au village de Montmartre. Sur les boulevards, rue Poissonnière, boulevard de Sébastopol, autour des Tuileries, du Louvre, dans les cafés, sur la rive gauche au quartier Latin, devant le Panthéon, la rue Saint-Victor, même à la Tour d'Argent, le plus vieux restaurant de la ville où affluaient riches provinciaux et étrangers, chez Brébant, à la Taverne anglaise, chez Dinochau, Au Café de la Rotonde, à la Brasserie Andler, à la Barrière Montparnasse, au Cabaret de la Girafe, au Café Voltaire... Il n'y avait nulle part trace de Zacharie.

Noémie, découragée, songeait à rentrer à Hautefort.

Tancrède l'Aîné devait se ronger d'inquiétude. De plus, il avait repris encore une fois la direction de l'usine pour assurer le tout-venant, mais Noémie s'inquiétait. Par le télégraphe électrique, elle lui fit transmettre un message, pour lui donner son adresse et lui demander s'il y avait des complications à envoyer Gilles Gouhier, un contremaître assez débrouillard, qui apporterait les livres de comptes et papiers urgents à signer.

Si Zacharie était à Paris, où se cachait-il ? Après tout, il avait pu partir plus loin, aller en Italie, en Espagne, prendre un bateau à Marseille. Peut-être ne le reverrait-elle jamais. À cette pensée, le cœur de Noémie se serrait. Elle s'adressait maintenant des reproches. Zacharie lui manquait. Où chercher ? Vers qui se tourner ?

Soudain, elle eut une idée. Après tout, pourquoi pas ? C'était le destin qui avait mis dans son compartiment ce drôle de petit homme. Elle sortit de son réticule la carte de Félix Legras et lui fit porter, par un groom du Grand Hôtel, un mot, boulevard des

Capucines. Une heure plus tard, le détective était dans le boudoir.

— Désirez-vous un thé, monsieur Legras ? demanda Noémie avec urbanité.

Elle sonna le valet de chambre, qui apporta sans tarder un copieux plateau.

— Êtes-vous satisfaite de votre séjour dans la capitale, madame Hautefort ?

— À moitié, monsieur Legras ! Je vous ai demandé de venir pour vous poser une question : pouvez-vous retrouver rapidement quelqu'un à Paris ?

Félix Legras reposa sa tasse brûlante.

— Cela dépend de qui, madame.

Pour Noémie, il n'était plus question de tergiverser.

— Je cherche... mon mari, M. Zacharie Le Sauvage, qui a quitté la Normandie pour Paris voici trois semaines et dont nous sommes sans nouvelles...

— Excusez mon indiscrétion, madame Hautefort, mais je dois tout savoir, il faut me parler comme à un confesseur, votre mari a-t-il disparu dans la ville suite à un accident, maladie, vengeance, duel, attentat, ou pardonnez-moi, mais vous a-t-il quittée ?

— Nous... nous sommes disputés et il est parti, murmura Noémie avec effort.

— Ouf ! j'aime mieux ça, car sinon dans les bas-fonds de la cité, tout est à craindre, bon, avez-vous une photographie ?

— Oui. Pour une réunion de famille, nous avions fait venir un artiste photographe de Bayeux. Voici mon mari.

Les yeux de Noémie s'embuèrent de larmes car il s'agissait d'un jour d'immense bonheur pour le baptême de la petite Augustine. Noémie vêtue de clair la tenait dans ses bras. Zacharie se penchait tendrement vers sa femme et son bébé. Ils étaient entourés des enfants, de Tancrède l'Aîné, droit, superbe, et des amis proches, tels que les Bouville et les Sénéchal.

— La qualité de la photo n'est pas parfaite, mais on voit quand même que votre mari est un bel homme, hum... trente-cinq ans, blond, imberbe, les yeux bleus certainement, vous n'avez aucune idée de l'endroit où il a pu descendre ?

— Non, monsieur Legras, j'ai fait divers quartiers, cafés et restaurants mais apparemment personne ne l'a vu.

— Bon, madame Hautefort, à partir de maintenant, vous allez vous promener pour vous, pourquoi n'iriez-vous pas rue de la Paix faire des courses chez Worth ?

— Je n'ai pas trop le cœur à ça.

— Taratata, une belle femme comme vous, avec la situation que vous avez, se doit d'être à la pointe de la mode, je vais vous envoyer une voisine, une vraie Parisienne, qui va vous promener, laissez-moi faire !

Malgré son désarroi, Noémie ne perdait jamais le sens des réalités.

— Pardon, monsieur Legras, combien vous devrai-je pour cette recherche ?

— Dix francs par jour, plus les frais de fiacre, et les ristournes que je devrai distribuer à la préfecture de police ! Il se pourrait que j'aie à « arroser » quelqu'un... Donnez-moi cinquante francs d'avance, si vous le pouvez, bien entendu, et on verra ensuite.

— Parfaitement !

Noémie sortit d'un tiroir la somme demandée.

Après l'avoir remerciée, le petit homme moustachu regarda les pots de beurre à l'effigie de la Normande alignés sur la commode.

— Je pourrais peut-être aussi vous trouver des clients et des commandes, madame Hautefort... Quel serait mon pourcentage ?

Le détective était aussi net que Noémie en affaires. Cela plut à la jeune femme. Si l'on reparlait travail, elle était en terrain connu.

— Cinq pour cent à la première commande, dégressif jusqu'à deux et demi pour cent pour la suite...

— C'est juste !

Le détective ramassa son gibus.

— Vous aurez bientôt de mes nouvelles, madame Hautefort. Ah ! Allez donc aussi chez mon ami Tournachon, enfin Nadar, c'est son pseudonyme. Il a un atelier boulevard des Capucines et photographie toutes les célébrités. Avec votre beauté, madame, il fera des merveilles. Mes respects, madame Hautefort...

Le petit homme remit son chapeau sur la tête et sortit du boudoir.

Peu de temps après, la « voisine » de Félix Legras frappait à la porte de Noémie. C'était une femme d'une quarantaine d'années, un peu boulotte, au visage avenant, et répondant au nom de Léonne. Une ancienne couturière, parisienne de naissance. Elle savait tout, connaissait chaque rue, chaque monument, était au courant du moindre potin, avait des amies et des relations partout. Noémie comprit qu'elle était l'« amie » régulière de Félix Legras, mais large d'esprit pour ce genre de choses, elle ne s'en offusqua pas.

Le soleil brillait à nouveau sur Paris. Avec Léonne, elles coururent tous les magasins. Noémie se commanda trois robes chez le « pape » de la couture, M. Worth. Deux capes, six chapeaux chez Mlle Ode et six autres chez Mme Vitrol, l'une des modistes de l'impératrice. Avec générosité, Noémie offrit aussi, pour la remercier de sa gentillesse, deux robes avec chapeaux assortis, à sa nouvelle amie qui en fut ravie.

— Viendrez-vous parfois me voir dans le Cotentin, Léonne, pour vous occuper de ma garde-robe et de celle de ma fille Eugénie, quand elle sera plus grande ?

Léonne, très flattée, promit de faire le voyage autant de fois qu'il le faudrait. Noémie avait l'art de se servir des gens et de leur apporter la fortune.

Un jour, au moment où Noémie, suivie de deux valets de pied portant d'immenses cartons, sortait avec Léonne de chez Worth, l'impératrice Eugénie descendait de sa célèbre calèche verte. Noémie la reconnut aussitôt et fut frappée par son charme et sa beauté.

Comme toutes les dames présentes, Noémie se courba dans une profonde révérence, et Eugénie passa avec un sourire, laissant dans son sillage un parfum lourd et voluptueux...

— Comment pourrais-je aller vendre mon beurre aux Tuileries ? murmura Noémie en se redressant.

— Je connais une des lectrices de l'impératrice, Mlle Fould, c'était une de mes clientes lorsque je travaillais dans la couture, donnez-moi un de vos pots de beurre, Noémie, et j'essaierai de le faire parvenir sur la table des souverains.

— Vous feriez cela, Léonne ?

Noémie, de joie, embrassa la charmante femme et elles rentrèrent à l'hôtel.

Dans le hall, elles croisèrent le comte de Bismarck, toujours aussi large, haut, massif, arrogant. Pourtant, il salua Noémie avec respect. De son accent guttural, il lança :

— J'ose esbérer que mon voisinage et doutes les visites que je reçois de nos ambassades ne vous dérangent bas trop, *Fräulein* !

— Pas du tout, monsieur, moi-même j'ai beaucoup d'activités, ayant une usine de beurre, la plus moderne d'Europe, je suis à Paris pour signer des contrats.

— Du beurre... drès intéressant... j'en barlerai à notre attaché commercial... vous n'avez rien contre la Brusse, j'espère, *Fräulein*...

— Pas du tout, monsieur, je ne connais qu'une chose, le commerce qui adoucit les mœurs et abat les frontières.

— Bien barlé, bien barlé... *Fräulein*... *Fräulein* ?

— Hautefort... Noémie Hautefort !

— Je me souviendrai de vodre nom... vous aurez de mes nouvelles pientôt..., promit le comte de Bismarck.

Il salua avec raideur et s'éloigna, suivi de deux aides de camp.

— On dit qu'il sera le prochain Premier ministre, enfin chancelier du roi Guillaume Ier de Prusse ! chuchota Léonne.

« Tiens, tiens... » Noémie sourit et fit porter par un groom un pot de beurre dans l'appartement du comte de Bismarck.

Quelques instants plus tard, alors que, aidée de Léonne, elle sortait des cartons robes et colifichets, on frappa à la porte.

C'était Félix Legras. Sur un geste de Noémie, il prit place dans un fauteuil en croisant les jambes et soupira d'un air satisfait.

— Alors, Félix ? demanda Léonne, maintenant au courant de tout.

— J'ai des nouvelles.

— Parle vite, tu ne vois pas que Mme Noémie va défaillir.

De fait, la jeune femme était toute pâle. Elle dut s'asseoir sur un canapé.

— Madame Hautefort, j'ai retenu pour vous ce soir une loge à l'Opéra…

— Mais, bégaya Noémie, sa construction n'est pas finie !

D'un geste majestueux, Félix Legras balaya cet handicap.

— À l'actuel Opéra, rue Le Pelletier, là où ce fou d'Orsini avait jeté deux bombes sur la calèche impériale, ne blessant heureusement pas Leurs Majestés…

— Mais arrête, Félix, on s'en moque d'Orsini !

— Madame Hautefort, faites-vous belle, « on » vous attendra dans la loge pour le spectacle de *Robert le Diable*.

Noémie mordit son mouchoir et, devant ses visiteurs stupéfaits, fondit en larmes.

29

Plus fort sera l'amour

Le duc et la duchesse de Morny entraient dans la loge impériale. Tous les regards se tournèrent vers le demi-frère de Napoléon III et sa jeune épouse, qu'il avait ramenée de son ambassade en Russie auprès du tsar Alexandre II, la jolie Sophie Troubetskaia. Morny était tout de même le second personnage du régime. Quand le duc s'assit, toute la salle l'imita. On l'admirait ou on le détestait. Caractère ambigu, il prônait l'industrie du sucre de betterave, les chemins de fer, il lançait une petite bourgade, Deauville, comme « plage » de Paris, il encourageait aussi les lettres et les arts. On disait qu'il écrivait des vaudevilles avec M. Alphonse Daudet, qu'il aimait les courses hippiques et, ô sacrilège, soutenait le droit de grève.

Quand Noémie, éblouissante dans une nouvelle toilette de soie mordorée, longues boucles d'oreilles descendant presque jusqu'aux épaules, pénétra dans sa loge, le duc de Morny, très amateur de jolies femmes, prit ses jumelles pour regarder cette belle inconnue. Il se pencha vers un de ses chambellans.

— Qui est cette superbe créature dans la quatrième loge, Dumois ? chuchota Morny de façon que la duchesse ne puisse l'entendre.

— Je vais me renseigner, Altesse !

La police de Napoléon III était une des meilleures d'Europe. Le chambellan revint très vite renseigner le prince.

— Il s'agit de Mme Hautefort, propriétaire en Normandie d'une usine de beurre !

— Une petite « beurrière », voyez-vous ça ! murmura Morny, amusé.

Noémie s'attendait à retrouver Zacharie. La loge était vide. Les jambes soudain molles, elle prit place sur une chaise de velours. Elle avait pourtant envie de fuir. Était-ce une mascarade ?

L'orchestre attaquait l'ouverture. Noémie sentait son cœur battre d'énervement. Elle écoutait à présent la musique et se força à attendre « calmement » le début du spectacle. Au moment où les applaudissements crépitaient pour le chef d'orchestre et où le rideau se levait pour le premier tableau, elle sentit un léger courant d'air. On ouvrait et refermait la porte. Une main s'appuya presque aussitôt sur son épaule dénudée. Sans tourner la tête, elle savait qui était là. Envahie par l'émotion, elle ne bougeait pas. Sans mot dire, Zacharie prit place sur le siège à son côté. S'éventant nerveusement, Noémie essayait de le regarer de côté. Avait-il mauvaise mine ? Était-il amaigri, miné par les remords et le chagrin ? Pas du tout ! Il semblait en grande forme, très élégant dans un costume neuf.

« Incroyable, il n'a pas été malheureux lui, alors que je me suis rongée ! », songeait Noémie, sans admettre que de son côté il la retrouvait splendide, vêtue des pieds à la tête au dernier cri de la rue de la Paix.

La grande mélodie, chantée en duo par le célèbre ténor Duprez et la grande cantatrice Giulia Grisbi, provoqua l'enthousiasme de la salle. Noémie ne savait si c'était la musique du « divin » Meyerbeer ou la présence de Zacharie qui la mettait dans cet état de nerfs.

« Que va-t-il me dire ? Qu'il veut me quitter ? Qu'il ne m'aime plus ? Jamais il ne me pardonnera Jehan Kermadec. Et moi ? Puis-je oublier sa trahison ? C'est lui qui a commencé, pas moi ! Je suis trop malheureuse, quelle attitude prendre ? Comment lui parler ? Je dois être très digne, froide, mesurée mais glacée ! C'est le mieux ! »

Ses petits pieds chaussés de soie tapaient d'énervement sous la crinoline. Derrière son éventail, elle refoulait ses larmes. Brusquement, Zacharie lui prit la main. Il la serra longtemps, puis, profitant d'un rideau, il murmura :

— Viens, Noémie !

Elle le suivit docilement dans le couloir. Sa gorge était nouée, elle n'avait pas la force de parler. Zacharie héla un fiacre.

— Au Grand Hôtel !

Elle ne s'étonna pas qu'il donne l'adresse au cocher. Bien sûr, Félix Legras l'avait prévenu. Dans l'attelage, juste bercée par le pas du cheval, Noémie laissa aller sa tête sur l'épaule de son mari. Elle ne pouvait parler et, visiblement, lui non plus ne voulait rien dire. Pour le moment, Noémie ne cherchait pas à savoir comment le détective l'avait retrouvé. Ce serait pour plus tard, elle se réservait le droit d'interroger sinon Zacharie, du moins Félix Legras. Le hall du Grand Hôtel était presque vide. C'était l'heure du souper et des théâtres. Le concierge pourtant sévère ne protesta pas en voyant Noémie revenir avec un homme. Peut-être l'indispensable Félix avait-il déjà prévenu la direction que M. Hautefort rejoignait sa femme. Dans l'appartement, Noémie et Zacharie, toujours silencieux, n'osaient se regarder. Ils ne savaient lequel allait attaquer le premier. Devaient-ils encore se lancer leurs griefs à la face ?

Soudain, Noémie, n'y tenant plus, se jeta dans les bras de Zacharie.

— Tu es là… tu es avec moi… Oh ! tu es revenu, mon amour !

Elle retrouvait avec délices son odeur et sa large poitrine où poser sa tête.

— Je t'ai retrouvée, Noémie… Je ne peux pas vivre sans toi… Je serais mort si tu m'avais chassé !

« Il a l'air bien vivant pour un mort. Mon bonhomme, je saurai la vérité », songea Noémie bien décidée à connaître sa vie durant trois semaines à Paris. Pourtant les bras de Zacharie se refermaient sur elle. Ils retrouvaient leur envie l'un de l'autre. Ses lèvres rivées à celles de Noémie, Zacharie l'enleva contre lui. Le grand lit étalait sa blancheur dans la chambre bleue. Noémie voyait briller dans le regard de Zacharie les étoiles du bonheur. Leur amour était le plus fort.

Ils vécurent à Paris un second voyage de noces, moins mouvementé que le premier vers l'Angleterre. On les voyait dans tous les endroits à la mode, les grands restaurants et théâtres de la capitale… Ils allèrent applaudir Mlle Hortense Schneider dans *La Grande-Duchesse de Gérolstein* de M. Offenbach. Tout Paris y courait.

Noémie était très reconnaissante à Félix Legras d'avoir retrouvé finalement si vite son mari, mais il refusait de répondre à ses questions.

— Madame Hautefort, vous l'avez récupéré, c'est le principal, le reste, c'est un secret professionnel… À propos, que diriez-vous de signer un contrat de cinq cent mille francs par an avec M. Potin qui ouvre des épiceries ?

Les affaires marchaient bien ! Les nuits, Noémie se laissait aller dans les bras de son mari. Le jour, elle travaillait, et Zacharie aussi, à obtenir de nouveaux marchés. Comme elle l'avait demandé, Tancrède envoya le jeune contremaître Gilles Gouhier avec livres de comptes et papiers urgents. Il était ravi, ses patrons lui offraient trois jours de congé à Paris. Il en aurait à raconter en rentrant à Carentan !

Le comte de Bismarck, tenant parole, organisa un rendez-vous avec le représentant commercial de la Prusse. La jeune femme signa un contrat de trois cent mille francs avec ce pays. Peut-être même, avait assuré Bismarck, que les beurres Hautefort pourraient s'enorgueillir du titre de « Fournisseurs de Sa Majesté le roi Guillaume de Prusse ». « Finalement, il est très serviable, ce Bismarck, sous ses airs hautains », songea Noémie. Léonne avait aussi bien travaillé aux Tuileries grâce à son amie la lectrice. Noémie fut convoquée au palais par un chambellan.

— Leurs Majestés ainsi que Leurs Altesses, le duc et la duchesse de Morny, ont beaucoup apprécié vos produits, madame... Si vous le souhaitez, nous allons établir vos contrats de livraison au palais !

La petite « beurrière », triomphante, rejoignit Zacharie qui l'attendait avec Félix et Léonne dans une calèche. Elle brandissait le document qui faisait d'eux, encore, les fournisseurs exclusifs en beurre de Leurs Majestés Impériales.

La vie était belle. Les quatre amis allèrent fêter l'événement sur l'avenue de l'Impératrice[1] où tous les élégants se promenaient. Les cavaliers tournaient au bout autour du lac. La « Daumont » verte d'Eugénie, suivie d'une escorte de lanciers, tournait comme tout le monde ! Ils déjeunèrent ensuite dans les jardins des Champs-Élysées chez Ledoyen. Au cours du repas,

1. Avenue Foch.

il fut convenu que Félix Legras et Léonne continueraient leur travail de correspondants des beurres Hautefort. Le brave détective et son amie voyaient grâce à Noémie et à Zacharie une pluie d'or s'abattre sur eux.

Noémie avait dévalisé les magasins. Elle rapportait des cadeaux pour toute la famille, les serviteurs et les amis, des jouets, les mêmes que ceux du prince impérial, pour Tancrède Bébé et Eugénie, une pelisse magnifique destinée à Tancrède l'Aîné, des chapeaux, des bonnets, des châles pour Prudence, Mariette, Désirée, Alphonsine. Personne n'était oublié, ni Justin, ni Lucien Morel, ni les Bouville, ni le docteur Gamboville. Pour rire, elle rapporta même à l'abbé Simon Morel un livre de son cher Karl Marx qui venait de sortir, découvert dans une librairie du quartier Latin. Elle lui écrivit une dédicace charmante :

« Pour le merveilleux abbé Simon Morel qui rêve d'un monde meilleur et qui a bien raison !

Noémie Hautefort-Le Sauvage. »

Félix Legras et Léonne accompagnèrent leurs amis à la gare Saint-Lazare où ceux-ci devaient reprendre le train. Il fallut six solides porteurs pour transporter toutes les emplettes de Noémie. Tandis que Zacharie parlait avec Félix, Noémie attira Léonne près du compartiment.

— Léonne, savez-vous où Félix a retrouvé Zacharie ?

Léonne hésita.

— Je vous en prie, mon amie, c'est très important pour moi.

— Surtout que Félix ne sache jamais que je vous ai parlé, Noémie, sinon il me tuerait, enfin façon de parler.

— Je vous jure que je n'en dirai jamais rien.

— Eh bien, il était au bal Mabille avec... Suzy Mogador !

— Suzy quoi ?

— Mogador, c'est une danseuse de polka...

— Ça alors ! Je lui en donnerai, moi, des danseuses de polka...

Noémie jetait un regard courroucé vers son mari. De loin, il lui sourit et lui envoya un baiser.

— Vous avez juré, Noémie ! chuchota Léonne, effrayée.

— Oui, pardon... merci, ma chère amie, sans vous je ne sais pas ce que je serais devenue. Venez me voir.

— Promis, Noémie. Vous êtes l'être le plus magique que j'aie rencontré, vous allez nous manquer.

— Alors, venez souvent !

Dans le train qui les ramenait au pays, Noémie laissait aller sa tête sur le dossier rembourré. À travers ses cils à demi baissés, elle regardait son jeune et beau mari presque endormi par le balancement des essieux.

« Toi, mon bonhomme, maintenant je vais me méfier, tu ne seras entouré que de laiderons ! » Zacharie ouvrit ses yeux myosotis. Il regarda avec tendresse sa femme retrouvée.

— À quoi penses-tu, ma chérie ?

— À toi, mon amour... à notre avenir... je t'aime.

30

La Maison rose

— Idiote ! Répète !

— Dam' oui ! mam'zelle Ernestine, c'est comme j'vous l'dis, vot' neveu, le Zacharie qui est riche comme Crésus, y s'en va v'nir ici, à Carentan, pas loin d'vous !

— Jamais, jamais je n'accepterai la présence de ce vaurien dans « ma » ville. Pour sa saleté d'usine, passe encore, mais son domicile, jamais ! Il faudra me passer sur le corps. Ingrat, assassin, bagnard, chenapan !

Mlle Ernestine était à bout de souffle et d'insultes.

— Dam' mam'zelle, y vous a toujours invitée à son mariage et au baptême de ses petiots. Si vous avez pas voulu y aller, c'est…

— Tais-toi, nigaude ! Moi, retourner dans leur antre de Hautefort avec le vieux voleur et sa catin de fille ? Je les hais tous. Quant à toi, ce n'est pas parce que tu es à mon service depuis…

— Cinquante ans, mam'zelle !

— Et alors, je suis bien bonne de garder pareille souillon, propre à rien qu'à jacasser au marché, qu'à traîner ! Tu vas voir de quel bois je me chauffe avec ce Zacharie. Ah ! il ne l'emportera pas au paradis !

— Mais quèque vous pouvez y faire… s'y vient ici, l'Zacharie, y vient… il est ben libre !

— Ah ! tu crois ça ? Allez, donne-moi mon chapeau et mon parapluie, crétine, et plus vite que ça !

— Non, ça ne se passera pas comme ça ! Ça ne se passera pas comme ça ! On ne se moque pas de moi impunément.

Quand Mlle Ernestine apprit, de sa bonne, la nouvelle, elle devint comme folle. Son neveu, Zacharie Le Sauvage, qui était à la tête, maintenant, d'une des plus grandes fortunes du Cotentin, osait donc faire construire avec sa femme, la Noémie Hautefort, qu'elle haïssait, une magnifique maison devant le bassin de Carentan, un vrai château pour la narguer, juste de l'autre côté de l'usine de beurre Hautefort. L'usine, elle aurait voulu y mettre le feu, la voir exploser, la réduire en poussière avec ses propriétaires.

— Comme si le trajet de Sainte-Mère à Carentan le fatiguait, ce Zacharie. Non, mais je vous demande un peu. Il n'avait qu'à rester avec son cher beau-père !

La vieille femme ne s'était, en fait, jamais remise de l'extraordinaire ascension sociale de Zacharie. Après avoir enfoncé son chapeau noir et brandi son parapluie, elle sortit avec la ferme intention d'aller faire un scandale sur le chantier. Les ouvriers qui construisaient la superbe demeure, la ville de Carentan, les notables, le maire devaient savoir que Zacharie était, en fait, un ancien valet de ferme sans éducation et qu'il ne savait, il n'y a pas si longtemps, ni lire, ni écrire, ni compter, que c'était un voleur, un assassin, le détrousseur de sa tante.

— S'il croit que j'ai oublié qu'il m'a chassée de « ma » maison, il se trompe ! L'ingrat !

Mlle Ernestine sortit de chez elle comme une furie, Rose-Marie eut beau crier à la fenêtre, c'était trop tard. Au moment même arrivait, lancée au grand galop de ses six chevaux, la diligence de Coutances. Le cocher fit son possible pour ralentir son attelage, mais Mlle Ernestine, percutée de plein fouet, fut tuée sur le coup.

Comme elle n'avait pas de famille, excepté Zacharie, c'est ce dernier qui se chargea des formalités administratives et de l'enterrement. Le jeune homme, qui n'avait aucune affection pour sa tante, fut tout de même peiné de n'avoir pu se réconcilier avec elle. Dignement, Noémie, Zacharie et Rose-Marie suivirent le corbillard dans la brume d'un petit matin pluvieux. Après une courte homélie, la vieille demoiselle fut inhumée au cimetière de Carentan.

Quelques jours plus tard, Noémie et Zacharie se rendirent sur la convocation de maître Bouville pour l'ouverture du testament.

— Mes chers amis, je vous offre mes condoléances, prenez place.

Le jeune couple s'assit dans deux vastes fauteuils Louis XVI, face au jeune notaire. Celui-ci chaussa ses lunettes.

— Je vais procéder à la lecture du testament de Mlle Ernestine Le Sauvage, votre tante, Zacharie. Testament qu'elle avait déposé dans l'étude de mon prédécesseur maître Typhaigne, voici quelques années.

Le notaire ouvrit alors une large enveloppe brune et en sortit un papier quelque peu jauni, qu'il lut à voix haute :

« N'ayant plus aucune famille à part mon neveu, Zacharie Le Sauvage, qui est un traître, un vandale, un voleur, et qui m'a chassée de la maison familiale, je le déshérite totalement et laisse mes quelques rares biens aux mères carmélites du couvent de Bayeux qui devront prier pour moi. Je donne aussi mon chapelet, mon livre de messe et mon châle noir à ma bonne stupide mais assez dévouée, Rose-Marie. Je l'autorise à mourir dans ma demeure.

Je certifie être saine de corps et d'esprit et je signe ce testament à Carentan, le 4 juillet 1855.

Ernestine Le Sauvage. »

« Elle n'a jamais pu faire une bonne action sans en inventer une mauvaise... », pensa Zacharie, trouvant que le traitement de la pauvre Rose-Marie était ignoble.

Maître Bouville se racla la gorge en ôtant ses lunettes.

— Je... je suis vraiment navré, Zacharie, mais je dois vous informer, ainsi que vous, Noémie, que votre tante n'avait pas le droit de vous déshériter totalement, si vous souhaitez attaquer le testament, c'est possible. Les quelques biens dont elle parle ne sont pas si rares que ça ! Si vous vous souvenez, Mlle Le Sauvage possédait plusieurs maisons bien louées à Carentan ainsi que des prés à la sortie de Sainte-Mère-Église. Il me semble qu'elle possédait encore plusieurs centaines d'acres de marais dans la baie des Veys.

Zacharie et Noémie se regardèrent. Un simple coup d'œil leur suffit pour prendre leur décision.

— Non, mon ami, Noémie et moi souhaitons respecter les dernières volontés de ma tante. Donnez tout aux braves carmélites, elles en ont plus besoin que nous, en revanche, nous allons assurer une pension à la pauvre Rose-Marie...

En sortant de chez le notaire, Zacharie se sentit libéré. Noémie l'embrassa tendrement.

— Tu as bien fait, mon chéri, ta vieille tante n'avait sûrement plus toute sa tête !

— En tout cas, cela faisait longtemps qu'elle l'avait perdue ! soupira Zacharie, se souvenant de ses coups de canne et de l'horrible jeunesse que cette chipie lui avait fait vivre.

Peut-être était-elle malheureuse simplement de n'avoir pas trouvé de mari. C'était en tout cas l'avis de Tancrède l'Aîné.

Noémie prit Zacharie par le bras et le jeune couple traversa la grand-place pour se rendre sur le chantier de la Maison rose.

Ils avaient rendez-vous à trois heures avec Charles Moreville, architecte « officiel » désormais des Hautefort. Celui-ci, depuis trois ans, ne travaillait plus que pour la famille.

Les travaux étaient déjà bien avancés. La Maison rose allait devenir la plus belle demeure de Carentan et peut-être du Cotentin. Flanquée de deux tours qui entouraient un vaste bâtiment de brique rose, l'habitation des maîtres proprement dite comportait plus de vingt pièces. Une vaste entrée desservait un grand salon, un boudoir, une salle à manger, un bureau et un fumoir. Entre la cave et le rez-de-chaussée se trouvait à l'entresol une immense cuisine derrière laquelle était prévue une chambre froide. Au premier étage, Moreville avait, avec Noémie, décidé cinq chambres qui devaient donner d'un côté sur le jardin et de l'autre sur le bassin. De la pièce la plus grande qui leur était destinée, Noémie et Zacharie pourraient apercevoir l'usine Hautefort et leurs bateaux à quai. Au deuxième étage, qui ne serait pas aménagé dans un premier temps, se trouveraient six autres chambres.

Au bout du vaste jardin, et à la demande des « parents gâteaux », Charles Moreville était en train de construire un petit pavillon qui servirait d'école pour les enfants. La salle de classe ressemblait en tout à une vraie salle de classe, sauf qu'elle était plus petite et qu'il n'y avait que deux pupitres de bois faisant face à une petite chaire où se trouvait le bureau du précepteur, l'abbé Lucien Morel. Au mur, on accrocherait un grand tableau noir, des cartes de géographie et une mappemonde. À côté du pavillon serait installée une salle de jeux, avec un cheval de bois, un petit billard et un jeu de tonneau pour les jours de pluie.

Quand Noémie et Zacharie arrivèrent devant le chantier, des débardeurs vidaient un grand fourgon venant de la gare.

— Mais c'est beaucoup trop tôt ! s'exclama Zacharie.

— Qu'est-ce que c'est ? s'enquit aussitôt Noémie, voyant les solides gaillards ployer sous le poids d'un énorme objet soigneusement emballé de toile.

— Je voulais que tu le voies seulement le premier jour. Bon, ouvrez, les gars ! ordonna Zacharie.

— Un piano ! Un piano à queue... Oh ! Zacharie, tu y as pensé, tu as pensé à moi.

Noémie était très émue.

— Oui, pendant que tu faisais du charme à Bismarck ou aux Tuileries, je suis allé te commander un piano chez Pleyel...

Sans attendre, Noémie, pour la joie de tous, interpréta un petit morceau dont elle se souvenait... C'était une sérénade de Mozart. Les maçons avaient arrêté leur travail. Elle eut un franc succès et, sous les applaudissements des hommes, elle se dirigea, ravie, au bras de son mari, vers leur future demeure.

Charles Moreville était hissé au sommet d'une grande échelle de bois. Il était en train de fixer lui-même une plaque de cuivre « La Maison rose » au-dessus du perron, près de l'entrée.

— C'était vous, madame Hautefort, qui jouiez si bien ? Attendez-moi, je suis à vous tout de suite, dit-il en descendant à toute vitesse. J'ai une foule de questions à vous poser. Venez donc dans mon bureau !

Charles Moreville campait dans ce qui serait un jour prochain le grand salon. Sur une grande planche de bois qui lui servait de table de travail, l'architecte entassait dossiers, documents, échantillons.

— Mon assistant revient de Paris, il a trouvé, je crois, des tissus magnifiques...

Sous le regard amusé de Noémie et Zacharie, Charles Moreville ouvrait nerveusement des cartons d'où il sortait des morceaux de tissu.

— Pour votre chambre, madame, monsieur, je vous propose ce magnifique tissu Empire... Premier Empire... cela va de soi !

Noémie regarda en coin son mari. Elle se doutait que ce choix n'était sans doute pas le fait du hasard... Avec Tancrède, on ne les ferait jamais sortir de leur Napoléon « l'Immense » ! Zacharie se mit à siffloter en regardant la cheminée.

— Très belle... vraiment très beaux, les marbres !

Noémie qui aimait faire plaisir à son mari regarda ce dernier en souriant. Il se comportait comme un enfant.

— Vous avez tout à fait raison, monsieur Moreville, ce tissu Empire sera superbe. Et la couleur des portes, des moulures et des plinthes ?

— Oh, madame, j'ai pensé à un vert très pâle, qui se mariera à ravir avec cette soie. Et voici pour les chambres de vos enfants.

Charles Moreville exhibait maintenant une cretonne à raies bleues et une autre à raies roses.

— Mon chéri, viens voir comme c'est doux.

Zacharie se pencha pour regarder les couleurs.

— C'est ravissant. Les petits seront très heureux. Dites-moi, monsieur Moreville, quand pensez-vous avoir terminé ?

— D'ici trois ou quatre mois, monsieur Hautefort-Le Sauvage...

Noémie était déjà dans l'escalier qui desservait les chambres.

— Mon amour, viens voir !

Zacharie monta les marches quatre à quatre.

— Voici notre chambre !

Noémie se trouvait devant la fenêtre. Dans le bassin, quatre bateaux de la flotte étaient en partance pour l'Angleterre.

— Tu sais ce qui me ferait plaisir ?

— Non, ma chérie.

— Je voudrais que M. Boudin vienne peindre ce paysage...

— Bien sûr, mon amour... Et si nous faisions mieux que cela ?

Noémie regarda son mari avec passion. Pour le moment, elle lui avait tout pardonné, même la danseuse de polka, la Mogador. Avec rigueur, elle avait simplement « entouré » Zacharie, à l'usine et à Hautefort, d'employées intouchables pour un homme normalement constitué. Elle avait engagé Joséphine et Maria-Letizia que Jean-Baptiste Sénéchal n'avait pu caser à aucun prétendant. Elles étaient assez ingrates mais travailleuses, dévouées corps et âme à Noémie, et « montaient la garde » autour du moindre jupon affriolant qui pourrait se présenter. Si Zacharie n'avait pas compris le pourquoi de cette avalanche de femmes laides, en dehors de la sienne, qui l'encadraient, Tancrède l'Aîné mordillait sa moustache d'un air malin. Il avait retrouvé son bruman et sa fille. Les petiots allaient bien, l'ancêtre était heureux.

Pour Noémie, Zacharie avait toujours de bonnes idées.

— Tu veux des tableaux ? Si nous allions à Honfleur voir les peintres, ses amis, dont nous a parlé Eugène

Boudin ? Nous pourrions leur commander des toiles pour notre Maison rose.

Tancrède l'Aîné n'avait pas voulu quitter Hautefort. Quelques jours plus tard, Noémie, Zacharie, Tancrède Bébé, Eugénie, ainsi que Prudence et Justin pour s'occuper des chevaux, arrivaient en grand équipage à l'auberge Saint-Siméon chez la mère Toutain. On installa la famille dans les chambres du premier étage. Prudence couchait avec les enfants et Justin dans les communs de l'écurie. La mère Toutain, aidée de sa servante, la brave Rose, leur prépara un dîner délicieux, un poulet au cidre, des fromages au lait de vache et une tarte aux pommes. Tancrède Bébé et Eugénie étaient aux anges de participer à cette aventure avec leurs parents. Ils avaient découvert avec excitation les villes et les villages pendant le trajet. Tout les ravissait.

Hélas, la ferme Saint-Siméon était en deuil. Le fils Toutain venait de mourir des suites d'une crise de delirium tremens après avoir vu une fresque que René Ménard et Stéphane Baron avaient peinte aux murs des grandes pièces du rez-de-chaussée. La peinture représentait plusieurs scènes du Jugement dernier. Le jeune homme, rentré fort tard et ivre mort, s'était affolé en voyant la dureté de la fresque. Il était mort dans la nuit. Eugène Boudin, aidé de son assistant Claude Monet, était en train de recouvrir la fresque à la chaux blanche. C'est dans ces pénibles circonstances que les Hautefort-Le Sauvage firent la connaissance des peintres affamés peuplant l'auberge des Toutain : Monet, Courbet, Daubigny, Jongkind, Sisley et quelques autres. Ils passèrent une semaine sur place. Contre quelques centaines de francs, ils achetèrent plusieurs dizaines de toiles. De quoi recouvrir tous les murs de la Maison rose. « Impressionnistes » : les Hautefort-Le Sauvage s'étaient habitués à ce nouveau nom.

Ils commandèrent notamment à Eugène Boudin huit « marines », dont deux devaient représenter la « flotte Hautefort », et des portraits de toute la famille à Claude Monet qui, pour un assistant avait, semblait-il à Noémie, beaucoup de talent. Un autre jeune peintre, Charles Cottet, retint lui aussi plus particulièrement l'attention de Noémie et Zacharie. Ces derniers lui commandèrent dix toiles. Quand la famille Hautefort quitta la ferme Saint-Siméon, les jeunes rapins leur firent une haie d'honneur. Avec ce qu'ils venaient de gagner, ils allaient pouvoir vivre six bons mois. Une aubaine pour ceux qui ne vendaient presque rien. Zacharie était moins emballé que Noémie par leurs achats, et les gens de Carentan, comme les Bouville à qui ils montrèrent les toiles, firent la moue.

— C'est drôle, on ne sait pas bien de quel côté il faut mettre la toile ! Enfin, si ça vous plaît !

Noémie aimait bien Émilienne Bouville, si dévouée avec les enfants, mais, agacée, elle préféra ne plus lui parler peinture.

Comme toujours, Noémie et Zacharie retrouvèrent Hautefort et Tancrède l'Aîné avec joie. Le patriarche s'était finalement ennuyé sans Tancrède Bébé. Le petit-fils se jeta dans les bras du grand-père. Ils allaient pouvoir dès le lendemain recommencer, sur le banc, les histoires du passé.

Après le dîner, Tancrède l'Aîné bourra sa pipe.

— Je suis passé à Carentan voir vot' bicoque, c'est pas mal... J'aime bien les deux tours... Ça fait beau.

Noémie vint s'asseoir à côté de son père.

— Tu sais, papa, nous t'avons réservé la plus belle chambre, celle qui se trouve à côté de la nôtre, avec la ue sur le jardin...

Zacharie surenchérit :

— Oui, père, c'est vrai, Noémie a raison, c'est la plus belle chambre, vous allez y être bien…

Tancrède regarda ses enfants à tour de rôle. Il restait silencieux. Noémie reprit :

— Et Zacharie a eu une très bonne idée : il a pensé que nous pourrions installer un pressoir pour toi dans le fond du jardin potager… pour faire du cidre…

Posant sa pipe, Tancrède se leva. Tout en boitant, il se dirigea vers la fenêtre qu'il ouvrit en grand.

— Regardez, mes enfants ! – Il montrait les prés, les arbres du domaine. – Mon pressoir, il est ici ! Ma chambre, elle est au-dessus ! Ma vie est à Hautefort ! Ne le prenez pas mal, mais qu'est-ce que vous croyez, que vous allez me charger sur une charrette à bras et m'emmener de force à Carentan dans votre maison de bourgeois ! On croirait la demeure du maire, du notaire. Je suis un paysan et un paysan ne vit pas à la ville. Il vit dans sa ferme au milieu de ses terres et de ses pommiers.

— Mais, papa, nous ne pouvons pas être heureux sans toi…

— Ah, fallait me demander, fallait y réfléchir avant… Si c'est votre bonheur, je m'incline. Dam', vous êtes libres, mais moi aussi et puis… ça suffit ! Je n'en parlerai plus. Je ne dormirai pas une fois dans votre maison de nouveaux riches. Vous m'entendez, pas une seule fois !

Tancrède, furieux, reprit sa pipe sur la table et sortit dans la cour pour s'asseoir sur son banc de pierre.

Noémie sentit des larmes embuer ses yeux.

— Papa !

Zacharie s'interposa.

— Non, ma chérie, laisse-le tranquille, nous n'avons pas le droit de le forcer à venir vivre avec nous. Tu connais ton père, ce n'est pas un homme à revenir sur ses décisions. Nous enverrons une voiture le chercher tous les dimanches. Il viendra déjeuner avec nous et puis il rentrera ici. Je le comprends, tu sais, il est trop attaché à sa terre pour la quitter…

Avant d'aller se coucher, Noémie passa voir aux écuries comment se passait la mise bas de Daphné qui devait avoir lieu dans la nuit. Justin caressait la tête de la jument.

— Bonsoir, maîtresse Noémie…

— Comment ça se présente ?

— Dam', plutôt bien, mais c'est point pour tout'e suite, pas avant le lever du jour ou p'être ben plus tard…

— Envoie Prudence me chercher, bonsoir, Justin.

Le grand valet se leva nerveusement.

— Maîtresse Noémie !

— Oui, Justin ?

— Ben voilà, au sujet de Prudence… Je…

Visiblement, Justin ne savait pas par où commencer.

— Vous savez que je suis un bon gars, honnête et travailleur et je… Ah, comment dire…

— Tu peux parler sans crainte, je t'écoute…

— C'est que voilà, la Prudence, j'aimerais bien la marier… et…

— Pourquoi ne lui demandes-tu pas sa main ?

— C'est que… j'ose point, maîtresse Noémie, et puis je veux votre autorisation et celle de M. Zacharie.

Noémie fut touchée par la naïveté de son grand valet.

— Tu es libre, Justin, de te marier avec qui tu veux, mais je parlerai demain à Prudence, c'est promis. Allez, occupe-toi bien de Daphné.

En retraversant la cour, Noémie vit son père qui était toujours sur le banc de pierre. Elle s'approcha de lui et l'embrassa sur la tempe.

— Bonsoir, papa, je t'aime. Tu sais… tu as eu tellement raison de m'envoyer à Paris…

Un peu bougon, Tancrède leva les épaules.

— Bah, les vieux, ça a souvent raison ! Moi aussi, je t'aime, fillette, allez, bonne nuit !

Le lendemain matin, alors que Prudence préparait le déjeuner, Noémie se leva la première pour être sûre de pouvoir lui parler seule à seule.

— Bonjour, maîtresse Noémie.

— Bonjour, ma petite Prudence, est-ce que nous avons des nouvelles de Daphné ?

— Rien de neuf, Justin pense que ça sera pour la fin de la matinée… Une tasse de chicorée, maîtresse ?

— Oui, merci, Prudence.

Noémie s'installa derrière la longue table de bois.

— Tu sais, ma petite, Justin m'a parlé hier soir, ce garçon t'aime beaucoup et je crois qu'il aimerait bien se marier avec toi, peux-tu…

Prudence la coupa.

— Ah ça, c'est point possible, madame Noémie, pas possible.

— Qu'est-ce que tu dis ? – Noémie était stupéfaite… – Tu as quelqu'un d'autre en tête ?

— Je ne me marierai point, ni avec Justin ni avec un autre. Si vous êtes contente de mon travail, je m'occuperai de votre maisonnée tant que ce sera possible !

Noémie était atterrée.

— Mais, Prudence, tu es jeune, tu dois penser à ton avenir, à ton mariage, à ta vie de femme…

— Je ne me marierai point. Il faut que je vous dise, maîtresse Noémie, ma maman était fille mère, j'suis bâtarde, j'ai point de père, quoi. Alors, c'est péché, je n'oserais jamais me présenter devant M. le curé !

— Mais, Prudence, ce n'est pas ta faute, ce n'est pas ton péché, du reste il n'y en a pas ! Ta maman n'a pas eu de chance, c'est tout ! Tu dois penser à ton bonheur, à avoir des enfants.

— Non, je vous dis ! C'est point possible.

Devant tant de détermination, Noémie s'inclina. Elle ne put s'empêcher de penser à Isidore Boilevent qui ne s'était jamais marié à cause de son père qui avait fait quelques jours de prison.

« Mais qu'est-ce qu'ils ont tous ? », pensa Noémie. Ces vieilles traditions lui semblaient soudain si dépassées. Après avoir fini sa tasse de chicorée, Noémie dut aller expliquer à Justin que Prudence ne pourrait l'épouser.

— Y en a-t-il un autre, madame Noémie ?

— Non, Justin, Prudence n'a personne, simplement, elle veut rester fille.

Noémie faillit lui dire la raison de ce vœu de célibat, mais elle s'abstint. C'était le secret de Prudence et elle ne pouvait le révéler sans son autorisation. Le malheureux Justin devait beaucoup tenir à Prudence. Il semblait d'un seul coup très déprimé. Cependant, il aida de son mieux Daphné à mettre au monde un beau petit poulain.

— Nous l'appellerons Printemps ! déclara Noémie.

Quelques jours plus tard, un matin que Noémie venait de signer un gros contrat de livraison avec l'Extrême-Orient et les colonies, la jeune femme se leva.

— Zacharie, allons voir notre maison…

Zacharie, qui était penché sur la comptabilité du mois précédent, n'avait pas envie de bouger.

— Nous irons plus tard, je trouve des chiffres qui diffèrent et je voudrais tout vérifier…

Avec le temps, Zacharie devenait un financier hors pair.

— Allez, viens, j'ai quelque chose à te dire…
— Eh bien, je t'écoute !
— Non, pas à l'usine… Viens dans notre maison.
Zacharie qui connaissait le caractère de sa femme se leva.
— Comme tu veux !
Le jeune couple traversa la cour de l'usine, fit le tour du bassin et arriva devant la Maison rose. Les travaux avançaient à grands pas. Des ouvriers venaient de poser une magnifique marquise devant l'entrée de la porte principale. Noémie s'arrêta au milieu des marches. Elle reprit son souffle et monta vers leur chambre. Là, face à la vue sur le port, elle prit la main de son mari et la posa sur son ventre.
— Mon amour, j'ai une bonne nouvelle…
Zacharie comprit aussitôt.
— Quoi ? Tu veux dire que tu es…
— Oui, mon amour, nous aurons un bébé dans six mois !
Zacharie serra sa femme dans ses bras.
— Oh, mon amour, comme je t'aime…

Au mois de septembre 1861, la famille s'installa à Carentan dans la splendide demeure meublée de fauteuils Chippendale. Le 24 décembre de la même année, Noémie mit au monde, dans la Maison rose, un beau bébé aux cheveux bruns. L'enfant de la réconciliation. L'accouchement dirigé par le docteur Donatien Gamboville se passa très bien. Noémie se souvenait des souffrances pour la petite Augustine. Elle regardait ce nouvel enfant avec amour. Elle le couvrait de baisers. « Ô toi, je te garderai, tu ne me quitteras jamais, mon petit ange. » Tancrède Bébé et Eugénie étaient heureux d'avoir un petit frère, mais il ne pourrait pas monter à cheval tout de suite, ni faire des bêtises. Tancrède l'Aîné était un peu vexé que ce petit-fils ne soit pas né à Hautefort, mais devant ce petit gaillard, portant le nom de son ancêtre Osmond, il cessa de bougonner et déclara qu'il était « superbe, ce petiot ».

Zacharie, fou de joie, donna leur journée à tous les ouvriers de l'usine et offrit à chacun une prime de dix francs pour fêter dignement l'événement. L'enfant fut donc déclaré à la mairie de Carentan sous le nom d'Osmond, Noël, Hautefort-Le Sauvage et baptisé à l'église Notre-Dame par le père Morel venu exprès de Sainte-Mère-Église. Noémie avait toutes les faiblesses pour celui que certains appelaient le « curé rouge ». L'abbé Hue de Carentan était très vexé. Il fallut lui faire du charme pendant la grande réception qui suivit pour faire passer sa mauvaise humeur.

Malgré sa joie, Zacharie gardait en mémoire un petit doute sur Osmond. Parfois, Zacharie « revoyait » Noémie dans les bras de Kermadec. L'enfant était très beau, mais il était brun.

Tancrède l'Aîné, qui ne pouvait croire à une trahison de Noémie, chercha dans la tour de Hautefort des portraits de la famille. Il y en avait un, fait par un amateur au marché. Il arriva un matin à Carentan, triomphant, avec une gravure de sa grand-mère, la Blanche Pouquette. Il entra dans le bureau de Zacharie et Noémie sans prendre la peine de frapper.

— Comme vous pouvez le voir, mes enfants, ma grand-mère était brune ! Le petit Osmond tient d'elle.

Un matin, rongé malgré tout par le doute, Zacharie pénétra dans la chambre du bébé. Celui-ci se réveilla brusquement en pleurant. Zacharie le prit dans ses bras, l'enfant se calma immédiatement. Il regardait son père et lui fit un sourire charmeur. En voyant l'innocence du bébé, Zacharie ne douta plus. Il « savait » qu'Osmond était bel et bien son fils. Comment avait-il pu être assailli de pensées aussi folles ? La main de Noémie, réveillée à son tour, se posa sur sa nuque. Elle se pencha pour embrasser leur enfant puis, se haussant sur la pointe des pieds, elle posa ses lèvres sur la joue râpeuse de son mari. Quelques rares passants, à cette heure, pouvaient voir ce jeune couple enlacé qui était en train de devenir maître du Cotentin. Leur bébé dans les bras, ils contemplaient leur flotte dans le bassin miroitant du port de Carentan.

Troisième partie

LA SPLENDEUR DES HAUTEFORT

31

Jeunesse dorée

— Hé ! les filles, bougez point, v'là m'sieur Tancrède Bébé.

Le nouveau valet Hilarion, embauché pour soulager Justin de tout son travail, prévenait douze « lessivières », spécialement engagées deux fois par an, qui étendaient derrière les écuries une partie de la lessive d'été.

Un tilbury, tiré par quatre chevaux fougueux, pénétrait au galop dans le parc de la Maison rose. Le jeune conducteur de ce splendide attelage manqua renverser une statue de Neptune dans le bassin en tournant trop rapidement, mais il ne rata pas deux gros pots de bégonias au passage.

— Holà ! Sultan, Néron, du calme ! cria un peu tard Tancrède Bébé, pour ses pur-sang de tête.

Le passager du tilbury n'avait pas l'air trop secoué par cette arrivée intempestive.

— Un jour, y rompra les os d'son pauv' grand-père. A-t-on idée, d'conduire si vite ? marmonna la Mariette entre ses dents avant d'ajouter : Allez, les filles, y a plus rien à voir, du nerf, ajoutez-moi des herbes et de la cendre dans le baquet… faut qu'ce soit blanc immaculé !

Ses chevaux à peine arrêtés, Tancrède Bébé sauta sur le gravier, en jetant les brides des harnais vers Hilarion qui accourait :

— Bouchonne-les bien, ils ont eu chaud.

— C'est point la peine d'nous l'dire ! grogna Justin qui sortait de l'écurie.

Le grand valet venait soulager Hilarion, qui, trop nouveau dans la place, n'aurait jamais osé parler ainsi au jeune maître.

— Hé, boudeur, ne fais pas les gros yeux, tu m'fais trembler de terreur…

Tancrède Bébé éclata de rire et adressa joyeusement un salut de la main aux lessivières.

— Mes respects, mesdames !

— Ben l'bonjour, m'sieur Tancrède !

Les filles, arrêtant un instant de taper du battoir sur le linge, souriaient, ravies, au jeune patron. Il était si beau avec ses cheveux blonds bouclés. On lui pardonnait tout. Tancrède Bébé se retourna vers son passager resté calmement sur le siège.

— Tu viens, grand-père ?

— Mais oui, mon petiot.

— Tu n'as pas eu peur ?

— Dam' non, mais le Justin a pas tort, mon p'tit gars, faut ménager les bêtes.

— Oui, grand-père… je te le promets. Allez, on y va, maman nous attend !

Justin lança un regard reconnaissant vers Tancrède l'Aîné, tout en aidant Hilarion à dételer les chevaux piaffant d'énervement. Les deux valets les emmenaient vers les écuries en passant devant la remise, où s'alignait une collection de véhicules flambant neufs : phaéton dernier cri, berline, coupé, Victoria, cabriolet, petit-duc, calèche, couverte et découverte, carrioles pour les employés et un omnibus privé servant à transporter beaucoup de monde, mais le plus rapide de tous était, sans nul doute, le tilbury que Noémie et Zacharie avaient offert à leur fils aîné avec les chevaux, pour son dernier anniversaire.

Tancrède Bébé avait aidé son grand-père à descendre de la voiture. Il le tenait tendrement par le bras, et tous deux se dirigeaient lentement vers la Maison rose. C'était un spectacle touchant que de les voir marcher côte à côte. Le jeune, maîtrisant son impatience d'aller plus vite, le plus âgé, légèrement voûté, mais toujours puissant, grand, massif et imposant, dominé pourtant par son gaillard de petit-fils.

À seize ans, Tancrède Bébé était un splendide jeune homme. Il dépassait aussi son père Zacharie d'une demi-tête. Quant à sa mère, elle avait l'air d'une petite fille à côté de ce jeune géant.

De loin, Noémie, accoudée à la fenêtre du salon, regardait son vieux père tant chéri et son fils aîné venir vers elle. Son cœur se gonflait de fierté. Quel beau jeune homme, superbe cavalier, si touchant avec ce grand corps encombrant, ses longues jambes qui n'en finissaient plus, son charme d'adolescent poussé trop vite, sa tendresse parfois maladroite et cette brutalité enfantine. Pour certaines réactions, son surnom lui allait bien, c'était encore un gros bébé.

— Osmond, revenez ici ! Vous n'avez pas terminé. Osmond, voulez-vous m'obéir !

Le petit garçon de six ans venait de s'échapper de la salle de classe. Il courait à toutes jambes vers son frère et son grand-père.

— Salut, loustic !

Tancrède Bébé soulevait le benjamin et le faisait tournoyer en l'air à toute allure. Il reposa enfin l'enfant qui embrassa avec joie l'aïeul penché vers lui.

— Tu me raconteras la suite du prince Tancrède Bohémond cet après-midi, grand-père ?

— Pour sûr, petiot, on dirait qu't'as poussé en hauteur d'puis la semaine passée.

— Oui, je vais bientôt être aussi grand que Tancrède Bébé.

— Un jour, c'est certain, mais faut attendre encore un peu, mon p'tit gars, sois point trop pressé.

À la fenêtre du petit pavillon de classe, l'abbé Lucien Morel s'époumonait :

— Osmond ! Revenez finir votre alphabet, monsieur Tancrède, madame Noémie, renvoyez-le-moi… il n'a pas terminé sa leçon !

Noémie, souriante en haut du perron, fit signe à l'abbé que ce n'était pas grave. Le pauvre Lucien Morel poussa un profond soupir. Il songea qu'il avait déjà eu bien du mal à enseigner quelques rudiments d'instruction à Tancrède Bébé et à Eugénie ; maintenant, avec Osmond, cela ne s'arrangeait pas. Parfois, désespéré par ses élèves indisciplinés, il avait songé à « rendre sa soutane » à Mme Hautefort, mais la crainte de se retrouver dans une petite cure famélique loin de son frère Simon, à l'autre bout de la France, l'arrêtait. L'évêque monseigneur Laurence, qui ne pouvait rien refuser aux propriétaires de l'usine Hautefort, très généreux pour ses œuvres, avait permis au jeune abbé de rester à Carentan le temps qu'il faudrait. Chez les Hautefort-Le Sauvage, il était bien logé, bien nourri, il avait enfin un peu grossi grâce à la cuisine de l'Alphonsine, on le traitait avec amitié ; il prenait ses repas, la plupart du temps, avec la famille et il pouvait, quand il le désirait, emprunter une carriole pour aller voir son frère aîné à Sainte-Mère-Église. Non, il aurait dû être heureux de son sort, n'étaient les enfants Hautefort-Le Sauvage. Ils portaient bien leur dernier nom. De vrais petits chevaux sauvages indisciplinés et récalcitrants. Certes gentils et bons cœurs, surtout si on faisait ce qu'ils désiraient. Lucien Morel ne pouvait comprendre que des gens ayant tellement travaillé et continuant à le faire, car il n'était pas rare de voir M. ou Mme Hautefort à quatre heures du matin sur les quais surveillant le chargement des barils de beurre, le départ des bateaux pour l'Angleterre, ou grimpés dans les wagons de marchandises pour s'assurer que les livraisons allaient partir à l'heure, que ces patrons, justes et généreux avec leurs employés, mais si fermes, surtout Mme Noémie, dans la direction de l'usine, soient d'une telle faiblesse avec leurs rejetons. C'était bien simple, on leur passait tout ! Rien n'était trop beau pour eux. Leurs bêtises étaient prises en riant par les parents. Tancrède Bébé faisait des niches aux bonnes dans les couloirs sombres. Il se déguisait en diable ou en fantôme. Pour sa plus grande joie, de frayeur, elles laissaient tomber les plateaux. Les filles s'enfuyaient à toutes jambes, mais elles copiaient leur attitude sur celle de la patronne et se contentaient de glousser : « Oh, m'sieur Tancrède Bébé, vous z'avez t'y pas fini d'me faire tourner les sangs ! » Jamais les gros yeux, jamais de punition, jamais de martinet ! Les enfants Hautefort étaient les rois. L'abbé Morel estimait qu'on aurait dû mettre Tancrède Bébé, à dix ou douze ans, pensionnaire dans un collège strict de garçons, pour parfaire son éducation. Il s'en était ouvert à Mme Hautefort et lui avait conseillé les jésuites de Caen ou les frères des écoles chrétiennes de Montebourg, quant à Eugénie, il pensait que l'excellent couvent des mères augustines où Noémie avait fait ses études paraissait tout indiqué. M. et Mme Hautefort-Le Sauvage, ayant admis que l'abbé avait raison, se décidèrent après moult tergiversations à conduire leur fils chez les frères de Montebourg, plus près de Carentan. Tancrède Bébé était resté à la pension huit jours, pas un de plus. Cet enragé, après une correction, probablement la seule de sa vie, appliquée avec des verges sur son postérieur dénudé, par le frère prieur, avait fait le mur. Il s'était réfugié à Hautefort, où le grand-père, aussi faible que les parents, avait consolé son cher petit, avant de faire appeler sa fille. Quel drame ! À ce souvenir, Lucien Morel en tremblait encore. Il avait dû partir au grand galop avec les parents aux cent coups. Le vieux Tancrède tapait le sol de son pilon de bois devant sa demeure, comme pour protéger son petit-fils terré derrière lui.

— Vous savez, l'abbé, grondait Tancrède l'Aîné furieux, jamais personne a touché le cul d'un Hautefort et c'est pas vos frères de machin-chose qui vont commencer !

— Mais, monsieur Hautefort, même dans les familles aristocrates, les enfants ont besoin de corrections corporelles.

— Pas dans la nôtre, l'abbé… on ne bat pas un Hautefort.

Pendant cette algarade mémorable pour le pauvre Lucien Morel, Tancrède Bébé s'était jeté dans les bras de sa mère.

— Je ne veux pas te quitter, Noémie Aimée… Papa… maman… je veux rester avec vous.

Mme Noémie, déjà vaincue, couvrait son fils de baisers, M. Zacharie, tout pâle, le serrait dans ses bras. La même scène eut lieu à Carentan. Eugénie, imitant son frère, se débattit pour ne pas partir à Saint-Lô.

On garda donc les enfants dans la Maison rose, et le pauvre abbé Morel continua son « calvaire », après que Noémie lui eut dit gracieusement :

— Finalement, l'abbé, vous vous débrouillez très bien avec les enfants, ils vous adorent et ne veulent « obéir » qu'à vous.

« Obéir », Mme Hautefort avait de ces euphémismes !

L'abbé pouvait s'estimer heureux, maintenant, de n'avoir plus que le petit Osmond à éduquer. Au moins l'enfant était tout seul. Du temps des aînés, surtout après le bref épisode de la pension, quel charivari dans la salle de classe, d'autant plus quand les petits Bouville les rejoignaient pour les leçons de grec et de latin ! Hyppolite et Germain auraient été plus disciplinés, mais ils suivaient avec une admiration béate les bêtises des jeunes Hautefort. L'abbé se demandait ce qu'ils avaient retenu des discours en latin de César !

Parfois, au beau milieu de la leçon, les quatre galopins, malgré les cris de l'abbé Morel, s'enfuyaient sur le toit de la petite maison où se tenait la classe. Mlle Eugénie était aussi enragée que les garçons. Au grand dam des jardiniers épouvantés, ils faisaient mine de tomber. Ils avaient aussi, pendant un certain temps, imaginé un jeu nouveau : ils filaient, malgré le danger, glisser sur les ardoises des remises et des écuries. Au bout du potager, il y avait la toute petite fabrique artisanale de fromages du père Chrysostome. Se penchant au-dessus d'une tabatière, Tancrède Bébé, pour la plus grande joie de sa sœur et des petits Bouville, attrapait avec un crochet les camemberts exposés sur une planche. Les premières fois, le père Chrysostome crut à quelque diablerie. Il jurait que sa fromagerie était l'objet d'un envoûtement. Quand le bonhomme se rendit compte que les larcins ne venaient pas de l'enfer mais d'un jeu « d'ces p'tits messieurs d'la Maison rose », il alla droit à l'usine se plaindre au maître de

Hautefort. Noémie, c'était Chrysostome qui l'avait raconté à l'abbé Morel, s'était contentée de sourire.

— Cher monsieur Chrysostome, soyez indulgent, il faut bien que jeunesse se passe.

Elle avait largement dédommagé le bonhomme de la perte de ses camemberts, puis au lieu de punir les coupables, elle leur avait simplement dit :

— Mes chéris, je vous réserve une surprise pour vos escalades.

— Noémie Aimée, c'est si drôle, ne nous dispute pas.

« Disputer ses petits anges ! »

Mme Noémie avait trouvé plus pratique de racheter, au prix fort, le hangar du père Chrysostome, enchanté ! Ainsi, après avoir abattu le bâtiment, elle avait agrandi le potager, et il n'y avait plus eu de camemberts à chaparder. Plus d'ascension non plus...

Jamais l'abbé Morel n'avait constaté une éducation, ou plutôt un tel manque d'éducation. Mais les enfants Hautefort grandissaient en beauté, à défaut de sagesse et d'instruction raffinée.

Le maître mot dans la maison était bonheur. Les parents voulaient que leurs héritiers soient heureux.

La demeure résonnait, du reste, de cris joyeux et de rires. Pour faire plaisir à ses enfants et à son mari, Noémie se mettait au piano. On chantait les derniers airs à la mode de M. Offenbach : « *Dis-moi, Vénus, quel plaisir trouves-tu à faire ainsi cascader... cascader ta vertu ?* »

L'abbé Morel était offusqué de la verdeur des paroles.

Tous les dimanches, M. Tancrède l'Aîné venait déjeuner dans sa famille. Il passait la journée dans la Maison rose, allait parfois faire un peu de bateau avec son gendre et son petit-fils, auxquels se joignaient Abel et Germain Bouville. S'il faisait beau, les dames, Noémie, Émilienne Bouville et quelques visiteuses restaient sur la pelouse. Eugénie jouait au croquet avec Hyppolite. Ces deux-là ne se quittaient pas. Osmond restait sous la surveillance de Prudence, qui préférait le garder plutôt que de se rendre aux vêpres. La jeune fille avait une passion pour le dernier-né Hautefort-Le Sauvage.

C'était un gentil enfant au caractère parfois un peu sombre et solitaire. Comme il était beaucoup plus petit que ses aînés, ceux-ci le traitaient avec une affection légèrement condescendante. Pour Tancrède Bébé, c'était le gentil avorton. En grandissant, Osmond suivait son frère aîné, comme un petit chien docile. Il était en admiration devant lui. Surtout depuis que Tancrède Bébé possédait son propre bateau nommé *Le Noémie Aimée*, un neuf-mètres armé de deux bons matelots choisis par Zacharie et Lacognée. Le jeune homme, déjà bon marin, prenait son rôle de capitaine très au sérieux. Il étudiait la navigation, les vents, les courants. Malgré l'inquiétude de Noémie, Tancrède Bébé traversait déjà la Manche, « comme d'autres la grand-place de Carentan », songeait l'abbé Morel. Le jeune homme se rendait parfois à Portsmouth, chez sir Robert Pilgrim qui avait deux filles de vingt ans, les jumelles Daisy et Priscilla. Sir Robert et son épouse lady Pamela recevaient pendant l'été Tancrède Bébé et Eugénie. En échange, les Hautefort-Le Sauvage avaient invité les jumelles à venir aussi souvent qu'elles le désiraient à Carentan. Grâce à cet échange d'enfants, Tancrède Bébé et Eugénie parlaient couramment l'anglais. « C'est déjà ça », pensait l'abbé Morel, démoralisé. Le petit Osmond baragouinait aussi avec les jumelles anglaises. Ah ! s'il n'y avait pas eu les aînés, l'abbé aurait pu faire un lettré de cet enfant très doué, vif et travailleur. Il ne ressemblait ni physiquement ni moralement à Tancrède et à Eugénie. Celle-ci, en grandissant, était devenue une superbe plante. De taille un peu plus élevée que sa mère, elle avait tout pour séduire. La beauté du visage, des cheveux blonds admirables, de grands yeux bleus, comme sa mère. Curieusement, pour une fille si jeune, elle avait à peine quinze ans, un air parfois hautain, un peu dur, atténuait son charme. Lorsqu'elle avait décidé quelque chose, personne ne pouvait la faire plier, pas même ses parents, ni son grand-père.

— Ah ! dam', l'caractère des Hautefort, déclarait l'Aîné, avec philosophie.

Il avait bon dos, le caractère Hautefort, estimait l'abbé ! Une bonne correction et mademoiselle aurait obéi. Elle chevauchait ses juments avec Hyppolite. On les voyait beaucoup trop souvent ensemble. Le fils Bouville travaillait pourtant d'arrache-pied, car il reprendrait un jour l'étude de son père.

Eugénie allait souvent à Paris avec sa mère. Elles rapportaient des cartons et des malles à faire dérailler le train. Cette petite demoiselle était habillée comme Mme Hautefort par M. Worth en personne. Elles n'avaient que ce mot à la bouche. Une ancienne couturière, Mme Léonne, une Parisienne trop maquillée pour le goût du père Morel, venait à Carentan avec une tonne de colifichets. Au grand scandale de l'abbé, cette Léonne était suivie de son « compagnon » Félix Legras, dont elle partageait la chambre sans être mariée ! Elle apprenait à Mme Noémie à utiliser des fards. La première fois que l'abbé avait vu Mme Noémie, le visage enfariné de poudre blanche, avec du rouge sur les pommettes, il avait cru en tomber dans l'escalier. Et M. Zacharie trouvait cela très bien. Du moment que sa femme était satisfaite, il disait *amen* à tout.

Le père Morel n'appréciait pas du tout M. Legras. Ce Parisien arrivait en racontant toujours la dernière « bien bonne » de la capitale. Souvent, il « bouffait » du curé en rapportant des histoires grivoises de soutanes, puis il se tournait vers Lucien Morel avec un « oh ! excusez-moi, monsieur l'abbé ! » qui ressemblait plutôt à une moquerie. Mme Noémie faisait grand cas de ce Legras et de cette Léonne. Elle s'enfermait de longues heures avec eux dans son bureau et « traitait des affaires ». Un jour, le couple Legras arriva avec un cadeau mystérieux pour les maîtres de maison. Noémie déballa le superbe paquet. C'était, dans un cadre d'argent, une grande photo dédicacée du couple impérial :

À monsieur et madame Hautefort
qui ont bien mérité les médailles d'or de leurs produits,
pour notre Exposition universelle 1867.
Napoléon et Eugénie

La fierté de Noémie ne connut plus de bornes. Tancrède l'Aîné, lui-même, aimait s'appuyer sur le piano où trônait le cliché napoléonien, à côté de celui que la reine Victoria et son époux le prince Albert avaient signé à la demande de sir Howley, après l'Exposition internationale de Londres où les Hautefort avaient déjà reçu une médaille d'argent en 1866.

Noémie s'était donné beaucoup de mal pour ces manifestations. Elle n'avait pas hésité à venir vêtue en paysanne normande sur son stand, entourée de douze jeunes filles du Cotentin, les plus belles coiffes posées sur leurs têtes, exposer les produits Hautefort. Elle avait imaginé faire imprimer de grandes affiches du dessin d'Eugène Boudin. Zacharie avait envoyé des fermiers avec leurs meilleures laitières qui regardaient, de leurs yeux bovins, les citadins. Le beurre Hautefort arrachait tous les marchés à ses concurrents. Même M. Frigoult du Cotentin se contentait du cinquième de la production Hautefort. Noémie triomphait sur toute la ligne. Elle avait trente-huit ans, âge délicat pour une femme ; or, on la prenait souvent pour la sœur de sa fille. Elle avait repris totalement son mari en main. Son entreprise était, en son genre, la première de France. Ses enfants, beaux et bien portants, étaient sa joie. Ils grandissaient trop vite. Heureusement, il y avait Osmond, le merveilleux petit Osmond, pudique et délicat avec ses grands yeux bruns. Parfois, le cœur de Noémie saignait en pensant à la petite Augustine. Elle savait toujours l'âge exact qu'aurait eu l'enfant, si elle avait vécu. Sans en parler à personne, Noémie la parait de toutes les qualités. C'était son petit elfe, qui ne lui avait fait qu'un seul chagrin, celui de partir. Elle n'allait plus qu'une fois par an sur sa tombe et en revenait toujours bouleversée. Les enfants savaient que ce jour-là, Noémie s'enfermait dans sa chambre et ne redescendait que le lendemain. Pour une fois, ils étaient moins bruyants.

De nouveaux venus étaient arrivés à Carentan et faisaient maintenant partie du cercle des intimes Hautefort-Le Sauvage. C'était le docteur Donatien Gamboville et sa petite famille. Donatien s'était marié avec une jeune fille de Quettehou, près de Saint-Vaast-la-Hougue, Constance Courtomer, elle-même fille d'un simple clerc de notaire. Ils avaient eu une petite fille, Caroline, d'un an plus jeune qu'Osmond. Noémie avait accepté d'être sa marraine. Elle devait bien ça au dévouement de Donatien. Il s'occupait admirablement des enfants, vérifiait les dates d'inoculation de la variole et tenait Noémie au courant des progrès de la médecine. Le grand journalier Gustave, mordu par un chien fou, était mort de la rage dans d'atroces souffrances. Donatien avait déclaré son impuissance devant ce fléau. Noémie, impressionnée, interdisait à ses enfants de s'approcher de tout chien inconnu. Donatien lui assurait qu'un savant français, Louis Pasteur, travaillait sur les maladies infectieuses et contagieuses. Donatien était sûr que le siècle approchait d'une découverte qui allait changer la face du monde.

— Si ce Pasteur trouve le secret d'une théorie des germes[1], l'humanité sera sauvée des épidémies.

« En attendant, le croup, la phtisie et toute une kyrielle d'horreurs tuent tous les jours des innocents ! », songeait Noémie, affolée au moindre rhume d'un de ses enfants.

Quand Noémie et sa famille étaient venues s'installer dans la superbe Maison rose, tout était parfait, si ce n'était qu'elle regrettait Donatien Gamboville. Elle avait essayé le vieux docteur Carpentier à Carentan, mais il ne connaissait que les vermifuges ! Au moindre bobo, il fallait donc envoyer Justin au galop à Sainte-Mère-Église pour ramener Donatien en qui elle avait confiance. C'était long et peu pratique. Un jour, la jeune femme avait entendu dire que le docteur Carpentier voulait quitter la région et vendre sa maison sur la place du Marché. Elle en parla à Donatien. Celui-ci admit qu'il aimerait venir exercer en ville, plutôt que continuer le dur métier de médecin de campagne de son père, mais pressé de questions par Noémie, il dut avouer qu'il n'avait pas les moyens d'acheter la clientèle et la demeure très agréable du vieux docteur au vermifuge.

1. Microbes.

— Qu'à cela ne tienne, nous vous prêtons la somme sans intérêts à rembourser en... trente ans ! Cela vous va ? dit Noémie en riant.

C'est ainsi que Donatien et Constance Gamboville s'installèrent près des Hautefort. Ils venaient souvent le dimanche après-midi à l'invitation de Noémie avec leur petite Caroline qui était la plus jolie enfant du monde avec ses longues boucles blondes dorées et ses immenses yeux saphir. Noémie, la regardant jouer sur la pelouse avec son benjamin, songeait que plus tard on pourrait la marier avec Osmond.

— Allons ! Allons ! À table, vite... le soufflé va z'être brûlé.

L'Alphonsine faisait toujours de la bonne cuisine, mais elle avait gardé ses manières brusques.

Dans le hall rempli de plantes vertes, Noémie accueillait son père et ses fils. Un phaéton conduit par Zacharie rentrait à son tour dans le parc, un peu plus doucement que l'attelage de Tancrède Bébé. Il leva le bras vers Noémie et les siens.

— J'arrive !

À quarante-trois ans, Zacharie était toujours superbe. Comme le prince Albert, il avait un peu grossi, mais Noémie trouvait que cela lui donnait l'air plus sérieux d'un grand patron. Il faisait souvent des voyages seul et traitait des affaires aussi bien que Noémie. Parfois, il était même plus roublard et madré que sa femme pour signer des contrats. Il avait une patience étonnante pour déceler la moindre chausse-trappe. Malgré l'éloignement, il restait très proche de son beau-père qui voyait toujours en lui un fils. Eugénie et Hyppolite arrivaient en courant. Ils se tenaient toujours par la main. Personne dans la famille n'en était choqué. Le seul à s'en formaliser était l'abbé Morel.

C'était jour de semaine, mais on fêtait l'anniversaire des soixante-dix-neuf ans de Tancrède l'Aîné. Il avait refusé une grande réception, désirant juste autour de lui ses enfants. Il reçut avec modestie les cadeaux de ceux-ci, une pipe, une veste d'intérieur chamarrée appelée smoking (Tancrède se demanda ce qu'il pourrait bien en faire à Hautefort), des guêtres, un fusil, un gibus, un chien de chasse, le sien étant mort, une chaîne de montre, un dessin d'Osmond et l'abbé Morel lui offrit un missel.

Le soir, comme d'habitude, Tancrède Bébé ramena son grand-père au galop effréné de ses chevaux. Le jeune homme restait souvent à coucher à Hautefort. Une solide veuve du nom de Félicité, engagée par Noémie, s'occupait de la cuisine et du ménage. Un autre grand valet, Bon Guillaume, aidait le vieux fermier car Tancrède l'Aîné continuait de gérer sa terre, ses pommiers, ses vaches. C'était sa vie. Il n'était jamais aussi heureux que lorsque le « petiot » était avec lui. Malgré sa taille, il continuait de lui parler comme à un petit garçon. Jean-Baptiste Sénéchal venait parfois voir son vieil ami. Tous les deux, sans nostalgie, discutaient sur le banc ou devant la cheminée de la cuisine. Ils évoquaient le passé ou parlaient toujours politique avec acharnement.

Émile Olivier, ministre de la Justice et des Cultes, voulait convaincre Napoléon III d'établir un vrai régime parlementaire. Victor Noir, le grand journaliste de *La Revanche*, attaquait régulièrement l'empereur et sa cour dans des articles virulents. Les deux vieux bonapartistes, loin de tout, dans leur Cotentin, recevaient grâce aux journaux les échos de cette agitation bien parisienne.

Parfois, dans la semaine, Tancrède Bébé déboulait au galop de son attelage chez son grand-père. Il enlevait littéralement l'aïeul, ravi, pour l'emmener à un train d'enfer sur les routes, déguster des galettes de sarrasin, boire une bolée de cidre dans une auberge ou voir le bord de mer. C'était le lieu qu'ils préféraient tous les deux. Ils allaient vers la plage de Sainte-Marie-du-Mont, leur endroit préféré, sur les dunes de sable. Là où Tancrède l'Aîné avait vu les glaces prendre le littoral, annonçant le terrible hiver 1849.

— Tu vois, petiot, ça fait bientôt vingt ans et, ça, c'est des choses qu'on n'oublie pas. Rappelle-toi, l'Ancien m'avait dit que l'Osmond déjà avait vu la mer geler en… 1675, et les oiseaux tombaient du ciel, ce fut grande calamité, rappelle-toi, la tradition, c'est important de connaître la mémoire des anciens, petiot… C'est même ce qu'il y a de plus important sur cette terre… car de nos jours, tout le monde l'oublie…

Tancrède Bébé écoutait religieusement son grand-père. Il respirait à pleins poumons l'air marin.

— Un jour, grand-père, je construirai une maison ici… sur cette dune… face à la mer !

— Ah ! dam', c'est là qu'les Vikings ont débarqué, petiot, y a tantôt mille ans… Leur chef était fort comme douze hommes et…

Leur dialogue continuait. Tancrède Bébé pensait qu'il durerait éternellement. Tout était trop parfait. Rien ne changerait jamais. Comme pour lui donner raison, il n'y avait pas un nuage à l'horizon. Au loin, les îles Saint-Marcouf se découpaient, comme des bateaux échoués, sur un ciel d'azur.

32

Un drôle de zouave

— Ne me dérangez sous aucun prétexte !

Noémie avait mal dormi la nuit précédente. Elle était d'une humeur terrible. Enfermée dans son grand bureau directorial dès sept heures du matin, elle revoyait avec précision tous les comptes, agacée de trop grandes pertes sur la casse des pots. Zacharie était parti en Angleterre pour convoyer d'importantes livraisons. Il ne devait pas rentrer à Carentan avant une semaine. Noémie n'aimait pas sentir son mari loin et en « liberté ». Elle lui avait adjoint Maria-Letizia qui, avec le temps, était devenue moustachue.

Au milieu de la matinée, la grosse Joséphine Sénéchal, promue secrétaire de Mme Hautefort, frappa à la porte.

— Qu'est-ce que c'est ?

— Madame Hautefort, un pli urgent !

— Je ne veux pas être dérangée, Joséphine, est-ce clair ?

— Mais, madame Hautefort, c'est une lettre qui vient du palais des Tuileries...

— Quoi !

Noémie se leva, nerveuse. Elle traversa son bureau à grandes enjambées et ouvrit la porte.

— Donnez-moi ça tout de suite, Joséphine !

Noémie saisit la lettre, referma la porte et décacheta le sceau impérial.

« *Madame,*

Nous vous informons que vos livraisons des trois derniers mois sont arrivées au palais des Tuileries avec quatre jours de retard. Leurs Majestés l'ont même remarqué. Nous vous faisons donc savoir que si un tel incident se reproduisait, nous nous verrions forcés, à notre grand regret, de changer de fournisseur.

« *Nous vous prions de croire, Madame, à l'expression de toute notre considération.*

Le comte de Chasseuil,
grand chambellan de Leurs Majestés Impériales. »

Folle de rage, Noémie sortit de son bureau en claquant la porte. Joséphine, la voyant passer, plongea le nez dans un dossier. Elle connaissait le maître de Hautefort, « ça allait chauffer » !

Le hangar, où l'on préparait les livraisons, se trouvait au fond de l'usine. Zacharie et Noémie avaient assez facilement obtenu de la direction de Caen qu'une voix ferrée, permettant de faire pénétrer des wagons à l'intérieur de l'usine, traverse la rue du Quai-à-Vin et rejoigne ensuite la gare de Carentan. Cela faisait gagner beaucoup de temps, de sueur et d'argent. En voyant Noémie pénétrer dans le hangar, où elle venait rarement, les ouvriers ôtèrent leur casquette. Gilles Gouhier vint aussitôt à la rencontre de sa patronne.

— Bonjour, madame Hautefort… qu'est-ce qui nous…

— Lisez, dit Noémie en tendant la lettre à son contremaître.

Le malheureux pâlit.

— Je… je ne comprends pas… c'est…

— Montrez-moi le registre des départs.

— Le voici, madame Hautefort, le voici…

Habituée à vérifier le travail des autres, Noémie se rendit très vite compte que les dates avaient été respectées. La faute n'incombait donc pas au personnel de l'usine. Gilles Gouhier respira un peu.

— Si vous voulez mon avis, madame Hautefort, c'est un coup des chemins de fer ! J'avais bien remarqué, la semaine dernière, qu'un de nos wagons était resté sur une voie de garage.

— Il fallait m'en parler, Gilles, je veux être au courant de tout.

À l'autre bout du dépôt, des ouvriers attelaient quatre solides percherons à un wagon qui venait d'être rempli de barils. Les chevaux tiraient ensuite leur charge jusqu'à la gare où on les dételait avant d'attacher les wagons Hautefort à la locomotive à vapeur.

— Quand cette voiture doit-elle partir, Gilles ?

— Tout de suite et, après, par le train de midi, madame Hautefort…

— Je vais à la gare. Ils vont m'entendre !

— Voulez-vous que je fasse atteler votre calèche ?

— Non merci, Gilles… je vais y aller avec le wagon.

Vêtue d'une magnifique robe à la polonaise copiée sur celles du XVIIIe siècle, très en vogue chez Worth, Noémie grimpa prestement sur le marchepied. D'un geste, elle ordonna au palefrenier de faire avancer ses percherons.

— À la gare ! cria-t-elle.

Devant le côté chevaleresque du spectacle, les ouvriers de l'usine se mirent à applaudir leur patronne.

— Vive Mme Hautefort ! Vive le maître de Hautefort !

Gilles Gouhier s'épongea nerveusement le front. Il l'avait échappé belle.

« Cela va trop lentement, nous allons acheter notre propre locomotive à vapeur ! », songea Noémie.

Pourtant, le wagon des beurres Hautefort, aux couleurs de la jolie fermière, arriva en gare quelques minutes plus tard. Un garde-voie qui était sur le côté du ballast regarda Noémie passer avec stupéfaction. Abandonnant les pierres concassées qu'il vérifiait sous les traverses de la voie ferrée, l'homme courut vers la jeune femme qui descendait de son marchepied.

— Madame Hautefort ? Vous désirez-t'y quelque chose ?

— Où se trouve le chef de gare ?

— Dans son bureau, sur le quai. Je vais vous accompagner, madame Hautefort.

L'homme sentait bien que la visite de Noémie n'était pas vraiment amicale, il lui montrait le chemin en faisant force courbettes.

— Si madame Hautefort veut bien me suivre... j'm'en vas...

Tout en parlant, il lui ouvrit la porte du bureau.

Le chef de gare était un gros homme au teint rubicond. Installé confortablement dans un fauteuil de bois devant sa table, il se balançait d'un air réjoui. Noémie ne le connaissait pas. Elle se présenta.

— Je suis madame Hautefort, des beurres Hautefort ! À qui ai-je l'honneur ?

— Mais au chef de gare, madame, répondit l'homme sans prendre la peine de se lever, ni d'ôter sa casquette.

Il avait un accent méridional. Nouveau dans la région, il ne savait pas « qui était » Noémie Hautefort. Le garde-voie essayait désespérément de faire des signes à son chef, mais sans succès.

— Monsieur le chef de gare, mon usine de beurre utilise les services de la Compagnie des chemins de fer pour de nombreuses livraisons, or il se trouve que certaines d'entre elles ont été exécutées avec du retard... Avez-vous une explication à me donner ?

Très débonnaire, l'homme lissait ses moustaches noires.

— Mais, ma petite dame, qu'est-ce que vous croyez ? On fait ce qu'on peut, nous... Si on a pas le temps d'attacher un wagon à la locomotive, on l'attelle le lendemain et puis c'est tout. Votre beurre, y va pas fondre, faut pas en faire une montagne.

L'homme éclata d'un gros rire satisfait de sa plaisanterie.

— Et puis si ça vous plaît pas, vous pouvez toujours envoyer une lettre à Caen, à la Compagnie, pour vous plaindre... hein ! peuchère !

Noémie fusilla l'homme du regard.

— Comment vous appelez-vous ?

— Campana ! Marius Campana, pour vous servir, ma petite dame ! Faut pas être trop pressée, c'est mauvais pour la santé.

— Alors, monsieur Campana, écoutez-moi bien attentivement. Je devine que vous n'êtes pas du Cotentin et...

— Ah non ! moi, je suis de Marseille. Je suis venu ici pour le climat, car ma femme est du Nord ! Elle ne supportait plus le soleil, alors...

— Ne m'interrompez plus, monsieur Campana ! et prenez note, je suis amie avec le maire de cette ville, avec le préfet, le capitaine de la gendarmerie, je connais également très bien votre chef à Caen, M. Arduville... Je connais toutes les autorités de cette région ! Je suis ici chez moi dans le Cotentin en Normandie ! Comprenez-vous, monsieur Campana ?

— Je... bé... peuchère...

— Alors à partir d'aujourd'hui, monsieur Campana, aucun de mes wagons n'aura une seule minute de retard... Sinon, vous allez rentrer à Marseille par le premier train et votre femme qui n'aime pas le soleil avec vous !

L'homme commençait à comprendre qu'il avait commis une énorme boulette. Il baissa la tête comme un enfant.

— Oui, madame Hautefort.

— Je préfère ça ! répondit Noémie, royale. Je vais vous donner un autre conseil qui peut vous servir dans la vie, monsieur Campana, quand une dame vous parle, levez-vous au lieu de rester assis et ôtez votre casquette ! Simple politesse...

À ces mots, le malheureux chef de gare se mit au garde-à-vous. Mais Noémie ne le vit pas car elle était déjà sortie. Son algarade lui avait fait du bien. Au moment où elle allait repartir vers son usine, le train de Paris pénétrait en gare. Son regard fut immédiatement attiré par un spectacle cocasse. Un zouave descendait de voiture, chargé de malles. Noémie savait que ces régiments avaient été créés en 1831, tirant leur nom de la tribu kabyle des Zouaoua. L'homme d'origine nord-africaine portait son costume, déjà légendaire, avec fierté : la chéchia posée en arrière était entourée d'un turban de coton blanc avec un long gland de soie jonquille qui pendait du sommet. Il avait une veste réduite à un court boléro bleu sur un pantalon garance très ample maintenu par une haute ceinture de laine bleue entourée plusieurs fois autour de la taille. Les Carentanais présents sur le quai regardaient le zouave comme s'il s'agissait d'un être arrivant tout droit de la lune... On savait pourtant que le huitième régiment des tirailleurs indigènes de zouaves s'était couvert de gloire à la charge de Sébastopol. Les Normands le regardaient donc avec un mélange de curiosité et de respect.

— Mafi mouchkila[1], Sidi ! Inch Allah, Sidi !

Noémie allait quitter la gare quand elle entendit une voix, presque familière, résonner à ses oreilles.

— Dépêche-toi un peu de tout descendre, Mohamed, le train va bientôt repartir.

— Oui, Sidi Gontrand.

Noémie se retourna. Un officier de la garde impériale sortait du compartiment. Il était en grand uniforme de colonel : bonnet à poil maintenu par une chaînette avec, au sommet, un calot écarlate et la plaque de cuivre ornée de l'aigle couronné d'un plumet immaculé. Très fier, il portait avec morgue cape, dolman et pantalon en drap rouge vif sur un plastron simulant des revers. Noémie observa mieux l'officier. Elle le reconnut presque immédiatement. C'était, elle l'aurait juré, Gontrand de Reuville. Malgré une cicatrice qui barrait son visage, il n'avait pas tellement changé. Élargi peut-être. Il devait approcher maintenant de la quarantaine, mais il avait conservé l'allure et la classe que Noémie admirait chez les comtes de Reuville. Elle ne put résister à l'envie de s'approcher de ce revenant du passé.

— Gontrand, est-ce vous ?

— Dieu du ciel !

En voyant Noémie, le colonel Gontrand de Reuville se frotta le front. Puis, comme s'il avait eu le déclic, il s'écria, blagueur :

— C'est-y point la Noémie Hautefort devenue reine du Cotentin, crénom de crénom !

À ces mots, la jeune femme ne put s'empêcher d'éclater de rire.

— Je vois que vous êtes toujours aussi incorrigible, mon cher !

---

1. Pas de problème !

— Pardonnez-moi, madame Hautefort, je vous présente mes respects !

En disant ces mots, il lui baisa la main.

— Ainsi, colonel, vous êtes de retour au pays ?

— Je ne sais pour combien de temps, je suis ici en permission seulement, j'ai été blessé au Mexique, ce qui n'a pas empêché le pauvre empereur Maximilien d'être fusillé par les libéraux mexicains. Je suis venu voir ma sœur… à Reuville…

Noémie avait bien entendu dire par des servantes qu'Isabelle aurait épousé quelques années plus tôt Jehan Kermadec. La chose s'était faite très discrètement sans faire-part. On ne voyait jamais le couple à Carentan.

— Vous n'êtes peut-être pas au courant, mais Isabelle s'est mariée en 1862 avec… notre ancien régisseur… Il faut vivre avec son temps !

Noémie croisa le regard du colonel de Reuville, elle comprit immédiatement qu'il « savait » !

— Oui, on me l'a dit, en effet… Jehan est un homme de valeur, Isabelle est-elle heureuse ?

— Je le crois, oui… Ils ont eu une petite fille qui s'appelle Viviane. Vous devriez revoir Isabelle, je pense que cela lui ferait plaisir… Elle est très solitaire au château… Savez-vous que nous avons perdu notre mère ? Oui, elle est décédée au couvent des chanoinesses !

L'émotion fut assez forte. Noémie avait soudain envie de revoir son amie de pension, et savoir la belle comtesse Adélaïde, si élégante dans ses robes roses, morte, cela lui semblait impossible.

— Oui, vous direz à Isabelle que je serais heureuse de la revoir… je… je suis désolée pour votre mère…

— Je vous remercie, Noémie… Elle vous aimait beaucoup !

— Vous savez, je n'oublierai jamais les beaux jours de Reuville. À part le Mexique, qu'avez-vous fait, Gontrand ?

— Oh, j'ai commandé sous les ordres de Mac-Mahon… J'ai repoussé et mis en déroute les Russes à l'Alma ! J'ai…

Le zouave, qui attendait près des malles, s'avança.

— Oui, Sidi Gontrand très courageux, lui sauvé Mohamed à Sébastopol ! Lui avoir eu cette cicatrice sur la tête en me portant… lui forcé se battre pour Mohamed avec méchant Ruskof ! Très grand, vrai sauvage.

Gontrand souriait, visiblement amusé par son ordonnance.

— Mohamed, va voir si nous pouvons attraper la diligence pour Sainte-Mère !

— Mafi mouchkila, Sidi Gontrand ! Pas d'problème ! Toi… très belle femme, beaux yeux… très forte… porter lourdes charges.

Après avoir jaugé Noémie et fait son compliment, le zouave sortit de la gare.

— C'est un brave garçon très fidèle, courageux et amical. Lui aussi m'a sauvé la vie, ce sont des choses qu'on n'oublie pas ! Dans une de ses lettres, ma sœur m'a dit que vous avez connu une réussite exceptionnelle en un temps très court… Je me souviens de votre affirmation : « Je bâtirai un empire », et je me suis moqué de vous. Étais-je bête à l'époque !

Comme il avait changé le jeune vicomte plein de morgue. Jamais Noémie n'aurait pu l'imaginer « ami » d'un indigène.

— Et vous, Noémie, comment allez-vous ?

— Oui, je ne me suis pas trop mal débrouillée… Oui, à part de petits problèmes de livraison – le chef de gare, resté sur le quai, baissait piteusement la tête –, tout va plutôt bien. Gontrand, j'ai lieu d'être satisfaite.

Mohamed revenait en courant.

— Sidi Gontrand, Sidi colonel, catastrophe ! La diligence partie sans nous.

Comme une ombre, le zouave se postait un peu en retrait de son officier.

— Je rentre à l'usine, Gontrand, et je vous fais envoyer une voiture ! proposa Noémie.

— Non, je ne veux pas vous déranger... Vous savez, Noémie, nous pouvons très bien attendre demain matin et...

— Il n'en est pas question, mon ami, cela me fait plaisir, attendez devant la gare, une calèche va venir vous chercher d'ici une dizaine de minutes et vous emmener chez votre sœur à Reuville. Faites-lui mes amitiés, ainsi qu'à son mari...

— Je vous remercie, Noémie, c'est très aimable à vous. Vous savez, notre vieille amitié me le permet, puis-je vous dire que je vous trouve très belle ?

Gontrand s'inclina en claquant les talons.

En repartant dans un autre wagon vide vers son usine, Noémie ne pouvait s'empêcher de revoir l'insupportable adolescent qu'avait été Gontrand de Reuville. Ainsi ce « propre-à-rien » odieux et paresseux était devenu, grâce à la catastrophe familiale, un grand officier, héros de l'armée impériale.

« La vie nous réserve de ces surprises », pensait-elle, en franchissant le porche de l'usine.

Elle n'était plus gênée de prononcer le nom de Jehan Kermadec. Quel genre de mari était-il ? Ainsi, la fière Isabelle avait dû l'épouser. L'aimait-elle ou était-ce finalement pour récupérer son château à défaut de son titre ? Comment vivait-elle le fait d'être Mme Kermadec ? Au fond ces questions piquaient bien sûr la curiosité de Noémie, mais elle se sentait si loin de tout ça. Le passé n'avait plus pour elle aucun intérêt, seuls comptaient le présent et l'avenir. « Il faudra tout de même que je me "réconcilie" avec Isabelle et que Zacharie revoie Jehan Kermadec ! » Ça, ce serait le plus difficile. La bagarre remontait à huit ans, mais Zacharie n'était pas près d'oublier.

De son côté, passant devant l'usine Hautefort et les tours de la Maison rose, Gontrand de Reuville comprit que la réussite de Noémie dont lui avait parlé Isabelle était beaucoup plus grandiose que tout ce qu'il avait pu imaginer pour la petite « beurrière » du marché de Sainte-Mère-Église. Il semblait au revenant que, en vingt ans, un siècle s'était écoulé.

33

Mariage princier

Les cloches de l'église Notre-Dame sonnaient à toute volée.

Au même instant, à l'autre bout de l'Empire, sous le soleil brûlant des pyramides, l'impératrice Eugénie, entourée de toute sa cour, inaugurait le canal de Suez percé par M. Ferdinand de Lesseps.

Mais c'était pour une autre raison jour de liesse à Carentan dans le Cotentin.

Les Hautefort-Le Sauvage mariaient leur petite demoiselle au fils Bouville. L'événement, qui en soi ne devait être qu'une jolie fête familiale, s'était transformé en affaire d'État. On se battait pour recevoir un carton d'invitation.

« Pensez ! les Hautefort vont faire une réception princière avec feu d'artifice sur le port ! »

« On dit que la petite demoiselle a reçu une dot d'un million ! »

« Son fiancé lui a offert un diamant gros comme un bouchon de carafe ! »

« Mme Noémie Hautefort aurait même commandé un diadème rue de la Paix ! »

« L'Émilienne Bouville doit en crever d'orgueil ! »

« Son garçon, pourtant, l'Hyppolite, a pas tellement de santé à c'qui paraît ! »

« Oh mais dam', la petite s'est beaucoup montrée avec lui ! »

« Allez voir qu'ce soit pressé ! »

« Sûr ! faut les marier ! »

Sur la place du marché, les commentaires allaient bon train. Ce n'était pas tous les jours qu'on pouvait assister à pareille cérémonie. Même le curé Hue, gagné par l'atmosphère, faisait briquer son église. Monseigneur Laurence, du diocèse de Coutances, n'avait-il pas accepté de venir bénir les jeunes mariés ? Son Excellence ne pouvait rien refuser aux maîtres de l'usine Hautefort, si généreux pour ses bonnes œuvres. Malgré quelques commentaires acerbes, chacun, du plus humble au plus haut placé, se réjouissait de la fête à Carentan. Pour les premiers, ce serait un spectacle, ou du travail bien payé en perspective ; pour les autres, une bonne raison d'exhiber leurs toilettes réalisées à Caen, à Cherbourg ou, pour les moins fortunées, par Mlle Courtois, la nouvelle couturière de Carentan qui, disait-on, avait été petite main à Paris.

L'usine avait fermé ses portes pour trois jours. Personne ne s'en plaignait, les maîtres du beurre Hautefort ayant payé la semaine double à leurs employés. Ceux-ci et leurs familles étaient conviés à un immense banquet suivi d'un bal dans la cour de l'usine, tandis que la réception des notables se déroulerait dans le parc de la Maison rose, transformé en camp du Drap d'or.

Noémie se préparait dans la fièvre. C'était tout juste si elle n'avait pas chassé Zacharie de sa propre demeure. Celui-ci s'était réfugié en compagnie de Tancrède l'Aîné et de l'abbé Morel dans la salle de classe. Beau-père et gendre en habit de cérémonie attendaient avec philosophie la fin des préparatifs en fumant la pipe.

Noémie avait exigé que Zacharie soit en frac, comme cela se faisait aux Tuileries ; en revanche, devant cette proposition parfaitement extravagante, Tancrède l'Aîné avait énergiquement refusé :

— Non mais, j'ai-t'y l'air d'un pingouin ?... Dam', j'irons en paletot[1] aux noces de la petiote, ou j'irons point !

Parfois, il faisait exprès de patoiser plus fort. Histoire de faire enrager sa grande dame de fille. Il avait fini par accepter un pantalon neuf rayé, noir et gris, pour remplacer les vieux velours déformés qu'il affectionnait.

Noémie avait même entendu dire que les Américains, ayant beaucoup d'hommes amputés après la guerre de Sécession qui était terminée depuis quatre ans, auraient mis au point une jambe de bois, articulée par un ressort au genou. Elle voulait en faire venir une de New York...

— Et puis quoi encore ? Pour le coup, j'aurais l'air d'un Yankee. Pas question, petiote ! Mon pilon et moi on va très bien ensemble. Non mais, en v'là-t'y des idées, un Yankee ! C'étions tous des sauvages là-bas. Tes biaux invités y m'prendront tel que j'suis ou pas du tout !

Encore une fois, Noémie avait dû s'incliner devant la farouche détermination de son père. C'était bien la seule personne au monde à lui faire baisser pavillon.

— Ah ! vous v'là, les petiots.

Tancrède Bébé, expulsé à son tour, venait rejoindre le coin des hommes, avec le petit Osmond sur les talons. Les deux frères étaient superbes, l'un en frac, comme son père, le plus jeune dans un adorable costume de velours bleu à col de dentelle. Osmond était

---

1. Veste.

très excité par le mariage de sa sœur. Il devait être enfant d'honneur, avec cinq autres garçonnets et six petites filles. Dans le cortège de tête, il donnerait la main à son amie Caroline Gamboville.

— Comment ça va-t'y là-bas ? interrogea Tancrède l'Aîné.

Il désignait du menton la Maison rose, que les « réfugiés » pouvaient apercevoir à travers les tentes luxueuses plantées dans le parc.

— Couci-couça, grand-père ! Ça crie dans tous les sens.

— Elles seront-y prêtes à l'heure ?

— En tout cas Noémie Aimée fait tout pour, déclara Tancrède Bébé, en venant s'asseoir à côté de son grand-père.

Zacharie les couvrit de son regard myosotis. Il était parfois un peu jaloux de leur immense complicité, mais, ce matin, toutes ses pensées allaient à sa petite Eugénie, que l'on parait là-haut comme une déesse.

Léonne était arrivée deux jours plus tôt avec son chargement de cartons, de fleurs, de rubans, et de colifichets. La robe de la jeune mariée avait, comme il se doit, été commandée chez M. Worth. Il s'agissait d'une toilette « révolutionnaire » détrônant la sacro-sainte crinoline.

Échappant aux mains de son coiffeur, venu de Caen, et à celles de Désirée, Noémie courait en corset et jupon vers la chambre de sa fille pour s'assurer des progrès de sa toilette. Tel un maréchal, à l'instant de la bataille, Léonne donnait des ordres à deux femmes de chambre et à une cousette spécialement amenée de Paris.

— Attention à la tournure ! le Pouf bien en arrière ! La traîne… Dieu du ciel… la traîne…

Telle une idole prête au sacrifice, Eugénie se laissait faire. On la serrait, on la laçait dans sa robe de faille rose pâle, ajustée près du corps, avec toute l'ampleur rejetée en un « pouf » à l'arrière, le tout posé sur une grosse tournure s'allongeant en une longue traîne. Prudence, bouleversée, assistait à la toilette de la petite qu'elle avait élevée. Noémie joignit les mains d'admiration.

— Ah, Léonne, c'est divin !

— Oui, Noémie, la crinoline est morte ! Vous serez les premières à lancer la mode avec l'impératrice Élisabeth d'Autriche et l'impératrice Eugénie !

C'était tout dire.

Félix Legras passa la tête par l'entrebâillement de la porte.

— Hem... psst... où sont les hommes ?

— Va voir dehors ! lança Léonne, tout à son travail.

Le brave ex-détective ne se le fit pas dire deux fois et fila rejoindre le clan masculin terré dans la salle de classe.

Après avoir donné un tendre baiser à sa fille, Noémie retourna vers sa chambre pour passer à son tour une toilette « révolutionnaire », très près du corps, avec cet énorme pouf rejeté à l'arrière. Noémie se regardait avec complaisance dans le miroir, elle avait, malgré les maternités, conservé un joli corps et cette mode, jugée par certains scandaleuse, lui convenait parfaitement. Toutes ses formes étaient accentuées, galbe de la poitrine, minceur de la taille, on pouvait même deviner les hanches sous la soie turquoise à bouillonnés de la jupe. Seul l'arrière de la toilette se relevait en un mouvement très coquin.

Léonne avait quitté un instant la mariée pour s'assurer que tout était au point dans la toilette de Noémie.

— Vous êtes superbe... J'ajoute des fleurs, cette mode est faite pour vous, Noémie.

— Croyez-vous, mon amie... Vous rendez-vous compte que je vais devenir belle-mère ?

— Et la plus jolie des belles-mères, affirma Léonne.

Noémie lui donna une petite tape affectueuse. Pourtant, elle songeait : « Ma vie de femme est-elle finie ? Trente-neuf ans, j'ai donc trente-neuf ans. M. Balzac croit qu'une femme est finie à trente ans, mon Dieu, ai-je tant vieilli sans m'en rendre compte ? Dans un an, ces enfants pourront me rendre grand-mère ! Suis-je prête à jouer avec des bébés que je n'aurai pas mis au monde ?... Devrais-je m'habiller de noir, comme toutes ces vieilles pies ? Suis-je normale, j'ai l'impression que mon existence ne fait que commencer. J'ai tant de choses à réaliser... mon Dieu, il faut que j'en parle à Gilles Gouhier, nous avons oublié la livraison pour le Brésil, trois tonnes doivent partir au plus vite... sinon le contrat sera rompu... et vraiment nous perdons trop d'argent avec les verres et les pots de grès cassés à l'usine, il faut absolument que je trouve un autre système d'emballage, on m'a parlé de métal isolant, des boîtes de fer pour y enfermer le beurre... vraiment ce n'est pas le moment de penser à ça... suis-je un monstre, je marie ma fille dans une heure, je devrais prier, bon, je le ferai tout à l'heure à l'église ! Noter quand même de me renseigner à Metz ou à Thionville, sur la Moselle, au besoin je ferai le voyage en Lorraine pour traiter avec un de ces nouveaux industriels de produits ferrifères... Que pense réellement Zacharie de ce mariage, aimera-t-il toujours autant tenir une belle-mère dans ses bras ? »

Cette question tracassait Noémie. Elle était sûre de l'amour de son mari, mais les responsabilités, le travail insensé qu'ils fournissaient tous les deux, ne les éloignaient-ils pas l'un de l'autre ? Noémie se sentait fragile. En rentrant de Paris, le mois passé, il lui était arrivé une curieuse aventure. Elle était seule dans son compartiment. À Évreux, un officier des cuirassiers était monté dans le train. Pendant tout le trajet, il la dévorait des yeux. Cet homme d'une trentaine d'années était superbe, brun avec un beau regard noir. Un peu gênée de cette attention persistante, Noémie faisait mine de lire *Le Roman d'un jeune homme pauvre* d'Octave Feuillet. C'était le grand succès à la mode. La nuit tomba après Lisieux. Dans le compartiment à peine éclairé par une lampe à huile, Noémie ne pouvait plus lire. Elle ferma les yeux et sentit que l'officier se rapprochait de sa banquette. Elle se força à garder les paupières fermées pour ne pas encourager ce garçon. Elle percevait sa présence et sa respiration. Noémie s'en voulait d'être troublée par cet inconnu. Oppressée, elle avait du mal à respirer, c'était parfaitement ridicule. Dans quelques instants, on allait arriver à Caen, elle descendrait pour changer de compartiment. Elle se leva pour se préparer. Soudain le train freina très brusquement. La lampe à huile, accrochée à l'extérieur, s'éteignit. Sans comprendre ce qui lui arrivait, Noémie bascula dans les bras de l'inconnu. Elle voulut se dégager, mais il la retint contre lui.

— Vous êtes si belle, chuchota-t-il à son oreille.

Puis, brusquement, il prit ses lèvres. Elle gémit, chercha à le repousser. Pourtant, effrayée, affolée, elle s'aperçut qu'elle lui rendait ses baisers. Comme autrefois, sur le canapé de Jehan Kermadec, c'était une autre Noémie, une femme dont seul le désir physique comptait. Le bel officier devait être un don juan professionnel, séduisant des malheureuses de garnison en garnison. Noémie s'en moquait. Elle se laissait aller au plaisir ineffable de se faire traiter en créature à soldats.

L'homme osa relever ses jupons, il la renversa sur la banquette capitonnée. À travers le tissu de son dolman, elle pouvait sentir son désir puissant. Elle-même, affolée, se tordait de tout son être vers une jouissance complète. Le train s'était remis en marche. Très vite, il entra en gare de Caen. Avec les lumières, Noémie aperçut le visage troublé de désir de l'officier. Cette fois-ci, elle le repoussa avec force.

— Non, restez… je vais jusqu'à Cherbourg…, supplia-t-il, la voix rauque.

— Laissez-moi… je vous adjure, laissez-moi… partez !

— Alors dites-moi votre nom, au moins, je veux vous revoir… vous habitez Caen ?

Le train s'arrêtait. Sans un mot de plus, Noémie prit la fuite.

« Je suis à la merci de n'importe quoi ! », songea-t-elle en allant se rafraîchir le visage dans les toilettes.

Elle appela le contrôleur et lui demanda un autre compartiment, ainsi qu'un porteur pour changer ses bagages de place. C'était inutile, car le bel oiseau, sans doute déçu, s'était envolé !

Noémie arriva à Carentan dans un état second. Zacharie l'attendait à sa descente de train.

— Ça va, chérie ? Le voyage s'est-il bien passé ?

— Oui… oui… c'est le balancement, Zac, j'ai un peu mal au cœur.

Pleine de remords, elle se laissait entraîner vers le phaéton par son mari. Il avait l'air inquiet en la regardant.

Noémie était prête. Elle se jeta un regard satisfait. Léonne avait raison. Le miroir lui renvoyait l'image d'une femme étonnamment jeune, la taille mince, le teint lumineux. Elle prit son éventail, passa chercher

Eugénie. Toutes deux, suivies de Léonne et de Prudence, toujours mains jointes, refoulant ses larmes, et d'une cour de servantes admiratives, descendirent le grand escalier. Les calèches découvertes, fleuries, pénétraient dans le parc.

— Allons ! Que font ces messieurs, ils sont en retard ! lança Noémie avec une totale mauvaise foi.

Hilarion partit au galop prévenir les réfugiés du pavillon que « madame les attendait » !

« Ça, c'est la meilleure, nous attendre ! », grogna Tancrède l'Aîné. Il venait en boitant sans se presser.

On monta dans les calèches, Zacharie dans la première avec sa fille.

— Et où est le marié ? s'exclama Noémie.

— Tu sais bien qu'on le retrouve sur le chemin de l'église, maman ! lança Eugénie, qui semblait beaucoup plus calme que sa mère.

— Ah ! oui, c'est vrai, en route, les cloches sonnent.

Les enfants d'honneur étaient arrivés. Ils jouaient parmi les tentes. Il fallut les rassembler à grands cris. On les fit tous grimper avec Osmond dans une superbe Victoria. Le dernier des Hautefort tenait d'un air très sérieux la main de la petite Caroline Gamboville. Elle avait l'air d'une vraie poupée avec ses anglaises dorées. Le docteur Donatien et sa femme Constance se tenaient sur le perron, en compagnie des autres parents très fiers que leurs enfants aient été choisis pour la noce.

Noémie prit place avec son père dans une autre calèche. Abel Bouville les rejoindrait.

De son côté, Tancrède Bébé monta en compagnie de son ami Germain Bouville, avec les filles d'honneur, amies d'Eugénie, toutes vêtues de bleu pâle. Il y avait parmi elles les filles de lady Pamela et de sir Robert

Pilgrim, Daisy et Priscilla, venues avec leurs parents spécialement d'Angleterre pour le mariage.

Tancrède Bébé avait un grand faible pour Daisy, amusante rousse flamboyante au nez retroussé. Malgré les quatre ans qui les séparaient, Tancrède Bébé, qui paraissait plus que son âge, ne lui était pas indifférent.

Les cochers firent claquer leurs fouets. C'était Justin, en livrée, qui avait l'honneur de mener la marche. Le cortège s'ébranla dans le parc sous les applaudissements des serviteurs et des journaliers engagés pour l'occasion.

L'Alphonsine, la tête à la fenêtre de sa cuisine, essuyait ses larmes tout en hachant menu des oignons. Elle houspillait ses gâte-sauce et régnait sur les fourneaux avec la fermeté d'un général prussien.

Trois restaurateurs apportaient en outre des plats tout préparés, sous les tentes. On attendait sept cents personnes.

Sur le port, tout le personnel de l'usine Hautefort et les habitants des environs formaient une haie pour applaudir la mariée et le cortège.

— Vive notre petite demoiselle !

— Vive la mariée !

— Vive les maîtres de Hautefort !

— Longue vie ! Bonheur ! Santé !

Eugénie leur répondait un peu timidement. En revanche, Noémie saluait avec grâce ses employés. On aurait dit que c'était elle la mariée. Le cortège fit un détour par la maison des Bouville. Une voiture prit Hyppolite, très pâle sous ses cheveux châtains. Sa mère, elle, était cramoisie dans une vaste robe à crinoline, jaune citron, serrée à craquer à la taille. Noémie, rassurée, lui adressa un gentil sourire. Elle était sûre, à part Eugénie, d'être la plus belle. Maître Abel Bouville, lui aussi dans son frac, très ému, se laissa tomber en face de Noémie et de Tancrède l'Aîné. Il agaçait un peu Noémie en répétant :

— Ah ! Noémie, quel beau jour, qui l'eût dit, qui l'eût cru ? Ah ! monsieur Tancrède, vous devez être bien ému, fier de marier votre petite-fille... Ces deux enfants ! Quelle journée, c'est le plus beau jour de ma vie !

— Calmez-vous, mon ami, c'est votre fils qu'on marie et pas vous ! lui lança un peu sèchement Noémie.

Elle était trop nerveuse et devait se surveiller.

Le cortège reprit la direction de l'église, avec un détour par la grand-place. C'était le maire, M. Étienne Potier, un républicain, qui avait insisté auprès de Noémie et de Zacharie pour que le défilé des calèches passe par le centre-ville. Ainsi tout le monde, même les vieux et les impotents, pourrait assister au spectacle. Les maîtres de Hautefort, un peu surpris de la demande – après tout un mariage était affaire privée –, s'étaient rendus à ses raisons. Ils avaient même promis pour les personnes nécessiteuses un pot de beurre, du fromage et une poularde venant de la ferme de Hautefort, car Tancrède l'Aîné avait réinstallé un poulailler.

Devant l'église, le curé Hue, les enfants de chœur et l'abbé Simon Morel, imposé par Noémie, attendaient les mariés. Les cloches carillonnaient de plus belle. Les grandes orgues résonnaient. Soudain Noémie se sentit envahie par l'émotion. Elle avait presque les larmes aux yeux. Le visage heureusement un peu caché par son vaste chapeau à aigrette, elle se remémorait son propre mariage si simple, si gai, en carriole. La noce suivant à cheval, les femmes en croupe de leurs maris. Noémie était vêtue de sa tenue de paysanne normande, avec sa coiffe de dentelle. Était-ce le bon temps ? Comme elle l'aimait, son jeune et beau mari. Quel chemin parcouru ! Comment la petite Noémie avait-elle pu devenir le « maître de Hautefort » ?

Noémie buta sur une marche et serait tombée sans le bras d'Abel Bouville, surpris.

« Ils se trompent tous, ils me croient forte et je suis très faible, vulnérable, mon Dieu, je ne vais pas sangloter devant tous ces gens ! »

Noémie redressa la tête et suivit le marié qui donnait le bras à sa mère.

Dans l'église, remplie des invités, un murmure accompagnait la jolie mariée. La forme de sa robe surprenait, ravissait, étonnait, choquait.

— N'est point immodeste pour une mariée !

— On voit son corps !

— Qu'elle est donc jolie !

— Si charmante !

Les chuchotis allaient bon train. Ils reprirent de plus belle sur le passage de Noémie, ragaillardie par la stupéfaction qu'elle provoquait.

— Un pouf… une tournure !

— Oh ! quelle indécence !

— Je préfère la crinoline !

— Non… c'est superbe !

— La mode de demain !

— Quelle merveille…

— La belle Mme Hautefort !

Noémie prit place à côté de Zacharie, derrière les mariés.

Dans la chaleur, tout le monde attendit l'arrivée de l'évêque.

Enfin, sans s'être trop fait désirer, monseigneur Laurence, vêtu de sa soutane violette sur son ventre rebondi, descendit de sa calèche. Il pénétra dans l'église avec sa crosse et sa mitre, bénissant l'assistance qui s'était levée. Certains même s'agenouillaient pour recevoir la bénédiction de Son Excellence.

Après ce cérémonial, monseigneur Laurence s'assit dans un fauteuil doré du chœur. Enfin la messe put commencer. Noémie apercevait le profil de sa fille lorsque celle-ci tournait son joli visage grave et illuminé de bonheur vers Hyppolite. Ce dernier, de plus en plus pâle, la regardait avec un tel amour que Noémie en était toute remuée. Elle comprenait si bien ce que ces deux jeunes gens devaient ressentir. Un court instant, Noémie prit la main de Zacharie. Les doigts serrés, ils partageaient leur émotion.

« Je dois absolument prier pour leur bonheur », pensait Noémie, assaillie de mille pensées profanes. Avaient-ils eu raison, Zacharie et elle, d'accepter qu'Eugénie se marie à dix-sept ans ?

Bien sûr, la petite aimait Hyppolite depuis toujours. Ces enfants semblaient destinés l'un à l'autre. Noémie appréciait beaucoup son futur gendre. Il était le seul à avoir quelque autorité sur Eugénie. Jamais elle ne voulait écouter personne excepté Hyppolite, et parfois Zacharie.

Hyppolite la rendait moins nerveuse, plus douce, plus humaine. Il tempérait son impatience, sa nervosité et parfois sa dureté. Il aplanissait les relations souvent difficiles qui régnaient depuis toujours entre Tancrède Bébé et sa sœur. Le frère aîné adorait taquiner Eugénie. Pour la faire enrager, il l'appelait « Punaise » ou « ma grosse », ce qui avait le don d'exaspérer la jeune fille. Hyppolite déridait l'atmosphère. Avec lui et son frère Germain, tout se terminait dans les rires. Tancrède Bébé, comme toute la famille Hautefort-Le Sauvage, aimait beaucoup son futur beau-frère. Noémie était sûre que l'avenir entre les jeunes gens serait idéal. Un jour, ses enfants, après Zacharie et elle, reprendraient l'usine. Osmond était encore bien petit, elle n'y pensait pas trop, mais craignait les heurts entre les deux aînés. Hyppolite, avec son calme et son bon sens, contournerait les difficultés. En grandissant, il avait perdu cet air frêle et nostalgique. Durant un an, il était parti faire un stage à Caen, chez un collègue notaire de son père. Dûment chaperonnée par Émilienne Bouville, Eugénie allait le voir dans cette ville. Lui-même revenait à Carentan pour les fêtes. À vingt ans, Hyppolite était déjà très mûr.

C'était lors du dernier Noël, qui était aussi l'anniversaire du petit Osmond, que la jeune fille et Hyppolite se décidèrent à parler très simplement à leurs parents après le souper, le gâteau et l'échange de cadeaux.

Dans l'atmosphère joyeuse, personne ne fit attention au fait qu'ils étaient sortis du salon. Malgré le froid, ils étaient partis dans le parc. Il neigeait sur le Cotentin. Un mince tapis blanc éclairait les pelouses. Eugénie et Hyppolite échangèrent leur premier vrai baiser, sous le regard bienveillant de la statue de Neptune. Leur amour était si fort qu'ils n'avaient pas besoin de parler. Eugénie savait qu'elle était née pour Hyppolite. Lui-même, dès qu'il l'avait vue pour la première fois, alors qu'elle n'avait que cinq ans et qu'il en avait huit, avait senti que son destin serait lié à celui de cette petite fille.

Les jeunes gens revinrent dans le salon, le visage illuminé du même bonheur. Des flocons brillaient encore dans leurs cheveux. Eugénie conservait frileusement son châle autour de ses épaules. Hyppolite toussait un peu.

— Mon Dieu, a-t-on idée de sortir par un temps pareil ? s'exclama Noémie.

— Maman, papa, Hyppolite et moi voudrions nous marier !

Les Hautefort et les Bouville s'y attendaient depuis longtemps, mais pas si vite. Ils hésitaient, se regardaient entre eux. Ce fut Tancrède l'Aîné qui les bouscula un peu.

— Bé dam' ! y sont-y pas beaux tous les deux… Alors, les petiots, à quand la noce ?

« À quand la noce ? À quand la noce ? » Noémie se répétait cette phrase, lui rappelant ses propres fiançailles avec Zacharie.

Celui-ci lui toucha le bras. Les cloches sonnaient à toute volée. M. Duhamel tapait de toutes ses forces sur les grandes orgues. La messe était finie. Noémie avait entendu dans un rêve sa fille dire oui, elle avait à peine vu l'échange des anneaux et la bénédiction de monseigneur Laurence. Quel genre de mère était-elle donc ? Soudain, curieusement, sa propre mère lui manquait. Elle avait besoin de lui parler de sa petite fille.

Eugénie, rayonnante de jeunesse et de beauté, sortait de l'église sous les vivats. Noémie prit le bras de son mari. Il lui caressa tendrement la main et tous deux, suivis des Bouville puis de leur famille, des amis et des relations, sortirent à leur tour de l'église.

Toute la population de Carentan applaudissait, commentait, jetait des fleurs aux mariés. Selon la mode normande, quelques jeunes gens tiraient en l'air des coups de fusil ou lançaient des pétards. Noémie jugea cette coutume, peut-être valable à la campagne, déplacée en ville. Elle n'eut pas beaucoup de temps pour s'attarder sur ce fait. Après le défilé triomphal des calèches dans le centre-ville et le retour devant l'usine, Noémie reçut les invités sur la première marche du perron de la Maison rose. Zacharie, qui arborait fièrement la Légion d'honneur remise au riche industriel qui donnait du travail à toute la région, les mariés, les Bouville et la proche famille étaient bien sûr à ses côtés.

Tous les notables des alentours affluaient. Des industriels, travaillant avec les beurres Hautefort, étaient venus de Caen, de Lisieux et même de Paris. Leurs épouses, pourtant richement vêtues, regardaient avec envie les somptueuses toilettes à tournure de Mme Hautefort et de sa fille. Dans leurs vastes crinolines, elles se sentaient bien démodées.

— Oh ! quelle joie de vous voir... merci d'être venus... quel beau souvenir vous avez envoyé à nos enfants... merci pour eux.

Noémie et Zacharie serraient les mains. Parfois Noémie embrassait les dames, remerciait pour les cadeaux somptueux qui étaient exposés dans le salon. Abraham Camrobert, le banquier de l'usine Hautefort, directeur à Rouen, pour toute la Normandie, de la grande banque parisienne protestante Camrobert et fils, avait envoyé aux jeunes gens un admirable dessus de table en argent massif. C'était dire le cas qu'il faisait de ses clients. Noémie appréciait beaucoup le banquier. C'était un des fils du fondateur de la dynastie, Samuel Camrobert, vivant à Paris dans la nouvelle plaine Monceau. Le banquier était venu de Rouen avec son épouse. Noémie les présenta à plusieurs notables pour qu'ils se sentent à l'aise. Certains curieux trouvaient le prétexte d'admirer les cadeaux pour visiter la luxueuse demeure dont on parlait dans tout le Cotentin. M. Eugène Boudin et ses amis peintres avaient envoyé aux jeunes mariés des toiles de Honfleur. On les regardait, ainsi que tous leurs autres tableaux pendus aux murs, avec une perplexité extrême.

— Je trouve cela affreux ! chuchota Chiffonnette, Anne Lefébure, à l'oreille de son mari, Octave Le Haguais, devenu, depuis la « fuite » de Noémie chez eux, pharmacien.

Il hocha la tête, en accord avec sa femme.

— Tout ça, c'est du barbouillage, ma pauvre amie... cela ne veut rien dire... Entre nous, elle a un goût curieux, Noémie !

Jean-Baptiste Sénéchal arriva avec tout son clan. Tancrède l'Aîné, satisfait de retrouver son vieil ami, s'éclipsa du perron, de même que son petit-fils. Osmond, lui, jouait parmi les tables, avec les enfants d'honneur. Ils commençaient à flanquer une belle pagaille. L'abbé Morel et Prudence avaient bien du mal à calmer cette marmaille. Osmond, courant de toutes ses jambes, alla donner de la tête dans le ventre de monseigneur Laurence.

— Oh ! pardon, Votre Grosseur ! lança Osmond, sans y voir à mal.

L'évêque, débonnaire, prit la chose assez bien. Hélas pour lui, le mot d'Osmond vola sur toutes les lèvres, et le pauvre monseigneur Laurence fut dorénavant appelé en catimini « Sa Grosseur ».

Noémie allait donner le signal du début du festin quand deux calèches retardataires pénétrèrent dans le parc. Il s'agissait du colonel de Reuville en grand uniforme. Il était tel que Noémie l'avait rencontré à la gare, suivi de son zouave. Ce dernier provoqua un mouvement de curiosité parmi les invités. Gontrand était accompagné de sa sœur Isabelle Kermadec. Noémie et Isabelle s'embrassèrent avec affection, pourtant Noémie pouvait voir dans les yeux de son amie une certaine retenue. Elles cherchaient l'une et l'autre les marques des années sur leurs visages respectifs. Quelle était la vie de la fière Isabelle de Reuville maintenant ? Elle, qui aurait dû faire un somptueux mariage, avait au moins retrouvé son château. Était-elle heureuse avec Jehan Kermadec ? Il n'était pas venu et s'en excusait. Noémie préférait cela. Elle ne savait pas comment Zacharie aurait réagi à la présence de

Kermadec. Il y avait vraiment des événements difficiles à oublier.

Isabelle Kermadec présenta sa fille, une enfant malingre de cinq ou six ans aux grands yeux noirs rappelant son père.

— Voici ma petite Viviane ! Dis bonjour à mon amie, Mme Hautefort !

— Non, elle a une vilaine robe !

« Charmante enfant », songea Noémie.

— Oh ! Mimi, excuse-la !

— Je t'en prie, Zaza, c'est amusant au contraire, va jouer avec Osmond, ma petite Viviane ! dit Noémie, en se forçant à sourire.

Dans son bel uniforme, Gontrand de Reuville faisait sensation auprès des dames. Isabelle et sa fille allèrent le rejoindre. Les valets passaient des rafraîchissements.

De la dernière calèche, sortit le préfet, M. de Saint-Preux, et son épouse. Ils se dirigèrent vers Noémie et Zacharie, que les mariés et les Bouville avaient aussi abandonnés à leur poste depuis un moment.

Le marquis Hervé de Saint-Preux était un homme important dans la région. Il avait ses entrées aux Tuileries et le fait qu'il se soit dérangé était une grande victoire pour Noémie. M. de Saint-Preux salua les maîtres de Hautefort avec une grande civilité, sa femme était assez terne, gentille, effacée. Pourtant elle se retourna en déclarant :

— Nous nous sommes permis de venir, madame Hautefort, avec notre fils Raoul qui est en permission !

Un officier en grand uniforme de cuirassiers s'approchait du perron. Noémie crut défaillir. C'était l'inconnu du train ! L'homme avec qui elle s'était conduite comme une fille à soldats. Elle aurait voulu mourir à l'instant, rentrer sous terre. Raoul de Saint-Preux n'allait-il pas tout raconter à ses parents, se gausser, se vanter auprès des invités ? Elle l'imaginait s'esclaffant à table auprès des convives. Plus morte que vive, pâle sous le fard de ses joues, Noémie osa planter son regard bleu dans celui du bel officier. Celui-ci, imperturbable, se penchait pour lui baiser la main.

— C'est un très grand honneur, madame, de faire votre connaissance, et je vous remercie vivement de m'accueillir dans votre maison ! dit-il en se redressant.

Les Saint-Preux discutaient avec Zacharie. Raoul lui serra la main et s'éclipsa en direction de Gontrand de Reuville qu'il paraissait connaître. L'attitude de Raoul de Saint-Preux avait un peu rassuré Noémie, mais elle s'inquiéta de nouveau. Elle les connaissait, ces officiers, beaux hâbleurs. « Va-t-il tout raconter en riant à Gontrand de Reuville ? En ce cas, ce secret affreux connu par Isabelle serait ma perte. »

— Tu es toute pâle, chérie ! constata Zacharie.

— Oui… il est temps de lancer le déjeuner… je suis un peu fatiguée… j'ai… besoin de m'asseoir !

Zacharie regarda sa femme avec souci.

« Elle en fait trop, bientôt nos enfants, ou du moins Tancrède Bébé, pourront nous aider à l'usine ! », songea-t-il en prenant le bras de Noémie pour se diriger vers la table d'honneur.

Pour Noémie, ce repas de noces fut un cauchemar. Elle était assise à côté de monseigneur Laurence qui lui donnait du « ma chère fille » à tout instant. Les Saint-Preux parlaient beaucoup avec Zacharie. Les jeunes mariés se regardaient dans le blanc des yeux. Tancrède l'Aîné avait filé à la table de Jean-Baptiste Sénéchal et du docteur Donatien Gamboville. Noémie préférait car elle craignait la perspicacité de son père. Le maire et le curé de Carentan, très fiers d'être à cette table, péroraient. Noémie entendait dans son dos les éclats de rire de Gontrand de Reuville, mêlés à ceux de Raoul de

Saint-Preux. Les deux officiers faisaient les jolis cœurs, amusaient leurs voisines. Toute cette tablée s'esclaffait. Noémie avait trop chaud. L'estomac noué, elle ne pouvait rien avaler.

— Ah ! ma chère fille, le mariage de son enfant, quelle émotion ! affirmait monseigneur Laurence, satisfait de sa psychologie.

Enfin, après une éternité, quatre marmitons apportèrent le gâteau à six étages. On put se lever pour les photos. Nadar avait envoyé un de ses meilleurs assistants.

— Ça va, Noémie ? demanda Léonne au passage.

— Oui, oui, très bien !

Noémie se mordit les lèvres. Tandis qu'elle posait avec les mariés, sa famille et les Bouville, elle se força à sourire. Un instant, son regard croisa les yeux noirs de Raoul de Saint-Preux. Elle crut encore défaillir. Son sort était entre les mains de cet homme. Que devait-elle faire ? Le supplier, se mettre à genoux, l'attendrir, sangloter, payer son silence ? Vers six heures du soir, l'orchestre se mit en place autour de la piste de danse. Noémie et Zacharie emmenèrent les jeunes mariés saluer tous les employés de l'usine. Ils serrèrent les mains de chacun, reçurent les vœux puis revinrent vers la Maison rose pour ouvrir le bal.

Eugénie et Hyppolite se lancèrent les premiers sur la piste, pour la première valse.

Zacharie prit sa femme par la taille.

— Tu te souviens, chérie, du père Artu qui t'écrasait les pieds le jour de notre mariage ?

Avec tendresse, Zacharie embrassa la joue de Noémie, le cœur rempli d'amour. Elle eut une seconde la tentation de tout lui avouer, mais Justin vint prévenir les maîtres que M. Osmond faisait des bêtises.

Pour épater la petite Caroline Gamboville, il était grimpé sur le toit de la maisonnette de classe.

— J'y vais ! déclara Zacharie.

Noémie voulut retourner s'asseoir mais Raoul de Saint-Preux jaillit devant elle. Il s'inclina.

— M'accordez-vous cette valse, madame ?

Sans attendre sa réponse, il posa une main gantée de blanc sur sa taille, saisit ses doigts et l'entraîna avec fermeté. Soudain, Noémie se sentit des ailes. Son cœur battait. Elle avait vingt ans. Un moment, elle se laissa aller à la griserie de la musique. Raoul de Saint-Preux n'avait pas dit un mot. C'était à elle d'attaquer.

— Vous venez souvent dans la région, monsieur de Saint-Preux ?

— Chaque fois que mon service m'en laisse l'occasion.

— Vous êtes à quel régiment ?

— Le troisième cuirassier !

— Ah ! c'est bien..., dit Noémie, qui ne savait absolument pas quelle était la différence avec le premier et le deuxième...

De toute façon, elle s'en moquait. Tout ce qu'elle voulait, c'était être rassurée par Raoul de Saint-Preux.

— J'ai compris que vous êtes un homme d'honneur ! chuchota Noémie, la tête levée vers son cavalier.

— Non...

— Comment non ? fit Noémie, suffoquée.

Des valseurs trop fougueux la bousculèrent, il s'agissait de Félix Legras avec la préfète soudain dessalée. Celle-ci riait aux éclats des blagues de l'ancien détective parisien.

— Non..., murmura Raoul de Saint-Preux, je veux que vous me donniez un rendez-vous...

— Un rendez-vous, rien que ça !

— Oui, je veux vous revoir seule quelques instants.

— C'est impossible…
— Si vous le voulez, c'est possible…
Noémie adressa un sourire crispé à Isabelle de Reuville qui valsait avec son frère.
Entre ses dents, elle murmura :
— Que voulez-vous de moi ?
— Vous le savez bien… vous, vous seule !
— Vous vous méprenez, ce n'était pas moi… c'était quelqu'un d'autre…
— Je vous veux…
Il avait mis un tel ton pour dire ces mots ! Noémie avait l'impression que toute la piste de danse avait entendu. Ses jambes étaient molles, son cœur battait la chamade. Quel était donc le pouvoir de ce garçon sur ses sens ? Elle devait tout de suite couper court à tout.
— Vous ne me plaisez pas, monsieur de Saint-Preux, mais je suis prête à vous dédommager ! dit-elle sèchement.
— Que voulez-vous dire… payer mon silence ?
— Oui, c'est cela !
— Très bien, cela me va ! Où… quand… combien ?
Noémie se mordit les lèvres.
— Après-demain à midi, à Vire, proposa-t-elle.
— C'est parfait ! Auberge de la Pomme d'Argent, je connais le patron…
— En ce cas, je vous enverrai un émissaire avec, disons, cinquante mille francs.
— Vous voulez rire, ce n'est pas assez… le double, cent mille et ce doit être vous en personne !
— Mais…
— C'est le prix de mon silence !
Il se penchait vers Noémie, la serrait de trop près. Elle pouvait respirer son parfum, exaspérée du pouvoir que cet homme exerçait sur elle.
— C'est bon, j'y serai avec la somme convenue !

Il était temps. La valse s'achevait. Raoul de Saint-Preux, très maître de lui-même, s'inclina devant Mme Hautefort et partit inviter une autre danseuse. Noémie se mordit les lèvres. Elle était vaincue par un maître chanteur. Le reste de la soirée passa dans une sorte de rêve éveillé. À la nuit tombée, il y eut le feu d'artifice sur le port, puis un souper buffet. Raoul de Saint-Preux ne chercha plus à se rapprocher de Noémie.

Après minuit, les jeunes mariés, ayant changé de tenue, quittèrent la Maison rose en calèche. Noémie, émue, embrassa Eugénie, sa petite, qui partait. Les jeunes gens allaient d'abord dans la maison que leurs parents leur avaient achetée sur la grand-place, puis ils partiraient demain pour l'Italie. Eugénie levait la main.

— Au revoir, tous...

— Soyez heureux !

La voix de Noémie se brisa. La calèche était poursuivie par Tancrède Bébé, tous les jeunes avec des casseroles et Osmond qui refusait d'aller se coucher.

« Mon Dieu, j'ai oublié de parler à la petite ! », songea Noémie, horrifiée. Allait-elle savoir se débrouiller avec un mari ? Bah ! Eugénie lui semblait plus forte qu'elle-même à son âge.

— Ma bonne amie, nous voici passées de l'autre côté, les deux belles-mères ! dit Émilienne Bouville.

Parfois, elle était à tuer.

Noémie rentra dans le parc au bras de Zacharie. Il semblait très secoué par le départ d'Eugénie. Les valets commençaient à ranger les tables. Tancrède l'Aîné ronflait dans un fauteuil. Noémie le fit transporter dans une chambre. Il ne voulait jamais dormir dans la Maison rose, pour une fois tant pis pour lui. Tancrède Bébé avait filé avec Daisy. Sir et lady Pilgrim montaient se coucher. Léonne et Félix aussi, Osmond dormait debout, Prudence l'emmena enfin au lit. Zacharie donnait des ordres à Justin pour ramener certains retardataires à leur domicile ou à l'hôtel.

Noémie s'assit dans l'herbe sous le vaste cèdre. La tête levée, elle regardait les étoiles et, pleine de remords, pensait à ce beau voyou de Raoul de Saint-Preux.

34

L'auberge de la Pomme d'Argent

Noémie savait qu'elle commettait une folie.

Elle avait des affaires à traiter l'après-midi dans la ville de Vire. Zacharie était parti pour Caen signer un accord avec un de ces nouveaux grossistes, alimentant les petits détaillants de campagne.

Laissant son cocher, Hilarion, à Saint-Lô, Noémie avait pris tôt le matin la nouvelle ligne du chemin de fer qui l'avait déposée à la gare.

Les traits dissimulés par un chapeau à voilette très épaisse, vêtue d'une robe noire anodine, les épaules entourées d'un châle, Noémie héla un fiacre. Elle se fit déposer devant la tour de l'horloge, avant de pénétrer à l'intérieur de l'église Notre-Dame.

Son cœur battait. Elle ressortit par une petite porte de l'abside et monta la rue Montjoie avant d'apercevoir, sur les bords de la Vire, l'enseigne de la Pomme d'Argent. La salle de l'auberge était heureusement vide. « On » devait être prévenu, car une servante lui fit simplement signe de loin d'emprunter l'escalier.

En montant les marches, elle savait qu'elle aurait dû faire demi-tour et s'enfuir à toutes jambes. Le couloir était sombre. Une porte s'ouvrit sur le côté.

— Venez...

Raoul de Saint-Preux attirait Noémie dans une pièce. Il referma aussitôt la porte. Ses cheveux bruns, bouclés sur les tempes, il souriait comme un gamin.

— Vous êtes venue, c'est merveilleux.

— Monsieur de Saint-Preux..., commença sévèrement Noémie.

— De grâce, ôtez cette voilette...

Quel toupet ! Le jeune officier relevait le voile couvrant le visage de Noémie.

Malgré la maîtrise qu'elle avait toujours sur elle-même, il dut lire dans ses yeux une telle panique qu'il parut presque attendri.

— Donnez-moi votre châle, je vous en prie, sentez-vous à l'aise... en compagnie d'un ami très respectueux !

Raoul de Saint-Preux était vêtu d'un costume civil. Il paraissait ainsi plus jeune, plus vulnérable que dans le train ou au mariage, en uniforme chamarré.

— Voulez-vous un rafraîchissement ?

Noémie regarda autour d'elle.

Avec soulagement, elle s'aperçut qu'elle se trouvait dans une petite salle à manger. La table était dressée près de la fenêtre. Allons, ce beau voyou avait des manières !

— Avez-vous faim ?

— Oui, un peu ! admit Noémie qui n'avait rien pris depuis l'aube.

Elle avait l'habitude de ces départs matinaux, mais pour convoyer des marchandises, pas pour de galants rendez-vous.

Le chapeau enlevé, elle fit bouffer d'un geste gracieux ses cheveux devant une glace.

Son regard surprit les yeux bruns, caressants et admiratifs de Raoul de Saint-Preux. Brusquement, c'était lui qui avait l'air intimidé.

Soudain ragaillardie par cette faiblesse inattendue, Noémie revint vers la table. Il proposa d'un ton badin :

— Voulez-vous de la poularde en gelée ?

— Avec plaisir !

Elle était décidée à redevenir la belle Mme Hautefort, maîtresse de toute situation. Elle allait ne faire qu'une bouchée de ce bel insolent. Soudain, il n'était plus dangereux. Simplement un jeune coq à qui elle devait couper les ergots.

Au début, elle chipota dans son assiette, puis l'estomac creusé par toutes ces émotions, elle se mit à dévorer à belles dents.

Un petit vin du Val de Loire arrosait le repas. Noémie se prit à rire plusieurs fois. Raoul de Saint-Preux était très gai, charmant, amusant. Il racontait avec humour les histoires de son vieux colonel que tout le régiment appelait Bouton d'or car, lors de grandes manœuvres, il s'était perdu dans un champ semé de petites fleurs jaunes. Le jeune homme était rattaché, maintenant, au duc de Magenta, c'est-à-dire au maréchal de Mac-Mahon. Raoul revenait, sur son ordre, d'Algérie où il l'avait servi comme aide de camp. Noémie comprit que Raoul de Saint-Preux avait la confiance et l'amitié du maréchal qui lui avait donné trois mois de permission avant une nouvelle affectation.

C'était au cours de la guerre de Crimée, à Malakoff et à Sébastopol, que Raoul avait fait la connaissance de Gontrand de Reuville. Ils s'étaient ensuite retrouvés pendant la campagne d'Italie. Raoul de Saint-Preux, tout jeune lieutenant, avait été blessé à Solferino. Il avait ensuite eu la chance d'assister à l'entrevue de Napoléon III et de Cavour, le ministre du roi de Sardaigne, Victor-Emmanuel II. Cet accord franco-sarde avait permis à Victor-Emmanuel de régner sur l'Italie réunifiée, comprenant le Piémont, la Lombardie, la Romagne, Parme, la Toscane, les Deux-Siciles, la Marche, l'Ombrie, acquises, quant à ces trois dernières, grâce à Garibaldi et à ses Chemises rouges.

Noémie, comme toujours lorsqu'elle revivait des événements qu'elle avait seulement lus dans les journaux, était passionnée.

« Cette Italie toute neuve... je devrais peut-être songer à y établir des comptoirs de vente », prévoyait-elle toujours pratique.

Raoul de Saint-Preux changea de sujet. Il revenait de Paris et y avait vu des spectacles. Il avait assisté à un vaudeville très amusant, *Le Voyage de M. Perrichon*, d'Eugène Labiche, mais il avait surtout eu la chance d'être présent à la reprise triomphale d'*Hernani* qui s'était transformée en manifestation antibonapartiste. On avait acclamé le nom de Victor Hugo, l'exilé du régime.

Tout en parlant et en servant Noémie, Raoul de Saint-Preux frôlait sa main, prenait ses doigts, y déposait un baiser. Il osa même embrasser sa paume, caresser de ses lèvres son poignet. Noémie cachait son trouble en discutant politique. Elle détournait la tête pour « admirer » le jardin. Elle avait du mal à dissimuler ses frémissements chaque fois qu'il la touchait même innocemment. Après le dessert, elle se leva, satisfaite d'être restée maîtresse de son comportement. Elle avait su montrer à ce jeune séducteur qu'il ne l'impressionnait pas.

— Monsieur de Saint-Preux, je vous remercie de ce charmant déjeuner, j'ai pris grand plaisir à votre conversation, mais des affaires urgentes m'attendent, et il me faut partir ! Ayant apporté la somme dont nous avons convenu, je compte désormais sur votre silence de gentilhomme et...

Tout en parlant, Noémie cherchait des yeux le réticule où elle avait mis les cent mille francs « exigés ». Elle s'arrêta au beau milieu de sa phrase. Sac et châle se trouvaient sur une chaise près d'une porte entrouverte. Par l'entrebâillement, Noémie apercevait la chambre attenante aux volets fermés. Sur un grand lit de cuivre s'étalait, dans la pénombre, un édredon fleuri.

Elle se retourna, furieuse.

— Monsieur de Saint-Preux, sachez que…

Elle ne put en dire plus. Deux bras puissants l'avaient saisie comme une proie.

— Tais-toi… nous en avons tellement envie… viens, la journée est à nous ! murmura la voix de Raoul à son oreille.

Sans la laisser respirer, à pas impérieux, il l'entraînait vers la chambre.

Elle voulait crier, hurler au fou, se débattre, protester, s'enfuir…

« Nous en avons tellement envie… »

Ses lèvres rivées à celles de Raoul de Saint-Preux, elle gémissait, lui rendait ses baisers. Elle répondait aux invites du jeune capitaine avec le même élan incompréhensible que dans le train.

« Mais quel pouvoir a-t-il sur moi ? », s'interrogeait Noémie.

À grandes enjambées, il la porta sur le lit. Avec les gestes habiles d'un homme d'expérience, sans lâcher sa bouche, murmurant des mots tendres, la couvrant de baisers sur le visage, le cou, la gorge, il réussit à lui ôter robe, corset, chemise et jupons. Cela tenait du miracle. L'amour avec Raoul de Saint-Preux était fougueux et d'une gaieté inépuisable. En un tournemain, il se déshabilla lui aussi. Effrayée d'être nue pour la première fois sous le regard d'un homme qui n'était pas son mari, Noémie tenta de se cacher sous le couvre-pieds.

— Non... laisse-moi te regarder... comme tu es belle...

Il mordillait son corps de baisers, osait les caresses les plus hardies. La peau à vif, Noémie se tordait de passion contre le large torse à la toison brune et le ventre dur de Raoul. Elle buvait la vie, suspendue à ses lèvres, se cabrait, s'offrait, gémissait sous la bouche et les mains expertes qui lui arrachaient des soupirs passionnés. Avait-elle manqué d'amour avec Zacharie ? Non, sûrement pas, pourtant, au cours des années, leurs rapports s'étaient assagis. Elle avait soudain l'impression, avec Raoul de Saint-Preux, que son vrai tempérament de femme mûre, loin de se calmer, était décuplé.

Sous le jeune mâle déchaîné, elle s'offrait, ouvrait les jambes sans pudeur. Des ondes brûlantes partaient de ses reins pour enfler dans tout son corps.

Avec une science profonde des choses de l'amour, Raoul de Saint-Preux faisait durer le plaisir incommensurable de l'attente. Il éloignait Noémie, buvait à la source de ce beau corps féminin pour remonter plus vite dévorer les pointes durcies de sa poitrine, restée ferme et jolie malgré les maternités.

Dès que Raoul avait aperçu Noémie dans le train, il avait aussitôt eu envie d'elle, Noémie ne s'était pas trompée, le capitaine de Saint-Preux était un séducteur. Fortuné, insolent, beau garçon, portant l'uniforme des cuirassiers avec une superbe morgue, le jeune baron ne comptait plus les aventures dans les villes de garnison. Mais cette femme, si belle, élégante, solitaire, à l'expression à la fois énergique et fragile, l'avait ému au plus profond de lui-même. Il était sûr qu'elle était faite pour lui. Il ne pouvait détacher son regard de son fin profil. Elle faisait mine de lire. Quand il avait perçu son trouble, celui-ci avait attisé son désir.

Il n'était pas un soudard, pourtant il n'avait pu résister à l'envie de s'approcher d'elle simplement pour engager la conversation. Ce n'était pas sa faute si le train avait freiné trop vite. Il ne comprenait pas encore quelle force les avait poussés dans les bras l'un de l'autre. Malgré ses succès, c'était la première fois qu'une chose pareille lui arrivait. Cette inconnue pourtant ne lui semblait pas une de ces filles de joie faciles. C'était une dame ! Quand elle s'était enfuie, il n'avait pas cherché à la retenir, certain de la retrouver un jour, mais pas si rapidement.

Il était venu à ce mariage traîné par ses parents très fiers de le présenter aux maîtres millionnaires de l'usine de beurre. Reconnaître l'inconnue du train dans la belle Mme Hautefort avait été pour Raoul de Saint-Preux une vraie jubilation. Il avait perçu sa stupeur, et son affolement s'il se montrait bavard. D'un mot il pouvait briser la réputation de Noémie Hautefort. Il n'en avait pas le moins du monde l'intention, mais il avait vite compris que, pour la revoir, il devait piquer sa curiosité. Jamais elle ne viendrait à un simple rendez-vous. Le coup du chantage lui avait été inspiré par l'attitude hautaine, même méprisante, de Noémie ; et maintenant cette femme orgueilleuse se donnait à lui. Suspendue à cette bouche sauvage, et douce, Noémie soupirait lascivement, voulait rendre le plaisir qu'elle ressentait, s'ouvrait, gonflée, chaude, humide de désir. Ses mains palpitaient, ses hanches, appel ancestral de la femme pour l'homme, l'attiraient. Ne pouvant plus se maîtriser, Raoul de Saint-Preux s'abattit sur sa nouvelle conquête, la prenant comme un barbare.

La nuit tombait, ils s'étaient endormis dans les bras l'un de l'autre.

Noémie se redressa, épouvantée. Que faisait-elle dans ce lit, avec la tête bouclée du jeune fanfaron sur son épaule ? Il était beau dans son sommeil. Ses longs cils bruns formaient une ombre sur sa joue. « Voilà, j'ai trompé mon mari et pour le moment je n'en ai aucun remords... » Entourée du drap, elle voulut se lever pour saisir sa chemise. Une main ferme la rattrapa.

— Ne pars pas...

La tête appuyée sur l'oreiller, Raoul de Saint-Preux regardait Noémie debout à côté du lit. Il la força à se rasseoir. Elle protesta :

— Vous avez vu l'heure ?

— Reste... reste encore...

— Soyez raisonnable, je dois prendre mon train... que vais-je dire chez moi si je le rate ?

Il éclata de rire, montrant des dents d'une blancheur immaculée. Il avait l'air d'un jeune loup toujours affamé.

— Tu vas mentir comme toute femme du monde !

— Vous vous trompez, je ne suis pas une femme du monde... je travaille dur... je suis un chef d'entreprise, dit Noémie.

Elle prenait un air digne, drapée dans le bout de tissu.

— Je sais et c'est bien ce qui m'a plu tout de suite chez toi, dans le train, tu es si différente des autres femmes, Noémie...

C'était la première fois qu'il disait son prénom.

— Lâchez-moi, je vous assure, cela vaut mieux... vous n'avez pas l'air de comprendre, j'ai un mari, des enfants et...

Il la saisit avec brusquerie et la renversa sur le lit.

— Écoute, ne me parle jamais de lui, de ta vie, de tes enfants, de personne... Quand nous sommes ensemble, il faut que, toi et moi, ce soit une île au milieu de l'océan…

Il la dominait. Noémie le regarda avec stupéfaction.

— Mais vous ne pensez tout de même pas que je vais vous revoir, c'est impossible… déjà, quelle folie…

Raoul de Saint-Preux caressa sa poitrine. Il appuya sa tête contre ses seins. Il la désirait encore. La voix sourde, il murmura :

— Reste, reste, Noémie, passe la nuit ici… tu sais, les bons moments, il faut en profiter… toi et moi, c'est unique, c'est trop rare, il ne faut pas gâcher ça… c'est… c'est un cadeau du ciel…

Noémie fit une moue comique.

— Je ne sais pas s'il faut mêler le ciel à ce qui vient de se passer !

Il éclata de rire.

— L'amour est une bénédiction.

— Mais je ne vous aime pas ! protesta Noémie.

— Moi non plus, mais j'aime te baiser ! Et toi aussi, ne dis pas le contraire !

Jamais personne ne lui avait parlé aussi crûment. À son oreille, il chuchotait :

— Reste, nous allons faire l'amour toute la nuit, ne gâche pas ce moment sur notre île de paradis… Noémie… je t'en prie…

— Mais mon cocher m'attend à Saint-Lô ! protesta-t-elle.

— Il n'est pas idiot, il ira dormir dans quelque gargote et t'attendra demain à la gare, toi, tu diras que tu as raté ton train, tu es une femme d'affaires, que diable, tu as eu des complications dans tes mandats, tes ventes, tes dépôts… que sais-je des affaires. Moi, la mienne, c'est plutôt de canonner, de mitrailler, de faire des sièges, d'enlever des citadelles…

Tout en riant, il appuyait chaque mot d'un baiser, d'une légère morsure, d'une caresse appuyée.

Noémie, déjà vaincue, s'étira. Après tout, Zacharie ne devait rentrer que demain soir de Caen. Ce jeune fou avait raison : au point où elle en était, autant profiter des bons moments.

— Tu l'auras voulu, je reste, mais après nous ne nous reverrons pas ! assura Noémie.

Il eut un rire de gorge et la renversa à nouveau.

— Tu me plais... tu me plais, Noémie.

Ils passèrent la soirée au lit. Raoul commanda un souper. Noémie ne vit pas la femme de chambre qui monta des plateaux de victuailles dans la salle à manger attenante. Elle passa la robe de chambre de Raoul pour aller dîner. Ce n'était pas le même repas qu'à midi. Elle riait avec le jeune baron, blaguait, se moquait, entre deux bouchées, osait l'embrasser et maintenant le tutoyait.

« Il y a douze heures, j'étais une honnête femme, maintenant j'ai un amant et cela me semble tout simple ! »

Ils dévorèrent, burent du vin pour reprendre des forces et se recouchèrent très naturellement.

— Il était question que je reparte en mission auprès du gouverneur général Faidherbe, dans notre colonie du Sénégal, mais je vais tout faire pour rester en France, Noémie...

Il attira la tête de la jeune femme sur son épaule. Elle murmura :

— Autrefois le père d'une amie de pension était parti en Égypte, j'en rêvais... Parle-moi de l'Afrique. Tu y es déjà allé ?

— Oui, j'y ai été envoyé un an en 1865 pour lutter contre les tribus maures et toucouleurs, nous avons pacifié le pays, organisé l'administration et la mise en valeur de la région. Il y avait la fièvre jaune mais je ne l'ai pas attrapée. Finalement, à part la saison des pluies, cela m'aurait plu d'y rester, j'aimais les Africains et leurs villages dans la brousse et la savane, j'ai rapporté des masques et des statues de bois, sculptées par ces hommes qui ne sont pas du tout les sauvages que l'on croit, je t'en montrerai. Ils ont d'autres coutumes : ainsi vont-ils souvent entièrement nus !

— Hommes et femmes ? s'étonna Noémie.

— Oui, tu sais, il fait chaud là-bas, alors les crinolines, c'est bon pour nos dames françaises, éventées en ville par des négrillons.

— Mais n'est-ce pas indécent de voir ces indigènes tout nus ?

— Non… Ils ont un très beau corps à la peau noire, parfois ils portent un pagne et les femmes sont superbes de dignité, mais pas aussi belles que toi ! ajouta Raoul en se penchant vers Noémie.

Elle était bien avec lui dans son île. Le lit était un bateau la menant vers d'autres horizons plus exotiques.

À plusieurs reprises au cours de la nuit, Raoul de Saint-Preux reprit Noémie avec la même fougue passionnée. Ce cuirassier menait une charge de dragon et Noémie était la plus farouche des cavales. Ils se rafraîchissaient l'un l'autre de leurs lèvres, mêlaient leurs souffles. Ils se redressaient, se caressaient. Leur entente physique était si parfaite qu'ils en lisaient la perfection sur leurs visages, à peine éclairés par la lampe à pétrole.

Quand Raoul de Saint-Preux se réveilla, Noémie était déjà prête. Elle avait fait quelques ablutions dans le cabinet de toilette, réussi à démêler son opulente chevelure et à reprendre un air à peu près convenable.

— Tu pars ? murmura-t-il du ton d'un enfant à qui l'on vient de confisquer son jouet.

Noémie se pencha sur lui.

— Écoute, je serai à Paris, seule, la semaine prochaine du 10 au 13, je descends toujours au Grand Hôtel… appartement 205…

Elle avait presque honte. C'était elle qui faisait la proposition. Il n'eut pas l'air de le remarquer. Rapidement, il enfila un pantalon et une chemise. Il voulait raccompagner Noémie à la gare.

— Pas question, Raoul, c'est trop dangereux !

— Tu vas me manquer. Comment vais-je vivre jusqu'à la semaine prochaine ?

Il avait dit cela d'un ton badin.

Elle se força à rire, moqueuse.

— Avec toutes les conquêtes que tu dois avoir, joli cœur, tu seras trop occupé, tu ne viendras même pas au rendez-vous. Tu auras oublié…

Il lui saisit les poignets.

— Ne dis pas cela, tu es une reine, Noémie, et je suis ton…

D'un doigt sur les lèvres, Noémie l'arrêta.

— Chut !

Il la prit dans ses bras pour lui arracher un dernier baiser. Les jambes molles, Noémie s'éclipsa. Elle regagna la gare sans s'être fait remarquer.

Dans le train, elle s'endormit. Elle retrouva Hilarion qui l'attendait, comme Raoul l'avait prévu, devant la gare de Saint-Lô et rentra à Carentan.

L'esprit fiévreux, elle craignait que tout le monde voie sur son visage ce qui s'était passé. À son grand soulagement, Zacharie avait envoyé un message, par le télégraphe électrique, pour signaler qu'il devait rester quelques jours de plus à Caen.

Cela arrangeait Noémie. Elle travailla dur toute la semaine, en attendant fébrilement son voyage à Paris. Tancrède Bébé était à Hautefort chez son grand-père et

Osmond, tout heureux de retrouver sa mère seule, se glissait dans son lit le matin. Cet enfant était délicieux, tendre, câlin. Noémie reçut des nouvelles du jeune couple. Eugénie et Hyppolite avaient gagné la Riviera. Ils allaient y demeurer avant de se rendre par bateau à Capri et peut-être même à Corfou.

Ces îles méditerranéennes, aimées de l'impératrice Élisabeth d'Autriche, Noémie en rêvait. Trop occupée par son travail, elle n'avait jamais pu réaliser ce projet avec Zacharie. En avaient-ils souvent parlé de l'Italie et de la Grèce ! Noémie était heureuse que sa fille fasse ce merveilleux voyage à sa place. Jamais Eugénie n'avait semblé si heureuse, ni si expansive. Elle terminait sa lettre en écrivant :

« Chère maman, cher papa, je vous aime de tout cœur.

Vos enfants reconnaissants,
Eugénie et Hyppolite. »

Noémie était très émue par cette tendresse peu commune chez sa fille. C'était l'amour qui l'adoucissait !

Noémie quitta Carentan comme Zacharie revenait. Ils purent échanger quelques mots sur les affaires courantes de l'usine, un instant Zacharie hésita à venir à Paris lui aussi. Noémie lui fit remarquer qu'il y avait des commandes importantes à exécuter. Gilles Gouhier était très capable, mais il avait ses limites. Il ne fallait pas recommencer le coup des wagons en retard et surveiller tout de même le chef de gare. C'était trop grave.

Sans remords, Noémie prit le train comme une jeune fille courant à son premier rendez-vous.

À l'hôtel, il n'y avait aucun message, à part celui de Félix et de Léonne pour lui fixer rendez-vous le lendemain avec des grossistes lyonnais, « montés » spécialement pour la voir à Paris.

Déçue, Noémie songea que le beau Raoul de Saint-Preux s'était sans doute un peu moqué d'elle. Peut-être en faisait-il des gorges chaudes avec tout son régiment ?

Félix et Léonne passèrent chercher Noémie pour souper au Café de la Paix, elle prétexta une migraine pour rester dans son appartement.

De fait, elle était fiévreuse, nerveuse et fatiguée. Elle avait refusé l'aide de Désirée afin d'être seule et libre pour ce voyage et maintenant elle s'en repentait. Elle se prépara un bain dans la somptueuse baignoire de l'hôtel et songea qu'elle allait se renseigner pour faire exécuter de vraies salles de bains à eau courante dans la Maison rose. Ce devait être possible !

Rafraîchie, parfumée, les cheveux ramassés par un peigne sur le haut de la tête, Noémie sortit, ruisselante. Des gouttelettes se formaient sur sa peau. Avant de passer un vaste peignoir de lin rose pour se sécher, elle se regarda dans la haute glace biseautée. Pour une femme de son âge, elle était belle, sans graisse ni bourrelets. Elle avait, par miracle, conservé un corps jeune et ferme. Ses seins étaient galbés, son dos droit.

Noémie poussa un soupir. Enroulée dans les plis du peignoir, elle passa dans sa chambre, puis se dirigea vers le salon. Sa main s'approchait du cordon de sonnette pour demander un plateau de chaud-froid à la femme de chambre, quand quelques coups résonnèrent à la porte. Noémie, furieuse contre elle-même, sentit son cœur battre beaucoup trop fort. Avait-on idée de se mettre dans des états pareils ? Elle s'approcha du battant de bois peint en rose et or.

— Qui est là ?

— La blanchisseuse ! répondit une petite voix aiguë.

Noémie haussa les épaules et ouvrit la porte.

Un énorme bouquet de roses lui cachait le couloir.

— Mais…

Le « bouquet de roses » pénétrait dans le salon. Il se retourna.

C'était Raoul de Saint-Preux, enchanté de sa plaisanterie. Noémie éclata de rire et se retrouva dans les bras de son beau cuirassier.

Leur deuxième rencontre fut aussi parfaite que la première, avec en plus une sorte de tendresse que Noémie jugeait dangereuse. Elle souhaitait ne pas aller au-delà d'une relation « physique » avec lui. Surtout ne pas se laisser prendre au jeu, mais Raoul de Saint-Preux était si charmant, drôle, impulsif et délicat qu'elle était chaque nuit plus attachée à son jeune amant.

La différence d'âge la gênait un peu. Elle avait huit ans de plus que lui.

— Comment une femme aussi moderne et intelligente que toi peut-elle trouver de l'importance à pareilles mœurs venant de l'Antiquité, comme si l'âge voulait dire quelque chose… Sais-tu, mon amour, que nous allons bientôt voir le XXe siècle !

— Oui, dans trente ans, une paille !

— Et tu sais ce qui nous arrivera ? Nous prendrons alors des machines volantes avec des ailes qui battront comme ça…

De ses cils, il caressait les seins de Noémie.

— Depuis Icare, personne n'a réussi à voler et en plus il est tombé…

Rien ne semblait pouvoir le rassasier. Cette joie de vivre était communicative. En plus de leur fascinante entente charnelle, il amusait, distrayait, intéressait Noémie.

— Je vais te révéler un secret militaire, à Toulouse, un chercheur, Clément Ader, est en train de fabriquer un aéroplane, plus lourd que l'air. On dit qu'il appelle cet appareil avion[1] et qu'il sera peut-être prêt à voler dans trois ou quatre ans. Te rends-tu compte du siècle fabuleux que nous vivons et de la chance que j'ai de t'avoir dans mes bras.

Les trois jours passèrent trop vite. À la demande de Raoul, Noémie vola une quatrième nuit. C'était dangereux, elle s'attachait beaucoup trop.

Félix et Léonne étaient un peu inquiets de cette fatigue soudaine qui prenait Noémie après leurs rendez-vous de travail. Elle refusa même d'aller chez Worth se commander de nouvelles robes à tournure ! C'était tout dire.

Rentrée dans le Cotentin, Noémie prit l'habitude de cette vie double. Sa liaison ne lui posait plus aucun problème de conscience. Il y avait deux femmes en elle, pour ne pas dire trois ou quatre. À l'usine, elle était le maître intransigeant de Hautefort, à la Maison rose, la bonne épouse, la bonne mère, à la ferme de son père, une fille dévouée, attentive, et dans les bras de Raoul de Saint-Preux qu'elle courait rejoindre, une maîtresse passionnée.

Sans repentir ni regrets, elle était même beaucoup plus gentille pour Zacharie. Tancrède l'Aîné se félicitait du caractère apaisé de sa fille depuis le mariage d'Eugénie. Noémie ne cherchait pas à savoir de quoi serait fait l'avenir. Elle vivait au jour le jour ou plutôt à la semaine, au gré de ses rendez-vous volés, avec une passion sensuelle qu'elle avait du mal à comprendre. Mais y avait-il quelque chose à comprendre ? Parfois, elle songeait qu'elle devrait se confesser au père Morel, mais elle savait ce qu'il lui dirait, et malgré sa confiance

1. Avion d'Ader, 1875.

dans le prêtre, elle ne pouvait se décider à avouer son secret.

Eugénie et Hyppolite rentrèrent de voyage de noces au bout de deux mois. Ils avaient le teint légèrement hâlé, une mine magnifique. Leur bonheur faisait plaisir à voir. Hyppolite avait même un peu grossi, ce qui lui donnait un air plus viril et de bonne santé.

Les jeunes mariés ne pouvaient s'installer dans leur jolie demeure de Carentan, car ils devaient se rendre à Bayeux pour un stage d'un an qu'Hyppolite allait effectuer à l'étude de maître Coquillère.

Ce déplacement qui faisait larmoyer Émilienne Bouville arrangeait parfaitement Noémie. Elle pouvait ainsi aller voir sa fille, installée avec son mari, dans une jolie maison devant la cathédrale, rue Saint-Martin, autant de fois qu'elle le désirait, puis elle allait retrouver Raoul dans quelque auberge des environs. Lui-même avait intrigué pour ne pas repartir au Sénégal. Il avait prétexté une maladie de la pauvre Mme de Saint-Preux, touchée aux larmes de la sollicitude de son fils bien-aimé. Le « ciel », comme disait Raoul, était avec eux. Il avait en effet été affecté en garnison de Caen.

Pour que les rendez-vous soient plus pratiques et discrets, Raoul loua un appartement meublé dont l'immeuble, derrière la cathédrale, abritant seulement une veuve archisourde, avait l'avantage d'avoir deux entrées, une rue Saint-Jean, l'autre rue Saint-Exupère. Raoul empruntait la première, Noémie la seconde.

Avant de quitter Eugénie, rayonnante, Noémie jetait parfois un regard discret sur sa taille. Elle craignait de la voir s'arrondir. Noémie ne se sentait vraiment pas prête à devenir grand-mère.

Elle courait alors rejoindre Raoul. Leurs retrouvailles étaient toujours aussi passionnées. Parfois

Noémie, de plus en plus amoureuse, faisait la cuisine pour Raoul. Ils mangeaient ses petits plats au lit, s'aimaient, puis devaient se quitter.

À la fin de l'année, Raoul annonça d'un air sombre à Noémie que le maréchal de Mac-Mahon l'avait chargé d'une mission en Algérie. Il serait parti trois mois. Noémie voulut cacher son trouble. Elle essaya de plaisanter. Raoul ne fut pas dupe de son émotion.

— Je vais revenir vite... je... tu vas me manquer aussi.

Soudain, elle éclata en sanglots convulsifs. Il dut la consoler comme une petite fille. Voir cette femme au caractère si fort devenir si vulnérable le transperça.

— Je ne pars pas au combat, juste une mission du ministère de la Guerre auprès d'un chef kabyle des oasis du Sud et je reviens... t'aimer... et encore t'aimer...

— Je ne voulais pas m'attacher à toi, Raoul.

— Moi non plus.

Ils n'en dirent pas plus. Ils s'étaient compris.

« Qu'allons-nous faire ? Que vais-je devenir ? Cette passion me ronge le cœur. Je voudrais être tout le temps avec lui et pourtant je ne pourrai jamais quitter Zacharie, ni l'œuvre que nous avons accomplie... je suis la plus malheureuse des femmes... pourquoi ah ! pourquoi suis-je allée le rejoindre ? Au fond je savais parfaitement ce qui allait arriver, je suis une créature monstrueuse, sans moralité, je dois être punie », songeait Noémie, morbide.

Les fêtes de Noël en famille étaient toujours une grande joie, d'autant plus que c'était l'anniversaire d'Osmond. Noémie essayait de sourire aux siens, Zacharie voyait bien que quelque chose ne tournait pas rond. Noémie fuyait le regard perspicace de Tancrède l'Aîné.

Elle vaquait à son travail, à ses occupations, mais son esprit était absent, loin dans le désert près de Raoul qu'elle imaginait entouré de femmes voilées.

Enfin, avec le printemps, arriva le message codé tant attendu :

« Beurre salé – à livrer d'urgence – pour mardi midi – la Blanchisseuse ! »

— Qu'est-ce que c'est que ce nouveau dépositaire, madame Hautefort ? La Blanchisseuse, je ne connais pas, dit Gilles Gouhier, un peu étonné.

— Ce n'est rien, je m'en occupe personnellement, Gilles, merci.

Noémie prit le train de huit heures. Elle sortit de la gare et sans passer voir sa fille, elle arriva la première dans l'appartement de Bayeux. Le cœur fendu, elle y était retournée seule deux ou trois fois pour remettre de l'ordre.

Les douze coups de midi sonnaient à la cathédrale. Elle sursautait en écoutant les craquements dans l'escalier. Mais aucun bruit ne lui parvenait aux oreilles.

Le temps passa. Soudain plus exténuée par l'attente que par son départ matinal, elle s'allongea et s'endormit d'un sommeil lourd. Elle se réveilla dans les bras de Raoul. Il avait le visage bruni par le soleil africain, les yeux rieurs, heureux. Il la couvrait de baisers.

Trop affamés l'un de l'autre, ils ne pouvaient dire un mot, affolés de désir, ils se déshabillaient avec une sorte de rage passionnée, retrouvant leur envie commune encore plus exacerbée par l'absence. Comme d'habitude après l'amour, le regard brillant de bonheur, ils parlèrent longuement. Raoul d'abord lui raconta son voyage, la beauté des couchers de soleil sur le désert, les douars où il avait passé des nuits, rêvant de Noémie sous le ciel étoilé, les chameaux, moyen de locomotion très pratique pour se déplacer dans les sables.

Noémie l'écoutait, fascinée. Elle redevenait la petite Noémie de la pension de Saint-Lô rêvant de voyages et d'aventures. L'esprit de Raoul était toujours original, sa vision des choses et des gens surprenante. Ainsi ne pouvait-il cacher son admiration pour l'émir chérifien Abd el-Kader qui s'était révolté contre les Français. Fait prisonnier par ceux-ci, puis libéré, il était finalement décédé à Damas en composant des œuvres mystiques !

— C'était quand même ton ennemi ? dit Noémie avec une moue.

— Oui, mais j'admire toujours les êtres qui vont au bout des choses, toi, Noémie, tu es comme ça.

Elle rit, amusée.

— Merci de me comparer à ce chef de Jihad, je suis très flattée, mon tendre amour…

Il lui saisit le bras.

— Répète ce que tu as dit, Noémie ?

— Merci de me comparer à…

— Non… après…

— Je… je suis très flattée, mon tendre amour…

Elle le regardait droit dans les yeux. Il baissa la tête pour enfouir son visage dans les cheveux dénoués de Noémie.

— Tu ne peux pas savoir à quel point tu m'as manqué, Noémie… je dois t'avouer quelque chose, qui n'est pas dans mes habitudes, je n'ai touché aucune femme depuis que je te connais. C'est incroyable, mais je n'en ai pas envie… Tu vois ce que tu as fait de moi.

Il était cinq heures, Noémie devait songer à passer chez sa fille avant de rentrer. Ils étaient malheureux de se quitter si vite, mais Noémie prévint Raoul qu'elle pourrait revenir dans trois jours.

— Oui, reviens très vite, je m'arrangerai toujours pour être là. Bouton d'or m'a à la bonne. Profitons des bons moments !

Il répétait encore cette phrase.

— Pourquoi es-tu pessimiste ? demanda Noémie.

— Tu ne lis donc pas les journaux ? s'étonna-t-il.

— Bien sûr que si…

— Les pages commerciales ou la mode de M. Worth ? se moqua gentiment Raoul.

— Mais pas du tout. Je me tiens au courant des événements, mais je ne dramatise pas.

— Enfin, tu vois bien que le chancelier Bismarck veut rétablir la grandeur de la Prusse !

— Mais je le connais très bien, Bismarck, il m'achète mon beurre !

— Il t'achète… Oh ! non…

Raoul éclata de rire.

— Oui, je l'ai rencontré à Paris en… 1860, je crois, et depuis, nous nous échangeons nos vœux… Il est charmant pour moi, il m'a même envoyé sa photo dédicacée pour « *Frau* Hautefort » avec ses respects admiratifs. Tu vois, on ne peut être plus aimable. Il y avait aussi le portrait du roi Guillaume avec son casque à pointe. Tu sais, j'ai toute une collection de souverains européens sur mon piano. Ils ont fait une partie de mes succès professionnels, je suis fournisseur de la plupart des cours royales, ajouta-t-elle avec coquetterie.

Raoul de Saint-Preux se laissait aller à l'hilarité.

— Tu vendrais un dromadaire à un marchand de chevaux ! Non, tu es incroyable ! Finalement, l'empereur est idiot, ce n'est pas Benedetti, le chargé d'affaires, qu'il devrait envoyer discuter avec le terrible Bismarck devant qui tout le monde tremble, mais toi, ma chérie.

— Je pense que la politique est comme les affaires, il faut arriver à un accord. Un bon contrat doit satisfaire les deux parties.

Elle se levait, il la retint sur le bord du lit.

— Et nous, Noémie, arriverons-nous à trouver un accord ?

— Que veux-tu dire ?

Elle vacillait, n'osant comprendre.

— Si tu quittais tout pour vivre avec moi ? Tu sais, ajouta-t-il naïvement, je suis riche, j'ai un château et des terres en Anjou qui me viennent de mon grand-père, nous pourrions y demeurer l'hiver, je quitterais l'armée et… je ne ferais plus que t'aimer !

Noémie avait pâli. Elle se mordit les lèvres. Qu'elle était belle, la tentation ! Après tout le divorce existait. Elle ne voulait même pas imaginer les drames que sa décision provoquerait. Noémie se pencha vers Raoul de Saint-Preux.

— Moi non plus, je ne voulais pas te le dire, mais je t'aime, Raoul, donne-moi encore un peu de temps !

— Du temps, oui, tu as raison, c'est le temps qui décidera pour nous… Je t'aime, Noémie.

35

Le son du canon

Noémie refusait d'y croire. Elle était à Paris, en juillet, dans son appartement du Grand Hôtel, attendant Raoul quand Léonne fit irruption dans sa chambre.

— Mon amie… c'est atroce, on va mobiliser… c'est la guerre !

— Mais voyons, c'est impossible !

— Hélas si, l'armée du Rhin, dont je fais partie, va se mettre en route ! fit une voix masculine.

C'était Raoul qui venait rejoindre Noémie. Il n'y eut pas de gêne entre eux trois. Ils étaient tous, de façons différentes, tellement bouleversés que Noémie ne songea même pas à présenter le jeune capitaine à Léonne.

— Merci, mon amie, je vous ferai dire ainsi qu'à Félix mes projets…

Noémie raccompagnait l'ex-couturière à sa porte. Elle lui murmura :

— Léonne, ne dites rien à Félix ni à… personne… vous avez compris ?

En disant ces mots, d'un air suppliant, elle regardait du côté de Raoul.

— Oh ! oui, j'ai compris et depuis un bout de temps ! On me hacherait menu plutôt que de me faire parler, mais, dites, elle est bien séduisante votre « migraine », Noémie.

Malgré les moments dramatiques qu'elles vivaient, les deux amies ne purent s'empêcher de sourire, complices, puis elles s'embrassèrent avec affection. Léonne était dans le couloir quand Noémie la rappela.

— Léonne, si vous avez besoin de quoi que ce soit, n'oubliez pas que je suis vraiment votre amie.

— Merci, merci, je le sais.

Noémie revint vers Raoul pour se jeter dans ses bras. Il était déjà en uniforme de campagne.

— Quand… quand pars-tu ?

— Sans doute demain à l'aube.

Noémie fut presque soulagée. Ils avaient encore quelques heures de bonheur devant eux.

Elle se raccrochait à l'espoir que, dans la nuit, la France et la Prusse redeviendraient raisonnables. Ah ! si elle avait eu Bismarck sous la main. Elle aurait dû lui envoyer du beurre parfumé au curare. Mais non, tout allait s'arranger. Cette histoire était parfaitement stupide. Napoléon III n'avait-il pas déclaré au début de son règne : « L'Empire, c'est la paix ! » ?

Dans les bras de Raoul, Noémie se convainquait qu'il s'agissait d'un quiproquo, pourtant elle se donnait à lui avec une passion exacerbée, presque une rage d'amour.

Lui-même, haletant, la prenait sans pouvoir se lasser, elle suffoquait, le sang battait à leurs tempes. Ils atteignirent ensemble le paroxysme de la perfection et de l'émotion.

Quand ils reprirent leurs esprits, de jeunes belliqueux hurlaient sous les fenêtres :

— À Berlin ! À Berlin !

— Tu entends, ma chérie, il faut que tu rentres très vite en Normandie…

La tête appuyée amoureusement contre la poitrine de Raoul, Noémie protesta :

— Mais enfin, la guerre n'est pas déclarée ! J'ai l'impression que vous, les hommes, vous avez toujours envie de partir au combat...

Il la serra contre lui.

— Avant peut-être, même sûrement, oui, Noémie, mais crois-tu que je désire te quitter ? Tu as raison cependant, nous sommes le 15 juillet et j'ai su par Mac-Mahon que rien n'est encore décidé aux Tuileries... Il y a les partisans de la modération avec l'opposition républicaine, qui prône la paix, et les va-t-en-guerre soutenus par l'impératrice Eugénie, qui veut une victoire pour assurer son fils après le père sur le trône impérial.

— Eh bien, tu vois, mon amour, les gens raisonnables vont gagner. Tu ne vas peut-être pas partir, pourquoi s'affoler ?

Il se souleva sur un coude et lui caressa le menton.

— Noémie, Noémie très aimée...

Elle tressaillit, il avait mis un tel accent pour dire son nom de cette façon.

— Tu « dois » rentrer, mon cher amour. Les trains vont être pris d'assaut... Ne prends qu'un sac pour voyager... Si tout s'arrange, je te retrouverai à Bayeux. Je te jure, si c'est une fausse alerte, je serai là dans quelques jours à peine. Mais toi, pars, mon amour !

— Enfin, Paris ne risque rien !

— Non, bien sûr, pas pour le moment, mais je t'en prie, écoute-moi...

Ils ne purent dormir de la nuit. Raoul expliquait en détail à Noémie ce qu'elle savait déjà, bien sûr. Mais elle ne pouvait comprendre comment deux pays civilisés avaient pu basculer en quelques jours du temps béni de la paix à celui du spectre de la guerre.

Le trône d'Espagne étant vacant, les Hohenzollern poussés par Bismarck, toujours lui, le convoitaient.

« Un roi prussien à Madrid, jamais ! », s'exclamait-on aussi bien dans les palais français que dans les faubourgs populaires.

Pourtant avant-hier, 13 juillet, Noémie avait cru pouvoir respirer comme tout le monde. Guillaume Ier, le vieux roi de Prusse solide comme un roc pour ses soixante-treize ans, paraissait renoncer aux prétentions des princes de sa famille dans la péninsule Ibérique.

Noémie avait donc quitté Carentan sans inquiétude pour rejoindre Raoul, d'autant plus que Zacharie était à Cherbourg. À son arrivée à Paris, les cochers de fiacre chantaient la paix à la gare Saint-Lazare.

Hélas, un message télégraphié venait d'annoncer aux Tuileries que le roi de Prusse, finalement « agacé » par l'insistance de l'ambassadeur Benedetti à obtenir une renonciation écrite, venait sur le conseil de son chancelier Otto von Bismarck de souffleter l'orgueil français par un refus très sec !

C'était l'honneur de la nation tout entière et de l'aigle impérial qui était en jeu !

— Mais la France et la Prusse ne vont pas s'entretuer pour une question d'amour-propre, c'est borné.

— Pour toi qui es intelligente, oui, mais je crois que Napoléon va se jeter dans la bataille. Tu sais, ma chérie, ce régime est gangrené, fatigué comme le monarque qui est malade.

— Mais qu'a-t-il donc ?

— On dit que Nélaton, son chirurgien, a diagnostiqué une cystite purulente.

Noémie fit la grimace.

— Mais c'est dégoûtant.

— En tout cas, il ne tient pas à cheval. Ce n'est pas bon pour un généralissime. Tu vas faire ce que je t'ai dit. Je serai plus rassuré de te savoir en sécurité.

Il était tellement tendre, attentionné avec elle.

— Oui, mon amour, je te le promets, je pars pour t'attendre.

— Je vais t'envoyer mon ordonnance, un brave garçon, qui t'accompagnera à la gare.

— Mais il y a les grooms et les cochers de l'hôtel.

— Non, je veux que tu sois protégée par l'uniforme. Allons, ne t'inquiète pas, s'il y a la guerre, nous prenons Berlin, ce n'est pas difficile. Il suffit de passer le Rhin… – Il riait, moqueur. – On va lui faire prendre une sacrée veste à ton ami Bismarck et je te rapporterai sa grosse culotte de peau !

Il se moquait, mais Noémie, qui avait appris à le connaître, percevait sous la plaisanterie une réelle inquiétude. Soudain, il la serra dans ses bras à lui faire mal.

— Jure-moi, s'il y a la guerre, qu'à mon retour tu prendras une décision pour nous deux.

Ses cheveux blonds dénoués sur l'oreiller, elle le regarda droit dans les yeux.

— Je l'ai prise.

Il se sentit presque aussi faible qu'un enfant.

— Dis-la-moi à l'oreille, chuchota-t-il.

— Je veux que plus rien ne nous sépare. J'ai décidé que je quitterai tout, mon amour, pour vivre avec toi.

Elle crut l'entendre pousser un soupir.

— Tu divorceras ?

— Oui ! s'il le faut !

— Tu m'épouserais ?

— Oui, oui, je le ferai, Raoul !

— Tu abandonnerais l'usine, ton mari, ton œuvre, tout pour moi ?

— Oui, sauf mon fils, le dernier, qui est encore petit, l'aîné est grand, il viendra nous voir… Ma fille, tu l'as vu, est mariée.

Raoul prit les lèvres de Noémie. Il couvrait son visage de baisers.

— Tu viens de me faire le plus beau des cadeaux, mon amour. Je ferai de toi la plus heureuse des femmes à Saint-Preux !

— Ah ! je t'aime. Je t'aime, Raoul. Oui, je veux vivre avec toi ! Parle-moi de ton château !

— C'est très beau, paisible, une demeure Louis XIII avec un étang, de beaux chênes centenaires.

Noémie ferma les yeux. Elle s'y voyait déjà, en capeline blanche, Raoul à son côté lui tenait la main, sur la vaste pelouse.

Elle dut s'assoupir quelques instants. Quand elle rouvrit les yeux, il finissait de fermer son dolman.

— Non… tu ne pars pas déjà ?

Elle s'accrochait à lui.

— Il le faut, sois prête pour huit heures, Noémie.

Ils échangèrent un baiser salé. Il dut la repousser, en larmes.

— Ne me regarde pas partir, Noémie, je ne peux supporter ton chagrin…

Pourtant il s'arrêta sur le pas de la porte.

— Quel âge a ton fils ?

— Neuf ans ! balbutia-t-elle.

— Non, l'autre… l'aîné !

— Dix-neuf !

L'air soucieux, Raoul murmura :

— Que vas-tu faire s'il est tiré au sort pour la mobilisation ?

Elle le regarda d'un air hagard.

— Mais, je peux acheter un remplaçant, n'est-ce pas ? Cela se passe ainsi pour la conscription ?

— Oui, on appelle les gars achetés les « cochons vendus » pour sept ans, je désapprouve bien sûr cette pratique, mais pour toi…

Il lève le bras.

— Oh ! je trouverai bien un gars de la campagne qui sera content de partir à la place de Tancrède.

— Ton fils s'appelle Tancrède ?

C'était la première fois que Noémie parlait de ses enfants, de sa vie. Leur « île » les avait isolés du reste du monde.

— Écoute, si tu as besoin de quelque chose, je pense que tu pourras me faire encore parvenir pendant quelques jours un message télégraphié à l'état-major de la préfecture de Metz. S'il n'y a pas contre-ordre, je pars sous le commandement de Mac-Mahon, vers la Lorraine.

« Là où l'entreprise Bigwüller me fabrique des boîtes de fer », songea Noémie, honteuse de penser à de telles choses à un moment pareil.

Il réussit à lui arracher un dernier baiser. Elle était anéantie, pantelante. Il la secoua.

— Je reviendrai. Je te jure, la « Blanchisseuse » reviendra, mon amour !

Ce furent ses derniers mots et il disparut à grandes enjambées dans le couloir sombre.

À huit heures précises, l'ordonnance de Raoul, un solide moustachu, accompagné de deux jeunes spahis, venait chercher Noémie. Obéissant à Raoul, elle ne portait qu'un sac. Elle laissait ses bagages à la garde de l'hôtel. Elle écrivit aussi un mot à Léonne et à Félix pour les prévenir de son départ précipité. Le concierge du Grand Hôtel lui promit d'essayer de faire passer un message télégraphié pour l'usine, annonçant son retour.

— À très bientôt, j'espère, madame Hautefort, si les événements le permettent.

Il saluait cette bonne cliente.

— Tout va s'arranger, monsieur Julien, j'en suis sûre. À bientôt !

Noémie se tassa dans le fiacre avec les trois soldats, puis elle se tourna vers l'ordonnance de Raoul.

— Comment vous appelez-vous ?

— Caporal Pacarin Sébastien, madame, sous les ordres de M. le capitaine Raoul de Saint-Preux.

— C'est très aimable de votre part de m'accompagner.

— Ordre du capitaine, madame !

— Vous le connaissez depuis longtemps ?

— Pour sûr, madame, je suis né à Saint-Preux, lui et moi, on a joué ensemble chez son grand-père le marquis. Quand je suis entré à l'armée, il m'a pris avec lui, et je ne l'ai plus quitté.

— Savez-vous si le maréchal de Mac-Mahon est déjà parti pour l'Est ?

— Non, madame, pour le moment, il y a des ordres, on ne bouge pas de Paris !

Noémie poussa un soupir de soulagement. Raoul n'était donc pas parti. Elle faillit faire demi-tour et rentrer à l'hôtel où il viendrait la rejoindre. Tous deux riraient de cette fausse alerte. Elle fit part de son intention à Sébastien Pacarin. Celui-ci se récria.

— Madame, vous me feriez disputer, le capitaine sera très mécontent, d'ailleurs regardez l'affolement !

La gare était noire de monde. On criait, on se bousculait pour quitter la ville et rejoindre au plus vite la province. Les malles, les valises, les portemanteaux, les caisses s'amoncelaient sur le pavé. Les voyageurs affolés s'arrachaient les journaux. Certains titres annonçaient la « guerre imminente », mais pour le grand journaliste Francisque Sarcey, « tout allait s'arranger ».

Sans le caporal Sébastien Pacarin et ses deux spahis, fendant la foule, Noémie n'aurait jamais pu gagner son train.

Pacarin réussit à lui trouver une place dans un compartiment déjà plein. Une dame complaisante, qui descendait à Évreux, prit son enfant sur les genoux.

— Merci, caporal, dites… dites à votre capitaine… que je suis sûre d'aller très vite à Bayeux… oh ! et puis non… attendez !

Elle écrivit rapidement au crayon sur la page d'un carnet :

« Je ne vis déjà plus sans toi… protège-toi, garde-toi pour nous, quand tu reviendras, je serai libre pour toi, mon amour.

Noémie. »

Elle plia le papier en quatre. Elle n'avait pas d'enveloppe, pas de colle. Cet homme pouvait lire son message. Que lui importait sa réputation ? La fière et orgueilleuse Noémie Hautefort n'était plus qu'une femme amoureuse aux cent coups pour l'être aimé.

Elle fit un voyage atroce dans un compartiment surchauffé par le soleil de juillet.

Deux bourgeois chauves et ventripotents excitaient mutuellement leur patriotisme tout en débouchant des bouteilles.

— On va leur botter le cul aux Prussiens et s'ils refusent de se battre, les lâches, nous les contraindrons à repasser le Rhin et à vider la rive gauche. Il faut tuer du Prussien !

— Vous avez raison, monsieur, la France doit agir sans hésitation ! Honte aux faibles et aux indécis ! Aux armes le peuple ! Et nous boirons le sang de nos ennemis.

— Bien parlé, monsieur !

— Mort à Guillaume Ier ! Bismarck pendu !

C'en était trop. Noémie ne pouvait plus supporter ces deux gros imbéciles rougeauds et transpirants.

— Et vous croyez, messieurs, que vous allez leur faire peur, aux Prussiens ?

— Mais, madame…

— Je doute qu'en vous voyant, ils détalent, car je suppose que vous avez l'intention de vous engager en première ligne, sous le feu de leurs canons. Alors si vous n'avez pas l'intention de le faire, n'excitez pas la jeunesse à combattre.

L'un des hommes faillit répondre vertement à Noémie, mais l'autre lui chuchota à l'oreille :

— Hautefort… Mme Hautefort…

Elle était très connue, depuis que sa photo avait paru dans des journaux. Avec la fameuse veuve Clicquot de Reims, n'était-elle pas une des rares femmes chefs d'entreprise en France ?

Les deux fanfarons descendirent à Lisieux et Noémie, délivrée de leur présence, put enfin respirer.

Quand elle descendit à Carentan, Justin, prévenu par l'usine qui avait bien reçu le message télégraphié, l'attendait.

« Allons, si le télégraphe fonctionne, tout ne va pas si mal ! »

— Alors, madame, quelles nouvelles à Paris, la guerre est-elle déclarée ?

— Mais non, voyons… Tout va bien à la maison ?

— Je crois, madame.

Elle connaissait le grand valet, il avait un drôle d'air.

— M. Zacharie est rentré ?

— Pas encore, madame !

— Et Osmond ?

— Il s'est écorché le genou, mais ce n'est pas grave, le docteur Gamboville est venu et lui a fait un pansement.

Le phaéton pénétrait dans le parc. Échappant à Prudence, Osmond accourait, le genou bandé, pour embrasser sa mère. Avec cette chaleur de juillet, le garçonnet se couchait plus tard.

— Maman, maman, tu vas voir comme Tancrède est beau, mais il est si beau. Et moi, je suis très gravement blessé, ajouta-t-il fièrement, en faisant mine de boiter.

Noémie aimait cajoler son fils.

— Mon pauvre chéri, maman va bien soigner cette terrible blessure et…

Les mots moururent sur les lèvres de Noémie.

Tancrède Bébé apparaissait en haut du perron. Il resplendissait dans un uniforme des chasseurs à cheval : dolman bleu ciel à collet rouge et brandebourgs dorés.

— Noémie Aimée, comment me trouves-tu ? s'écria Tancrède Bébé, en posant crânement sur ses boucles dorées un superbe shako à plumet.

Osmond regardait son frère avec adoration.

— Que… qu'est-ce que ça veut dire ?

Noémie en bégayait.

— J'ai devancé le tirage au sort de la conscription, on mobilise et je pars rejoindre l'armée du Rhin avec Germain !

Le cadet des Bouville, légèrement camouflé par Tancrède, avait lui aussi revêtu le même uniforme. Il semblait moins sûr de lui que son ami.

De toute façon, c'était toujours Tancrède Bébé qui avait, depuis l'enfance, entraîné Germain dans ses bêtises.

Noémie respira une grande bouffée d'air et prit son air autoritaire.

— Jamais ! Il n'en est pas question, Tancrède, jamais tu ne partiras. D'abord il n'y a pas de guerre, alors arrêtez de jouer les matamores et si, hélas, les hostilités se déclaraient, je paierais un conscrit qui partira à ta place.

— Je refuse, maman, qu'un autre aille se faire trouer la peau pour moi, c'est ignoble !

— Mais qui te dit qu'il se fera trouer la peau ? Il partira sept ans, le temps de la conscription, et il reviendra au pays riche grâce à toi !

— C'est immoral !

Noémie connaissait le caractère, parfois buté, de Tancrède Bébé. Il était bien un Normand têtu. En cela, il tenait de son père et de son grand-père. Elle préféra soudain s'y prendre avec plus de diplomatie. Noémie monta les marches du perron. Elle se mit sur la pointe des pieds pour embrasser son fils.

— Mon chéri, voyons, pense à mon chagrin, à celui de ton grand-père.

— Il est bien parti en Russie, lui !

— Mais tu es trop jeune, Tancrède.

— Grand-père avait le même âge que moi.

« Voilà où mènent toutes les histoires de papa sur son banc. C'est sa faute. Il a bourré le crâne de cet enfant avec son Napoléon et sa campagne de Russie. »

— Qu'en pensent tes parents, Germain ? demanda soudain Noémie.

— Ils ne savent pas encore, nous venons de signer, avec Tancrède.

Noémie leva les bras au ciel.

— Mais signé quoi ? Il faut mon autorisation ! Êtes-vous fous tous les deux, fous à lier ? Vous ne savez pas ce que c'est, la guerre, vous n'allez pas partir, je le défends. Il faudra me tuer d'abord. Allez, Germain, rentre vite chez toi... Dis à ton père que je veux lui parler. J'espère qu'il aura de l'autorité sur toi. Quant à toi, Tancrède, je t'avertis que je vais demain voir le haut commandement de la région et l'armée saura de quel bois je me chauffe !

Germain, un peu affolé, s'éclipsait, tandis que Tancrède Bébé plaidait sa cause.

— Mais, Noémie Aimée, la patrie est en danger.

— Je m'en moque ! hurla Noémie, je ne veux pas que, toi, tu sois en danger.

— Que se passe-t-il ?

C'était Zacharie qui rentrait de Cherbourg en tenue de voyage.

— Ah ! tu tombes bien ! s'exclama Noémie, peut-être vas-tu pouvoir raisonner ton fils ?

Mis au courant, tout ce que Zacharie trouva à dire fut :

— Es-tu sûr, mon petit, de vouloir vraiment partir ?

— Oui, papa, je le veux, je le dois, c'est mon devoir d'homme et de citoyen.

Noémie marchait de long en large comme une furie.

— Son devoir, non mais... et tu l'écoutes, Zacharie ! Tu n'as aucune autorité sur lui... tu dois lui interdire, il n'a pas l'âge.

— Hélas si, fit tristement Zacharie, on les prend dès dix-huit ans et il en a dix-neuf.

— Mais tout le monde ne s'appelle pas Hautefort-Le Sauvage, les recruteurs n'avaient pas le droit d'accepter son engagement. Je les ferai mettre aux arrêts. J'irai voir le général, les maréchaux, l'empereur s'il le faut !

— Noémie, Noémie, calme-toi, je t'en prie.

Zacharie entourait les épaules de sa femme, d'un geste protecteur et affectueux.

Elle tressaillit à ce contact. Ils vivaient côte à côte et ne se touchaient plus depuis longtemps.

Elle se dégagea, furieuse, pour lancer avec mauvaise foi :

— C'est ta faute aussi, tu aurais dû être là pour l'empêcher de commettre cette folie. D'abord, qu'allais-tu faire à Cherbourg ?

— Et toi à Paris ?

Ils s'affrontèrent du regard.

« Il sait pour Raoul, ou il se doute ! », pensa Noémie.

Elle était accablée. Elle avait l'impression qu'en cet instant, tout le monde, y compris son mari, se liguait contre elle.

Pourtant Zacharie demeurait calme. Il prit un ton compréhensif et paternel pour s'adresser à son fils.

— Écoute, Tancrède, tu dois bien réfléchir, ta mère a raison, on ne part pas à la guerre comme à un pique-nique, avec un bel uniforme, on risque sa vie. Je te parle d'homme à homme, prêt à te comprendre, à t'aider dans ta décision, mon fils, bien sûr, à ton âge, j'aurais sans doute voulu partir mais, moi, j'étais orphelin, je n'avais plus de famille.

Noémie haussa les épaules.

— Évidemment, toi aussi, tu aurais voulu filer au combat, je la connais, la chanson serinée par papa et Jean-Baptiste ! Ah ! l'armée finalement, c'était le bon temps. Mieux, on idéalise ! Finalement c'était le paradis ! On y laisse sa jambe, son bras, la vie, qu'importe ! C'est merveilleux, on chante le soir au bivouac et, si on a de la chance, on voit passer l'empereur au clair de lune, après la bataille. Oh ! je les hais, ces Bonaparte !

Ils lui prenaient tout, son fils, son amant, et son mari ne la défendait pas ! Osmond regardait la révolte de sa mère avec ses grands yeux noirs écarquillés.

— Arrête, Noémie, tu te rends malade ! lança Zacharie.

— Non, je n'arrêterai pas, c'est tout juste si tu n'es pas ligué avec lui contre moi, tu as l'air très satisfait qu'il veuille jouer les tranche-montagnes !

— Comment peux-tu dire cela ? Tu dois simplement admettre que Tancrède n'est plus un bébé, Noémie, tu vas l'enfermer ? Il veut agir en homme et nous ne pouvons pas l'en empêcher, nous n'en avons pas le droit, même si nous sommes ses parents. Je suis fier de son courage et affreusement malheureux s'il nous quitte. Chaque jour, je mourrai d'inquiétude, mais avant, je veux qu'il se rende vraiment compte dans quoi il s'engage. Il doit réfléchir cette nuit et si, demain matin, il décide de rester, je ne penserai pas qu'il est un lâche, j'estimerai qu'il a choisi la voie de la raison...

— Merci, papa, merci, je te suis très reconnaissant de me parler de la sorte...

Noémie en avait assez entendu. Elle monta se coucher aussitôt, brisée de fatigue et d'émotion.

Elle, la « battante » toujours vainqueur, le bélier attaquant et triomphant de tous les obstacles, savait qu'elle avait perdu la bataille.

Zacharie ne vint pas la rejoindre. Elle percevait les échos de sa voix dans le bureau du rez-de-chaussée. Il parla toute la nuit avec son fils.

Elle finit par s'endormir au lever du soleil.

Des cris sur le port, mêlés aux sirènes des bateaux, la réveillèrent en sursaut.

Aux armes, citoyens !
Formez vos bataillons !

Noémie se leva d'un bond pour aller voir à la fenêtre ce qui se passait.

Les ouvriers de l'usine, brandissant le drapeau tricolore, chantaient *La Marseillaise* à tue-tête. Noémie dévala l'escalier pour apprendre de Prudence, Justin et l'abbé Morel que le télégraphe venait de crépiter annonçant la nouvelle : *l'empereur avait déclaré la guerre à la Prusse !*

À partir de cet instant, Noémie, anéantie, se laissa emporter par les événements. Elle ne pouvait, à elle seule, lutter contre son fils, tous ces jeunes gens qui voulaient partir au combat, Napoléon, Bismarck, et le roi de Prusse qui rêvait de devenir empereur d'Allemagne ! Pâle, désespérée, Noémie assista aux préparatifs de Tancrède Bébé, sans mot dire.

Zacharie la prit à part.

— J'ai tout essayé cette nuit pour qu'il revienne sur sa décision.

— Et si on le faisait partir en Angleterre retrouver Daisy ? proposa Noémie avec un pauvre sourire.

Zacharie secoua la tête.

— Tu penses bien que j'en ai eu l'idée, non, c'était juste un caprice de jeune homme. Je ne crois pas qu'il en soit réellement amoureux, il n'y a rien à faire, Noémie, nous devons nous résigner. Je vais lui préparer de l'argent, il en aura besoin. Il part au train de midi avec Germain. Les Bouville sont désespérés. Ah ! il faut prévenir père !

« Mon Dieu, papa… comment va-t-il prendre ça ! », se demanda-t-elle avant de dire tout haut :

— Je vais aller le chercher à Hautefort !

— Non, tu es trop fatiguée, j'y vais moi-même, reste avec ton fils, parle-lui, il a besoin de ta compréhension et de ton amour !

Noémie jeta un regard reconnaissant vers son mari. En cette seconde, c'était lui le chef de famille, l'être fort et calme sur qui s'appuyer. Elle le retint par le bras.

— Zacharie... merci... merci.

Avec douceur, il lui caressa une joue humide.

— Ça va aller, chérie, ça va aller, tu vas voir, on s'en sortira, toi et moi, comme toujours...

Sur cette phrase à double sens, il quitta la pièce à larges enjambées pour sortir le tilbury.

Noémie se dirigea lentement vers la chambre de Tancrède Bébé.

Il jetait quelques affaires dans un sac de voyage. À l'entrée de sa mère, il s'arrêta, craignant sans doute encore une scène, mais elle s'approcha de lui, posa la tête sur sa poitrine et murmura :

— Mon petit, mon tout petit que j'aime tant, reviens, Tancrède... reviens, ne les laisse pas t'atteindre... reviens, mon fils...

La fanfare municipale jouait une marche militaire sur le quai. Le maire, ceint de son écharpe tricolore et entouré du conseil municipal, était présent. L'abbé Hue et ses six enfants de chœur bénissaient la locomotive et les wagons.

La gare, les quais étaient remplis de parents désespérés. Les femmes étaient vêtues de noir, les hommes avaient passé leur redingote du dimanche. Les jeunes gens, déjà en uniforme, se retrouvaient avec des airs de joie. Ils semblaient partir à la fête. On leur tendait des paniers de victuailles.

Un groupe de jeunes filles en blanc chantait sous la direction de l'organiste.

Honneur à nos héros !
Franc, loyal et brave !
Tel est le soldat français
Prêt à donner son sang
Pour l'amour de la patrie.

Sur l'ordre de Dieu et des siens
Ils vont tuer les Prussiens
Affamés de notre beau pays !

La population de Carentan et des environs s'écartait devant la famille Hautefort qui accompagnait Tancrède Bébé au train.

— Le fils Hautefort part aussi. Dieu du ciel, il aurait pu l'éviter.

— Ah ! dam', c'est bien, il donne l'exemple.

— Il aurait pu être un planqué.

— Regardez Mme Hautefort, elle est bien comme nous, la pauvre.

Noémie, les yeux rougis, se forçait à rester digne. Elle tenait la main d'Osmond, qui avait absolument voulu accompagner son frère. L'abbé Morel et Prudence suivaient. Eugénie et Hyppolite, prévenus à temps, étaient arrivés de Bayeux par un autre train. Eugénie eut le temps de chuchoter à sa mère qu'Hyppolite s'était présenté aussi pour partir, mais le médecin, qui accompagnait les recruteurs, l'avait trouvé trop délicat. La jeune femme en était soulagée.

Les Bouville suivaient leurs amis avec Germain. Émilienne n'arrêtait pas de renifler, ce qui exaspérait Noémie.

Tancrède l'Aîné s'appuyait sur le bras de Zacharie.

Depuis que ce dernier lui avait appris le départ de Tancrède Bébé pour l'armée, il n'avait pas dit un seul mot. L'Aîné semblait frappé de stupeur.

Tancrède Bébé avait beau lui parler, l'entourer, le vieux Tancrède regardait son petit-fils sans pouvoir exprimer un son. Tout s'était passé si vite. Peut-être ne pouvait-il encore admettre le départ de son petit-fils bien-aimé. Le voir en uniforme s'avancer vers lui en s'exclamant :

— Grand-père, suis-je aussi beau que toi à Wagram ?

« Wagram, le sang et la boucherie, c'était là qu'était mort le brave Canisy ! »

À ce souvenir, la gorge nouée, Tancrède l'Aîné n'avait pu répondre. Sa grosse moustache blanche tremblotait au-dessus de ses lèvres et ses yeux, toujours bleus, paraissaient noyés dans l'eau d'un lac.

— Mon Tancrède ! Ah ! tu es là ! Quelle triste journée !

Jean-Baptiste Sénéchal accompagnait l'un de ses petits-fils, Joseph-Napoléon. Il serra son vieil ami dans ses bras.

— Ah ! mon Tancrède, tu te rappelles comme on avait bien ri dans la baie des Veys, en imaginant notre départ pour la Russie par le train. On ne croyait pas si bien dire, ah ! le progrès, Tancrède ! mon vieux Tancrède ! On a trop vécu ! Voilà que les petiots vont au combat par le chemin de fer. Ah ! c'est trop dur !

Une bousculade sépara les deux vieux compagnons. Le chef de gare, Marius Campana, très fier de son importance, levait son drapeau.

— Attention au départ, mesdames, on recule, messieurs les conscrits et engagés volontaires, en voiture pour Bayeux, Lisieux, Paris, Metz... la Lorraine, bonne chance, bonne chance à tous ! Revenez vainqueurs, peuchère !

Finalement, ce Marseillais, émigré au Cotentin, était un brave homme.

Les jeunes soldats se bousculèrent dans les compartiments.

— Tancrède, Tancrède Bébé ! hurla Noémie.

Elle courait comme une folle pour lui arracher un dernier baiser. Émilienne Bouville, soutenue par Abel, sanglotait.

Tancrède Bébé s'accouda à une fenêtre. Il tenait un bras protecteur sur l'épaule de Germain. De l'autre main, il agita son shako.

— Ne vous inquiétez pas, on reviendra tous les deux ! Grand-père, attends-moi sur le banc, je vous aime tous. Je serai bientôt là. Papa, merci, ne pleure pas, Noémie Aimée. Osmond, occupe-toi bien de maman. Nous reviendrons, je vous jure, Noémie Aimée ! Noémie Aimée, je te jure, je reviendrai, nous reviendrons... je reviendrai...

La locomotive démarrait doucement.

La dernière vision que Noémie eut de son fils était ce jeune et beau géant blond, souriant, heureux, partant plein de vigueur et de bonheur à la boucherie.

Elle revint doucement vers son père, soutenu par Zacharie.

Comme toutes les familles présentes, les Hautefort et les Bouville sortirent de la gare.

Ils rentrèrent tous à la Maison rose. Tancrède l'Aîné se laissait faire. Il ne disait rien. On l'assit dans un fauteuil. Noémie fit servir un en-cas pour redonner des forces à ceux qui restaient. À la cuisine, toutes les bonnes pleuraient. La grosse Alphonsine sanglotait en se mouchant bruyamment dans son tablier. La Mariette et la Désirée reniflaient à qui mieux mieux. Prudence, comme Tancrède l'Aîné, semblait frappée de stupeur.

— Ah ! madame, quand je pense à la naissance de Tancrède Bébé, c'était hier et le voilà parti, notre petit !

Même Osmond obéissait à l'abbé Morel.

Zacharie était très affectueux pour Noémie. Il l'entourait de prévenances, de même que Tancrède l'Aîné. Émilienne Bouville s'appuyait sur Hyppolite en gémissant :

— Heureusement qu'ils n'ont pas voulu de toi, mon pauvre chéri !

La brave femme était la reine des maladroites. Noémie trouvait qu'Hyppolite avait soudain une bien mauvaise mine. Il avait le teint gris et toussait. Eugénie lui donna à boire un sirop pour calmer son irritation de gorge.

« Il faudra que j'en parle à Donatien », pensa Noémie.

La catastrophe étant accomplie, il lui restait quelque chose à faire pour Tancrède Bébé.

« Comment Raoul avait-il deviné ce qui allait se passer ? »

Prétextant un ordre à donner à Gilles Gouhier, Noémie quitta la Maison rose pour se rendre à l'usine.

Les ouvriers l'arrêtaient.

— Alors, patronne, il est parti, le jeune monsieur ? Ne vous inquiétez pas, il reviendra vite, dans quinze jours, on les aura refoulés, les Prussiens.

— Dieu vous entende, mes amis !

Joséphine était absente de son bureau. Elle était allée rejoindre avec Maria-Letizia leur famille à la gare. Noémie appela son contremaître par la fenêtre.

— Gilles, savez-vous si le télégraphe n'est pas trop surchargé ?

— À ma connaissance, il fonctionne encore, madame.

— Bon, graissez la patte du préposé pour me faire passer un message en urgence prioritaire.

— Bonne idée, madame.

— Gilles, je vous prépare un texte confidentiel, n'en parlez à personne, pas même à M. Zacharie. Vous m'avez comprise ?

— Parfaitement, madame, vous savez que vous pouvez me faire confiance.

— Très bien, revenez dans cinq minutes.

Noémie réfléchit et rédigea rapidement de son écriture nerveuse :

« Capitaine Raoul de Saint-Preux
État-major maréchal Mac-Mahon
Préfecture de Metz-Lorraine
Message urgent.

Soldat Tancrède Hautefort engagé volontaire, parti pour armée du Rhin-Lorraine. Merci de le rechercher pour l'incorporer près de vous. Nos pensées vont jour et nuit à nos valeureux soldats. De tout cœur et âme pour notre armée et ses hommes courageux que nous n'oublions pas.

Noémie Hautefort. »

Elle relut son texte avec satisfaction. Si le message lui parvenait, Raoul, elle n'en doutait pas, protégerait Tancrède. Entre les lignes, il saurait deviner ce que Noémie ne pouvait lui écrire réellement.

Tandis que Gilles Gouhier partait au galop vers le bureau du télégraphe, Noémie retourna à la Maison rose.

Comme toujours, lorsqu'elle reprenait l'initiative de l'action, elle se sentait mieux. Allons, il fallait s'installer dans la guerre. Demain matin, elle ferait partir un convoi de beurre et de nourriture offert par l'usine Hautefort pour les soldats du front.

Demain, elle formerait un comité de patriotes afin de réunir des sommes d'argent aidant les hommes à lutter contre les Prussiens... Demain, toute la région serait au travail pour la patrie.

Noémie pénétra dans le parc. Zacharie venait à sa rencontre.

— Il faut retourner à la ferme, ton père a besoin de repos !

— Mais il serait mieux ici !

— Non, Noémie, je crois qu'il veut rentrer chez lui à Hautefort !

— En ce cas, je vais avec lui, tu m'accompagnes ?

— Je te suis, je vais aller chercher le docteur Gamboville...

— Tu es si inquiet ?

— Oui, on dirait qu'il a perdu la parole.

36

Le rêve du vieux seigneur

« On dirait qu'il a perdu la parole », cette phrase revenait sans cesse dans l'esprit enfiévré de Noémie. Le retour à Hautefort dans le phaéton conduit par Justin était extrêmement pénible. Tancrède l'Aîné demeurait prostré sur la banquette de cuir rouge sans dire un mot. Il se balançait doucement au rythme du galop des chevaux. Il ne semblait ni malheureux ni heureux, il était absent. Noémie, assise contre lui, le soutenait. Elle essayait de lui parler, de le distraire. Son père ne paraissait pas l'entendre. Il était si différent du Tancrède autoritaire qu'elle connaissait. Il avait soudain l'air d'un vieil enfant perdu. Rien ne paraissait plus l'intéresser.

— Zacharie avait des papiers urgents à signer à l'usine, mais il viendra nous rejoindre bientôt pour souper à Hautefort...

Elle ne voulait pas l'inquiéter en disant qu'il arriverait avec le docteur.

Tancrède ne répondit rien, mais Noémie eut l'impression qu'il haussait légèrement les épaules. Elle protesta.

— Mais si, papa, ça nous fait plaisir d'être avec toi, et je viendrai te voir plus souvent...

Elle était pleine de remords. N'avait-elle pas un peu négligé ce père chéri, cette dernière année, à cause de

Raoul ? Tancrède se força à esquisser un maigre sourire et il lui tapota la main.

Bon Guillaume et Félicité attendaient le retour du maître dans la cour de la ferme.

— Alors, il est parti bouffer du Prussien, le petit ? lança Bon Guillaume qui, bien sûr, n'était pas au courant du choc ressenti par l'Aîné.

Noémie fit signe au grand valet de se taire. Tancrède soutenu par sa fille pénétra dans sa demeure. Il se dégagea pour aller soudain vers la table. Noémie en profita pour chuchoter :

— Bon Guillaume, va voir sur la route si tu aperçois M. Zacharie et le docteur Gamboville, je suis très inquiète ! Félicité, toi, prépare une bonne soupe pour remonter mon père...

— Bien, madame Noémie, tout de suite.

Bon Guillaume partit au carrefour pour annoncer la venue de la calèche.

Noémie retrouva son père installé dans son fauteuil de maître, sous son portrait. Elle se rassura un peu. Il avait ouvert une bouteille de calvados et en buvait une franche rasade. Puis il sortit pipe et tabac du tiroir de la table. Il les regarda longuement avant de fourrer le tout dans sa poche. Félicité épluchait des légumes.

— J'vas vous faire une bonne potée pour ce soir, comme vous l'aimez, m'sieur Tancrède !

Sans regarder ni sa fille ni sa bonne, Tancrède se leva pour se diriger vers l'escalier. Noémie essaya de le retenir d'une voix mal assurée :

— Allons, papa, il faut que tu manges, tu ne dois pas te morfondre comme ça... pense à nous, à Osmond, à Eugénie, nous avons besoin de toi, de ta sagesse... Tancrède Bébé va revenir de la guerre, papa, je te le promets, je le sens. Il ne lui arrivera rien, tu vas le protéger, moi aussi.

Tancrède l'Aîné regarda sa fille d'un œil vide, puis il fit demi-tour et commença de monter l'escalier en traînant son pilon de bois. Noémie se précipita.

— Je vais t'aider, papa.

Tancrède lui fit signe que ce n'était pas la peine. Noémie, désespérée, se sentait soudain rejetée par son père chéri. Il n'avait plus besoin d'elle. Il ne voulait personne pour rester seul avec sa douleur. Les jeunes pourraient-ils comprendre ce qu'il avait ressenti en voyant partir son petit-fils bien-aimé ? Lui, lui seul savait ce qu'était la guerre. La pensée que Tancrède Bébé pourrait être tué, ou revenir estropié comme lui l'avait été sur la Berezina, était insupportable au vieux paysan. Quand il avait vu partir son petit-fils en uniforme à la fenêtre du train, Tancrède l'Aîné avait senti quelque chose éclater sous son crâne.

En pénétrant dans sa chambre, le vieux seigneur ressentit d'un seul coup une immense solitude. Il aurait peut-être réussi à parler s'il était resté avec sa fille, mais en fait, il ne pouvait plus rien supporter ni personne. Il ferma les rideaux de son lit et s'allongea tout habillé sur l'édredon.

Noémie était postée dans la cour pour attendre Donatien Gamboville. Bon Guillaume annonça enfin la calèche conduite par Zacharie. La nuit tombait. Zacharie avait dû faire plusieurs maisons avant de trouver Donatien.

— Comment va-t-il ? Zacharie m'a un peu expliqué son état.

— Oh, cher Donatien, je suis si inquiète. Il ne dit plus un mot, le départ de Tancrède Bébé lui a donné un coup terrible… je… j'ai très peur… il est si différent, mon fils est parti, je ne pourrais supporter si mon père… guérissez-le, je vous en prie.

Zacharie et Donatien descendaient de voiture.

— Calmez-vous, madame Noémie, sinon ce sont deux malades à la place d'un que je vais avoir… Voyons, où est-il ?

— Dans sa chambre, tout seul, il ne veut même plus de moi.

Zacharie prit sa femme dans ses bras. Elle se laissa faire, heureuse de ne plus être seule.

— Allons, ma chérie, tout va bien se passer, Donatien va lui donner un sédatif et demain il aura récupéré.

Le docteur Gamboville pénétra dans la ferme.

— Je vais aller le voir, Noémie. Laissez-moi seul avec lui, cela vaut mieux.

Donatien connaissait le chemin, il monta les marches. Il frappa doucement à la porte du maître.

— Monsieur Tancrède, c'est moi, le docteur Donatien Gamboville, puis-je entrer ?

Sans entendre de réponse, Donatien ouvrit la porte. Le vieil homme était toujours allongé, les yeux grands ouverts. Donatien s'approcha de lui. Il lui sembla que l'Aîné avait vieilli d'un seul coup. Cet homme, encore plein de vigueur la veille, paraissait avoir brusquement cent ans.

— Je voudrais juste vous ausculter, monsieur Tancrède, vous êtes d'accord ?

L'Aîné battit seulement des paupières. Tout en sortant ses instruments, Donatien tenta d'engager la conversation.

— Vous savez, je comprends ce que vous devez ressentir… Un frère de ma femme, vous savez, Julien Courtomer, est parti lui aussi en Alsace… Mais il faut tenir ! Tancrède Bébé sera si heureux de vous retrouver à son retour, la famille a besoin de vous, votre fille n'est pas si forte qu'elle en a l'air, et puis il y a Eugénie et le petit Osmond qui vous aiment tant !

Le vieil homme se laissait examiner sans dire un mot, passivement.

Noémie se forçait à avaler un bol de la soupe de Félicité, car elle n'avait pas touché à l'en-cas de l'après-midi, quand Donatien redescendit dans la cuisine. Avec Zacharie, elle se leva aussitôt.

— Alors ? Comment le trouvez-vous ?

— Il n'a rien, tout me paraît normal. Comment vous dire ? C'est dans sa tête que ça se passe... Pour le moment il est aphasique, mais la parole peut revenir d'un moment à l'autre... si... si son cœur tient...

— Mon Dieu, je vais monter le voir et lui parler ! dit Noémie.

Donatien la retint avec douceur mais fermeté, en lui prenant le bras.

— Non, madame Noémie, je crois qu'il a vraiment besoin d'être seul pour le moment... je pense qu'il va dormir...

— Mais je peux l'aider, c'est mon père et...

— Nous irons le voir plus tard, laissez-le s'assoupir, je lui ai donné un petit sédatif. Il a besoin de repos, de calme, et de remettre ses idées en place.

Tancrède restait prostré sur son lit. Au-dessus de lui se trouvait accrochée une photographie encadrée de toute la famille. Tancrède leva le bras pour décrocher le cadre. Le cliché les représentait tous devant la Maison rose : Noémie et Zacharie, Osmond avec un cerceau, Eugénie sur un poney, et, sur le côté, bras dessus bras dessous, les deux Tancrède. L'Aîné posa sa main sur le portrait, puis il essuya sur sa joue parcheminée une vraie larme. Enfin, il fit une prière dans sa pauvre tête : « Mon Eugénie à moi, ça fait longtemps que je ne suis point venu te parler, c'est pour te dire qu'il faut protéger notre petiot, il est ben jeune pour aller à la guerre… alors dis-leur à tous les nôtres là-haut, à l'Isidore, et aussi au bon Dieu, si tu le vois, qu'ils le protègent… » Peu à peu, gagné par le sommeil, Tancrède s'endormit. Les voix de Noémie, de Zacharie et de Donatien qui discutaient dans la salle s'éloignèrent doucement… Il se sentait très bien. Il n'entendit pas sa fille, son gendre et le docteur pénétrer dans sa chambre. Rassurés, ils virent qu'il dormait paisiblement.

Il se réveilla en sursaut dans la nuit. Il lui semblait qu'il y avait quelqu'un dans la chambre, Tancrède ouvrit les yeux. Une silhouette, découpée dans le clair de lune, était assise sur le bord du lit. Sans y prendre garde, Tancrède retrouva la parole.

— Qui c'est qu'est là ?

— C'est moi, petiot !

L'Aîné reconnut aussitôt cette voix familière, c'était Tancrède l'Ancien qui lui parlait.

— C'est toi, grand-pé ?

— Oui, mon p'tit gars, j'm'en suis venu te chercher.

Tancrède écarquilla les yeux. Quel miracle ! Son cher grand-père rajeuni était maintenant au milieu de la pièce. Il se dirigeait vers la fenêtre. Il ouvrait les rideaux. Un magnifique halo blanc inonda la chambre.

— Allez, debout, mon petiot !

Tancrède ressentait une joie immense de revoir son cher grand-père. Il se leva avec une facilité déconcertante. C'est seulement en traversant la pièce, pour rejoindre l'Ancien, que Tancrède se rendit compte qu'il avait retrouvé ses deux jambes.

— Grand-pé, t'as vu ? J'ai plus de pilon de bois !

— Dam' oui, mon p'tit gars, c'est normal ! Viens ici, viens donc voir dehors !

Tancrède s'approcha de la fenêtre. Dans les prés, les pommiers étaient en fleur. Le soleil brillait. Deux petits nuages s'écartaient dans le ciel pour laisser passer une lumière brillante.

L'Ancien regarda son petit-fils.

— T'as point changé... allez, y faut qu'on y aille, mon gars, ils nous appellent !

— Qui ça, grand-pé ?

— Tous les Hautefort, ils sont tous là pour t'accueillir.

L'Ancien prit son petit-fils par la main, puis il ouvrit la fenêtre en grand. Les deux hommes se laissèrent flotter doucement. Ils se retrouvèrent au milieu des pommiers. Tancrède se mit à courir à toutes jambes. Il était heureux, si jeune, fort et beau.

— Regarde, grand-pé, je cours ! Je cours !

— Mais oui, mon petiot, c'est bien ! Continue, vas-y !

Soudain, en se retournant, Tancrède crut apercevoir au bout du pré Noémie et Zacharie. Ils étaient devant la tour de Hautefort. Il lui semblait que sa fille l'appelait :

— Papa ! papa, ne t'en va pas, reste avec moi, avec nous. On a besoin de toi ! Papa ! papa ! reste... reste...

Tancrède s'arrêta.

— Grand-pé, attends, ma fillotte, ma Noémie, Tancrède Bébé, Zacharie, je ne peux pas les laisser... il faut que...

— Mais non, mon petiot, tu les reverras un jour, ne t'inquiète pas. Viens avec moi, c'est ton heure... et tu sais, c'était point une histoire de goublins... c'est la vérité vraie, l'grand Tancrède Hauteville, le petiot à Robert Guiscard, c'étions bien not' ancêtre... Voilà mille ans qu'il était le roi de Jérusalem, viens, mon petiot, viens !

Tancrède plissa les yeux : l'image de sa fille et de son gendre s'estompait doucement derrière lui jusqu'à disparaître totalement. De l'autre côté des pommiers, il apercevait, lui tendant les bras, son père Mathurin, sa mère Augustine, la Blanche Pouquette, son Eugénie sa femme, toujours si jeune et si jolie, son frère Guillaume et l'Isidore. L'Ancien avait dit vrai, ils étaient tous là ! Les ancêtres qu'il n'avait pas connus, Osmond, Bohémond et Canisy, ah, vrai ! Ça faisait plaisir de revoir Canisy, le vieux conventionnaire ! Tancrède continua de s'approcher d'eux. Dans le lointain, il voyait un chevalier en armure, le prince Tancrède Hauteville…

— Papa ! papa !

Noémie se mit à hurler. Inquiète, elle était montée vers minuit.

— Donatien ! Zacharie ! Donatien ! Venez vite !

Allongé au milieu de son lit, les bras enserrant la photo de famille, Tancrède l'Aîné semblait calme et souriant.

Donatien monta les marches quatre à quatre. Il pénétra dans la chambre suivi par Zacharie. Le médecin posa son oreille contre la poitrine du vieil homme. Il redressa le visage en faisant un signe négatif.

— Il est parti, son cœur n'a pas tenu à cette émotion. Courage, madame Noémie, il s'est endormi pour toujours.

Noémie éclata en sanglots. Le monde venait de s'écrouler. Son père, son cher père. Elle croyait qu'elle l'aurait pour toujours. Zacharie s'agenouilla, il posa ses doigts sur ceux de son beau-père. Sans mot dire, il se mit à pleurer doucement cet homme qui lui avait tout donné et tant appris. Un peu plus tard, il essaya de retirer des mains de Tancrède la grande photo, mais le vieux seigneur serrait le cadre si fort contre son cœur que, d'un commun accord avec Noémie, ils décidèrent de laisser le portrait en place entre les bras musclés de l'Aîné.

Noémie et Zacharie restèrent deux jours et deux nuits à veiller Tancrède. Dès qu'il apprit la nouvelle, Jean-Baptiste Sénéchal arriva aussitôt. Le chagrin du vieillard faisait peine à voir.

— J'aurais dû partir le premier, ce n'est pas juste, c'est moi qu'on devrait enterrer. Parle-moi, mon Tancrède. C'est ton Jeannot qui est là.

— Allons, il faut descendre maintenant, venez boire quelque chose de chaud, monsieur Jean-Baptiste.

— Non ! Non ! Je dois rester avec lui. C'est moi qu'il faut mettre sous terre.

Zacharie dut le faire sortir, pratiquement de force, de la chambre mortuaire. L'ancien maire de Sainte-Mère-Église, écrasé par la peine, perdait presque la raison. Son fils aîné, François-Napoléon, vint le chercher, Eugénie et Hyppolite avaient accouru. Les Bouville aussi. Noémie laissa venir Osmond avec Prudence et l'abbé Morel, mais elle le fit ramener à Carentan. L'enfant avait été trop bouleversé de voir son grand-père allongé sur son lit de mort.

Un défilé incessant commença alors à Hautefort. Les voisins, les paysans, les notables, tout le monde voulait présenter ses derniers hommages au disparu. Même le vieux docteur Gamboville, le « républicain » toujours en bisbille politique avec Tancrède l'Aîné, tint à venir se recueillir devant sa dépouille. Noémie, soutenue par Zacharie, recevait de son mieux les braves gens. Elle fut même étonnée par le nombre de personnes, inconnues d'elle, touchées par la mort de son père. « Je ne pensais pas que les gens l'aimaient tant, et c'est au fond si normal, papa avait un tel ascendant et une telle grandeur. »

Le second soir, Zacharie, qui avait besoin d'être seul, alla s'enfermer dans l'ancien chambreau qui n'était plus habité par personne depuis bien longtemps... Bon Guillaume vivait dans la ferme. Zacharie s'allongea sur la paillasse où son destin avait basculé. Il ferma les yeux. Les images de sa vie à Hautefort lui revinrent : la Louée, le premier baiser de Noémie, le premier voyage en Angleterre. Les bons conseils de Tancrède et le jour dans la baie des Veys où celui-ci lui avait proposé de l'adopter... Zacharie ne regrettait rien. Les images se bousculaient dans sa tête. Tout ça lui paraissait loin et proche à la fois. Il se sentait, en fait, si triste d'avoir perdu ce beau-père extraordinaire, cette force de la nature qui ne lui avait fait que du bien, et qui ne lui avait donné que de bons conseils. Il savait que Noémie s'était éloignée de lui depuis un certain temps. La pensée qu'elle avait peut-être un amant l'avait effleuré. C'était probablement sa faute. Ils avaient eu trop de travail. Il devait tout faire pour récupérer sa femme. Sans elle, sa vie n'avait pas de sens. « Père, protégez notre Tancrède Bébé... je vous en prie, aidez-moi avec Noémie... je me sens seul, si seul sans vous... »

Noémie retrouva son mari, roulé en boule sur la misérable couche. Avec une tendresse brusquement retrouvée, elle vint se blottir contre lui. Zacharie pleurait doucement. Il avait du mal à parler.

— Oh, Noémie, Noémie, j'aurais voulu lui dire... lui dire combien je l'aimais... et...

— Ne parle pas, Zacharie, je comprends tout, je suis comme toi, repose-toi... je suis là avec toi...

« Pour combien de temps ? », pensait-elle. Pourtant, elle aimait cet homme, son mari. Il ne fallait pas penser à l'avenir ni à Raoul. Elle devait vivre coûte que coûte au jour le jour, que Tancrède Bébé rentre, que Raoul revienne et après on verrait. Zacharie serra Noémie dans ses bras.

— Oh, Noémie, il va me manquer, tu sais, il va me manquer monstrueusement. Sans lui, je vais me sentir de nouveau orphelin…

Les obsèques eurent lieu trois jours après la mort de Tancrède. Les traits tirés par le chagrin, Noémie n'avait invité que les très proches amis comme les Bouville et les Gamboville pour la levée du corps. Eugénie et Hyppolite étaient là aussi bien sûr. Comme toujours, Eugénie paraissait assez froide, pourtant elle ressentait aussi la peine d'avoir perdu son grand-père, mais elle ne l'extériorisait pas. Le convoi quitta Hautefort à neuf heures du matin en suivant le corbillard. Osmond, cette fois-ci, était resté, gardé par Prudence et l'abbé Morel, dans la Maison rose. Noémie, voilée de noir, ne voulait pas que « son petit » assiste à un spectacle si triste. En arrivant devant l'église de Sainte-Mère, Noémie eut la surprise de voir des centaines de gens qui attendaient. Elle crut d'abord qu'il y avait une foire dans la petite ville, mais en voyant les tenues sombres et les mines attristées des Normands, elle se rendit compte qu'ils étaient tous venus pour l'enterrement de Tancrède Hautefort, malgré les tristes événements. On aurait pu croire que toute la région s'était déplacée. La mort de Tancrède était comme un deuil national. C'était comme une grande page qui se tournait. Les magasins, l'école avaient fermé en signe de deuil. La population de la ville et des environs formait une haie d'honneur. Le nouveau maire de Sainte-Mère remplaçant Jean-Baptiste Sénéchal, Charles Le Drouet, s'approcha avec dignité de Noémie.

— Madame Hautefort, en ma qualité de maire de cette ville, je vous présente mes sincères condoléances ainsi que celles de tous mes administrés. La mort de monsieur votre père est une grosse perte pour la région. Il était la mémoire de notre commune. Permettez-moi de m'associer à votre chagrin.

— Je vous remercie, monsieur le maire, répondit Noémie en refoulant ses larmes.

— Madame, je vous annonce que je sors d'un conseil municipal extraordinaire, où nous avons pris la décision, à l'unanimité, de nommer une place de la ville Tancrède-Hautefort !

Cette nouvelle parut, à Noémie, à la fois si dérisoire et si touchante qu'elle éclata en sanglots. Zacharie s'approcha de sa femme pour la soutenir.

— Nous vous remercions, monsieur le maire. Mon épouse et moi-même sommes très touchés par votre geste.

L'abbé Simon Morel attendait devant l'église. Noémie, en voyant les yeux embués de l'abbé rouge, se retint de l'embrasser avec affection.

— Venez, madame Hautefort, le Seigneur a ouvert Sa maison pour Sa brebis...

Les fils Sénéchal et Zacharie portèrent le cercueil dans l'église. Le curé commença son homélie par ces mots :

— Nous sommes réunis ici, mes chers frères, pour rendre les derniers sacrements à M. Tancrède Hautefort... Qui, dans cette région, de Sainte-Mère à Coutances ou de Saint-Vaast à Carentan n'a pas connu le maître de Hautefort ? Ce vrai Normand, à la fois fort et généreux... Le Cotentin tout entier est en deuil... Mais personne ici et je dis bien personne n'oubliera la forte personnalité et le cœur de Tancrède Hautefort, qui n'a jamais hésité, on me l'a dit, à ouvrir sa demeure pour abriter du froid les malheureux de notre commune...

Les condoléances à la sortie de l'église furent pour Noémie et Zacharie une véritable épreuve. Tout le monde voulait leur serrer la main. On leur parlait du grand-père et du petit-fils.

— Quelle épreuve, le jour de la déclaration de guerre !

— Voir partir son père et son fils au combat !

— Soyez courageuse, madame Noémie !

— Monsieur et madame Hautefort, on est d'tout cœur !

Les braves gens remuaient le couteau dans la plaie. La Marie-Léontine et la Marie-Marguerite accompagnées de leurs maris étaient là aussi. Noémie les embrassa avec affection. Soudain, elle tressaillit.

— Je suis désolé, j'avais une grande admiration pour M. Tancrède !

C'était Jehan Kermadec, accompagné de sa femme, Isabelle.

— Merci, merci d'être venus, répondit machinalement Noémie.

Elle remarqua à peine les cheveux gris de Jehan. Il avait rasé sa moustache et dans son visage très pâle, ses yeux noirs regardaient Noémie avec intensité. Il s'éloigna rapidement vers Zacharie. Les deux hommes se serrèrent la main. Le passé s'éloignait.

Tancrède fut enterré dans le caveau de famille, au cimetière de Sainte-Mère, à côté du monument blanc où reposait la petite Augustine. Noémie confia, pour le moment, la ferme à Bon Guillaume. Il en serait le métayer jusqu'à nouvel ordre et certainement pour la durée de la guerre. Le grand valet en avait les capacités. Félicité resterait aussi pour entretenir la maison. On vendrait du bétail et on restreindrait la marche de la propriété. Noémie, le cœur fendu, aurait voulu tout fermer. Elle ne pouvait toucher aux affaires de son père. Zacharie promit aux autres rares employés qui se trouvaient encore sur les terres qu'il allait leur trouver du travail à Carentan. En repartant dans la calèche qui la ramenait vers la Maison rose, Noémie regarda la tour orgueilleuse s'éloigner à l'horizon. Il lui sembla alors qu'elle ne pourrait jamais revenir de toute sa vie à Hautefort.

37

Le trône vacillant

— C'est le foutoir !
— Quel bordel !
— Badinguet est plus apte à ouvrir le bal que le feu !
— Bazaine va à la parade !
— C'est le roi de l'indécision !
— Jamais vu pareille incurie !
— Ça va de mal en pis !
— Les hommes dorment dehors dévorés par des moustiques gros comme mon pouce.
— Et si le froid et la pluie viennent, où mettre les soldats à l'abri ?
— Qu'est-ce que foutent Frossard et Failly ?
— La division Lartigue n'est pas prête !
— Ni la brigade Michel !
— On va attaquer avec nos culs !
— Pourquoi ? Y aurait-il quelque chose de prêt dans cette pétaudière ?

Les jeunes officiers ne se gênaient pas pour critiquer ouvertement le haut commandement. Rien n'avait été prévu. Les trains surchargés de soldats, de chevaux et de matériels arrivaient en retard. L'approvisionnement se faisait dans la confusion. Les hommes ne retrouvaient pas leurs unités. Ils allaient en bandes désœuvrées. Tout manquait, l'argent, les munitions, le ravitaillement, pas de tentes pour les campements, pas assez de foin pour les chevaux.

Dans son quartier général, établi à Saint-Avold, Mac-Mahon ne cessait, comme ses officiers, de pester contre l'incurie. Il envoyait rapport sur rapport, réclamant ce qui lui manquait à la préfecture de Metz, où venait de s'installer l'empereur.

— Saint-Preux, repartez avec quatre hommes, tâchez de remettre cette lettre personnellement à l'empereur, parlez-lui, expliquez-lui que nous manquons de tout. Je veux des chassepots qui tirent loin, des baïonnettes, des canons, des chevaux, des chirurgiens, de la charpie, des brancardiers portant la croix rouge de cet Henri Dunant sur leurs uniformes...

Certains officiers trouvaient cette nouvelle convention, inventée par un philanthrope suisse et apportant secours aux blessés avant qu'ils ne soient achevés sur le champ de bataille, une utopie parfaitement ridicule[1].

Raoul de Saint-Preux, pour sa part, aimait cette idée généreuse, mais il la croyait fort peu réalisable. Il avait vu les Russes égorger les blessés et devait admettre que les Français agissaient de même lorsqu'ils n'avaient pas la possibilité de faire de prisonniers !

En galopant vers Metz, au milieu des canons, des chariots, des canons tirés par les chevaux dans le plus grand désordre, des cris et des coups de fouet, Raoul pensait à Noémie. Il ne lui avait pas menti. Sa vie tumultueuse de jeune séducteur s'était brusquement arrêtée dès qu'il l'avait connue. Au cercle des officiers, ses amis n'en revenaient pas. On se doutait que Saint-Preux était amoureux. Son silence et les mystères dont il entourait sa liaison piquaient la curiosité de ses

1. Convention de Genève, 1863-1864. Création de la Croix-Rouge par Henri Dunant.

compagnons. On le plaisantait sur sa belle inconnue. Saint-Preux souriait mais, hiératique, ne parlait pas. Même son ami intime, le comte Olivier d'Ermont, n'avait pas réussi à lui extorquer la moindre confidence. D'abord, Raoul de Saint-Preux était un homme d'honneur, ensuite comment expliquer que cette femme, dès la première seconde dans le train, avait fait battre son sang ? Bien sûr, il l'avait d'abord seulement désirée. Il avait l'impression maintenant que lui seul connaissait la véritable Noémie. La richissime Mme Hautefort, chef d'entreprise, ne l'intéressait pas. Il aimait la créature tendre et vulnérable, la Noémie cachée, celle qui était seulement pour lui, les cheveux épars, se donnant avec une grâce de jeune fille. Il avait compris sa faiblesse lors de leur premier rendez-vous. Il avait cru avoir affaire à une femme ayant eu beaucoup d'amants, et la voir si perdue, affolée, craintive, l'avait ému au plus haut point. Chaque jour il l'aimait un peu plus. Il avait envie de la protéger et le fait qu'elle soit plus âgée que lui ne l'arrêtait pas, au contraire. C'était lui qui se sentait plus vieux qu'elle, car il lui semblait qu'à force de travailler, elle avait oublié simplement de vivre.

En arrivant à Metz, Raoul de Saint-Preux eut beau frapper à toutes les portes, il entendit une seule réponse : « L'empereur est souffrant et ne peut recevoir personne ! » Le prince impérial, qui avait suivi son père, n'avait que quatorze ans, inutile de s'adresser à cet adolescent, entouré de précepteurs et de courtisans bornés. Raoul réussit cependant à approcher le maréchal Bazaine. Tout en lui tendant le rapport du maréchal de Mac-Mahon, il lui expliqua de vive voix les réclamations de son chef.

— Mon pauvre garçon ! fit Bazaine, en levant les bras au ciel. On fait ce qu'on peut, si vous croyez que c'est facile, dites à Mac-Mahon de se calmer. Les Prussiens ne sont pas encore là, on verra bien quand ils arriveront !

Suffoqué par tant d'inconscience, et ne reconnaissant plus le vainqueur de Solferino dans cet homme apathique, Raoul sortit de la préfecture bondée. Il était plutôt pessimiste.

Dans la cour remplie d'officiers, un appel le fit se retourner.

— Sidi Gontrand ! C'est Sidi Raoul !

Le zouave Mohamed prévenait aimablement son colonel de la présence du jeune capitaine. Gontrand de Reuville et Raoul de Saint-Preux se retrouvèrent avec plaisir.

— Que penses-tu de tout cela, Saint-Preux ?

— La même chose que toi, Reuville, si le Prussien attaque vite, nous ferons de la chair à canon !

— Bonne chance, vieux... Où es-tu cantonné ?

— À Saint-Avold, mais je crois que nous allons nous déplacer plus vers l'est !

— Moi, je pars près de Sedan... Rendez-vous à Paris !

— Au Café de la Paix !

— Non, finalement, à Berlin !

— Tu as raison, à la taverne du Gros Guillaume !

Ils éclatèrent de rire et se séparèrent sur cette plaisanterie.

Sébastien Pacarin venait rejoindre son maître.

— Capitaine... un message télégraphié pour vous !

Raoul s'en saisit, le cœur battant. Il était sûr que cela venait de Noémie. Comment, avec le télégraphe surchargé, avait-il pu passer ? Il n'y avait qu'elle pour arriver à de tels miracles. Il se cacha dans l'anfractuosité d'une porte cochère pour lire et relire tranquillement le message recopié par l'employé.

« Nos pensées vont jour et nuit à nos valeureux soldats… l'armée que nous aimons… »

Il avait envie de baiser ce morceau de papier chiffonné. La présence de ses hommes l'en empêcha et il fourra, d'un air dégagé, le message dans la poche de son dolman. C'étaient bien les femmes, elle ne lui disait pas dans quel régiment son fils était affecté.

— Bon, Sébastien, et vous, les gars, ramenez-moi un dénommé Tancrède Hautefort, simple soldat à ce que je crois, c'est un nouveau qui a dû arriver hier ou aujourd'hui. Allez faire des annonces sur le quai de la gare, partout, aux cantonnements, dans les rues… rendez-vous ici dans deux heures. Et que ça saute !

De son côté, Raoul remonta à cheval. Il commença de chercher dans les terrains aux alentours de la ville. Il faisait beau et très chaud.

Les soldats sans ordre se baignaient joyeusement dans la Moselle.

« Incroyable, songea Raoul, ce n'est pas ainsi qu'on va à la bataille. Nos chefs sont-ils devenus des fous incapables à force de chanter Offenbach ? Il faudrait faire manœuvrer ces hommes, je suis sûr que la plupart n'ont jamais vu la mitraille. »

Après avoir interrogé nombre sergents et vainement cherché sur les bords du fleuve, Raoul revint au lieu du rendez-vous.

Le caporal Sébastien Pacarin, triomphant, ramenait Tancrède Bébé et Germain Bouville. Il les avait trouvés, confortablement installés au soleil, dans le jardin d'un café de la ville, où ils s'étaient commandé un solide repas. L'aubergiste, comprenant qu'il avait affaire à de jeunes messieurs aux poches bien remplies, leur versait son meilleur vin d'Alsace.

Raoul reconnut immédiatement ce jeune et beau géant qui avait le regard de sa mère. Il se présenta :

— Capitaine Raoul de Saint-Preux !

— Oh ! bonjour, mon capitaine, quelle surprise, n'étiez-vous pas au mariage de ma sœur ? fit Tancrède Bébé, d'un ton très mondain.

— En effet, j'ai eu ce plaisir, j'aurais aimé vous revoir dans d'autres circonstances, à une réception de madame votre mère, par exemple… hem… – Raoul se gratta la gorge. – À propos, va-t-elle bien ?

— À vrai dire, elle a été un peu secouée de mon départ, mais si elle avait su que j'allais vous rencontrer, elle m'aurait sans aucun doute chargé de vous rappeler son meilleur souvenir.

L'abbé Morel avait quand même réussi à inculquer quelques belles manières à son élève récalcitrant.

— Vous êtes engagé volontaire ?

— Oui, mon capitaine, et mon ami Germain Bouville aussi ; c'est le frère du marié, crut bon d'insister Tancrède Bébé, comme si ce titre pouvait apporter un « plus » à son ami.

Raoul de Saint-Preux les regardait. À eux deux, ils n'avaient pas quarante ans, superbes enfants de la riche bourgeoisie provinciale, sans aucun complexe, traitant sans forfanterie d'égal à égal avec tout le monde, n'ayant pas ce sentiment d'infériorité des générations précédentes vis-à-vis de la noblesse. Une nouvelle graine d'hommes heureux, bien dans sa peau, et prête à vivre une « belle aventure ». Soudain, Raoul plaignait ces jeunes gens, car ils n'avaient aucune idée de ce qui les attendait.

— Avez-vous une affectation ? À vos uniformes, je vois que vous êtes dans les chasseurs à cheval.

— Oui, c'est ce que nous croyons, mon capitaine, mais nous n'avons jamais pu trouver notre brigade dans ce…

Des chariots passaient au milieu d'un nuage de poussière.

— Dans ce bordel, vous pouvez le dire, bon, Hautefort, vous venez avec moi... je vous ferai affecter au régiment Mac-Mahon auquel j'appartiens.

— Et mon ami Germain Bouville ?

— Va pour Bouville aussi ! Je suppose que vous êtes bons cavaliers ?

— Bien sûr, mon capitaine. Je suis né à cheval et Germain est souvent monté à la ferme de mon grand-père ! Mais c'est avec ma mère que j'ai fait mes plus beaux galops.

Raoul imaginait Noémie, fière amazone, se promenant avec son fils. Il y avait toute une part d'elle qu'il ignorait. Soudain, il était très heureux d'avoir ce garçon à qui il pourrait parler de Noémie sans même qu'il s'en rende compte.

— Sébastien, trouve deux bourrins, et on repart !

— Mon capitaine, on en manque, faudrait les voler aux dragons !

— Je te fais confiance !

De fait, le caporal ne tarda pas à ramener deux juments qu'il était allé faucher au train des équipages.

Tancrède Bébé chevauchait derrière les cavaliers, à côté de son ami. Ils portaient leur sac sur l'épaule.

— Quelle chance nous avons eue de rencontrer le capitaine de Saint-Preux, Germain !

Le jeune Bouville secoua la tête.

— Je ne crois pas que c'était fortuit, j'ai, au contraire, l'impression qu'il nous cherchait !

— Ah bon, tu crois, pourquoi ?

— Son ordonnance criait ton nom dans la rue. C'est ce qui nous a fait nous lever et nous faire reconnaître. Il nous a demandé alors de le suivre.

— Oui, c'est vrai, peut-être cherchait-il des soldats à incorporer. Mais comment Saint-Preux était-il au courant de ma présence ici ?

— Ça, je n'en ai aucune idée !

— Bah ! Quelle importance ! C'est le hasard qui fait bien les choses ! Regarde comme les paysages de l'Alsace et de la Lorraine sont différents de notre Normandie, mais tout est si beau, si élégant.

— Oui, nous avons bien fait de venir, déclara Germain avec conviction.

Les deux amis regardaient, charmés, les îlots de verdure sur les rivières, les villages aux vieux ponts, qu'ils traversaient au galop. La population les voyait passer avec des cris de joie. On les applaudissait, on leur lançait fleurs et baisers.

En arrivant à Saint-Avold, Raoul de Saint-Preux, après avoir fait son rapport désastreux à Mac-Mahon, se rendit auprès du colonel Bonnemains.

— Je ramène deux hommes. Très bons cavaliers. Puis-je les garder dans mon escadron ?

— Qu'est-ce que j'en ai à foutre, mon pauvre Saint-Preux ! Trouvez-nous plutôt des canons d'acier comme ceux des Prussiens, et pas en bronze comme les nôtres. Ces jean-foutre de Paris nous envoient ce torchon. – Il montrait une lettre froissée. – Pour nous dire gracieusement qu'on se démerde. Ils n'ont, paraît-il, plus rien à l'arrière ! Où sont les nouvelles mitrailleuses qu'on nous promettait ? Je leur botterais le cul, moi ! Insuffisance, gabegie, vol ! On fait des collectes d'argent dans les villes pour fondre des canons, non mais, je vous demande un peu s'il est temps d'y penser ? On mènera la charge à poil, Saint-Preux. Et les prévaricateurs ne seront pas pendus haut et court. Alors vous comprenez, mon vieux. Bon, ça va, vous pouvez les garder, vos gars. Des cavaliers, ça peut toujours servir, enfin s'il y a des chevaux, parce que, bientôt, on montera des ânes.

Sans se laisser abattre par la diatribe de Bonnemains, Raoul de Saint-Preux annonça la nouvelle aux jeunes gens. Ils quittaient les chasseurs pour rentrer illico au troisième cuirassier, avec le grade de simple cavalier.

— Je vais vous trouver pour ce soir une place aux écuries, affirma Saint-Preux.

C'était un lieu de choix car beaucoup d'hommes dormaient à la belle étoile dévorés par les insectes.

Raoul pénétra dans le manoir. Il chercha à faire partir un message télégraphié à l'usine Hautefort pour dire que la Blanchisseuse avait bien récupéré le ballot de linge, mais toute communication était interdite par Mac-Mahon. Raoul ne pouvait passer outre.

Après le repas, pris au mess des officiers, il envoya Pacarin porter quelque nourriture à ses protégés, car la popote des soldats était quasiment inexistante. Les hommes n'ayant que la solution d'aller chaparder des volailles chez les paysans, ce qui provoquait déjà des tensions. Dans quelques jours, l'armée française ne serait plus accueillie avec des applaudissements patriotiques, mais plutôt à coups de fourche.

Cette nuit-là, Raoul, allongé sur son lit de camp, rêva de Noémie. Ils galopaient tous les deux dans le parc de Saint-Preux. Noémie, cheveux au vent, sautait des barrières avec grâce. Elle criait : « Je t'aime, Raoul, je t'aime. Protège mon enfant... protège-le... je t'aime ! »

Mais Raoul avait beau cravacher sa monture, il ne pouvait galoper aussi vite que Noémie. Elle s'éloignait dans les bois, en laissant voler une écharpe blanche qui s'accrochait aux branchages. Au passage, Raoul s'en saisit. Il porta la soie à ses lèvres et se réveilla la gorge serrée, le cou enroulé dans son drap, transpirant, ressentant une étrange sensation angoissée qui lui faisait battre le cœur.

Heureux comme des rois, l'estomac bien garni grâce à leur ange gardien, Tancrède Bébé et Germain Bouville s'assoupirent dans la paille. Dans un demi-sommeil, le jeune Hautefort souriait à Daisy Pilgrim. Il se revoyait après le mariage d'Eugénie, marchant avec elle sur la longue plage de sable fin de Sainte-Marie-du-Mont. Les joyeuses vacances ! Germain s'était éloigné en compagnie de Priscilla. Après avoir barboté dans l'eau, en relevant le bas de sa robe et en dévoilant ses jambes nues, ce qui avait beaucoup troublé Tancrède Bébé, Daisy, pleine de décision, lui avait pris la main pour l'entraîner vers les dunes. Allongée dans le sable, la jeune Anglaise, très libérée, attira Tancrède Bébé. C'était elle qui l'avait déniaisé dans le sable, tandis que Priscilla devait en faire autant avec Germain.

— *Kiss me, kiss me, Tancrède Baby !* disait Daisy en se donnant à son jeune amant.

Elle lui avait appris à prendre les précautions qu'il fallait ; décidément, cette jolie Anglaise était très expérimentée. Le sable, c'était bien mais ça piquait. Tancrède Bébé avait eu l'idée d'aller abriter ses amours à Hautefort où le vieux seigneur reçut son cher petit-fils, de même que Germain et leurs bonnes amies. Il faisait mine de ne rien voir ni comprendre quand les jeunes gens filaient vers la tour « visiter la maison ». Un jour, cela avait failli faire du grabuge, car les parents Pilgrim avaient débarqué à l'improviste au domaine avec Noémie. Tancrède Bébé et Daisy, allongés sur le lit d'une des chambres du premier étage, n'avaient eu que le temps de dévaler l'escalier, à peu près rajustés pour retrouver leurs parents assez méfiants déjà devant les mines rouges de Germain et de Priscilla. Une fois les jumelles parties avec les Pilgrim, Tancrède Bébé avait surpris Noémie Aimée morigénant son père.

— Enfin, papa, à quoi penses-tu ? Tancrède est trop jeune et Daisy n'est pas du tout le genre de femme qu'il lui faut !

— Eh ! petiote, qui te parle de se marier ? Moi, j'avions rien vu d'incorrect à c'que mon p'tit gars fasse visiter la ferme à une jeune demoiselle.

— Oh ! papa, ça va, je la connais, ta théorie, tu me l'as déjà faite. Tu dois refuser ta porte à Tancrède Bébé et à Daisy. De même qu'à Germain, si les Bouville apprenaient ça !

— Dam' ! Ma pauv' fille, si y a des gens qui voient du mal partout. Moi, j'étions point chargé d'garder la vertu d'toutes les Engliches. Si les milords savent pas les t'nir, leurs miss, tant pis pour eux.

Tancrède Bébé avait compris à quel point le vieux seigneur était son complice.

« Cher grand-père... je te reverrai bientôt à Hautefort et tu seras fier de moi ! » Les yeux fermés, il voyait le beau visage buriné de Tancrède l'Aîné qui lui souriait.

« Je suis là, petiot, et t'en fais point, j'vas t'envoyer de bons goublins pour te donner un coup d'main ! »

Tancrède Bébé s'endormit sur cette pensée rassurante.

Il fut réveillé au son du clairon. Pacarin leur apporta du pain et un gobelet de vin du Rhin. Il n'y avait pas de café. C'était tout ce qu'il avait pu trouver. L'ordonnance avertit les jeunes gens que le capitaine voulait les voir au manoir.

Raoul de Saint-Preux était sanglé dans son uniforme à brandebourgs. Il avertit les jeunes gens que le troisième cuirassier se déplaçait vers la frontière. On allait rallier à marche forcée le château de Reichshoffen pour y retrouver les premier, deuxième et quatrième cuirassiers.

— Vous faites partie de mon escouade, Hautefort. À partir de maintenant, vous devez, ainsi que Bouville, ne recevoir d'ordres que de moi, chevaucher à mes côtés ou juste derrière moi ! Compris ?

— Oui, mon capitaine. Une question : où pouvons-nous trouver des uniformes de cuirassier ? s'inquiéta Tancrède Bébé.

— J'essaierai de vous en dégotter à Reichshoffen ! Rassemblez vos affaires, mais ne prenez que le strict nécessaire et abandonnez-moi vos sacs de M. Perrichon ! Tassez ce que vous pouvez dans les fontes... Départ dans vingt minutes... Rompez !

Après avoir salué et tourné les talons, Tancrède Bébé cligna de l'œil, ravi, vers Germain : les choses sérieuses allaient commencer !

38

Les cuirassiers de Reichshoffen

— Victoire ! Victoire ! Madame Hautefort, monsieur Zacharie, on a gagné ! On a pris Sarrebruck ! Les Prussiens ont été repoussés. Les Français campent en terrain ennemi.

Gilles Gouhier, hurlant, pénétrait dans le bureau des maîtres sans frapper. Il brandissait le journal qui sortait tout frais de l'imprimerie. Le télégraphe avait crépité pour annoncer la nouvelle.

Depuis la déclaration de guerre, le pays retenait son souffle. Enfin, hier, 2 août, l'armée française avait pris l'offensive. Les combats avaient donc commencé. Les Prussiens battaient en retraite.

À Paris comme à Carentan, les gens s'embrassaient dans les rues.

— On l'avait bien dit que les nôtres seraient les plus forts. Dans huit jours tout est réglé !

Noémie et Zacharie se réjouirent bien sûr avec leurs employés de cette bonne nouvelle mais, ignorant où se trouvait Tancrède Bébé, ils se rongeaient d'inquiétude. Le deuil si récent de Noémie n'était pas ressenti par elle de façon aussi violente que si le pays avait été en paix. Elle devait agir de tous côtés avec nombre de difficultés, faire quand même marcher l'usine, car beaucoup d'hommes étaient retournés dans les fermes remplacer un fils ou un frère parti au front. La pensée de Tancrède Bébé et de Raoul ne la quittait pas. Elle espérait que ce dernier avait bien eu son message. Ses rapports avec Zacharie étaient affectueux et confiants, presque fraternels. Elle retrouvait pour lui une immense tendresse. Pourtant, malgré ses remords, son cœur était loin, vers l'Alsace-Lorraine où elle savait que se trouvait le gros des troupes. Elle cherchait vainement le troisième cuirassier dans les journaux. On parlait de la première, deuxième, troisième armée, de Bazaine avec le cinquième corps. Enfin, elle découvrit que Mac-Mahon avait établi son quartier général au château de Reichshoffen. Il était commandant en chef de l'armée d'Alsace. Le journaliste affirmait qu'il disposait de quarante-six mille hommes pour couvrir les routes de Bitche, Saverne et Haguenau.

Noémie, morte d'inquiétude, songea que le troisième cuirassier devait se trouver dans les parages. Elle afficha une carte où chacun put regarder le front des troupes. Son regard s'attardait sur le triangle formé par l'armée Mac-Mahon. Effectivement, sur la route allant de Bischwiller à Breidenbach, elle découvrit le village de Reichshoffen. Son instinct lui disait que Raoul se trouvait là, mais pour Tancrède Bébé, c'était une autre histoire. Le front alsacien montait vers Montmédy et Sedan. Mais où les chasseurs à cheval avaient-ils été affectés ?

Tous les jours, Émilienne Bouville, aux cent coups, venait demander à Noémie si elle avait appris quelque chose. La pauvre femme avait tellement confiance en son amie qu'il lui semblait que celle-ci serait la première informée. Hélas, Noémie ne savait rien du sort de leurs enfants.

À toute cette angoisse s'en ajoutait une autre. Noémie était allée le 20 juillet, avant le début des combats, voir Eugénie à Bayeux. Hyppolite était couché, les yeux brillants, fiévreux, toussant avec difficulté dans son lit. Sans avoir le temps, comme elle l'avait prévu, de passer à son nid d'amour, elle avait ramené, presque de force, Eugénie et Hyppolite pour consulter à Carentan.

Le verdict de Donatien Gamboville tomba :

— Consomption !

À ce terrible mot, Noémie, pourtant solide, avait chancelé. Elle savait ce que cela voulait dire. Cette horrible phtisie abattant les jeunes, ce mal contre lequel personne ne pouvait rien.

— Pardonnez-moi, madame Noémie, si la médecine actuelle ne connaît aucun remède pour guérir cette maladie, le soleil, en revanche, le peut, j'ai vu à Paris des cas de malades revenant du Midi complètement guéris... À mon avis, il faut qu'Hyppolite quitte la région, trop pluvieuse... – Il baissa la voix. – Mais il vaut mieux qu'il parte seul... il est contagieux !

Eugénie avait entendu.

— Rien au monde ne me fera quitter mon mari, docteur Donatien, s'il est malade, moi seule le guérirai !

Noémie reconnaissait bien là sa fille, ferme et décidée. Finalement, Eugénie lui ressemblait. Noémie l'embrassa avec tendresse.

— Il en sera comme tu décideras, ma chérie !

Les Bouville étaient atterrés. Ils ne furent pas d'un grand secours pour Noémie.

Les chemins de fer étaient aléatoires. Pas question, en temps de guerre, de faire passer les enfants par Paris. Le transport maritime était le plus sûr. Avec l'approbation de Zacharie, Noémie décida de les faire partir par *Le Noémie III*, un vapeur dernier modèle tout frais livré des chantiers maritimes de Cherbourg. Elle avait toute confiance dans le capitaine Bertin et ses marins.

Eugénie et Hyppolite feraient le tour de la Bretagne avant de débarquer dans le golfe de Gascogne à Biarritz, ville chère à l'impératrice Eugénie. Là, ils loueraient une belle maison parmi les fleurs et Hyppolite s'y reposerait jusqu'à sa complète guérison. Pour plus de sûreté, Prudence, qui adorait Eugénie, et Hilarion accompagneraient le jeune couple. Osmond, maintenant, était grand, il pouvait se passer de sa bonne d'enfants. Les jeunes mariés quittèrent le port de Carentan le 28 juillet. Le docteur Gamboville lui ayant donné un sirop apaisant, Hyppolite semblait aller mieux. Noémie regardait le bateau s'éloigner dans le chenal du Haut-Dick. Très émue, elle agitait la main et retenait ses larmes. Zacharie s'appuyait sur l'épaule d'Osmond. Tous deux étaient bien tristes du départ d'Eugénie. Les Bouville titubaient, assommés. Leurs deux fils étaient partis. Ils ne savaient pas pour lequel il fallait s'inquiéter le plus. Au loin, accoudée au bastingage, Eugénie, cheveux au vent, semblait si heureuse contre l'épaule de son mari. Ils paraissaient repartir vers un second voyage de noces.

« Dans un an, ils seront revenus... mais j'essaierai d'aller les voir avant, quand tout sera arrangé ! », songea Noémie.

Revenue à la Maison rose, elle écrivit à tout hasard à son amie Papette avec qui elle n'avait cessé de correspondre depuis vingt ans.

« Mon amie,

Ma fille et son mari vont demeurer tout l'hiver à Biarritz pour raison de santé. Je sais que ta propriété est au nord-est de Toulouse. C'est beaucoup te demander mais pourrais-tu prendre un peu de ton temps pour leur écrire à l'hôtel des Bougainvillées, près de la villa de l'impératrice, où ils prendront leur courrier en attendant d'avoir une adresse ? Je serais plus tranquille si tu te renseignais sur leur sort et leur donnais éventuellement des conseils de mère. Je crains, avec les tristes événements que nous vivons, que les communications ne soient complètement coupées. Mon fils Tancrède est parti au front et j'ai eu l'immense chagrin de perdre mon père chéri. Qu'en est-il pour toi ? Nous reverrons-nous un jour, chère et bonne Papette ? Mon aimable souvenir pour ton mari et tes enfants. Le mien se joint à moi pour te remercier à l'avance de ce que tu pourras faire pour nos enfants.

Ton amie de toujours.

Mimi. »

Le lendemain, Noémie partit en pèlerinage dans l'« île » de Bayeux, elle y resta deux heures, respirant le parfum de Raoul sur les oreillers. L'appartement était payé pour un an. Malgré la douleur d'y être seule, Noémie se jura de revenir souvent. C'était sa façon de rester avec Raoul. En rangeant leurs affaires, elle s'aperçut qu'il avait emporté le médaillon avec sa photographie qu'elle lui avait apporté un jour mais qui, par précaution, devait rester là. Elle ne lui en voulait pas, au contraire, et agissant de même, elle prit la seule photo qu'elle avait de lui. En traversant la place de la cathédrale pour aller reprendre son train, qui heureusement fonctionnait encore, elle buta sur Mme de Saint-Preux en grand deuil. À cette vue, Noémie faillit perdre connaissance.

— Mon Dieu, madame, que… que vous arrive-t-il ? bégaya-t-elle, craignant d'apprendre une affreuse nouvelle.

— Ah ! chère madame Hautefort… Quel malheur, quel grand malheur, avec les événements, nous n'avons prévenu personne. Mon mari, mon pauvre mari Hervé !

Noémie apprit, avec un immense soulagement, la mort du préfet.

— Je suis de tout cœur avec vous, mais, n'avez-vous pas un fils ?

— Oh ! comme c'est gentil de vous en souvenir ! Raoul ne sait encore rien pour son père, je n'ai aucun moyen de le prévenir, je ne sais même pas où il est... Ah ! qu'il est dur d'être la mère d'un officier !

— Je vous rendrai visite à Caen pour prendre de vos nouvelles, affirma Noémie.

— Merci, vous êtes si bonne, quelle femme merveilleuse, généreuse vous êtes.

« Je suis ignoble ! », songeait Noémie sous les compliments de la pauvre préfète. En rentrant à la Maison rose, elle cacha le portrait de Raoul dans un coffret fermé à clé et retourna travailler à l'usine.

Les événements se précipitèrent à une telle vitesse, en cet été 1870, que personne ne put croire à la rapidité de la catastrophe. Après la première victoire du 2 août, chaque jour, les nouvelles tombaient en même temps que les hommes sur les champs de bataille. Grâce au télégraphe, les gens de l'arrière étaient très vite au courant. Le 3 août, les tirailleurs bavarois ralliés à la Prusse décimaient par surprise les soldats de la division Douay occupés à préparer la soupe du côté de Wissembourg. La première surprise passée chez les Français, une terrible bataille s'était engagée sur l'ordre de Mac-Mahon. On se battait au corps à corps dans la ville. Les ennemis s'embrochaient avec des cris de haine. Les cadavres jonchaient le sol dans des mares de sang. Les Français laissèrent sur le terrain quatre mille hommes. Les Prussiens cinq mille hommes.

Faible consolation car, le 4 août, il fallut reculer. Plus haut, au nord-ouest, Forbach était tombé aux mains de l'ennemi après des combats acharnés. C'était toute la Lorraine qui était menacée. Cette nouvelle défaite ruinait le prestige de l'empereur. L'opposition républicaine affirmait : « L'Empire va de mal en pire ! », mais cela ne faisait rire personne. Le 5 août, l'infanterie de Mac-Mahon était encerclée au village de Morsbronn près de Reichshoffen. Les vagues ennemies décimaient les Français sur les coteaux des vignobles. Où était le vin, du sang versé ? L'assaut désespéré de la division Bonnemains avec les premier, deuxième et troisième cuirassiers ne put dégager l'infanterie prise au piège. Le soir, six mille Français étaient morts. Les généraux Colson, Maire et Douay, le ventre ouvert par un éclat d'obus pour ce dernier, s'étaient fait tuer avec leurs hommes. Le courage des Français faisait l'admiration de l'ennemi, mais ce qui leur manquait, c'étaient la préparation, l'artillerie, des renforts qui n'arrivaient pas assez nombreux, les ordres qui se perdaient en route. À l'arrière, on voulait encore croire au redressement de la situation. Noémie, comme Zacharie et la France entière, ne vivait qu'en attendant fébrilement les nouvelles télégraphiques du front.

Le visage noirci par la fumée, l'uniforme déchiqueté, la cuirasse cabossée, le sabre et les mains encore couverts du sang de l'ennemi, Raoul de Saint-Preux se laissa glisser de cheval dans la cour du château. Les autres cuirassiers survivants de cette boucherie revenaient les uns après les autres. Les chevaux étaient aussi fourbus que les hommes. Épuisé de fatigue, légèrement blessé, Mac-Mahon pleurait comme un enfant sous le regard de ses officiers atterrés. Malgré le courage de la division Bonnemains, les cuirassiers, n'étant pas soutenus par l'artillerie française, absente, n'avaient pu dégager l'infanterie des vignobles, devenus une vraie fourmilière à tuer pour l'ennemi. Sébastien Pacarin s'était précipité vers son capitaine. Le soutenant de son épaule, il l'entraînait vers le château. Raoul de Saint-Preux n'était miraculeusement pas blessé. Il était seulement épuisé, hagard, à bout de souffle, exaspéré de l'incurie du haut état-major. Tancrède Bébé et Germain, que Raoul avait fait affecter aux écuries, accouraient à leur tour.

— Mon capitaine... Dieu soit loué, vous n'avez rien ! s'écria Tancrède Bébé.

— Non, je l'ai échappé belle, pris en étau par quatre Prussiens, mais le lieutenant d'Ermont est venu me dégager !

Olivier d'Ermont, le meilleur ami de Raoul, mettait à son tour pied à terre. À bout de souffle, il était légèrement blessé à l'épaule.

— Merci, vieux !

— De rien, Saint-Preux, c'était comme au bal !

— Tu es blessé ?

— Pas grave !

— Va te faire panser, Ermont !

— Bonne nouvelle, Saint-Preux, les Prussiens ont, paraît-il, perdu dix mille hommes !

— Oui, mais ils s'en moquent, ils ont des réserves ! Ce sont eux qui nous prennent en éperon ! Avec leurs coups de boutoir ! Si personne ne vient à notre rescousse, ils menacent de nous envelopper et nous manquons d'hommes, ce soir !

Avec un geste fataliste, Ermont se dirigea vers l'« hôpital » de campagne. Il s'agissait d'une étable, où deux chirurgiens, aidés du barbier, de la dame du château, de ses filles de service et d'un aumônier, pansaient, coupaient, extrayaient les balles, dans les cris et les gémissements, car on manquait déjà de chloroforme. Raoul de Saint-Preux se remit en marche avec Pacarin vers le perron où des officiers, accablés, étaient assis sur les marches de pierre, la tête parfois balafrée entre les mains. Tancrède Bébé, suivi de Germain, courut après Raoul. Il le dépassa pour se planter fièrement devant lui.

— Mon capitaine, vous avez dit que vous manquiez d'hommes, mais nous sommes là, Germain et moi !

Raoul de Saint-Preux ne put réprimer un sourire devant ce jeune fanfaron.

— Hautefort, je vous ai affecté aux écuries, on a besoin de palefreniers connaissant les bêtes, pour soigner les chevaux, prenez le mien, le malheureux, il en a besoin, tâchez de bien le bouchonner et de lui donner double ration d'avoine, si vous en trouvez !

— Mon capitaine, on n'est pas venus à la guerre avec Germain pour se planquer dans l'écurie !

Cette fois-ci, Raoul de Saint-Preux s'énerva.

— Hautefort, Bouville, si on redonne la charge demain, j'exige, vous m'entendez, non, j'ordonne que vous restiez aux écuries à nous attendre ! Que diable ! vous n'avez jamais chargé que des jupons sur les plages ou au bois de Boulogne... alors suffit... demi-tour pour l'écurie et que je ne vous voie plus !

Sur ces mots définitifs, Raoul de Saint-Preux acheva de monter le perron.

Tandis que Pacarin lui ôtait ses bottes et sa cuirasse, il se prit à sourire.

« Quelle tête de mule, ce petit Hautefort, et comme il ressemble à sa mère ! » Il avait été un peu dur avec lui, mais Raoul savait que si ces deux garçons inexpérimentés descendaient dans la fournaise des combats, ils ne rentreraient pas vivants le soir. Dans les écuries envahies par les animaux nerveux, tremblants sur leurs jarrets, et les palefreniers exaspérés, Tancrède Bébé se laissa aller à la mauvaise humeur.

— Non, mais tu as vu, Germain, comment il nous a parlé ?

Tout en s'indignant, le jeune homme bouchonnait le cheval de Raoul, tandis que Germain apportait au pauvre animal ce qu'il avait pu trouver de foin, dans un fourgon.

— Je crois que la journée a été très meurtrière, regarde les chevaux qui reviennent sans cavaliers…

— Justement, nous en aurons besoin pour demain.

— Mais, Tancrède, tu as entendu les ordres du capitaine.

— Oui, mais ça ne me concerne pas… D'abord, je n'ai pas l'habitude qu'on me parle comme à un chien, et puis, Germain, nous sommes là pour en découdre !

— Bien sûr, bien sûr…

Germain semblait moins prêt à une vocation de héros que Tancrède Bébé. Celui-ci continuait de s'indigner.

— Il nous a peut-être rendu service, mais maintenant ça suffit !

— Je crois qu'il veut nous… comment dire, nous protéger… c'est ça… on dirait qu'il se sent investi d'une mission…

— Bon, eh bien, qu'il garde ses protections et ses grands airs pour ses cavaliers, nous, tu comprends, on est des engagés volontaires.

— Bien sûr, bien sûr…, répondit encore Germain, mais le capitaine est quand même notre supérieur de…

— De rien du tout ! Il nous a flanqués aux écuries pour se débarrasser de nous. Eh bien moi, je te le dis tout net, demain je n'y reste pas ! Toi, fais ce que tu veux. Oh ! je ne te force pas !

— Oh ! non, si tu y vas, j'y vais !

— Bravo, mon Germain, alors voici comment on va procéder. Et tu vas voir, ce sera grandiose !

Germain, ébloui, écouta longtemps Tancrède Bébé lui décrire la façon dont ils allaient à eux deux retourner le sort de la guerre, faire prisonnier le prince « rouge » de Prusse et finalement investir Berlin !

Ignorant les projets grandioses de son protégé, Raoul de Saint-Preux se laissa dévêtir, nettoyer et rafraîchir par le brave Pacarin. Il demeura un court moment allongé les yeux fermés pour récupérer sur son lit de camp, puis, ayant revêtu un autre uniforme, il descendit pour le rapport au salon. Mac-Mahon semblait avoir retrouvé ses esprits. Ça criait de partout.

— Les gros cons de l'arrière n'écoutent pas ceux qui sont au feu !

— Qu'est-ce que foutait Bazaine ?

— Des ronds de jambe auprès de Badinguet.

— Messieurs, du calme !

— Et le général Failly du cinquième corps ?

— Il n'était pas loin.

— Il aurait dû accourir pour nous dégager de l'étau prussien !

— Failly-a-failli-arriver ! chantonna moqueusement Raoul dans un silence de glace.

Mac-Mahon lui jeta un regard noir. Le général Lartigue lança un éclat de rire, repris par Bonnemains et le général Michel.

— Bravo, Saint-Preux… Failly-a-failli-arriver ! Très drôle, on en rira à Paris et, pendant ce temps-là, on se fait couper les couilles !

« Tous ces grands chefs veulent faire leur guerre personnelle, chacun pour soi… Les Prussiens sont unis, eux, sous un commandement de fer ! On ne doit pas plaisanter aux rapports d'état-major ! », songeait amèrement Raoul de Saint-Preux. Il écouta à peine le plan de bataille pour le lendemain. C'était Lartigue qui le proposait à Mac-Mahon. On s'était enfin « aperçu » que les Prussiens allaient envelopper les divisions de l'arrière. Démunis d'artillerie et maintenant d'infanterie, massacrée aujourd'hui, le seul moyen de sauver la situation, estimait le général, était de faire donner ce qui restait des brigades de cuirassiers.

— Avec cette cavalerie légère, nous allons charger de Reichshoffen sur le village de Morsbronn et descendre comme une trombe humaine vers le fond du vallon, pour déloger les milliers de Prussiens terrés dans les vergers, cachés dans les maisons, embusqués dans les fossés.

C'était bien sûr une folie, car cette charge serait extrêmement meurtrière, mais elle pouvait retarder la situation, chasser le Prussien, renvoyer l'éperon dans l'autre sens, et permettre de revenir vers la frontière pour reprendre Wissembourg ! Quel beau programme !

Après un instant d'hésitation, Mac-Mahon donna son accord à ce plan désespéré. Raoul échangea un long regard avec Olivier d'Ermont. Ils reçurent leurs ordres de mission. Ils dépendraient du général Michel qui prendrait la tête de la brigade.

Sans un mot, Raoul remonta dans sa mansarde. Il réfléchit un instant et, à la lumière d'une lampe à huile, écrivit deux lettres.

— Pacarin ! appela-t-il.

Son ordonnance, conscient que de graves événements se préparaient, accourut aussitôt.

— Oui, mon capitaine.

— S'il m'arrivait quelque chose demain…

— Oh ! pas vous, mon capitaine…

— Tais-toi ! J'ai peu de temps, je te confie, si je ne reviens pas, une lettre pour ma mère et mon père…

Après la fin des combats, tu iras la leur porter à la préfecture… il y a leur nom écrit sur l'enveloppe…

— Oui, mon capitaine.

— Et voici une autre lettre, sans nom, sans adresse, tu devras y aller toi-même, en me promettant le secret !

— Je vous le promets, mon capitaine.

— C'est l'honneur d'une dame que je te confie là…

— C'est la dame de la gare Saint-Lazare, mon capitaine ?

— Oui… tu iras la trouver, en Normandie, à l'usine Hautefort de Carentan dans le Cotentin… tu demanderas Mme Noémie Hautefort de la part de la Blanchisseuse…

— De la Blanchisseuse ? répéta Pacarin pour le moins étonné.

— Oui… c'est… un code.

— Je m'en doutais, mon capitaine.

— Et seulement quand tu seras seul avec elle, et elle seule, tu lui remettras cette lettre, et tu partiras… tu as compris… répète.

Pacarin redit mot à mot sa mission.

— Mais vous reviendrez, mon capitaine.

— Alors tu me rendras les lettres. Quant aux deux jeunes matamores, je te les confie aussi, après la charge il faudra les emmener. Tiens, voici un ordre de mission, tu monteras vers Sedan avec eux pour les mettre sous le commandement du colonel Gontrand de Reuville, il les connaît. Avec lui, ils seront en sécurité, c'est tout ce que je peux faire. Maintenant, laisse-moi dormir un peu…

Pacarin referma la porte. Raoul croyait qu'il ne pourrait trouver le sommeil, pourtant il glissa dans une torpeur profonde, sans rêve, sans lumière, sans couleur. Quand il se réveilla, l'aube pointait et il avait l'impression de sortir d'une véritable léthargie.

— Cuirassiers, en selle !

Dans un cliquetis d'éperons, de sabres et de cuirasses, les cavaliers enfourchaient leurs montures avec la bénédiction de l'aumônier. Ils priaient et faisaient le signe de croix sur leurs lèvres. Raoul de Saint-Preux, à la tête de son escadron, adressa sous son casque à crinière un gentil signe accompagné d'un clin d'œil vers Tancrède Bébé et Germain debout devant leur écurie. Les cavaliers de Reichshoffen descendaient au trot vers Morsbronn. Neuf mille Prussiens attendaient, terrés, les mille sabres français. Aux abords du village, les officiers donnèrent l'ordre d'immobiliser les cavaliers : les chevaux, flairant le danger, étaient agités de longs frissons de peur. Raoul calma sa monture en caressant sa crinière.

— Tout doux, mon beau, ça va passer vite !

Comme à la manœuvre, les cavaliers se formaient en colonnes et en escadrons aux cris des officiers.

— Le huitième cuirassier en première ligne ! hurlait le général Michel.

— Les septième, sixième avec moi ! en deuxième position ! criait Bonnemains.

— Les troisième, deuxième, premier cuirassiers sur l'aile droite… Le sixième lancier sur l'aile gauche !

De loin, Raoul et son ami Olivier d'Ermont, au huitième cuirassier, se jetèrent un long regard.

— Allez-y, les enfants, comme vos pères à Waterloo ! commanda le général Lartigue.

Dans un grondement de tonnerre, peut-être pour se donner du courage, les cuirassiers français s'élancèrent au galop en faisant tournoyer leurs sabres avec des hurlements effrayants. Dans le fond du vallon, ils voyaient briller les « casques à pointe » qui préparaient leurs fusils. Maintenant rien ne pouvait plus arrêter les cuirassiers de Reichshoffen. Ils se ruaient à bride abattue dans la fournaise, avec cette sorte de jouissance que donne la vie à l'instant de la perdre.

Les casques de cuivre français lançaient des éclairs, les crinières volaient au vent, les cavaliers qui arrivaient à leur but sabraient du Prussien avec une joie sanguinaire. Sous la mitraille prussienne, il ne resta bientôt du huitième cuirassier qu'une cinquantaine d'hommes en selle. La vague déferlante continuait avec les lanciers, les premier, deuxième et troisième cuirassiers chargés de prendre les Prussiens sur l'aile. Raoul, avec son escouade, avait réussi à pénétrer sur le côté du village. Il avait emporté plusieurs batteries prussiennes en sabrant les tirailleurs, sautant au-dessus des sacs de sable, tranchant les têtes. Maintenant, il se battait avec plusieurs cavaliers prussiens, jaillis d'un fossé. Il allait s'effondrer sous le nombre quand il entendit un cri.

— Tenez bon, nous voilà, mon capitaine !

Les deux jeunes fous arrivaient au grand galop en visant les Prussiens avec des fusils ! Ce n'était vraiment pas le moment de renvoyer ces fanfarons à leur écurie, d'autant plus que Tancrède Bébé, ayant probablement vu ce genre d'exercice à la chasse, tiraillait dans tous les sens et atteignait fort bien son but. Malgré la situation précaire où ils se trouvaient, Raoul avait presque envie de rire. Les petits Normands, ne se servant pas du sabre des cuirassiers qu'ils n'auraient certainement pas su manier, avaient inventé une autre façon de se battre et, pour le moment, ça marchait. Sur les cinq Prussiens qui avaient attaqué Raoul, deux gisaient au sol, la figure éclatée, les trois autres, prudents, regagnaient leur abri.

— Vous me rendrez raison de votre désobéissance, Hautefort ! gronda Raoul.

— Oui, mon capitaine ! dit fièrement Tancrède Bébé.

Le clairon sonnait le rassemblement, Raoul fit faire volte-face à son cheval et d'un signe ordonna aux jeunes gens de le suivre. Les survivants des premières charges se rassemblaient, exaspérés par l'odeur du sang et le bruit de la mitraille. Les batteries prussiennes se remettaient en place. Il fallait charger de nouveau. Les rues du village étaient remplies de chevaux et de cuirassiers étendus, sanglants, sur le sol. Les uns morts, les autres agonisants. Les officiers n'avaient pas besoin de haranguer leurs hommes. Ils voulaient y retourner, éperdus, ivres de fureur contre l'ennemi, pour venger leurs camarades. La deuxième charge fut plus violente encore. Excités par la poudre, les clairons et le bruit des canons prussiens qui formaient des trouées profondes à travers leurs rangs, les cuirassiers attaquaient et réattaquaient. Les tambours battaient, les cuivres sonnaient, les survivants épuisés chargeaient toujours sans plus savoir pourquoi... Impossible de déloger les Prussiens de leurs trous à rats. La grand-rue du village était toujours entre leurs mains. Suivi de Tancrède Bébé, de Germain et des survivants de son escadron, Raoul de Saint-Preux ne comprenait pas pourquoi il était toujours en selle. Il avait de son mieux protégé les deux jeunes gens. À plusieurs reprises, il avait arrêté un sabre prussien sur la tête ou la gorge de l'un d'eux. Raoul était blessé au poignet et à la poitrine, mais il ne sentait pas la douleur. Un trompette sonnait encore dans la grand-rue avant d'expirer, il devait avoir seize ans. Frissonnant, Raoul regagna l'entrée du village en comptant les cavaliers restants. Ils étaient peut-être deux cents maintenant. Il savait que ce serait la dernière charge. Raoul de Saint-Preux retourna auprès de Tancrède Bébé et Germain. Les jeunes gens très fiers se trouvaient toujours derrière lui. Tancrède Bébé portait une balafre rouge sur la joue. Germain avait dû recevoir un éclat dans la cuisse car il saignait, la culotte arrachée.

— Soldat Hautefort, et vous, soldat Bouville, je demanderai pour vous le grade de caporal pour bravoure au combat. Maintenant, remontez au triple galop vers le château et rapportez-moi tout ce que vous pouvez trouver de fusils… Je vous félicite, votre technique de la chasse aux canards sauvages s'est révélée excellente !

— Merci, mon capitaine ! C'est mon grand-père qui me l'a apprise dans la baie des Veys ! Nous en avons pour quelques minutes.

— Bien, allez, je vous attends.

Quand les jeunes gens furent loin sur la route du château, Raoul de Saint-Preux, à la tête de ses hommes, s'élança dans un grand cri.

— Cavaliers de Reichshoffen, au pas ! au trot ! au galop ! Chaaargez !

Les flammes des canons se mêlaient devant les yeux de Raoul aux oriflammes rouge et or qui tombaient les unes après les autres. Il ressentait dans tout son corps la fureur et l'ivresse de mourir.

Un sergent prussien braquait son fusil sur la grand-rue où l'on n'entendait plus que des râles. Des silhouettes avançaient prudemment, au soleil couchant. Le colonel von Schmerling arrêta son geste en levant le bras.

— *Nein ! Stoppen Unteroffizier*[1] *!* Ces hommes-là viennent chercher leurs blessés ! Ils portent la croix rouge !

Les Français tentaient en effet de récupérer leurs survivants.

---

1. Sergent.

— *Jawohl Herr Oberst Colonel !*

Le sergent obtempéra, mais il pensa à part que le colonel faisait bien des histoires pour un brassard à dessin sur le bras. Discipliné, il nettoya son arme et rentra en sifflotant à son campement, dans un champ derrière le village.

— *Französen kaputt !* annonça-t-il fièrement à ses camarades.

Tancrède Bébé, Germain boitillant avec un pansement, et Pacarin faisaient partie des soldats, adjoints aux brancardiers à croix rouge, pour tenter de porter secours aux mourants. Des cuirassiers de la charge de Reichshoffen, bien peu pourraient dire : « J'y étais ! » Des mille hommes du plus vaillant régiment, il ne restait que vingt ou trente ombres vacillantes. Ce sacrifice atroce n'avait rien empêché. Les Prussiens se ruaient déjà à l'arrière, sur Metz. Mac-Mahon avait « oublié » de faire sauter le tunnel du chemin de fer pour ralentir la marche de l'ennemi.

— À boire ! À boire !

— Attendez, je viens !

Tancrède Bébé, bouleversé, prit une gourde de la main d'un brancardier. Il s'agenouilla pour soutenir la tête d'un malheureux cuirassier, le ventre déchiqueté.

— Merci... merci... ah ! que j'ai mal !

— Le docteur va venir, il va vous donner du chloroforme.

— Ce sera trop tard.

— Monsieur... hum... lieutenant, avez-vous vu le capitaine de Saint-Preux ?

— La... dernière... fois... il était entouré... de dix dragons prussiens... non, je ne sais pas...

— Peut-il être prisonnier ?

Sans répondre, le lieutenant eut un hoquet et se raidit dans les bras de Tancrède Bébé. Le jeune homme se releva, bouleversé, Pacarin et Germain venaient vers lui.

— Alors ? Vous l'avez trouvé ?

— Non, il n'est nulle part !

— Oh ! Germain, c'est donc cela, la guerre… Tu sais, il l'a fait exprès de nous renvoyer au château chercher des fusils !

— Oui, il a voulu nous sauver la vie !

— Mon capitaine… Capitaine de Saint-Preux, répondez-moi ! gémissait Pacarin.

Il enjambait les cadavres et se précipitait sur chaque uniforme aux galons de capitaine. Les trois jeunes gens eurent beau chercher parmi les corps déjà raidis, ils ne trouvèrent Raoul de Saint-Preux nulle part. Blessé à mort, il avait pu aller se réfugier dans les coteaux parmi les vignobles. La nuit tombait. À la lumière des torches et des lanternes, ils cherchèrent longtemps. Les brancardiers remontaient vers le château, on sonnait la retraite.

— On reviendra demain, promit Tancrède Bébé.

Pacarin savait que ce ne serait pas possible. Mac-Mahon avait donné l'ordre de lever le camp. Il fallait refluer vers Pont-à-Mousson et même probablement Verdun, puis Châlons.

Dans le désordre qui suivit, le caporal Pacarin, obéissant aux derniers ordres de son maître, entraîna les jeunes gens soudain désemparés, dans ce tumulte, par des routes détournées en direction du Nord. Sous les ordres de Gontrand de Reuville, le brave garçon pensait comme Raoul que ces jeunes recrues seraient plus en sécurité à Sedan.

39

L'Empire écroulé

Noémie savait que, si elle survivait à cette horrible période, elle ne pourrait jamais l'oublier. Parfois, elle pensait : « Heureusement que papa n'a pas vécu pour voir ce chaos. » Curieusement, le désastre avait commencé depuis sa mort. Comme si le vieux seigneur de la ferme avait, en se retirant sur la pointe des pieds, laissé la méchante grise prendre le pouvoir. Les bons goublins, eux, paraissaient dépassés.

Chaque jour apportait son lot de nouvelles plus atroces les unes que les autres. On avait basculé dans l'enfer et la folie. À l'usine, le matin, Noémie ne voulait plus lire les journaux et, pourtant, comme toute la population à l'arrière, elle ne pouvait résister à se jeter très vite sur les articles catastrophiques. Elle espérait découvrir un indice lui permettant de localiser Tancrède Bébé, ou Raoul, car elle s'accrochait désespérément à l'espoir fou que le jeune capitaine était sorti de l'enfer de Reichsoffen.

La charge des cuirassiers était déjà légendaire parmi la population. On savait que les premier, deuxième et troisième cuirassiers s'étaient battus comme des lions avant d'être décimés par le feu prussien.

« Raoul, tu n'es pas mort, je ne peux y croire ! Et toi, mon fils, où es-tu ? », se répétait sans cesse Noémie. Zacharie ne disait rien, mais il n'était pas difficile de voir qu'il se rongeait aussi. Il s'occupait beaucoup d'Osmond qui errait comme une âme en peine. Son grand-père, son frère, sa sœur lui manquaient. Il voyait sa mère pleurer souvent, et son père, sombre, qui arrivait, porteur de nouvelles annonçant les derniers désastres.

— Les Prussiens ont franchi la Moselle !

— Metz est encerclée !

— C'est le tour de Nancy !

— Malgré une résistance héroïque, Strasbourg ne va pas tarder à se rendre.

Et la liste s'allongeait : Borny, Gravelotte, Saint-Privat. On se battait même dans les cimetières parmi les tombes.

— Les Prussiens ne respectent même plus nos morts, gémissaient les gens.

Il semblait à Noémie qu'il faudrait boire le calice jusqu'à la lie. Rien ne pouvait arrêter le carnage.

À Bazeilles, les combats faisaient rage. Les fourgons n'arrivaient plus à évacuer les cadavres tant la tuerie de part et d'autre avait été grande. On disait que les Prussiens fusillaient les civils qui résistaient. Et ces sauvages ne coupaient-ils pas les mains des petits enfants pour les manger ?

À la lecture de ces horreurs, Noémie, malgré son courage, défaillait. Quel avenir se préparait pour son petit Osmond ? Elle se raccrochait comme tout le pays à un dernier espoir. L'empereur rassemblait les troupes devant Sedan. Le 1er septembre, la cavalerie légère du général Marguerite chargeait dans le brouillard du matin. Le feu roulant prussien couchait à terre hommes et bêtes.

— Sedan brûle ! Sedan agonise ! Sedan meurt !

Les cris montaient de la rue. Noémie, blême, se leva de son bureau où elle se forçait à travailler.

— Tancrède Bébé est là-bas !

— Pourquoi dis-tu ça ? murmura Zacharie.

— Je le sais ! Je le sens ! Notre fils est pris dans l'enfer de Sedan !

Elle serrait convulsivement les mains sur sa poitrine. Zacharie la ramena à la Maison rose. Inquiet, il fit appeler le docteur Donatien qui accourut avec un calmant. Elle sanglotait sur son lit en déchirant son mouchoir.

— Il faut tenir, madame Noémie. Vous n'avez pas le droit de vous effondrer, pas vous ! Il y a Osmond et tous ceux qui restent à l'usine et qui ont besoin de vous. Eux n'ont que leur salaire pour vivre. Si vous fermez les portes, ce sera la misère.

Un peu honteuse de s'être ainsi laissé aller, Noémie se redressa.

— Merci, Donatien. Cela va mieux maintenant. Mais je ne sais pas pourquoi, un instant, j'ai eu la certitude que Tancrède Bébé était pris dans les combats de Sedan !

— Nul n'est plus sûr de rien aujourd'hui. Mais je crois que votre Tancrède Bébé reviendra ! Comment dire ? Il a de la chance ! Je vous laisse des gouttes de laudanum, n'en abusez pas. Je reviendrai vous voir. Courage !

Le lendemain, Noémie apprit presque avec soulagement que Napoléon III avait, la veille au soir, fait hisser le drapeau blanc. C'était la fin, la reddition !

L'empereur était prisonnier, de même que de nombreux soldats, pris dans les ruines de Sedan. Des files de vaincus partaient en longues colonnes. Têtes baissées, sous la pluie, sans nourriture et souvent sans bottes, les prisonniers marchaient vers Francfort où ils seraient internés. Tancrède Bébé et Germain se trouvaient peut-être parmi ces malheureux. Si Noémie espérait en son for intérieur que c'était fini, elle se trompait. En fait, « cela » ne faisait que commencer ! Le 3 septembre à Paris, on maudissait le nom de Napoléon. Un cri de rage montait de toutes les poitrines : « Déchéance et république ! » En un mois, l'Empire avait basculé comme un château de cartes. La IIIe République était officiellement proclamée.

— Votre papa doit être bien content, Donatien, murmura Noémie pour le jeune docteur qui était passé prendre de ses nouvelles.

— Il a attendu cette République depuis si longtemps, mais pas de cette façon. Non, il ne triomphe pas, au contraire.

À Sainte-Mère-Église, le vieux Jean-Baptiste Sénéchal, le héros des guerres de Napoléon le Grand, ne pouvant supporter la chute de Napoléon le petit, ni probablement la disparition de son compagnon de route, Tancrède Hautefort, s'éteignit au chant du coq, comme une chandelle.

Noémie donna une semaine à Joséphine et à Maria-Letizia, bouleversées par la mort de leur père. Elle comprenait leur chagrin. Avec Zacharie, elle se rendit à l'enterrement de celui qui avait été si longtemps le maire de Sainte-Mère-Église. Malgré son renom et sa popularité, en raison des événements, il y avait moins de monde que pour Tancrède l'Aîné. Le clan Sénéchal serrait les coudes autour du fils aîné, François-Napoléon. Noémie aperçut Jehan Kermadec dans la file des condoléances. Isabelle s'approcha de son amie.

— Je suis si inquiète, Noémie. Gontrand était à Sedan, et nous sommes sans nouvelles. Cette incertitude est atroce !

Noémie hocha la tête. Elle ne comprenait que trop bien. Les deux amies s'embrassèrent. Jehan serra en silence la main de Noémie et de Zacharie. Cela devenait une habitude de se retrouver aux enterrements. Noémie n'eut pas le courage de retourner au cimetière. Elle ne pouvait supporter de revoir la tombe de son père ou de sa petite Augustine. Sur le chemin du retour, elle décida soudain de passer à Hautefort. Quand elle aperçut la tour, son cœur se mit à battre. Rien n'avait changé. Elle croyait presque que Tancrède l'Aîné l'accueillerait devant le porche : « Te v'là, petiote ! »

Ce fut Bon Guillaume qui reçut les maîtres. Tout allait bien à la ferme. Elle marchait au ralenti.

— Et si nous soupions et passions la nuit ici ? proposa Zacharie.

Noémie hésita, puis, tandis que Félicité préparait le repas, elle mit avec tendresse sa main dans celle de son mari. Ils allèrent parmi les vergers de pommiers se promener, puis regarder les quatre chevaux restants qui gambadaient dans les prairies. Dix vaches broutaient l'herbe grasse. Noémie respirait à pleins poumons les bonnes odeurs du foin. Elle avait été folle de croire qu'elle pourrait abandonner Hautefort. Même si elle s'en éloignait, la propriété demeurerait toujours sa vie. Elle tirait son courage et sa puissance de cette terre normande, la sienne, celle de ses ancêtres. Noémie et Zacharie revinrent enlacés vers la vieille cuisine. Ils dînèrent sous le portrait de Tancrède l'Aîné. Le soir, ils montèrent très naturellement se coucher dans ce qui avait été leur chambre de jeunes mariés, là où Noémie avait mis, sauf Osmond, ses enfants au monde.

Avec une immense douceur et un plaisir rempli de tendresse, Noémie s'abandonna dans les bras de son mari. Le chagrin, la douleur les faisaient se rapprocher, s'aimer de nouveau. C'était, pour Noémie, bien différent de la vague passionnée qui la submergeait avec Raoul. Contre Zacharie, elle retrouvait une sorte de sérénité, de respect et d'amour, qui, en fait, ne l'avait jamais quittée. Ils rentrèrent à Carentan sans se dire une parole de trop. Ils s'étaient sans doute compris. Zacharie était heureux d'avoir retrouvé « sa » Noémie. Elle se sentait beaucoup plus forte et sereine pour affronter l'avenir.

— Alors, est-ce la paix ou la guerre ? demanda avec anxiété Noémie à Gilles Gouhier.

Sans un mot il lui tendit le journal du 4 septembre : « Le peuple français se lève en masse contre les Prussiens ! Les bureaux d'enrôlement se forment un peu partout aux quatre coins du pays. On chante *La Marseillaise* pour partir au combat. Il n'y a aucun désordre dans les rues de Paris. L'impératrice Eugénie a quitté presque clandestinement la capitale pour l'Angleterre. »

« Pauvre femme ! », songea Noémie, se souvenant de la beauté glorieuse de la souveraine chez Worth. Pourtant les humoristes, il y en avait encore, ricanaient : « Elle n'a plus de couronne, mais un solide compte en banque ! »

— Nous, Zacharie, il va falloir faire face aux échéances. Nos comptoirs ne nous paient plus et les commandes se font rares. L'argent aussi !

Beaucoup d'hommes quittaient l'usine pour s'enrôler. Un souffle patriotique balayait la France. Mais les armées de la République pourraient-elles mieux se défendre que celles de l'Empire ? On parlait de 1793, de la coalition refoulée par les sans-culottes. On ferait aussi bien ! Non, on ferait plus ! Noémie avait quand même espéré que les combats cesseraient, mais la guerre avait repris de plus belle.

Toujours sans nouvelles de Tancrède Bébé et de Raoul, sans lettre d'Eugénie et d'Hyppolite, elle avait su au moins, au retour du bateau commandé par le capitaine Bertin, que le jeune couple était bien installé dans le Sud-Ouest.

Noémie prenait avec Zacharie les décisions qui s'imposaient. Ils réduisaient dans la mesure du possible leur train de vie. Plus question de dépenses somptueuses, et, à l'usine, tout en gardant le personnel qui voulait rester, on limitait la production, car il n'y avait pas assez de clients. Elle consacrait de plus en plus de temps à Osmond. Le garçonnet en avait bien besoin. Il ne comprenait pas tout ce qui se passait, mais, avec la prescience des enfants, il percevait la souffrance de ses parents. Comme si cela ne suffisait pas, l'abbé Simon Morel abandonna Sainte-Mère-Église pour rejoindre l'armée en tant qu'aumônier. Son frère Lucien le suivit. Noémie eut beau supplier le précepteur de renoncer à ce projet, les deux frères abbés, aussi navrés que décidés, quittèrent le Cotentin. Noémie ne savait plus comment poursuivre l'éducation d'Osmond. Pas question de le mettre en pension par une époque pareille. Le docteur Donatien Gamboville trouva la solution. Une jeune institutrice de Châlons-sur-Marne, Mlle Albertine, était venue se réfugier dans la région. Elle pourrait peut-être donner des cours dans la salle de classe du parc, à Osmond, à Caroline et à quelques enfants de la ville. C'était une très bonne idée. Noémie, soulagée, apprécia très vite le sérieux de Mlle Albertine. Quant à Osmond, il était ravi de retrouver chaque jour la petite Caroline Gamboville qu'il adorait. Cette enfant était très attachante et Noémie l'aimait beaucoup. Sa présence si joyeuse dans la Maison rose la déridait et lui permettait de penser parfois à autre chose.

— Paris est assiégé ! Paris se bat ! Paris se défendra jusqu'à la mort !

Noémie et Zacharie avaient tenté de faire livrer des convois de beurre et de fromages pour les malheureux Parisiens affamés, mais les provisions étaient tombées aux mains des Prussiens et les convoyeurs faits prisonniers. Il n'était pas question de renvoyer d'autres hommes. Noémie songeait que, s'il n'y avait pas eu Osmond, elle aurait essayé de passer.

Un matin, très tôt, Noémie et Zacharie furent réveillés par des coups frappés à la grille du parc. Le concierge sortit du pavillon de l'entrée pour ouvrir à une femme hagarde, épuisée. C'était Léonne qui tomba dans les bras de Noémie. La malheureuse avait réussi à quitter Paris. Elle avait pu trouver parfois des carrioles, car les trains qui fonctionnaient encore étaient réservés aux troupes et puis, elle avait marché, marché...

— On mange du rat à Paris ! C'est la famine ! Ah, mes amis, mon pauvre Félix est mort, tué d'une balle prussienne sur les fortifications. Il s'était engagé dans la milice bourgeoise au fort de Montrouge pour défendre la capitale. C'est pire que tout ce qu'on peut imaginer. Le roi de Prusse et Bismarck se sont installés à Versailles !

— À Versailles, ils ont osé ! s'exclamèrent Noémie et Zacharie, scandalisés.

— Oui, vous vous rendez compte où nous sommes tombés. Le Gros Guillaume fait du cheval dans les allées de Louis XIV et son Bismarck a réussi : le roi de Prusse va être couronné *Deutscher Kaiser.* Il sera le premier empereur d'Allemagne. Tous les princes allemands, les rois du Wurtemberg et de Bavière, lui font allégeance. On se battait aussi à Saint-Cloud quand je suis partie. Le château brûlait. Les blessés sont soignés à Paris, dans les théâtres, à l'Opéra...

— Mais comment avez-vous fait, Léonne, pour quitter la ville ?

— En ballon. J'ai payé cher ! Il y a des hommes courageux qui réussissent tous les jours à survoler les lignes prussiennes. En passant, je leur ai craché dessus !

Noémie serra son amie sur son cœur. Malgré le drame, elle avait envie de sourire à la pensée de Léonne crachant sur les casques à pointe.

— Dieu nous préserve, ainsi c'est fait ! La voici donc, la grande Allemagne, à nos frontières ! murmura Noémie.

— Oui, il faudra apprendre à vivre avec un tel voisin ! dit Zacharie.

— Hélas, pour le moment, l'ogre est entré dans la place !

— Et il a l'air de s'y plaire, Noémie ! Le Guillaume s'est fait couronner dans la galerie des Glaces. Le Roi-Soleil a dû se retourner dans sa tombe.

Mais où allait-on ainsi ? Mac-Mahon était fait prisonnier. Noémie se raccrochait de nouveau à l'espoir que Raoul était resté auprès de lui. Le 27 octobre, le maréchal Bazaine déposait les armes devant Metz.

— Bazaine a trahi ! hurlait-on de toutes parts.

Le maréchal avait filé incognito tandis que son armée était emmenée en captivité. Comme si ces catastrophes n'étaient pas suffisantes, un froid polaire sévissait sur le pays et les pauvres fusils Dreyser français ne pouvaient rien contre l'acier flambant neuf des canons Krupp. Aux portes de Paris, Champigny, Joinville étaient en flammes.

Le 1er janvier 1871, la Maison rose fut, comme toutes les demeures françaises, lugubre. Mais Paris résistait toujours. Les obus prussiens tombaient aux jardins du Luxembourg et à la Sorbonne. Gambetta s'était envolé en ballon pour mettre le gouvernement à l'abri. C'était important pour les futures négociations. Il dirigeait les opérations depuis Bordeaux. À Paris, on mangeait les éléphants du jardin des Plantes. C'était la fin !

Le 28 janvier, la IVe armée allemande pénétrait dans Paris, musique en tête. Les soldats, ravis, avaient des plans pour visiter la ville. Les fenêtres se voilaient de noir. Le peuple crachait sur les casques à pointe. On leur jetait des pierres. Devant cet accueil, ils ne restèrent que trois jours et partirent se réfugier à Versailles. La stupeur s'était abattue sur la France. Noémie, en larmes, se jeta dans les bras de Zacharie. Léonne sanglotait. Tous les employés pleuraient. Personne ne pouvait croire à un pareil désastre. Pour signer un armistice, le vainqueur exigeait l'Alsace et la Lorraine ! Les provinces chéries des Français !

« Cette fois-ci, on ne peut pas aller plus loin, les combats, au moins, vont cesser ! », songea Noémie, presque soulagée. Elle se trompait de nouveau.

À Paris, toujours Paris, le peuple montant des faubourgs se révoltait contre cette trêve et la défaite. Il décrétait la Commune !

Les communards prenaient les armes contre le gouvernement venu négocier avec Bismarck à Versailles. C'était la guerre civile dans la capitale indomptable. Français contre Français ! Les versaillais contre les communards !

— Où est Tancrède Bébé ? Mon Dieu, est-il pris dans cette révolte ? De quel côté est-il ?

Noémie, connaissant son fils, craignait qu'il ne prenne part à cette révolte. Les textes des « jusqu'au-boutistes » parvenaient même dans le Cotentin.

« Non, ce n'est pas la paix mais la guerre des travailleurs ! Une conciliation avec l'ennemi serait une trahison ! Le gouvernement de Versailles, communards, vous trahit ! L'heure suprême a sonné ! Place aux

travailleurs ! Arrière leurs bourreaux ! Vive le prolétariat vainqueur ! Alors, tous ensemble unis, nous jouirons en paix des bienfaits de la République sociale ! Vive la Commune de Paris ! »

En lisant ces lignes, Noémie pensait irrésistiblement à l'abbé Simon Morel.

Sous les yeux des Prussiens, les Français s'égorgeaient entre eux, les Tuileries brûlaient, la rue de Rivoli aussi ! Tous les hommes valides étaient sur les barricades.

À Carentan, Léonne était d'un grand secours pour Noémie. C'était, la brave créature, bien atteinte pourtant par la mort de son Félix, qui remontait souvent le moral de son amie. Un écrivain, hier inconnu, Paul Déroulède, avait déjà beau prôner la revanche, Noémie toujours sans nouvelles de son fils devait se rendre à l'évidence : il allait falloir apprendre à vivre sous la botte ennemie ! Un soir, Gilles Gouhier apprit à ses patrons qu'une division prussienne stationnait à Caen.

40

Le camp retranché

— Dieu du ciel, les voici !

Par un matin pluvieux, un escadron de uhlans pénétra dans Carentan. Vêtus de leurs sombres uniformes à col rouge, coiffés de casques à pointe surmontés d'un aigle ou d'une étoile dorée, ils étaient très impressionnants. Sans se concerter, comme à Paris pour marquer leur haine, les Carentanais recouvrirent leurs fenêtres de tissus noirs. Magasins et tavernes fermaient leurs portes à double tour, sur le passage de l'occupant.

— S'ils veulent bère que'que chose, les saligauds, y z'ont qu'à rentrer à Berlin !

Certains habitants n'hésitaient pas à cracher aux visages des cavaliers. Les enfants leur jetaient des pierres. Cela n'empêcha pas les Prussiens de s'installer dans la ville. Les officiers au nouvel Hôtel de la Gare et les soldats sous des tentes sur la grand-place.

Joachim Elbeuf, le fils du vieux gardien de l'usine qui était mort subitement peu de temps auparavant, avait remplacé son père. Fidèle patriote, il s'était engagé mais sa très petite taille et le bec-de-lièvre qui le défigurait l'avaient fait réformer. Il en avait conçu une grande amertume, d'autant plus que ses camarades à l'usine se moquaient souvent de lui, sans réelle méchanceté mais avec la cruauté des jeunes, en l'appelant Ellièvre. Le garçon enflammé à l'idée d'être un héros ne pouvait comprendre qu'on puisse se laisser envahir sans mot dire. Fermer les magasins et accrocher du crêpe aux fenêtres, cela lui paraissait dérisoire. Non, ce qu'il fallait, c'était « agir ». Dans la nuit, il prit sa décision. Le lendemain, avant de se rendre à l'usine, le jeune homme pénétra hardiment dans l'Hôtel de la Gare. Il portait une longue pelisse de son père, qui lui battait les talons. Les officiers prussiens servis par le pauvre hôtelier, Hector Lepage, qui ne pouvait faire autrement, buvaient déjà de l'eau-de-vie. Avec de grands rires, ils engouffraient jambon, pain beurré et crème fraîche.

— *Jawohl*... bon la France... *gut, gut*... *danke schön*, bonsieur Lebage !

Joachim Elbeuf hésitait encore. Pourtant, à cette vue de l'ennemi se gorgeant du pain français, le sang du jeune homme ne fit qu'un tour. Il vint se poster devant l'officier le plus galonné en estimant que ce devait être le chef.

— Vive la France ! hurla Joachim Elbeuf en ouvrant son manteau.

Avant que les Prussiens stupéfaits aient pu agir, il sortit le fusil de chasse qu'il dissimulait et tira deux coups de chevrotine dans la poitrine de l'officier. Les autres, hurlant des imprécations dans leur langue gutturale, se jetèrent sur le jeune homme, mais celui-ci, agile comme un renard, leur glissa entre les mains. Il sauta par la fenêtre en abandonnant sur place fusil et pelisse. Ces deux indices allaient permettre aux Prussiens de le retrouver. Sur la crosse du fusil était gravé le nom du père Elbeuf, et dans la pelisse se trouvait une vieille lettre à son adresse. L'officier était très gravement blessé et perdait du sang en quantité.

— *Arzt*[1], *Arzt*, un *Doctor ! Schnell, schnell !*

Le pauvre Hector Lepage, épouvanté par la tournure des événements, courut chercher sur la place du marché le docteur Gamboville.

— Vite, docteur, je vous en prie, ils vont tout casser, nous fusiller.

Donatien saisit sa trousse et suivit l'hôtelier à la hâte. Sous la menace d'un fusil, il examina l'officier blessé. Celui-ci était un dur à cuire, il était toujours conscient.

— *Schweinehund !* Petit saligaud *franzose*.

— Si vous faire du mal à *Herr Colonel*. Moi tuer vous ! *Kaputt* comme za ! menaça le lieutenant avec le geste d'un couteau sur la gorge.

— Je suis médecin, je soigne les hommes, leur corps, un point c'est tout ! Maintenant si vous voulez bien pointer votre arme ailleurs, fit sèchement Donatien Gamboville.

Avec des gestes fermes, il découpait la chemise du colonel.

— Je vais vous donner un peu de chloroforme, colonel…, prévint Donatien.

— Bas la beine… je revuse !

— À votre aise, ça va piquer, je vous préviens !

Allongé sur la table de la salle à manger, le colonel grimaçait, mais pas un cri ne sortait de sa gorge, tandis que Donatien, transpirant à grosses gouttes, opérait le blessé.

« Un être humain restera toujours pour moi un être humain, même s'il ne parle pas la même langue et qu'il est un ennemi ! », songea le docteur.

Il réussit à extraire plus de trente plombs du thorax du colonel von Mutch. Pendant ce temps, sous la conduite d'un capitaine, une partie de l'escadron se mit

1. Médecin.

à la recherche de l'assassin. Cent hommes parcouraient Carentan au galop. Ils ne furent pas longs à trouver la maison des Elbeuf à la sortie nord de la ville. L'habitation était vide. Cependant, en fouillant, les uhlans découvrirent une photo de tous les ouvriers de l'usine posant devant la beurrerie. C'était plus qu'il n'en fallait. Les Prussiens de plus en plus furieux remontèrent à cheval pour retraverser la ville en sens inverse. Ils arrivèrent au triple galop devant le port et l'usine. Les gens apeurés fermaient leurs volets, sentant qu'il se passait quelque chose d'anormal. Le capitaine von Schlitz qui avait pris le commandement de l'expédition punitive fit signe à ses hommes d'attendre devant les grilles. Suivi d'un lieutenant et de deux uhlans, il pénétra dans la cour de l'usine et arrêta son cheval devant un bâtiment où figurait un panneau indiquant « Direction ». L'officier mit pied à terre et poussa la porte d'un coup de pied pour venir se poster devant le bureau de Joséphine, épouvantée.

— *Fräulein*, je feux voir *Herr Director !*

À part son accent d'outre-Rhin, le capitaine s'exprimait assez bien. Malgré sa corpulence, Joséphine Sénéchal monta l'escalier quatre à quatre. Vêtu d'une redingote sombre, Zacharie descendit aussitôt dans le hall. Noémie était restée à la Maison rose pour s'occuper d'Osmond qui avait eu la rougeole. L'enfant était encore fatigué et sa mère l'entourait de son amour et de ses soins.

— Que puis-je faire pour vous, monsieur ? demanda froidement Zacharie.

Il dominait le Prussien de sa taille et le toisait de son regard bleu azur.

— Fous *Herr Director* ? gronda le capitaine sans se démonter.

— Oui, je suis Zacharie Hautefort, le propriétaire de cette usine.

Le Prussien fit claquer ses talons.

— Capitaine von Schlitz ! Nodre colonel a été attaqué, blessé par dangereux terroriste ze matin.

— Vous m'en voyez navré, mais je ne vois vraiment pas en quoi je…

— Il dravaille zhez vous.

Le capitaine sortit la photo des ouvriers de sa poche et du doigt désigna le visage à bec-de-lièvre de Joachim Elbeuf.

— Lui !

Zacharie sentit des gouttes de sueur perler à ses tempes. Pourtant, il garda son calme.

— Vous… vous faites certainement erreur, capitaine. Ce jeune homme est… ah ! oui je me souviens, il est parti… il ne travaille plus ici depuis longtemps et je…

— Fous menteur comme tous *Franzözen.* Je fous donne une heure bour me le livrer. Nous attendrons avec mes hommes devant fotre usine. Si dans une heure lui bas se rendre, je vais donner l'assaut, mettre le feu. Et tuer tout le monde ! Fous comprendre… bonsieur Haudefort ?

— Je… oui… en effet, c'est très clair !

L'officier reclaqua des talons. Il fit demi-tour et sortit du hall. Zacharie réfléchit un instant avant de remonter.

— Joséphine, savez-vous si Joachim est venu ce matin ?

— Oui, il est arrivé par l'entrée des wagons en rasant les murs, on ne savait pas ce qu'il avait…

— Miséricorde, allez me chercher Gilles Gouhier, et dites au petit Elbeuf qu'il nous rejoigne ici, mais qu'il passe par la petite porte de derrière.

— Bien, monsieur Hautefort !

La corpulente créature tremblante traversa la cour de l'usine à toute allure. Elle n'avait jamais autant couru qu'aujourd'hui. Gilles Gouhier arriva le premier.

— Qu'est-ce qui se passe, patron ?

— C'est Joachim qui a fait des siennes.

À cet instant, le jeune homme passa la porte. Zacharie lui jeta un regard noir.

— Qu'est-ce que tu as fabriqué ? Crétin !

Joachim Elbeuf baissait la tête.

— Écoute-moi bien, mon petit gars, ce n'est pas le moment de faire des manières, alors, je t'écoute !

— Eh bien voilà, m'sieur Zacharie, ce matin je suis allé tuer leur colonel à l'hôtel pour venger la France ! Et je l'ai eu en plein dans le mille !

— Seigneur… c'est donc vrai !

Zacharie allait le gifler mais soudain le visage de Tancrède Bébé lui apparut : « C'est tout à fait le genre de stupidité dont mon fils serait capable ! Ils sont trop jeunes et ne se rendent pas compte des conséquences ! »

Joachim Elbeuf baissait la tête, soudain piteux.

— Je… je vais aller me rendre, m'sieur Hautefort…

— Non ! Il n'en est pas question. Jamais je ne livrerai un de mes employés aux Prussiens, même s'il a fait une connerie. Gilles, es-tu des nôtres ?

— Oui, monsieur Zacharie, pour sûr.

— Écoute-moi bien attentivement. Tu vas sortir par-derrière, fais le tour par la porte basse du parc jusqu'à la Maison rose. – Zacharie lui tendit une clé. – Dans l'armoire de mon bureau, tu trouveras quinze fusils de chasse et des munitions. Reviens le plus vite possible. Toi, Joachim, va prévenir les autres discrètement, que ceux qui veulent se battre nous rejoignent ici.

Zacharie s'approcha de la fenêtre. Il écarta légèrement le rideau. Devant les grilles, les uhlans avaient mis pied à terre. Ils attendaient.

— Surtout que nos hommes viennent un par un ici sans attirer l'attention des Prussiens ! Que les femmes, les enfants et tous ceux qui ne peuvent ou ne veulent pas se battre sortent par-derrière le long de la voie ferrée !

— Oui, m'sieur Hautefort !

Zacharie s'improvisait général d'armée. Il renvoya Joséphine dans la maison qu'elle habitait avec sa sœur de l'autre côté du pont, près du Haut-Dick. Noémie et Zacharie avaient fait construire tout un lot de charmantes maisonnettes pour leurs employés. Zacharie monta quatre à quatre dans son bureau. Il ouvrit le gros coffre d'acier et en sortit les trois pistolets qui se trouvaient toujours là en cas de besoin. « Quinze fusils et trois revolvers contre une escouade entière et entraînée, c'est Sedan ! »

Soudain Zacharie la voulait, sa guerre. C'était dur pour lui d'être resté à l'arrière avec un beau-père et un fils héros. Il sentait monter dans sa gorge le goût du sang. Zacharie regarda de nouveau les Prussiens en se dissimulant derrière les rideaux. Il les haïssait. Ils lui avaient pris son fils, son beau-père était mort à cause de cette guerre abominable que les Prussiens avaient déclenchée par soif de pouvoir, sans songer aux conséquences, oui, il allait leur faire payer la défaite. « Je vais vous montrer, moi, ce que valent les Normands ! »

À la grande surprise de Zacharie, presque tous les ouvriers restés à l'arrière, accompagnés de vieux pères ou d'oncles, répondirent présents à l'appel. Ils se faufilaient sans être vus des Prussiens par une petite porte dérobée. Plus de soixante-dix hommes se pressaient maintenant dans le bureau directorial.

— Écoutez-moi tous attentivement et ne faisons pas de bruit ! Nous avons encore une demi-heure avant que les Prussiens pénètrent dans l'usine. Nous allons manquer d'armes : est-ce que certains d'entre vous peuvent en apporter ?

Les voix chuchotaient de toutes parts :

— Moi, m'sieur Hautefort, j'habite de l'autre côté du pont, j'ai trois fusils... mon père aussi... y a mon beau-frère... et avec mon oncle... on s'en va les chercher ! Y vont voir ces cochons d'Prussiens...

— On va leur trouer l'cul...

— Moi aussi, m'sieur Zacharie, j'ai un pistolet et...

Plus d'une trentaine d'hommes repartirent par les hangars de derrière au nez et à la barbe des Prussiens. Ils faisaient des allers et retours pour chercher armes et munitions qu'ils dissimulaient dans des caisses de beurre vides. Gilles Gouhier revint, lui aussi, avec les quinze fusils de la Maison rose. Sur l'ordre de Zacharie, les hommes se postèrent à toutes les fenêtres du bâtiment principal... Zacharie regarda sa montre à gousset, les uhlans allaient donner l'assaut d'ici à cinq minutes. Le pauvre Joachim Elbeuf commençait à se rendre compte de la gravité de son geste. Il était affalé sur un banc et se leva.

— Écoutez-moi, c'est de ma faute, je vais me livrer. Sinon nous risquons tous de nous faire tuer...

Les voix s'élevèrent aussitôt.

— Tu es un p'tit con, Ellièvre, mais on t'aime bien.

— Non, on va leur monter à ces Prussiens de malheur.

— On va venger les nôtres !

— Tu as bien fait, petiot !

— Et tu aurais dû en tuer plusieurs. Les crever tous !

Zacharie leva les bras.

— Mes amis, silence ! Un peu de calme, ils vont bientôt arriver et nous devons les accueillir par surprise, ne tirez qu'à mon signal ! C'est compris ?

— Oui, m'sieur Hautefort !

Zacharie se posta à la fenêtre...

Noémie avait lu pendant longtemps *François le Champi* pour Osmond. Le garçonnet, très éveillé pour ses dix ans, adorait l'histoire de cet enfant trouvé, ami de la jeune et jolie meunière Madeleine. Noémie admirait de son côté le style de George Sand, qu'elle avait rencontrée avant la guerre dans l'atelier de Nadar. Cette femme, s'habillant en homme, lui plaisait par son indépendance intellectuelle.

« Avant la guerre... Ces temps exquis reviendront-ils jamais ? »

Osmond s'était assoupi, Noémie dans son fauteuil au pied du lit aussi. Réveillée par des coups de feu, elle se leva précipitamment. De la fenêtre d'Osmond, elle aperçut un spectacle incroyable. Des uhlans étaient en train d'attaquer son usine et le plus beau, c'était que des hommes enfermés dans le bâtiment de la direction faisaient reculer les Prussiens ! Noémie calma Osmond, elle le confia à la garde de Désirée et dévala les marches du grand escalier.

— Alphonsine... Mariette ! Qu'est-ce qui se passe ?

— Je n'en sais trop rien, madame Noémie, mais tout ce que je peux vous dire, c'est qu'le Gilles Gouhier s'en est venu chercher les fusils de M. Zacharie ! Et qu'un officier prussien a été blessé ce matin à l'Hôtel de la Gare.

Noémie pâlit. S'il y avait des représailles sur la population, elle savait ce que cela voulait dire.

— Quoi ? Où est Justin ?

— Dans le potager !

— Cours lui dire d'atteler une voiture couverte, enroulez Osmond dans une couverture et partez tous vous réfugier à Hautefort ! Que Bon Guillaume et Félicité vous y gardent jusqu'à nouvel ordre...

Il ne fallut que quelques minutes à Noémie pour tout organiser. Elle dut faire preuve d'autorité face à Osmond qui ne voulait pas partir. Après l'avoir embrassé, sans plus l'écouter, elle le mit dans les bras de Justin. Léonne accourue refusa de fuir.

— Ah non ! Les Prussiens, ça suffit, moi, je reste avec vous !

Alors que le phaéton passait la grille de la maison au grand galop, Donatien Gamboville arrivait en courant devant le perron.

— Madame Noémie ! Madame Noémie !

Le docteur expliqua rapidement la situation. Il avait probablement sauvé le colonel von Mutch d'une mort certaine si l'inflammation ne se déclarait pas, mais les Prussiens, déchaînés, allaient massacrer tous les travailleurs de l'usine Hautefort, au cas où le petit Elbeuf ne se rendrait pas.

— Mais qu'est-ce qui leur a pris de faire le coup de feu ?

— Il paraît que c'est M. Zacharie qui les commande.

— Mon mari est devenu fou lui aussi. Venez avec moi, Donatien, Léonne, vous aussi.

Noémie courait dans l'escalier de la Maison rose. Sans chercher à comprendre, le docteur Gamboville et Léonne la suivirent. À genoux dans sa chambre, Noémie cherchait quelque chose dans les grandes armoires normandes, puis dans son boudoir et bureau. Elle jetait tout hors des commodes et des secrétaires.

— Mais où est-ce que j'ai bien pu les fourrer ?

Des objets hétéroclites « volaient » au-dessus de la tête de Noémie.

— Cherchez avec moi, Donatien ! Léonne, essayez de trouver !

— Mais quoi, madame Noémie ?

— Dites-nous quoi, mon amie !

— Les portraits…

— Les portraits, mais de qui ?

— Ceux de Bismarck et du roi Guillaume Ier ! Enfin du Kaiser, puisqu'il y a Kaiser maintenant…

Elle tremblait, ce fut Léonne qui réussit à trouver les photographies enroulées dans un linge. Noémie se leva.

— Est-ce qu'il est conscient, votre colonel, Donatien ?

— Oui… il se guérit au schnaps !

— Eh bien, courons le voir ! Il n'y a que lui pour arrêter ce massacre !

Il était temps, le capitaine von Schlitz, fou furieux de voir ses hommes se faire tirer comme des lapins, ordonnait de mettre le feu aux bateaux qui se trouvaient dans le port ainsi qu'aux hangars de l'usine. Dans le bâtiment de la direction, Zacharie assistait, impuissant, au désastre.

Noémie, Donatien et Léonne arrivèrent devant l'Hôtel de la Gare, au galop du tilbury, quelques instants plus tard. Malgré les ordonnances qui gardaient la porte, Noémie pénétra avec Donatien dans la chambre du blessé. Le colonel von Mutch était un homme solide aux cheveux blancs coupés en brosse. Il tenait une bouteille d'eau-de-vie à la main.

— *Herr Oberst Colonel*, il faut que je vous parle. Je suis *Frau* Hautefort, la propriétaire de l'usine.

Malgré ses blessures, l'homme se redressa avec vigueur.

— Badame… zortez…

Noémie exhibait ses portraits.

— Non, vous pouvez me tuer, je ne partirai pas. Je suis une amie personnelle du chancelier Otto von Bismarck, je l'ai rencontré à plusieurs reprises à Paris. Il m'a même fait l'honneur de m'envoyer son portrait ainsi que celui de votre empereur. Il faut arrêter cette folie, colonel, je vous en supplie, vos hommes meurent et les miens aussi !

Noémie était en larmes. Le Prussien regarda Noémie et les photographies dédicacées. « L'amie de Bismarck ! » Allons, il ne fallait pas faire de bêtises ! Le chancelier ne lui pardonnerait pas cette boulette. On disait Otto von Bismarck très amateur, avant la guerre, de jolies Françaises. Celle-là avait tout pour lui avoir plu. Von Mutch n'hésita plus, il appela ses hommes et leur donna un ordre en allemand, puis il reprit en français :

— Il font fous accompagner jusqu'à l'usine, *Frau* Hautefort… mais le terroriste devra se livrer ! Les autres ne seront pas arrêtés, je fous donne ma parole d'officier !

— Merci, *Herr Colonel*, merci.

— C'est le chancelier Bismarck qu'il faut remercier, *Frau* Hautefort !

Entourée de quatre uhlans, Noémie repartit avec Léonne et Donatien en direction de l'usine.

Zacharie et ses hommes venaient de repousser la troisième attaque. Ils avaient bien dû blesser une dizaine de Prussiens. En revanche, de leur côté, le bilan n'était pas brillant. Plus de vingt hommes étaient touchés. Ils ne pouvaient plus se battre. De plus, le bâtiment commençait à être entouré par les flammes des hangars. Camouflé derrière un volet à demi fermé, Zacharie observait les Prussiens. Il savait que le prochain assaut serait le dernier. Soudain, Zacharie, fatigué de cette guerre, avait envie d'en terminer avec l'existence. Son fils était peut-être mort à l'heure qu'il était. Joachim rejoignit son patron.

— Je suis vraiment désolé, monsieur Hautefort… je… tout est de ma faute… laissez-moi me rendre…

— Allons, ne dis pas de bêtise. Tout va s'arranger, tu vas voir.

Zacharie savait qu'il mentait. Joachim s'approcha plus de la fenêtre, Zacharie tenta de l'en empêcher.

— Non ! mon petit !

Il était trop tard, un coup de feu venait de toucher le malheureux en plein visage. Le spectacle était épouvantable. Joachim s'écroula sur le sol, sans un cri. Il était mort sur le coup. Zacharie se précipita pour le soutenir. Un deuxième coup de feu retentit, Zacharie venait d'être touché à la poitrine. Il tomba, inconscient, sur le corps de Joachim.

Le capitaine von Schlitz était prêt à donner l'assaut. Il arborait un large sourire. Il avait parfaitement vu que deux hommes étaient touchés de l'autre côté. Il leva son sabre en l'air pour donner l'ordre à ses uhlans de charger, quand les soldats du colonel von Mutch arrivèrent au galop. Ils entouraient le tilbury où se trouvait une fort belle femme accompagnée du docteur et d'une autre personne. La belle créature brandissait à la main deux grandes photographies.

— *Herr Kapitän, Oberst Colonel* a dit *verboten*…

Noémie se creusait la tête pour retrouver quelques mots d'allemand. Le capitaine était si surpris qu'il resta un instant sabre levé. Les uhlans avaient mis pied à terre et lui répétaient l'ordre du colonel von Mutch. Noémie, Léonne et Donatien comprirent les mots Bismarck et Kaiser.

Un peu déçu de ne pouvoir donner l'assaut, le capitaine s'inclina devant Noémie.

— *Frau* Hautefort, fous fenez de sauver votre mari ! Je vous ordonne donc de rentrer dans l'usine... lui dire de faire cesser le feu ! Mais, fous devez respecter l'ordre de mon *Herr Oberst Colonel*, le terroriste doit ze livrer !

— Je vous le promets, *Herr Kapitän*...

Noémie enjamba les corps des Prussiens blessés et pénétra dans l'usine, suivie de Donatien.

— Cessez le feu, les gars ! C'est Mme Noémie Hautefort qui vient parlementer ! Le Prussien l'a laissée passer avec le docteur.

Gilles Gouhier, qui avait repris le commandement, posa son fusil contre le mur. Noémie traversa la cour et entra dans le bâtiment des « insurgés ».

En découvrant le triste spectacle des blessés, elle se précipita vers son mari.

— Zacharie, oh, mon amour, qu'as-tu fait ? Je t'en prie, reviens à toi.

Donatien déjà donnait les premiers soins. Zacharie ouvrit les yeux. Dans un halo blanc, sa femme était au-dessus de lui. Elle avait les larmes aux yeux.

— Noémie, c'est toi ? Ma chérie.

— Oui... je vais te soigner.

— Tu as dit... mon amour ? Tu m'aimes donc... je n'en étais pas si... sûr...

— Je t'aime, oui... je t'aimerai toujours... Zacharie...

Noémie serrait son mari dans ses bras. Heureux, Zacharie s'évanouit.

Le corps du malheureux Joachim Elbeuf fut présenté aux Prussiens. Ceux-ci, après avoir vérifié qu'il était bien décédé, se retirèrent. Noémie fit ramener

Zacharie avec les autres estropiés jusqu'à la Maison rose, tandis que les survivants tentaient d'arrêter l'incendie. La blessure de Zacharie était très sérieuse et il avait perdu beaucoup de sang. Donatien Gamboville passa les trois jours et les trois nuits suivants à soigner les plaies, à ôter les balles. Il commença par Zacharie, le plus touché, il craignait pour le poumon, puis il s'occupa des ouvriers de l'usine et des Prussiens. Donatien opérait sur la table de la cuisine. Il n'avait plus de chloroforme, les hommes gémissaient. Il n'y avait que du calvados pour les calmer. Noémie avait fait transformer le grand salon en hôpital de campagne. Les femmes des ouvriers venaient l'aider. Joséphine et Maria-Letizia aussi. Les meubles avaient fait place à des lits de camp. Léonne se dévouait avec Noémie. Normands et Prussiens étaient couchés côte à côte. Gilles Gouhier, scandalisé, chuchota pour un autre contremaître de l'usine atteint légèrement au pied :

— Quelle drôle d'idée a la patronne d'ouvrir sa maison à des Prussiens, ils n'ont qu'à crever.

Noémie avait entendu.

— Taisez-vous, Gilles ! Vous devriez avoir honte. Le petit Joachim nous a quittés, cela ne vous suffit pas ? Mon mari est au premier étage entre la vie et la mort ! Qu'est-ce que vous voulez de plus ? Ces hommes sont blessés, il faut les soigner, la plupart n'ont pas vingt ans. Mon fils était au front en train de se battre lui aussi et s'il a été atteint, j'aimerais qu'une femme prussienne ait accepté de le soigner.

— *Durst*[1]*... Durst... trinken !*

— À boire, s'il vous plaît, madame Noémie.

— Voilà... voilà, je viens, Fritz, me voilà, Antoine...

---

1. Soif.

Noémie et Léonne soulevaient les têtes des jeunes gens pour étancher leur soif après l'opération.

— Excusez-moi, madame Hautefort, vous avez raison.

Sous la leçon, le malheureux Gilles Gouhier baissa la tête. Il ressortit de la Maison rose en se promettant que, la prochaine fois, il réfléchirait à deux fois avant de dire une stupidité pareille devant Mme Noémie.

L'usine était en piteux état. Les Prussiens avaient brûlé les hangars et la « flotte » était réduite à son strict minimum. Seuls deux bateaux à vapeur n'avaient pas été coulés. Depuis une semaine, Zacharie n'avait pas repris connaissance. Noémie et Léonne se relayaient pour le veiller nuit et jour, lui donner de l'eau sucrée. Donatien Gamboville avait du mal à cacher son inquiétude. Noémie le suppliait.

— Il va s'en sortir, Donatien ? N'est-ce pas, il va redevenir le Zacharie que nous connaissons, il est si fort !

— Je ne peux vous cacher que c'est grave, madame Noémie, c'est très grave !

41

Le retour du héros

— Noémie Aimée ! Noémie Aimée !

À ce cri, Noémie se redressa, hagarde. Son fils, de loin, l'appelait au secours. Il était peut-être blessé à mort, seul, recroquevillé dans un coin, perdant son sang, agonisant.

Elle regarda Zacharie qui dormait paisiblement.

Après un mois de lutte acharnée contre l'infection du poumon, Donatien Gamboville avait réussi à le sauver. Les Prussiens, guéris, avaient enfin quitté la Maison rose, avec des remerciements très polis du colonel von Mutch.

— *Danke schön, Frau Hautefort ! Jawohl* vous femme drès courageuse. J'espère revenir fous voir abrès en amis, moi écrire souvent vous de Berlin, *Freund, Freund*[1]… Il baisait la main de Noémie. Le capitaine von Schlitz, qui avait donné l'assaut de l'usine, semblait moins « *freund* » que son supérieur. Noémie, en tout cas, se serait bien passée de cette affection encombrante. Pourtant, elle avait lieu d'être fière d'avoir évité aux Carentanais la vengeance des uhlans. Elle espérait bien ne jamais les revoir de sa vie même si le colonel von Mutch, pas rancunier, désirait conserver avec elle des liens très étroits. Pour conclure ce pacte

1. Ami.

franco-germanique, il lui offrit, en claquant des talons, comme souvenir, l'un de ses casques à pointe ! Et il repartit à la tête de ses hommes.

C'était le début de l'été, il faisait chaud et beau. Outre la perte de l'Alsace et de la Lorraine, la France devait verser une dette de guerre de cinq milliards à l'occupant, somme énorme ! Un demi-milliard avait déjà été payé par la République et les troupes prussiennes se retiraient de la Normandie. Enfin, on allait respirer. Des prisonniers de guerre commençaient à revenir. La nation voyait luire un espoir.

Pour toute la région, Zacharie était devenu un héros. À la tête de ses hommes, il avait résisté à l'occupant. Carentan était la seule ville ayant agi de la sorte, et la bataille rangée contre les uhlans, de l'usine Hautefort, était en passe de devenir la résistance de Roland à Roncevaux !

Tout en admirant le courage de son mari, Noémie ne voyait que les décombres et le caoche restait désespérément vide. Comment allait-elle faire face aux dettes, aux créances, et payer les salaires des ouvriers dans les semaines à venir ?

Par les fenêtres ouvertes, elle voyait le jour se lever sur le port. Des mouettes voletaient dans le ciel. Zacharie remua dans son sommeil et se retourna sur le côté. Noémie était heureuse de sa guérison, mais soucieuse, car il se fatiguait vite et elle ne retrouvait pas le Zacharie plein d'allant. Il lui laissait toute la charge des décisions.

— Noémie Aimée ! Bon sang ! Noémie Aimée ! Alphonsine... Mariette... Héla ! tout le monde roupille là-dedans ! Ouvrez-moi, bande de flemmards !

On tambourinait à la grande porte du perron.

Cette fois-ci, Noémie ne rêvait pas. Elle passa à toute allure une robe de chambre en organza sur sa chemise de nuit et dévala le grand escalier. Léonne, mal réveillée, la rejoignit. Les bonnes, dormant au dernier étage de la maison, accouraient à leur tour, les yeux bouffis de sommeil. Il devait être quatre heures du matin.

En apercevant la haute silhouette de son fils se profiler derrière les ferrures forgées de la porte vitrée, Noémie crut défaillir de bonheur. Dans son émotion, elle n'arrivait pas à ouvrir le verrou. Léonne et Alphonsine durent l'aider. Enfin, elle tomba dans les bras de Tancrède Bébé. Elle sanglotait.

— Toi, c'est toi... mon fils... mon fils chéri... non, je n'y crois pas... tu es là !

Elle le tâtait pour s'assurer qu'il était entier ! Il riait, la faisait tournoyer en l'air comme une petite fille.

— Bien sûr, je suis là, Noémie Aimée, pourquoi ? Tu t'es inquiétée ? Je t'avais dit que je reviendrais !

Pour Tancrède Bébé, cela paraissait une évidence.

— Et tu es intact, s'extasiait Noémie. Tu n'as pas été blessé, mon chéri !

— Non, pas une égratignure ! Oh ! Mariette, Désirée ! ma Léonne ! mon Alphonsine !

Il embrassait toutes les femmes, ravies, et les soulevait de terre, même la grosse Alphonsine, en leur plaquant des baisers sur les joues.

— Oh, m'sieur Tancrède Bébé, vrai, ça fait chaud au cœur d'vous r'voir. Pauvre madame, elle a tant pleuré...

L'Alphonsine essuyait ses yeux avec la collerette de sa chemise de nuit.

— Tancrède Bébé ! Tancrède Bébé !

Osmond, réveillé, accourait à son tour.

— Te voilà, loustic, j'espère que tu t'es bien occupé de Noémie Aimée ?

— Oui, j'ai été l'homme de la maison, affirma Osmond avec fierté.

Depuis que les Prussiens avaient quitté la ville, Noémie avait fait revenir son petit dernier à la Maison rose. Il ne mentait pas, ayant été, pendant tout cet hiver terrible, d'un grand secours pour sa mère.

— Où est papa ? demanda Tancrède Bébé.

— Là-haut !

— Il n'est pas réveillé avec tout ce vacarme ?

— Il a été blessé. On a eu bien peur pour lui, mais cela va mieux...

Le concierge du pavillon de l'entrée venait aux nouvelles. Mais Tancrède Bébé n'avait pas eu besoin de lui, ayant sauté par-dessus la grille du parc.

Tout en montant l'escalier, suspendue au bras de son fils, Noémie le mit au courant de la bataille rangée, commandée par Zacharie.

— Sacré papa, alors tu leur as foutu une roustée, aux Prussiens ?

Tancrède Bébé pénétrait à larges enjambées dans la chambre de ses parents.

Zacharie, enfin réveillé, serra son fils dans ses bras, malgré la douleur qu'il conservait à la poitrine. Comme Noémie, il ne pouvait croire à son bonheur.

— Mon fils, tu es là, tu es revenu ! murmurait Zacharie, ne se lassant pas d'admirer le jeune et beau géant.

Tancrède Bébé semblait avoir encore grandi. Ses cheveux coupés très court lui donnaient un air plus viril et il portait la moustache d'un Viking. Ses épaules paraissaient s'être élargies.

— Oh ! je schlingue, déclara Tancrède Bébé. On ne s'est pas lavés depuis, je ne sais plus depuis quand, mais ça fait longtemps.

De fait, son uniforme en morceaux puait littéralement.

— Mon Dieu, et où est Germain ? s'exclama Noémie.

— Rentré chez lui... il a été blessé à la patte en défendant Paris sur la Marne, mais ça va, il tient debout !

Noémie, soulagée, songeait qu'à l'instant Émilienne Bouville avait enfin récupéré un de ses garçons et, qu'avec Abel, ils devaient se laisser aller au même bonheur que dans la Maison rose.

— Raconte, mon fils ! demanda Noémie.

Elle était assise, avec Zacharie et Osmond, sur des tabourets à côté de la baignoire, tandis que Tancrède Bébé trempait dans un bain savonneux préparé par Mariette et Désirée.

— Eh bien, finalement, on a été partout ! déclara Tancrède Bébé, tout en se passant l'éponge mousseuse sur la tête et la poitrine.

Il disait cela du ton d'un de ces nouveaux touristes anglais voyageant pour leur plaisir.

— Mais c'est quoi, partout ? insista Noémie.

— Oui, raconte, Tancrède ! dit Zacharie.

— Bon, si vous voulez... Reichshoffen... Sedan... la Moselle... Champigny... Joinville... la Marne et puis, bien sûr, le siège de Paris... Ah çà ! on leur a résisté, aux Boches !

— Aux Boches, c'est quoi, m'sieur Tancrède Bébé ?

Les bonnes se pressaient, avec Léonne, dans l'embrasure de la porte pour ne pas perdre un mot de leur jeune maître.

— Les Prussiens, mes petites chéries, c'est ainsi qu'on les appelle maintenant !

— Mais ça veut dire quoi, Boche ? demanda Noémie.

— Alboche en argot allemand signifie tête de bois, alors nous en avons fait allemoche... puis de moche, boche... vous pigez ?

— Oui, oh ! les Boches, mort aux Boches ! s'exclamait Osmond.

— Ah ! ah ! moches ! les Boches !

Les filles se tordaient de rire en remontant se vêtir pour la journée.

— Avec le retour de m'sieur Tancrède Bébé, tout va aller bien maint'nant ! affirma l'Alphonsine, j'vas lui faire un soufflé au chocolat, et toi, la Mariette, va m'tuer deux poules... et, toi, la Désirée, m'faut d'la crème fraîche, va en prendre si reste qué'que chose à l'usine. Allez, au travail !

Au mot Reichshoffen, Noémie avait cru défaillir.

Tandis que Zacharie, fatigué, retournait se coucher aidé de Léonne et qu'Osmond partait en criant : « Moche les Boches ! », Noémie en profita pour interroger Tancrède Bébé.

— Tu as dit, mon Dieu, que tu étais à Reichshoffen ?

— Oui, et figure-toi, Noémie Aimée, que nous avons rencontré le capitaine de Saint-Preux, un garçon charmant qui était au mariage d'Eugénie. Tiens, retourne-toi, maman, je sors de l'eau.

Trop heureuse de cet ordre, Noémie obéit à son fils, car ses yeux s'étaient brusquement remplis de larmes.

— Oui, il nous a sauvé la vie à Germain et moi, le pauvre capitaine est sans doute mort à la dernière charge !

— Mort ! répéta Noémie, tentant de maîtriser son désespoir.

Elle entendait son fils s'essuyer et passer un peignoir de bain.

— Enfin, on a eu beau chercher, on n'a jamais pu retrouver son corps, peut-être un obus prussien. Il a disparu, quoi !

— Disparu ?

Noémie voulait se raccrocher à l'espoir de ce mot affreux. Disparu, qu'est-ce que cela voulait dire ? Qui a cessé d'exister, pour les vivants ! Qui est considéré comme mort bien que le décès n'ait pu être établi ! Non ! disparu, Raoul ? c'était impossible ! Disparu avec sa joie de vivre, sa gaieté, son amour. Noémie ne pouvait y croire, disparu en sauvant son fils !

Noémie essuya ses yeux et elle réussit à se composer un visage pour se retourner vers Tancrède Bébé.

— Et Sedan, mon petit, tu y étais donc, je... je l'ai senti !

— Oui, nous y sommes partis avec l'ordonnance du capitaine de Saint-Preux, un brave garçon, Sébastien Pacarin, que nous avons perdu de vue après, mais nous avons retrouvé le colonel de Reuville.

— Gontrand ?

— Oui, il a été charmant pour nous, vraiment ! Il nous a affectés, Germain et moi, aux équipages, puis, avant la défaite totale, il nous a renvoyés avec des chevaux et des canons refluer sur la Moselle. J'ai appris qu'il est mort aussi lors de la dernière attaque de la cavalerie légère de la division Marguerite... On dit que le roi Guillaume, du haut d'un observatoire, aurait crié d'admiration : « Ah ! les braves gens ! », en voyant les Français se faire tuer ! Gontrand de Reuville a été nommé général à titre posthume...

— Mon Dieu, Gontrand mort ! Sa sœur, Isabelle de Reuville, le sait-elle ?

— Probablement, oui, nous avons rencontré Mohamed, son zouave, dans le train.

— Ah ! les chemins de fer remarchent.

— Couci-couça depuis trois jours. Nous avons pu atteindre Chef-du-Pont ! La Commune a baissé les armes à Paris, c'est affreux, on fusille les communards, on les juge sommairement, on arrête des femmes qui ont été admirables, comme Louise Michel… On va les déporter ! Tu sais, Noémie Aimée, je n'étais pas avec eux, mais Germain et moi, nous avons refusé de tirer sur les communards, des Français comme nous… J'ai failli aller les rejoindre dans Paris assiégé. Ils chantaient un nouvel hymne :

C'est la lutte finale
Groupons-nous et demain
L'Internationale sera
Le genre humain.

— C'est magnifique, Noémie Aimée, ce sont les communards, les braves gars des faubourgs qui ont raison ! Mais notre escouade a été renvoyée à Versailles, je ne supportais plus la présence des Prussiens. Avec l'armistice, ils ne faisaient plus de prisonniers, j'ai obtenu d'être démobilisé et c'est ainsi que nous avons pu filer avec Germain !

L'instinct de Noémie ne l'avait donc pas trompée. Son fils avait pensé très sérieusement à rejoindre le camp des révoltés. Serait-il maintenant dans la colonne des déportés, condamnés aux travaux forcés !

— On dit que les communards vont être emmenés vers la Nouvelle-Calédonie ! ajouta sombrement Tancrède Bébé.

Il avait mûri. C'était un homme grave et réfléchi maintenant. Noémie voyait sur les traits de son fils la douleur, la souffrance, l'horreur des combats, tout ce qu'il ne voulait, ou ne pouvait encore raconter.

— Mon fils… mon fils, tu es là, tu es revenu, cela seul compte ! murmura Noémie en serrant son enfant entre ses bras.

Le jeune homme descendit en peignoir prendre un solide repas, préparé par l'Alphonsine. Avec la présence de Tancrède Bébé, la Maison rose revivait. Tout le monde entourait le héros et le regardait avec admiration engloutir la nourriture.

— Oh ! mon Alphonsine, merci, tu sais, j'en ai rêvé de tes petits pains au lait.

— Oh ! m'sieur Tancrède Bébé, qu'avec la Mariette et la Désirée, qu'on a fait une neuvaine, en d'mandant à la Vierge d'faire crever tous les Prussiens et qu'vous r'veniez sans une blessure ! Eh ben ! la Vierge nous a exaucées, enfin pour vous, m'sieur Tancrède Bébé ! Parc, que pour le reste, elle a dû être un peu sourde !

L'Alphonsine avait toujours sa façon personnelle de dire les choses. Tancrède Bébé, rassasié, repoussa assiette et tasse vides.

— Bon, je vais prendre le tilbury pour aller voir grand-père !

Noémie attendait ce moment avec angoisse. Elle fit signe à tout le monde de se retirer. Avec beaucoup de ménagements, elle fut contrainte d'apprendre à son fils la mort de l'aïeul. Tancrède Bébé pâlit. Il ne dit rien, mais se leva pour regarder les eaux miroitantes du port.

— Grand-père… Grand-père !

Ses épaules étaient secouées de sanglots convulsifs. Tancrède Bébé, comme tous les êtres jeunes, pleins de vie et de vigueur, ne pouvait croire à la disparition d'un être si cher. Il avait vu la mort de près, mais son grand-père, le vieux maître de Hautefort, lui paraissait indestructible. Noémie tenta de le calmer en passant la main dans sa nuque.

— Tu as dû avoir tellement de chagrin, toi aussi, Noémie Aimée.

— J'en aurai toujours, à chaque instant il est avec moi, j'entends sa voix... Il me conseille ou me gronde, murmura Noémie.

Tancrède Bébé reprenait un peu ses esprits.

— Qu'est-ce que c'est que ça ? demanda-t-il en voyant l'usine à demi calcinée et les coques noircies des bateaux sur les quais.

— Je t'ai parlé de la bataille, mais j'ai omis de te dire que les Prussiens, dans leur rage, ont mis le feu, nous sommes quasiment ruinés, mon fils ! Papa aurait dit : « Le caoche est vide ! »

— Non, pas toi, Noémie Aimée, je te connais, tu vas trouver une solution !

— Je... je suis fatiguée, Tancrède, épuisée par cette guerre et tous ces drames... je ne sais pas si je pourrai remonter la pente...

— Je suis là maintenant, maman !

Il prit sa mère dans ses bras. Tous deux restèrent un long moment serrés l'un contre l'autre. Soudain, Tancrède Bébé se dégagea.

— Il faut que j'aille à Hautefort !

— Tu veux que je t'accompagne ?

— Non, Noémie Aimée, je *dois* y aller seul !

À peine rentré, le petit repartait vers la ferme de son enfance. Tancrède Bébé resta trois jours et trois nuits à Hautefort. Désespéré, il cherchait Tancrède l'Aîné. Bon Guillaume et Félicité lui racontaient les derniers instants de son cher grand-père. Il comprit, sans que personne ne le lui dise explicitement, que son départ à la guerre l'avait tué.

« Cher grand-père, jamais tu ne me quitteras ! », songeait Tancrède Bébé, seul devant le bord de mer. Assis sur le banc de pierre, il croyait entendre la voix de l'aïeul lui racontant les histoires du prince Tancrède Hauteville : « Dam', c'est point une histoire de goublins… »

Quand Tancrède Bébé revint à la Maison rose, Noémie le trouva encore plus changé par ces trois jours de solitude que par l'année de combats.

Les Bouville, reconnaissants, accoururent pour voir Noémie et Zacharie. Tancrède Bébé avait été modeste. C'était lui qui, par deux fois, avait ramené Germain, blessé, chargé sur son dos.

— Tancrède Bébé a de la chance, il semblait que les balles prussiennes ne pouvaient l'atteindre. Mais il m'a sauvé la vie.

Germain était éperdu pour son ami. Lui aussi avait évolué, élargi, mûri. Dans son regard, on percevait les drames qu'il avait vus.

— Alors, Noémie Aimée, qu'avez-vous décidé avec papa pour redresser la situation ? demanda Tancrède Bébé, un soir dans la bibliothèque.

Noémie et son fils étaient seuls, toute la maison dormait.

— Tu sais, mon chéri, ton père est encore très fatigué, il se remet lentement. Je ne veux pas le tracasser. J'ai bien réfléchi et je ne vois qu'une solution, celle que je déteste… aller emprunter de l'argent à la banque Camrobert… tu m'accompagnes ?

Soutenue par la présence de son fils, Noémie prit le chemin de fer pour Rouen. Il y avait des officiers prussiens dans le compartiment. Ils s'esclaffaient, très joyeux mais polis. Noémie et Tancrède Bébé firent ceux qui ne les voyaient pas. Les Prussiens de leur côté « reniflaient » le soldat démobilisé, mais tout le monde s'ignora et descendit du train sans incident.

Soudain, devant la banque Camrobert, Noémie, angoissée, interrogea son fils :

— Comment me trouves-tu ?

— Superbe, Noémie Aimée !

— Non, sois sérieux !

D'un geste coquet, elle redressait son chapeau à aigrette.

— Tu n'as pas changé !

— Mon cœur a des rides !

— Moi aussi, maman, mais sur ton visage, cela ne se voit pas. Je te jure : tu es magnifique, allez, va, tu dois réussir ! Je t'attends à l'hôtel.

Tancrède Bébé embrassa sa mère. Deux petits ramoneurs sifflèrent au passage de Noémie. Rassérénée par cet hommage, elle pénétra d'un pas décidé dans la banque. Sa venue était annoncée.

— Madame Hautefort ! Quel plaisir.

Abraham Camrobert s'avançait les mains tendues vers l'une de ses meilleures clientes. Après lui avoir baisé les doigts, il l'entraîna vers son bureau.

— Bonjour, cher monsieur Camrobert, je vois que tout va bien ici.

Des employés aux manchettes de lustrine s'activaient en tous sens.

— Oui, cela a été très dur, mais le pays se remonte et nous allons tous avoir besoin de nous serrer les coudes ! Alors, que puis-je pour vous ?

Noémie s'assit en face du banquier.

— C'est très simple, nous prêter de l'argent, pour faire repartir l'usine Hautefort !

— Il n'y a pas de problèmes pour vous. Combien vous faut-il ?

— Dix millions ! articula nettement Noémie, qui avait fait ses comptes.

Abraham Camrobert crut tomber de son fauteuil.

— Mais c'est... c'est énorme... je pourrais vous avancer, disons, cinq cent mille francs, même un million, mais dix... Il y a de quoi construire toute une usine !

— Justement ! j'estime, professionnellement parlant, qu'il faut, avec la paix, profiter du redémarrage de l'industrie pour acheter des machines à vapeur, et organiser, comme aux États-Unis, une chaîne qui fait gagner du temps et de l'argent pour l'empaquetage !

Noémie se gardait bien d'avouer que son usine n'était plus qu'un amas de ruines.

— Je ne peux prendre cette décision tout seul, le directeur de la banque est mon père, Samuel Camrobert. Il a quatre-vingt-cinq ans, et refusait de quitter Paris. Il a dû fuir en ballon avec nos liquidités pour nous rejoindre ici. Mon père a été très affecté de ce départ. La Commune a fait brûler notre banque ! Nous avons beaucoup perdu ! Les temps sont très durs pour chacun. Vous aurez rendez-vous avec lui demain à la même heure !

Noémie passa la soirée en tête à tête avec Tancrède Bébé. Elle lui apprit qu'Eugénie était partie à Biarritz avec Hyppolite, convalescent.

— Je pense que nous aurons des nouvelles bientôt, le courrier va remarcher !

— Pauvre Punaise, je ne la vois pas en sœur gardemalade, tu crois qu'Hyppolite va guérir... ?

— Bien sûr, tu sais, le soleil fait des miracles, mais peut être devront ils rester là bas plus longtemps. Enfin, heureusement ils avaient de l'argent pour deux ans. Quand tout ira mieux, je me rendrai à Biarritz pour les voir...

— J'irai avec toi !

— Parle-moi de Reichshoffen, mon fils !

Noémie fit répéter à Tancrède Bébé la charge légendaire à laquelle il avait participé.

« Raoul, oh ! Raoul, comment te remercier d'avoir sauvé mon enfant... Disparu, toi, Raoul je ne peux croire à ta mort, pas toi ! »

Noémie s'endormit dans sa chambre d'hôtel en revoyant le visage souriant de Raoul de Saint-Preux.

À l'heure tapante, Noémie se présenta de nouveau à la banque. Ayant retrouvé tout son courage, elle avait décidé de réussir.

Samuel Camrobert était un petit vieillard ratatiné, assis dans un grand fauteuil près du feu.

Malgré la chaleur de l'été, il avait l'air gelé. Une épaisse couverture écossaise entourait ses genoux. Seuls vivaient, dans son visage parcheminé, des yeux bruns pétillants et malins.

Noémie se demanda comment pareille momie avait pu grimper dans un ballon et supporter le voyage aérien.

— Ah ! voici la belle madame Hautefort dont j'ai tant entendu parler.

— Bonjour, monsieur Camrobert, moi aussi, je suis heureuse de connaître enfin le plus célèbre banquier de Paris.

— Vile flatteuse, ricana le vieillard.

— Non, je dis la vérité, monsieur Camrobert, vous êtes une sorte de légende.

— Eh bien, madame, la légende a mal aux genoux... Bientôt, je ne pourrai plus marcher !

— Mon arrière-grand-mère, que l'on appelait la Blanche Pouquette, avait une recette, paraît-il infaillible, à base de farine de moutarde, de coquelicot, de gentiane, de trèfle, d'œufs durs, de lait, de queue de souris, de foie de poule et de camphre. Il faut faire une décoction puis un emplâtre et l'appliquer, de la tombée de la nuit au lever du jour, sur la partie malade, la douleur passe très rapidement.

— Pouvez-vous répéter cela, s'il vous plaît... Baudet... Baudet ! ici !

À cet appel autoritaire, une malheureuse secrétaire, aux cheveux tirés et vêtue de noir, accourut. Elle semblait être le souffre-douleur de l'irascible vieillard.

— Notez, Baudet, ce que va dire Mme Hautefort, courez à la droguerie, faites faire cette recette et rapportez-la-moi. Tâchez de ne pas vous perdre en chemin, comme la dernière fois !

— Non, monsieur Camrobert !

La pauvre fille écrivit scrupuleusement ce que lui disait Noémie et détala de la pièce.

— Allons, asseyez-vous ici, madame !

Il faisait une chaleur suffocante devant le feu, pourtant Noémie, stoïque, prit place à côté du vieillard.

— Cet idiot d'Abraham m'a dit que vous vouliez nous emprunter une grosse somme et qu'il ne pouvait en prendre la responsabilité...

— En effet, monsieur Camrobert, vous savez que nous sommes depuis dix ans les très bons clients de vos succursales normandes de Rouen et de Chef-du-Pont !

— Oui, oui, j'ai vu les comptes, vous avez fait de bonnes affaires, madame Hautefort, mais aujourd'hui cela va mal !

— La guerre, je vous le concède, a bien ralenti notre production, mais, monsieur Camrobert, avec la paix, on aura toujours besoin de beurre !

— C'est vite dit ! Et la paix peut être bien instable avec cette Prusse, devenue à nos portes un géant allemand... hein, quel danger pour notre pays !

— Mais quel potentiel de clientèle pour le commerce ! J'ai beaucoup réfléchi à la question. Au début, moi aussi, j'étais inquiète, mais finalement, monsieur Camrobert, avec de tels voisins réunis de l'autre côté du Rhin, ne vaut-il pas mieux faire du négoce plutôt que la guerre ?

— Hi ! hi ! Il y en a dans cette jolie petite tête ! Faire du commerce plutôt que la guerre, ça me plaît ; ce qui me plaît moins, c'est de vous prêter dix millions. Jamais vous ne pourrez rembourser !

— Si, en cinq ans... avec de nouvelles machines et en agrandissant nos bâtiments... j'ai fait mon plan !

— Hé ! hé ! Voyez-vous ça ?

Il lisait, avec des lorgnons, les documents de Noémie.

— Pas mal ! pas mal !

Il fit un faux mouvement et grimaça de douleur.

— Aïe ! Que j'ai mal ! Bien, madame Hautefort, je vais lire tout cela à tête reposée. Revenez demain, ravi d'avoir fait votre connaissance !

Noémie était assez pessimiste en rejoignant Tancrède Bébé. Ils passèrent quand même voir Charles Moreville, leur architecte, qui était bien sûr prêt à revenir à Carentan commencer les travaux.

Après s'être fait une beauté, Noémie revint à la banque à l'heure dite. Le vieux Camrobert l'attendait debout devant son bureau. Il semblait de très bonne humeur.

— Ah ! ah ! la voici, la jolie menteuse ! J'ai pris mes renseignements ! Votre usine et vos bateaux ont tous brûlé ! On a joué à la guéguerre !

— En effet, mais je ne vous ai pas menti, monsieur Camrobert, je vous ai dit que je voulais agrandir mes locaux ! Finalement, c'est une très bonne chose que tout ait brûlé, car nous allons pouvoir reconstruire une vraie usine moderne, beaucoup plus performante. Ce n'est pas à vous que je vais apprendre que c'est très mauvais d'ajouter sans ordre des bâtiments... c'est ainsi qu'on perd de l'argent... il vaut mieux raser et recommencer !

Samuel Camrobert s'assit dans son fauteuil.

— Vous parlez très bien, mon petit ! J'aurais quarante ans de moins, je vous ferais ma cour... – Il ricana. – Vous me plaisez, madame Hautefort ! Alors je vais vous prêter l'argent pour deux raisons... La première, c'est que ma belle-fille m'a posé l'emplâtre de votre grand-mère et que je n'ai plus mal aux genoux ! La seconde, c'est que j'aime les gens qui n'ont peur de rien. Vous aurez donc l'argent, mais à une condition !

— Laquelle ? demanda Noémie, se forçant à demeurer calme.

— Il me faut un gage !

— Ma Maison rose, mes tableaux !

— Non, hé ! hé !... j'ai pris mes renseignements, je veux ce à quoi vous tenez le plus, votre ferme et les terres de Hautefort ! Si vous ne nous avez pas remboursés d'ici à cinq ans, Hautefort sera à nous !

— J'accepte le défi, monsieur Camrobert, quand signe-t-on ?

— Mais tout de suite... Baudet ! hurla Samuel Camrobert.

Noémie, triomphante, revint à Carentan avec Tancrède Bébé et Charles Moreville.

Sous les yeux de la population enthousiaste, une usine de brique rouge s'éleva rapidement à la place de l'ancienne.

Zacharie allait mieux. Il s'occupait, avec Tancrède Bébé, de reconstituer la flotte Hautefort. Souvent Osmond, ravi, accompagnait son père et son frère.

Les commandes déjà affluaient d'Angleterre, du Brésil, des colonies d'Extrême-Orient, des quatre coins de la France. Paris pansait ses plaies et réclamait du beurre. Comme Noémie l'avait prévu, de Francfort, de Munich et de Berlin, les Allemands demandaient aussi le beurre Hautefort.

Gilles Gouhier, revanchard, avait du mal à comprendre la patronne.

— Avez-vous l'intention de faire la guerre jusqu'à la fin des temps, Gilles ?

— Non, madame, mais...

— Il n'y a qu'une alternative, la France paie ses dettes de guerre et nous aussi ! En livrant l'Allemagne, nous sommes de bons patriotes, nous allons récupérer sur l'ennemi un peu de l'argent perdu ! Comprenez-vous ?

— Heu, oui ! madame Hautefort ! admettait tout haut Gilles Gouhier.

Il demeurait pourtant récalcitrant en son for intérieur.

À ce train-là, Noémie espérait rembourser la banque Camrobert en trois ans et la fortune Hautefort serait encore plus flamboyante qu'avant la guerre.

Au milieu de toute cette agitation, arriva enfin une lettre d'Eugénie. Tout allait bien. Les jeunes gens avaient passé les hostilités chez Papette. La gentille Jeanne-Chantal de Castablanca, devenue comtesse des Fresnes, était venue chercher elle-même le jeune ménage à Biarritz. Elle leur avait offert l'hospitalité dans une jolie maison indépendante du parc de sa propriété. Eugénie adorait Papette, et au soleil du Périgord, Hyppolite reprenait chaque jour des forces. Papette joignait un mot à celui d'Eugénie.

« Ta fille, ma Mimi, te ressemble tant physiquement. J'ai l'impression de t'avoir ici. Ne t'inquiète pas, nous la considérons comme notre enfant. Sa Prudence et

Hilarion s'occupent très bien d'eux. Notre médecin vient voir ton gendre tous les mois. La guérison se poursuit parfaitement. J'attends le bonheur de te revoir, mon amie. Mon fils aîné Gaston est parti à cette horrible guerre. Il a été blessé sur la Marne. Mais j'ai eu la joie de le récupérer. Il a perdu un œil mais nous ne pouvons nous plaindre, il y a tant de malheurs dans le pays avec tous ceux qui ne reviendront pas.

Ton amie de toujours.

Papette. »

Noémie écrivit aussitôt à son amie pour lui dire toute sa reconnaissance de cet accueil chaleureux. Elle était soulagée de savoir Eugénie en famille et décida qu'elle irait la voir dès que ce serait possible. Pour le moment, levée à l'aube, elle faisait face aux travaux et aux commandes, dans les vieux bâtiments. En attendant que l'usine fonctionne à plein régime, elle avait même fait rouvrir la laiterie de Hautefort.

Enfin, le 3 mars 1872, la nouvelle usine ouvrit ses portes. Ce fut un jour de joie dans la ville. Le maire vint offrir les clés de la cité à Zacharie, héros de la bataille, ainsi qu'à Tancrède Bébé et à Germain.

Le lendemain de cette fête mémorable, Noémie prit possession de son nouveau domaine flambant neuf. Zacharie était parti pour l'Angleterre avec Tancrède Bébé. Le jeune homme ne supportait pas la vie de bureau. Il lui fallait la mer.

La bonne grosse Joséphine avait, comme tous les employés restés à Carentan, repris son office. Elle annonça pour sa patronne :

— Madame Hautefort, Gilles Gouhier dit que quelqu'un vous demande de la part de la Blanchisseuse !

— La Blanchisseuse ! répéta Noémie, d'une voix sourde.

— Oui, Gilles prétend que c'est une cliente dont vous vous occupiez personnellement avant la guerre !

— Parfaitement, faites entrer !

Noémie reconnut aussitôt l'ordonnance de Raoul. Le garçon était dans un uniforme déchiqueté, très sale. Il semblait épuisé.

— Madame, vous vous souvenez de moi... Pacarin Sébastien !

— Oui, bien sûr, merci, Joséphine, je n'ai plus besoin de vous !

À regret, la secrétaire, flairant un mystère, referma la porte.

— Madame, j'ai une lettre pour vous... !

Le caporal sortit de sa poche une enveloppe tachée et déchirée par endroits.

— Excusez la boue, mais cette lettre a fait du chemin, j'aurais voulu venir plus tôt, mais j'ai été prisonnier, j'avais promis à mon capitaine de vous la remettre en mains propres, voilà qui est fait, j'ai accompli ma mission...

Noémie prit la lettre d'une main tremblante. Avant de se détourner pour la lire, elle murmura :

— Asseyez-vous, prenez du café, il y en a au chaud sur le poêle, et attendez-moi.

Noémie passa dans un réduit où elle rangeait ses dossiers. Ses doigts n'arrivaient même pas à ouvrir le papier, enfin, les yeux brouillés de larmes, elle lut :

« Mon Amour !

Quand tu recevras cette lettre, je serai mort. Cette nuit avant l'attaque, je t'écris à la lueur d'une bougie. Je crois te voir dans le halo lumineux. Ton visage si beau, si proche, ne me quitte pas. Je veux seulement te dire à quel point je t'aime. Surtout ne pleure pas. Je vais mourir heureux de t'avoir aimée. Vis, toi, vis pour que notre amour continue. Tu es faite de joie, d'eau et de soleil, Noémie. Tu es faite pour vivre. Tu m'as apporté les plus beaux jours de mon existence.

Je t'aime.

Raoul.

Ton fils est comme toi, un être merveilleux. Que le ciel te le rende ! »

« Oh ! Raoul ! Raoul ! », gémit Noémie en baisant la lettre.

Elle mit un moment à récupérer ses esprits. Un peu calmée, elle essuya ses larmes et revint dans son bureau.

Le caporal Pacarin dormait sur sa chaise, une tasse à la main. Noémie lui toucha l'épaule. Il se redressa aussitôt.

— Pardon, madame, merci pour le café, puis-je partir ?

— Où voulez-vous aller, mon pauvre garçon, vous avez l'air épuisé !

— Oui, madame, mais j'ai hâte de rentrer à Saint-Preux pour retrouver mes parents…

Noémie tressaillit.

— Vous viviez à Saint-Preux ?

— Oui, madame, et quand je serai rentré, foi de Pacarin, j'en sortirai plus ! Ah çà ! j'en ai trop vu ! Votre garçon est rentré ?

— Oui, Tancrède va bien. Il est en voyage en ce moment avec son père.

— Ah ! vous avez un brave petit gars, le capitaine l'aimait beaucoup.

— Oui, il lui a sauvé la vie !

— Ça, vous pouvez le dire, madame.

Noémie se fit encore répéter avec plus de détails la dernière charge des cuirassiers. Elle insista.

— Et vous n'avez pas retrouvé le corps du capitaine de Saint-Preux, mais il est peut-être, comme vous, prisonnier ?

— C'est ce qu'on a pensé, j'en ai causé à la Croix-Rouge, vous savez, ce nouveau machin, qu'a été bien utile, personne n'a pu retrouver sa trace ! Aucun capitaine de Saint-Preux n'a été signalé. Enfin l'armée l'a fait colonel à titre posthume, et y paraît qu'on a accroché la médaille militaire sur la selle de son cheval !

Le pauvre garçon sanglotait.

— Ah ! ce sera dur de vivre à Saint-Preux sans mon capitaine. On a été élevés ensemble.

— Comment allez-vous rentrer là-bas ?

— À pied, madame, comme je suis venu…

— Il n'en est pas question, c'est trop loin…

— À quatre lieues au nord d'Angers !

— Vous allez vous installer à l'hôtel, y souper, y dormir, je vous ferai porter des vêtements propres, et demain vous prendrez le train.

Noémie ne tenait pas à ramener Pacarin dans la Maison rose. Elle mit seulement Léonne dans la confidence. Ce fut son amie qui régla l'hôtelier, remit à l'ordonnance ce dont il avait besoin, et lui donna de l'argent pour son voyage.

Quand Noémie vint le lendemain pour lui dire au revoir, le brave garçon était déjà parti en lui laissant un mot.

« Merci, madame, de toutes vos bontés. Dieu vous le rende !

Pacarin Sébastien. »

Les mois suivants, Noémie continua de redresser, d'une main de fer, la fortune des Hautefort. Avant deux ans, elle aurait tout remboursé.

Zacharie déclinait à vue d'œil, pourtant il assurait régulièrement les transports pour l'Angleterre, l'Écosse, l'Irlande. Il prétendait que l'air de la mer lui faisait du bien. Noémie, soucieuse, parlait souvent de son mari avec Donatien Gamboville. Celui-ci hochait la tête, désolé. La balle prussienne avait dû toucher le poumon plus profondément qu'il n'aurait cru. Pourtant, il avait réussi à extirper le projectile.

— On ne peut rouvrir pour aller voir !

Un jour, Tancrède Bébé apprit que des communards déportés attendaient dans le dénuement le plus complet aux îles Saint-Marcouf.

Avec Noémie, ils décidèrent de partir avec un de leurs bateaux neufs chargé de ravitaillement pour les malheureux prisonniers.

Les soldats voulaient les empêcher d'aborder sur la plus grande île où se dressait l'ancien fort de Napoléon.

— Je suis madame Hautefort et je veux voir votre commandant !

Un officier débraillé ne tarda pas à descendre les marches du petit port.

— Qu'est-ce que vous lui voulez, ma petite dame, au commandant ?

— Un laissez-passer pour apporter de la nourriture à vos prisonniers !

— C'est de la vermine révolutionnaire, qu'ils crèvent, ces saletés de communards ! Pensez plutôt aux bons patriotes.

— J'ai de bonnes bouteilles pour vous et vos hommes, commandant, si vous me chassez, nous remportons tout.

Au mot « bouteilles », l'officier s'était aussitôt adouci.

Noémie le laissa s'emparer de l'alcool. Avec Tancrède Bébé, Gilles Gouhier et quelques marins, elle transporta paniers et barils de victuailles dans le fort désaffecté. Le spectacle y était affreux. Rien n'était fait pour recevoir des centaines de condamnés. Hommes et femmes étaient mélangés, exsangues, gémissant avec des blessures suintantes. La situation était pire que ce qu'elle avait pu imaginer.

Noémie organisa aussitôt leur ravitaillement. Les bénédictions pleuvaient sur elle. Les malheureux reprenaient courage.

— Madame Noémie ! entendit-elle un jour.

C'était l'abbé Simon Morel qui avait été arrêté et partait en déportation. Son frère, Lucien, était mort sur les barricades.

Noémie pleura avec l'abbé Simon Morel le gentil précepteur de ses enfants. Tancrède Bébé était bouleversé.

Pendant quelques jours, Noémie fit envoyer des bateaux chargés de ravitaillement pour nourrir les prisonniers. Le docteur Gamboville allait soigner les blessés les plus graves. Afin de calmer le commandant, Noémie augmentait le nombre de fûts, de bouteilles de vin et de cidre bouché.

Un matin, elle revint pour parler avec l'abbé Morel. Elle cherchait même un moyen pour le faire s'évader.

Un convoi de bâtiments était venu chercher les communards pour les convoyer vers l'île des Pins, en Mélanésie.

Ces événements avaient beaucoup troublé Tancrède Bébé. Il mit plusieurs jours à récupérer sa belle humeur, mais heureux de reprendre la mer, il partit en août pour l'Angleterre avec Zacharie. Ils feraient un tour par Portsmouth chez les Pilgrim.

En septembre, Noémie reçut un message par le câble sous-marin dont elle se souviendrait toujours.

« État-Zacharie-très-grave-venir-urgence-Robert Pilgrim. »

Le *Noémie IV*, le nouveau bateau à vapeur du capitaine Bertin, était à quai. Noémie franchit la mer avec Osmond et Léonne.

Tancrède Bébé et les Pilgrim l'attendaient avec angoisse.

Zacharie avait dû prendre froid. Son état s'était brusquement aggravé. Il brûlait de fièvre, mais il reconnut aussitôt Noémie. À genoux près de lui, elle prit tendrement sa main…

— Tu… es… là… je t'attendais…, murmura-t-il faiblement.

— Mon amour, mon chéri, oui, je vais te guérir !

Zacharie poussa un soupir.

— Trop… tard… c'était bon… la vie… avec toi… Noémie…

— Mais cela va continuer, tu as pris froid, c'est tout !

Avec douceur, Zacharie posa un doigt sur les lèvres de Noémie.

— Tu… dois… être… heureuse… je le veux… ma Noémie… non… laisse-moi… parler… je n'en… ai… plus pour longtemps, cette nuit… j'ai vu… ton père… et… mes… parents… ils m'attendent, c'est bien… je… t'aime… Noémie… Mais toi… tu es… faite… pour… vivre… aimer… tu es… libre… tu entends, tu ne dois te faire… aucun reproche… n'aie… aucun… remords… car… moi… je n'ai… qu'amour pour toi… oui… je…

t'aime... Vis... tu dois... vivre... pour moi... pour continuer... Noémie...

Il eut un sursaut. Sa main se crispa dans celle de Noémie. Sanglotant, désespérée, ne comprenant pas ce drame, révoltée par tant d'injustice, accablée par cette grandeur d'âme, Noémie ferma les paupières de son mari, son ami, son fidèle compagnon de route, celui qui l'avait aidée, aimée, soutenue. Les Pilgrim durent l'arracher à son corps. Elle ne pouvait croire à pareille calamité. Ses fils sanglotaient. Noémie se retrouvait seule au monde avec ses enfants.

Jamais elle n'aurait pu imaginer la mort de Zacharie, et pourtant, elle avait songé à le quitter, à divorcer pour Raoul. Il avait dû tout deviner, ou du moins en partie. Avait-il trouvé la photo, la lettre de Raoul ? Zacharie emportait son secret dans la tombe. Mais à l'instant de quitter la vie, il avait fait à celle qu'il adorait le plus beau des cadeaux. Il lui avait offert la paix de l'âme. N'avait-il pas murmuré : « Tu n'as rien à te reprocher, n'aie pas de remords... profite de la vie ! » ?

Noémie et ses fils, accompagnés des Pilgrim consternés, ramenèrent la dépouille de Zacharie à Carentan, où la ville lui fit des funérailles officielles. Quatre ouvriers de l'usine tenaient les cordons de son drap mortuaire, derrière le cercueil.

Les Bouville, les Gamboville, tous les employés sanglotaient.

— Un si bon patron, généreux et humain, pensez, il a voulu faire une crèche pour nos enfants !

Zacharie avait aussi imaginé un asile pour les vieux travailleurs de l'usine et de la ville. Avec la guerre, il n'avait pu mettre son projet à exécution. Pendant le *Requiem*, Noémie se jura, dès qu'elle aurait fini les remboursements à la banque Camrobert, de faire bâtir un hospice confortable, qu'elle nommerait hôpital Zacharie Hautefort-Le Sauvage !

Le retour à la Maison rose, sans Zacharie, fut éprouvant pour Noémie, ses enfants et le personnel. La grosse Alphonsine se mouchait tout le temps. Personne ne s'était rendu compte de la place que tenait Zacharie. Avec l'âge mûr, il se mettait rarement en colère, restait calme, poli, pondéré en toute occasion. Léonne aidait Noémie de son mieux. Il fallait prévenir Eugénie du drame qui s'était passé. De loin, Noémie pouvait imaginer son chagrin. Elle était la petite adorée de son père. Heureusement, il y avait la bonne Papette pour l'aider à surmonter son chagrin. Noémie reçut une lettre très touchante de sa fille qui déclarait :

« Papa restera à jamais dans mon cœur, et toi, pauvre maman, comment vas-tu ? »

Eugénie ajoutait que le docteur périgourdin estimait qu'Hyppolite devait rester encore au moins un an dans ce climat doux et ensoleillé. Noémie promit de venir au printemps. Les Bouville, eux, profitant des trains qui remarchaient très bien, allèrent avec Germain voir leur fils aîné. Ils revinrent enchantés de leur séjour dans le Périgord noir, ne tarissaient pas d'éloges sur Papette, son mari et sa famille. Eugénie et son mari filaient toujours le parfait amour. Leur bonheur faisait plaisir à voir. Les jeunes gens reviendraient dans le Cotentin quand tout danger pour Hyppolite serait écarté.

Pour surmonter son chagrin, Noémie se jeta dans le travail. Comme toujours, là, elle réussissait parfaitement. Les commandes affluaient. Il n'était pas rare, en passant devant la Maison rose, de voir à trois heures du matin de la lumière à son bureau. Tancrède Bébé avait décidé d'aider sa mère à l'usine. Il avait peu de prédispositions pour tout ce qui concernait les comptes ou le travail à une table. Tancrède Bébé était fait pour l'action. Il commandait les chargements, convoyait en mer les marchandises. Tancrède Bébé était adoré du personnel et des marins. Parfois, il était un peu brouillon et commettait des bévues, mais il avait tellement de charme que tout le monde lui pardonnait.

Un jour, il monta trouver sa mère dans le bâtiment de la direction. Les jambes allongées sur la table basse, il déclara :

— Une chose me ferait vraiment plaisir, Noémie Aimée...

— Quoi, mon chéri ? demanda Noémie, sans relever la tête de ses colonnes de chiffres.

— Que l'on cesse de m'appeler Tancrède Bébé !

Noémie posa son porte-plume.

— Tu as raison, dorénavant tu seras Tancrède Hautefort, le chef de famille !

Pourtant, Noémie eut beau insister auprès du personnel, pour tous les gens qui l'avaient connu enfant, il restait Tancrède Bébé.

Au mois de mai suivant, le docteur Gamboville et sa famille prirent, pour la première fois, deux semaines de vacances à Granville, où Donatien avait de la famille maternelle. Il proposa d'emmener Osmond, bien éprouvé par le deuil de son père. Noémie accepta avec joie. En compagnie de la petite Caroline, qu'il adorait, et de Donatien, Osmond serait en sécurité. Tancrède Bébé s'occuperait de l'usine.

Noémie en profita pour partir rejoindre Eugénie chez Papette dans le Périgord.

42

Le château de Saint-Preux

— En voiture ! Attention au départ !

Les portières claquèrent.

Noémie devait changer de train plusieurs fois. Avec Léonne qui l'accompagnait pour le voyage, elles avaient pris un tortillard jusqu'à Saint-Lô, puis elles avaient changé de voie ferrée pour gagner Laval. Dans cette ville, les deux voyageuses venaient de trouver une ligne directe pour gagner vers le sud du Périgord noir, au-delà de la Dordogne, Castelsarrasin. Papette enverrait une calèche pour les prendre à cette dernière gare et les ramener vers Moissac où se trouvait sa propriété des Fresnes. De toute façon, il faudrait dormir en route, probablement à Poitiers, d'où Noémie enverrait un message télégraphié pour annoncer son heure exacte d'arrivée. Noémie se faisait une grande joie de revoir enfin son amie de pension et sa fille, Eugénie.

Avec Léonne, toute heureuse aussi de faire ce voyage, elle se détendait pour la première fois depuis longtemps. Trois ans s'étaient écoulés depuis le début de la guerre. Que d'événements, de cauchemars, de deuils avaient frappé. Noémie ne pouvait comprendre qu'elle tienne encore debout et pourtant elle se regarda dans une petite glace qu'elle emportait dans son réticule, son visage n'était pas marqué par l'inquiétude, le travail et les chagrins. Elle avait à peine de minuscules petites rides au coin des paupières qui en fait l'adoucissaient, mais elle possédait toujours son teint éclatant, ses admirables cheveux blonds opulents, son air de santé, ses yeux bleus pétillants de vivacité et d'intelligence qui faisaient son charme.

Noémie avait tout lieu d'être satisfaite. Son énergie avait rétabli la fortune Hautefort. Elle léguerait à ses enfants un empire encore plus puissant que le premier. Elle avait même reçu une lettre de félicitations du vieux banquier Samuel Camrobert. Léonne avait sorti un panier de provisions.

— Avez-vous faim, Noémie ?

— Ma foi, oui !

Les deux amies croquèrent de bon appétit dans le chaud-froid de volailles et les pâtés en croûte préparés par Alphonsine. Noémie se détendait. Elles étaient toutes les deux seules dans le compartiment et se laissaient aller aux confidences. Léonne parlait de sa vie avant la guerre à Paris. Elle avait été aussi chanteuse de caf'conc' et faisait rire Noémie avec ses souvenirs et ses anecdotes. De son côté, Noémie évoquait sa jeunesse à la pension et « les Gazelles de Saint-Lô ».

— Je me demande si nous nous reconnaîtrons, Papette et moi, soupira-t-elle.

— Pour madame votre amie, je ne sais pas, mais pour vous, Noémie, vous n'avez pas changé !

— Comment pouvez-vous dire ça ? Vous ne m'avez pas connue à vingt ans, Léonne, protesta Noémie.

— En tout cas, vous n'avez pas bougé depuis que je vous ai rencontrée, Noémie. Vous vous souvenez, c'était à Paris en 1860, je crois… Vous aviez séduit l'affreux Bismarck !

— J'aurais dû l'empoisonner, oui ! soupira Noémie.

Soudain nostalgique, elle regardait défiler le paysage.

Depuis Laval, Noémie observait avec enchantement le changement des sites. Tout était si différent de sa chère Normandie. Elle se rendait compte qu'à part le Cotentin, l'Angleterre et Paris, elle ne connaissait pas grand-chose de la France ni du vaste monde.

« J'ai trop travaillé, songeait-elle, je n'ai eu le temps de ne rien voir ! »

Le cours de la Mayenne que suivait la voie de chemin de fer offrait des contrastes marqués, cheminant dans de vastes vallées abritant des châteaux, au milieu de parcs ombragés de beaux arbres. Dans le Cotentin, tout était camouflé derrière le bocage et de hautes futaies. On se rapprochait du Val de Loire, une sorte de douceur flottait dans l'air. La lumière irradiait les toits d'ardoise des villages nichés dans la verdure. La forêt bordait de belles demeures ancestrales, sans en cacher les admirables façades.

— C'est vraiment beau, l'Anjou ! murmura Léonne.

Noémie tressaillit.

— Nous sommes en Anjou, Léonne ?

— Oui, nous allons bientôt arriver à Angers pour trois heures vingt-quatre et notre train continuera jusqu'à Poitiers, arrêt prévu à sept heures trente et une du soir, on va dormir et reprendre une autre ligne à huit heures dix du matin pour arriver à Périgueux sous le coup de midi, ensuite…

Léonne était un véritable indicateur des chemins de fer !

Soudain nerveuse, Noémie se leva. Elle baissa l'une des fenêtres qui, modernisées, pouvaient descendre, et prit un charbon dans l'œil.

— Angers dans quinze minutes, annonça Léonne.

Noémie apercevait, entre des arbres centenaires, les deux tours d'un château aux toits bleutés d'ardoises. Les lucarnes à double étage s'ornaient de pinacles et de rampants aigus à fleurons du fronton. Les ruelles d'un bourg se glissant au flanc d'un coteau permettaient à Noémie de découvrir quelques maisons enrobées de glycines et de vigne vierge. À la sortie du village, en tournant la tête, elle aperçut l'écriteau : « Saint-Preux ».

Les jambes molles, Noémie retomba assise sur la confortable banquette de velours.

— Vous ne vous sentez pas bien, Noémie ? s'inquiéta Léonne devant la pâleur de son amie.

— Non, ça va !

Noémie se mordit les lèvres. Les yeux mouillés, elle saisit son mouchoir afin d'ôter l'escarbille de sa paupière. Le train entrait en gare d'Angers. Comme mue par un ressort, Noémie se leva.

— Cela vous ennuierait, Léonne, que nous descendions ici ?

— Mais non, nous n'aurons pas le train de huit heures dix demain, mais c'est comme vous voulez, Noémie, acquiesça Léonne un peu surprise.

Elle connaissait cependant assez son amie pour savoir qu'elle avait certainement de bonnes raisons de changer brusquement le cours du voyage. Elles appelèrent un porteur qui se chargea des malles, des sacs de voyage, des cartons à chapeaux et qui les mena à la demande de Noémie vers une berline vitrée et couverte de location.

— Où dois-je mener mesdames ? demanda le cocher. Du côté de la cathédrale, c'est deux francs cinquante ! Vers le château et les murailles, quatre francs. La visite en plus, mais…

Noémie le coupa.

— Nous allons au village de Saint-Preux !

— Ah, c'est à quatre lieues d'ici. On va longer la Maine, jolie promenade. Je ne peux pas pousser mes chevaux. Ça vous fera quinze francs, ma petite dame !

— Je vous engage jusqu'à demain, pour nous ramener ici !

— Alors cela fera vingt-cinq francs !

— Savez-vous s'il y a un hôtel, là-bas ?

— Une auberge avec quelques chambres, chez Mauclerc, c'est sa veuve qui tient l'endroit. Vous serez satisfaites !

Avant de partir, Noémie se rendit dans le bureau des télégraphes, afin de rédiger un message simple pour Eugénie et Papette : « Retardée-message suit-Baisers-Noémie. »

Pendant le trajet, Noémie, trop nerveuse, ne pouvait parler. Elle ne regardait même pas le charmant paysage vallonné le long de la rivière ombragée. Léonne respectait son silence. En arrivant en vue du village de Saint-Preux, Noémie murmura :

— Excusez-moi, Léonne, c'est... je... c'est très difficile à expliquer.

Léonne lui tapota la main.

— Ne dites rien surtout... je crois comprendre, détendez-vous, mon amie, et faites ce que vous croyez devoir faire... je vous attendrai.

Soulagée par la compréhension et l'affection si sincères de Léonne, Noémie prit deux chambres chez la veuve Mauclerc ainsi qu'une place aux communs pour le cocher. Se sentant poussiéreuse, elle se rafraîchit dans une cuvette de faïence puis décida de changer de robe. Elle n'en pouvait plus de ses vêtements sombres. Avec le soleil et la douceur de cette fin d'après-midi, elle passa une de ses anciennes tenues de Worth, serrée autour du corps et à tournure en pouf derrière. Elle avait lancé la mode et maintenant ces formes jugées scandaleuses étaient devenues, avec la paix, du dernier chic. Noémie posa sur ses cheveux une vaste capeline fleurie. Elle prit une ombrelle pour se protéger le visage des derniers rayons et après avoir embrassé Léonne dans la chambre contiguë, elle descendit vers la salle. La veuve Mauclerc, une jeune femme d'une trentaine d'années, s'occupait de ses trois enfants.

— Connaissez-vous, madame, un certain Sébastien Pacarin, dans le voisinage ?

— Mais certainement. Son père est charron sur la place. Vous ne pouvez pas vous tromper, c'est tout droit en face des grilles du château !

La veuve Mauclerc avait envie de poser des questions à une aussi élégante cliente telle qu'elle n'avait pas l'habitude d'en recevoir dans ses pratiques journalières. Noémie la devança.

— Mon fils a rencontré ce brave Pacarin à Sedan ! Étant dans la région, je voulais prendre de ses nouvelles.

— Ah, ma pauvre dame, Sébastien a eu de la chance ! Moi, j'ai perdu mon mari sur la Meuse. Voyez, quel malheur.

Elle désignait ses enfants. Noémie, attristée, compatit au sort des orphelins, puis elle sortit de l'auberge. Le cocher lui proposa ses services, mais elle préférait marcher. Après avoir fait trois cents mètres environ, parmi les agréables demeures du bourg, elle arriva sur la placc. De loin elle reconnut aussitôt Sébastien Pacarin, en tenue de travail, qui sortait de l'atelier de charronnage. Des roues de charrettes, des becs d'âne, des marteaux, des selles encombraient la devanture de l'établi. Noémie adressa un signe à Pacarin. Celui-ci parut d'abord figé de stupeur en apercevant Noémie, puis il disparut à l'intérieur de l'atelier. Était-il possible qu'il ne l'eût pas reconnue ? Noémie voulut en avoir le cœur net. Elle traversa la place pour pénétrer dans l'atelier. Un vieux charron, sans doute le père Pacarin, travaillait sur la roue d'un chariot.

— Bonjour, monsieur, je cherche Sébastien Pacarin. Votre fils, je suppose ?

— L'est pas là ! répondit l'homme d'un ton bourru.

— Mais je viens de l'apercevoir à l'instant.

— Vous vous trompez, madame. Excusez…

Sur ce, le père Pacarin, visiblement embarrassé, s'éclipsa de son établi par une porte du fond. Noémie aperçut un jardinet. Sébastien avait filé par là. Cette attitude était pour le moins étrange.

Sans insister, elle retraversa la place en direction des grilles du château. Noémie n'avait aucune idée de ce qu'elle cherchait, peut-être simplement connaître les lieux où Raoul avait passé sa jeunesse. La grille du parc était fermée. Noémie tira une chaîne actionnant la cloche. Très vite, un concierge jaillit de son pavillon pour venir accueillir la visiteuse.

— Bonjour, je suis de passage dans la région. Il se trouve que j'étais une amie de la famille de Saint-Preux, le préfet.

— Ah, M. le marquis Hervé de Saint-Preux est mort et madame aussi…

— Je suis désolée, j'ignorais que Mme de Saint-Preux…

— Oui, l'an passé.

— Mais le château est-il habité, maintenant ?

— Bien sûr, madame.

— Probablement par quelqu'un de la famille ?

— En effet, madame.

— Je suis madame Noémie Hautefort. Pourriez-vous aller dire aux nouveaux propriétaires que je serais très heureuse de les saluer ?

— Je crains que ce ne soit impossible, madame, car M. de Saint-Preux ne reçoit jamais.

— Ah ! c'est sans doute un frère ou un cousin. Il a certainement entendu parler de moi avant la guerre, par monsieur le préfet. Veuillez le prévenir que la propriétaire des beurres Hautefort du Cotentin aimerait le rencontrer.

Noémie était habituée à ce que son nom lui ouvre toutes les portes. Cette résistance lui paraissait inexplicable. Le concierge secoua la tête.

— Je suis navré, madame, mais le colonel de Saint-Preux ne veut aucune visite.

— Le colonel ? répéta Noémie d'une voix blanche.

— Enfin, M. Raoul, le fils de M. et de Mme de Saint-Preux. Hé ! madame ! Attention !

C'en était trop ! Noémie vit tournoyer les chênes. Elle tenta de se rattraper aux grilles, mais perdit connaissance.

Elle se retrouva étendue sur une méridienne dans le pavillon du gardien. Sa femme lui passait du vinaigre sous le nez.

— Ouf, madame ! Vous nous avez fait une belle peur. Ça va mieux ?

Noémie se redressa sur son séant. Le couple lui avait ôté son chapeau et desserré son corsage.

— Tenez, madame, ça va vous faire du bien.

La gardienne lui tendait un verre d'eau de fleur d'oranger. Noémie en but quelques gorgées. Elle reprenait lentement ses esprits.

— C'est le soleil ! affirma le gardien.

— Oui, sans doute. Je voudrais voir Sébastien Pacarin. Il vient bien au château ?

— Oh oui, madame, tous les jours. C'est l'ancien ordonnance de M. Raoul. Madame, vous n'allez pas encore tourner de l'œil ?

Noémie secoua la tête. Elle n'avait donc pas rêvé. Raoul était vivant, à quelques mètres d'elle. Pourquoi, mais pourquoi ne l'avait-il pas prévenue, fait contacter ? En admettant qu'il ait été blessé, il aurait pu lui envoyer Pacarin. Cette attitude incompréhensible laissait entrevoir à Noémie un événement n'annonçant rien de bon. À moins qu'il ne se soit marié ? Voilà, c'était peut-être l'affreuse raison de son silence.

— Tenez, madame, voici justement Sébastien.

L'ancien caporal, tête basse, pénétrait dans le pavillon. Il chuchota quelques mots aux gardiens.

— Pacarin dit qu'il va vous ramener, madame.

— Merci, attendez-moi, je vais mieux.

Noémie se rajusta, pinça ses joues pour se donner quelques couleurs. Elle remit son chapeau Bergère en place, prit son ombrelle et, après avoir remercié le couple, sortit du pavillon avec Pacarin. Celui-ci se dirigeait vers la grille du parc. Noémie avait retrouvé toute son énergie. D'un coup du manche de son ombrelle, elle tapota le coude de Sébastien.

— Ah non ! Mon garçon, si vous croyez vous en sortir comme ça…

— Mais madame…

— Allons par là !

Noémie fit quelques pas dans l'allée, en direction du château. Elle chancelait encore. Sébastien Pacarin lui offrit son bras et chuchota :

— Venez de ce côté, madame.

Il l'entraînait vers un banc, à l'ombre d'un bosquet taillé par les ciseaux habiles du jardinier.

— Que veulent dire tous ces mystères ?

— Ah, madame ! Quand je vous ai vue, mon sang n'a fait qu'un tour !

— Je m'en suis aperçue. Suis-je devenue une ennemie ? Vous m'avez fait beaucoup de peine, Pacarin !

— Mais non, madame, j'en ai le cœur fendu. C'est... c'est le nouvel état de mon capitaine.

Noémie pâlit. Elle était prête à tout entendre. Elle avait bien deviné.

— Il est marié ? interrogea-t-elle, honteuse à l'avance de la réponse qu'elle allait entendre.

— Mais non, madame.

— Alors que voulez-vous dire... avec son « état », c'est quoi ?

Noémie se mordit les lèvres. Raoul avait dû être horriblement blessé. Il gisait sans doute défiguré, aveugle ou infirme. À cette pensée, elle eut un sanglot. Elle ne savait pas si elle aurait le courage de revoir Raoul dans cette situation affreuse. Lui peut-être ne le souhaitait pas. Voilà pourquoi il ne l'avait pas prévenue de son retour.

— Dites-moi la vérité, Pacarin, je dois savoir. Il a été mutilé ?

— Si on veut, madame. Suivez-moi, mais ne faites pas de bruit. Il faut que vous me juriez de ne pas intervenir.

— Je vous le promets !

— En ce cas, venez avec moi !

À travers un petit bois, Sébastien guida Noémie vers un étang dont elle apercevait les eaux miroitantes à travers les branches. Un pavillon de musique se dressait tout proche avec une Diane chasseresse au centre. Pacarin fit signe à Noémie de se dissimuler derrière la statue.

Soudain, Noémie aperçut Raoul à quelques mètres d'elle devant l'étang. Il était assis sur un banc de pierre et lisait, un chien couché à ses pieds. L'une de ses mains plongeait dans un sac. Il jetait du pain à deux beaux cygnes blancs nageant autour des nénuphars. Noémie porta les doigts à sa bouche pour en étouffer le moindre soupir. Elle retrouvait Raoul indemne. Aussi beau qu'elle l'avait connu, aimé ! Elle ne comprenait plus. Le chien aboya. Raoul se leva. Il était très élégant dans un costume blanc. Ses yeux noirs, comme attirés par le petit bois, parurent chercher la raison de cet aboiement. Pacarin fit signe à Noémie de se baisser. Un vol de canards sauvages passait au-dessus de l'étang.

— Allons, du calme, Brutus ! Viens, nous rentrons !

Raoul ramassa son livre et se dirigea lentement vers le château. Il ne boitait pas. Rien en lui ne paraissait changé, sauf peut-être son visage légèrement amaigri, où se reflétait une ombre de nostalgie. Noémie cherchait ce qui la troublait. Voilà ! L'inépuisable gaieté de Raoul semblait disparue. Sa haute silhouette s'étant éloignée sur les bords de l'étang, Noémie se redressa.

— Je... je ne comprends pas, Pacarin, murmura Noémie. Il a l'air en bonne santé.

— Comme ça, oui, madame, mais il nous est revenu... le docteur dit, abnégique...

— Je ne sais pas ce que c'est.

— Mon capitaine a complètement perdu la mémoire.

— Dieu du ciel, amnésique !

Noémie fit quelques pas pour s'asseoir sur le banc à la place laissée par Raoul. Il avait complètement disparu au loin. Pacarin vint rejoindre Noémie.

— Voilà pourquoi on n'a pas eu de nouvelles de mon capitaine pendant si longtemps. Il était comme vous dites, abnésique. C'est terrible.

— Il faut me raconter tout ce que vous savez, Pacarin.

— Eh bien, après Reichshoffen, mon capitaine, gravement blessé à la tête, allait être jeté avec les morts dans une fosse... Un capitaine allemand l'a entendu gémir et c'est lui qui l'a sauvé ! Question de camaraderie d'uniforme, peut-être ? Comme il était lui-même blessé, il l'a ramené chez lui au Wurtemberg où sa mère les a soignés tous les deux. C'est dur, madame, après tout ce qu'on a vécu, que ce soit un Boche qui ait fait tout ça pour mon capitaine, mais faut l'admettre ! Il paraît qu'il y en a de bons, même chez eux !

« Merci, mon Dieu, j'avais tant souhaité que des femmes allemandes agissent comme moi. Que celle-ci soit bénie d'avoir soigné Raoul ! »

— Et voilà, madame, pendant toute la guerre, mon capitaine est resté chez le capitaine von Holberg, mais comme il avait perdu la mémoire, il ne pouvait même pas dire son nom, ni où il habitait, rien. Il y a un an, grâce à la fameuse Croix-Rouge, on a retrouvé sa trace. Les formalités ont été, d'après ce qu'on m'a dit, assez longues. Et finalement mon capitaine a pu revenir ici il y a quelques mois. Tout le monde l'a bien reconnu, pensez, à commencer par moi ! Mais il ne se souvient de rien... de personne. Il avait perdu son père et sa mère. Eh bien, ça ne lui a pas fait de chagrin ! Il ne se rappelait même pas. Il n'est pas méchant, bien poli avec tout le monde, il me vouvoie, vous vous rendez compte ! Comment vous dire, il vous regarde sans vous voir. On dirait qu'il est indifférent à tout. Apprenant la nouvelle de son retour, des amis d'autrefois sont accourus au château. Ils lui disaient : « Oh, Raoul, tu te souviens. Allons, rappelle-toi ! » Cela le mettait en colère ! Il s'est renfermé sur lui-même et depuis il veut être seul. Il refuse de recevoir qui que ce soit maintenant ! Le docteur a dit que peut-être avec un choc, un jour, ça pourrait revenir, mais, à mon avis, c'est trop compliqué et ce toubib n'en sait fichtre rien ! Le capitaine n'est heureux que quand le comte von Holberg vient le voir. Il est déjà venu par deux fois à Saint-Preux. Ça a fait un coup aux gens de la région de voir un Boche par ici ! Mais le capitaine, lui, a bien ri avec son Hans, soudain on le retrouvait comme avant ! Après le départ de von Holberg, il est retombé dans sa tristesse et son isolement. Ah, tout ça, c'est bien lamentable, madame. Voilà pourquoi je ne voulais pas que vous l'approchiez. Je suis un homme simple, faut pas m'en vouloir. Je veux agir pour le mieux de mon capitaine.

— Je ne vous en veux pas, Pacarin. C'est en effet une situation difficile pour vous et je vous comprends !

— Ah, merci, madame !

Sébastien, soulagé, se leva.

— Cependant, vous ne pensez pas que je vais repartir sans lui avoir parlé ?

— Je vous en prie, madame, ne faites pas ça.

— Si, et je vais vous dire en chemin comment nous allons agir. Allons, conduisez-moi au château.

— Mon capitaine !

— Que se passe-t-il, Pacarin ?

À l'appel de son ancien ordonnance, Raoul sortit sur le perron.

— Excusez, mon capitaine, mais…

— Combien de fois devrai-je vous dire de cesser de m'appeler mon capitaine ? fit sèchement Raoul de Saint-Preux.

Ce ton cassant ne lui ressemblait pas.

— C'est rapport à cette dame qui s'est trouvée mal !

— Vous savez bien que je ne veux recevoir personne.

Raoul ne voulait même pas regarder Noémie, appuyée d'un air languissant sur le bras de Pacarin. Il allait faire demi-tour. Noémie interrompit son mouvement.

— Je suis désolée, monsieur, de vous importuner. Vous ne me connaissez pas et, moi non plus, je n'ai pas le plaisir de savoir à qui je m'adresse... j'ai laissé mon cocher à l'auberge et ayant voulu me promener, le soleil sans doute trop ardent m'a éblouie... Ce brave garçon m'a ouvert la grille pour me permettre de reprendre mes esprits. Je me sens un peu fatiguée. De grâce, me permettez-vous d'entrer me reposer quelques instants ?

Raoul de Saint-Preux considéra un instant l'élégante créature qui s'adressait à lui sur ce ton châtié. Il cherchait à distinguer ses traits sous la vaste capeline fleurie, qui dérobait une grande partie de son visage. Raoul de Saint-Preux avait sombré dans la neurasthénie. S'il avait perdu la mémoire, il demeurait un gentilhomme et ne pouvait refuser l'hospitalité à une femme.

— Entrez, madame. Je vais vous faire servir un rafraîchissement.

Sans un regard pour Pacarin, bouche bée de ce retournement de situation, Noémie monta les marches pour rejoindre Raoul. Il s'effaça pour la faire passer devant lui. Elle était trop troublée pour regarder le vaste hall et l'escalier avec les portraits des ancêtres. Raoul la fit entrer dans un petit salon et lui désigna une confortable bergère.

— Je vous en prie, prenez place, mettez-vous à l'aise. Voulez-vous un sirop d'orgeat ? C'est excellent à ce qu'on dit pour se rafraîchir.

Noémie craignait qu'une fois ses ordres donnés il ne la laissât seule, mais il s'assit en face d'elle.

— Nous ne nous connaissons donc pas ? insista Raoul d'un ton méfiant.

— Non, pas du tout.

Noémie lui adressa un sourire rassurant. Elle souleva d'un mouvement coquet le bord de sa capeline pour dégager son visage. Soudain, elle sentit le regard insistant de Raoul qui la scrutait. Il détaillait ses traits, fronçant les sourcils, comme s'il avait absolument voulu se rappeler quelque chose. Noémie, pour détourner son attention, reprit la conversation d'un ton mondain.

— Vos gens m'ont dit simplement que vous êtes monsieur Raoul de Saint-Preux. Moi-même, je me présente, je suis madame Noémie Hautefort, je viens de Normandie où je possède une usine laitière. Voyez, monsieur, nos horizons sont très lointains et je n'ai aucune raison d'avoir fait votre connaissance...

— En effet, je ne crois pas être jamais allé en Normandie ! affirma-t-il.

« Oh, Raoul, Raoul, mon amour, notre "île" de Bayeux, tu l'as donc oubliée et notre rencontre dans le train de Caen, le premier rendez-vous dans l'auberge de la Pomme d'Argent à Vire ! Non, tu ne connais pas la Normandie ! Tu n'en as vu que nos chambres, nos lits, notre passion ! »

Noémie, pour lui cacher son émotion, détourna ses yeux soudain remplis de larmes. Sans paraître remarquer ce changement, Raoul reprit :

— Et vous a-t-on dit, madame, que j'avais perdu la mémoire ?

Noémie se força à rire.

— Quelle chance vous avez finalement, monsieur, moi, j'aimerais bien oublier beaucoup de mauvais événements pour ne me souvenir que des bons moments !

— Voilà une phrase intelligente, approuva Raoul. Et, sans indiscrétion, que venez-vous faire dans la région, madame ?

Noémie prit un ton léger pour répondre.

— Oh, j'accompagne une amie qui est demeurée à l'auberge, nous visitons l'Anjou... J'ai voulu me promener seule et voyez ce malaise stupide !

Il semblait pourtant toujours se méfier.

— Où étiez-vous pendant la guerre ?

— Mais, dans le Cotentin, chez moi !

— Avez-vous perdu des êtres chers ?

— Malheureusement, oui. Tout le monde a été frappé, monsieur de Saint-Preux. Ne vaut-il pas mieux penser à l'avenir ?

— Vous estimez qu'il y en a encore un, madame ?

— Bien sûr, tant qu'on est encore en vie ! C'est un de mes amis qui dit cette phrase que vous avez appréciée... Il faut toujours profiter des bons moments.

Il fronça les sourcils, plissa les paupières.

— Il s'agissait d'un homme que vous aimiez ?

— Oui !

Elle soutint son regard de plus en plus inquisiteur.

— Vous êtes sûre que nous ne nous connaissons pas, que nous ne nous sommes jamais rencontrés ? insista-t-il.

Noémie éclata de rire. Il ne fallait surtout pas entrer dans son jeu.

— Monsieur de Saint-Preux, vous dites que vous avez perdu la mémoire, mais alors en ce cas, nous sommes deux, car, moi, je ne me souviens pas du tout de vous...

Il daigna sourire. Soudain, Noémie reconnut l'ancien Raoul qui riait de tout, blaguait, aiguisait son esprit pour se moquer, ne prenant rien au sérieux, sauf leur amour.

— Vous allez mieux ? s'enquit-il poliment.

— Oui, beaucoup mieux. Enfin, je ne suis pas encore bien solide ! se hâta d'affirmer Noémie, pour rester encore un peu avec lui.

Ils devisèrent aimablement. Noémie avait compris qu'il fallait le distraire, surtout lui parler d'autre chose que de cette guerre et du passé, dont il ne se souvenait pas et qu'il rejetait. Elle lui raconta qu'elle se rendait ensuite chez une amie dans le Périgord noir, puis qu'elle rêvait de voyager au pays de Périclès.

— Un jour j'irai aussi sûrement en Égypte sur les traces des pharaons ! affirma-t-elle.

— Je viens de lire un livre sur ce sujet, car je dois tout réapprendre. Un instituteur vient chaque jour m'enseigner l'histoire, la géographie, la grammaire, je ne pensais pas que cela reviendrait aussi vite, mais vous avez raison, devant les pyramides avec une femme que j'aimerais, il me semble que, là-bas, j'oublierais que j'ai oublié !

Sur quel ton il avait dit cela ! Le cœur de Noémie battait. Il jouait au chat et à la souris. Intrigué, il voulait savoir quelque chose, mais se laisser aller maintenant serait trop dangereux. Noémie ne voulut pas tomber dans son piège. Amnésique mais intelligent.

— J'aime la formule « oublier ce que j'ai oublié » ! Vous êtes un poète, monsieur de Saint-Preux !

Au fur et à mesure, Raoul se détendait. Le fait que Noémie ne cherchât pas à le faire se souvenir de quoi que ce soit paraissait le rassurer. Personne ne pouvait comprendre l'angoisse qu'il ressentait à voir des visages inconnus lui répéter : « J'étais ton meilleur ami », « J'étais ta maîtresse », « Je suis ton cousin », « Je suis votre notaire », « Allons, souviens-toi, Raoul », phrases horribles qu'il haïssait.

— Aimeriez-vous visiter le château, madame ?

— Mais certainement, avec grand plaisir...

Noémie suivit son hôte vers la galerie de portraits.

— Voici, paraît-il, l'ancêtre de mes aïeux, le connétable de Saint-Preux, fit Raoul en désignant un guerrier en armure.

Noémie fit la moue.

— Il n'a pas l'air commode !

— Non, je crois qu'il ne l'était pas. Il empalait facilement ses ennemis.

Raoul eut un petit rire.

Après la galerie de portraits, ils visitèrent les salons qui donnaient sur le parc. Raoul, autrefois, avait eu raison de lui dire que Saint-Preux était un endroit enchanteur. Avec ses deux tours, le château, en beaucoup plus raffiné et luxueux, lui faisait irrésistiblement penser à Hautefort. Devant une glace, Noémie enleva son chapeau qui lui tenait chaud. D'un geste machinal, elle fit bouffer ses beaux cheveux. Soudain, dans le reflet du miroir, elle surprit le regard insistant de Raoul. Ses yeux noirs lui rappelaient leur premier rendez-vous de Vire, mais, aujourd'hui, ils semblaient dire : « Qui es-tu ? Que veux-tu réellement ? Pourquoi venir t'imposer ? Que cherches-tu ? »

Noémie était sûre qu'il se rappelait son visage et qu'il était intrigué. Il ne fallait surtout pas lui faire peur. La nuit tombait.

— Je vais demander qu'on attelle et qu'un cocher vous raccompagne à l'auberge ! déclara poliment Raoul.

Voilà, c'était fini ! Le reverrait-elle seulement ? Allait-il se claquemurer dans la solitude, refuser de la voir ? Elle eut de nouveau envie de se jeter à son cou, de hurler : « C'est moi, je t'aime, mais rappelle-toi, mon amour ! »

Elle savait que c'était la dernière chose à faire. Pourtant, elle remarqua qu'il la ramenait vers le perron avec une certaine lenteur. Elle en conçut de l'espoir. « Une idée, il me faut une idée, tout de suite ! », pensait Noémie, l'esprit soudain vide. Brusquement, elle se souvint qu'elle avait lu ce genre de situation dans un livre de George Sand. Lélia, l'héroïne, pour ne pas quitter son amant, s'évanouissait dans ses bras.

— Mes hommages, madame, j'ai été très heureux de vous rencontrer !

Sur le perron, Raoul de Saint-Preux s'inclinait cérémonieusement pour baiser la main de Noémie. À l'idée de se séparer de lui, elle n'eut pas à se forcer pour changer de visage. La voix étranglée, elle murmura :

— Oh ! excusez-moi, je ne me sens de nouveau vraiment pas bien…

Elle tituba et serait tombée sans la poigne de Raoul. Il l'enleva dans ses bras avec facilité pour rentrer dans le château.

— Préparez une chambre pour madame ! l'entendit-elle lancer à un valet.

La tête appuyée sur son épaule, elle se laissa aller à l'immense bonheur de rester contre lui.

Allongée sous le baldaquin festonné d'un vaste lit, surveillée par le portrait d'un guerrier aussi sévère que le terrible connétable, Noémie reprenait ses esprits. Un docteur, appelé par Raoul, était venu la voir. Il avait déclaré que « cette dame ne devait pas bouger, son pouls battant trop vite ». De fait, Noémie, devant tant d'événements, sentait son cœur bondir dans sa poitrine. Galamment, Raoul avait insisté pour que Noémie passât la nuit au château. Elle avait remis un petit mot à l'intention de Léonne pour que celle-ci lui envoyât quelques affaires. C'était Pacarin qui s'était chargé de la commission. Maintenant, elle se reposait en robe de nuit, les fenêtres de sa chambre grandes ouvertes. Dehors, les grillons répétaient leur musique lancinante. Une servante avait monté un plateau auquel Noémie avait à peine touché. Elle n'avait pas revu Raoul, mais elle l'entendait aller et venir dans la pièce à côté. Noémie, perplexe, se demandait ce qu'elle devait faire. Il était évident que lui ne viendrait pas la rejoindre. Demain, « guérie », elle lui dirait encore au revoir. Peu à peu, elle se calmait. La fraîcheur de la nuit lui redonnait des forces, des idées. Pendant quelques instants, elle s'assoupit sur les oreillers de dentelle. Elle sursauta, réveillée par le silence, les grillons s'étaient tus. Raoul ne marchait plus dans sa chambre. Noémie se leva et, sur la pointe des pieds, marcha jusqu'à la cloison. Elle n'entendait plus rien.

Raoul savait que Noémie mentait. Rentré dans sa chambre, il ouvrit le tiroir de son secrétaire, dans lequel se trouvait la photographie de Noémie. Quand son sauveteur allemand lui avait ôté son uniforme déchiré, le médaillon taché de sang était tombé sur le sol. Le brave Hans l'avait pieusement conservé et remis à Raoul lorsque celui-ci, sortant du coma, avait été convalescent. Pendant des mois, ayant totalement perdu la mémoire, Raoul regardait ce merveilleux visage féminin qui semblait lui adresser un sourire, une promesse. Il s'interrogeait sans cesse. Était-ce sa femme, sa sœur ? Son instinct lui soufflait plutôt qu'il s'agissait d'une femme très amoureuse. Une maîtresse ? En rentrant à Saint-Preux, au milieu d'inconnus, Raoul l'avait vainement cherchée parmi les amis maladroits qui venaient au château fêter son retour. Raoul ne l'avait pas trouvée. Il avait songé s'en ouvrir à Pacarin, mais parler d'une chose si intime à un

« étranger », Raoul ne le pouvait pas. Curieusement, le seul auquel il aurait pu s'en ouvrir était son sauveur et ami Hans von Holberg, mais il ne l'avait pas fait. Et voilà qu'en fin d'après-midi, aujourd'hui, la femme du médaillon était apparue. Quand Raoul l'avait reconnue dans le petit salon, il avait cru à plusieurs reprises qu'elle allait craquer. Il avait vu des larmes dans ses yeux. Ainsi, elle avait souffert autant que lui pendant cette guerre. Différemment, car elle se souvenait, et lui avait tout oublié. C'était ce qui le torturait. Le courage de cette femme lui jouant la comédie de « ne pas le connaître » l'avait intrigué, puis, d'une certaine façon, conquis. Elle était si belle. Bien sûr, elle lui plaisait. Il avait eu des aventures avec quelques petites Wurtembergeoises, assez séduisantes. Il aurait pu épouser l'une d'elles, issue d'une grande famille, mais dans ses pensées confuses, il avait quand même l'impression qu'il devait rester libre et rentrer, dans ce que les gens de la Croix-Rouge appelaient sa « patrie », chez lui !

En pantalon et chemise ouverte, Raoul arrêta son va-et-vient. Il se jeta sur son lit. Il savait qu'autrefois il avait dû être différent. Le sabre prussien lui fendant le crâne avait entamé une partie de sa personnalité. Il avait du mal à prendre des décisions. Finalement, c'était pourquoi il ne pouvait supporter les gens, la foule, les regards, la curiosité. « C'est le capitaine de Saint-Preux, il est amnésique, vous savez… »

Cette femme était la seule à avoir compris, deviné son mal, sa solitude et ses angoisses. Sur son lit, Raoul s'assoupit doucement en tenant le médaillon dans sa main. Les yeux fermés, il la revoyait ôter son chapeau. Il avait soudain eu l'impression, ailleurs, très loin, dans une autre vie, d'avoir déjà vu ce geste.

À pas de loup, Noémie sortit dans le couloir éclairé par le rayon de lune blafard. Il n'y avait pas un bruit dans le château. Noémie hésitait encore. Et s'il la chassait ? S'il la prenait pour une aventurière, une intrigante ? Non, elle ne devait pas reculer. Zacharie, dans son amour, lui avait tracé la voie. Il lui avait pardonné. Elle était faite pour la vie, l'action, l'amour… Elle était toujours femme… Avec elle, Raoul retrouverait la mémoire, elle le guérirait. Elle en était sûre, et sinon elle lui apporterait la paix, le bonheur, l'avenir. Jamais Noémie Hautefort n'avait reculé, cela lui avait toujours réussi. Avec décision, sa main se posa sur la poignée de la porte…

Sainte-Mère-Église, Carentan, Paris, 1993.

Table

Deuxième partie
L'ASCENSION DES HAUTEFORT

Troisième partie
LA SPLENDEUR DES HAUTEFORT

ÉGALEMENT AU CATALOGUE

1. Roger CARATINI, Hocine RAÏS, *Initiation à l'islam.*
2. Antoine BIOY, Benjamin THIRY, Caroline BEE, *Mylène Farmer, la part d'ombre.*
3. Pierre MIQUEL, *La France et ses paysans.*
4. Gerald MESSADIÉ, *Jeanne de l'Estoille.* I. *La Rose et le Lys.*
5. Gerald MESSADIÉ, *Jeanne de l'Estoille.* II. *Le Jugement des loups.*
6. Gerald MESSADIÉ, *Jeanne de l'Estoille.* III. *La Fleur d'Amérique.*
7. Alberto GRANADO, *Sur la route avec Che Guevara.*
8. Arièle BUTAUX, *Connard !*
9. James PATTERSON, *Pour toi, Nicolas.*
10. Amy EPHRON, *Une tasse de thé.*
11. Andrew KLAVAN, *Pas un mot.*
12. Colleen MCCULLOUGH, *César Imperator.*
13. John JAKES, *Charleston.*
14. Evan HUNTER, *Les Mensonges de l'aube.*
15. Anne MCLEAN MATTHEWS, *La Cave.*
16. Jean-Jacques EYDELIE, *Je ne joue plus !*
17. Philippe BOUIN, *Mister Conscience.*
18. Louis NUCÉRA, *Brassens, délit d'amitié.*
19. Olivia GOLDSMITH, *La Femme de mon mari.*
20. Paullina SIMONS, *Onze heures à vivre.*
21. Jane AUSTEN, *Raison et Sentiments.*
22. Richard DOOLING, *Soins à hauts risques.*
23. Tamara MCKINLEY, *La Dernière Valse de Mathilda.*
24. Rosamond SMITH, *Double diabolique.*
25. Édith PIAF, *Au bal de la chance.*
26. Jane AUSTEN, *Mansfield Park.*

27. Gerald MESSADIÉ, *Orages sur le Nil.*
I. *L'Œil de Néfertiti.*
28. Jean HELLER, *Mortelle mélodie.*
29. Steven PRESSFIELD, *Les Murailles de feu.*
30. Jean-Louis CRIMON, Thierry SÉCHAN, *Renaud raconté par sa tribu.*
31. Gerald MESSADIÉ, *Orages sur le Nil.*
II. *Les Masques de Toutankhamon.*
32. Gerald MESSADIÉ, *Orages sur le Nil.*
III. *Le Triomphe de Seth.*
33. Choga Regina EGBEME, *Je suis née au harem.*
34. Alice HOFFMAN, *Mes meilleures amies.*
35. Bernard PASCUITO, *Les Deux Vies de Romy Schneider.*
36. Ken MCCLURE, *Blouses blanches.*
37. Colleen MCCULLOUGH, *La Maison de l'ange.*
38. Arièle BUTAUX, *Connard 2.*
39. Kathy HEPINSTALL, *L'Enfant des illusions.*
40. James PATTERSON, *L'amour ne meurt jamais.*
41. Jean-Pierre COLIGNON, Hélène GEST, *101 jeux de logique.*
42. Jean-Pierre COLIGNON, Hélène GEST, *101 jeux de culture générale.*
43. Jean-Pierre COLIGNON, Hélène GEST, *101 jeux de langue française.*
44. Nicholas DAVIES, *Diana, la princesse qui voulait changer le monde.*
45. Jeffrey ROBINSON, *Rainier et Grace.*
46. Alexandra CONNOR, *De plus loin que la nuit.*
47. BARBARA, *Ma plus belle histoire d'amour.*
48. Jeffery DEAVER, *New York City Blues.*
49. Philippe BOUIN, *Natures mortes.*
50. Richard NORTH PATTERSON, *La Loi de Lasko.*
51. Luanne RICE, *Les Carillons du bonheur.*
52. Manette ANSAY, *La Colline aux adieux.*
53. Mende NAZER, *Ma vie d'esclave.*
54. Gerald MESSADIÉ, *Saint-Germain, l'homme qui ne voulait pas mourir.*
I. *Le Masque venu de nulle part.*

55. Gerald MESSADIÉ, *Saint-Germain, l'homme qui ne voulait pas mourir.*
II. *Les Puissances de l'invisible.*
56. Carol SMITH, *Petits meurtres en famille.*
57. Lesley PEARSE, *De père inconnu.*
58. Jean-Paul GOURÉVITCH, *Maux croisés.*
59. Michael TOLKIN, *Accidents de parcours.*
60. Nura ABDI, *Larmes de sable.*
61. Louis NUCÉRA, *Sa Majesté le chat.*
62. Catherine COOKSON, *Jusqu'à la fin du jour.*
63. Jean-Noël BLANC, *Virage serré.*
64. Jeffrey FOX, *Les 75 Lois de Fox.*
65. Gerald MESSADIÉ, *Marie-Antoinette, la rose écrasée.*
66. Marc DIVARIS, *Rendez-vous avec mon chirurgien esthétique.*
67. Karen HALL, *L'Empreinte du diable.*
68. Jacky TREVANE, *Fatwa.*
69. Marcia ROSE, *Tout le portrait de sa mère.*
70. Jorge MOLIST, *Le Rubis des Templiers.*
71. Colleen MCCULLOUGH, *Corps manquants.*
72. Pierre BERLOQUIN, *100 jeux de chiffres.*
73. Pierre BERLOQUIN, *100 jeux de lettres.*
74. Pierre BERLOQUIN, *100 jeux de déduction.*
75. Stuart WOODS, *Un très sale boulot.*
76. Sa Sainteté le DALAÏ-LAMA, *L'Art de la sagesse.*
77. Andy MCNAB, *Bravo Two Zero.*
78. Tariq RAMADAN, *Muhammad, vie du Prophète.*
79. Louis-Jean CALVET, *Cent ans de chanson française.*
80. Patrice FRANCESCHI, *L'Homme de Verdigi.*
81. Alexandra CONNOR, *La Faute de Margie Clements.*
82. John BERENDT, *La Cité des anges déchus.*
83. Edi VESCO, *Le Guide magique du monde de Harry Potter.*
84. Peter BLAUNER, *Vers l'abîme.*
85. Gérard DELTEIL, *L'Inondation.*
86. Stéphanie LOHR, *Claude François, secrets de famille.*
87. Jacqueline MONSIGNY, *Floris.*
I. *Floris, fils du tsar.*

88. Jacqueline MONSIGNY, *Floris.*
II. *Le Cavalier de Pétersbourg.*
89. Arièle BUTAUX, *La Vestale.*
90. Tami HOAG, *Meurtre au porteur.*
91. Arlette AGUILLON, *Rue Paradis.*
92. Christopher REICH, *Course contre la mort.*
93. Brigitte HEMMERLIN, Vanessa PONTET, *Grégory, sur les pas d'un ange.*
94. Dominique MARNY, *Les Fous de lumière.*
I. *Hortense.*
95. Dominique MARNY, *Les Fous de lumière.*
II. *Gabrielle.*
96. Yves AZÉROUAL, Valérie BENAÏM, *Carla Bruni-Sarkozy, la véritable histoire.*
97. Philippa GREGORY, *Deux sœurs pour un roi.*
98. Jane AUSTEN, *Emma.*
99. Gene BREWER, *K-pax.*
100. Philippe BOUIN, *Comptine en plomb.*
101. Jean-Pierre COLIGNON, Hélène GEST, *101 jeux Cinéma-Télé.*
102. Jean-Pierre COLIGNON, Hélène GEST, *101 jeux Histoire.*
103. Jean-Pierre COLIGNON, Hélène GEST, *101 jeux France.*
104. Jacqueline MONSIGNY, *Floris.*
III. *La Belle de Louisiane.*
105. Jacqueline MONSIGNY, *Floris.*
IV. *Les Amants du Mississippi.*
106. Alberto VÁSQUEZ-FIGUEROA, *Touareg.*
107. James CAIN, *Mort à la plage.*
108. Hugues ROYER, *Mylène.*
109. Eduardo MANET, *La Mauresque.*
110. Jean CONTRUCCI, *Un jour tu verras.*
111. Alain DUBOS, *La Rizière des barbares.*
112. Jane HAMILTON, *Les Herbes folles.*
113. Senait MEHARI, *Cœur de feu.*
114. Michaël DARMON, Yves DERAI, *Belle-Amie.*
115. Ed McBAIN, *Le Goût de la mort.*
116. Joan COLLINS, *Les Larmes et la Gloire.*

117. Roger CARATINI, *Le Roman de Jésus.*
I. *De Bethléem à Cana.*
118. Roger CARATINI, *Le Roman de Jésus.*
II. *De Tibériade au Golgotha.*
119. Franz LISZT, *Chopin.*
120. James W. HUSTON, *Pluie de flammes.*
121. Joyce Carol OATES, *Le Sourire de l'ange.*
122. Nicholas MEYER, *Sherlock Holmes et le fantôme de l'Opéra.*
123. Pierre LUNEL, *Ingrid Betancourt, les pièges de la liberté.*
124. Tamara MCKINLEY, *Éclair d'été.*
125. Ouarda SAILLO, *J'avais 5 ans.*
126. Margaret LANDON, *Anna et le roi.*
127. Anne GOLON, *Angélique.*
I. *Marquise des anges.*
128. Anne GOLON, *Angélique.*
II. *La Fiancée vendue.*
129. Jacques MAZEAU, *La Ferme de l'enfer.*
130. Antonin ANDRÉ, Karim RISSOULI, *Hold-uPS, arnaques et trahisons.*
131. Alice HOFFMAN, *Un instant de plus ici-bas.*
132. Otto PENZLER, *Quand ces dames tuent !*
133. Philippe BOUIN, *La Gaga des Traboules.*
134. Jane HAMILTON, *La Brève Histoire d'un prince.*
135. Jean-Michel COUSTEAU, *Mon père le commandant.*
136. Judith LENNOX, *L'Enfant de l'ombre.*
137. Stéphane KOECHLIN, *Michael Jackson, la chute de l'ange.*
138. Jeffrey ARCHER, *Frères et Rivaux.*
139. Jane AUSTEN, *Orgueil et Préjugés.*
140. Kim WOZENCRAFT, *En cavale.*
141. Andrew KLAVAN, *La Dernière Confession.*
142. Barry UNSWORTH, *Le Joyau de Sicile.*
143. Colleen MCCULLOUGH, *Antoine et Cléopâtre.*
I. *Le Festin des fauves.*
144. Colleen MCCULLOUGH, *Antoine et Cléopâtre.*
II. *Le Serpent d'Alexandrie.*

145. Santa MONTEFIORE, *Le Dernier Voyage du* Valentina.
146. Charles TODD, *Trahison à froid.*
147. Bertrand TESSIER, *Belmondo l'incorrigible.*
148. Elizabeth MCGREGOR, *Une intime obsession.*
149. Anne GOLON, *Angélique.*
III. *Fêtes royales.*
150. Anne GOLON, *Angélique.*
IV. *Le Supplicié de Notre-Dame.*
151. Clinton MCKINZIE, *La Glace et le Feu.*
152. Edi VESCO, *Soleil d'hiver.*
153. Tariq RAMADAN, *Mon intime conviction.*
154. Jean-Dominique BRIERRE, *Jean Ferrat, une vie.*
155. Dale BROWN, *Feu à volonté.*
156. Émile BRAMI, *Céline à rebours.*
157. Rosamond SMITH, *Œil-de-serpent.*
158. Didier PORTE, *Sauvé des ondes.*
159. Alberto VASQUEZ-FIGUEROA, *Les Yeux du Touareg.*
160. Jane AUSTEN, *Persuasion.*
161. Michaël DARMON, Yves DERAI, *Carla et les ambitieux.*
162. Alexandre DUMAS, *Les Borgia.*
163. Julie GREGORY, *Ma mère, mon bourreau.*
164. Philippa GREGORY, *L'Héritage Boleyn.*
165. Tamara MCKINLEY, *Le Chant des secrets.*
166. Dominique JAMET, *Ces discours qui ont changé le monde.*
167. James PATTERSON, *Rendez-vous chez Tiffany.*
168. Anabelle DEMAIS, *Liaison dangereuse.*
169. Deborah SMITH, *Un café pour deux.*
170. Yann QUÉFFELEC, *Le Piano de ma mère.*
171. Gerald MESSADIÉ, *Jacob, l'homme qui se battit avec Dieu.*
I. *Le Gué du Yabboq.*
172. Judith LENNOX, *Des pas dans la nuit.*
173. Colleen MCCULLOUGH, *Les Caprices de Miss Mary.*
174. Jonathan KING, *La Voix des oubliés.*
175. Gerald MESSADIÉ, *Jacob, l'homme qui se battit avec Dieu.*
II. *Le Roi sans couronne.*

176. Bernard PASCUITO, *Célébrités : 16 morts étranges.*
177. Tami HOAG, *Contre toute évidence.*
178. Anatole LE BRAZ, *La Légende de la mort.*
179. Jane AUSTEN, *Northanger Abbey.*
180. Ronlyn DOMINGUE, *Le Souffle de l'éternité.*
181. Judy WESTWATER, *Abandonnée !*
182. Donald JAMES, *Vadim.*
183. Heather LEWIS, *Le Second Suspect.*
184. Louis PERGAUD, *La Guerre des boutons.*
185. Lori LANSENS, *Les Filles.*
186. Philippe BOUIN, *Paraître à mort.*
187. Jeffrey FOX, *Comment être un bon manager.*
188. Clinton MCKINZIE, *Au-dessus du gouffre.*
189. Daniel SILVA, *Le Messager.*
190. Simon MAWER, *Faille intime.*
191. STENDHAL, *La Chartreuse de Parme.*
192. Michel TAUBMAN, *Le Roman vrai de DSK.*
193. Joyce Carol OATES, *L'Amour en double.*
194. Gerald MESSADIÉ, *Ramsès II l'Immortel* (tome 1).
195. Gilles van GRASDORFF, *Le dalaï-lama, la biographie non autorisée.*
196. Ann RADCLIFFE, *Les Mystères d'Udolfo.*
197. Deborah SMITH, *La Montagne de l'ours.*
198. Lisa GARDNER, *Jusqu'à ce que la mort nous sépare.*
199. James PATTERSON, *Contre l'avis des médecins.*
200. Robert BELLERET, *Jean Ferrat, le chant d'un révolté.*
201. Gerald MESSADIÉ, *Ramsès II l'Immortel.* II. *Le Roi des millions d'années.*
202. Siski GREEN, *Faire l'amour à une femme.*
203. Siski GREEN, *Faire l'amour à un homme.*
204. Jacqueline MONSIGNY, *Le Maître de Hautefort.*
205. Bertrand TESSIER, *Bernard Giraudeau, le baroudeur romantique.*
206. Alan FOLSOM, *La Conspiration Hadrien.*
207. Charles DICKENS, *Le Mystère d'Edwin Drood.*

Cet ouvrage a été composé
par Facompo
à Lisieux (Calvados)

Impression réalisée par

Blackprint Iberica

pour le compte des Éditions Archipoche
en mars 2012

Imprimé en Espagne
N° d'édition : 204
Dépôt légal : avril 2012